Prix du M...
des lecteurs de POINTS

Ce roman fait partie de la sélection 2013 du
**Prix du Meilleur Polar
des lecteurs de POINTS !**

De janvier à octobre 2013, un jury composé de 40 lecteurs et de 20 professionnels recevra à domicile 9 romans policiers, thrillers et romans noirs récemment publiés par les éditions Points et votera pour élire le meilleur d'entre eux.

Les Lieux infidèles, de l'auteur irlandaise Tana French, **a remporté le prix en 2012.**

Pour tout savoir sur les livres sélectionnés, donner votre avis sur ce livre et partager vos coups de cœur avec d'autres passionnés, rendez-vous sur :

www.prixdumeilleurpolar.com

Né à Paarl, en Afrique du Sud, en 1958, Deon Meyer est un écrivain de langue afrikaans. Il a grandi à Klerksdorp, ville minière de la province du Nord-Ouest. Après son service militaire et des études à l'université de Potchefstroom, il entre comme journaliste au *Die Volkablad* de Bloemfontein. Depuis, il a été tour à tour attaché de presse, publiciste, webmaster, et est actuellement stratège en positionnement Internet. Il vit à Melkbosstrand. Il est l'auteur de plusieurs best-sellers traduits dans quinze pays, dont *Jusqu'au dernier*, *Les Soldats de l'aube* (Grand Prix de littérature policière), *L'Âme du chasseur, Lemmer, l'invisible* et *13 heures*.

Jusqu'au dernier
Grand Prix de littérature policière
Seuil, « Policiers », 2002
et « Points Policier », n° P1072

Les Soldats de l'aube
Seuil, « Policiers », 2003
et « Points Policier », n° P1159
Point Deux, 2011

L'Âme du chasseur
Seuil, « Policiers », 2005
et « Points Policier », n° P1414

Le Pic du Diable
Seuil, « Policiers », 2007
et « Points Policier », n° P2015

Lemmer, l'invisible
Seuil, « Policiers », 2008
et « Points Policier », n° P2290

13 heures
Seuil, « Policiers », 2010
et « Points Policier », n° P2579

7 jours
Seuil, « Policiers », 2013

Deon Meyer

À LA TRACE

ROMAN

Traduit de l'afrikaans
par Marin Dorst

Éditions du Seuil

TEXTE INTÉGRAL

TITRE ORIGINAL
Spoor
ÉDITEUR ORIGINAL
Human & Rousseau, NB Publishers, Afrique du Sud
© Deon Meyer, 2010
ISBN original : 978-0-7981-5250-1

Cet ouvrage a fait l'objet d'une première publication
par Hodder & Stoughton en 2011 sous le titre *Trackers*.

ISBN 978-2-7578-3383-4
(ISBN 978-2-02-105414-9, 1ʳᵉ publication)

© de la carte : ML Design, Londres

© Éditions du Seuil, 2012, pour la traduction française

*À la mémoire
de Madeleine Van Biljon (1929-2010)*

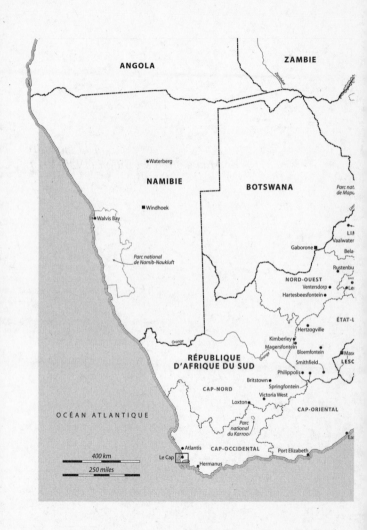

ZIMBABWE

Parc national
de Chizarira

Harare ■

Kwekwe ●

Parc national
de Gonarezhou

MOZAMBIQUE

MALAWI

Zambèze

Parc
national
Kruger

ional
ngubwe

Musina

Lapalala
Wilderness
Game
Reserve

Polokwane ●
● Mokopane

MPOPO

-Bela

rg

Pretoria
nasia

Johannesburg

Nelspruit ■

Limpopo

Maputo ■

■ Mbabane

MPUMALANGA SWAZILAND

IBRE

KWAZULU-NATAL

Empangeni ●

OCÉAN INDIEN

eru

OTHO

Durban ■

st London

N

Le Cap et ses environs

Robben
Island
Table View ●

● Parklands
● Blouberg

● Durbanville

Montague Gardens

Waterfront
Granger Bay
Green Point Stadium
Sea Point

Century City

● Bothasig
● Milnerton
● Monte Vista
Parow ●

● Bellville

Signal Hill
Lion's Head
Gardens
Vredehoek
Adderley

● Woodstock

● Rondebosch East

Constantia ●
● Wynberg
PLAINE DU CAP

Bergvliet ●

● Philippi

10 km
10 miles

LIVRE 1 : MILLA

Complot

De juillet à septembre 2009

Certaines journées ne laissent pas de trace.
Elles passent comme si elles n'avaient jamais
existé, oubliées aussitôt dans la brume de
ma routine. D'autres laissent des traces qui
peuvent subsister – à peu près une semaine,
avant que les vents de la mémoire les
recouvrent du sable grisâtre de nouvelles
expériences.

Pièce photocopiée
du journal de Milla Strachan,
27 septembre 2009

Conformément au décret n° 13224, le Département du Trésor des États-Unis a pris
aujourd'hui des mesures afin de désigner
deux individus de nationalité sud-africaine,
Farhad Ahmed Dockrat et Junaid Ismail
Dockrat, ainsi qu'une entité qui leur est liée,
comme ayant assisté et financé al-Qaida. Ces
mesures entraînent le blocage de tous les
avoirs sous juridiction américaine détenus
par les entités ainsi désignées et l'interdiction pour les citoyens des États-Unis de traiter avec elles.

Communiqué de presse,
Département du Trésor des États-Unis,
26 janvier 2007 (transcription)

1

Ismail Mohammed dévale le Heiliger Lane. Les plis de sa *galabiyya* blanche s'envolent à chaque foulée ; le col Mao est ouvert, comme le veut la mode. Terrifié, il agite les bras pour garder son équilibre. Son *kufî* crocheté tombe de sa tête sur les pavés du carrefour ; il a les yeux rivés sur la ville en contrebas, qui représente une sécurité relative.

Derrière lui, la porte du bâtiment blanc sans étage jouxtant la mosquée de Schotschekloof, dans le Bo-Kaap[1], s'ouvre violemment. Également vêtus des habits islamiques traditionnels, six hommes se précipitent dans la rue et se tournent instinctivement vers la pente. L'un d'eux, un revolver à la main, vise en hâte Ismail Mohammed, déjà à une soixantaine de mètres. Il tire deux coups avant que le dernier du groupe, plus âgé, repousse son bras en l'air en criant :

– Non !… Attrapez-le !

Les trois plus jeunes s'élancent ; les têtes grisonnantes restent levées et constatent, le regard soucieux, qu'il est déjà trop tard.

– Tu aurais dû le laisser tirer, Cheik, dit l'un.

---

1. Le Haut-Cap, quartier malais historique du Cap. *(Les notes sont du traducteur.)*

– Mais non, Shahid. Il nous écoutait.

– Justement. Et puis il est parti en courant. Ça en dit assez.

– Ça ne nous dit pas pour qui il travaille.

– Lui, Ismail ? Tu ne penses quand même pas que…

– Ça, on ne sait jamais.

– Mais non. Il est trop… lourdaud. Peut-être seulement pour les gens du coin. L'ANR.

– Espérons que tu aies raison.

Le Cheik regarde les poursuivants qui foncent à travers le carrefour de Chiappini Street ; il songe aux implications de la situation. Subitement, une sirène rugit, en bas tout près ; ça vient du Buitengracht.

– Venez, dit-il calmement. Tout a changé.

Il les précède rapidement vers la Volvo.

Montant du ventre de la ville, une autre sirène mugit.

Elle sait ce que ça veut dire, ce bruit de pas à 5 heures le vendredi après-midi, pressés, résolus. Elle est paralysée par l'appréhension et, non sans effort, se prépare à l'affrontement.

Barend entre – un tourbillon qui sent le shampoing et un excès de déodorant. Elle ne le regarde pas, car elle sait qu'il sera accoutré pour la soirée, essayant une nouvelle coiffure d'un goût douteux. Il va s'asseoir au comptoir où l'on prend le petit déjeuner.

– Alors, maman, comment ça va ? Qu'est-ce que tu fais de beau ?

Tellement jovial…

– Le dîner, dit Milla, résignée.

– Ah, bon. Je ne mange pas ici.

Elle le savait. Christo ne rentrerait sans doute pas lui non plus.

– Tu ne prends pas ta voiture ce soir, maman, n'est-ce pas ?

Le ton de la voix est travaillé : mélange ahurissant de reproche anticipé et de culpabilisation insinuée.

– Où as-tu l'intention d'aller ?

– En ville. Jacques aussi. Il a son permis.

– Où ça, en ville ?

– On n'a pas encore décidé.

– Il faut que je le sache, Barend, dit-elle aussi calmement que possible.

– Mais oui, maman, je te le dirai.

Une première pointe d'irritation perce dans sa voix.

– Tu comptes rentrer à quelle heure ?

– Maman, voyons, j'ai dix-huit ans, quand même. À cet âge, papa faisait l'armée.

– L'armée avait des règles.

Agacé, il pousse un soupir.

– OK, OK… Alors on se mettra en route à minuit.

– Tu as dit ça la semaine dernière aussi. Mais tu es rentré après 2 heures… Tu es en terminale, l'examen, c'est…

– Mon Dieu, maman, enfin ! Pourquoi faut-il que tu sortes toujours la même chose ? Tu ne peux pas me faire un peu confiance ?

– Mais je te fais confiance… dans certaines limites.

Il s'esclaffe, moqueur, pour montrer qu'il est un peu trop bête de supporter ça. Elle s'efforce de ne pas réagir.

– Maman, j'ai dit qu'on partirait à minuit.

– Ne bois pas, s'il te plaît.

– Mais, maman, pourquoi tu te prends la tête pour ça ?

Elle se fait du souci parce qu'elle a trouvé une demi-bouteille de brandy dans son armoire, maladroitement cachée, avec le paquet de Marlboro, derrière les caleçons. Elle voudrait le dire, se contente de :

– Me faire du souci, c'est mon travail : tu es mon enfant.

Silence, comme s'il acceptait. Elle est soulagée, il ne voulait que ça, et ils sont donc arrivés jusqu'ici sans escarmouche trop grave... Puis elle entend le toc-toc de sa jambe qui tressaute contre le comptoir, et elle le voit prendre le couvercle du sucrier et le faire tourner entre ses doigts. Ça veut dire qu'il n'a pas encore fini : il veut aussi de l'argent.

— Maman, je ne peux pas laisser Jacques et les copains payer pour moi.

Il est intelligent, il choisit ses mots, l'ordre des demandes, règle sa stratégie d'attaque : culpabilisation, puis reproche, tissant sa toile avec l'habileté d'un adulte, posant ses pièges. Et elle, voulant toujours éviter le conflit, y tombe chaque fois. L'humiliation est perceptible dans sa voix lorsqu'elle répond :

— Tu n'as plus d'argent de poche ?

— Tu veux que je sois un parasite ?...

Ce « tu veux » est le déclencheur, confirmé par l'agressivité. Elle voit s'ouvrir devant elle le champ de bataille habituel. Donne donc l'argent, donne le porte-monnaie, dis-lui de le prendre. De prendre tout, c'est ce qu'il veut.

Elle avale un grand bol d'air.

— Je veux que tu te débrouilles avec ton argent de poche. 800 rands par mois, c'est...

— Tu sais ce qu'on lui donne, à Jacques ?

— Ça ne change rien, Barend. Si tu en veux davantage, tu devrais...

— Tu veux donc que je perde mes amis ? Tu ne veux pas que je sois heureux, merde !

Le juron la secoue, ainsi que le couvercle du sucrier balancé contre la porte du placard.

— Barend ! s'exclame-t-elle, choquée.

Il avait déjà explosé, avant, prenant la porte en tempêtant, bras levés, en marmonnant, hors de portée de voix comme un pleutre, ses « Bon Dieu de merde » improcençables devant sa mère. Mais cette fois-ci il penche son torse par-dessus le comptoir, la figure tordue par le mépris.

– Tu me dégoûtes, dit-il.

Elle frémit, subissant l'agression physiquement, bouleversée, cherchant un appui, sa main tâtonnant vers le placard. Elle ne veut pas pleurer ; mais ses yeux s'emplissent de larmes, là, devant la cuisinière, une cuiller en bois à la main, l'odeur chaude d'huile d'olive lui montant dans les narines. Elle répète le nom de son fils, d'un ton doux et apaisant.

Venimeux, méprisant, avec la voix et l'inflexion de son père abusant de son pouvoir, Barend s'affaisse sur son siège et jette :

– Bon Dieu, mais tu es pathétique, tu sais ! Pas étonnant que ton mari déconne !

Le membre du comité de surveillance, verre à la main, fait signe à Janina Mentz. Elle reste là, attendant qu'il se fraie un chemin jusqu'à elle.

– Madame la directrice, dit-il en se penchant vers elle, approchant comme un conspirateur sa bouche de l'oreille de son interlocutrice. Vous avez entendu ?

Ils se trouvent au milieu de la grande salle des banquets, parmi quatre cents invités. Elle secoue la tête, s'attendant à découvrir le petit scandale de la semaine.

– Le ministre envisage une fusion.

– Quel ministre ?

– Le vôtre, justement…

– Une fusion ?…

– Une superstructure. Vous autres, l'Agence présidentielle de renseignement, les services secrets, tous. Consolidés, coordonnés. Intégration globale.

Elle le regarde, examine son visage illuminé d'alcool, en quête d'une trace d'humour. Elle n'en détecte pas.

– Allez, dit-elle.

Il est un peu ivre, mais jusqu'à quel point ?

– C'est le bruit qui court. Persistant…

– Combien de verres avez-vous bus ? demande-t-elle, d'un air détaché.

– Janina, je ne plaisante pas du tout.

Elle sait qu'il est bien informé, qu'il a toujours été fiable ; par habitude, elle cache son inquiétude.

– Et cette rumeur dit quand ça se passera ?

– L'annonce va tomber. Dans trois, quatre semaines… Mais ce n'est pas ça, la grande nouvelle.

– Ah bon ?

– Le président veut Mo. À la tête.

Elle le regarde, fronce les sourcils.

– Mo Shaik, précise-t-il.

Elle rit brièvement, sceptique.

– C'est du béton, dit-il, le plus sérieusement du monde.

Elle sourit, voudrait l'interroger sur sa source, mais son portable sonne dans son petit sac noir.

– Excusez-moi, dit-elle.

Elle voit sur l'écran que c'est l'avocat.

– Tau ?

– Ismail Mohammed est rentré du froid.

Milla est couchée sur le côté dans le noir, les genoux contre sa poitrine. Au-delà des pleurs, elle a fait à contrecœur des découvertes douloureuses. Comme si s'était brisée la fenêtre teintée qui la séparait de la réalité. Elle voit clairement et distinctement son existence et ne peut en détourner les yeux.

Lorsqu'elle ne la supporte plus, elle cherche refuge dans le questionnement, elle remonte dans le passé. Comment en est-elle arrivée là ? Comment a-t-elle fait pour perdre le contact avec le réel, pour s'enfoncer à ce point ? Quand ? Comment ce mensonge, cette existence fantasmée l'ont-ils engloutie ? Chaque réponse accroît sa peur de l'inévitable, et la certitude de ce qu'elle doit faire. Il lui manque le courage, la force… et même les mots. Les mots lui font défaut, à elle qui en a toujours trouvé pour tout, dans sa tête, dans son journal.

Elle est encore couchée en chien de fusil quand Christo rentre, à minuit et demi.

Il ne prend pas la peine d'être discret. Ses pas incertains sont étouffés par le tapis, il allume dans la salle de bains puis revient et se laisse lourdement tomber sur le lit.

Elle reste immobile, lui tournant le dos, les yeux clos ; l'écoute retirer ses chaussures, les lancer de côté, se lever, aller à la salle de bains, uriner, lâcher un vent.

Prends donc une douche, par pitié… Lave tes péchés !

L'eau du lavabo coule. La lumière s'éteint et il vient se coucher. Il émet un grognement : fatigué, satisfait…

Avant qu'il remonte les couvertures, elle sent l'alcool, la fumée de cigarette, la transpiration… Et aussi cette autre odeur, plus primitive.

C'est alors que le courage lui vient.

2

Samedi 1er août 2009

Transcription : *Debriefing d'Ismail Mohammed par A.J.M. Williams. Maison sécurisée, Gardens, Capetown*
Date et heure : *1er août 2009, 17 h 52*
M : Je veux entrer dans le programme, Williams. Là, tout de suite.
W : Je comprends, Ismail, mais...
M : Y a pas de « mais »... Ces ordures, ils veulent me flinguer ! Ils vont pas arrêter d'essayer.
W : Détends-toi, Ismail. Dès qu'on t'aura débriefé...
M : Mais ça va mettre combien de temps ?
W : Plus tu te calmeras vite et plus tu me parleras, moins ça prendra de temps.
M : Et je serai témoin protégé ?
W : Tu sais que nous nous occupons des gens qui sont de notre côté. Mais commençons par le commencement, Ismail. Qu'est-ce qui s'est passé ?
M : Je les ai entendus, ils parlaient...
W : Non : comment ont-ils découvert que tu travaillais pour nous ?
M : Je ne sais pas.
W : Tu n'as pas une petite idée ?
M : Je... Ils m'ont peut-être suivi.
W : Jusqu'à la boîte aux lettres ?
M : Peut-être... Mais j'ai fait attention, hein. Avec tout. Pour aller à la boîte aux lettres, je suis revenu trois fois sur mes pas, j'ai changé deux fois de train, mais...
W : Mais quoi ?

M : Mais non… Vous savez… la livraison, après… j'ai cru…
je sais pas… Peut-être que j'ai vu quelqu'un. Mais après…

W : L'un d'eux ?

M : Ça se peut. Possible.

W : Pourquoi est-ce qu'ils t'ont soupçonné ?

M : Vous voulez dire ?…

W : Supposons qu'ils t'aient suivi. Il devait y avoir une raison. Tu as dû faire quelque chose. Tu n'as pas posé trop
de questions ? Tu ne t'es pas trouvé au mauvais endroit,
au mauvais moment ?…

M : C'est votre faute. Si j'avais pu faire mon rapport avec
le portable, je serais toujours là-bas.

W : Les portables sont dangereux, Ismail, tu le sais.

M : Mais ils peuvent pas écouter tous les putains de portables du Cap…

W : Bien sûr, Ismail ; seulement ceux qui sont importants.
Mais qu'est-ce que les portables ont à voir avec tout ça ?

M : Parce que, chaque fois qu'il faut faire un rapport, faut
que je parte. Pour la boîte aux lettres, voilà.

W : Après la livraison, qu'est-ce qui s'est passé ?

M : Ma dernière, c'était lundi. Mardi, quand ça a commencé à merder, il y avait entre eux une sorte de silence
convenu, vous voyez. J'ai d'abord pensé que c'était un
autre truc qui les travaillait. Peut-être cette cargaison.
Mais hier, j'ai commencé à piger : c'est seulement quand
je suis dans les parages qu'ils changent et qu'ils sont
comme ça. Subtils, très subtils, ils essaient de s'en
cacher, mais c'est là quand même. Alors, ça commence
à m'inquiéter, et je pense : Faut dresser les oreilles,
quelque chose cloche. Et puis hier, il y avait Suleyman
au conseil et il m'a dit d'attendre à la cuisine avec
Rayan…

W : Suleyman Dolly. Le « Cheik ».

M : Oui.

W : Et Rayan ?…

M : Babou Rayan. Un homme à tout faire, un chauffeur.
Comme moi. On a travaillé ensemble. Alors, Rayan ne
me dit rien, pas un mot. Je trouve ça bizarre… Puis ils
appellent Rayan, c'est la première fois que ça arrive,
vous voyez. Il est que dalle, Rayan, comme moi ; nous,

on nous appelle pas. Alors je me dis : Et si j'écoutais à la porte ? Parce qu'il y a un problème. Donc je vais dans le couloir et je me poste là, et puis j'entends le Cheik... Suleyman... « On ne peut pas prendre de risques, l'enjeu est trop important. »

W : L'enjeu est trop important.

M : C'est ça. Puis le Cheik dit à Rayan : « Raconte au conseil comment Ismail disparaît. »

W : Continue.

M : Y a pas de « continue ». C'est là qu'ils m'ont attrapé.

W : Attrapé comment ?

M : L'imam m'a chopé à la porte. Moi, je croyais qu'il était à l'intérieur. Je croyais qu'ils étaient tous à l'intérieur.

W : Alors, tu as couru.

M : Alors, j'ai couru, et ces ordures m'ont tiré dessus. Ils ne reculent devant rien, ces gens-là. Ils sont impitoyables.

W : OK. Revenons-en à lundi. Dans ta déposition, tu as dit qu'il y avait beaucoup d'activité inhabituelle.

M : Depuis deux semaines, oui. Ils mijotent quelque chose.

W : Pourquoi tu dis ça ?

M : Le Comité, c'était une fois par semaine, depuis plusieurs mois. Et là, tout d'un coup, c'est trois fois, quatre fois. Ça veut dire quoi, ça ?

W : Mais tu ne sais pas pourquoi.

M : Ça doit être cette cargaison.

W : Raconte encore le coup de fil. Le Cheik et Macki.

M : Vendredi dernier, Macki appelle le Cheik. Alors il se lève et sort dans le couloir pour que je ne puisse pas entendre.

W : Comment tu as su que c'était Macki ?

M : Parce que le Cheik a dit : « Hello, Sayyid. »

W : Sayyid Khalid bin Alawi Macki ?

M : Oui, c'est lui. Le Cheik demande à Macki comme ça, en s'éloignant : « Des nouvelles de la cargaison ? » Et puis il dit : « Septembre. » Comme pour confirmer.

W : C'est tout ?

M : C'est tout ce que j'ai entendu. Alors le Cheik est revenu et il a dit aux autres : « Mauvaises nouvelles. »

W : « Mauvaises nouvelles. » Tu sais ce que ça voulait dire ?

M : Et comment je pourrais ?... C'est peut-être que la cargaison est petite. Ou que le *timing* colle pas. Ça peut être n'importe quoi.

W : Et après ?

M : Après ils s'en vont. Le Cheik et les deux du Comité suprême, ils descendent au sous-sol. Alors là, faut savoir, c'est du top secret.

W : Tu dirais donc que la cargaison va arriver en septembre ? C'est ça, ta conclusion ?

M : Ma meilleure hypothèse.

W : Ça veut dire « oui » ?

M : C'est ce que je pense.

W : Et cette cargaison, c'est quoi au juste ? Tu as une idée ?

M : Vous savez, si c'est Macki, c'est des diamants.

W : Mais qu'est-ce que le Comité veut faire des diamants, Ismail ?

M : Ça, y a que le Comité qui le sait.

W : Et personne d'autre n'en a parlé ?

M : Bien sûr qu'on en a parlé. Mais pas à ce niveau-là, plus bas. Mais c'est risqué, ce genre de truc, vous le savez.

W : Pas de fumée sans feu... Qu'est-ce qui se disait, plus bas ?

M : Que c'est des armes. Pour l'action locale.

W : Tu veux dire quoi, là ?

M : C'est ce qui se dit. Qu'ils veulent faire venir des armes. Pour une attaque, ici. Pour la première fois. Mais ça, je ne le crois pas.

W : Une attaque islamiste ? En Afrique du Sud ?

M : Oui. Ici. au Cap. *The fairest Cape*[1].

1. Citation de sir Francis Drake, navigateur anglais : « Le beau Cap. »

3

Dimanche 2 août 2009

Au sixième étage de Wale Street Chambers, au bureau de l'Agence présidentielle de renseignement, Janina Mentz étudie la transcription très attentivement. Quand elle a fini, elle ôte ses lunettes, les pose sur le bureau, puis se passe les mains sur la figure.

Elle n'a pas bien dormi. Les nouvelles de la soirée la travaillent encore : le bruit qui court au sujet de la fusion est si étrange qu'il pourrait bien se révéler fondé… En partie, du moins.

En ce cas, que deviendrait-elle ?

Certains la perçoivent comme une créature de Mbeki ; c'est lui, l'ancien président, qui a créé l'APR. Bien qu'elle ait évité de prendre parti dans la lutte des chefs, et en dépit du travail remarquable réalisé par son équipe, cette stigmatisation persiste. De surcroît, elle n'est directrice que depuis trois mois et n'a pas encore enregistré les succès qui lui permettraient de briguer un nouveau poste. Et puis, *last but not least*, elle est… blanche. Voilà.

Dans quelle mesure la rumeur est-elle fondée ? Mo Shaik à la tête de la superstructure ? Mo, le frère de Schabir, le corrompu repris de justice, ancien ami du nouveau président.

Rien n'est impossible…

Tant d'années de service, tant de luttes et d'efforts, tant de travail acharné pour en arriver là où elle est actuellement... pour tout perdre en fin de compte ?...

Non !

Janina Mentz baisse les mains et rechausse ses lunettes.

Elle reprend la transcription de l'interrogatoire d'Ismail Mohammed. Ce dont elle et l'APR auraient besoin pour survivre, c'est un événement sensationnel, une menace majeure, un dossier ultrasensible. Le voilà entre ses mains ! Un don des dieux... Elle n'a plus qu'à l'exploiter.

Elle se tourne vers son ordinateur et se met à chercher les rapports historiques dans la base de données.

Rapport : *L'extrémisme musulman sud-africain reconsidéré*
Date : *14 février 2007*
Rédacteurs : *Velma Du Plessis et Donald MacFarland*

Qibla sous un jour nouveau

Qibla a été fondé en 1980 par l'imam extrémiste Achmed Cassim dans le but de promouvoir l'établissement d'un État islamique en Afrique du Sud, sur le modèle de la révolution iranienne. Pendant les années 80, Qibla envoie des membres en Libye pour suivre un entraînement militaire ; pendant les années 90, des agents sont formés au Pakistan et se battent au Sud-Liban aux côtés du Hezbollah. Après le 11-Septembre, Qibla recrute des volontaires pour combattre en Afghanistan.

Entre 1998 et 2000, Qibla disparaît pratiquement en raison de l'interdiction de People Against Gangsterism and Drugs (PAGAD), un groupement qui lui est lié, et de l'arrestation de plus d'une centaine de sympathisants accusés de violences criminelles, y compris des assassinats.

Sa place est prise par une nouvelle organisation, encore plus clandestine : le Comité suprême.

Lundi 3 août 2009

Milla Strachan retire la clé de la serrure, pousse la porte d'entrée, mais n'entre pas tout de suite. Elle reste là un instant, immobile, ses yeux sombres dans le vague. Elle aperçoit les pièces vides de l'appartement. Pas de rideaux, pas de mobilier, juste une moquette usée, d'un beige presque incolore.

Elle hésite pourtant avant de franchir le seuil, comme si un grand poids la retenait, comme si elle attendait quelque chose.

Finalement, elle se penche, enfin décidée, ramasse les deux grandes valises à ses côtés et entre.

Elle porte les bagages dans la chambre, vaguement déprimée par tout ce vide. Samedi, quand elle a visité cet appartement, il y avait encore les meubles de la précédente locataire et des piles de cartons préparés en vue d'un retour en Allemagne décidé à la hâte : elle venait d'être rappelée au siège de l'organisation caritative qu'elle représente. « Je suis tellement contente que quelqu'un ait vu mon annonce, a dit la femme avec un geste vers la fenêtre. Vous ne le regretterez pas, regardez un peu la vue. » La baie vitrée donne sur Davenport Street à Vredehoek : les immeubles d'en face encadrent une mince tranche de la ville et de la mer.

Milla a dit qu'elle voulait le logement et qu'elle reprendrait le bail.

« Vous venez d'où ? a demandé la femme.

– D'un autre monde », a répondu Milla, à voix basse.

Ils sont trois, qui ne se ressemblent en rien, autour de la table ronde, dans le bureau de Janina Mentz, la directrice. Avec sa figure sévère – malgré la grande bouche, non maquillée –, ses lunettes strictes cerclées d'acier, ses cheveux tirés en arrière, des vêtements flous gris et blanc, de vieilles traces fines d'acné sur la mâchoire camouflées avec du fond de teint, de longs doigts sans bagues, des ongles sans vernis, elle semble chercher à dissimuler sa féminité. Son expression est insondable.

L'avocat Tau Masilo, directeur adjoint du secteur Opérations et Stratégie : quarante-trois ans, ventre plat, bretelles de couleur vive avec cravate assortie, un brin flamboyant ; visage fortement structuré, une expression grave, le regard intense, les cheveux courts bien coiffés. Ses subordonnés le surnomment *Nobody* (Personne), par référence au dicton *« Nobody's perfect »*. Car Tau Masilo, flegmatique, compétent, est parfait à leurs yeux. C'est un Sotho qui parle sans effort cinq autres langues sud-africaines. Janina Mentz l'a sélectionné avec un soin particulier.

Le troisième est Rajkumar, le directeur adjoint du secteur Systèmes d'information : sa chevelure noire lui descend jusqu'aux fesses. Il est obèse et socialement incapable, mais d'une intelligence phénoménale. Sa connaissance de l'électronique et de la communication numérique est encyclopédique. Les bras sur la table, ses doigts boudinés entrelacés, il fixe ses mains comme si elles le fascinaient. Janina Mentz en a hérité.

Elle lève lentement les yeux.

– D'autres témoignages ?

Rajkumar, prêt et zélé comme toujours, ne s'exprime qu'en anglais :

– Le trafic e-mail du Comité suprême : on constate une nette augmentation. Je pense qu'Ismail a raison : ils mijotent quelque chose. Mais quant à la cible, j'ai des doutes…

– Tau ?

– Ce qui m'inquiète, ce sont les rapports qui arrivent du Zimbabwe[1]. Macki n'est plus dans le jeu : lui et Mugabe ne s'entendent pas du tout.

1. Familièrement, le Zim.

– Alors, cette fameuse cargaison ne viendra sans doute pas du Zim ?

– Probablement pas… Directement d'Oman, peut-être, ou bien d'une autre source : l'Angola est une possibilité.

– Et le fait qu'ils projettent quelque chose au Cap ?… demande Janina Mentz. Je suis d'accord avec Raj. Premièrement, un terrorisme local gênerait fortement leurs associés. Le Hamas et le Hezbollah bénéficient de la sympathie et du soutien de notre gouvernement et lui en sont très reconnaissants. Deuxièmement, quel en serait l'avantage ? Dans quel but ? Je ne vois rien qu'ils pourraient logiquement attendre. Troisièmement, dans l'état actuel des choses, quelle serait leur motivation ?

– L'Afghanistan, dit l'avocat. C'est le nouveau point chaud. Les moudjahidin ont besoin d'armes et de munitions, mais comment les obtenir ? Aujourd'hui, le Pakistan marche avec les États-Unis, il bloque toutes les issues. L'OTAN surveille d'un œil de faucon le trafic provenant du Moyen-Orient. À cause des pirates, la Somalie n'est plus une option.

– Le prix de l'opium baisse, et ça aussi ça compte, dit Rajkumar. Le cash-flow des talibans n'est plus du tout ce qu'il était.

– Alors, d'où expédies-tu tes cargaisons ? demande Masilo, qui répond aussitôt à sa propre question : D'ici.

– Mais comment ?

– Je ne sais pas. Par bateau ?

– Pourquoi pas ? dit Rajkumar. L'Afghanistan n'a pas d'accès à la mer, mais l'Iran, si.

– Alors, pourquoi ne pas faire partir les armes d'Indonésie ? Là-bas, il y a beaucoup de musulmans très remontés.

– Bien vu. Peut-être parce que c'est ce que les Américains vont sans doute penser, eux aussi. Ils ont une présence navale conséquente…

Ils regardent tous deux Janina Mentz. Elle hoche la tête et rassemble les documents qui sont devant elle.

– Pourtant, d'après Ismail, ils parlent d'une attaque locale…

– Aux niveaux inférieurs, cependant…

– Vous savez bien, Raj, que l'information s'infiltre par le haut et coule vers le bas. (Elle se tourne vers Masilo.) Est-ce qu'il serait facile de remplacer Ismail Mohammed ?

– Non, pas du tout. Ce qui s'est passé avec Ismail leur a fichu la trouille. Ils ne se réunissent plus à Schotschekloof. Il faudra d'abord qu'on repère le nouveau lieu de rendez-vous. S'il y en a un.

– C'est une priorité, Tau. Il faut les localiser. Je veux qu'on remplace Ismail.

– Ça prendra du temps.

– Vous avez moins d'un mois.

Il secoue la tête.

– Madame, pendant trois, quatre ans, ces gens-là n'ont pas été une priorité. Ils forment un cercle fermé. Ismail se trouvait déjà à l'intérieur.

– Il doit y avoir quelqu'un là-dedans que l'on pourrait… atteindre, non ?

– Je vais préparer une liste.

– Raj, pourquoi ne pouvez-vous pas lire leurs e-mails ?

– Ils se servent de codes que nous n'avons jamais vus, et pour l'instant nous n'arrivons pas à les déchiffrer. On va continuer à examiner tous les envois. Tôt ou tard, quelqu'un se trompera, oubliera d'encrypter. Ça finira par arriver.

Elle réfléchit un instant avant de déclarer :

– Messieurs, il y a quelque chose là-dessous. Tous les signes concordent : le trafic e-mail, l'action subite contre Ismail, les rumeurs, la fameuse cargaison ; tout ça après deux années de calme plat. Il faut absolument que je sache ce que c'est. Si vous avez besoin de plus de per-

sonnel ou de moyens, vous n'avez qu'à me les demander. Tau, je veux que vous redoubliez la surveillance. Il
faut remplacer Ismail. Je veux des rapports hebdoma-
daires sur notre progression. De la concentration, du
dévouement : voilà ce qu'il faut... Merci d'être venus si
tôt aujourd'hui.

Elle va chercher encore deux autres valises dans sa
Renault Clio blanche stationnée dans la rue, puis le sac
de couchage et le matelas gonflable. Elle est mal à
l'aise. Que vont penser les gens du coin en voyant emménager une femme seule de quarante ans ? Une angoisse
diffuse la guette, reptile somnolant sous la surface de
l'eau.

Elle range ses vêtements dans les placards de méla-
mine blanche bon marché. Dans la salle de bains, l'armoire
à pharmacie au-dessus du lavabo est trop petite pour
contenir ses affaires de toilette. Elle surprend son image
dans le miroir : presque méconnaissable, avec ces cheveux noirs qu'elle ne teint pas, ni longs ni courts, coiffés
sans aucun goût, avec du gris qui pointe ici et là ; ce
teint méditerranéen bistre, ces rides autour des yeux, ces
deux plis creusés aux coins de la bouche... Lasse, sans
maquillage, sans vie... Bon Dieu, Milla ! Comment
as-tu pu te laisser aller à ce point ? Ce qui t'arrive n'a
rien d'étonnant ! Quel homme resterait avec une femme
pareille ?...

Elle se détourne vite et rejoint la chambre. Elle
s'accroupit, déroule le matelas et souffle pour le gonfler.
Un flux de mots lui traverse l'esprit : trop, trop de mots,
comme d'habitude. Ce soir, dans son journal, elle en
reprendra certains : « Je suis ici parce que imperceptiblement, jour après jour, la femme aperçue dans le
miroir a échoué. Comme si je tenais une corde dans mes
mains, et qu'un poids invisible l'entraînait peu à peu
vers le bord de la falaise, un poids que je sentirais à

peine, juste assez lourd pour que la corde glisse furtivement entre mes doigts, jusqu'au bout, et m'échappe tout d'un coup. La raison de tout ça, désormais j'en suis sûre, se trouve ici, sous ma peau, dans la texture de mes tissus, la spirale de mon ADN. Je suis faite ainsi, je me suis laissée devenir ainsi. Incapable… Oui : incapable, en dépit de mes efforts, de mes bonnes intentions… Non : incapable *à cause* de mes efforts et de mes intentions : c'est une incapacité inhérente, enracinée, à laquelle on ne peut pas échapper. Elle est totale, frustrante, lamentable : je ne peux pas être la femme de cet homme ; je ne peux pas être la mère de cet enfant. Il se pourrait que je ne puisse pas être la femme de qui que ce soit, et que je ne sois capable d'être ni une épouse ni une mère. »

Dans son sac à main, son portable se met à sonner. Elle ferme avec soin la valve du matelas. C'est probablement Christo qui appelle. Il a été son mari. Sur le papier.

L'enveloppe a dû lui parvenir.

Elle sort le portable de son sac, regarde l'écran : oui, c'est le numéro de son bureau.

Elle le voit assis, sa lettre devant lui. Accompagnée des papiers de l'avocat, rassemblés en hâte samedi après-midi. Christo aura fermé la porte, avec cette expression coléreuse, version « espèce de pauvre conne ». Si elle répondait à l'appel, les vannes s'ouvriraient, les grossièretés se bousculeraient : « Bon sang de bordel de Dieu, Milla !… »

Elle regarde l'écran fixement, son cœur bat la chamade, ses mains tremblent. Puis elle range l'appareil dans son sac ; le petit écran en éclaire l'intérieur d'une lueur menaçante.

La sonnerie finit par changer : messagerie vocale ; la lumière baisse. Elle savait qu'il laisserait un message… en l'insultant, bien sûr.

Elle se détourne de son sac et prend une décision : elle va changer de numéro.

Et avant qu'elle ait repris sa place à côté du matelas, un bip annonce l'arrivée d'un message.

Mercredi 5 août 2009

Le frigo Ardo a été livré en fin d'après-midi. Ensuite, Milla est restée à en écouter le ronronnement rassurant. Elle contemple cette forme mastoc et pense : Voilà un truc à quoi m'accrocher, le premier rempart solide qui m'empêche de revenir en arrière, contre la dérive, l'engloutissement, la peur d'un avenir informe. Et puis il y a ce souci tout neuf, mais lancinant : l'argent. Le lit qu'elle a commandé, le canapé, la table, les chaises, le bureau, les rideaux : tout cela coûte une petite fortune.

Son matelas de sécurité, son modeste héritage, a nettement diminué.

Elle va devoir trouver du travail. Il y a urgence. Pour l'argent. Mais aussi pour la liberté.

4

Jeudi 6 août 2009

Vers 10 heures du matin, elle va à Durbanville : à cette heure-là, il n'y aura personne à la maison. Le sac de couchage et le matelas pneumatique appartenaient à Christo ; elle veut les ranger dans le garage. Elle veut aussi y laisser ses clés, définitivement.

Herta Erna Street.

Christo s'était moqué d'elle quand elle avait dit : « Pas question d'habiter une rue qui porte un tel nom. »

Christo travaille avec des chiffres, il n'a jamais compris ce qu'elle trouve aux mots : il ne comprend pas que les mots vivent, qu'ils ont un rythme, une fonction autre que la simple désignation ; et que la façon dont la bouche et la langue les forment n'est pas séparable de leur sens, de leur contenu émotionnel et de leur sonorité.

La grille s'ouvre lentement, elle s'impatiente. Derrière, la grande villa à un étage. *« Developer's Delight »* : délice de promoteur, s'est gaussé un architecte, dans une revue, au sujet de ce style « toscan du Transvaal » et de son « modernisme de banlieue résidentielle ».

Ils étaient venus tous les deux la visiter, après deux mois de recherches dans le secteur où Christo tenait absolument à vivre. Pourquoi là ? « Parce que nous pouvons nous le payer », c'était sa seule raison ; en clair :

« Nous sommes désormais trop riches pour n'habiter que Stellenberg. »

Une maison style Durbanville après l'autre ; elle les avait évaluées et rejetées : luxueuses, froides, sans caractère. Pas une seule n'était équipée de rayonnages pour des livres. C'est ce détail qui lui revient le plus clairement en mémoire : tous ces Blancs aisés, et pas un seul livre chez eux. Des bars, si ! Monstruosités coûteuses en bois massif – traverses de chemin de fer retravaillées, bois clair suédois… –, l'éclairage caché, souvent réalisé à grands frais et avec un certain goût ; une discrète pression sur l'interrupteur et voici le bar qui s'anime, se dévoile, se pavane devant vous, sacralisé : un sanctuaire dédié à l'alcool.

Dès qu'ils avaient vu cette maison-ci, Christo s'était prononcé : « C'est celle que je veux. » Parce qu'elle avait l'air chère. Milla avait fait des objections contre tout, même contre le nom de la rue, mais Christo les avait balayées avec une plaisanterie et il avait signé la promesse de vente.

Milla passe la grille en voiture, s'arrête devant le triple garage, une porte pour l'Audi Q7 de Christo, une pour les jouets de Christo et une pour sa Renault à elle. Elle active la télécommande : le battant se lève. Elle prend le matelas et le sac de couchage bien roulés et entre.

L'emplacement de la Q7 est vide.

Heureusement…

Sans perdre de temps elle se dirige vers le fond, là où les affaires de Christo sont rangées en bon ordre, et remet sac et matelas à leur place. Puis elle hésite, consciente que la porte la séparant des pièces d'habitation est là, sur sa gauche. Elle ne devrait pas la franchir ; elle le sait : elle y sentirait l'odeur de Barend ; elle verrait comment vivent les deux hommes ; elle ressentirait à nouveau tout le poids de sa vie avec eux.

On entend des chiens japper dans la rue. La main lourde de la déprime se pose sur son épaule…

Dans ce quartier, les chiens aboient sans arrêt, toute la journée. *Dogville* : c'était le nom qu'elle donnait à Durbanville, à l'époque où elle osait encore se plaindre à Christo de son sort.

« Mais bordel, Milla ! Tu n'es donc jamais contente ? »

Elle sort en hâte du garage et monte dans sa voiture.

À Durbanville, elle fait un saut au centre commercial Palm Grove pour acheter de quoi déjeuner. Elle se faufile sur la première place de parking qu'elle trouve. Elle sort de sa voiture, son regard tombe sur une pancarte : *Cours de danse Arthur Murray*. Elle avait oublié qu'Arthur Murray existait : indice – encore un – du brouillard dans lequel elle a vécu.

Au supermarché, elle est assaillie par un parfum de fleurs. C'est comme si elle voyait des fleurs pour la première fois : leur gaieté, la vivacité de leurs couleurs. Elle se rappelle ce qu'elle a écrit dans son journal la veille au soir : « Comment retrouver la personne que j'étais av. C. ? Avant Christo. »

De retour dans sa Clio, elle regarde à nouveau la pancarte.

La danse. Christo ne voulait jamais danser. Même lorsqu'ils étaient étudiants. Pourquoi y avait-elle renoncé, pourquoi s'était-elle soumise à ses choix à lui, à ses préférences ? Pourtant, elle prenait tant de plaisir à danser avant que tout change.

Elle déverrouille la voiture, s'y assied et pose les fleurs et le sac en plastique contenant les courses sur le siège du passager.

Exit Christo !

Elle redescend, referme la voiture et se dirige vers le cours Arthur Murray.

Sur la piste de danse inondée par la lumière qui traverse les fenêtres, il y a un homme et une femme. Ils sont jeunes ; l'homme porte un pantalon noir, une chemise blanche, un gilet noir ; la femme, une robe courte rouge bordeaux ; ses jambes sont longues et belles. Les haut-parleurs diffusent un tango ; le couple glisse sur le parquet, sans effort.

Milla regarde, fascinée par la beauté, la fluidité, le synchronisme parfait, la maestria et le plaisir manifeste des danseurs. Soudain, elle est envahie par le désir d'atteindre cela elle aussi, cette grâce, cette aisance, de s'y consacrer tout entière, de vivre cette expérience et de la communiquer.

Pouvoir danser comme ça ! Si libre !...

Elle se dirige vers l'accueil. Une jeune femme lève les yeux et lui sourit.

– Je veux apprendre, dit Milla.

Vendredi 7 août 2009

Les cheveux coupés, teints, elle s'est habillée avec soin, en recherchant une impression de professionnalisme mais sans formalisme, une élégance décontractée : boots, pantalon, chandail noir, écharpe rouge. Et maintenant, attablée à la cafétéria de Media 24, elle attend sa copine. Elle se sent peu assurée. Son maquillage est-il trop léger ? Ou en a-t-elle trop fait ?

Mais la copine qui arrive s'exclame :

– Milla, tu es magnifique !

– Vraiment ?

– Tu le sais bien, que t'es belle !

Mais non : Milla ne le sait pas.

La copine est une ancienne camarade de fac, cela remonte à dix-sept ans ; elle a fait carrière dans le journalisme. Une jolie femme, directrice adjointe d'une revue féminine bien connue, qui parle avec affectation, en saupoudrant ses remarques de points d'exclamation.

– Comment ça va ! ?

– Bien.

Et Milla ajoute, avec une certaine anxiété :

– Je voudrais travailler.

– Ah ! Écrire ton livre ? Enfin !

– Je cherche plutôt un job de journaliste…

– Non ! Milla ! Mais pourquoi donc ? Tu as des ennuis ?…

Milla, consciente de ne pas pouvoir tout expliquer, hausse les épaules.

– Tu sais, Barend n'a plus besoin de moi à la maison.

– Ma pauvre Milla ! Ce n'est pas une bonne idée. D'abord, tu es blanche, ce qui n'est pas un atout de nos jours, plus du tout la couleur gagnante ! Et tu n'as pas d'expérience ! Pas de CV ! Tes diplômes ne serviront à rien, à notre âge ! Il y a des hordes de jeunes ambitieux très qualifiés prêts à travailler pour des clopinettes ! Tu vas te retrouver en concurrence avec ces gens-là ! Ils connaissent à fond le numérique, ils vivent dedans depuis toujours ! Et puis il y a la conjoncture économique. Les médias sont é-tran-glés ! Littéralement ! Tu sais combien de publications ont fermé ? Recrutement gelé, postes coupés… Difficile de choisir un plus mauvais moment. Dis plutôt à Christo que tu veux ouvrir une boutique, un coffee-shop… Le journalisme, Milla ? Par les temps qui courent ? Laisse tomber !

Dimanche 9 août 2009

Assise sur le canapé tout neuf de son salon, Milla a déplié sur la table basse la section Carrières du *Sunday*

Times. Anxieusement, elle parcourt les annonces de la rubrique Médias. Des sociétés recherchent un directeur des opérations e-commerce, un développeur WordPress/PHP, un développeur Internet, un rédacteur Web (expérience Internet/mobile essentielle)…

L'angoisse monte, le doute aussi. Elle n'y arrivera pas, elle ne survivra pas. Vendredi après-midi, le consultant d'une agence de recrutement lui a dit la même chose, en se cachant derrière un écran de politiquement correct et d'euphémismes d'entreprise… La copine a raison : elle n'a aucune chance.

Mais elle ne pouvait l'accepter, alors elle a quand même téléphoné directement aux publications ; les unes après les autres, par ordre de préférence décroissante, en commençant par les revues et les quotidiens, en afrikaans et en anglais, puis, en se faisant violence, elle a appelé les tabloïds locaux pour finir, désespérée, par les éditeurs de presse d'entreprise.

En vain. Toujours le même message : Nous n'avons actuellement pas de postes vacants, mais envoyez-nous votre CV.

Au bas d'une page intérieure, elle finit par tomber sur un tout petit encadré en anglais : *Journaliste. Poste permanent au Cap. Expérience du domaine souhaitable. Compétence confirmée en recherche et rédaction. Doit aimer le travail en équipe. Diplôme universitaire indispensable. Salaire normal. Veuillez appeler Mme Nkosi. Les demandes doivent nous parvenir avant le 31/08/09.*

Le « souhaitable » au lieu d'« indispensable » lui donne un peu d'espoir. Elle se redresse, plie le journal pour mettre l'annonce bien en vue, et porte à ses lèvres sa tasse de thé rooibos.

5

Mardi 11 août 2009

Il doit être 12 h 55, le clodo descend Coronation Street en poussant de la main gauche un chariot le long de la file de voitures stationnées devant la mosquée. Il titube. Dans la main droite, il tient une bouteille enveloppée dans un sac en papier kraft.

La rue est déserte, les propriétaires des voitures sont à l'intérieur de la mosquée pour la prière de Dhuhr.

Arrivé au niveau d'une voiture blanche en stationnement, une Hyundai Elantra modèle 1998, le clodo trébuche et tombe. Dans un geste désespéré, il lève la bouteille pour éviter de la casser. Il reste couché un instant, sonné, et tente de se relever, mais sans y réussir. Résigné, il cherche à se protéger du soleil, se glisse de côté, la tête sous la voiture, au niveau de la roue arrière. Il attrape la bouteille et boit encore un coup. Ce n'est pas sûr, car on ne voit pas ses mains. Il reste là-dessous un instant, occupé à tripoter sa bouteille, puis ressort lentement.

Il met la bouteille de côté sur le bitume, prend appui sur le bord du pare-chocs et tente, maladroitement, de se relever. C'est manifestement difficile, il s'agrippe à la voiture et n'arrive à se remettre debout qu'au prix d'un effort impressionnant.

Il tente de dépoussiérer les loques dont il est vêtu, ramasse la bouteille, tend un bras vers son chariot et reprend sa progression chancelante.

Dans la salle d'informatique de l'Agence présidentielle de renseignement, Rajhev Rajkumar est assis à côté d'un opérateur. Quinn, le chef du personnel, est debout à côté d'eux. Tous les trois regardent fixement l'écran de l'ordinateur sur lequel s'affiche un plan des rues du Cap.

Quinn jette un coup d'œil à sa montre, puis se remet à fixer l'écran.

– Zoom avant, dit Rajkumar.

L'opérateur clique sur l'icône de la loupe, puis sur le petit triangle, deux, trois fois, et fait apparaître clairement le nom de la rue : Coronation.

– Je pense que nous sommes revenus dans la partie, dit Rajkumar en anglais.

– J'attendrai le rapport de Terry, dit Quinn.

– Mais jusqu'ici, ça marche.

Quinn rend compte directement à son supérieur, l'avocat Tau Masilo. Vers la fin de l'après-midi, dans le bureau de son chef, il rapporte que l'installation de l'émetteur GPS sur la Hyundai Elantra de Babou Rayan a été effectuée. Le suivi indique que la voiture est restée plus d'une heure à une nouvelle adresse : 15 Chamberlain Street, Upper Woodstock.

– On va y faire un tour, dit Masilo.

– La moto de la pharmacie ?

– Ça devrait aller.

– Je m'en occupe.

Pièce photocopiée : *Journal de Milla Strachan*
Date d'inscription : *11 août 2009*
Le Swing. Un-deux-trois, un-deux-trois, pas en arrière.

Le Fox-trot. Lent. Lent. Rapide. Rapide.

La Valse. Un. Deux. Trois.

Le Tango. Lent… Lent… Lent… Rapide. Rapide. Code morse de la danse. « Figures d'école », d'après Arthur Murray, des pas élémentaires qu'il me faut répéter. Je suis encore très loin de la femme que j'ai vue danser jeudi dernier. Mais il y a quand même quelque chose d'apaisant dans cet exercice infantile : si tu veux arriver là, voilà par où il faut commencer, au début, tout en bas de l'échelle. En n'attaquant qu'une étape à la fois. C'est étrange : ça apaise l'angoisse, le sentiment d'insécurité.

Vendredi 14 août 2009

Janina Mentz est assise dans son bureau avec Rajkumar et Masilo autour de la table ronde, et leur explique la conception qu'a le président d'un service de renseignement unifié. Masilo ne réagit pas. Rajkumar, l'air soucieux, regarde un bout de peau qui se détache près de l'ongle de son pouce.

– Nos carrières sont en jeu, dit la directrice.

Rajkumar mordille le bout de peau.

– Sommes-nous les seuls impliqués dans l'affaire du Comité suprême ? demande-t-elle.

– Bien sûr, répond Tau Masilo.

– Alors on doit en tirer parti.

– Donc, vous dites que… dit Raj, en anglais comme d'habitude.

– Oui, Raj, à mon avis, c'est là notre carte maîtresse. Et également notre dernier ressort. À moins que tu ne connaisses un autre domaine où nous avons l'exclusivité…

– Non…

– Alors, il vaudrait mieux que nous l'exploitions. Sinon, nous nous retrouverons relégués quelque part dans l'arrière-boutique de quelque merveilleux hyperconglomérat du renseignement imaginé par le président. Réduits à nous demander pourquoi nous n'avons pas travaillé un peu plus et un peu plus vite quand nous en avions encore l'occasion !

– Mais alors, si nous avions raison ? S'il ne s'agissait pas d'une action locale, mais seulement d'al-Qaida qui tente désespérément d'expédier une dernière fois quelques AK en Afghanistan ?

– Dans ce cas, Raj, il va falloir trouver le moyen de faire travailler ce petit quelque chose en notre faveur.

Milla Strachan est assise, en train de lire quand, à 15 h 30, son portable sonne.

APPEL INCONNU.

– Allô…

– Milla Strachan ?

– Oui.

– Je suis Mme Nkosi. De l'agence. J'ai une bonne nouvelle pour vous. Nous aimerions que vous vous présentiez pour un entretien d'embauche.

– Ah !…

Soulagement, surprise, reconnaissance…

– Cela vous intéresse toujours ?

– Bien sûr !

– Pourriez-vous venir la semaine prochaine ?

– Oui, je pourrai.

– Mercredi ?

– Mercredi, très bien.

Elle a failli dire « magnifique », s'est retenue pour ne pas donner l'impression qu'elle était trop reconnaissante, ou trop impatiente.

– Très bien. À midi ?

Peur, peur, peur… Pourquoi donc a-t-elle peur de tout ? Avant Christo, elle n'était pas comme ça ; avant, elle était courageuse, plutôt culottée. Il y a presque vingt ans de ça… Où donc est passée cette Milla-là ? Trop timide désormais pour se présenter à la soirée Rencontres d'Arthur Murray. Mais pourquoi ? Par peur de quoi ?

Finalement, ce qui l'oblige à y aller, c'est la promesse faite à son professeur. Il est déjà tard. Elle se prépare à la va-vite, conduit trop rapidement, arrive là-bas le cœur battant. Heureusement, tout le monde est déjà en piste, il y a davantage de femmes que d'hommes, il y a des femmes plus jeunes qu'elle… Tout de suite, son professeur l'invite à danser.

6

Mardi 18 août 2009

Tau Masilo ouvre un dossier qu'il tient sur ses genoux, en retire une photo et la place sur le bureau, devant Janina Mentz.

– Prise depuis la moto de la pharmacie, hier en fin d'après-midi, au 15 Chamberlain Street, à Woodstock…

La photo montre le Cheik, le président du Comité suprême, Suleyman Dolly, contournant une voiture dont le devant apparaît sur l'image.

– Très probablement le nouveau lieu de réunion.

Elle étudie les photos.

– Ils l'ont bien choisi.

– En effet. Et ça veut dire quelque chose. Regardez celle-là. Le Cheik n'utilise plus sa Volvo, ça veut dire qu'il s'est mis à faire très attention. La sécurité de ce nouveau lieu de réunion est devenue « organique », pour ainsi dire : ce matin, nous avons vu Babou emménager dans une des deux maisons jumelées. Le choix de la maison est révélateur en soi : sa situation dans un quartier habité par la classe moyenne et dont la plupart des habitants sont absents pendant la journée, car ils travaillent, donc moins de regards curieux, et aussi des rues calmes, où des voitures inconnues seraient remarquées immédiatement. C'est une maison à étages : de la fenêtre en haut, on peut surveiller à peu près toute la rue.

– Ils se donnent du mal…

– En effet, beaucoup de mal. Il doit y avoir une raison.

– Que comptez-vous faire ?

– La seule solution, c'est d'installer quelqu'un dans une des quatre maisons d'en face. Nous étudions actuellement les titres de propriété. L'idéal serait qu'il y en ait une à louer…

– Mais ça servirait à quoi, Tau ?

– Je ne comprends pas.

– Est-il vraiment utile d'installer quelqu'un dans une de ces maisons ? Une photo ou deux de plus des entrées et des sorties de ces gens ne nous apporteraient rien de plus. Ce qu'on veut savoir, c'est de quoi ils parlent pendant leurs réunions.

– Mais, madame, nous prévoyons bien plus qu'un simple appareil photo.

– Ah bon ?…

– Mais oui ! Nous installerons des antennes de téléphone cellulaire, des micros paraboliques…

D'un geste de la main, Janina Mentz écarte la proposition.

Masilo ne se décourage pas.

– Regardez ici, par exemple, sur le mur de devant. Si on pouvait remplacer une de ces vis par un micro électroacoustique…

– Si ?…

– Madame, vous le savez bien, la priorité, c'est la surveillance.

– Tau, j'ai quelquefois l'impression que nous sommes simplement en train de nous amuser avec toute cette histoire d'espionnage technologique. Comme dans un film, c'est excitant, on se distrait, mais quand on arrive aux résultats, ça ne donne pas grand-chose.

– Je conteste…

– Vous pourrez contester tant que vous voudrez, Tau, mais où sont les résultats ? Nous avions Ismail Mohammed à l'intérieur ; ensuite, nous avons tenté des écoutes en utilisant une technologie que parfois je ne comprends pas entièrement. Et voilà où nous en sommes : dans le noir.

– Pas tout à fait, quand même…

Janina Mentz grimace et secoue la tête.

– Donnez-nous donc des résultats, Tau.

Il lui sourit.

– Vous les aurez.

Mercredi 19 août 2009

– Est-ce que vous vous considéreriez comme ambitieuse ? demande Mme Nkosi.

C'est une femme d'un certain âge, maternelle.

Milla réfléchit avant de répondre, craignant un piège.

– Je pense que… si l'on travaille dur, on peut être à la hauteur… si l'on donne le meilleur de soi-même.

Mme Nkosi répond encore par un « Hmm-hmm » satisfait et fait une annotation sur ses documents. Puis elle lève la tête.

– Parlez-moi un peu de vous. De ce que vous avez fait.

Question prévisible, Milla a préparé une réponse.

– Je suis née à Wellington, c'est là que j'ai été élevée et que j'ai fait toute ma scolarité. Ma mère était femme au foyer…

– Créatrice de foyer, corrige Mme Nkosi, comme s'il s'agissait de la plus noble des professions.

– Oui, répond Milla. Mon père était homme d'affaires, si l'on peut dire…

MS : Lui et ma mère étaient un couple de hippies afrikaners, très excentriques, très différents des parents des
autres enfants. Je ne sais toujours pas si... enfin, quelle
influence ça a pu avoir sur moi. À une époque, j'avais tellement honte d'eux... Je veux dire, ma mère était... Parfois, par exemple, quand nous étions seules, elle se
baladait nue dans la maison ; et mon père, lui, fumait de
l'herbe de temps en temps, au salon. Il travaillait à la maison, chez nous : son atelier, c'était le garage. Au début, il
a réparé des caisses enregistreuses ; par la suite, des ordinateurs. Il était... excentrique, mais pas seulement, il était
aussi très intelligent. Il lisait beaucoup, de la science, de
l'histoire, de la philosophie... C'était un grand partisan de
Bertrand Russell, il se considérait lui aussi comme un paci-
fiste relativement politisé. « L'intellect libre est le principal
moteur du progrès humain... » C'était sa citation préférée...

– L'année où j'ai obtenu mon diplôme de journalisme,
je me suis mariée, et je suis tombée enceinte... et j'ai été
« créatrice de foyer »... (Milla sourit timidement, laissant
cette expression en suspens, car elle était de Mme Nkosi)
pendant dix-sept ans. Maintenant, je vis de nouveau seule.
Mais je dois vous avertir qu'officiellement je n'ai pas
encore repris mon nom de jeune fille, Strachan, car le
divorce n'a pas encore été prononcé.

– Vous avez bien fait, dit Mme Nkosi. Depuis quand
vivez-vous seule ?

– Déjà quelques mois.

Milla se sent obligée d'arranger la réalité.

– Très bien, dit Mme Nkosi.

Milla ne comprend pas pourquoi. Toute cette expérience a une allure un peu surréaliste : l'agence de recru-

tement est décevante, installée au cinquième étage d'un immeuble sans charme de Wale Street, les lettres sur la porte sont petites et sans originalité, *Perfect Placement, Agents de recrutement* ; meubles et décor sans caractère… Milla se demande de quelle publication il s'agit : le périodique d'une PME ? Un gratuit de banlieue ?

Elles bavardent une heure et demie, et Milla s'explique, un peu gênée, sur son expérience, sa personnalité, ses opinions et son idéologie. Ses réponses sont récompensées par un « Bien » de Mme Nkosi, un « Hmmm ! » enchanté et parfois un « Merveilleux ! » – comme si Milla était exquise, parfaite… Et à la fin :

– Avez-vous des questions à me poser ?

– Oui… j'aimerais bien savoir… De quelle publication s'agit-il ?

– Pour être tout à fait franche, il ne s'agit pas exactement d'une… publication. Mon client recherche des journalistes, d'abord en raison de leur compétence en matière de traitement de l'information. Et aussi, naturellement, parce qu'ils écrivent bien.

Mme Nkosi consulte ses notes.

– Le candidat retenu sera chargé d'intégrer et de structurer les faits, ainsi que de rédiger des comptes rendus concis, clairs et lisibles à l'intention de la direction. Ces rapports jouent un rôle essentiel dans la prise de décision de l'entité en question.

– Ah, bon.

Milla est déçue ; cela se sent.

– Il s'agit d'un poste important, dit Mme Nkosi.

Milla hoche la tête, pensive.

– Vous gagnerez exactement la même chose que dans les médias, vous savez. Et même un petit peu plus.

– Quelle est l'entité en question ?

– Pour l'instant, je ne suis pas autorisée à vous le révéler.

7

Pièce photocopiée : *Journal de Milla Strachan*
Date d'inscription : *20 août 2009*
À la fin des six premières leçons de danse – le cycle d'introduction –, je passe dans le groupe de M. Soderstrom, mon
nouveau professeur, pour une durée plus longue. Je ne
connais pas son prénom – une règle chez Arthur Murray –,
on en reste aux conventions d'autrefois : monsieur,
madame, mademoiselle ; courtoisie et dignité. M. Soderstrom est mince, un danseur ahurissant. À l'issue d'une
séance difficile – j'en ai bavé –, je lui demande s'il pense
que j'y arriverai. « Mais bien sûr que vous saurez danser ! » affirme-t-il avec un sourire radieux.
C'est sans doute ce qu'il dit à tous ses élèves.
Passé trois heures devant mon ordinateur à m'efforcer
d'écrire mon livre... Rien. Existe-t-il une méthode scolaire pour amateurs permettant de réduire l'écriture d'un
roman à un-deux-trois, pas en arrière ?... Mes pensées
ont divagué vers d'autres questions : la nature de la
liberté, sa relativité... Liberté, limitée par la conscience,
par les désirs, par la culpabilité et par la dépendance : de
l'argent, de la stimulation, de l'organisation, du talent, des
objectifs. Et par le courage. Courage que, moi, j'ai perdu
quelque part dans la banlieue Nord, il y a des années de
cela.

Lundi 24 août 2009

Milla se trouve dans l'hyper Pick'n'Pay du centre commercial de Gardens lorsque Kemp, son avocat, appelle.

– Deux choses : il y a ici une lettre de votre fils pour vous ; et Christo a appelé, très en colère. Il dit que des gens sont venus à son bureau lui poser des questions. Pour vérifier votre passé.

– Vérifier mon passé ?…

Elle n'y comprend rien.

– Il paraît que vous avez postulé un emploi quelque part.

Elle peine toujours à saisir le rapport.

– Vous l'avez donc fait ? demande Kemp.

– Mais oui…

– Il dit qu'on lui a posé des questions sur vos antécédents politiques.

– Mes antécédents politiques ?…

– Puis-je vous demander où vous avez postulé ?

– J'ai… le… l'agence de recrutement n'a pas pu me dire grand-chose. C'est un poste de journaliste. Qu'est-ce que Christo leur a dit ?

– Ses paroles exactes ?

– Oui.

– Que vous êtes une sale communiste, tout comme votre père. Et aussi dingue que votre mère. Apparemment, il était très contrarié, Christo. Il m'a expliqué que c'était très gênant pour lui, et que vous auriez dû le prévenir…

– Comment l'aurais-je pu ?

Elle entend la sonnerie d'un appel qui arrive.

– Pardon, Gus, il faut que je vous quitte…

– J'envoie notre coursier avec la lettre.

– Merci, Gus.

Il lui dit au revoir. Elle regarde l'écran : APPEL INCONNU.

– Allô ?

– Allô, Milla ? C'est Mme Nkosi…

Milla voudrait poser une question au sujet de l'enquête sur son passé, se plaindre poliment, mais elle n'a pas le temps de réagir :

– J'ai une très bonne nouvelle pour vous, annonce Mme Nkosi. Vous êtes sur la liste restreinte. Pouvez-vous venir demain matin pour l'entretien ?

Milla est prise de court :

– Demain ?

– Si ça vous convient.

– Mais… bien sûr !

Elle confirme l'heure et prend congé. Tout en poussant son chariot, elle tente d'assimiler la nouvelle. Les commentaires de Christo sur son communiste de père n'auraient donc pas fait trop de dégâts…

Elle passe à la caisse, va ensuite au kiosque, s'achète un paquet de cigarettes et un briquet Bic. Pour la première fois depuis dix-huit ans…

Dans la salle d'opérations de l'Agence présidentielle de renseignement, sur grand écran, on voit la photo d'un homme en costume qui descend de voiture. Sa peau est foncée, il porte un complet sombre, une chemise blanche et une cravate grise ; il a un sac noir à l'épaule. L'image est grainée, le champ peu profond : la photo a sans doute été prise au téléobjectif.

Janina Mentz et Tau Masilo l'examinent, assis. Le bras droit de Masilo, Quinn, est debout à côté d'eux. Il pointe un doigt vers l'écran.

– Shahid Latif Osman, un des membres du Comité suprême, dit-il. Ce n'est pas souvent qu'on le voit en costume : en général, il porte l'habit musulman traditionnel. La photo a été prise dimanche, vers midi et demi, devant un hôtel cinq étoiles de Morningside, à Johannesburg. Osman y est arrivé samedi, s'est inscrit sous le nom d'Abdoul Galli. Là, il est en train de retourner à l'aéroport. Vingt minutes auparavant, cet homme-ci (Quinn clique sur son ordinateur portable) avait quitté ce même endroit.

Une nouvelle image est apparue à l'écran : devant l'hôtel, un grand Noir, impeccablement habillé – veste bleu marine, pantalon gris –, monte dans une BMW X5 noire, du côté passager.

– Nous l'avons identifié ce matin grâce aux plaques du véhicule. Il s'agit de Julius Nhlakanipho Shabangu. Alias « Inkunzi » : « taureau », en zoulou. Notre principale source d'information à son sujet est la base de données des renseignements généraux, d'après laquelle il est associé à des organisations criminelles de la région de Gauteng. Casier judiciaire : deux condamnations à la prison ferme pour vol à main armée. On pense qu'il est depuis quatre ans le cerveau d'un réseau de vols de voitures, d'agressions à main armée et d'attaques de transports de fonds. Il y aurait d'autres renseignements dans les dossiers des Scorpions[1], mais il va nous falloir un peu de temps pour mettre la main dessus.

– D'après un membre de l'équipe de cuisine de l'hôtel, Inkunzi et Osman se sont rencontrés dans la bibliothèque, portes verrouillées, ajoute l'avocat.

Quinn indique l'écran du doigt et confirme :

– Inkunzi est arrivé à l'hôtel le matin à 10 heures. Son chauffeur a attendu dehors. Deux heures plus tard il en est sorti, suivi peu après par Osman. Depuis la veille au soir, Osman n'avait pas quitté l'hôtel.

– Intéressant… dit Janina Mentz.

– Aucune trace d'une rencontre précédente entre ces deux personnages, dit Quinn.

---

1. Direction des poursuites criminelles, récemment dissoute (dans des conditions controversées).

– Osman se rend souvent à Johannesburg, mais principalement dans des mosquées, à Newtown, Lenasia, Mayfair et Laudium[1]. Inkunzi n'a jamais été vu dans aucun de ces endroits-là.

– Un compagnonnage nouveau alors…

Janina Mentz est ravie. Du progrès, enfin !

– Drôle de confrérie, remarque Tau Masilo.

– Je présume que nous allons surveiller Inkunzi désormais ?

– En effet.

Elle voudrait allumer une cigarette avant d'ouvrir la lettre, mais il n'y a pas de cendrier. Elle va chercher une soucoupe à la cuisine, puis allume sa cigarette, tire une grande bouffée. Et tousse…

Elle fume sa cigarette, les yeux rivés sur la lettre posée devant elle, sur la table basse. Elle la prend enfin, à contrecœur, et ouvre l'enveloppe.

Chère maman,

Je regrette beaucoup, maman. J'ai été grossier avec toi, et je ne me suis pas excusé comme j'aurais dû. Je t'ai manqué de respect, maman. Quand je m'en suis rendu compte, il était trop tard. Cela m'a servie de leçon, maman, je te le promets. Si tu pouvais me pardonner, je m'appliquerais à réparer, je te le jure. Papa dit que si seulement vous pouviez discuter ensemble, nous pourrions tout réparer. S'il te plaît, maman, tu me manques. J'ai besoin de toi dans ma vie. Je ne sais pas quoi dire à mes copains. Appelle-moi, maman.

Barend

---

1. Banlieues habitées principalement par des Indiens.

Son écriture, d'habitude très négligée et parfois indéchiffrable, semble, sur ce papier fin et coûteux – Dieu sait où il se l'est procuré –, au contraire très soignée... avec quand même une faute d'accord.

Milla repousse le papier, tiraillée entre la nostalgie et les affres de la culpabilité.

Tard dans la soirée, couchée dans son lit, elle fixe le plafond, rongée de remords. Elle tente de se défendre contre la culpabilité en composant dans sa tête une lettre à Barend.

Laisse-moi te dire toute la vérité, mon fils : ça ne servirait à rien que nous nous parlions, ton père et moi, car je ne l'aime plus. Et je ne sais plus – et ça me scandalise – si je l'ai jamais vraiment aimé. Mais je ne le déteste pas pour autant ; ça fait longtemps que je suis au-delà de tout cela. Je ne ressens plus rien pour lui, voilà.

Mais toi, je t'aime, car tu es mon enfant.

Et voici ce qu'il faut savoir : l'amour est comme un message ; il faut qu'il passe, il n'existe que s'il est *reçu*. Et toi, tu dois reconnaître que depuis longtemps tu n'as plus été réceptif du tout. Oui, Barend, toi qui supplies et plaides, plein de remords... Où était tout cela quand, tant de fois, je me suis adressée à toi avec amour et tendresse ? J'ai demandé : Parle-moi gentiment, car la façon dont un homme parle à une femme le définit. Tu es plus grand et plus fort que moi ; physiquement, j'ai même peur de toi. Mais je ne vais pas dresser la liste de tes torts ; je vois déjà la tête que tu fais. Des menus péchés, véniels, insignifiants, des péchés de petit banlieusard de dix ans : la porcherie de ta chambre, ton linge qui traîne par terre à la salle de bains, en dépit de mes prières ; ta bêtise, ton égoïsme, ton mépris à mon encontre, comme si j'étais une sorte de déchet qu'il fallait supporter... Ton manque total de prévenance, ton existence égoïste, tes demandes perpétuelles de plus d'argent, plus de possessions, plus de faveurs... La violence de tes réactions quand je disais non, les explosions, les jurons... Tes accusations, si cruelles, si injustes, tes manipulations, tes mensonges... Car tu es une brute et un tricheur... Mais je t'aime en dépit de tout, ce qui ne veut pas dire que je doive vivre éternellement avec tout cela.

Elle écrit tout cela dans sa tête, sachant que rien ne finira sur le papier.

Demain matin, elle écrira à Barend une vraie lettre. Elle lui dira qu'elle ne l'appellera pas pour l'instant, et lui demandera de lui laisser le temps de reprendre pied ; mais qu'ils pourraient s'écrire, et qu'elle répondra à chacune de ses lettres.

Qu'elle lui a déjà pardonné. Qu'elle l'aime infiniment.

8

Mardi 25 août 2009

Même salle d'entretien sans caractère, vaguement déprimante… Mais cette fois-ci avec quatre personnes : la sympathique Mme Nkosi, un homme noir qui se présente comme « Ben » et derrière eux, contre le mur du fond, deux spectateurs non identifiés, un Indien obèse et une Blanche d'une cinquantaine d'années.

– Je dois admettre que votre enquête sur mon passé m'a un peu surprise, dit Milla, s'adressant prudemment à Mme Nkosi.

– Compris. Inévitable. Si on prévenait, ça ne servirait à rien. Ça minerait la crédibilité, dit Ben, dont les phrases en anglais marchent comme des soldats.

Il a, pense Milla, « l'allure maigre et affamée » de Cassius dans le *Jules César* de Shakespeare.

– La bonne nouvelle, dit Mme Nkosi, c'est que vous êtes désormais sur la liste restreinte… Le poste, je vous l'ai déjà décrit. Maintenant nous pouvons vous en dire un peu plus.

– C'est pour une agence gouvernementale. Très importante. Vous accepteriez de travailler pour le gouvernement ? demande Ben.

– Oui, je… Puis-je savoir à qui vous avez parlé de moi ?

– En général, nous jetons un coup d'œil sur le travail du journaliste. Nous interrogeons les employeurs, les collègues. Votre cas était différent. Nous avons parlé à votre ex-mari, et aussi à un professeur de lycée et à un universitaire. Ils vous ont tous donné la mention très bien. Vous en êtes sortie haut la main.

Elle se demande de quel prof de lycée il peut s'agir : à Wellington, ils étaient tous plutôt conservateurs, membres du Broederbond[1]…

– Maintenant, le poste. Il s'agit d'une agence dépendant d'un ministère… Cela concerne des affaires d'État. La confidentialité est essentielle. Ici, c'est le facteur dominant. Cela signifie que vous ne pourrez pas parler de votre travail – de votre vrai travail. Vous aurez donc à mentir : à vos amis, à votre famille, en permanence. Cela peut être stressant.

– Au début, seulement au début, en fait, dit Mme Nkosi, apaisante. On s'y habitue.

– Évidemment, vous suivrez une formation pour pouvoir faire face. Mais ce n'est peut-être pas du tout ce que vous aviez envisagé.

– C'est… Je n'avais aucune idée…

– Nous comprenons, c'est arrivé tout d'un coup, c'est inattendu. Ne vous inquiétez pas, vous aurez tout le temps de réfléchir. Mais si d'emblée, maintenant, vous sentez que vous n'êtes absolument pas disposée à…

– Mais non… je… bafouille Milla Strachan. Ça semble… excitant.

Jeudi 27 août 2009

Rajhev Rajkumar connaît bien Janina Mentz. Il sait comment la prendre.

---

1. Société secrète afrikaner très conservatrice.

– Au sujet de la nomination à l'Équipe Rapport…

– Oui ?…

– Celle-ci, à mon avis, est la meilleure candidate.

Du plat de l'ongle, il tape sur un dossier.

– Pourquoi ?

– Elle est intelligente, un peu énervée, mais Ben est parfois difficile. Politiquement, elle est presque neutre, mais avec un penchant plutôt progressiste. Elle vit seule. Et elle pourra commencer au premier du mois, ce qui, bien sûr, représente un bonus.

– Elle n'a aucune expérience réelle qui corresponde à nos besoins.

– Aucun candidat n'en avait. Comme vous savez, malgré les apparences, ça peut être une bonne chose : pas de mauvaises habitudes, pas d'idéologie médiatique, etc.

– Ouais…

Rajkumar attend patiemment, car il sait que Janina Mentz a lu les transcriptions complètes. Il sait quels paragraphes seront déterminants.

Entretien d'embauche : *Poste à pourvoir – Équipe Rapport*
Transcription : *M. Strachan, interviewée par B.B. et J.N.*
Date et heure : *25 août 2009, 10 h 30*
BB : Vous toucherez une pension alimentaire ?
MS : Non.
BB : Pourquoi pas ? Vous le méritez sûrement. Et votre mari a les moyens.
MS : Accepter de l'argent de lui constituerait une reconnaissance de dépendance et de soumission, de faiblesse. Or, je ne suis pas faible.

– D'accord, dit Janina Mentz. On l'embauche.

Mardi 1er septembre 2009

Dans la salle de formation, quatorze chaises font face à un bureau, mais Milla et l'instructeur s'assoient côte à côte. Il parle d'une voix monotone, le front plissé, l'air sérieux.

– Votre couverture primaire est ce que vous raconterez à votre famille et à vos amis, explique-t-il en anglais. Dans votre cas, votre couverture est *News This Week*. C'est une publication qui existe réellement, éditée par le Service de communication du gouvernement à l'intention des ministres, des directeurs généraux et de leurs cabinets. Vous direz aux gens que vous travaillez là, que vous compulsez tous les jours la presse et les médias électroniques pour trouver des infos provenant de la base au Limpopo et au Mpumalanga, votre zone géographique de focalisation, et que vous rédigez une page hebdomadaire là-dessus dans la newsletter. Mais il faut savoir que le gouvernement s'intéresse réellement à ces questions, il veut vraiment être tenu au courant. Il vous faudra donc également étudier la publication chaque semaine pour en connaître le contenu. Et il est également essentiel pour la couverture que cette affectation ait un aspect évolutif, pour que vous puissiez dire aux gens que vous espérez monter en grade un jour en intégrant une section plus importante, comme la zone Cap-Occidental, et éventuellement être nommée assistante éditoriale d'ici quelques années.

Et pourquoi donc, vu que tout cela est fictif, ne pas viser plus haut, prétendre au poste de rédac-chef ? se demande Milla, un peu perplexe.

Il est presque midi quand elle rencontre son nouveau chef, Mme Killian, qui dirige ce que l'instructeur a nommé l'Équipe Rapport. Milla la reconnaît : lors du dernier entretien d'embauche, elle était assise contre le mur du fond, elle avait l'air bienveillant d'une grand-mère. Quant aux autres collègues, elle n'a le temps que d'une rapide poignée de main : la spectaculaire Jessica – chevelure rousse en bataille, poitrine impressionnante – et deux chauves âgés dont les noms sont débités trop rapidement pour qu'elle les retienne.

Elle se rend compte que sa tenue chic détonne, car Jessica porte un vieux pull trop grand et un jean, et l'un des vieux chauves une cravate avec un chandail sans manches à carreaux.

Mercredi 2 septembre 2009

Janina Mentz étudie longuement un article de *Die Burger*[1] intitulé « Nouvelles questions sur les armes ».

C'est presque en souriant qu'elle ouvre un tiroir de son bureau, y prend des ciseaux et découpe l'article.

Avant de le glisser avec soin dans un dossier neuf, elle le relit, en particulier le cinquième paragraphe, qui cite les paroles de David Maynier, député de l'Alliance démocratique, dans l'opposition. « Ce que l'on fait en ce moment constitue une erreur : nous sommes sur le point de fournir des combinaisons aux aviateurs du président iranien Mahmoud Ahmadinejad d'Iran. Nous avons déjà vendu au colonel libyen Mouammar Kadhafi des lance-grenades et des missiles capables d'emporter des charges nucléaires, et au président du Venezuela Hugo Chávez des fusils. Pourquoi vendons-nous des armes – de surcroît illégalement – à une série de "pays parias" ? Le gouvernement devra s'expliquer. »

---

1. Quotidien de référence au Cap (en afrikaans).

À 10 h 14, le matin du mercredi 2 septembre, une Toyota Corolla rouge immatriculée dans la province du Cap-Oriental s'arrête devant le 16A Chamberlain Street. Cette maison fait partie d'un bloc de six. Elles sont jumelées, toutes sans étage et peintes de couleurs claires différentes : le 16A est d'un rose immonde, les pointes de deux colonnettes supportant la grille du jardinet sont rehaussées de rouge vif. Un couple de couleur d'une trentaine d'années descend de la voiture : l'homme et la femme s'étirent, apparemment épuisés par un long voyage, poussent la grille et entrent. L'homme sort des clés de sa poche et ouvre la porte d'entrée. Les deux arrivants disparaissent dans la maison, vide depuis la veille.

À peu près un quart d'heure plus tard, un camion s'arrête devant la maison. Sur ses flancs, on peut lire : *Afriworld Removals, Port Elizabeth.*

Le couple sort de la maison, salue le conducteur et indique la porte.

À la diagonale de l'autre côté de la rue, Babou Rayan, l'homme à tout faire du Comité suprême, observe attentivement ce qui se passe : l'ouverture des portes du camion, la livraison du mobilier sans prétention, des meubles simples de la classe moyenne.

Lors de la réunion de fin d'après-midi, Tau Masilo rapporte à Mentz que deux opérateurs (Masilo a banni le terme « agent » du vocabulaire de l'agence car « nous ne vendons pas des polices d'assurance ») ont été installés en face de la maison du Comité suprême.

– Profil très bas pendant une semaine ou deux, madame. Demain, l'homme commencera son travail dans une société de pièces détachées d'automobiles de Victoria Street. Ostensiblement, la femme va d'abord faire la ménagère tout en surveillant discrètement le n° 15, en filmant et photographiant. Le système d'écoute téléphonique a été dissimulé dans le mobilier. Ce soir, l'homme va le brancher ; ça devrait être opérationnel dès demain. Il ne restera plus qu'à installer le micro électroacoustique, mais on attendra d'être absolument sûrs des mouvements…

– C'est du bon travail, Tau.

– Merci, madame.

Elle se tourne vers Rajkumar ; elle sait que l'Indien a de bonnes nouvelles : depuis le début de la réunion, il arbore un petit sourire satisfait.

– Raj ?…

– Inkunzi est la cheville ouvrière de la criminalité à Johannesburg. Nous avons obtenu quelques renseignements éclairants…

Janina Mentz lève les sourcils.

– La semaine dernière, nous avons détaché, dans le voisinage d'Inkunzi, deux véhicules présentés comme voitures de patrouille d'une compagnie privée de sécurité, Eagle Eye[1], dit Rajkumar, qui attend que Janina Mentz apprécie son humour.

Elle hoche la tête.

– Toujours est-il qu'ils ont suivi le trafic des cellulaires. Nous avons traité beaucoup de données, et la bonne nouvelle, c'est que nous possédons désormais deux numéros de portables qui sont probablement les siens ou ceux de son équipe…

– Probablement ?…

– Madame, il faut savoir qu'il y a dans ce bloc plus de vingt maisons, et pas mal de trafic cellulaire. Les appels en question correspondent aux heures où Inkunzi et son personnel se trouvent chez eux. Nous les avons isolés, nous les écouterons à partir de ce soir… Mais voici le plus intéressant : ils sont en contact avec quelqu'un

---

1. Équivalent d'« œil de lynx ».

à Harare : deux appels de deux portables différents, tous deux adressés au même numéro au Zim.

– Ça, par exemple !… s'exclame l'avocat.

– Pourtant, nous ne savons pas à qui appartient le numéro à Harare, dit Janina Mentz.

– Au Zim, nous n'avons pas accès à l'infrastructure. Mais nous écouterons désormais tous les appels provenant de ces numéros-là.

Janina lui sourit encore une fois, un vrai sourire.

– Excellent travail, Raj.

– Oui, je sais, répond l'Indien.

Pièce photocopiée : *Journal de Milla Strachan*
Date d'inscription : *3 septembre 2009*
Épuisée… Quelle journée ! Neuf heures de formation : mise à jour informatique, compétence Internet, procédures d'enquête, rédaction de rapports, style de rédaction… Et le tout dans une même pièce, devant un ordinateur, avec quatre instructeurs différents, tous mortellement ennuyeux.

Pièce photocopiée : *Journal de Milla Strachan*
Date d'inscription : *3 septembre 2009*
Le clou de la journée : pour la première fois je vois les mots « *Spy the beloved country* » ; ils défilent lentement sur l'économiseur d'écran d'Oom[1] Theunie, un de mes collègues chauves. Je lui demande ce que ça veut dire. Il sourit. Puis il ajoute que la directrice se nourrit d'informations.
Il fume la pipe, comme mon père.

---

1. En afrikaans, expression utilisée pour marquer le respect. Équivalent d'« oncle ».

9

Vendredi 4 septembre 2009

Assis au Bizerca Bistro, l'élégant avocat noir, Tau Masilo, et l'infroissable femme blanche, Janina Mentz, penchent la tête l'un vers l'autre, comme des amants – une île de sérieux dans l'heure frivole du déjeuner.

Masilo parle doucement :

– Ma source affirme que notre ministre recommande de nous laisser en paix en ce qui concerne la fusion, mais que d'autres membres du gouvernement ne partagent pas cet avis.

– Qui ça ?

– Le ministre de la Défense, paraît-il, et celui de l'Intérieur.

Ils sont importants, Mentz le sait bien. Elle digère l'information, puis demande :

– Et qui nous défend ?

– Le vice-président.

– Personne d'autre ?

– L'information est de deuxième main, bien sûr, et j'imagine qu'elle comporte pas mal de spéculations. Mais l'important, c'est que le président n'a pas encore décidé si nous sommes concernés ou pas.

Ils mangent en silence ; Masilo avec un plaisir évident.

– Pas étonnant que le ministre des Finances déjeune ici, lui aussi, remarque-t-il finalement, tout en posant son couteau et sa fourchette. Madame, puis-je vous faire une suggestion ?

– Oui, Tau, bien sûr.

– C'est le moment de faire parler de nous. Pour emporter la conviction du président…

– Mais comment ?

– En utilisant ce que nous avons en main. Je sais, objectivement, nous n'avons pas grand-chose. Mais un rapport bref, intelligemment rédigé…

– Plutôt risqué, ça…

– Risqué ? Pourquoi ?

– Tau, si nous nous plantions dans cette affaire musulmane, que nous resterait-il de crédible ?

– Est-ce que ça aura de l'importance dans un mois ou deux ?

– C'est simple : nous n'avons pas encore assez de faits, répond-elle, laissant paraître un regret mal déguisé.

– Je ne sais pas, madame, si nous pouvons attendre beaucoup plus longtemps. Une opportunité s'est présentée, et elle ne va pas durer ; d'un jour à l'autre, le président pourrait prendre sa décision…

Janina Mentz rajuste ses lunettes : elle n'est pas convaincue.

Le portable de Masilo sonne. Il répond, écoute et demande :

– D'où ça ? J'arrive.

Il range l'appareil.

– C'était Quinn. Il semble qu'à Johannesburg les écoutes ont donné des résultats.

Quinn, en col roulé noir et pantalon beige, déroule les faits d'une voix douce :

– Inkunzi et ses gens sont malins, comme il convient chez des membres du crime organisé. Ils changent de carte SIM toutes les semaines. Il faut trois ou quatre jours à Raj et à son équipe pour isoler les nouveaux numéros, car nous n'avons accès qu'à la maison d'Inkunzi ; c'est notre seul point de contact. Ça nous laisse seulement trois jours pour écouter avant de devoir tout recommencer. D'ailleurs, ils ne se servent jamais deux fois de suite de la même carte SIM ; nous présumons que chaque nouveau numéro est envoyé par SMS le dimanche soir aux contacts importants. Celui-ci a été noté ce matin. La voix est celle d'Inkunzi lui-même. L'appel provient de Harare, l'accent est typiquement zimbabwéen…

Quinn clique à l'aide de la souris. Le son est d'une qualité exceptionnelle.

« Allô…

– *Mhoroi*, salut, Inkunzi, comment allez-vous ?

– Je vais très bien, mon ami, et vous, vous allez bien ?

– Pas si bien que ça, Inkunzi. Ici les temps sont durs.

– Je sais, mon ami, je sais, les journaux ne parlent que de ça.

– Que peut-on y faire ?…

– Alors, mon ami, *ndeipi*[1] ?

– La nouvelle, c'est que vous aviez raison, Inkunzi. Chitepo travaille sur un nouvel itinéraire qui passera par l'Afrique du Sud. »

Quinn appuie sur la touche « pause ».

– Il s'agit probablement de Johnson Chitepo, chef du commandement des opérations conjointes du Zim et bras droit de Robert Mugabe. Mais écoutez donc ceci…

Il redémarre l'enregistrement.

« Et vous êtes sûr ? dit la voix d'Inkunzi.

– Presque sûr. À quatre-vingt-dix-neuf pour cent. Mais on a l'impression qu'il ne dit pas tout au camarade Bob.

– Chitepo ?…

1. « Quoi de neuf ? », en shona.

– *Yebo*, oui.

– Alors, maintenant il vole Mugabe ?

– Il s'occupe de ses propres affaires.

– D'accord… Ça va se passer quand ?

– Bientôt, je pense. Mais nous essaierons d'en savoir plus.

– Et l'itinéraire ? Il va passer où ?

– Tout ce que je sais, c'est qu'il travaille avec un Sud-Africain, un type qui s'occupe de la conservation de l'environnement. Alors, ça pourrait passer par le Kruger, vous savez, le parc transfrontalier. Ils sont reliés maintenant, Gonarezhou et Kruger. Ils le feront passer par là, à notre avis.

– OK, mon ami, c'est très bien. Mais nous aurons besoin de détails.

– Je sais, Inkunzi. Je vais continuer à écouter.

– *Tatenda, my friend. Fambai zvakanaka.*

– *Fambai zvakanaka, Inkunzi.* »

Quinn arrête à nouveau l'enregistrement.

– La dernière réplique signifie « portez-vous bien », en shona. La conversation est assez typique ; délibérément brève, comme la suivante. C'est Inkunzi lui-même qui appelle ; le numéro est celui d'une maison ici au Cap, à Rondebosch-Est[1], que nous allons mettre sur écoute, naturellement. Elle appartient à un certain Abdallah Hendricks, qui n'est jamais apparu sur notre radar jusqu'ici.

Il clique sur un nouveau dossier électronique.

– Hendricks.

Voix d'Inkunzi, grave et autoritaire :

« J'ai un message pour Inkabi.

– Inka ?… Oui, Inkabi. Quel est le message ?

– Dis-lui qu'il avait raison. Notre ami au Zimbabwe s'est remis dans l'export, mais avec de nouveaux parte-

---

1. Banlieue résidentielle aisée.

naires, et il veut travailler avec l'Afrique du Sud. Dis-lui que c'est sûr à quatre-vingt-dix-neuf pour cent. Mais on n'en sait pas plus. On essaiera d'en apprendre davantage.

– Je le lui dirai.

– OK, mon ami. C'est tout.

– *Khuda hafiz*.

– OK. »

Bip d'un téléphone qu'on raccroche. Quinn se retourne vers Mentz et Masilo.

– « *Inkabi* » signifie « bœuf » en zoulou, qui se dit « *os* » en afrikaans, comme dans le nom Osman, donc « homme-bœuf ». Inkunzi et Osman se sont probablement mis d'accord sur ce nom de code quand ils se sont rencontrés. Inkunzi le Taureau aurait donc un certain sens de l'humour.

Masilo est seul à sourire.

– On peut également en déduire que Hendricks a été un peu pris de court : il n'a pas reconnu le code immédiatement. Nous pensons donc qu'il s'agit du premier appel d'Inkunzi à ce numéro, et de la première fois qu'il utilise le code pour informer Osman depuis qu'ils se sont rencontrés à Johannesburg, explique Quinn.

– Que veut dire *khuda hafiz* ? demande Mentz.

– C'est une salutation musulmane, quelque chose comme « que Dieu te garde ». Vous aurez remarqué qu'Inkunzi n'a pas compris non plus.

– Nous n'avons aucune idée de l'identité de ce contact d'Inkunzi à Harare ?

– Non, madame, pas encore. Mais nous savons pas mal d'autres choses : nous savons pourquoi Osman est allé voir Inkunzi.

– Vous pourriez nous en faire part ? dit Janina Mentz.

– Le tableau n'est pas encore achevé…

– Ça, je sais, Quinn. Et j'ai l'impression que c'est un tableau plutôt confus.

– Commencez par le début, dit Masilo. Il est très important que nous comprenions tout ce qui se passe.

Quinn hoche la tête et réfléchit un instant, avant de venir s'asseoir en face d'eux.

– D'accord. Il faut voir ça comme un drame, avec deux personnages principaux et deux seconds rôles. Le personnage principal numéro un est Johnson Chitepo, chef du commandement des opérations conjointes au Zimbabwe, et ex-bras droit de Mugabe, l'homme qui a bouclé les accords au sujet des concessions minières des diamants du Congo. C'est également lui qui a vendu les diamants pendant les années où tout était facile. C'est ainsi que lui et le camarade Bob ont mis de l'argent de côté. De très grosses sommes. Mais ça, c'était dans le temps, et aujourd'hui les choses sont sensiblement différentes. Mugabe et Chitepo voient leur pouvoir s'effriter au Zimbabwe, lentement mais sûrement. Leurs ventes de diamants sont limitées par les sanctions et accords internationaux, leurs comptes en banque ont été bloqués, et cet argent n'est plus utilisable. Aujourd'hui, Chitepo veut à tout prix reconstituer son matelas avant que la fin arrive – et la fin arrivera, ce n'est qu'une question de temps. Chitepo se retrouve donc avec au moins 100 millions de dollars de diamants, mais aucun moyen de les convertir. Et voilà qu'il semble avoir trouvé un nouveau partenaire, ce type qui travaille dans l'environnement et qui pourrait faire passer les diamants par le parc Kruger élargi. Est-ce que ça rime à quelque chose ?

Mentz acquiesce de la tête.

– Le personnage principal numéro deux, c'est Sayyid Khalid bin Alawi Macki. Dans le temps, il a aidé Chitepo à écouler ses diamants, il a blanchi l'argent et l'a envoyé vers les comptes suisses de Mugabe et associés. Mais quand ça n'a plus marché, la grande amitié qu'il y avait entre lui et Chitepo a tourné à l'aigre. Avant d'aller plus loin, il y a un tas de choses à savoir au sujet de Macki.

Primo, son activité essentielle est le blanchiment ; un service qu'il propose et fournit à l'Afrique entière. Nous savons qu'il le fait pour les pirates somaliens, pour les réseaux de drogue et d'escroquerie du Nigeria, pour les gangs de voleurs de voitures du Mozambique. Secundo, les deux crises économiques l'ont frappé très fort ; il a perdu des investissements gigantesques à Dubai, où son chiffre d'affaires a été réduit de soixante pour cent : à l'heure qu'il est, il bat de l'aile. Tertio, c'est un musulman militant d'Oman, actuellement la première zone de croissance d'al-Qaida. Et, quarto, Macki a quelque faiblesse pour al-Qaida : sa réussite, sa fortune et son appui lui ont valu une certaine position dans ces milieux-là. Or, actuellement, c'est une position qu'il voudrait bien regagner.

Quinn marque une pause pour laisser à Mentz le temps de tout assimiler.

– Maintenant, l'intrigue. La trame principale est un conflit entre le désir de Chitepo de vendre les diamants et la conviction de Macki que les pierres lui appartiennent en fait à lui, ou du moins à cinquante pour cent, en vertu de l'accord initial. D'une manière ou d'une autre, Macki a entendu parler des projets de Chitepo, et il a la ferme intention d'intercepter l'envoi, la fameuse cargaison. Mais il a un problème : il n'a plus d'amis au Zimbabwe. Il reste donc coincé là-haut à Oman. Que faire ? La seule solution est d'agir par l'intermédiaire de contacts qui sont plus près de l'action : ses frères musulmans.

– Le Comité suprême, dit Janina Mentz.

– Ici chez nous, au Cap, enchaîne Masilo.

– Exactement, dit Quinn. C'est pour cette raison que Macki a téléphoné au second rôle majeur de notre pièce : Suleyman Dolly, le Cheik, le président du Comité suprême.

– L'appel que notre taupe Ismail Mohammed a surpris.

– Exact. Macki sait que le Cheik et le Comité suprême ont besoin de fonds pour le projet dont ils s'occupent actuellement, et que c'est urgent.

– Le fameux projet local : selon Ismail Mohammed, de la contrebande d'armes.

– Alors entre en scène un autre second rôle : Julius Inkunzi Shabangu. C'est Macki, selon mon intuition, qui aurait suggéré son nom. Souvenez-vous que Macki blanchit de l'argent. Or, les gangs mozambicains de voleurs de voitures ont dû le mettre au courant au moins de l'existence de cet Inkunzi, et il a même probablement déjà eu affaire à lui, directement ou indirectement…

– Nous savons aussi, ajoute Tau Masilo, qu'il y a pas mal de Zimbabwéens qui travaillent pour Inkunzi au Gauteng : des voleurs de voitures.

– Exactement, dit Quinn. Et, d'après le dossier des Scorpions, il est également soupçonné de fournir de faux passeports à des ressortissants du Zim et du Nigeria, ce qui veut sans doute dire qu'il aurait de bons contacts à Harare… Mais, quoi qu'il en soit, quand Macki parle au Cheik, il y a dix chances contre une qu'il recommande Inkunzi comme partenaire possible pour l'intégralité de la combine. Et alors le Cheik enverra un des membres de son Comité suprême parler à Inkunzi : Osman, à l'hôtel de Johannesburg. Inkunzi veut faire plaisir à Macki, mais c'est avant tout un homme d'affaires, il exigera un pourcentage à chaque transaction. Or, la proposition de collaboration d'Osman est tout à fait acceptable.

– Mmm… fait Mentz.

– Inkunzi et son nouveau partenaire – plutôt insolite –, le Comité suprême, voudraient donc intercepter l'envoi de diamants de Chitepo, dit Tau Masilo.

– La fameuse cargaison, ajoute Quinn.

– Et Inkunzi doit découvrir la route que la cargaison va suivre. Et aussi les Sud-Africains qui sont impliqués.

Les deux hommes la regardent. Mentz rajuste ses lunettes et se lève.

– Je pense que ça risque de donner un rapport tout à fait intéressant, dit Tau Masilo. Pour le président.

Mentz prend son temps. Les deux hommes attendent, tendus.

– Vous faites une erreur capitale, dit-elle. La façon dont vous attribuez les rôles. Le rapport sera un pétard mouillé si vous mettez Chitepo et Macki en vedette.

Masilo comprend vite.

– Pour servir nos fins, le rôle principal reviendra au Comité suprême et à sa transaction sur les armes.

10

Lundi 7 septembre 2009

Milla porte sa robe noire et des bottes, avec une petite veste courte en jean. Elle se sent à l'aise, comme si elle était en train de trouver son style ; la femme qui travaille, mais a intégré le caractère informel de l'Équipe Rapport. À 8 h 45, elle est assise devant son ordinateur, en train de lire pour la première fois les entrefilets provenant du Limpopo et du Mpumalanga dans *News This Week*. Tout le bureau est dans l'expectative : Oom Theunie, un des deux vieux chauves, affirme qu'il sent venir quelque chose d'important, car Grand-Pied a fait venir la Mère, un signe qui ne trompe jamais.

Oom Theunie et ses sobriquets... « Mère » est Mme Killian ; Grand-Pied est Rajkumar, l'Indien adipeux, également désigné comme « AS », abréviation d'*Abominable Snowman*, l'épouvantable homme des neiges, ou bien « the Incredible Bulk » (calembour sur le nom d'un film connu, Hulk changé en Bulk, « mastodonte »), et parfois, pour faire court, « Bulk ».

Milla est « Carmen », Jessica est « Fréia » (ou « la Déesse », lorsque Theunie en parle à la troisième personne) ; Don MacFarland, l'autre vieux chauve, est « Mac the Wife[1] ».

---

1. Par allusion à Mack the Knife, de *L'Opéra de quat' sous*.

« Mais pourquoi Mac the Wife ? » a demandé Milla.

C'est l'intéressé lui-même qui a répondu :

« Parce que je suis gay, ma chérie. »

À 9 h 15, Mme Killian entre en hâte avec un paquet de dossiers minces à la main et rassemble tout le monde.

– Bulk a parlé, dit Oom Theunie.

– Theunie, vous allez rédiger la note de synthèse, les autres s'occuperont des annexes.

Elle donne un dossier à Milla.

– Votre sujet est Johnson Chitepo. Regardez ce qu'il y a là-dedans, voyez aussi sur Internet si vous trouvez quelque chose de plus ; Theunie vous expliquera comment le système fonctionne. Jess, vous allez vous occuper de Sayyid Khalid bin Alawi Macki…

– Qui ?…

– Un homme très intéressant, vous allez voir. Tout est là-dedans, mais ce n'est absolument pas à jour. Donc, je vais vous donner les trucs importants.

– Bien sûr !… Comme toujours.

– Qibla, le Comité suprême, al-Qaida et un sujet flambant neuf : un certain M. Julius Nhlakanipho Shabangu, alias « le Taureau ».

– À cause de sa grande corne ?

Mme Killian ne rit pas.

– C'est important, et urgent. Allez, au travail.

Sur son canapé, encore sous l'effet de l'adrénaline de la journée, de la camaraderie, de ses progrès et des plaisanteries de ses collègues, Milla décide impulsivement de téléphoner à son fils.

– Allô ?

Il est circonspect, réaction d'adolescent, car il ne reconnaît pas le numéro qui s'affiche sur son portable.

– Barend, c'est moi.

– Maman ?…

– Je voulais entendre ta voix.

– Où es-tu ?

– Chez moi, dans ma nouvelle maison. Comment vas-tu ?

– Maman… Mon Dieu, maman !…

– Barend…

Déjà elle regrette d'avoir appelé, se rendant compte que son euphorie n'est pas partagée.

– Tu as donc une maison ?

– Un petit appartement. Est-ce qu'on peut juste bavarder ?

Son fils hésite avant de répondre, finit par accepter.

– Comment ça va ?

– Maman… Tu veux vraiment savoir ?

– Oui, Barend, je veux vraiment savoir. Je t'aime beaucoup, tu sais.

– Alors, pourquoi tu t'es enfuie ?

– As-tu reçu mes lettres ?

– Est-ce que nous sommes vraiment si méchants que ça, maman ?

Quelque chose dans sa façon de parler et dans ses mots semble sortir de la bouche de Christo. Du coup, l'envie de discuter s'évanouit, mais elle n'a plus le choix, il faut poursuivre. Elle se redresse, se concentre.

– J'ai fait de mon mieux pour t'écrire clairement qu'il ne s'agit pas de toi…

– Maman…

– Crois-moi… S'il te plaît, Barend. Il fallait que je parte, parce que je t'aime, Barend : c'est pour ça. Je ne sais pas si tu pourras le comprendre.

Il ne dit rien.

– Est-ce que je peux te raconter quelque chose ?… J'ai trouvé du travail, tu sais ; et aujourd'hui j'ai vécu une journée incroyable, j'avais enfin l'impression d'être quelqu'un…

– Mais, maman, tu aurais pu rester chez nous et trouver du travail quand même. Alors pourquoi a-t-il fallu que tu partes ?

Elle est sur le point de retomber dans l'ornière, elle s'en rend compte juste à temps.

– Comment ça va à l'école ?

– Comment ça peut aller, à ton avis ? Il y a une bonne maintenant, quand je rentre, il y a là cette foutue négresse…

– Barend !…

Il marmonne quelque chose.

– Où as-tu appris à parler comme ça ?

Mais elle le sait bien : chez Christo, ce crypto-raciste. Christo, qui a dû se plaindre devant son fils : « Alors, maintenant il faut rentrer chez nous pour retrouver une négresse, putain ! Voilà ce qu'elle nous a fait, ta mère ! » Sans se demander un seul instant s'il y était pour quelque chose, lui.

– Mais qu'est-ce que ça peut te faire, maman ?

Milla cherche ses cigarettes. Elle doit garder son calme.

– J'espérais qu'on pourrait se parler. Sans reproches. J'ai pensé que si nous pouvions nous parler régulièrement, nous pourrions reconstruire notre relation.

– Alors, c'est donc moi qui t'ai chassée, maman ?…

– Barend, entre toi et moi, ça n'allait plus du tout, c'était fichu. Je suis prête à tenter d'arranger ça… À condition que toi, tu le sois également.

– Tu vas donc revenir ?…

– Ce n'est sans doute pas encore le moment de parler de l'avenir, Barend. Si nous essayions de nous arranger au jour le jour ?… On essaie d'abord de raccommoder un peu, et puis on verra. Qu'en penses-tu ?

Il se tait un long moment. Puis :

– OK.

11

Mardi 8 septembre 2009

Dans le bureau de Rajkumar, Janina Mentz pose le rapport de l'Équipe devant le gros Indien et dit en anglais :

– Il faudrait faire mieux que ça.

Elle détaille les changements qu'elle aimerait apporter, et en particulier une plus grande attention à de possibles transactions d'armement. Elle ne révèle pas la source de cette inspiration : une heure plus tôt, elle est tombée dans *Die Burger* sur un article relatant la tempête soulevée au Parlement par le DA-LP[1] qui accusait le gouvernement ANC d'avoir vendu des armes à des pays mis au ban de l'humanité. « La sécurité du pays est en jeu. Maynier pourrait être poursuivi au pénal », a déclaré un membre du parti au pouvoir.

Janina Mentz est ravie de ce tournant qui concentre le feu des projecteurs sur les transactions concernant l'armement. Elle sait que rien ne pourrait autant gêner le président, déjà embarrassé par le discrédit jeté sur Mo Shaik – indirectement, certes, par association avec son

---

1. Democratic Alliance, Liberal Party : partis d'opposition.

frère incarcéré[1] –, qui prendra sans doute la tête de la nouvelle superstructure du renseignement.

Si elle s'y prend bien, cela pourra lui fournir un moyen de pression.

Mercredi 9 septembre 2009

Jour J de l'opération MEA.

Assis face aux trois écrans de contrôle, casque sur les oreilles, Quinn est seul au bureau : si l'opération foire, mieux vaut qu'il n'y ait pas de témoins… L'opération est son idée à lui, elle est risquée, il est tendu. Une petite erreur pourrait encore passer, mais si les choses déraillaient pour de bon, les écoutes du Comité suprême et tout le tremblement tomberaient dans le lac.

Dans l'immédiat, l'objectif est de planter dans le mur de la maison du 15 Chamberlain Street un micro électro-acoustique (MEA). Désigné familièrement comme « micro à béton », l'appareil est utilisé entre autres par des plombiers pour localiser des infiltrations.

C'est lui, Quinn, qui a trouvé la solution il y a une semaine : utiliser l'antenne parabolique vissée au mur à gauche de la porte d'entrée pour y installer un micro.

Deuxième étape : la préparation de cette opération. Le département technique de l'APR, supervisé par un enthousiaste Rajkumar, fait faire une réplique à l'identique de l'antenne parabolique, basée sur des photos prises à partir de la fenêtre d'en face. Une des quatre vis de la nouvelle fixation contient désormais un micro ; d'autre part, un émetteur radio et une batterie ont été installés dans le bras qui porte l'antenne. Un récepteur

1. Le 2 juin 2004, Schabir Shaik est condamné pour fraude et corruption ; cette condamnation entraînera deux semaines plus tard le limogeage de Zuma, alors vice-président.

radio a déjà été dissimulé au 16A, en face : la maison des guetteurs.

On arrive à la troisième étape : le remplacement de l'ancienne antenne par la nouvelle. C'est la partie la plus risquée : l'équipe ne disposera que de neuf minutes pour agir.

Neuf minutes : le temps que met tous les jours Babou Rayan, le gardien-homme à tout faire du Comité suprême, pour se rendre au café-épicerie de Victoria Street acheter du lait et le journal. Parfois, il lui faut quelques minutes de plus – cela dépend de la circulation dans Mountain Street –, mais d'après les contrôles il ne lui a jamais fallu moins de neuf minutes.

Les écrans surveillés par Quinn relaient trois images différentes. Sur celui du milieu, une vidéo de la maison du Comité suprême prise du 16A : on y voit l'Elantra Hyundai blanche de Babou Rayan stationnée devant la maison. À gauche, un deuxième écran relaie une caméra installée dans une camionnette garée au coin de la rue et qui capte la vue telle qu'elle apparaît au conducteur. Le troisième écran, à droite, donne une vue frontale du café où, tous les matins sans exception, Rayan fait ses achats.

Un vieux pick-up pourri stationne au coin de Mountain Street et Chamberlain Street, mais il n'est pas muni d'une caméra : c'est le centre de gestion de crises ; selon le plan B, prévu par Quinn, il bloquerait la rue en cas de besoin pour retarder Rayan. Quinn préférerait éviter cela, car un incident de ce genre pourrait éveiller des soupçons ; depuis quelques semaines, les extrémistes, devenus très méfiants, multiplient les précautions.

Sur l'écran du milieu, la porte d'entrée du 15 s'ouvre et Rayan apparaît.

– Tenez-vous prêts ! dit Quinn, parlant dans le petit micro de son casque.

Il observe Rayan qui, comme d'habitude, s'arrête un instant sur le trottoir, regardant à droite et à gauche pour contrôler l'état de la rue, avant d'ouvrir la portière de sa voiture ; il monte, allume la radio, démarre et engage une vitesse.

L'Elantra se met en route.

Quinn appuie sur le bouton de son chronomètre.

– Allez, factotum, c'est parti !

La camionnette se met en mouvement à son tour. Sur ses flancs, il y a le logo d'une boîte fictive d'installation TV. L'Elantra disparaît de l'écran central. Quinn se tourne vers l'écran de gauche : il voit la camionnette tourner et entrer dans Chamberlain Street. En face, on voit Rayan arriver dans son Elantra ; il ne fait pas attention à la camionnette qu'il croise.

– On se dépêche !... dit Quinn.

Écran central : le 15 Chamberlain Street. Quinn attend l'apparition de la camionnette. Des secondes s'écoulent.

– T moins huit, lit Quinn sur son chronomètre.

La camionnette arrive devant le 15 et exécute un demi-tour, puis stationne de façon à permettre à sa caméra embarquée de couvrir la rue, et à celle installée au 16A de couvrir l'antenne parabolique.

Le faux technicien TV et son assistant sautent à terre et se précipitent vers l'arrière de la camionnette pour décharger.

– Calmos, les gars ! Pas de précipitation. Agissez normalement.

Les deux hommes ralentissent un peu, ouvrent les portes arrière et sortent en premier l'échelle et la boîte à outils.

Quinn se tourne nerveusement vers l'écran qui montre le café, bien que Rayan n'ait pas encore eu le temps d'y arriver.

L'équipe de montage porte l'échelle et la boîte à outils jusqu'à la grille du jardinet du 15, qu'un des hommes ouvre. Ils entrent et se mettent à déplier l'échelle : l'antenne est montée très haut, au sommet du mur. Ils placent l'échelle, le technicien TV monte, examine attentivement les vis et dit à son collègue en bas :

– Clé de treize.

Rayan n'est pas encore arrivé au café.

En haut de l'échelle, le monteur détache le câble TV et commence à dévisser les boulons. Son assistant retourne à la camionnette chercher la nouvelle antenne et son support.

– T moins sept.

L'Elantra de Rayan s'arrête devant le café.

– Il est un peu en avance. On se concentre !… dit Quinn.

– Boulons rouillés, dit le monteur en haut de l'échelle.

– Passe-moi le lubrifiant.

Quinn ne dit rien ; l'assistant trottine de nouveau jusqu'à la camionnette pour y prendre la deuxième échelle, comme prévu.

Rayan descend de voiture et se dirige vers le café.

Pourvu qu'il y ait d'autres clients, pense Quinn.

– Petit problème avec les boulons, annonce le technicien.

– Quel problème ?

– De la rouille ; deux sont bloqués.

Rayan entre au café, disparaissant de l'écran. Quinn regarde son chronomètre.

– S'il faut abandonner, il vous reste une minute pour le décider.

– Compris.

Quinn voit le monteur pulvériser encore du lubrifiant. L'assistant installe la deuxième échelle à côté de la première.

Le monteur se débat avec les boulons, la tension augmente.

Des secondes s'écoulent…

Le monteur pulvérise de nouveau, tente à nouveau de dévisser, pulvérise encore, cette fois sur tous les boulons. C'est long… il y applique à nouveau la clé, tourne vigoureusement.

Progression trop lente…

– T moins six.

On se débat toujours avec les boulons. Quinn a les paumes moites. Rayan se trouve toujours à l'intérieur du café.

– Merde ! dit le technicien.

– Trente secondes pour décider l'abandon.

Quinn voit le technicien lutter. Un boulon cède.

– Et d'un !

Il dévisse fiévreusement.

Rayan se trouve toujours à l'intérieur du café.

Faut-il alerter l'équipe du pick-up ? se demande Quinn. Il y a plus de rouille qu'ils ne l'escomptaient.

Non, pas encore. On va attendre la dernière extrémité.

– Et de deux !

– Encore trop lent.

– Attendez… je vais y arriver…

– Presque T moins cinq : point de non-retour. Alors, votre décision ?

Il entend le gémissement du technicien, les muscles bandés par l'effort.

– Et de trois ! On y arrivera.

– OK. Mais grouillez-vous !

Rayan émerge du café, un sac en plastique accroché à l'avant-bras, contenant sans doute le lait, et un journal dans les mains. Il le tient à bout de bras et parcourt les gros titres.

Prends ton temps, Babou…

– Et de quatre. Ça y est !

Quinn voit le monteur passer la vieille parabole à son assistant, qui la dépose et monte en haut de la deuxième échelle en portant la neuve ; il sort précautionneusement les nouvelles vis de sa poche et les passe une à une au monteur. Auparavant, lors de la répétition, on les avait laissées tomber deux fois, perdant de précieuses secondes.

Babou Rayan atteint sa voiture ; baissant son journal, il examine la rue, son regard croisant un instant l'œil de la caméra. Quel babouin ! pense Quinn. Un crétin qui fait mine d'observer, mais sans jamais rien voir. Cela fait déjà un mois que l'équipe a installé l'émetteur GPS sous son Elantra. Depuis bientôt deux semaines qu'on l'observe, ce con, il a tout sous son nez, et il n'a toujours rien remarqué...

Rayan sort ses clés et ouvre la portière, jette le journal sur le siège passager et dégage le sac en plastique de son bras...

– T moins quatre. Toujours du retard...

Rayan monte en voiture.

L'assistant appuie le nouveau support contre le mur ; le monteur insère la première vis.

Rayan tripote encore une fois sa radio.

Le monteur insère deux vis de plus, l'une après l'autre ; la quatrième, c'est celle contenant le micro, avec de minuscules fils à connecter : un travail minutieux.

Le monteur commence à serrer les trois vis.

L'assistant se dégage, descend l'échelle et la replie.

Rayan démarre.

L'assistant rapporte la seconde échelle à la camionnette.

– J'insère le micro...

L'assistant revient prendre l'ancienne parabole.

– T moins trois...

– Micro inséré. Je connecte...

L'assistant range l'ancienne parabole et revient prendre la boîte à outils. Le monteur, qui travaille les connexions fines, est à la peine.

– Merde ! dit-il.

– Connecte donc le câble TV maintenant. On s'occupera du micro demain.

– Mais non, j'y arriverai…

– Grouille-toi, alors !

– Compris.

Le monteur consolide le câble TV.

L'assistant prend position sous la première échelle, prêt à l'emporter.

– TV connectée…

– Il reste trente secondes…

Quinn décide d'alerter l'équipe d'interception dans le pick-up.

– Équipe d'interception ! Contact, tenez-vous prêts…

– Compris.

Le monteur se débat avec les fils connecteurs du micro.

Quinn regarde l'écran de gauche : l'Elantra tourne le coin.

– Dix secondes…

– Merde, merde et merde !

– Neuf… huit… sept… Équipe d'interception, prêts…

– Affirmatif.

– Connecté ! crie le monteur, un énorme soulagement dans la voix.

– Alors tirez-vous de là, et plus vite que ça !

Quinn ne parvient plus à éliminer la tension de sa voix.

Le monteur glisse jusqu'en bas de l'échelle que l'assistant attrape, et tous les deux trottinent vers la camionnette, enfilent l'échelle à l'intérieur, claquent la portière, vont vers la cabine…

– Fermez donc le portillon ! dit Quinn vivement.

Le monteur se précipite.

– Ne cours pas !… dit Quinn.

Marcher. Fermer le portillon. Marcher vers la camionnette. Monter à bord.

Temps écoulé ! La camionnette roule.

Dix secondes plus tard, Rayan tourne le coin de la rue.

Quinn déglutit, se détend sur son siège, s'essuie les
mains sur son pantalon.

– Équipe d'interception : repos… Messieurs, bravo !
Ça a été magnifique !… Testez le micro, s'il vous plaît.

Pour la première fois, on entend la voix d'une opératrice au 16A :

– Ça marche, le micro.

– Bien ! dit Quinn. Voilà du très bon boulot !

Il éteint son casque… puis se permet enfin de pousser
un grand soupir.

12

Pièce photocopiée : *Journal de Milla Strachan*
Date d'inscription : *9 septembre 2009*
Jessica m'a invitée à dîner. Une énigme, cette femme.
Avec son allure, elle aurait pu être mannequin.
Le grand événement de la journée : le tango. Je
ramais… Puis M. Soderstrom m'a dit que le tango, c'est :
quatre jambes, deux corps et un seul cœur. « La plupart
des pas de danse, m'a-t-il dit, en citant je ne sais plus
qui, sont conçus pour des gens qui tombent amoureux.
Le tango est pour ceux qui y ont survécu, encore en
colère d'avoir eu le cœur cabossé… »
Alors j'ai compris.

Jeudi 10 septembre 2009

Ils fixent l'écran de télé, tendus. Seul Rajkumar est
assis. Quinn et Tau Masilo restent debout.

On voit sur la vidéo les membres du Comité suprême
arriver les uns après les autres au 15 Chamberlain Street,
le Cheik en dernier. Grâce au MEA dissimulé dans le
support de l'antenne parabolique, on entend leur conversation. Le son est creux, brouillé, mais plus tard Rajkumar va l'affiner en le traitant avec ses logiciels. C'est
déjà assez clair pour qu'on entende les extrémistes se
saluer en posant gentiment des questions convenues sur
la santé des uns et des autres.

– Venez. Ce matin, l'ordre du jour est bref.

C'est sans doute la voix du Cheik qui leur parvient… Les trois investigateurs dressent l'oreille, pleins d'espoir.

– Ça se comprend, Cheik, dit un autre membre du Comité.

– Pourquoi est-ce que nous n'avons aucune nouvelle ? On n'a plus de temps, dit un autre.

Seul Tau Masilo est frappé par l'étrangeté de ces propos de conspirateurs tenus en afrikaans : cela donne une impression d'invraisemblance ; on dirait une série télévisée.

– Il suffit d'avoir la foi, dit le Cheik.

– *Allahu Akbar !*

– Allons-y, dit le Cheik.

Quinn regarde Masilo.

– Ça veut bien dire ce que je pense ? demande Rajkumar en anglais.

– Un instant… dit Masilo.

Les haut-parleurs transmettent un bruit de pas sur le sol.

– Ils se déplacent, dit Raj en regardant le plan de la maison du n° 15, ouvert devant l'écran de télé. La grande question est : où ? Est-ce que le MEA sera à la hauteur ?

Les haut-parleurs sont muets.

– Merde ! s'exclame Raj. Ils descendent à la cave.

Quinn règle le volume. On entend un sifflement, de vagues échos d'une voix d'homme, malheureusement incompréhensibles.

– Vous pourriez nous filtrer ça ? demande Quinn.

Rajkumar secoue la tête, très déçu.

– Probablement pas.

Ils attendent, guettant les haut-parleurs. Leurs derniers espoirs s'évanouissent.

– Allez, Raj, dit Masilo pour l'encourager. Nous savions tous que les chances étaient limitées. Ils ne sont pas idiots.

– Oui, je sais. Mais, merde, on a juste besoin d'un peu de veine. Je veux dire, on mérite bien d'avoir un coup de bol, quand même, non ?

– Tout vient à point à qui sait attendre, persifle l'avocat.

Raj complète le proverbe, pessimiste, comme d'habitude :

– Tout vient, effectivement… mais souvent trop tard.

Vendredi 11 septembre 2009

Janina Mentz se rend au bureau du ministre de la Sécurité publique, trois rues plus loin ; elle a rendez-vous à 11 heures.

Elle marche sous la pluie, droite comme un I, d'un pas assuré. Elle a bien préparé cette rencontre : dans sa serviette se trouve le rapport, produit de tant de soins. Elle a tout prévu, visualisé le jovial ministre au crâne rasé, volontiers souriant, qui la recevra chaleureusement et lui proposera une tasse de thé ; elle acceptera en le remerciant. Elle prendra place et composera avec une lenteur délibérée la combinaison de la serrure de sa serviette, ensuite elle sortira le dossier, mais le gardera sur ses genoux.

Le ministre demandera si elle va bien, puis : « Comment vont les affaires de l'Agence ? » Elle répondra : « On ne peut mieux, monsieur le ministre », tout en le remerciant de lui avoir accordé de son temps avec si peu de préavis… Mais, aussi intempestif que cela puisse paraître, elle se voit obligée de porter à sa connaissance sans délai une affaire à laquelle de récents développements donnent un relief tout particulier.

Elle attendra sa réaction : le sourire du ministre qui se fige, ses sourcils levés… Puis elle dira, en choisissant ses mots, que l'affaire est sensible, très sensible. Une affaire trop… (comment dire ?) gênante pour que l'on en discute moins confidentiellement, à la réunion hebdomadaire sur la sécurité.

Là, elle marquera une pause pour lui laisser le temps d'absorber les non-dits. Le ministre est intelligent : il en tirera les conséquences. Elle pourrait l'aider un peu en soulignant que seule l'APR dispose de cette information (mouvement de la tête pour indiquer le dossier) et que la confidentialité n'est donc pas menacée.

C'est alors qu'elle révélera au ministre qu'il s'agit du commerce d'armes.

Elle compte sur la portée de ce dernier mot, chargé de sous-entendus, que le parti au pouvoir et le candidat à la direction du nouveau service de renseignement ne pourront pas ignorer. Sous-entendus ressuscités par une polémique toute récente, opportunément déchaînée par l'opposition. Cela donnera un bon coup de fouet au rythme cardiaque du ministre. Janina Mentz compte là-dessus.

Alors, elle marquera une nouvelle pause, avant de procéder à la révélation suivante, plus compliquée.

« Monsieur le ministre, des extrémistes musulmans sont impliqués dans cette affaire… Tout indique qu'ils organisent un attentat terroriste… Ici, au Cap… en utilisant des armes importées… »

Ce qui lui donnera matière à réfléchir.

« Nous allons focaliser toutes les ressources possibles là-dessus, monsieur le ministre… Car nous sommes conscients que cela pourrait mettre le président dans une position très délicate. »

Le ministre saisira tout de suite que cette « position délicate » a trait à… ces maudites ventes d'armes à l'Iran et à la Libye.

Puis elle soulèvera lentement le dossier qu'elle aura laissé jusque-là sur ses genoux pour le placer solennellement sur le bureau ministériel.

« Si, après avoir pris connaissance des détails, vous désirez discuter de cette affaire, nous sommes évidemment à votre disposition vingt-quatre heures sur vingt-quatre. »

En traversant Parliament Street, Janina Mentz lève son bras gauche, qui porte la serviette, pour pouvoir consulter sa montre. Elle est un peu en avance. Elle ralentit son allure, tenant fermement son parapluie sous la pluie froide qui tournoie autour d'elle.

13

Samedi 12 septembre 2009

– Tu te rends bien compte, n'est-ce pas, que nous sommes tous des rebuts ? dit Jessica la Déesse à Milla en versant du vin rouge, ses paroles floutées par l'alcool. Toutes ces questions auxquelles tu as répondu pendant les entretiens d'embauche, tout ce babil en jargon psy, genre « Êtes-vous quelqu'un d'ambitieux ? » – tout ça, c'est des conneries. Ce qu'ils veulent vraiment savoir c'est : « Êtes-vous au rebut ? » Parce qu'ils aiment ça, les causes perdues, les outsiders… la marchandise avariée, écartée… Voilà.

Milla non plus n'a pas l'esprit très clair ; elle acquiesce avec emphase.

– Regarde, nous, par exemple. Le reste de l'Agence est un parangon de discrimination positive, comme on dit, il reflète parfaitement la Nation Arc-en-ciel… Tu parles ! Nous avons tous plus de quarante ans, nous sommes tous blancs et tous à la masse. Theunie a été licencié d'un quotidien à Johannesburg parce qu'il a plagié un article. Par deux fois… C'est pour ça que sa troisième femme l'a plaqué. Et Mac, qui s'occupait des arts dans un quotidien de Johannesburg, on l'a pris sur le fait avec le coursier. Dans la salle du courrier… Tu vois le genre ? Et toi, tu es la ménagère qui s'est fait la malle. Puis il y a moi, évidemment… T'en veux une ?

Elle tend à Milla un paquet de cigarettes longues et minces.

– Merci.

Jessica se concentre pour en allumer une, puis lève son verre et porte un toast :

– À l'Escadron des scandales !

Milla aussi lève son verre et trinque.

– Tu as fait un scandale ?

– Quelle question ! Mais bien sûr.

Le vin donne du courage à Milla :

– Qu'est-ce qui s'est passé ?

– On ne te l'a pas dit ?…

– Mais non…

– Bizarre… (La Déesse sourit de toutes ses dents parfaites.) Ça a été le plus intéressant, le mien. J'aurais pensé que Mac… Il ne t'a rien laissé entendre ?…

– Mais non, rien, dit Milla.

– Bon, je vais te raconter ça. (Elle tire une longue bouffée.) J'étais la correspondante parlementaire du *Times,* on ne t'a pas dit ? Et voilà que je couche avec un personnage éminent, très éminent… Non, ne me le demande pas, je ne te le dirai pas… Notre liaison a duré deux ans. Jusqu'à ce que sa bourgeoise nous surprenne… Drame, hystérie, pas mal de petits objets domestiques qui voltigent ; menaces de mort… ça a été charmant… La rombière m'a fait licencier ; lui, il m'a pistonnée pour ce boulot à l'Agence. Ah, les beaux jours ! Mais quel coup, ce mec ! C'était génial… Il était beau ! Et toi, depuis quand est-ce que…

– Moi… quoi ?

– Oui, toi ; tu m'as bien comprise.

– Depuis quand je n'ai pas été baisée ?

Le mot la surprend, comme si elle ignorait qu'il faisait partie de son vocabulaire.

– Oui.

– Je ne sais pas…

– Quoi ! ? Mais comment peux-tu ne pas savoir ?

– Eh bien… je pense que je n'ai jamais été vraiment bien baisée.

– Quoi ! Jamais ?

– OK, peut-être pas tout à fait jamais… La première fois, c'était pas mal.

– Avec ton mari…

– Mon ex-mari.

– Tu n'as jamais couché qu'avec un seul homme ?!

– Eh bien, tu sais comment ça se passe… Je suis tombée enceinte, on a dû se marier…

– Bon sang de bordel !

– Oui, je sais.

– Ça alors, pourquoi tu n'as pas pris un amant ?

– Eh bien… Je ne pense pas… je ne sais pas.

– Tu n'as donc jamais vécu dangereusement ?

– Eh bien, non.

– Et maintenant ? Tu es seule depuis… ça doit faire deux mois déjà ?

– J'ai…

– T'as perdu du temps, ma petite !

– Oui, en effet, je suppose…

– Tu veux que je te présente quelqu'un ?

– Ah non !

Pensive, Jessica regarde Milla.

– Eh bien, moi, j'adore les causes perdues. À ce que je vois, nous avons du pain sur la planche toutes les deux…

Cela fait rire Milla.

– Faudra que je te fasse connaître les plaisirs du couguar.

– Du couguar ?…

– En voici un en face de toi. Je suis, ma chère Milla, un couguar. Je l'avoue sans honte ; voire, je le revendique, et fièrement ! Je pratique la chasse et la capture…

d'hommes très jeunes. D'une vingtaine d'années, dans ces eaux-là. Efflanqués, cruels, affamés, secs.

– Secs ?…

– SEC. Sans entourloupes cachées : la solution parfaite. Corps durs, aérodynamiques, vigoureux… et puis ils sont tellement passionnés… et partagent mon aversion pour le long terme. Tu prends, tu baises… et tu les jettes. Des Kleenex, voilà.

– Ah, bon…

– Je t'organise quelque chose…

– Mais non, Jess, pitié ! Pas question ! Non, non, non !

Opération Shawwal
Transcription : *Écoute : M. Strachan. 14 Daven Court, Davenport Street, Vredehoek*
Date et heure : *7 septembre 2009, 23 h 32*
MS : Christo était beau. Tu sais comment c'est, à cet âge-là, quand un beau mec plein d'assurance vient te chercher, toi parmi toutes les autres, et alors tes amies, c'est : Ouh ! et : Aah ! J'avais des problèmes : image négative de moi-même, j'étais tellement… soulagée qu'il s'intéresse à moi, si… reconnaissante… Il était si… Enfin il semblait tellement à l'aise dans la vie. Est-ce que j'ai jamais été amoureuse de lui ? Je ne sais pas. Mais je me mens peut-être… Ce soir-là j'étais pompette… C'était carnaval. Tout le monde était ivre. Ce n'est pas une excuse : tôt ou tard, j'aurais couché avec lui de toute façon. J'y étais fin prête, je le voulais, ce type, je voulais savoir comment c'était de…

Dimanche 13 septembre 2009

Dix heures plus tard, Milla émerge de son sommeil éthylique. Des fragments de la soirée flottent encore dans sa tête, la voix sensuelle de Jessica, son anglais flou dans une brume d'alcool.

Nous sommes tous des rebuts.

Toi, la ménagère qui s'est fait la malle.
Tu n'as couché qu'avec un seul homme ?
... jamais vécu dangereusement ?

Mon Dieu ! A-t-elle vraiment pris part à ce dialogue ?

Mais oui, elle y a effectivement participé… Et bien plus que ça : elle a raconté toute son histoire, tard dans la soirée, saoule et mélancolique, avec Jessica qui lui tenait la main et pleurait de concert. Ça lui revient maintenant… La honte monte en elle par vagues et la submerge.

Mais un souci émerge aussi : elle est bien rentrée chez elle, ça oui, mais comment ? Aucune idée…

Elle se lève d'un bond et court à la fenêtre. Ouf !… Sa Clio est là. Mais le soulagement ne dure pas, car une migraine l'assaille. Elle retourne dans son lit, plonge sous les couvertures. Elle a donc conduit en état d'ivresse, elle aurait pu causer un accident… On aurait pu l'enfermer… ce qui aurait arrangé Christo… Mais comment a-t-elle pu prendre le risque de faire ça à son fils ? « C'est donc ton ivrogne de mère qui est là, dans le journal ? Ta mère qui a foutu le camp ? »

On ne fait pas des choses comme ça !

Tout au fond de son lit, elle se morfond… Quand elle ne se supporte plus, elle se lève, enfile sa robe de chambre et ses pantoufles, se traîne à la cuisine et met en route la machine à café.

Et elle réfléchit : hier soir, elle a enfin vécu un petit peu tout de même, non ? Elle a récupéré un petit bout de tout ce qu'elle avait perdu.

Transcription : *Écoute, conversation téléphonique : J.N. Shabangu (alias « Inkunzi ») et A. Hendricks*
Date et heure : *13 septembre 2009, 20 h 32*
S : J'ai un message pour Inkabi.
H : Quel est le message ?
S : L'affaire d'export…

H : Oui...

S : Le type qui veut acheter la marchandise, vous savez ? Il est au Cap. C'est un Inkosi...

H : Je ne comprends pas « Inkosi »...

S : Inkosi, c'est un grand homme. Un chef. Vous savez... d'une société. Comment dire ? Nous sommes dans la même branche, cet acheteur et moi... Mais son activité est au Cap...

H : D'accord.

S : Nous avons entendu dire qu'on l'appelle Tweety l'Oiseleur.

H : Tweety l'Oiseleur.

S : C'est ça. Alors nous pensons que vous pourriez nous aider à le retrouver.

H : D'accord.

S : Et nous pensons aussi que la marchandise va voyager à la fin du mois. N'importe quelle date à partir du 24.

H : Est-ce que vous savez quelque chose de plus sur le mode de transport et l'itinéraire ?

S : Nous pensons que ce sera par camion, mais l'itinéraire, on n'est pas sûrs. C'est pour ça qu'il faut repérer ce Tweety l'Oiseleur. Il connaîtra l'itinéraire. Il faut obtenir qu'il nous l'indique.

H : D'accord.

S : Je vais vous donner un numéro. Ce numéro changera dimanche prochain, je vous rappellerai.

H : Quel est ce numéro ?

14

Lundi 14 septembre 2009

À 6 h 46, pendant qu'il prend son petit déjeuner avec sa femme et ses deux fils adolescents dans sa maison de Nansen Street, à Claremont, dans la banlieue du Cap, Quinn reçoit un SMS. Il jette un coup d'œil à l'écran de son téléphone, s'excuse, quitte la table de la cuisine, va dans sa chambre et appelle Masilo.

– Osman se trouve à l'aéroport, il part pour Walvis Bay, dit-il lorsque Masilo répond.

– Le vol est à quelle heure ?

– Probablement dans l'heure qui suit.

– Il faut qu'on se magne, alors.

– Nous n'avons qu'un opérateur en Namibie. À Windhoek. Je vais l'appeler pour savoir dans combien de temps il pourra être à Walvis Bay.

– Merci, Quinn… Walvis Bay ? Qu'est-ce que le Comité suprême peut avoir à faire à Walvis Bay ?

– Mais pourquoi donc Walvis Bay ? demande Janina Mentz, assise à la table ronde de son bureau.

Il est 8 h 41.

– C'est un port. Importation, des armes, dit Tau Masilo.

– Vous spéculez…

Masilo s'est préparé.

– Bien sûr. Le principe d'Occam, madame : l'explication la plus simple se révèle généralement juste. Après sa débâcle avec Ismail Mohammed, le Comité suprême va vouloir attirer l'attention au Cap le moins possible : ils sont de plus en plus méfiants. Ils savent qu'il va être difficile de débarquer des armes ici ; si quelque chose va de travers, ils se retrouveront sous le feu des projecteurs. Alors, il faut reconnaître que le choix de Walvis Bay est intelligent : niveau de sécurité moins élevé, pots-de-vin moins chers, bonnes liaisons en direction du Gauteng en passant par le couloir du Kalahari. Et si une erreur intervenait, leur implication ne serait pas évidente.

Mentz soupèse cet argument, hoche la tête.

– Possible… Alors, que fait-on ?

– Osman fait escale à Windhoek, où il a une correspondance. Nous n'avons qu'un opérateur là-bas. Il est déjà en route pour Walvis Bay, en voiture ; il devrait y être une heure avant Osman.

– Osman arrive à quelle heure ?

– À 13 heures.

– Qu'est-ce qu'il vaut, notre homme là-bas ?

– Il s'appelle Reinhard Rohn, trente ans d'expérience, un vieux renard. Ses rapports sont toujours minutieux. Et ponctuels.

– Où donc est-ce que nous les dénichons, ces gens ?…

Mais Mentz fronce les sourcils.

– Si nous avions eu quelqu'un à l'intérieur, Tau, nous aurions pu placer trois de nos meilleures équipes là-bas, à attendre Osman.

Masilo se borne à hocher la tête, cette question n'étant pas à son goût. Il change de sujet :

– Nous savons qui va acheter les diamants envoyés par Johnson Chitepo.

Il faut un moment à Mentz pour comprendre.

– Ah bon ?

– Oui : la distribution des rôles dans ce drame devient de plus en plus intéressante. Pendant le week-end, Inkunzi Shabangu a appelé encore une fois le Comité suprême pour leur communiquer la nouvelle. Le nouveau venu est apparemment M. Willem Tweety l'Oiseleur de La Cruz, chef de bande dans la Plaine du Cap[1].

– Vous plaisantez ?…

– Allons, Mac, on a du boulot, dit Mme Killian peu après 10 heures, en faisant rouler son fauteuil jusqu'au bureau de Milla.

Elle attend que MacFarland rapproche également son siège, puis pose les gros dossiers sur la table.

– Milla, c'est votre premier gros enjeu, et il faudra que ce soit prêt demain matin, dit-elle. Mais ne vous faites pas de souci, Mac sera votre filet de sécurité…

Mme Killian donne à Milla le premier dossier.

– Bandes criminelles de la Plaine du Cap. Ici il y a pas mal de matériel : le défi est de faire tenir tout ça dans trois ou quatre pages, une pour le contexte… mais il faudra se concentrer sur la dernière décennie, le reste n'est pas vraiment pertinent. Une page sur l'état actuel des choses : encore une fois, les grandes lignes seulement, un bref survol. Puis une page sur un gang spécifique : les Restless Ravens. Pas plus d'un paragraphe ou deux sur leur historique ; il faut se focaliser sur ce qu'ils combinent en ce moment, leur configuration actuelle. Ce qui m'amène à toi, Mac. Tu vas t'occuper d'un M. Willem de La Cruz, alias « Tweety l'Oiseleur » ou « Willy »…

– Eh bien, ça, ma chère…

– Non, ce n'est pas le moment, Mac, s'il te plaît. Tweety est le caïd des Restless Ravens, c'est lui qui nous intéresse le plus…

1. Les Cape Flats sont une zone « métisse » adjacente au Cap et réputée très mafieuse.

– Comme il se doit. Vous savez ce que l'on dit : au bal des oiseaux apporte donc du blé…

– Pitié, Mac !

– Allons, maman ! Tweety l'Oiseleur, Ravens, Willy[1]… Ça fait très freudien, pour dire le moins…

À 12 h 25, Quinn passe la tête par la porte du bureau de Masilo.

– Reinhard Rohn, notre homme en Namibie, vient d'appeler. Il se trouve dans la salle des arrivées à l'aéroport de Walvis Bay et attend Osman.

– Il sait sûrement qu'il faut être très discret.

– Oui.

– Comment va-t-il reconnaître Osman ?

– J'ai envoyé trois photos sur son portable.

Masilo est satisfait.

– Tenez-moi au courant.

– Bien sûr… (Quinn hésite.) Maître, cette affaire de Tweety…

– Oui ?…

– Si le Comité suprême… cette affaire pourrait déclencher une guerre dans la Plaine du Cap. Si le Cheik se met à souffler dans les oreilles de PAGAD…

– Je ne pense pas qu'il serait aussi bête. Il veut les diamants, et s'il provoque des troubles, les contrebandiers pourraient chercher d'autres acquéreurs.

Quinn opine du chef.

– Espérons que vous ayez raison.

À quatorze kilomètres à l'est de Walvis Bay – et deux kilomètres seulement de la frontière du parc national Namib-Naukluft – se trouve l'aéroport, oasis minuscule dans l'étendue sans bornes du désert du Namib.

1. *Tweety* : oisillon qui pépie ; *raven* : corbeau ; *willy* : quéquette.

Le bâtiment moderne, toiture de métal gris et murs crépis couleur saumon, est entouré de palmiers et de petits carrés de gazon vert. Pour Reinhard Rohn, opérateur de l'Agence présidentielle de renseignement, le plus gros avantage, et inconvénient, est que le bâtiment est relativement petit et l'aéroport plutôt tranquille. Les salles de départ et d'arrivée étant contiguës, il est facile de les surveiller, mais il n'y a pas grand-chose en matière de cachettes.

À cinquante et un ans, Rohn est un ancien. Il se poste devant la baie vitrée qui donne sur la piste pour être sûr d'identifier Osman lorsqu'il débarquera de l'avion et s'acheminera à pied vers le bâtiment. Rohn se remet en mémoire ses traits, la couleur beige de son costume coupé sur mesure, sa chemise bleu pâle à col ouvert, et la petite valise noire à roulettes.

Puis il sort du bâtiment et suit le chemin dallé conduisant au parking où il a laissé son pick-up, un Toyota blanc. Il monte à bord, sort des jumelles de la boîte à gants, les focalise sur l'entrée et attend.

Sept minutes plus tard, il voit Osman sortir ; il remarque qu'il n'a pas d'autres bagages que sa valise à roulettes. Il le suit des yeux quand il s'achemine vers le parc de stationnement d'Avis, où il disparaît de sa vue.

Rohn met le contact et positionne le pick-up pour pouvoir surveiller le bon chemin d'accès.

15

À 16 h 09, Quinn rapporte à son patron que la filature de Shahid Latif Osman par Rohn à Walvis Bay a été un sans-faute.

– Osman s'est rendu directement au port dans une voiture de location Avis, qu'il a garée devant les bureaux de la Consolidated Fisheries, dans la partie réservée à la flotte de pêche. Il est entré dans le bâtiment à 13 h 35, et n'en est sorti que deux heures plus tard, à 15 h 30. Il est alors allé à l'hôtel Protea, avenue Sam Nujoma, où il a pris une chambre. Rohn fait de même, et poursuit sa surveillance. Nous enquêtons en ce moment sur Consolidated Fisheries, et demain matin l'équipe de Raj présentera un rapport à leur sujet.

À 16 h 20, la Mère Killian appelle Jessica la Déesse pour lui confier une nouvelle tâche. Dix minutes plus tard, Jessica revient à son poste de travail en râlant (« Une putain d'entreprise de pêche dans un port paumé dans la cambrousse… »). Elle interrompt la concentration intense de Milla, qui lève la tête de ses recherches au sujet des gangs de rue et confie à Donald MacFarland :

– Mac, il y a ici des trucs qui ne sont pas très bons pour le gouvernement…

– Et alors ?…

– Alors je les laisse là-dedans ?…

– Bien sûr. Notre chef-espionne doit tout savoir, même si ça fait mal.

Rapport : *Bandes criminelles de la Plaine du Cap*
Date : *14 septembre 2009*
Compilé par : *Milla Strachan et Donald MacFarland*

Cadre géographique et historique
Pendant la dernière décennie de l'apartheid, les activités des gangs de l'ancienne province du Cap étaient dans une grande mesure limitées aux zones peuplées de métis, surtout dans les parties socialement et économiquement défavorisées de la Plaine du Cap.

La nature et la gravité des crimes étaient relativement restreintes, principalement en raison de l'isolement international, des limites imposées par la loi sur les zones d'occupation ethnique, d'une police expérimentée et investie de pouvoirs étendus – dont la détention arbitraire, sans procès – et de méthodes d'interrogatoires discutables.

Vers le début des années 1990, cette situation commence imperceptiblement à changer, lorsque la police nationale de l'époque est davantage utilisée pour le maintien de l'ordre et la répression de l'agitation politique. Cela permet aux bandes des rues de souffler, d'accélérer leur recrutement et d'étendre leurs activités, qui jusqu'alors tournaient encore à une assez petite échelle.

Ce sont donc la transition vers un gouvernement démocratique en 1994 et les changements majeurs des six années suivantes qui permettront aux organisations criminelles, jusque-là locales et artisanales, d'accéder à une dimension internationale.

Les facteurs suivants sont pertinents :

Après 1994 : ouverture des frontières et flux internationaux
L'abandon du contrôle strict des frontières et la réouverture de l'Afrique du Sud au commerce international amènent un flux de touristes étrangers, de monnaie et d'investissements, y compris ceux des opérateurs majeurs du crime

organisé transnational. Il s'agit surtout de bandes armées du Nigeria, de la Russie, de la Chine, de l'Italie et de la Colombie, qui ont repéré les opportunités nouvelles et s'installent rapidement dans le pays, surtout à Johannesburg, à Durban et au Cap.

On estime à plus de cent mille le nombre de citoyens nigérians qui entrent illégalement dans le pays pendant cette période et s'y fixent.

L'infrastructure existante

L'Afrique du Sud de 1994 dispose, en dépit de l'isolement du pays, d'excellentes infrastructures : un système bancaire très efficace, des réseaux de télécommunication remarquables et des liaisons routières, ferroviaires et aériennes étendues.

Des bandes criminelles, tout comme les investisseurs normaux, profitent de ces facilités.

En outre, il existe déjà sur place une structure criminelle de base sous forme de gangs dans la péninsule du Cap. L'héroïne et la cocaïne commencent à entrer dans le pays en quantité, y trouvant un réseau certes rudimentaire et peu sophistiqué, mais capable d'assurer le traitement et la distribution.

La contrebande et le commerce d'autres substances prohibées, ainsi que d'armes, d'ivoire, de bois, de pierres précieuses et d'ormeaux, et la traite d'êtres humains se développent.

Une police affaiblie, une législation moderne

Au milieu de cet afflux d'organisations criminelles transnationales, la police sud-africaine se transforme de 1994 à 1998 en service sud-africain de police. Ironie de l'histoire, les conséquences de cette transformation seront considérées comme l'un des facteurs clés de l'essor du crime organisé, en particulier dans la province du Cap-Occidental.

La discrimination positive, le pourcentage élevé de démissions d'officiers supérieurs et de départs à la retraite, de recyclages et de conversions ont provoqué non seulement une perte massive d'expérience dans les rangs de la police, mais ont aussi altéré les relations de confiance, minant ainsi sérieusement son moral. Des conflits internes, des frustrations, des tentatives d'obstruction et de politisation ont contribué à distraire du crime organisé l'attention de la police.

La législation criminelle durant cette même période, fondée sur les droits de l'homme et le respect de principes modernes et humanitaires internationalement reconnus, a modifié les protocoles d'interpellation et les techniques d'interrogatoire (entre autres en écartant la prétendue « formule d'aveu » – en clair : l'intimidation physique – appliquée sous l'apartheid), obligeant ainsi les autorités chargées de l'application de la loi à respecter les droits des suspects.

En conséquence de ces développements, l'organisation du renseignement sur les activités criminelles s'effondre dans une grande mesure, et devra être entièrement reconstruite.

Il en résulte l'ouverture d'un créneau que le crime organisé a su exploiter pleinement.

PAGAD, CORE et POCA

Avec la police paralysée, la résistance civile au crime explose dans les zones métisses. Le groupe le plus connu est PAGAD, People Against Gangsterism and Drugs, un groupe de pression musulman, qui lance ses milices contre les caïds de la Plaine du Cap.

Ces milices manifestent devant les maisons des trafiquants, des coups de feu sont tirés, les caïds sont agressés et parfois éliminés ; les structures dirigeantes des gangs sont décimées et leurs activités considérablement réduites.

L'évolution était en marche : seuls les plus forts ont survécu. En réaction, les caïds qui survivent fondent le CORE, le Community Outreach Forum, un programme d'ouverture communautaire. Le nom est choisi avec cynisme : en effet, les activités n'ont rien à voir avec les intérêts communautaires, et consistent essentiellement dans le regroupement des forces et la consolidation des activités criminelles, instaurant pour la première fois dans leur histoire une coopération entre organisations du crime. Un comité restreint très efficace est créé ; en quelques mois, il réussit à rationaliser les trafics, le blanchiment et la contrebande, les élevant à des niveaux inédits de professionnalisme et de secret.

Un autre effet de l'action de PAGAD est de déplacer les cadres supérieurs des organisations criminelles des quartiers métis vers les quartiers résidentiels des Blancs, en permettant accessoirement à leurs réseaux et activités de pénétrer et de s'étendre désormais dans ces secteurs. La vente de marijuana et de cocaïne, entre autres, a trouvé un nouveau marché.

Un dernier facteur est le passage d'une nouvelle loi très importante, le POCA (Prevention of Organized Crime Act), qui donne à l'État des pouvoirs étendus permettant de confisquer les avoirs des caïds et de leurs affidés.

Les *Restless Ravens*

Ce gang de rue, relativement petit mais très efficace, opérait au début des années 1990 principalement dans Manenberg, Bonteheuwel, Bishop Lavis, Heideveld, Surrey et Primrose Park.

Leur chef, l'impitoyable et ambitieux Willem (Willy) de La Cruz, dit « Tweety l'Oiseleur », un homme très intelligent, a déjà fait de la prison pour agression (1978-1981) et vol à main armée (1983-1988). Son sobriquet proviendrait de son passe-temps, l'élevage de perruches, mais aussi d'un rituel consistant à déposer un oiseau vivant dans la bouche des traîtres après les avoir tués.

Tweety et les Restless Ravens tirent un profit considérable du chaos occasionné par l'action de PAGAD en 1996. En raison de sa petite taille, le gang est considéré comme peu menaçant, et PAGAD le laisse généralement en paix. Les Ravens survivent donc à la répression. En outre, l'action des milices leur amène de nouvelles recrues et de nouveaux territoires.

Tweety est également un membre fondateur du CORE, et grâce à ses capacités en matière d'organisation et de développement de réseaux, il finit par jouer un rôle clé dans l'alliance. Il reconnaît également très tôt la menace de la législation POCA et de son application par la nouvelle unité spéciale d'investigation, les « Scorpions ».

Sa crainte de voir confisquer ses avoirs financiers et immobiliers, considérables, le conduit à procéder à la nomination de deux hommes de confiance rencontrés en prison.

Le premier est un comptable, l'ancien caissier Moegamat Perkins (quarante-neuf ans, condamné pour fraude, 1982-1988), chargé de veiller à ce que les avoirs de Tweety a) ne figurent pas sous son nom, et b) soient structurés de sorte à ne pouvoir être saisis.

La deuxième nomination est celle d'un « général », un « homme fort » capable d'affirmer l'autorité des Ravens en pratiquant le meurtre, l'agression et l'intimidation mais qui, en même temps, servirait de contrepoids au comptable Perkins, limitant l'influence de celui-ci. Son choix se porte sur Terrence Richard Baadjies (cinquante ans, « Terry », « Terror », « le Terroriste »), condamné à quinze ans pour meurtre et ayant purgé sa peine dans une institution spéciale pour jeunes délinquants. Par la suite, il sera condamné pour trafic de substances prohibées, voies de fait et meurtre.

Les deux nominations se révèlent être des coups de maître. Lorsque les Scorpions, et plus particulièrement l'Unité de répression du crime organisé de la police, confisquent entre 2000 et 2006 des avoirs valant presque 200 millions de rands aux gangs de la péninsule du Cap, les Ravens ne sont pas touchés. Terror et ses miliciens se tenant toujours prêts à s'emparer par la force des activités des organisations affaiblies, les Restless Ravens deviennent une des organisations criminelles les plus performantes du Cap. La prééminence de Tweety au sein du CORE se renforce par la même occasion.

Le recrutement de jeunes métis de la Plaine du Cap est également soutenu dans une mesure appréciable par la détérioration des conditions socio-économiques de la communauté métisse à partir de 1994. Parmi les facteurs les plus importants contribuant à cette évolution, on retient :
– la drogue *tik* (méthamphétamine, ou « meth ») ; 91 % des dépendants sont métis, avec une moyenne d'âge de 16,6 ans ;

– 18 % des métis âgés entre 18 et 34 ans se trouvent en prison pour crime ;
– 21,8 % des métis âgés de 16 ans ne sont pas scolarisés ;
– 48 % de la communauté métisse en général n'a pas d'activité économique ou se trouve au chômage (sur un total de 2,7 millions d'individus, 975 000 sont inactifs et 340 000 au chômage).

Pour conclure
La réussite des Restless Ravens (qui se soustraient au POCA) vient aujourd'hui peut-être d'attirer exactement la sorte d'attention qu'ils s'efforcent d'éviter. D'après une information récente parue dans les colonnes de *Die Burger* (28 août 2009), le nouveau gouvernement (Alliance démocratique) du Cap-Occidental a ordonné la nomination d'un procureur spécial chargé d'élucider les activités des gangs organisés dans la perspective de poursuites pour fraude fiscale.

16

Mardi 15 septembre 2009

Tard cet après-midi-là, Janina Mentz les accueille avec le sourire :

– Entrez donc, chers collègues, installez-vous, mettez-vous à l'aise.

Elle leur dit que le ministre a téléphoné après le déjeuner, impatient de savoir s'il y avait eu de nouveaux développements ; elle a pu lui raconter ce qui s'est passé à Walvis Bay. Et il a répondu : « Janina, le président et moi apprécions beaucoup votre travail, et surtout la façon dont vous avez traité cette affaire. Jetez un coup d'œil à votre budget : s'il vous faut un peu plus, vous n'avez qu'à nous en parler. Pour nous, c'est une priorité : une priorité élevée. Et il y a autre chose. Vous avez peut-être entendu parler d'une nouvelle structure pour le renseignement ; on me dit que les couloirs bruissent de rumeurs. Eh bien, Janina, je vous assure que, pour l'instant, votre agence n'est pas concernée par le projet du président. »

Et Janina Mentz se laisse aller dans son fauteuil et regarde les deux hommes avec une profonde satisfaction.

Masilo passe ses pouces sous ses bretelles, un grand sourire éclaire lentement ses traits.

Rajkumar, toujours méfiant, retient surtout les mots « pour l'instant ».

Mentz le rassure, mais cette fois-ci sans froncer les sourcils comme d'habitude ni réprimer une quelconque irritation.

– C'est exactement ce que nous voulions, Raj. C'était notre principal objectif, et nous l'avons atteint… Savourons donc cet instant ! Et permettez-moi de vous remercier pour votre excellent travail. Et aussi, je voudrais que vous transmettiez mes félicitations à l'Équipe Rapport. J'ai trouvé leur contribution remarquable. Que Mme Killian les invite à déjeuner dans un bon restaurant. À mes frais, bien entendu.

Les deux hommes cachent leur étonnement. De mémoire d'homme, ils n'ont jamais vu Janina Mentz dans cet état d'esprit.

Elle braque son sourire sur Masilo.

– Et notre homme à Walvis Bay, comment va-t-il ?

L'avocat rapporte que, selon l'opérateur Reinhard Rohn, Osman a passé la nuit à l'hôtel Protea et qu'il est reparti le lendemain pour prendre le vol de 12 h 55 pour Le Cap. Une équipe l'a donc attendu ici, le filant jusqu'au 15 Chamberlain Street, lieu de réunion du Comité suprême, où il aurait rendu son rapport. Entre-temps, Quinn a demandé à Rohn de rester à Walvis Bay, histoire de voir s'il pourrait résoudre l'énigme.

– Et vous, Raj, qu'avez-vous appris sur Consolidated Fisheries ?

Raj lui passe le rapport volumineux de Jessica, ajoutant que l'Équipe Rapport n'a pas trouvé la moindre trace d'activité illégale.

– Cette société fait partie du Groupe Erongo, qui est coté à la Bourse namibienne. Elle possède une flottille de pêche – neuf chalutiers à rampe arrière – et une usine de traitement et de mise en conserve ; elle opère dans la région de Benguela. Bref, rien de louche.

– Pourtant, dit Tau Masilo, avant tout juriste, écoutez un peu ceci…

Il remet en ordre les papiers devant lui et se met à lire :

– « Tout vaisseau désirant entrer dans le port de Walvis Bay est tenu de fournir par e-mail ou par fax les renseignements suivants au moins soixante-douze heures avant son arrivée : numéro de l'ISSC, à savoir certificat international de sécurité du navire ; état de sécurité du vaisseau ; date de départ du dernier port », et cetera…

Masilo lève la tête, regarde Mentz.

– « Tout vaisseau »… dit-il, en marquant une pause, *à l'exception* des bateaux de pêche.

– Merde ! dit Rajkumar.

– Je propose, madame, que nous déployions trois équipes à Walvis Bay. C'est là qu'ils envisagent de livrer les armes. Il n'y a aucun doute.

Jeudi 17 septembre 2009

Le micro électroacoustique planté dans le mur du 15 Chamberlain Street donne ses premiers résultats.

Peu après 11 heures, Osman arrive et entre dans la maison, l'opératrice d'en face enregistre l'événement en vidéo et en photo. Elle porte un casque, mais ne s'imagine pas que le micro dans le béton puisse capter grand-chose : d'habitude, les hommes parlent peu dans les pièces du rez-de-chaussée, ils descendent au sous-sol pour discuter.

À sa grande surprise, elle entend la voix d'Osman :

– Tout est tranquille ?

Transcription : *Écoute : S.L. Osman et B. Rayan, 15 Chamberlain Street, Woodstock*
Date et heure : *17 septembre 2009. 11 h 04*

SLO : Tout est tranquille ?

BR : Complètement, Oom.

SLO : Tu es bien sûr, Babou ?

BR : Sûr.

SLO : Garage débarrassé ?

BR : Oui, Oom, la voiture y entrera facilement.

SLO : Très bien. Toi, tu attendras dans le garage. Quand je te le dirai, tu ouvriras les portes, d'accord ? Quand la voiture sera dedans, tu les refermeras. Terror aura un sac sur la tête, mais il a compris que ça devrait se passer ainsi. Tu le mèneras par ici et puis en bas. Ensuite, tu ressortiras. Moins il verra de visages, mieux ça sera. D'accord, Babou ?

BR : D'accord, Oom, je comprends.

L'opératrice s'assure que tout a bien été enregistré sur son ordinateur portable avant de téléphoner à Quinn.

Quinn se précipite à la salle des moniteurs, où il allume en hâte les moniteurs TV et canalise les flux audio et vidéo. Il a juste le temps de voir, au 15, Babou Rayan ouvrir la deuxième porte en bois marron du garage, jeter un coup d'œil rapide pour vérifier que personne ne regarde, et ensuite entrer dans l'obscurité du garage.

Sur ces entrefaites, une Neon Chrysler blanche arrive, remonte la courte allée et s'engouffre dans le garage. Babou Rayan referme aussitôt la porte.

Quinn écoute le flux audio.

Pendant presque vingt secondes, silence. Puis on entend la voix d'Osman :

– Doucement, Terror. Là, tu vas descendre les marches.

Une voix inconnue acquiesce. Bruits de pas traînants, puis silence.

Ils se sont installés sur le toit de Wale Street Chambers, afin que Masilo puisse fumer un cigare, « pour fêter ça ».

Rajkumar, cependant, n'est pas d'humeur festive.

– Le Comité suprême qui fréquente une bande criminelle de la Plaine du Cap ? Mais ça n'a aucun sens !…

– Mais si, objecte Masilo.

– Qu'est-ce que tu veux dire ?… demande Rajkumar.

Masilo s'explique. Le Comité suprême a déjà Inkunzi Shabangu, qui tente d'intercepter les diamants, mais par ailleurs il discute également avec Terror Baadjies, des Ravens, les acquéreurs potentiels.

– Ils veulent se couvrir à toutes fins utiles : si Inkunzi réussit effectivement à intercepter les pierres, eh bien, ils lui achètent la camelote, et s'il n'y réussit pas, ils feront affaire avec les Ravens.

Raj n'est toujours pas convaincu.

– Oui, mais à quel prix ?

– Il faut comprendre la nature du jeu. Les contrebandiers de diamants ont tous le même problème : comment obtenir un max de retour sur investissement, alors que désormais il est devenu très difficile – à cause des accords internationaux et de leur application – de trouver des débouchés pour la came. De nos jours, les gros sous se trouvent en Inde ; on y traite davantage de pierres qu'aux Pays-Bas. Mais, pour vendre à des Indiens, il faut passer par trois, quatre intermédiaires, qui prennent chacun leur pourcentage… Les Ravens toucheront sans doute 40 centimes par rand s'ils vendent en utilisant leurs filières. Mais le Comité suprême a un atout en main : Macki. C'est un blanchisseur, ne l'oublie pas ; il a sans doute une ligne directe avec les Indiens. Alors, ils peuvent proposer aux Ravens 50 ou 60 centimes par rand, tout en en touchant 80 en Inde. Or, il est question d'une cargaison de quelque 100 millions de rands. Le Comité envisage donc un bénéfice net de 20 millions de rands, sinon plus. Et davantage si Inkunzi réussit à intercepter : là, ce serait le jackpot.

– Mais je ne parlais pas du coût monétaire, dit Rajkumar sur un ton résigné. Je parlais de ce qu'il en coûte de faire des affaires avec une bande de gangsters. Traiter avec une organisation qui bosse dans la drogue ? Ça, pardon ! PAGAD en ferait dans son froc ! Voilà ce que je veux dire : il y aurait une levée de boucliers de toute la communauté extrémiste.

Des deux mains, il ramasse ses cheveux et les repousse en arrière.

– Voici l'idée : les enjeux sont très élevés. Ce qui signifie que l'objectif ultime est vraiment très important. Plus important que ce que nous avons envisagé. Tellement grand qu'on pourrait prétendre que la fin a justifié les moyens. Si c'est bien un acte de terrorisme qu'on envisage ici, il va y avoir du vilain. Par conséquent, les nouvelles ne sont pas bonnes du tout.

– Pas bonnes du tout ?… réplique Masilo. On arrêtera ce truc. Mais il faut penser comme notre directrice, Raj : à notre avenir. Et là, je trouve ces nouvelles excellentes !

Jessica vient chercher Milla à son bureau.

– Suis-moi, souffle-t-elle.

Milla la suit jusqu'aux toilettes des dames. La Déesse sort du rouge à lèvres de son sac, se poste devant le miroir et se fait une retouche.

– L'ami d'un ami arrive ce week-end de Johannesburg. Il y est stagiaire dans une grande boîte d'avocats. Très beau. Il adorerait un peu de compagnie.

– Ah, bon ?

– Il a vingt-quatre ans et…

– Vingt-quatre ans ?…

La Déesse s'esclaffe, range son rouge à lèvres.

– L'âge idéal. L'énergie !… Et puis stagiaire dans une grande boîte d'avocats. Là-haut, à Johannesburg. Et très beau, délicieux… Pour le week-end.

– Jess, je ne sais pas…

– Mais laisse-le donc t'inviter dans un club ! Tu bois un verre ou deux, tu danses un peu, tu t'amuses… S'il n'est pas ton genre, eh bien, tu auras passé une bonne soirée, c'est tout. Par contre, si c'est ton genre, eh bien, tu y vas, et tu baises et tu t'éclates !

Milla rougit.

– Je…

– Allez, Milla, vis donc un peu !

Milla cache sa gêne.

– Je vais y réfléchir.

Mentz pose la seule question qu'ils n'ont pas prévue :

– Mais pourquoi donc Terror, la brute de service ?

– Madame ?… dit Tau Masilo, cherchant à gagner du temps.

– Pourquoi donc Tweety aurait-il délégué son général pour traiter avec le Comité suprême ? Pourquoi pas Moegamat Perkins, le comptable ?

Il aurait dû savoir qu'elle étudierait minutieusement les rapports. Il s'en veut, ainsi qu'à Quinn et à Rajkumar, de n'avoir pas anticipé cette question.

– Et de plus, poursuit Mentz, pourquoi le Comité aurait-il accepté de traiter avec Terror ? Il représente tout ce qu'ils méprisent. Et d'après ce que j'ai compris, c'est aussi un homme particulièrement dangereux.

Masilo sait qu'il n'arrivera pas à l'embrouiller.

– Je ne sais pas, avoue-t-il.

– Alors, il faut qu'on l'apprenne, Tau, dit Mentz.

Elle a repris son expression habituelle, sourcils froncés.

Milla appelle Jessica dans la soirée, à 21 h 30.

– Je ne peux pas, dit-elle. Il est à peine plus âgé que mon fils.

– Voilà pourquoi je ne veux jamais avoir d'enfants, dit la Déesse.

Quand Milla raccroche et s'allonge sur le canapé, elle devine que Jessica connaît sans doute la vérité : elle manque de confiance en elle.

17

Vendredi 18 septembre 2009

Pour le Cheik, c'est le jour où il va connaître La Date.

Son portable sonne à 7 h 28. Macki le salue selon la coutume musulmane, puis lui dit :

– Cheik, ça a été confirmé : 23 Shawwal 1430.

Le cœur du Cheik bat plus vite, il répète :

– 23 Shawwal 1430. *Allahu Akbar.*

Dans douze jours, Inkunzi sera mort, gisant dans une mare de sang dans sa chambre. Mais, de ces douze jours, il se rappellera surtout le 18 septembre, son « vendredi noir » : le jour où les musulmans l'ont menacé et où ce chien, Becker, a croisé son chemin.

Peu après 9 heures, Abdallah Hendricks, le porte-parole d'Osman, l'appelle.

– Monsieur, il y a du nouveau.

En pleine heure de pointe à Sandton, Inkunzi conduit sa BMW X5 sans oreillette. Son attention est partagée entre la route et l'appel, il ne s'attend pas à ce qu'il y ait des problèmes.

– Quoi ? demande-t-il.

– Eh bien, il semblerait que la loi du marché intervienne, si vous voyez ce que je veux dire ?…

– Non, je ne vois pas ce que vous voulez dire.

– L'offre et la demande : vous savez, ces facteurs qui changent sans arrêt, explique Hendricks, toujours dans un anglais impeccable. Inkabi m'a demandé de renégocier avec vous.

– Renégocier ! ?...

L'attention d'Inkunzi se concentre désormais sur l'appel ; il flaire une embrouille.

– Oui, monsieur. Malheureusement, nous ne pouvons plus que vous proposer 30 centimes.

– Quoi ! Vous me prenez pour un con ?...

– Je suis navré, monsieur. Mais ce sont là mes instructions.

– Mais on avait un accord... Vous allez dire à Osman que nous avions un accord !

– Pas de noms, monsieur, s'il vous plaît...

– Vous vous foutez de moi ! Pourquoi Osman me fait-il ça ?

– S'il vous plaît, monsieur, il faut respecter les protocoles convenus...

– Les protocoles, je m'en torche ! Qu'est-ce qu'il est en train de combiner là, Osman ?

– Eh bien, pour être tout à fait franc, monsieur, nous avons des raisons de douter de vos sources. Au sujet de l'itinéraire.

– L'itinéraire ?... J'ai dit dès le départ que ça prendrait du temps, c'est un processus. Attendez un instant... Bande de salauds...

– Pardon ?

– Fumiers ! C'est Tweety, n'est-ce pas ? Vous êtes donc de mèche avec lui ! C'est pour ça que vous savez, au sujet de l'itinéraire...

– Non, monsieur, répond Hendricks, calmement et toujours courtois. C'est simplement une question d'offre et de demande. Notre acheteur a baissé son offre, et nous nous trouvons dans l'obligation de...

– Vous êtes en train de m'enculer, oui, bande de...

Hendricks tente de répliquer, mais Inkunzi crie plus fort :

– Je vous le dis maintenant, je vais les avoir, ces diamants ! On verra bien ce que vous cracherez ! Je trouverai ce bordel d'itinéraire, et je raflerai tout le bazar, vous entendez ?

– S'il vous plaît, monsieur ! Vous vous servez de votre portable !…

– Allez vous faire foutre ! hurle Inkunzi, qui tient le téléphone d'une main tremblante de rage.

Il continue à hurler pendant dix minutes en martelant le volant et en lançant des regards furieux à la circulation autour de lui. Puis il appelle ses deux lieutenants, pour discuter avec eux de la trahison des musulmans. Ensuite, il joint son principal informateur à Harare.

– Et pourquoi je te paie, bordel ?

– Inkunzi ?

– C'est bien ce que je dis : pourquoi je te paie ? Pour l'itinéraire, tu te trompes. Et je te le dis maintenant, si tu ne trouves pas la bonne route en temps utile, moi, je te les coupe en personne, tes couilles de merde ! T'as compris ?…

À 11 heures, Inkunzi regagne sa résidence luxueuse, l'humeur adoucie par les assurances de ses lieutenants, ainsi que celles de ses autres contacts au Zimbabwe, qui lui disent tous qu'ils trouveront l'itinéraire, quoi qu'il arrive.

Alors son portable sonne de nouveau.

– Oui ?…

– Mon vieux, je m'appelle Lukas Becker, et par mégarde tu m'as volé mon argent. Je ne suis pas fâché, mon frère, rassure-toi ; mais je veux qu'on me rende mon fric.

Le style laconique, le rythme paisible de la voix, le choix du vocabulaire – typiques d'un Afrikaner blanc – sont tellement saugrenus qu'Inkunzi éclate de rire.

Et Becker ajoute :

– Avec un homme qui rit, mon vieux, moi, là, je peux m'arranger.

Un opérateur d'écoutes envoie chercher Quinn peu après cette conversation entre Inkunzi et Hendricks. Quinn écoute l'enregistrement sur l'ordinateur de l'opérateur et demande qu'il soit placé dans le dossier commun sur le site et qu'il soit transcrit, puis il se dirige vers le bureau de Masilo pour le mettre au courant.

La conversation avec Becker lui est envoyée par e-mail, avec en pièces jointes les deux enregistrements audio. L'opérateur a écrit : « J'ai pensé que ceci vous amuserait. Assez étonnant. »

Quinn écoute.

(Inkunzi rit à gorge déployée.)

« Avec un homme qui rit, mon vieux, moi, là, je peux m'arranger.

– Mais qui es-tu donc, putain ! ?

– Lukas Becker. Tes gens m'ont attaqué et ils ont pris ma voiture. Je l'avais louée, mon vieux, alors vous pouvez la garder. Mais mon argent était dedans. Maintenant, je te demande gentiment : je veux mon fric.

– Ton fric ? Mais quel fric ?

– Beaucoup d'argent. En livres sterling. Cash.

– Mes gens ?… Pourquoi dis-tu que c'est mes gens ?

– Il y en a un ici à côté de moi. Il s'appelle Enoch Mangope, c'est celui qui a l'œil blanc. Il me dit qu'il travaille pour toi.

– Je ne connais personne de ce nom.

– Mon vieux, d'abord il ne voulait rien dire, mais quand on s'est arrêtés au poste de police, il a parlé. Je pense qu'il ne ment pas. Écoute, faisons les choses simplement. Je veux juste mon argent, c'est tout.

– Je n'en sais rien, de ton argent.

– Je te crois, mon vieux, mais tes gens sauront. L'argent était dans mon sac à dos, dans le coffre. Vous pouvez garder le sac également ; donnez-moi juste le fric.

– Ou bien ?…

– Mais non, laissons tomber ça : pas de "ou bien", pas de "ou".

– Voici un "ou" pour toi : va te faire foutre !

– Écoute, mon vieux, cette attitude-là ne peut apporter que des ennuis.

– Des ennuis ? Pour qui tu te prends ?

– Lukas Becker. Je pensais te l'avoir déjà dit. »

(Inkunzi rit.)

« Tu blagues, c'est sûr. »

Fin du premier enregistrement. Quinn sourit et lance le second :

« Mon vieux, je comprends ce que tu ressens – un mec, un Blanc, qui tombe du ciel et t'appelle –, mais c'est pas un canular. Je veux régler ce truc poliment. Qu'est-ce que t'en dis ?… »

(Inkunzi rit, incrédule.)

« Tu sais qui je suis ?

– Je ne te connais pas, mon frère, mais ton homme ici, Enoch le Borgne, me dit que t'es un Inkosi. Un mec dangereux, quoi.

– C'est vrai. Et je ne suis pas ton frère, bordel…

– Ce n'est que ma façon de parler à moi…

– Si tu me rappelles encore une fois, tu le sauras, que je suis dangereux.

– Je crois que tu es très dangereux, mon frère, mais je veux croire aussi que t'es un homme qui comprendra. J'ai travaillé dur pour cet argent.

– Je m'en fous complètement.

– Hé, hé, mon vieux, ne dis pas ça !

– Qu'est-ce que tu vas faire ? Me casser la gueule ?…

– Je vais continuer de demander poliment, mon vieux. Jusqu'à ce que ça ne serve plus à rien. »

(Inkunzi rit.)

« T'es barjo…

– Non, pas encore.

– Écoute, fous-moi la paix. Et dis à Enoch qu'il ne bosse plus pour moi. »

18

Tau Masilo ne s'occupe pas beaucoup du passé. Il se préoccupe surtout de l'avenir. Mais il laisse dans son agenda une trace du 18 septembre.

Depuis que Janina Mentz l'a coincé la veille avec sa question sur Terror, il ne se sent pas bien. Il est avocat, et c'est une question d'honneur que d'être préparé, informé, d'explorer tous les coins et recoins de l'affaire en cours, pour pouvoir donner un avis pondéré, réfléchi. C'est pour cela que Mentz l'a nommé.

Il sait pourquoi il s'est laissé prendre au dépourvu avec cette histoire de Terror. En fait, c'est très simple : trop de choses se sont produites en même temps. Mais Masilo ne croit pas aux justifications ni aux excuses. Après toute l'excitation des écoutes et l'interception des e-mails, c'est seulement aujourd'hui, en milieu de journée, qu'il a enfin eu le temps de vraiment réfléchir. Il relit alors le document de l'Équipe Rapport sur la criminalité organisée, il passe en revue toutes les transcriptions pertinentes, il réfléchit, s'autorise à spéculer… Hâtivement, il griffonne sur son agenda, de son écriture presque illisible, des mots clés sur les espaces libres de la page de ce vendredi.

Grâce à ce processus, il élabore sa grande hypothèse :

Le Comité suprême en sait plus long sur le fonctionnement interne des Restless Ravens que l'Agence présidentielle de renseignement.

Ce n'est pas Tweety qui a pris la décision d'envoyer Terror négocier avec le Comité suprême.

D'une façon ou d'une autre, tout cela importe.

Il va falloir démêler tout ça.

Janina Mentz et Rajhev Rajkumar, eux aussi, se souviendront de ce jour où les gens de Raj ont intercepté un e-mail.

Dans le bureau de Mentz, Masilo est en train d'informer sa patronne de la conversation entre Inkunzi et Hendricks. L'Indien entre en trombe, agitant une feuille de papier.

– Ça, vous n'allez pas le croire !…

Dans un premier temps, cette intrusion dérange Mentz.

– Quoi donc, Raj ?

– Un de ces babouins s'est gouré. Il a retransmis un mail qui est non encrypté mais daté.

– Tu plaisantes ?… dit Masilo.

– Regardez donc ceci.

Rajkumar plaque le papier entre eux.

– Le message d'origine venait du Comité suprême, sécurisé, encrypté et tout. Et puis un des destinataires a dû avoir une absence…

Mentz lit lentement le mail, qui est très bref, puis lève les yeux et regarde l'homme surexcité en face d'elle.

– C'est une date, ça ?

– Le 23 Shawwal 1430 correspond au 12 octobre 2009 dans le calendrier musulman. C'est dans moins d'un mois, ajoute-t-il, comme si Mentz ne pouvait pas trouver cela toute seule.

– Je sais, Raj. Mais ça veut dire quoi ?

– Que c'est à cette date que ça va se passer.

– Que c'est quoi qui va se passer ?

– Mais la transaction, les armes !

– D'après Ismail Mohammed, c'est prévu pour septembre.

– Ils ont peut-être changé… Oh, merde. Vous pensez que ça pourrait être la date de l'attaque ? De l'action terroriste ?

– Il vaudrait mieux que nous le sachions, non ?

Samedi 19 septembre 2009

Tau Masilo est arrivé à son bureau à 9 heures du matin. Le samedi celui-ci est calme, il n'y a que le personnel indispensable.

Il commence par lire le rapport de Reinhard Rohn, leur homme en Namibie. Rien à signaler. Ça le préoccupe.

Ensuite, il relit ses notes de la veille, sur les Restless Ravens, avec le même sentiment de malaise. Il lit le rapport de Rajkumar : 23 Shawwal 1430, 12 octobre 2009.

Poussant les papiers de côté, il se tourne vers son ordinateur portable, ouvre le navigateur, puis la page Google. Il tape : *12 octobre 2009, Le Cap*.

Ses yeux parcourent la liste des possibilités. La sixième attire son attention. Il clique dessus : c'est un entrefilet dans un quotidien local. Son sang se fige.

Le Cap – L'équipe de foot américaine qui participera à la Coupe du monde en 2010 effectuera une visite éclair le mois prochain au nouveau stade de Green Point.

Son arrivée coïncide avec l'inspection des travaux de construction, prévue le 12 octobre, quand Sepp Blatter, grand patron de la FIFA, assistera au premier coup de pioche avec une délégation d'une soixantaine d'officiels.

– Bon Dieu ! dit Masilo.

Il fixe l'écran longuement, imprime l'entrefilet et appelle Janina Mentz.

LIVRE 2 : LEMMER

Le cygne noir

Septembre 2009

L'art du pisteur concerne tous les signes d'une présence animale qui peuvent se trouver dans la nature, y compris les traces sur le sol, les traces sur la végétation, les odeurs, les signes d'alimentation, l'urine, les fèces, la salive, les boulettes, les marques de territoire, les chemins et abris, les signes vocaux et auditifs, les signes visuels, les signes d'incident, les signes de circonstance, les signes de squelette.

Louis W. Liebenberg, *The Art of Tracking*[1],
New Africa Books (1995).

---

1. Toutes les citations en exergue du Livre 2 sont extraites de cet ouvrage.

19

Les frontières territoriales peuvent être marquées olfactivement au moyen d'urine, d'excréments ou d'odeurs transférés à des plantes par des sécrétions glandulaires.

« Classification des signes »

Ce n'est pas moi qui cherche les ennuis, ce sont les ennuis qui me cherchent.

Il est 11 heures du matin, un samedi des tout derniers jours de septembre. Nous sommes à la Grenade rouge, Emma Le Roux et moi. Mon monde, en ce moment, est presque parfait : bruits paresseux de ce bon bourg de Loxton, salut pépié par une bergeronnette qui entre par la porte du restaurant en remuant la queue, rayon de soleil qui pénètre par la fenêtre nord… J'ai pris un excellent petit déjeuner, le café filtre est à mon goût, riche et fort. Emma en est encore à ses scones à la confiture et à la crème fraîche, qu'elle déguste avec un plaisir manifeste. La théière est pleine. Emma rayonne, ses joues sont roses, car deux heures auparavant nous étions emmêlés sur le blanc neigeux des draps de mon lit. Elle me raconte un livre qu'elle lit actuellement, de cette voix profonde qui ne cesse de me surprendre, provenant d'un corps si menu. Sur l'arc parfait de sa lèvre, une goutte de crème s'attarde tel un flocon de neige.

Mais tout ça est bien trop beau pour être vrai... Car je suis Lemmer.

Comme si les dieux se réveillaient, j'entends une vague pulsation qui monte, mécanique, crescendo... Emma se tait et tourne la tête. Tannie[1] Wilna, le corps et l'âme de la Grenade rouge, arrive de la cuisine en s'essuyant les mains sur son tablier.

– Vous l'avez entendu, vous aussi ?

Nous écoutons le vrombissement qui enfle comme un roulement de tonnerre de la route de Carnarvon...

Nous regardons ensemble la chaussée qui s'élargit autour de l'église. Comme si tout d'un coup le bourg marquait une pause, une petite foule se déverse hors du bazar et de la coopérative agricole. Un groupe de jeunes métis arrive au pas de course du côté de la salle paroissiale et débouche sur la place, leurs cris noyés dans une cacophonie tonitruante. Ils sont excités, et montrent du doigt le haut de la rue.

Arrivée spectaculaire sur le côté gauche du rond-point : quatre engins de chrome et d'acier, mastoc, merveilleux, noirs... Des Harley-Davidson, poignées et sacoches frangées de cuir flottant au vent, chevauchées par des êtres bizarres aux lunettes noires et casques grotesques, avec des bandanas criards sur les nez et les bouches, bras et jambes tendus sur les guidons et les pédales. Ils contournent l'église, disparaissent, suivent la courbe jusqu'au restaurant, puis s'arrêtent et s'alignent, l'avant pointé vers la rue. Dans un bruit assourdissant, chaque motard pousse une dernière fois le moteur de son engin, baisse la béquille et, pour finir, défait son bandana.

Silence... Enfin.

Les plaques minéralogiques sont toutes petites. Je

---

1. Formule respectueuse, en afrikaans, pour s'adresser à une femme plus âgée que soi. Équivalent de « tante ».

les lis dans l'ordre : NV ME[1] ; BOYS TOY ; LOUD PROUD, et enfin HELLRAZOR. Toutes proviennent du Cap.

NV ME descend de sa monture, défait posément la boucle de son casque, enlève ses gants et enfin son blouson de cuir frangé. Il a les cheveux gris acier, une coupe chère et branchée, un visage encore jeune plein d'assurance ; il porte un tee-shirt plutôt moulant.

Il laisse errer son regard arrogant sur notre pauvre bourg de Loxton.

– Minable, prononce-t-il à l'intention du tout-venant. Quel patelin !

Les enfants accourent, les travailleurs qui viennent du magasin se rapprochent.

Les quatre chevaliers se tiennent debout à côté de leurs montures : pantalons de cuir, bottes assorties bien cirées, ornées de motifs baroques en métal. Tous ont franchi la barre des quarante ans. Le numéro deux est très grand : à vue de nez, deux mètres ; le numéro trois est petit et mince, avec une face de rat, et le numéro quatre, normal, de taille moyenne, a cependant une carrure de sportif.

– Attention ! Pas touche ! On regarde, c'est tout ! intime Gris-Acier aux enfants.

Les yeux ronds, ceux-ci s'écartent.

Les cavaliers entrent dans le bistrot d'un pas martial : Gris-Acier devant, suivi du Rat et du Sportif ; le Balaise reste derrière.

– Bonjour, dit Tannie Wilna, très cordiale, comme toujours. Bienvenue à Loxton !

Ils inspectent la salle, peu impressionnés.

---

1. Prononcer *envy me* : enviez-moi ; *boys toy* : jouet de garçon ; *loud proud* : bruyant et fier de l'être ; *hellrazor* : rasoir d'enfer, gueulard.

– Il y a de la bière ? demande Gris-Acier, indifférent à l'accueil.

Emma se tourne vers moi avec un petit mouvement de la tête, et mord dans son scone.

– Malheureusement, nous n'avons pas la licence, répond Tannie Wilna. Mais en face il y a le marchand de spiritueux. J'envoie Miki tout de suite. Installez-vous, je vous en prie…

Elle indique une grande table pour six.

Gris-Acier me jette un regard, me mesurant sommairement. Les yeux du Rat se posent spéculativement sur Emma. Tous les quatre s'assoient. Sur le dos du tee-shirt du Sportif, une légende : *Si tu peux lire ceci, la pouffe est tombée.*

Tannie Wilna leur apporte la carte.

– Quelle bière désirez-vous ?

– Black Label, annonce Gris-Acier. Et fraîche.

– Va vite nous chercher quatre Black Label chez Zelda, s'il te plaît, demande Wilna à Miki. Dis-lui de t'en donner des bien fraîches.

– Tannie, plutôt une douzaine, interpelle Gris-Acier.

– C'est qu'on n'est pas des amateurs, nous !

– Grande traversée de la soif, dit le Rat, bouffon à la cour de Gris-Acier, semble-t-il, à en juger par le « Hou hou hou » qui suit…

Rires gras.

Tannie Wilna hésite, juste un instant, elle a compris :

– Vois si Zelda en a douze, fraîches ; sinon il va falloir en mettre au congélateur.

Miki part. Le silence retombe…

Dehors, quatre métis passent dans une carriole tirée par un âne, en direction de Beaufort ; les sabots font clic-clac sur le bitume. Le Sportif les suit des yeux et murmure :

– Ouais… Les chemins vicinaux… La cambrousse, quoi…

Les autres se gaussent à nouveau, enchantés par cette plaisanterie pour initiés. Ils entament une conversation, en haussant la voix, pour que le public – c'est-à-dire nous – puisse en profiter.

Emma m'adresse un petit sourire nostalgique : notre moment magique, c'est fini.

20

Les animaux enragés sont souvent caractérisés par un comportement inhabituel qui n'exclut pas des attaques contre des humains.

« Animaux dangereux »

– Où en étions-nous ? demande Emma doucement.

– Au cygne noir.

J'avale une gorgée de café. Il s'agit du livre dont elle m'a parlé, et qui semblait passionnant.

– De toute manière, j'avais presque fini.

Emma se verse une tasse de thé, elle prend le dernier scone.

À la table voisine, Gris-Acier annonce qu'il va acquérir une Porsche Cayenne.

– Mais pourquoi donc ? demande le Sportif. Ton Q7 n'a pas encore un an.

– Eh bien, parce que je peux, voilà !

Hou hou hou !

Gris-Acier fait le dur, le nomade aguerri, il singe les Hell's Angels. Plein aux as sans doute, mais insatisfait… Voilà la raison de cet étalage. Une bonne situation dans une grosse entreprise, à la direction, probablement, mais pas encore le vrai patron… Ses chefs décèlent peut-être en lui l'étoffe du vilain dictateur… Les services financiers, voilà son domaine : je parierais qu'il est gestionnaire de fonds. Du risque, de l'adrénaline, du fric, beaucoup de fric – c'est un mégalomane, dévoré d'ambition.

Je regarde les autres. Le Balaise est le plus facile à identifier : c'est le sous-fifre de Gris-Acier, son chien de garde. Et les deux derniers ? C'est moins évident. Ce ne sont pas des collègues... plutôt des âmes sœurs – des clients, peut-être ? Ils jouent au golf avec Gris-Acier, de longs déjeuners entre potes, ils s'abîment en beuveries et, de temps en temps, vont faire un tour en douce chez Teazer's[1]. Ce sont des Afrikaners enrichis de la banlieue Nord[2] du Cap... Ils profitent des vacances scolaires : ils ont consigné femmes et enfants dans une maison du bord de mer à Hermanus et sont partis entre mecs se balader et donner libre cours à leurs fantasmes puérils. Entre ce qu'ils sont et ce qu'ils voudraient être, le fossé est grand, trop grand...

– Mais t'as pas déjà assez de jouets ? demande le Rat.

– Le jouet est à l'aune de l'homme, lance finement le Balaise, en cherchant du regard l'agrément de Gris-Acier.

– Eh oui, putain !...

Agrément accordé. Ils se mettent à discuter de leurs acquisitions.

Miki arrive avec les bières, Tannie Wilna les sert.

– Pas de verres ! décrète le Balaise.

– Pas besoin.

Ils boivent à grandes lampées, ponctuées de soupirs théâtraux de contentement. Gris-Acier fait claquer le fond de sa bouteille sur la table avant de s'essuyer les lèvres et de décréter :

---

1. Chaîne de boîtes de nuit sulfureuses.
2. Zone résidentielle des nouvelles classes moyennes aisées, majoritairement afrikaners ; la bourgeoisie plus ancienne, anglophone, habite la banlieue Sud.

– Aaah !… Du lait maternel !…

Emma se penche vers moi par-dessus sa tasse.

– Régression, souffle-t-elle. Ils redeviennent des étudiants.

Des cons, plutôt, me dis-je.

– De la bière !… Encore ! crie le Rat.

Tannie Wilna en apporte. Lorsqu'elle passe devant moi, je demande la note.

– Mais vous n'allez donc pas prendre une super-épaisse ? demande-t-elle, surprise.

– Non merci, Tannie. Pas aujourd'hui.

– Super-épaisse !… glousse le Rat.

Hou hou hou ! Encore de grandes lampées…

– Ces scones sont fantastiques, dit Emma à Tannie Wilna.

– Merci, ma petite Emma.

Elle se verse du thé.

– Ma petite Emma, viens donc te mettre avec nous ! lance le Sportif.

– Mais non, elle est super-mince, dit le Rat.

– Mais près de l'os, la chair est plus goûteuse… réplique le Sportif.

– Lui, il semble plutôt é-é-é-pais[1], poursuit le Balaise en regardant de mon côté et en se tapotant le crâne du bout du doigt.

Première loi de Lemmer : à Loxton, je ne lève pas la main sous le coup de la colère. Je vais au comptoir et sors mon portefeuille. Je tourne le dos aux preux chevaliers du bitume.

– Et pourquoi Jésus n'est-il pas né à Loxton ? demande le Rat.

Tannie Wilna fronce les sourcils.

1. *« He looks a bit thick »,* jeu de mots sur *thick,* qui signifie aussi « stupide ».

– Parce que ici on ne trouve pas un seul homme avisé, dit Gris-Acier.

Hou hou hou !…

– Pas de vierge non plus, ajoute le Balaise.

Hou hou hou !… Le son monte d'une octave.

Tannie Wilna rédige notre addition lentement et consciencieusement, comme d'habitude.

– Ça, je n'en mettrais pas ma main au feu ! prononce Gris-Acier. Cette chère petite Emma m'a bien l'air de l'être encore.

Je pose les mains sur le comptoir, je baisse la tête, j'inspire. Inspirer lentement… expirer lentement, lentement… Je sais très bien comment fonctionnent les cerveaux de ces gens. Je les connais. Ils m'ont regardé, ils ont vu un péquenot maigrichon sans qualités particulières, ils sont quatre contre un, ça leur a donné du courage.

– Vierge super-maigre, blague le Sportif.

– Mais t'es un poè-te… de la bra-guet-te, chantonne le Balaise.

– Emma, mon Emma… fredonne le Rat.

Hou hou hou !

– Va donc dire à ta grand-mère que l'oncle veut te faire un bébé…

Cette version d'une vieille chanson folklorique, « Emma ko'lê ma », les fait hurler de rire.

J'ouvre mon portefeuille, les doigts prêts à en extraire le billet, mais mes mains tremblent.

– Viens, petite Emma, je serai gentil avec toi ! crie le Rat.

– Mais peut-être pas si gentil que ça, ajoute le Sportif.

J'entends la chaise d'Emma qui racle le sol. Ça y est : là, les ennuis commencent pour de vrai…

– Viens donc, dit Emma. Viens donc essayer !…

– Ho là… dit le Rat, en rabattant quelque peu sa bravade.

La voix d'Emma coupe comme un scalpel :

– Qu'est-ce que ta femme penserait si elle te voyait ?...
Et tes enfants ?... Je me le demande...

Silence. Ils ne trouvent pas de réplique.

– Ça fera 95 rands, me dit Tannie Wilna, à mi-voix.

Il faut que nous sortions, et sur-le-champ, ne serait-ce
que par égard pour elle...

Mais Emma n'a pas fini :

– Vous faites pitié, dit-elle à l'adresse des preux.

Silence encore plus lourd. Je pose rapidement mon
argent sur le comptoir et me retourne. Je vois Emma,
raide, qui leur fait front ; elle vibre de colère.

– Emma... dis-je.

Je l'ai déjà vue en action, il y a neuf mois. Elle retenait un grand flic en lui enfonçant un doigt fin dans la
poitrine. Elle n'a peur de rien.

La mine de Gris-Acier est venimeuse. Je sais que ce
qu'il s'apprête à dire va tout déterminer. J'avance vers
Emma, mais... Ça y est, déjà ce crétin de Gris-Acier
l'interpelle :

– Mais dis donc ! Pour qui tu te prends ?...

Il faut que je me maîtrise. Je m'accroche désespérément à ce qui me reste de sang-froid. Ma tête me hurle :
« Mais sors donc d'ici, bon Dieu ! Sors ! »

– C'est toi qui fais pitié, siffle Gris-Acier. Espèce
d'épouvantail ! Pouffiasse famélique !

La rage m'emporte : je change de cap et m'avance
vers lui...

21

> La trace comprend un spectre très large de signes,
> allant des empreintes évidentes de pas, qui four-
> nissent une information détaillée sur l'identité de
> l'animal et ses activités, aux signes très subtils
> qui peuvent n'indiquer qu'un trouble passager.
>
> « Classification des signes »

– Mais putain, les mecs, quelles belles bécanes, là-
dehors ! fait une voix joviale et profonde venant de la
porte. Dites, vous êtes plutôt rupins, non ?

Un homme massif dont je reconnais vaguement la
tête entre en trombe et m'écarte pour se mettre devant
moi. Il me fait un clin d'œil en passant.

– Lemmer, mon pote, mais je te cherche partout !
s'exclame-t-il, comme s'il s'adressait à une vieille
connaissance.

Je fouille ma mémoire, et je le retrouve : c'est Diederik Brand, un fermier des environs. Je le contourne pour
aller régler son compte à Gris-Acier. Le Balaise commence à se lever.

En me voyant, Emma reprend ses esprits.

– Lemmer, non ! coupe-t-elle.

Diederik pose sur mon épaule une main large et
ferme. Sa voix est douce, apaisante :

– Tu ne vas pas faire ça.

Il se tourne vers la table des motards.

– Messieurs, dites-moi donc un peu ce qu'une de ces demoiselles là-dehors peut coûter ! leur lance-t-il tout en me pilotant vers la porte.

Emma comprend son intention et se dépêche de prendre mon autre bras. Je sens sa main fraîche sur ma peau.

– Eh bien, 220.

Le Rat répond à la question du fermier d'une voix rendue aiguë par la tension.

– C'est-à-dire, sans les extras...

Diederik et Emma m'amènent jusqu'à la porte, mais mon regard reste vissé sur Gris-Acier, qui a flairé le danger et détourne les yeux.

– Incroyable !... poursuit Diederik, enthousiaste. Quelles mécaniques !... Superbes !

Et voilà, nous nous retrouvons dehors.

– C'est pas ça que tu veux, me dit-il doucement.

Emma me tire toujours vigoureusement par le bras.

– Je n'aurais pas dû me mettre en colère, dit-elle. J'aurais dû les ignorer.

– Non, dis-je, en me débattant à nouveau pour rentrer dans le bistrot.

– Lemmer, assez ! dit Diederik Brand vivement.

Je le regarde, et je vois ses deux fossettes, son sourire apaisant.

J'arrête.

– Écoute, dit-il. Ça te dirait des fois de sauver les deux derniers rhinos noirs du Zimbabwe ?

Comme si, en l'occurrence, la question était on ne peut plus pertinente.

Je sais seulement deux choses au sujet de Diederik Brand : que c'est un gros propriétaire qui travaille quelque part entre la rivière Sak et les monts du Nuwe-veld, et qu'en entendant son nom les gens de Loxton disent : « Ah... ce Diederik ! » en riant et en secouant la tête, comme s'il s'agissait d'un fils bien-aimé mais malheureusement impossible.

Je le connais de vue : un bras hirsute qui salue à travers la vitre baissée d'un pick-up. À l'heure qu'il est, il est assis dans ma salle de séjour sur le canapé en cuir qui m'a été offert par Emma pour faire la paix : elle avait fait un tonneau avec mon bon vieil Isuzu dans le virage avant Jakhalsdans.

On est rentrés chez moi avec Diederik. Lui et Emma m'ont fait comprendre que ces motards à la con ne valaient vraiment pas la peine qu'on fasse attention à eux. Alors, je suis resté là à l'écouter, Brand, pendant qu'une partie de mon esprit est encore à la Grenade rouge, distribuant des punitions.

Il est grand, Brand : la cinquantaine, les épaules larges, le visage hâlé typique des gens du Karroo. Des cheveux noirs grisonnants bouclent sur ses oreilles et sur le col de sa chemise kaki bien repassée. Il porte une moustache militaire. Autour de ses yeux, des plis espiègles indiquent que c'est un rieur. Il a un charme naturel, à la fois engageant et sans prétention. Penché vers nous, les coudes sur les genoux, il nous raconte avec brio une histoire passionnante. Il s'agit d'une urgence. Emma l'écoute, subjuguée.

– Ça fait deux ans que nous essayons par tous les moyens de mettre la main sur des rhinos noirs, explique-t-il. C'est difficile. Il est à peu près impossible d'obtenir une autorisation : il y a une liste d'attente longue comme le bras. Et puis il faut un agrément, avoir assez de terre et l'habitat qui convient… et accepter de s'engager dans un programme d'élevage. Les parcs nationaux sont prioritaires, évidemment. Ces dernières années, la Zambie a obtenu les dix spécimens disponibles. Depuis 98, on considère que cette espèce a virtuellement disparu. Ça coûte cher, un rhino noir ; il faut compter environ un demi-million de rands la pièce. Mais il va bien falloir qu'on se débrouille… Autrefois, il y en avait ici, au Karroo, de ces rhinos : ils étaient indigènes.

Il marque une pause. Emma voudrait dire quelque chose, mais il reprend :

– Eh bien voilà, comme j'en ai cherché un peu partout, dans le secteur tout le monde sait que je suis acquéreur… Alors, il y a à peu près trois semaines, un type m'appelle, du Zimbabwe. Il a bossé autrefois dans les services de protection de la nature, mais il a été évincé par les nervis de Mugabe. Maintenant, il est dans le privé, il s'occupe des safaris, dans le parc Chete. Toujours est-il qu'il m'appelle et me dit qu'il a mis la main tout à fait par hasard sur un mâle et une femelle, du côté de la rivière Sebungwe, légèrement au sud de Kariba. Mais les bêtes sont terrorisées, déchaînées, très agressives, elles ne se laissent pas approcher. Il m'explique que si on ne parvient pas à les sauver elles seront fatalement tuées, pour les cornes… D'accord, moi je veux bien, mais comment faire ? Là-bas, on n'a plus d'argent pour la sédation et le transport… En revanche, si moi, je couvre ces coûts, il pourra leur faire passer la frontière en contrebande et je n'aurai plus qu'à venir les chercher… Eh oui ! Mais… il y a un mais : ce n'est pas si simple que ça. De la Sebungwe à la frontière sud-africaine, il y a 700 bornes de route. Et il faut faire gaffe aux barrages routiers. Bref, ça demanderait évidemment un gros sacrifice de leur part, mais pour nous tous il s'agirait…

Il s'arrête tout d'un coup et regarde par la fenêtre. Le bruit d'un avion se rapproche, de plus en plus fort. Diederik Brand hoche la tête, comme s'il l'attendait.

Notre petit bourg endormi s'agite comme une termitière en ce samedi matin.

– Monsieur Brand, une tasse de café ? propose Emma, saisissant l'occasion.

Quant à moi, je me demande en quoi cette histoire peut me concerner.

– Appelez-moi Diederik, dit Brand. Non, Emma, merci… Non, le problème, c'est que nous n'avons pas le temps.

Il prend le dossier noir qu'il a déposé en entrant sur le coffre qui me sert de table basse, l'ouvre et se met à feuilleter les documents.

– Voilà, la première chose que j'ai faite a été de parler aux services de notre ministre ; ça ne sert à rien d'arriver à la frontière avec des animaux qu'on ne peut pas importer. Aux Affaires environnementales, on a été très sympa, sans doute parce que ces gars-là se sentent coupables au sujet du Zim : vous voyez ce que je veux dire ?… Mais pour eux, c'est quand même un problème, car nous n'aurons pas de certificat d'origine ni de permis d'exportation… Bref, ce serait de la contrebande. On peut tourner l'affaire comme on veut, ça ne changera rien.

Il sélectionne un document qu'il pose solennellement sur le coffre.

– Alors, il y a quelques trucs qui ont fait la différence et ont permis de surmonter tout ça. Le premier, c'est le fonds commun de gènes. En Afrique du Sud, il est petit, ce fonds : nos rhinos noirs descendent à peu près tous des troupeaux du Kwazulu et du Kruger. De ce point de vue, les animaux du Zim valent de l'or. J'ai dû signer un papier comme quoi la Protection de la nature aurait la première option sur la progéniture. Le deuxième, c'est que je suis loin de tout : il n'y a qu'une poignée de gens qui sauront que je vais élever des rhinos. Dont vous maintenant, et je vous demande de garder ça pour vous parce que les cornes valent par ici dans les 20 000 dollars le kilo, donc nous parlons de plus de 60 000 pour une seule corne, vous vous rendez compte, presque un demi-million de rands. Le troisième truc, c'est que j'ai

de l'espace et que mes clôtures sont électrifiées. Voilà...
(il tapote le document de son doigt massif) mon permis.

Il sort encore une feuille de son dossier.

– Et voilà une lettre du directeur qui confirme qu'on
m'accorde une dérogation pour l'importation, car il
s'agit d'une « urgence ».

Il fait un geste des doigts pour encadrer ce dernier
mot de guillemets.

– Diederik... dis-je.

– Lemmer, je sais ce que vous allez me demander. En
quoi tout ça vous concerne, n'est-ce pas ? Eh bien, je
vais vous le dire. Vous connaissez Lourens Le Riche ?

– J'en ai entendu parler.

– Lourens est à Musina avec la bétaillère à gibier de
Nicola. Cette nuit, il chargera les rhinos un peu à l'est
de Vhembe, à la frontière zimbabwéenne, et puis il va
falloir qu'il vienne jusqu'ici avec un chargement qui
vaut une fortune – et là, je ne parle pas qu'en termes
d'argent. Ça fait plus de mille cinq cents kilomètres, et
si quelque chose arrivait...

Brand lance un regard entendu. Je mets un moment à
comprendre.

– Vous voulez que je l'accompagne, c'est ça, non ?

– Lemmer, s'il vous plaît, l'ami ! (Comme si nous
étions de vieux copains.) Je paie au prix fort, votre prix
sera le mien.

D'après l'expression d'Emma, je comprends qu'elle
estime que je dois aider à cette noble tâche.

– Diederik, ce n'est pas si simple...

– Tout est officiel, Lemmer. Pas de soucis.

– Ce n'est pas ça, le problème. Je suis sous contrat. Je
ne peux pas travailler en indépendant.

– Qu'est-ce que vous voulez dire ?

– Je travaille pour une société du Cap : Body Armour...

– C'est votre travail de garde du corps ? Vous proté-
gez tous ces riches, ces célébrités...

Dans le Haut-Karroo il n'y a pas de secrets, mais seulement des perceptions faussées. Je précise :

– Pour la plupart, ce sont des hommes d'affaires d'outre-mer…

– Mais là, vous n'êtes pas en service, non ?

– Diederik, j'ai signé avec Body Armour un contrat qui spécifie que je ne peux pas travailler en indépendant. Tout doit passer par eux.

– Ils prennent une commission, sans doute ?

– Exactement.

– Lemmer, écoutez… Comment vont-ils savoir ? Ce soir vous chargez, après-demain vous serez déjà de retour.

Comment lui faire comprendre sans l'offenser que ma loyauté vis-à-vis de Jeannette Louw, mon employeur, n'est pas négociable ?

– Je suis comme vous, Diederik. Moi aussi, je tiens à l'autorisation officielle.

Il me regarde en réfléchissant.

– OK, dit-il. Qui commande, là-bas ? Donnez-moi son téléphone.

– Qu'est-ce que ça va changer ? Musina est à une journée de voyage d'ici.

– Cet avion…

Du pouce, il indique la direction de l'aérodrome.

– C'est Lotter, ça. Il vous attend.

Il parle dix minutes, puis me passe le portable :

– Elle veut vous parler.

– Jeannette ?

– Contente de savoir que tu recrutes des clients toi-même désormais…

L'ironie habituelle dans sa voix rendue râpeuse par les Gauloises, suivie d'un seul « Ha ! » aboyé, signifiant qu'elle rit.

Je ne dis rien.

– Si tu veux ce boulot, je m'occupe des paperasses.

Est-ce que je veux ce boulot ? Il est près de chez moi. J'ai des questions, encore informulées, tout se passe trop vite, l'épisode des chevaliers aux Harley est trop proche. Et puis il y a la première loi de Lemmer : Ne pas s'impliquer. Et ici, il s'agit précisément de s'impliquer. Avec un fermier du coin, et sur un gros coup.

Jeannette interprète correctement mon silence.

– Tu en sais peut-être plus que moi. C'est à toi de décider…

Puis elle ajoute :

– C'est une bonne affaire, Lemmer. D'après sa voix, ce type, c'est un vrai mec. Et tu sais ce que c'est, avec la récession…

Oui, je le sais. Body Armour a vu son chiffre d'affaires diminuer de moitié en raison de la débâcle économique internationale. Ça fait deux mois que je n'ai pas gagné un seul cent.

Je regarde Emma ; de ses yeux elle me conjure. Comme Jeannette, elle est déjà une disciple de Diederik. Je pense au jeune Lourens Le Riche, étudiant et grand travailleur. Que dira le bourg si je le laisse tomber ? Je pense aux mensualités de mon pick-up Ford tout neuf, et à mon toit. J'entends le sifflement discret d'Oom Ben Bruwer annonçant après son inspection : « La charpente est pourrie. Il vous faudra une nouvelle toiture. »

Je soupire, profondément.

– Ça marche, dis-je.

22

> Pour identifier les signes, les pisteurs doivent savoir quoi chercher et où chercher. Si l'on n'a pas l'habitude de traquer, on peut manquer une piste, même si on a le nez dessus.
>
> « Reconnaissance des signes »

Lotter a l'air d'une rock star vieillissante : la cinquantaine, un début de calvitie, une queue-de-cheval et de petites lunettes rondes sur un visage de gitan. Il me serre la main, m'adresse un sourire amical, prend mon sac de sport noir et me précède vers l'avion. Celui-ci est invraisemblablement petit. On dirait un jouet, avec sa peinture bleu-blanc-rouge, sa bulle en plastique sur le poste de pilotage, ses deux petits sièges et son manche à balai maigrichon là où l'on aurait imaginé quelque chose de plus costaud. Tout cela ressemble à ce qui est décrit, dans les infos à la radio, comme un ULM – suivi le plus souvent de « s'est écrasé ».

Curieuse, Emma va le regarder, enthousiasmée par ce qu'elle me décrit comme une « belle aventure ».

Diederik Brand vient me rejoindre.

– Vous faites pas de souci, me rassure-t-il. Lotter est champion national.

Mais ce n'est pas la compétence du pilote qui m'inquiète, c'est son appareil. Je ne réponds rien.

Brand me passe un paquet enveloppé dans un chiffon crasseux.

– Au cas où, me dit-il.

Ça sent l'huile pour graisser les armes et je commence à le déballer.

Il recouvre le paquet de la main.

– C'est peut-être mieux de regarder ça quand vous serez en l'air… (Il jette un coup d'œil significatif vers Emma.) Je ne veux pas l'inquiéter.

– Y a-t-il quelque chose que je dois savoir ?

– Vous savez bien ce qui se passe sur nos routes…

J'hésite. Dans mon sac de sport, j'ai déjà mon Glock 37 avec dix munitions .45 GAP dans le chargeur, je n'ai besoin de rien d'autre. Mais Diederik Brand s'est déjà retourné et marche vers le cercueil volant en battant des mains.

– Allez, faut vous magner !

Je regarde ma montre : 11 h 55.

Il y a deux heures à peine, ma vie était un rêve…

J'attends à côté de l'aile, prêt à monter ; Emma s'approche, un curieux mélange d'émotions défile sur son visage : souci, fierté, tendresse…

J'ai envie de l'embrasser, mais elle prend les devants et me surprend en m'entourant de ses bras, son corps serré contre le mien. Elle me dit quelque chose qui se perd dans le vacarme du moteur.

Je hurle :

– Quoi ?…

Elle bouge, plaquant sa bouche contre mon oreille, et crie :

– Lemmer, je t'aime !

– Le Cap Information, Roméo Victor Sierra, bonjour.

Lotter parle dans le micro. Sous l'appareil, la route de Bokpoort glisse vers le sud, et j'ai les tripes nouées.

– Roméo Victor Sierra, bonjour à vous, crisse une voix dans l'éther.

– Le Cap, Roméo Victor Sierra a décollé de Loxton à dix zéro quatre zoulou sur plan de vol référence zéro deux cinq, Roméo Victor Sierra.

– Roméo Victor Sierra... (croassement) quatre zéro six six, pas de trafic signalé, appelez-moi en traversant la limite FIR[1].

Langue d'un monde étranger. Lotter répète les paroles d'une voix de fantôme pour les confirmer, effectue quelques réglages et étudie des instruments énigmatiques. Je me demande lequel donnera la première indication que nous allons nous écraser en une boule de feu. Je m'oblige à regarder ce qui se passe en dehors de la bulle : le Karroo se déroule en dessous de nous, tout d'un coup immense, illimité, sous un ciel incommensurable d'un bleu profond.

La nausée monte.

Je me souviens du paquet que j'ai sur les genoux, je déroule le chiffon ; c'est une arme curieuse, un MAG-7 – un fusil à pompe à canon scié, fabriqué par une société sud-africaine, Techno Arms, une sorte d'Uzi soufflé aux stéroïdes : calibre 12, cinq cartouches dans un long chargeur rectangulaire, puissance d'arrêt tout ce qu'il y a de plus sérieux... Le genre de truc dont la police se sert pour les opérations anti-émeutes. Il y a une réserve de vingt munitions dans un sac en plastique.

La voix de Lotter siffle dans mon casque.

– Je le jure, je suis de votre côté, me dit-il, avec son accent anglais.

– Mais quel côté ? Il est avec qui, Brand ?

– Que voulez-vous dire ?

– Ces armes sont réservées aux forces de l'ordre. Les civils n'y ont pas droit, le port d'armes ne les couvre pas.

1. Région d'information de vol.

Lotter rigole.

– Hé, hé ! Ce Diederik !

Il secoue la tête, puis me regarde.

– Vous êtes un peu pâlot, on dirait.

Il sort de sous son siège un sac en papier kraft et me le passe.

– Si vous avez le mal de l'air...

Ce qui se produit effectivement juste après Hope-town[1]...

– Pris un bon petit déjeuner ? demande Lotter, avec sympathie.

Je ne réponds pas, ayant trop peur pour parler.

– Tout à fait normal, dit-il, à propos de mon malaise. Maintenant, ça devrait aller mieux.

Vingt minutes plus tard, une autre ville s'efface en dessous de nous. Je respire et demande s'il ne faudrait pas descendre pour faire le plein.

Il sourit.

– Cet engin fait trois mille kilomètres avec un plein.

– C'est un peu loin pour un ULM, non ? dis-je, sceptique.

– Comment ? Mais non, voyons ! Un ULM ? C'est un RV7 !

RV7, MAG-7. Est-ce que la bétaillère de Nicola aura également un 7 dans son nom ? Ce serait le jackpot...

Lotter remarque mon manque d'enthousiasme.

– Le meilleur avion en kit du monde, m'explique-t-il. Un des projets de Richard VanGrunsven. Vitesse de pointe 190 nœuds, soit à peu près 340 à l'heure. Et puis ça peut aller loin, faire des acrobaties... avec un rayon d'action d'enfer...

– J'aurais juré un projet de Van Branquignol, plutôt.

1. Ville située à l'extrémité nord du Karroo : Loxton se trouve au sud-ouest.

La mention d'acrobaties m'a tordu les entrailles.

Lotter se marre.

– C'est la vitesse et l'altitude. Vous n'avez pas l'habitude. L'oreille interne vous dit que vous vous déplacez à une vitesse folle, mais vos yeux ne l'enregistrent pas ; c'est comme lire en voiture. Vous devriez regarder en bas régulièrement. Vous allez vous sentir mieux bientôt.

Des promesses…

Il s'active avec la radio, parle dans son jargon crypté d'aviateur.

– Le Cap, Roméo Victor Sierra traversant la frontière FIR.

– Roméo Victor Sierra, appelez Johannesburg Central à un deux zéro point trois, bonne journée, répond la voix radio.

Je n'écoute plus, je regarde le Karroo qui défile lentement en dessous, désert qui se transforme peu à peu en prairie. Lotter a raison, quelques minutes plus tard, mes viscères commencent à se stabiliser… et mes pensées à dériver… attentivement… vers Emma.

Lemmer, je t'aime.

La première fois…

Emma et moi…

Il y a neuf mois, nous ne nous connaissions ni d'Ève ni d'Adam ; nous étions des contraires appartenant à deux mondes complètement différents. Elle était petite, raffinée, décidée… et belle comme une nymphe de conte de fées. Et riche, très riche, grâce à l'héritage de son père industriel. Son frère avait disparu, et elle le cherchait désespérément… ainsi que quelqu'un pour la protéger des dangers qui semblaient liés à sa disparition. Moi, le garde du corps affecté par Jeannette, j'étais un type méfiant, circonspect, sceptique. Car Emma représentait tout ce contre quoi les lois de Lemmer me mettent en garde.

Lentement, malgré moi et mes préventions, elle m'a subjugué. Car elle était d'abord une cliente. Et ensuite, moi, j'étais Lemmer : une canaille de petit Blanc des bas-fonds de Sea Point[1], se coltinant un problème caractériel (gestion de la colère) et un appétit marqué pour la violence, ayant fait quatre ans de taule pour homicide, et actuellement en liberté conditionnelle. La vie a ses réalités, et je ne me faisais pas d'illusions. Croyez-moi, je connais ma place.

J'ai trouvé son frère, et quand tout s'est terminé je suis rentré à Loxton, persuadé que je ne la reverrais jamais, et que c'était mieux ainsi. Mais avec Emma, rien n'était prévisible.

Elle est venue me chercher – pour me remercier, simplement, rien de plus : du moins c'est ce que j'ai cru d'abord, car Emma est archi-correcte, irréprochablement bien élevée.

J'avais tort.

Le développement de notre relation avait un côté surréaliste, onirique. Il me semblait y assister en spectateur, peut-être en raison de mon incrédulité : comment pareille femme pourrait-elle s'intéresser à un type comme moi ? Aveuglé par la magie de la conjonction invraisemblable, j'étais à la fois soulagé et stupéfait. J'étais également poussé par une curiosité morbide : comment et quand cette histoire allait-elle s'arrêter ?

Jusqu'à ce matin, à côté du RV7 : *Lemmer, je t'aime.*

Le problème, c'est qu'Emma ne sait toujours pas qui je suis.

Je lui ai caché mes péchés. Elle pense que je vis à Loxton parce que c'est joli et que les habitants sont sympathiques. Elle ne sait pas que je suis allé m'y enterrer pour échapper aux pièges de la ville qui risquent de me faire rechuter. Elle ne sait rien de mon désir de gué-

1. Vieille banlieue du Cap.

rir grâce à la paix, à la patience et à l'honnêteté des gens de ce bourg. Elle ne sait rien de ma quête stupide d'intégration…

Stupide – car je suis, dans la terminologie du Haut-Karroo, un étranger, un nouvel arrivant, un inconnu qui garde ses distances, subtilement et poliment, en accord avec ma première loi. Et mon étrange profession a également des implications : garde du corps franc-tireur qui travaille ailleurs, s'absentant pendant des semaines pour ensuite revenir parfois blessé. Un personnage douteux qui va au champ de tir s'exercer à l'arme de poing toutes les semaines et qui le soir fait de longs joggings sur les chemins de terre.

Des habitants du bourg, les seuls qui m'ont accepté sans réserve en dépit de tout sont l'excentrique Antjie Barnard, le jovial Oom Joe Van Wyk et ma gouvernante métisse, Agatha La Fleur. Ils étaient l'exception… jusqu'à l'apparition d'Emma…

Elle a été le signe d'une normalisation. Par association, elle constituait une preuve d'acceptabilité, cette jeune femme arrivée de nulle part, spontanée, engageante, qui parlait si convenablement. Par la suite, elle est venue me rendre visite une ou deux fois par mois. Pour affronter les pistes, elle a troqué sa Renault Mégane contre une Land Rover, une Freelander. Et un vendredi après-midi, elle a emprunté mon vieux diesel Isuzu pour aller jusqu'à une épicerie à Beaufort-Ouest, et l'a démoli en faisant un tonneau au tournant de Jakhalsdans.

Le lendemain matin, en cherchant un remède « vert » à la coopérative pour traiter mon problème de fourmis, elle a fait éclater de rire les barbus grisonnants en disant qu'elle avait pris le tournant « un peu trop vite parce que Lemmer me manquait ».

« Et alors ?… ont-ils demandé.

– Alors, j'ai fait un tonneau.

155

– Et après ?…

– J'ai vu que je n'avais rien. Alors, j'ai marché pendant les sept derniers kilomètres. »

Les têtes grises se secouèrent.

« Et Lemmer, qu'est-ce qu'il a dit ?

– Je ne sais pas. Je ne comprends pas le français… »

Oom Joe raconte qu'ils ont bien rigolé en se tapant sur l'épaule. Il a fait comprendre à Emma, non sans mal, que les fourmis du Karroo se fichent des poisons verts.

Emma m'a décidé à l'accompagner le dimanche au temple de Loxton. C'est grâce à elle que nous avons été invités à un barbecue à l'étang où l'on fait du ski nautique, et à un dîner à la Maison bleue en l'honneur du test-match de rugby : Emma Le Roux, mon passeport pour la société normale, le visa qui m'a donné le droit d'asile. Amoureux transi, j'ai accepté tout cela, réprimant la voix intérieure qui objectait : Et s'ils découvraient tous qui tu es vraiment ?

Car, comme Emma, Loxton ne le sait pas non plus.

J'imagine qu'ils sont quand même vaguement conscients de certains aspects. Antjie a posé des questions subtiles. Emma a sans doute entrevu quelque chose lorsqu'elle a été ma cliente : en recherchant son frère, j'ai à l'occasion témoigné de quelques aptitudes… Et son frère a peut-être révélé certaines facettes de ces aptitudes en racontant les événements. Tout cela l'a-t-il excitée ? C'était sans doute, au moins en partie, ce qui l'attirait… À l'époque, elle semblait s'être coulée sans mal dans son rôle de protégée, les femmes réagissent souvent ainsi.

Mais ce matin, face à ces motards, elle m'a vu ; elle est venue m'arrêter – sans rien me reprocher. Penserait-elle pouvoir me maîtriser…

Elle ne me connaît qu'en partie.

Il va falloir que je lui dise toute la vérité.

Je voulais le faire. À certains moments, je n'en ai pas été loin. Le désir de me confesser me poussait si fort que j'en avais le goût dans la bouche :

J'ai frappé un homme à mort, Emma. J'étais en colère, et... ça m'a même plu... car je suis un produit de la violence : la violence est en moi. La violence, c'est moi.

Mais chaque fois, avant de libérer tout cela comme le mauvais génie qui s'échappe de la lampe, une peur étouffante m'arrête : la peur de perdre Emma, et de perdre en même temps la possibilité de me faire aimer. Plus, la possibilité d'être changé par son amour, de me transformer pour en être digne. Car elle me transforme déjà : elle me fait rire, m'entraîne à la faire rire à mon tour, à être enjoué, à avoir de l'esprit, à oublier mes recoins sombres. Pour la première fois de ma vie, je commence à me supporter... un tout petit peu, certes, mais quand même... Car j'ai son approbation et, maintenant, son amour.

Lemmer, je t'aime.

À côté de l'avion, elle m'a serré dans ses bras, la bouche contre mon oreille. Je n'ai rien dit, car je sais qu'avant de pouvoir lui répondre il me faudra tout raconter.

Il est désormais trop tard, car la blessure, les dégâts potentiels seraient trop importants : pour elle, comme pour moi.

Je surveille la plaine sans fin qui défile en dessous de nous, le Cap-Nord. Qu'est-ce qui m'a rendu malade : le minuscule avion ou mon grand mensonge ?

23

Les pisteurs chercheront souvent des traces dans
des endroits évidents…

« Reconnaissance des signes »

Pour échapper à mes pensées, je demande à Lotter
comment il a connu Diederik.

– Un ami d'amis… Il m'a appelé il y a un an ou deux.
Il avait entendu dire que je volais n'importe où ; il voulait aller inspecter un investissement potentiel au
Mozambique, mais il n'était pas possible de s'y rendre
en voiture, c'était trop loin, le temps, c'est de l'argent :
pouvais-je venir le chercher ? Ça a commencé comme
ça. Et aujourd'hui, voici comment ça se passe : Diederik
m'appelle – il doit se procurer en urgence des pièces de
tracteur à Ermelo, ou bien : Allez, on fait un saut à
Windhoek, ou encore : Viens donc prendre mon copain
à Loxton. Vous savez ce que c'est, quand on est payé
pour faire ce qu'on aime. Vous saviez qu'il a une piste
d'atterrissage sur son exploitation ?

Je lui dis qu'en réalité je ne sais pas grand-chose sur
Diederik.

– Une forte personnalité. Et un homme d'affaires
avisé, qui joue sur pas mal de tableaux.

La piste d'atterrissage de Musina, orientée est-ouest, s'étire, longue et luxueuse, sur un paysage d'un brun austère.

Vers 2 h 20, nous survolons à très basse altitude l'usine de traitement des eaux et le cimetière, avec la ville sur notre droite. Lotter se pose avec une nonchalance souveraine, léger comme une plume. Il fait demi-tour en fin de piste et se dirige vers l'extrémité est avant de prendre à droite une voie d'accès parallèle et de rouler vers un groupe de bâtiments bas et de hangars. Il s'arrête, défait les crochets de la bulle, qu'il soulève. Dense et lourde, la chaleur envahit la cabine.

– Ça y est. Le camion viendra vous prendre ici.

Mais il n'y a pas de camion en vue.

Je détache mon encombrante ceinture de sécurité, je récupère derrière mon siège le sac de sport contenant le fusil empaqueté, et je tends la main à Lotter.

– Merci.

– Quand vous voudrez… Et bonne chance !

Il indique le paquet que je porte dans les bras comme un bébé.

– Espérons que vous n'aurez pas à vous en servir…

Et alors que je suis déjà sur le bitume, juste avant de refermer la bulle, il crie, pour couvrir le bruit du moteur :

– Avec Diederik, il faut toujours se faire payer d'avance !

J'entends une voix, derrière mon dos :

– Monsieur ! Monsieur !

Je me retourne. Un homme arrive en boitant. Le pruneau qui lui tient lieu de visage est tordu d'indignation. Il est petit, trapu, une sorte de Napoléon bronzé, serré dans un uniforme soigné, gris pâle, avec des épaulettes bleues. D'un doigt accusateur, il indique à l'ouest le RV7 qui monte déjà dans les airs.

– Où va cet homme ?

– Chez lui, sans doute.

– Vous avez la caution ?

– Quelle caution ?

– Son formulaire de droit d'atterrissage.

Il vient se camper devant moi, les mains sur les hanches, et fixe l'avion qui s'éloigne.

– À la radio, il a dit qu'il l'avait.

– Non, dis-je.

– Il me faut sa caution.

Lotter n'est plus qu'un point qui glisse vers le sud.

– J'ai l'impression que vous n'allez pas l'avoir.

– Zut ! s'exclame Napoléon. Ces gens-là me rendent la vie impossible.

– Caution de qui et pour quoi ?

Pour la première fois, il me regarde. Il me confirme mon évidente faiblesse d'esprit.

– Ça indemnise la société, en cas d'incident. Ce n'est pas un aérodrome public, ici.

– Un incident ?

– Un accident.

– Mais il n'y a pas eu d'accident.

– Ça ne fait rien.

Il regarde mon sac de sport, puis le paquet serré contre ma poitrine.

– Et vous, qu'est-ce que vous faites ici ?

– J'attends un camion.

Il remet ses mains sur les hanches.

– Pas *ici*. Vous êtes sur le terrain de la société.

– Où est-ce que je peux attendre, alors ?

– À la grille. Dehors.

Son doigt court pointe vers l'est.

À la grille, la route de bitume s'étend devant moi sur fond de paysage sec, dur, grisâtre, avec ici et là un arbre. Je m'arrête, je range le MAG-7 dans mon sac et je me mets en marche. La chaleur m'accable, la sueur ruisselle dans mon dos.

La route est vide, le paysage désertique. Où est donc Lourens Le Riche ?

Tout est allé beaucoup trop vite, voilà. J'aurais dû penser à prendre son numéro de portable… et aussi celui de Diederik Brand… Il y a des questions que j'aurais dû poser. Pourquoi est-ce que Brand est venu me trouver si tardivement… quelques heures seulement avant le chargement prévu des rhinos ? Quand a-t-il décidé de m'embaucher ?

Devant moi, je vois un carrefour. C'est là que j'attendrai.

Contre ce soleil tranchant comme un rasoir, le seul abri est un groupe de quatre arbres épuisés, presque complètement dépourvus de feuilles. Je vais y poser mon sac et je m'adosse à un tronc rugueux, en quête d'un peu d'ombre. Ma chemise me colle au dos, la sueur me brûle les yeux. Évidemment, je n'ai pas emporté de chapeau.

Je regarde ma montre : 14 h 45.

D'une manche, je m'essuie le front. Et je lâche une longue série de jurons.

24

La plupart des animaux préfèrent se cacher pour se nourrir et il leur arrive d'emporter leur nourriture dans un abri spécial où ils seront tranquilles.

« Classification des signes »

Il est 15 h 45. Je suis assis par terre, avec pour toute protection contre le soleil impitoyable ce tronc étique. Mon portable sonne, je me lève, je l'extrais de la poche de mon pantalon, espérant entendre la voix de Diederik Brand, car j'ai pas mal de choses à lui dire.

Mais c'est Oom Joe Van Wyk, de Loxton :

– Salut, Lemmer, mon vieux ! Il paraît que Diederik t'a embringué dans quelque chose ?

– Oui, Oom, confirmé-je en vernaculaire karroo.

– Il t'a payé d'avance ?

– Je ne sais pas, Oom. Ça passe par mon employeur.

– Ah bon ? Alors, ça va. Qu'est-ce que tu dois faire pour lui ?

– Je n'ai pas le droit de le dire.

– Hé, hé ! Sacré Diederik ! s'esclaffe-t-il. Eh bien, bon courage, mon vieux ! Tannie Anna t'envoie aussi le bonjour.

À 15 h 50, mon portable sonne encore. C'est Oom Ben Bruwer, l'entrepreneur de Loxton qui m'a conseillé au sujet de ma toiture pourrie.

– Alors, tu travailles pour Diederik maintenant ! dit-il sur un ton de reproche.

– Seulement un jour ou deux, Oom.

Il remâche ce renseignement.

– À ta place, je demanderais une avance de cinquante pour cent.

– Il traite avec mon employeur, Oom Ben.

– Ça n'empêche rien, je demanderais cinquante pour cent d'avance. Bonne journée.

Il raccroche. Loxton se réveille après la sieste, la nouvelle se répand comme un virus.

À 16 h 30, c'est l'excentrique Antjie Barnard qui appelle, septuagénaire, violoncelliste internationale à la retraite, qui fume et boit comme si elle avait vingt ans :

– Emma est ici avec moi, assise sous la véranda, on boit du gin tonic et tu nous manques, dit-elle de sa voix profonde, encore très sensuelle.

Debout sous le soleil du Limpopo à suer et à attendre, ma patience épuisée, j'assimile la nouvelle.

– Vous me manquez, vous aussi.

– Elle me dit que tu travailles pour Diederik. Mais elle en fait un mystère.

– Ça, c'est mon Emma, énigmatique comme d'habitude.

Antjie glousse – ça veut dire qu'elle en est à son troisième gin.

– Tu sais bien comment on fait avec Diederik, non ?

– On demande une avance ?…

– Ah, Joe t'a déjà téléphoné.

– Oom Ben aussi.

– Le bourg se fait du souci pour toi, fiston.

– J'en suis très reconnaissant.

– Tu veux dire un petit mot à Emma ?

Pour qu'Antjie puisse écouter et trouver des indices à propos de ce que je fais pour Diederik ?… Mais ce n'est pas le meilleur moment pour parler à Emma.

– Je suis un peu occupé, Antjie. Dis à Emma que j'appellerai plus tard.

À 16 h 50, le camion apparaît enfin sur la route bitumée. Sur la portière, il y a le logo de Nicola : *Karroo Wildlife Services*. L'avant est renforcé par un impressionnant pare-chocs de brousse. J'avance jusqu'au bord de la route en agitant les bras ; s'il passe sans s'arrêter je sortirai mon fusil et je lui crèverai un pneu.

Il s'arrête.

J'ouvre la portière et balance mon sac à l'intérieur. Lourens Le Riche me dit :

– Je pensais qu'il fallait prendre Oom au terrain d'aviation ?

En guise de réponse, je claque la portière, plus fort que nécessaire.

– Je suis Lourens, Oom, ajoute-t-il en me tendant la main. Vous m'attendez depuis longtemps ?

À Loxton, la famille Le Riche est une légende.

Je la connais mal. L'histoire que j'ai reconstituée est lacunaire, faite de racontars glanés ici et là. Je sais qu'il y a une ferme, sur la route de Pampoenpoort : 6 000 hectares, des mérinos ; et qu'il n'y a pas de travailleurs sur la propriété, la famille se débrouillant seule : le père, la mère, deux fils et une fille. Comme leurs parents, les enfants sont énergiques et robustes.

Lourens, l'aîné, est en dernière année d'agronomie à Stellenbosch, la grande université de tradition afrikaner. Il paie lui-même ses études, avec ce qu'il gagne en sautant sur toutes les occasions de grappiller quelques rands – des occasions comme celle-ci. Je me demande s'il s'est fait verser un acompte, mais je ne pose pas la question – parce que je suis en sueur, que je suis poisseux et que j'en ai ma claque.

– Diederik a dit que vous seriez là vers 17 heures, m'explique-t-il en redémarrant. Alors j'ai fait un petit somme, car nous allons rouler toute la nuit.

Son visage est anguleux ; il a le front haut, la mâchoire volontaire, et il sourit facilement.

– Le vol s'est bien passé, Oom ?

La candeur de sa voix m'empêche de décharger ma bile. Je sens la brise du climatiseur, je tourne l'aérateur du tableau de bord vers moi, je cherche le bouton du ventilateur, je monte sa puissance et je réponds :

– Pas vraiment, merci. Et ce n'est pas la peine de me donner du Oom.

– D'accord, Oom.

Je pousse mon sac de sport derrière le siège, j'attache ma ceinture et me mets à l'aise.

– Diederik a été un peu vague, question horaire.

– On va d'abord manger quelque chose en ville, Oom, parce qu'on va charger ce soir, après la tombée de la nuit, vers 20 heures. Et après, il faudra tailler la route.

Le camion parcourt en grondant la grande rue de Musina ; Lourens me dit :

– Vous devez avoir super-faim, Oom ? On se paie un bon steak ?

À mon grand soulagement, ce jeune homme n'est guère bavard.

Nous nous garons dans Grenfell Street, il sort de derrière son siège deux grandes Thermos, descend et ferme consciencieusement la cabine. Il porte la tenue standard des jeunes du Karroo : jean, chemisette marron avec des inserts bleus aux épaules, grosses chaussures de marche achetées à la coopérative. Nous marchons en silence jusqu'au Spur, le Steak Ranch de Buffalo Ridge. En cette fin d'après-midi, le restaurant est tranquille… et la clim marche à fond, Dieu merci.

Lourens commande un T-bone et un Coca et demande qu'on remplisse les Thermos de café noir sans sucre. Découvrant que mon estomac s'est remis de l'épreuve du RV7, je commande un rumsteck et un jus de raisin rouge. Quand on apporte les boissons, Lourens me demande, moins par curiosité que par courtoisie :

– Quelles célébrités Oom a-t-il protégées ?

– Nous signons une clause de confidentialité…

C'est une réponse standard qu'à Loxton on interprète comme une esquive. Les habitants sont persuadés que je me balade surtout en compagnie de vedettes américaines du cinéma et du show-biz. En réalité, j'évite autant que possible les célébrités : je n'aime pas leurs singeries. Alors je précise :

– Je travaille surtout avec des hommes d'affaires venant de l'étranger.

– Ah bon, répond Lourens, vaguement déçu.

En attendant d'être servi, il regarde un moment par la fenêtre.

Dans la rue, les forains remballent leurs stands, des centaines de piétons se pressent vers on ne sait où, des taxis collectifs défilent, leurs toits surchargés de bagages ; beaucoup viennent du Zimbabwe – ici, c'est une ville-frontière, et il y a pas mal de passage.

– C'est un autre monde, ici, dit Lourens, pensif.

– Effectivement.

Telle est la teneur de notre conversation.

Le camion est un Mercedes 1528, six cylindres diesel. Il n'y a aucun 7 dans le nom : jackpot raté.

Le plateau est surmonté d'une structure en acier peinte en gris, plus haute que la cabine, munie de plusieurs trappes d'accès et, à l'arrière, de grandes portes ; sur le dessus, trois rainures courent d'un bout à l'autre. Roues jumelées à l'arrière, simples roues à l'avant.

L'intérieur de la cabine est aussi confortable que celui d'une voiture : tableau de bord en similicuir noir et plastique gris, avec un emplacement pour deux gobelets ou canettes et, au milieu, un lecteur de CD. Entre les sièges, une bosse d'une cinquantaine de centimètres coiffe le tunnel du moteur ; le portable de Lourens et son chargeur sont posés dessus, avec quelques CD, dont je ne reconnais que Metallica et Judas Priest ; des autres – Ihsahn, Enslaved, Arsis… –, je n'ai jamais entendu parler.

D'après le diagramme sur le bouton du levier de changement de vitesses, le moteur a huit rapports.

Nous roulons sur la R572 macadamisée, le soleil couchant dans les yeux. Lourens Le Riche est un chauffeur compétent : ses yeux surveillent la route, les rétroviseurs et les instruments, et sa conduite est fluide, égale, alerte.

Je sors mon Glock du sac de sport et cherche une cachette à portée de main. Lourens regarde l'arme sans faire de remarque ; lorsque j'essaie l'espace entre mon siège et la bosse du moteur, il m'indique les panneaux au-dessus du pare-brise.

– Vous pourrez le glisser là-haut, Oom.

Effectivement, il y a plusieurs espaces disponibles : l'arme tiendrait bien dans un emplacement qui se trouve juste devant moi – son bord relevé empêcherait le Glock de tomber en cas de freinage brutal ; c'est ce que je choisis.

– Merci.

– C'est quoi, ça, Oom ?

– Un Glock 37.

Il hoche la tête.

Je sors le MAG-7.

– Bigre ! dit Lourens.

– L'idée de Diederik.

Je me sens gêné. Lourens rigole.

– Ah, sacré Diederik ! dit-il en secouant la tête.

– Tout le monde le dit, « Ah, sacré Diederik ». Mais pourquoi ?

– Mais, Oom, c'est un personnage.

– Un personnage ?…

– Une vieille canaille.

– Ça veut dire quoi, ça ?

– Comment, Oom, vous ne connaissez donc pas les histoires ?

– Mais non…

Il sourit. J'ai vu la même expression chez Antjie et chez Oom Joe : le plaisir de celui qui se prépare à vous en raconter une bien bonne… Car, dans le Karroo, les histoires circulent comme une monnaie d'échange. Tout le monde en connaît, des histoires de chagrin, de bonheur, de triomphe et d'infortune. Ce sont des histoires pleines de sens, qui donnent à penser… Rien à voir avec les histoires de citadins qu'on lit sur Facebook, Twitter, etc. : des histoires fausses, biaisées, bichonnées pour que tout le monde ait l'air beau et gentil… bref, des écrans de fumée, des masques.

– Oom Diederik est un personnage à facettes… Prenez la protection de la nature, par exemple : il fait vraiment beaucoup pour ça, je ne connais personne qui aime autant le Karroo… dit Lourens Le Riche, avant d'ajouter respectueusement : Et il est malin… Oui, diablement malin…

25

C'est avec un pisteur expérimenté que l'on
apprend le mieux à pister.

« L'apprentissage »

Lourens me raconte l'histoire de Diederik Brand qui
met une petite annonce dans l'hebdomadaire des agri-
culteurs pour vendre une bétaillère à étages pour le
transport de moutons, une Hino Toyota de 60 tonnes, au
prix de 400 000 rands.

– Alors, trois types l'appellent, et Oom Diederik leur
dit que le premier qui paiera comptant emportera le
camion. Aussitôt tous les trois déposent la somme. Oom
Diederik leur dit à tous les trois de venir prendre le
camion. Le premier se pointe et prend le camion, et
quand les autres arrivent Diederik leur dit : « Navré,
mais vous arrivez trop tard. » Ils se fâchent, mais Diederik leur dit : « Écoutez, les affaires sont les affaires…
Seulement, vous êtes venus de loin, alors restez ici ce
soir, allez, une petite soirée à la mode du Karroo, je
vous invite. » Il leur fait préparer un très bon dîner, leur
sert des alcools, leur raconte des histoires pendant la
moitié de la nuit, et quand ils sont bien cuits il leur dit :
« Pas de souci, demain matin je vous donne à chacun un
chèque pour rembourser ce que vous avez payé », et le
lendemain ils repartent avec leurs chèques, tous copains

comme cochons. Mais, une semaine plus tard, les deux types appellent pour dire que les chèques étaient en bois, et qu'ils veulent leur argent. Et Oom Diederik de dire que la banque a dû se tromper, qu'il appelle sur-le-champ le directeur et enverra de nouveaux chèques. Une semaine plus tard, ça recommence, et ainsi de suite pendant un bon mois. Les deux types finissent par se rendre compte qu'ils se sont fait avoir. Diederik reçoit des lettres d'avocat, des mises en demeure. Mais il connaît toutes les astuces, Oom Diederik : il leur raconte que ses relevés montrent que l'argent a bien été encaissé, puis il demande la preuve du contrat d'achat, tout en sachant très bien qu'il n'y en a pas, car lui, il fait tout oralement... Puis il ne répond plus au téléphone, il les fait lanterner tout en touchant des intérêts sur 800 000 rands pendant presque un an avant que l'affaire finisse au tribunal. Et alors, sur les marches mêmes du tribunal, il leur dit : « OK, vous allez l'avoir, votre argent, sans intérêts, mais en échange vous laisserez tomber toutes les procédures. » Les types en avaient tellement marre qu'ils lui ont dit « OK » et sont partis.

Je commence à comprendre pourquoi on me dit d'exiger le paiement d'avance.

– Vraiment malin, conclut le candide Lourens Le Riche.

Avant qu'il poursuive son récit, son portable sonne. C'est Nicola qui veut savoir où nous en sommes.

– Dans moins d'une demi-heure, nous serons au lieu du chargement, annonce Lourens.

Quand il raccroche, je lui demande :

– C'est quoi, la vitesse de pointe de ce truc ?

– Ça dépend de la charge, Oom. Avec du bétail à bord, on roule plutôt peinard : quatre-vingts, quatre-vingt-dix.

Donc, en cas de pépin, on ne pourra guère se tirer en vitesse.

– Ça pèse combien, un rhino ?

– Je ne sais pas, Oom.

– Quel poids pouvons-nous transporter ?

– Environ 20 tonnes, Oom. Mais ce sera bien moins que ça. À vue de nez, on ne chargera pas plus de 5 tonnes.

Mon portable émet un bip. C'est un SMS de Jeannette Louw, la question standard à cette heure : TOUT VA BIEN ?

Ça servirait à quoi de lui coller mes frustrations ? Je réponds donc : TOUT OK.

Je m'attendais à rencontrer des contrebandiers dans le noir : des gens furtifs et des chuchotements pressants quelque part au fond de la brousse. Mais nous arrivons dans la cour brillamment éclairée d'une ferme sur les rives du Limpopo, au milieu de champs irrigués.

Une douzaine de travailleurs noirs sont assis sur le sol cimenté d'un long hangar en acier et bavardent bruyamment. Ils attendent ; deux Blancs attendent aussi, assis sur le hayon d'une Land Cruiser blanche, vêtus de shorts et de chemises vert et kaki, de chaussettes remontées jusqu'aux genoux et de chaussures montantes. Lorsque nous entrons dans la cour, ils se lèvent d'un bond. L'un est un jeune, à peine plus d'une vingtaine d'années, l'autre en a probablement une bonne quarantaine.

Lourens s'arrête et nous descendons. Les Blancs s'approchent.

– Lourens ? demande le plus âgé, en tendant la main.

– C'est moi, Oom.

– Wickus Swanepoel. Mon fils, Swannie.

– Et voici Oom Lemmer.

Nous nous saluons. Les Swanepoel sont grands, pas très fraîchement rasés, hâlés à la mode boer ; ils ont les mêmes traits : nez camus et sourcils broussailleux. La ceinture en cuir du père supporte une panse de buveur de bière.

– La bétaillère attend à la frontière, juste de l'autre côté, dit-il en indiquant le nord.

– Vous êtes prêts ?

– On est prêts, Oom.

Wickus se tourne vers son fils.

– Dis-leur de venir. Et de ne pas oublier de dégonfler les pneus. Et demande s'ils sont au courant pour les balises.

Swannie sort un portable de sa poche de pantalon et compose un numéro. Son père explique :

– Nous avons pensé qu'il valait mieux attendre la nuit pour passer. Au cas où…

Au cas où… les mots de Diederik.

Le fils parle dans son portable :

– Cornelle, ça y est, vous pouvez venir, ils sont là. Vous avez dégonflé vos pneus ?

– En attendant, tourne ton camion, dit Wickus à Lourens. Et ouvre les portes arrière.

– Bien, Oom, dit Lourens. Ça va prendre combien de temps ?

– Ils sont juste de l'autre côté, dans les vergers sur la rive. S'ils ne s'enlisent pas dans ce foutu sable, ils seront là dans un instant.

Lourens monte à bord du Mercedes.

– Ils arrivent, pa, annonce Swannie.

– Tu leur as bien dit pour les balises ?

– Non, pa. Mais elle me dit qu'elle voit nos lumières.

– Mais non, putain ! Typique ! Des clous ! Ça leur fera une belle jambe, nos lumières, s'ils ne regardent pas les balises !

– T'inquiète, pa…

Lourens tourne le Mercedes, qui pointe le nez dans la direction d'où nous sommes venus. Wickus rejoint les travailleurs assis qui bavardent, et s'adresse à eux dans leur langue. Ils se lèvent et approchent. Wickus donne d'autres ordres, en indiquant les barres de fer posées à côté de la porte du hangar ; la moitié des travailleurs vont les chercher.

Lourens arrête le moteur du Mercedes, saute à terre et déverrouille les portes arrière en acier gris.

– On me dit qu'ils ont un Bedford, c'est peut-être un peu plus bas que ta plate-forme, dit Wickus. Alors on sortira les poulies.

– Là, je les entends, pa, annonce Swannie.

De l'obscurité parvient le rugissement d'un moteur diesel qu'on pousse à fond.

– Putain, j'espère que ce connard sait conduire dans le sable !

Lourens s'approche. Nous nous tenons tous les quatre côte à côte, les yeux tournés vers le nord, dans la direction du bruit.

– Le sable est mou à cette époque de l'année, explique Wickus. C'est mou, de la poudre, avec la rivière à sec. S'ils n'ont pas dégonflé, ils s'enliseront et ça sera foutu.

– T'inquiète, pa…

– Faut bien que quelqu'un s'inquiète, bon Dieu !

– Écoutez ! Là, ça y est, ils sont passés.

Le moteur tourne moins vite maintenant.

– Mais alors, pourquoi ce con n'allume-t-il pas ses phares ?

– T'inquiète, pa…

– Toi, arrête donc de me répéter toujours la même chose !

– C'est pas la peine de te faire du souci, pa. Pour ce côté-ci, nos papiers sont en règle.

– Mais ces gens-là doivent refoutre le camp au Zim ce soir, et ils n'ont pas la queue d'un papier…

Nous apercevons le camion, un vieux Bedford qui émerge de l'obscurité au bord du cercle éclairé.

– Dieu merci ! dit Wickus. C'est un vieux RL.

– Pa ?…

– C'était à peu près le seul Bedford 4 × 4, dit Wickus lorsque le camion s'arrête devant nous.

On dirait un vieil engin militaire, la peinture verte est craquelée, mais le moteur semble fonctionner. Un Noir en gilet jaune, qui révèle ses bras musclés, clope au bec, est au volant.

La porte du passager s'ouvre. Une femme saute à terre, toute légère. Sans s'occuper de nous, elle va directement vers l'arrière qui est recouvert d'une bâche grise sale, et se met à défaire des cordes.

– Putain ! s'exclame Wickus, mais en baissant la voix.

La femme est spectaculaire ; ça se voit au premier coup d'œil. Épaules, bras et jambes d'athlète ; cheveux de jais ramassés négligemment en une queue-de-cheval ; un cou long, gracieux, la peau fine, lustrée par la sueur ; du visage, on voit surtout les hautes pommettes saillantes : une Lara Croft du Limpopo… Elle porte des bottes, un short kaki bien ajusté et un tee-shirt blanc sans manches qui met en valeur les seins superbes.

– Cornelle ? demande Swannie, manifestement ravi de relier à une telle apparition la voix entendue au téléphone.

Elle se tourne vers lui.

– Tu viens me donner un coup de main ?

Swannie ne bouge pas tout de suite.

– Flea ? demande-t-il, abasourdi. Flea Van Jaarsveld ?

Elle se hérisse.

– Je ne te connais pas.

– Mais… on était à la petite école ensemble ! dit Swannie, en se rengorgeant. Mon Dieu, qu'est-ce que t'as changé !

– Je suis Cornelle… Vous allez venir m'aider ou quoi ?

Elle se remet à défaire la bâche.

Swannie s'empresse.

– Mais c'est formidable de te revoir !

26

Quand on étudie la traque, on doit aller dans des lieux où il est fréquent de rencontrer des animaux sauvages et souvent dangereux.

« Animaux dangereux »

Flea Van Jaarsveld, dompteuse de rhinocéros…

Elle dirige d'une voix irritée et suffisante l'enlèvement de la bâche, comme si sa responsabilité dépassait notre pauvre compréhension. Les bras croisés, j'assiste en spectateur au déroulement des opérations ; elle me lance un coup d'œil désapprobateur : je ferais mieux de venir aider. Je constate que, vue de près, sa beauté n'est que relative. L'ensemble est plus impressionnant que le détail : les lignes de la bouche sont un peu mesquines, la mâchoire un rien molle. Ces traits pourraient paraître froids sans une petite imperfection à l'œil gauche, une encoche comme une larme dans la paupière inférieure, ce qui ajoute un soupçon de mélancolie qui adoucit le tout.

On enroule la bâche qui recouvre la benne du Bedford, révélant deux massives cages d'acier coincées l'une contre l'autre, séparées par quelques millimètres. On ne voit pas les rhinos, deux formes qui s'agitent derrière les barres d'acier, cachées par l'ombre.

– Il me faut de la lumière, ici, ordonne Flea, en indiquant les animaux.

Le jeune Swannie se transforme aussitôt en opérateur hyper-efficace, aboyant des ordres aux ouvriers.

Flea regrimpe dans la cabine du Bedford, concentrée et rayonnante d'assurance, en exhibant les muscles exemplaires de ses mollets. Elle en redescend avec une sacoche en cuir noir, du genre incommode que les médecins affichent comme symbole de leur état, et qui a manifestement pas mal voyagé. Elle la lance vers le haut du Bedford, prend appui sur la roue arrière et monte.

– Ça vient, cette lumière ?

– Tout de suite ! crie Swannie.

Elle consulte la montre massive qu'elle porte au poignet et en pousse quelques boutons. Swannie arrive au pas de gymnastique avec une torche de chasse dont le rayon balaye le ciel nocturne comme un projecteur de DCA et la lui tend.

– Monte ! intime-t-elle, tout en consacrant son attention à la sacoche ouverte.

Il s'exécute, souriant d'aise d'avoir été élu, et hoche la tête, enthousiaste.

Au même moment, je vois Lourens Le Riche à côté du Bedford, les yeux rivés sur Flea : une fascination sans bornes se lit sur son visage.

– Éclaire ici, dit la jeune femme à Swannie, en indiquant la première cage.

Elle sort une seringue et un petit flacon de liquide ; l'aiguille est courte et épaisse.

Je m'approche, pour voir. Le projecteur éclaire le premier animal : il a les yeux bandés ; un morceau de tissu sort d'une oreille et pendouille sur le bandeau ; la bête s'agite, trépignant sur le sol d'acier et cognant sa tête contre les barreaux. Sa peau est plus claire que ce que j'attendais d'un rhinocéros noir : d'un gris terne, sous la lumière vive de la lampe, elle semble fortement texturée ; le cou, le dos et la croupe sont parsemés d'excroissances purulentes rosâtres, d'un brillant humide, maladif.

– Foutre ! s'exclame Wickus Swanepoel, qui se tient à côté du Bedford. Mais qu'est-ce qu'elles ont, ces bêtes ?

Flea pompe du liquide du flacon avec la seringue.

– Dermatite nécrolitique suppurante.

– T'es vétérinaire ? demande Swannie respectueusement.

– Elles peuvent crever de ces ulcères ? demande son père.

– En général, ça s'accompagne d'anémie et d'infections gastro-intestinales, dit Flea. C'est le danger.

– Merde alors !

Elle enfonce l'aiguille dans l'arrière-train du rhino, derrière et au-dessus des cuisses puissantes.

– Ils sont très affaiblis, stressés. Il n'y a pas de temps à perdre. Tu peux remettre ce bas dans l'oreille ?

– C'est un bas ?

– Un bas de rugby, les Stormers du Cap. Utile, pour une fois… Ça amortit le bruit, ça calme la bête.

– Ça, alors ! T'es une fan des Bulls ? dit Wickus. Comme nous !

Sans répondre, elle prend la sacoche et se dirige vers la deuxième cage. Comme un seul homme, nous reluquons son petit cul irréprochable.

– Qu'est-ce que tu leur injectes ? demande Swannie.

– Azaperone 150 milligrammes. Ça les calme, et ça compense l'effet physiologique négatif du M99.

– Ah, d'accord… répond Swannie, subjugué.

Lourens Le Riche reste planté là à la fixer comme une antilope prise dans les phares d'une voiture.

Le transbordement prend plus d'une heure ; quinze hommes suent sang et eau à effectuer l'opération, poussant et levant les cages, centimètre par centimètre, pour les faire passer de la plate-forme du Bedford à celle du Mercedes. Wickus dirige la manœuvre. Il s'exprime désormais moins grossièrement ; Flea supervise le reste de l'opération. Elle nous engueule presque sans paroles, à grand renfort de froncements de sourcils.

Quand Lourens ferme enfin les portes arrière et les verrouille, Flea le rejoint rapidement.

– C'est vous qui conduisez jusqu'au Karroo ?

– Lourens, répond-il en lui tendant la main.

Elle l'ignore, s'essuie le front du dos de la main gauche, s'approche de la portière du passager et déclare :

– Alors, on y va ?

Première indication qu'elle nous accompagne.

À 21 h 40, on part enfin. Flea balance un sac de voyage rouge sang et la sacoche de médecin dans la cabine, monte et s'installe devant. Quand je grimpe à sa suite, elle demande :

– Vous venez, vous aussi ?

Cela ne semble pas la ravir.

– C'est Oom Lemmer, dit Lourens.

Il sort deux coussins moelleux, les place sur la bosse du moteur, range les bagages de Flea et ajuste les coussins, un sous son séant et l'autre derrière son dos.

Les deux Swanepoel se tiennent à côté de la vitre, les yeux rivés sur elle.

– Tu sais où nous trouver maintenant, Cornelle. Viens donc nous voir ! crie Wickus, plein d'espoir.

À côté de lui, son fils confirme en hochant la tête, ses sourcils broussailleux levés aussi haut que possible pour bien marquer son enthousiasme. Ils agitent les bras une dernière fois, et nous disparaissons dans la nuit.

L'odeur de Flea se répand doucement dans la cabine du Mercedes ; une combinaison intéressante de savon, de shampoing et de sueur. Sur son siège, elle a les jambes relevées, les bras serrés autour des genoux ; sa posture nous dit qu'elle est mécontente, sans doute parce que nous sommes confinés à trois dans cette cabine, la privant d'un espace personnel et d'un vrai siège.

Lourens appelle Nicola pour dire que nous sommes en route.

Flea consulte sa montre digitale.

– Entre 1 heure et demie et 2 heures, il faudra faire une autre piqûre, indique-t-elle à Lourens.

J'attends sa réaction. Comment un candide garçon du Karroo va-t-il se comporter avec ce… phénomène ?

Il sort des papiers du vide-poches de sa portière et les passe à Flea ; ses mouvements sont lents, mesurés.

– Au-dessus, il y a le livret de l'itinéraire et, en dessous, la carte. Vers 2 heures, nous devrions être à peu près à 300 kilomètres d'ici, peut-être un peu plus…

Elle ne répond rien, baisse les jambes, étudie l'itinéraire : une feuille de papier avec des noms de lieux et des distances. Elle cherche notre route sur la carte, son doigt fin explorant la toile d'araignée routière : Vaalwater, Rustenburg, Ventersdorp… Elle lève la tête pour regarder Lourens ; je ne vois pas son visage, mais j'entends la désapprobation dans sa voix :

– Mais c'est horriblement compliqué, tout ça ! Pourquoi ne pas prendre la N1, tout simplement ?…

Pour la première fois, j'aperçois sur son cou la trace fantôme d'une cicatrice ancienne qui se déroule de l'oreille gauche jusqu'au cou derrière les cheveux, comme le contour d'une aile d'oiseau, un demi-ton plus clair que la peau.

– Oom Diederik veut que nous évitions les grandes routes. Et…

– Mais enfin, pourquoi ?

Sa voix est coupante, accusatrice.

– Les ponts à bascule, répond Lourens, calme, seul maître à bord.

– Ponts à bascule ?!…

– Sur de grandes distances, ce qui compte, c'est la moyenne ; or, il n'y a rien de tel que les arrêts pour casser votre moyenne. Chaque pont à bascule nous ferait perdre une heure, peut-être plus ; et entre Musina et Kimberley il y en aurait cinq si nous suivions la N1 et la N12. De toute manière, cette route est plus courte, de presque 100 kilomètres.

Je suis fier de lui. Il ne se laisse pas intimider. Sa voix reste calme et il ne cherche pas son approbation : il donne des renseignements, c'est tout ; avec courtoisie, agréablement. De la part d'un jeune homme ébloui, déjà amoureux, c'est assez impressionnant.

Elle suit à nouveau la route du bout du doigt, en secouant la tête.

– Mais non ! Il faut passer par Bela-Bela. J'aurai besoin d'éclairage pour faire les piqûres.

Il regarde la carte.

– D'accord, dit-il. Je m'y arrêterai.

Elle replie la carte avec suffisance : d'après ses mouvements, on dirait qu'elle estime avoir marqué un point. Elle pose la carte sur le tableau de bord, dans le creux derrière les porte-gobelets, remonte les jambes et appuie sa tête sur ses genoux, mettant un point final à la conversation.

Ça promet, ce voyage…

La clé de voûte de ma profession est le décodage des individus. Il faut pouvoir déchiffrer les gens, pour identifier des menaces, pour comprendre ceux qu'on protège, pour prévoir des difficultés et les éviter. C'est devenu une habitude, un rituel, parfois même un jeu : observer, écouter des bribes de conversation et assembler ces fragments pour en tirer un profil susceptible d'être développé en permanence, en serrant la vérité d'un peu plus près avec chaque nouveau détail. Le problème, c'est qu'au cours de deux décennies j'ai appris que nous sommes des animaux perfides, très forts pour bâtir de fausses façades – souvent hautes, compliquées – en amalgamant les faits et la fiction afin de faire ressortir ce qui est acceptable, et de cacher ce qui ne l'est pas.

Notre pratique du décodage consiste à explorer les façades, car en général elles révèlent ce qui se cache derrière.

Il y a pas mal de choses qui trahissent Flea Van Jaarsveld : son attitude de supériorité irritée, la distance qu'elle crée délibérément entre elle et nous, l'utilisation exagérée d'une terminologie médicale savante, et jusqu'à son nouveau prénom, Cornelle : je parierais à dix contre un qu'elle l'a bricolé elle-même en déformant Cornelia, un prénom de grand-mère, pour le rendre plus distingué ; et, enfin, ses choix vestimentaires, qui mettent en valeur ses avantages – inutilement d'ailleurs, car elle est vraiment belle, malgré quelques petits défauts… ou peut-être à cause précisément de ces défauts.

La plupart des clients de Body Armour sont des gens séduisants qui ont toujours vécu dans l'aisance, des privilégiés qui assument sans effort une supériorité qui leur semble naturelle ; accoutumés à la beauté, souvent ils la dissimulent.

La différence avec Flea saute aux yeux. Elle doit être issue d'un milieu modeste, d'une famille de cols bleus sans doute, des mineurs ou des ouvriers d'usine : naïfs, un peu triviaux, plutôt rustiques.

La pauvreté, cependant, n'est pas nécessairement un facteur négatif dans l'éducation : c'est quand le désir d'y échapper se transforme en une passion dévorante que les problèmes commencent. À l'école primaire, Flea a dû obtenir de bons résultats scolaires qui, à la longue, lui ont permis d'accéder à une formation de vétérinaire. « Tu es intelligente, ont dû lui dire ses parents, humbles mais bons, pour l'encourager. Il te faut de l'instruction. Fais donc quelque chose de tes dons. » C'est-à-dire : « Toi, tu pourrais sortir de ce milieu. »

Mais c'est sa transformation physique qui aura favorisé la percée. Je déduis de la réaction de Swannie – « Mon Dieu, qu'est-ce que t'as changé ! » – qu'à quatorze ans elle était encore assez terne, rien de spécial, inconsciente de ses atouts potentiels. Sa métamorphose, entre quinze et seize ans sans doute, l'aura prise de court. Intelligence et beauté : une rampe de lancement formidable…

Et elle s'était lancée.

Et avec acharnement, dans l'attente – réaliste – de quelque belle prise, en rêvant peut-être d'un mariage de conte de fées : avec le riche propriétaire d'une réserve privée, par exemple. Elle pourrait organiser un programme d'élevage de quelque espèce exotique menacée, apparaissant de temps en temps, photogénique à souhait, sur la couverture d'une revue consacrée à la protection de la nature, son séduisant mari, un peu plus âgé qu'elle (mais pas trop), l'entourant de ses bras tandis qu'elle berce dans les siens un bébé guépard…

Moi, je sais d'expérience que l'on n'échappe pas à ses origines. Elles sont en vous, imbriquées dans l'intimité de chaque cellule. Vous aurez beau dire que vous avez perdu vos parents de vue, vous pourrez esquiver des questions comme celle d'Emma : « Grandir à Sea Point, c'était comment ? » Vous pourrez vous enterrer à Loxton… tôt ou tard, le passé vous rattrapera.

Et je pense que Flea le sait, d'une certaine façon : ce qui la pousse, c'est la peur d'être démasquée. Cette peur qui la ronge est le mécanisme qui l'a transformée en beauté farouche et décidée.

Voilà un sentiment que, moi, je peux comprendre. C'est pour cela que je laisserai faire, que je lui ferai de la place.

Mais ce brave Lourens Le Riche ? Flea va lui briser le cœur. Faut-il le mettre en garde ?

Non : en vertu de la première loi de Lemmer.

> Pour prévoir et anticiper les déplacements de l'animal, les pisteurs doivent pouvoir interpréter ses activités.
>
> « Interprétation des traces »

Routes de terre de la province du Limpopo, ponctuées ici et là d'un trait de macadam, toutes désertes dans la nuit… Les phares du Mercedes éclairent l'herbe haute des bords de la route, un arbre de loin en loin, du bétail, un âne, quelques villages – agglomérations pauvres enfoncées dans le noir. Dans la cabine, silence : la vétérinaire dort.

Elle s'est endormie tranquillement, détendue : ses bras ont lâché ses genoux ; elle a caché son inquiétude en étendant ses jambes sous le tableau de bord. Son sommeil trahit une irritation latente : elle se frotte le dos contre le coussin, mais elle laisse aller sa tête contre le dossier du siège de Lourens.

Vers minuit, nous roulons sur la R561, cap au sud, quand Lourens me souffle :

– Pourriez-vous sortir le café, s'il vous plaît, Oom ?

Je tâtonne avec précaution pour ne pas déranger notre passagère, finis par trouver la Thermos.

– Les gobelets sont là-haut, dit Lourens, en indiquant le compartiment du milieu, avant de regarder dans son rétro.

Je tends un bras, j'ouvre le compartiment et j'attrape les gobelets.

– Servez-vous donc vous aussi, Oom.

Je verse le café et je lui passe un gobelet. Il le prend, jette hâtivement un coup d'œil tendre à Flea et dit :

– Elle est épuisée. Je me demande si elle les a accompagnés pendant toute la traversée du Zim.

– Sans doute, je chuchote.

– Une foutue traversée…

Il a raison. Peut-être devrais-je réviser mon opinion d'elle… Faire 700 kilomètres à travers le Zimbabwe avec une cargaison interdite, ça doit user.

Où Oom Diederik l'a-t-il donc dénichée ? se demande sûrement Lourens.

Il regarde dans son rétro et ralentit un peu, teste la température du café du bout des lèvres, donne à nouveau un coup d'œil dans le rétro et me dit :

– Pourquoi ce type ne nous dépasse-t-il pas ?

Je verse un deuxième quart de café.

– Il nous colle au cul depuis Alldays, dit-il, toujours à voix basse, pour ne pas la réveiller.

– Ça fait quelle distance ?

– Une cinquantaine de kilomètres.

Nous roulions auparavant sur une route en terre, où doubler est difficile ; mais désormais nous roulons sur du macadam et plus lentement, à un peu plus de soixante-dix.

– Qu'est-ce qu'il fait maintenant ?

– Il a un peu ralenti.

– Tu as besoin de celui-ci ? fais-je en indiquant le rétro de mon côté.

– Vous pouvez le déplacer un peu.

Je baisse ma vitre. La nuit s'est pas mal rafraîchie depuis l'opération de chargement. Je règle le rétro pour pouvoir moi aussi contrôler la route derrière nous. Le bruit du vent réveille Flea.

– Quoi ? dit-elle, en se passant la main sur la bouche. Je remonte la vitre.

– Je voulais juste régler le rétro.

Elle se redresse, s'étire autant que possible dans la petite cabine, se passe les doigts dans les cheveux.

– Vous voulez du café ? demande Lourens.

Elle hoche la tête, s'essuie les yeux et consulte sa montre.

Je lui donne mon gobelet et regarde dans le rétro : les phares sont toujours derrière nous, à environ 500 mètres.

– Pourquoi on roule si lentement ? demande-t-elle, bourrue.

Lourens se met à accélérer.

– Pour pouvoir régler le rétro, dit-il, son regard complice croisant le mien.

Derrière nous, le véhicule garde sa distance. Cela ne veut pas forcément dire quelque chose : parfois, la nuit, des conducteurs préfèrent ne pas dépasser, se laissant guider par les feux de la voiture qui les précède.

Quand Flea a bu la moitié de son quart, Lourens lui demande :

– Ça a été dur, la traversée du Zim ?

– Qu'est-ce que vous en pensez ?…

Il ne se laisse pas démonter.

– Comment avez-vous connu Oom Diederik ?

– Je ne le connais pas.

– Ah bon ?

– Je connais Ehrlichmann.

Elle vient de faire une concession.

– Et c'est qui, Ehrlichmann ?

Elle pousse un soupir inaudible et demande, sur un ton de patience marquée :

– Vous savez d'où viennent les rhinos ?

– Oui.

– Ehrlichmann les a trouvés dans le Chete.

– C'est le type qui était gardien de la réserve ?

– Oui.

– Ah.

Et puis, admiratif :

– Et lui, comment l'avez-vous connu ?

Encore une fois, le soupir silencieux.

– L'année dernière, il y a eu un recensement d'éléphants du WWF au Chizarira. C'est un parc national du Zim. Je me suis portée volontaire. Ehrlichmann faisait partie de l'équipe.

– Je vois, fait Lourens.

Derrière nous, les phares sont toujours là.

Elle vide son gobelet et me le passe, relève ses jambes dans la position du lotus, se croise les bras sous la poitrine.

– Parlez-moi de ce Diederik Brand.

– Oom Diederik… dit Lourens, qui s'arrête aussitôt. Par où commencer ? Ben, c'est une sorte de légende dans le Haut-Karroo…

– Il a de l'argent ?

Question intéressante.

– Oom Diederik ? Oui, il est très riche.

– Comment l'est-il devenu ?

Lourens répond par un petit rire.

– Ça veut dire quoi, ça ?

– Eh bien, Oom Diederik, comment dire… C'est un…

Il cherche le bon euphémisme.

– Un cygne noir, dis-je spontanément.

Ils me regardent tous les deux.

Si j'ai dit ça, c'est que je pensais à Emma, avant que Lourens demande du café.

J'explique :

– Un cygne noir, c'est un outsider, une anomalie qui change tout.

Je m'efforce de me rappeler ce qu'Emma m'a dit, seize heures auparavant, à la Grenade rouge. Pendant tout le week-end, elle avait lu ce bouquin, en s'exclamant de temps en temps « Incroyable » ou « Très intéressant », jusqu'à ce que je lui demande de quoi il s'agissait.

Lourens et Flea attendent que je m'explique un peu mieux.

– Avant la découverte de l'Australie, les Européens étaient certains que tous les cygnes étaient blancs. Car c'est ainsi que nos têtes fonctionnent : nous apprenons à partir d'observations, et nous tirons des conclusions en soupesant des probabilités – que nous prenons pour la seule vérité. Si pendant des siècles on n'a vu que des cygnes blancs, il nous semble évident que tous les cygnes sont nécessairement blancs. Et voilà que l'on a découvert des cygnes noirs en Australie…

– Mais qu'est-ce que ça a à voir avec Diederik Brand ? demande Flea.

Question légitime, bien que son attitude me déplaise.

– Tous les gens du Karroo que je connais sont scrupuleusement honnêtes, honorables. Ils ont une éthique du travail : il n'y a qu'une façon de gagner son pain, en travaillant. Je n'avais jamais imaginé que Diederik pouvait être différent.

– Il est différent ?

– Apparemment.

Je regarde vers Lourens, pour qu'il vienne à mon secours.

– Oui, il l'est, dit le garçon, qui freine et actionne le clignotant. On tourne ici.

Il montre la pancarte indiquant la sortie à droite vers la D579 et la Lapalala Wilderness Game Reserve.

Flea prend la carte, la déplie.

– Vous êtes sûr ?

– Ben oui, répond Lourens, qui continue à ralentir, puis quitte le macadam et prend une large route de terre.

Il me jette un bref regard, et nous contrôlons nos deux rétros. Il accélère doucement.

Derrière nous, la route reste noire.

Lourens accélère plus franchement.

Toujours pas de phares.

Flea lève la tête de la carte.

– Je ne comprends toujours pas quel itinéraire vous prenez.

– Nous devons passer par Vaalwater, répond Lourens. Et après par Bela-Bela. Ça ne fait pas un grand détour…

Puis, tout d'un coup, il se tait : les phares viennent d'apparaître dans les rétros.

28

Les naturalistes enthousiastes qui passent beaucoup de temps sur le terrain risquent tôt ou tard
de se faire piquer, surtout s'ils essaient de traquer
des serpents.

« Interprétation des traces »

– Quoi ? demande Flea, qui n'est pas bête.

– Ne vous en faites pas pour la route, dit Lourens.

– Pourquoi est-ce que vous vous êtes regardés comme ça ?

– Il y a un véhicule derrière nous, depuis déjà une heure, dis-je, estimant qu'elle a besoin de savoir.

Elle me regarde comme si elle me voyait pour la première fois ; un rire épais lui échappe brièvement.

– Vous plaisantez ?

– Regardez donc vous-même.

Elle se penche, voit les phares puis lance, sceptique :

– Et ça fait une heure qu'il est là ?

– Il a pris les mêmes bifurcations que nous, dit Lourens.

– La belle affaire ! dit-elle. Je peux avoir un autre café ? Vous pensez m'avoir avec ce genre de blague ? Vous me prenez pour une idiote ?

– Pas du tout, dis-je.

Elle se calme.

Je réfléchis au terrain : la route monte et descend, elle serpente entre des collines que nous ne voyons pas. J'imagine que nous sommes dans le Waterberg. Nos phares révèlent une brousse touffue d'épineux le long de la route, avec ici et là une grosse saillie rocheuse : pas idéal, comme terrain.

– Il faut qu'on soit fixés, Lourens. On attendra une descente un peu longue. Ne freine pas, pour ne pas les prévenir : tu utilises le frein moteur, jusqu'à l'arrêt, mais en douceur, sans à-coups. Laisse les phares allumés.

– OK.

Flea nous ignore, elle boude.

La route décrit un grand arc, d'abord vers la gauche puis, un kilomètre plus loin, vers la droite, et ensuite file tout droit en descendant légèrement. Lourens lève le pied, rétrograde et met le changement de vitesses au point mort ; le Mercedes ralentit. Nos regards sont fixés sur les rétros. Les phares apparaissent après la dernière courbe, grossissent d'abord, puis reprennent leur distance.

Je lève les yeux vers le plafonnier de la cabine et manipule l'interrupteur pour qu'il ne s'allume plus quand on ouvre la portière.

– Examine bien la route et éteins tes phares.

Lourens attend un instant puis coupe les lumières. Nous nous retrouvons totalement dans le noir : il n'y a plus que les phares qui nous suivent, maintenant nettement plus proches.

– Quand on s'arrêtera, mets-toi au point mort et sers-toi du frein à main, mais reste à ta place, la main sur la clé.

– OK.

Lourens est calme, posé, parfait.

Je sors le Glock de l'espace de rangement, attends que le camion s'arrête, puis j'ouvre ma portière, saute à l'extérieur et cours à l'arrière, pistolet en main. Lourens arrête le moteur.

À 200 mètres derrière nous, les phares s'éteignent…

Très mauvais signe…

Il y a des étoiles, mais pas de lune. Mes yeux n'y sont pas habitués : je ne distingue plus que l'environnement immédiat, l'herbe haute, les ombres profondes des épineux de l'autre côté de la chaussée.

Je dresse l'oreille, n'entends derrière moi que les bruits du moteur Mercedes qui refroidit, puis des pas sur le gravier.

– Remontez dans le camion, dis-je à voix basse.

Elle vient à côté de moi.

– Si l'effet du sédatif passe, les rhinos deviendront dingues.

Dans le noir, j'écoute.

– J'ai déjà vu un rhino réduire ses sinus en pulpe en se cognant aux barreaux.

Je pose un doigt sur ses lèvres pour la faire taire.

– Un jour plus tard, il était mort. Je ne peux pas faire des piqûres dans le noir. On ne peut pas repartir ?

J'en sais déjà assez. Nous avons un problème. Nous sommes suivis par quelqu'un qui ne veut pas être vu et se contente pour l'instant de cette filature.

Je retourne à la portière du passager, j'attends Flea. Voulant marquer un point, elle s'attarde. Enfin elle arrive, les bras croisés, la tête baissée, et elle remonte à bord en me lançant un sale regard. Je grimpe à sa suite, et je dis à Lourens :

– On y va. Garde tes phares éteints aussi longtemps que tu pourras.

– Ce n'est donc pas une blague, dit Flea.

Lourens se concentre sur la route ; il roule lentement.

Je réfléchis.

Ils savent que nous savons. Dans le noir, ils ont vu aussi peu de choses que moi. Comme leur moteur était arrêté, ils ont dû entendre le Mercedes repartir. Ils savent que tôt ou tard nous serons obligés de rallumer nos phares, à moins de vouloir rouler à cette vitesse jusqu'au lever du jour. Dans ce cas, ils n'auraient qu'à se coller à nous, pour que nous leur ouvrions la route...

La question n'est pas de savoir ce qu'ils cherchent : j'ai de la corne de rhino qui vaut un million de rands à portée de main. Non, la vraie question est de savoir pourquoi ils attendent. Ils ont un véhicule, pas trop grand, une voiture, un pick-up ou un minibus pouvant transporter une dizaine de personnes ; si nous nous arrêtions, ils pourraient facilement nous maîtriser... Pourtant, c'est ce que nous venons de faire, et il ne s'est rien produit.

Savent-ils que nous sommes armés ? Ou est-ce qu'ils l'ont simplement supposé ? Ou me serais-je complètement trompé ?

Que ferais-je, moi, si je voulais prendre de force un camion de 20 tonnes ?

Ça dépendrait des objectifs. Je doute que nos poursuivants s'intéressent à autre chose qu'aux cornes. Il leur suffirait de contraindre le camion à s'arrêter, sans pour autant s'exposer eux-mêmes à trop de dangers, puis de neutraliser les passagers, de scier les cornes et de s'enfuir. Il n'y a qu'une façon de faire ça facilement.

Je me retourne sur mon siège pour atteindre mon sac de sport, et je sors le MAG-7.

– Pitié ! lâche Flea.

Je boucle ma ceinture de sécurité.

– Il y a une ceinture pour elle ? demandé-je à Lourens.

– Non, Oom.

Je la regarde. L'arrogance a disparu, mais le reproche est là. Pour la première fois, je vois son œil gauche de près : fine comme un cheveu, une cicatrice couvre un centimètre sur sa joue, à partir du pli de la paupière inférieure.

– Si je dis « Planquez-vous », faufilez-vous, fais-je en lui montrant l'espace pour les pieds devant mon siège. Je vous ferai de la place.

– Mais pourquoi ?

J'ai été patient avec elle. Je commence à me raviser, mais Lourens prend les devants :

– C'est un garde du corps professionnel, Cornelle. Faites ce qu'il dit, ça vaut mieux.

– Garde du corps ?…

– Écoutez, dis-je. Il y a peu de chances qu'ils veuillent garder vos rhinos en vie : c'est trop difficile, le transbordement est trop long, il y aurait trop de soins à donner. On suppose qu'ils s'intéressent aux cornes ; dans ce cas, ils vont devoir nous arrêter, et la seule bonne façon de s'y prendre, c'est de nous bloquer la route. On va donc devoir forcer un barrage…

– Mais non ! s'indigne-t-elle. Les animaux !…

– Les animaux sont suffisamment protégés. Si on s'arrête, c'est nous et les animaux qui serons en danger.

Elle réfléchit à cet argument. Puis, à ma surprise, hoche la tête, inspire un grand coup et me regarde droit dans les yeux.

– Qu'est-ce que je dois faire ?

– Donnez-moi le temps d'y penser.

Elle reste immobile.

Je regarde le rétro : derrière nous, toujours pas de lumières. Je prends la carte pour vérifier ma nouvelle théorie.

Lourens a dit qu'ils nous suivent depuis Alldays, sur la deuxième longue section bitumée depuis le départ, après une cinquantaine de kilomètres de route en terre. Je n'aime pas beaucoup faire des hypothèses, mais je n'ai pas le choix.

La première hypothèse, c'est qu'ils ont su où nous devions charger les animaux. Dans le nord du Limpopo, il y a bien trop de routes pour qu'on ait pu nous retrouver par hasard ; ce qui veut dire qu'au moins un véhicule nous a suivis depuis le départ. Lorsqu'ils se sont rendu compte que nous n'allions pas rester sur la route bitumée, ils ont dû nous coller de plus près, pour éviter de nous perdre à un embranchement ; c'est pour ça que Lourens a fini par les repérer.

La deuxième hypothèse est logique : ils ignoraient quel itinéraire nous allions suivre. Ils auront supposé, comme Flea, que nous allions prendre la N1, avec la R521 à Polokwane en seconde option. Si c'est le cas, à leur place j'aurais positionné mes autres véhicules – au moins trois ou quatre – du côté de Mokopane, près d'un péage, par exemple, l'idéal pour attaquer un camion immobilisé. On scie les cornes vite fait et on fiche le camp.

Hypothèse numéro trois : quand nous avons quitté la route qu'ils avaient anticipée, ils ont dû se réorganiser. Disposant d'une carte, ils auront déterminé à l'heure qu'il est notre direction générale : par Vaalwater, Rustenburg et Ventersdorp. Notre dernier virage, il y a vingt minutes, leur aura fourni une indication décisive.

Hypothèse numéro quatre : le diable œuvre dans l'obscurité… Il faudrait qu'ils attaquent avant le jour, et avant qu'on puisse atteindre un poste de police : il ne leur reste donc plus beaucoup de temps.

Je mesure la distance qui nous sépare de Polokwane et de Mokopane, en calculant vitesses moyennes et probabilités. Conclusion : ils vont devoir agir avant Vaalwater… dans les 50 kilomètres qui viennent.

Je plie la carte et je la range, je place le Glock sur mon siège, entre Flea et moi-même, je prends le MAG-7 et je le garde en main. Puis je demande à Lourens :

– Ton pare-chocs de brousse, il est vraiment solide ?

– Ça dépend…

– Si on devait foncer dans un obstacle, une voiture ou un pick-up ?

– Oom, il y a trois semaines, on est rentrés dans un koudou de l'autre côté de Middelburg, ce fut un tel choc qu'il nous a démoli le pare-brise.

Pas exactement ce que je voulais entendre…

– Mais le moteur est bien ici, non ?

J'indique la bosse sur laquelle Flea est assise.

– Oui, Oom. Mais les radiateurs sont devant. Si on cogne dans quelque chose, ça ne sera pas bon.

Flea inspire, comme si elle se préparait à faire un commentaire, puis secoue la tête et se tait.

Je réfléchis.

– S'il n'y a vraiment pas moyen de passer, il va falloir s'arrêter. Lourens, ils vont essayer de bloquer la route. Il y aura peut-être moyen de passer en force sur le côté… Alors, ne te laisse pas impressionner par les clôtures si le veld au-delà te semble praticable.

– OK.

– Mais tu auras très peu de temps pour te décider.

Lourens hoche la tête ; il se redresse et s'affermit derrière son volant, déterminé.

Le rétro attire mon attention. Je regarde : les phares sont là de nouveau, beaucoup plus près.

– Ils sont revenus, dit Lourens.

– Alors c'est pour bientôt.

J'arme le MAG-7.

Et deux cents mètres plus loin, la nuit se change en jour.

… les traces d'animaux qui s'enfuient indiquent qu'ils ont été dérangés, et si l'on ne relève pas de traces de prédateurs une enquête plus poussée peut révéler la présence d'intrus humains.

« Introduction : le braconnage »

Nous sommes aveuglés par les phares de quatre véhicules ; à gauche on ne distingue plus qu'une falaise rocheuse, à droite, c'est l'obscurité complète. L'emplacement idéal.

Lourens freine violemment. Je bouge les jambes pour faire de la place à Flea et je lui crie de se planquer, tout en hésitant sur la marche à suivre. Sauter pour diviser l'attention de nos agresseurs ? Rester dans la cabine pour protéger les deux jeunes ?…

Flea fait une chose inattendue : se glissant sous le tableau de bord, elle empoigne mon Glock. Je tends la main trop tard. À notre droite, une silhouette surgit de l'obscurité : un homme armé agite un bras, Lourens fait une embardée pour l'éviter.

Le camion dérape sur le gravier, un instant je pense que Lourens va en perdre le contrôle.

Nous heurtons l'homme, un choc écœurant.

Je décide de sauter, histoire de créer une cible de plus : je défais ma ceinture, lutte contre la force d'inertie, pousse la portière de tout mon poids et me précipite en espérant que nos phares les aveuglent.

Une seconde en l'air, et mes pieds heurtent violemment le sol, je rebondis et roule dans l'herbe haute qui borde la route, mon MAG serré contre moi. Des barbelés me lacèrent douloureusement le dos, l'entaillant profondément ; je me relève, pantelant, et vois les feux arrière du Mercedes, qui s'arrête dans un nuage de poussière. À 10 mètres, pas plus, deux silhouettes se lèvent dans l'herbe et braquent des fusils d'assaut sur le camion. Les hommes foncent.

– Éteins ça ! hurle-t-on en anglais.

Un agresseur s'accroupit à côté de la cabine et vise la portière, tandis que l'autre saute sur le marchepied, tend le bras, tire pour ouvrir la portière, puis saute et s'accroupit à côté de son complice.

– Éteins ça ! tonne une des silhouettes que les phares découpent dans le tourbillon de poussière.

Lourens éteint.

– Maintenant, descendez !

La poussière s'éloigne paresseusement. Je vois que nos agresseurs sont noirs, armés d'AK-47. Trois comparses surgissent devant le Mercedes, leurs viseurs braqués sur le pare-brise.

Et là-dedans il y a Flea avec le Glock : pourvu qu'elle soit aussi futée que je le pense…

– Mains en l'air ! crie quelqu'un en anglais de l'autre côté du camion. Maintenant, descends !

Lourens descend.

– À terre !

Sous le camion, je ne vois d'abord que ses pieds, puis il se baisse et se met à genoux.

– Couché !

Il se couche dans la poussière, les mains sur la tête.

– Toi, là-dedans, crie l'un des hommes accroupis de mon côté, sors de là !

Je me redresse lentement, à genoux dans les herbes, je lève le MAG, je repousse le cran de sécurité et vise l'AK le plus proche. Je prie le ciel que Flea obtempère.

– J'ai dit : sors de là !

Dans la benne, les deux rhinos remuent, on entend un grognement impatient. Des pieds crissent sur le gravier, des AK cliquettent. Les mains de Flea apparaissent à la vitre, puis sa tête, effrayée.

Du métal froid pousse doucement contre mon cou ; derrière moi, très près, une voix calme me dit :

– Pose le fusil.

Je baisse le MAG.

On a dû me voir sauter du camion.

Sans me relever, je pose prudemment le fusil. On vient vers moi. Un homme pénètre dans mon champ visuel : il est grand, il tient à deux mains un revolver argenté massif, les bras tendus ; il me vise entre les yeux.

Il sourit :

– Mister cascadeur…

Il avance subitement, me balance un coup de pied ; je le bloque avec les bras, le coup m'atteint dans le ventre. Je tombe en arrière, je roule pour m'éloigner. Il me suit, me balance un autre coup de pied, cette fois dans le dos. Je change de direction, je roule vers lui, j'attends le coup de pied qui arrive, je m'agrippe à sa chaussure, je tire de toutes mes forces : ses deux pieds décollent, il chute durement sur le dos, pousse un beuglement. Je me jette sur lui en enfonçant mes deux genoux dans son ventre, mon bras gauche attrape le bras qui tient le revolver, mon coude droit lui écrase la figure, lui cassant le nez ; je sens son sang qui gicle sur moi, sa main lâche le revolver, je le saisis et le plaque contre sa tempe, tout en pesant sur son corps de tout mon poids.

– *Amasimba*[1], dit-il, en portant les deux mains à son nez.

Il saigne de la bouche.

– Mais quel crétin !

Je sens un canon contre l'arrière de mon crâne et j'entends une voix derrière moi :

– Alors, Inkunzi, je le tue ?

Avec un geste d'impatience, l'homme massif écarte le revolver de sa tempe.

– Pas encore. S'il fait le con, tire-lui une balle dans la jambe.

– D'accord, Inkunzi.

– Lève-toi, m'ordonne-t-il.

Je tourne la tête : il y a deux hommes derrière moi, leurs AK prêts à tirer. Je me lève, lentement. Le revolver d'Inkunzi est un Smith & Wesson, le gigantesque Model 500 : deux kilos d'acier massif. Je le laisse tomber dans l'herbe. Inkunzi lâche un juron dans une langue africaine, se penche, le ramasse par le canon, vise ma tête avec la crosse… Mais l'arme est trop lourde, le coup arrive lentement, je l'esquive facilement, je saisis le bras d'Inkunzi que je tente de déstabiliser… Mais la crosse d'un AK me frappe dans le dos et je tombe en avant ; Inkunzi me décoche immédiatement un coup de pied dans les côtes, douloureux ; les deux autres en font autant par-derrière, mais leurs baskets font moins d'effet. Je riposte avec les pieds, j'en atteins un au genou et je tente de me relever, car c'est ma seule chance… Inkunzi m'attrape par le cou, il tire et je retombe. En voilà encore un, ils sont quatre contre moi désormais : les coups de pied pleuvent, je roule sur le dos, je remonte les genoux sur la poitrine, les bras sur la tête, je me tords dans tous les sens, la douleur m'enveloppe de partout. J'encaisse encore un coup sur le crâne,

1. « Merde », en zoulou.

je déplace mes poings serrés pour protéger mon crâne, et j'ai même le temps de sourire, car je me faufile mentalement vers un endroit où je suis en sécurité, voyant trop tard la semelle m'arriver en plein visage.

Ma tête bourdonne, je sens la poussière, j'entends de vagues bruits, des ombres s'agitent dans une lumière tremblotante, mon corps est un océan de douleur.

J'ai un œil enflé, je lutte, il faut que je voie clair.

Des silhouettes prennent forme, lentement.

Je suis devant le camion, étendu sur le côté, le bras coincé sous moi. On m'aurait donc traîné jusqu'ici…

À ma gauche, il y a Flea, les mains derrière la tête ; à côté d'elle, Lourens, à genoux, le revolver d'Inkunzi braqué sur lui. Entre nous, nos possessions ont été éparpillées sur la route : mon sac de sport, la sacoche médicale de Flea, les Thermos, gobelets, coussins, vêtements, outils…

À côté de moi, l'homme que nous avons heurté, qui ne bouge pas.

En fait, personne ne bouge : le temps s'est arrêté net.

Des bruits me parviennent peu à peu ; du côté du camion, métal contre métal, on donne des coups de marteau ; puis des voix d'hommes qui discutent.

Flea sanglote.

Depuis combien de temps ?… Aucune idée…

Deux hommes passent en marchant, forte odeur de diesel.

– Y a rien dans les réservoirs, dit l'un.

– C'est pas dans le camion, dit l'autre.

Inkunzi lâche un juron.

– Alors, c'est où ? demande-t-il à Flea.

– Je ne sais pas, répond-elle d'une voix altérée.

Je lève lentement la tête, je prends aussitôt un coup de crosse dans le dos.

– Celui-ci a repris conscience.

– Bien, dit Inkunzi. Je tue ce garçon si tu ne me le dis pas.

– Dire quoi ?

Ma voix ne fonctionne pas. Je fais une autre tentative, un souffle rauque met le feu à ma cage thoracique.

– Tu sais bien ce que nous voulons. Alors, c'est où ?

– Mais de quoi il parle ?

La peur et le désespoir s'entendent dans la voix de Flea.

– Tu le sais bien, dit Inkunzi.

– Mais non, dit-elle, suppliante.

– Alors, je le flingue.

Il arme son revolver, j'entends le déclic.

– Non !

Quelqu'un vient se pencher sur le corps à côté de moi et le retourne.

– Snake est mort, Inkunzi.

– Merde… C'est sûr ?

– Ça en a l'air.

– Quel con ! Vérifie… Attends. Il est où, son revolver à elle ?

L'homme remue nos possessions éparpillées.

– Ici.

Inkunzi approche.

– Donne.

Il glisse le grand Smith & Wesson dans sa ceinture et prend mon Glock que lui tend son acolyte.

– Mais pourquoi une fille porterait-elle un flingue comme ça ? Je me le demande…

J'essaie d'articuler :

– Il… est à moi…

– Quoi ?

– C'est à moi.

– Bien, dit Inkunzi.

Il se dirige vers le corps de Snake, presse le canon contre son crâne et tire : éclaboussures de sang, de fibres, d'os… Flea émet un miaulement de terreur ; Lourens crie, se penche, vomit.

– Bon, maintenant, on tue un vivant, dit Inkunzi, en revenant vers Lourens.

Il pousse le canon du Glock contre sa nuque penchée.

– Où est la camelote ? demande-t-il avec un léger accent africain.

– Je ne sais pas ! crie Flea.

– Un…

– S'il vous plaît !

– Deux…

– Prenez-les donc, ces cornes ! crie-t-elle, sa voix s'éraillant.

– Qu'est-ce que tu veux que j'en foute, des cornes !

– Alors, je gémis, vous cherchez quoi ?

– Vous le savez très bien !

Ça n'a aucun sens.

– Mais non, je dis, en tentant de secouer la tête.

Ce n'est pas la bonne option, la douleur irradie.

– Vous vous êtes arrêtés, là-bas.

– Parce que vous nous suiviez.

Il regarde, pensif, le cou sans défense de Lourens Le Riche… et appuie sur la détente : tonnerre, Lourens sursaute, hurlement primitif de Flea. Mais Lourens est toujours là, assis… et je me rends compte que l'explosion de poussière à la surface de la route veut dire qu'il l'a délibérément raté.

Lourens crie puis vomit de nouveau.

Flea pleure, ses épaules sont secouées de spasmes.

Le balaise nous examine, un à un : Lourens qui suffoque, tentant de réprimer des sanglots, puis moi. Inkunzi revient vers moi, lentement.

– Vous l'avez balancé dans le veld.

– Balancé quoi ?

Il émet un bruit, peut-être un ricanement, mais sa lèvre a été déchirée, son nez doit lui faire mal (j'en ressens une petite satisfaction).

– On sait tout, dit-il en se penchant et en appuyant la grande paume de sa main contre ma poitrine.

La commotion cérébrale ne favorise guère des idées claires et distinctes ; je ne sais pas quoi répondre.

– Prenez donc le camion, dis-je enfin. Prenez tout. Prenez-moi, moi aussi, si ça vous dit, mais laissez les autres… S'il vous plaît…

– Non, dit-il d'une voix posée. Dites-moi seulement si vous avez jeté la camelote dans le veld. Où est-ce qu'on cherche ? Au-delà de la clôture ?

– Je voulais voir si nous étions suivis. C'est tout.

Avant de répondre, il réfléchit :

– T'es un pro… Alors, je me demande : Pourquoi t'es ici ? Avec toutes ces armes… Et cette route que vous suivez… Il y a une raison, forcément.

– C'est pour les rhinos.

Encore un ricanement mais son visage ne suit pas.

– Les cornes, c'est beaucoup d'argent, dis-je.

– Ça ! crache-t-il, en se levant. De la sorcellerie chinoise ! Pas mon secteur du tout.

– Mais c'est quoi, votre secteur ?

Il ignore ma question et se lève lentement, la tête penchée ; il reste pensif un instant, tâtant délicatement son nez, et se tourne enfin vers un de ses acolytes.

– T'es sûr qu'il n'y a rien ?

– Oui, Inkunzi, sûr.

– Merde.

Il tire un chiffon de sa poche, essuie le Glock, puis le jette par terre parmi nos effets éparpillés.

– On a marqué l'endroit où ils se sont arrêtés : trois pierres de chaque côté de la route…

C'est donc pour ça qu'ils avaient disparu…

– Prends les hommes et va chercher. Ça ne peut être
que là.

– On les tue maintenant ?

Il me regarde.

– Celui-ci. J'aimerais bien le tuer, mais d'abord…

Il va vers Flea, la tire par les cheveux pour la faire
lever, se presse contre elle ; elle se tord, mais il tient sa
queue-de-cheval dans un poing d'acier. Il lui caresse les
seins de la main gauche, tout en appuyant sa bouche
blessée contre son oreille, et il lui chuchote quelque
chose.

Elle frémit.

Il la repousse, se retourne et fonce sur moi. Sortant le
Smith & Wesson de sa ceinture, il se place en face de
moi, jambes écartées, le visage impassible. Il lève le
revolver et vise.

30

Pour minimiser la possibilité d'être tué par un animal dangereux, il faut surmonter la peur irrationnelle de l'inconnu, tout en évitant l'intrépidité irrationnelle devant ce que l'on croit « savoir ».

« Animaux dangereux »

Il y a un lieu où je me rends à l'occasion : un no man's land, un refuge. Je l'ai trouvé quand j'étais enfant. Ce n'est pas une chambre, et pourtant ses murs protègent. Ce n'est pas un espace ouvert, mais je vois et j'entends la mer consolante ; je suis conscient de l'endroit où mon corps se trouve, la douleur y est vague, lointaine ; mais je n'y suis pas. Je sais que mon regard est dur, il dit que je ne crains pas les raclées du père, que je les supporte, car je suis resté à l'écart, à un pas. Je reste silencieux, je ne supplie pas, ne pleure pas, n'appelle pas, et mon petit sourire dit : « Tape donc, vas-y, tape encore… Car un jour je reviendrai me soulager, régler mes comptes… »

Je retrouve cet endroit, je regarde dans les yeux celui qui arme le flingue, et je ricane…

Il reste là, le doigt sur la détente…

Puis il secoue la tête.

– T'es fou, mais je sais où te retrouver, dit-il en baissant son arme.

Il s'écarte.

– Allez, on y va ! appelle-t-il d'une voix forte.

Je ne bouge pas. Je reste là, couché dans le no man's land.

Je les entends traîner le corps de Snake quelque part, puis s'en aller. Les portières claquent, les moteurs démarrent, les pneus crissent, envoyant des cailloux rebondir contre le camion ; des nuages de poussière tourbillonnent. Je vois les feux rouges s'éloigner les uns après les autres… Comme la grâce de Dieu, la nuit miséricordieuse descend sur nous. Doucement, Flea Van Jaarsveld sanglote ; Lourens exhale un souffle désespéré qui le déchire.

Je regarde les étoiles, petit à petit elles brillent plus intensément.

Le vrombissement des véhicules s'atténue et disparaît.

Je reprends mes esprits, sans hâte. Je me soulève en position assise ; je ne vois pas Flea.

Je me mets debout ; endolori, incertain sur mes jambes. Je vais là où Lourens était agenouillé et les trouve tous les deux, dans le noir : elle a passé les bras autour de lui ; elle lui caresse la tête d'une main protectrice, pour le consoler. Il reste assis, hébété.

Je rassemble nos affaires. Tout a été retourné, éparpillé, mon Glock balancé avec mépris sur le tas. Je retrouve une lampe de poche et je cherche le MAG : il a disparu.

Je tourne autour du camion. Les pneus sont intacts ; on a dévissé le bouchon du réservoir, que je retrouve derrière une roue. Je tente de le remettre en place, quelque chose m'en empêche : un grand bout de fil de fer, plié en deux, et tordu en forme de crochet à une extrémité. Je le retire et je le balance au loin dans le veld.

Maintenant, la cabine : tous les espaces de rangement ont été fouillés, leur contenu balancé à droite et à gauche ; je ramasse tout ce qui traîne. Rien ne doit rappeler aux deux jeunes ce qui vient de se passer.

Les rhinos ne sont pas contents ; ils bougent, raclant et cognant. Je regarde ma montre : 1 h 40. Or, entre 1 h 30 et 2 heures, il faut refaire des piqûres.

Je remets dans la cabine tout ce qui en a été sorti, et je vais chercher Lourens et Flea. Ils n'ont pas bougé ; je les trouve dans la même position.

J'annonce doucement :

– C'est moi qui vais conduire. On doit y aller. Il faut piquer les rhinos.

Flea se lève et secoue Lourens par l'épaule, il se lève aussi. Ils vont vers la portière côté passager. Hébété, Lourens ne lève même pas la tête.

Je monte et m'installe au volant, je claque la portière et les attends. Je lance alors le moteur, m'escrime contre le changement de vitesses et allume les phares. Nous démarrons lentement. Je me concentre et m'efforce de sentir ce gros véhicule, ses dimensions, son poids. J'essaie de me culpabiliser, mais en vain : j'aurais dû les protéger ; j'ai eu tort de sauter du camion… j'aurais dû sauter plus tôt… nous aurions dû nous arrêter, appeler la police… j'aurais dû affronter nos poursuivants une heure plus tôt, quand ils n'étaient que deux ou trois…

J'aurais dû les protéger…

J'aurais dû tirer, provoquer le chaos.

Ils étaient trop nombreux, j'étais seul : que faire ?

Pourtant, n'est-ce pas pour ça que Diederik m'a embauché ?

J'aurais dû les protéger…

Lourens, 30 kilomètres plus loin, demande d'une voix presque inaudible :

– Oom, est-ce que vous avez le permis poids lourds ?

– Non.

– Dans un petit moment, je vais pouvoir reprendre.

À Vaalwater, sous les néons de la station-service, Flea grimpe sur les cages et pique un rhino, puis l'autre.

Les pompistes nous regardent, méfiants, détournant les yeux : j'ai du sang sur le visage.

Je fais faire le plein de diesel, j'inspecte à nouveau le camion : tout semble en ordre. Dans le miroir des toilettes, je me découvre une sale gueule : un œil enflé, une entaille profonde sur le sourcil et des grumeaux du cerveau de Snake sur une oreille. Je me lave à fond et longuement.

Au café, j'achète quatre litres de Coca : ils ont besoin de sucre.

Lourens me dit :

– Je vais conduire.

– Un peu plus tard.

Je lui donne du Coca.

– En attendant, tu pourras faire le copilote.

Il est 3 heures moins le quart quand nous repartons de Vaalwater. Lourens me donne des indications d'une voix neutre.

Je voudrais leur parler, leur dire que la peur n'est pas déshonorante, expliquer que la violence et l'angoisse vous dépouillent de votre dignité et qu'il faut résister. Je voudrais leur expliquer ce qu'est un trauma, leur faire comprendre le processus, les mécanismes pour le combattre… Comme la vengeance, par exemple…

Mais je ne trouve pas les mots.

Finalement, Lourens farfouille dans un vide-poches et sort des CD. Il en choisit un, l'insère dans le lecteur, monte le son. Je regarde la pochette : Arsis, *We Are the Nightmare*.

Le death metal nous enveloppe, irréel, venu d'un autre monde, ne laissant bientôt place à rien d'autre…

Lorsque le CD se termine, le silence est lourd comme du plomb. Lourens finit par dire :

– Oom, ça va maintenant.

– Je vais conduire jusqu'à Rustenburg. Essaie de dormir un peu. Il nous reste pas mal de route à tailler.

Il hésite, mais acquiesce.

– Tu veux un coussin ? demande Flea.

– Non, merci… Essaie de dormir, toi aussi.

Il y a un lien entre eux désormais.

– Je regrette… leur dis-je.

– Oom, ce n'était pas votre faute.

Je ne réponds rien.

– Vous ne pouviez rien faire, Oom.

Je voudrais bien le croire. Ils étaient trop nombreux.

– Mais qu'est-ce qu'ils cherchaient ? demande Flea.

– Je ne sais pas, réponds-je.

Elle se tourne vers moi.

– Vous en êtes sûr ?

– Mais c'est seulement hier qu'Oom Diederik a demandé à Oom de nous accompagner, proteste Lourens.

– Pourquoi ?

Effectivement, c'est une bonne question.

– Je vais le découvrir, dis-je.

Car la réponse, seul Diederik Brand la connaît. Ce vieux bandit, le cygne noir du Haut-Karroo.

– Je vais le découvrir.

Ils dorment deux bonnes heures.

Je comprends le processus qui travaille Lourens : la proximité de la mort, le choc d'une première confrontation avec la brutalité… L'incapacité de comprendre ou d'accepter une telle violence, et le fait qu'elle triomphe dans le monde. J'avais huit ans quand mon père a commencé à me battre… pour punir ma mère de son infidélité. Un enfant apprend plus vite et s'adapte plus facilement s'il ne connaît rien d'autre. Mais Lourens est le produit d'une famille stable et aimante, qui lui a donné le sens de la dignité et de sa propre valeur, de l'amour et du respect d'autrui…

Or, tout cela vient de lui être arraché…

70 kilomètres avant Rustenburg, le soleil se lève à l'oblique sur notre gauche, m'obligeant à baisser le pare-soleil. Lourens se réveille.

– Comment ça va ?

– Mieux, Oom, merci. Je peux conduire, maintenant.

Mais son entrain sonne faux.

J'arrête, je descends ; j'ai affreusement mal à la tête, mon œil gauche est très enflé, tout mon corps est endolori, mais avec un peu de chance je n'ai au pire qu'une côte fêlée. Devant le camion, Lourens pose la main sur mon bras.

– Oom, on ne pouvait rien faire.

Je le regarde, il a l'air sérieux. Je me borne à hocher la tête.

Lorsque nous redémarrons, Flea se réveille en sursaut, regarde sa montre, prend la carte.

– Ventersdorp, dit-elle. À 6 heures, il faut refaire les piqûres.

Je demande à Lourens de s'arrêter dans une station-service à Rustenburg.

Je veux aller aux toilettes voir s'il y a du sang dans mon urine. Il n'y en a pas.

Flea émerge du café en portant deux sacs en papier kraft. Quand on reprend la route, elle en sort un paquet d'analgésiques pour moi, des sandwiches, du café et du Coca. Elle ravitaille Lourens. Elle paraît déterminée, à nouveau animée d'une force intérieure.

Je me serais donc trompé à son sujet.

Lourens allume la radio, et nous écoutons les infos sur RSG, tous les malheurs du pays et du monde que nous nous infligeons à nous-mêmes sans exception… *Annus horribilis.*

À 5 h 40, Lourens s'arrête. Les deux jeunes grimpent sur les cages à l'arrière, Flea munie de sa sacoche de médecin ; Lourens l'aide à calmer les bêtes. Je reste en bas, inutile, à côté du camion, à regarder un tracteur qui dessine à la charrue des lignes dans un champ.

Juste avant que nous nous remettions en route, Nicola appelle.

– On est en retard sur l'horaire... dit Lourens. Vers 7 heures du soir, à vue de nez... Non, non, juste un peu fatigués... Nous sommes OK.

Sans doute... Pas la peine de parler des événements d'hier soir.

Après Hartebeesfontein, Flea ne supporte plus le silence de Lourens.

– Raconte-moi le Haut-Karroo, dit-elle d'une voix douce, intime, d'amoureuse.

Lourens inspire à fond avant de répondre, poliment pour commencer, sans plus. Mais elle continue à le questionner, au sujet de sa famille, de lui-même. Elle a une stratégie, et c'est la bonne : la voix de Lourens s'affirme, amorçant son retour, pénible et lent, vers la personne qu'il était auparavant. Je me dis qu'il est jeune encore, et résistant, qu'il s'en remettra peut-être.

Les analgésiques me donnent envie de dormir ; je mobilise mes frustrations et ma colère pour lutter contre le sommeil... Diederik Brand ! Je brûle de le retrouver. Et Inkunzi : celui-là, je le retrouverai... Je le ferai s'age-nouiller, mon Glock contre sa nuque. Je le dépouillerai de sa dignité, comme il l'a fait avec Lourens en armant mon Glock pour voir son corps sursauter de terreur. Je lui donnerai un avant-goût de la mort...

Je suis réveillé par la sonnerie de mon portable. Je ne suis que douleurs et courbatures. Je fouille la poche de mon pantalon pour trouver l'appareil et je me trompe de bouton ; la sonnerie cesse brusquement.

– Où sommes-nous ?

Sur le tableau de bord, la pendule indique 8 h 41.

– Juste avant Hertzogville, Oom. Vous avez bien dormi.

Lemmer, garde du corps privé…

Je consulte mon portable. Qui m'a appelé ? Jeannette. Je rappelle.

– Comment ça se passe ? demande-t-elle, pleine d'énergie matinale, comme d'habitude.

– On progresse.

Je lui raconterai le reste plus tard, entre nous.

– Ton ami Diederik n'a pas encore payé.

– Ce n'est pas mon ami.

– Je pensais que vous étiez tous copains, là-bas, dans ta cambrousse ?

– Je le vois ce soir. Il va payer.

– Je me fais des idées ou cette petite expédition ne s'est pas déroulée comme tu l'espérais ?

– Je t'appelle ce soir.

– Tout va bien, Lemmer ?

– Tout *ira* bien.

Elle pige vite.

– Tu ne peux pas parler, c'est ça ? J'ai lieu de m'inquiéter ?

– Non.

– Appelle-moi quand tu pourras, dit-elle d'une voix préoccupée.

Les gens qui bossent pour elle, on n'a pas intérêt à les chauffer.

31

> Pratiquement toutes les actions concevables laissent des marques distinctives, ce qui permet au pisteur de reconstituer les activités de l'animal.
>
> « Interprétation des traces »

Lourens se dégèle ; il dit à Flea :

– Alors, tu aimes les rhinos.

Haussement d'épaules signifiant « Pas forcément ».

– Le *hook lip* est une espèce en voie de disparition.

– Le *hook lip*... ?

– *Hook lip*, ou rhino noir, c'est le nom usuel du *Diceros bicornis* : rhino à lèvre crochue, préhensile. Le rhino blanc, c'est le *square lip* – lèvre carrée. Quand on les regarde, on voit tout de suite la différence.

– En voie de disparition ?...

– Oui : en 1970, ils étaient soixante-cinq mille ; en 1993, il n'y en avait plus que cinq mille.

– Dans le monde ?

Elle hoche la tête.

– Exterminés à quatre-vingt-seize pour cent.

– Bon sang ! Et aujourd'hui ?

– Environ trois mille sept cents.

– D'accord... dit Lourens. J'ai pigé. C'est pour les cornes ?... Parce que les Chinois croient que ça rend... fertile ?

– Mais non, c'est un mythe. Ils croient que ça fait tomber la fièvre, c'est tout. La plupart des cornes sont broyées pour faire de la poudre. Environ un tiers sont sculptées pour faire des ornements, des manches de poignard : au Yémen et à Oman, une dague à manche en corne de rhino est un symbole social prestigieux.

– Mais leur nombre augmente à nouveau ?

Grognement indigné.

– Ça ne durera pas. L'année dernière, on en a tué trente-cinq dans nos parcs nationaux, et cinquante dans les réserves privées.

– Mais qui fait ça ?

– Des voleurs, des braconniers… Les Blancs, les Noirs, tout le monde s'y met. Au Congo et au Zim, le massacre est à très grande échelle ; on s'en fiche, personne ne fait rien pour l'arrêter. L'année dernière, au Zim, on a pris deux types qui ont avoué avoir tué dix-huit rhinos. Et la police les a laissés partir, sans broncher.

– C'est pour ça que tu assures ce transport.

Elle hoche la tête.

– Tu verras… Si ces deux-là survivent… ça fera une vraie différence.

Diederik Brand est embusqué derrière tout cela : le geste noble, le charme, des actions de protection de la nature… Mais un serpent se cache dans les herbes.

Qu'est-ce qu'Inkunzi et sa bande recherchaient ?

Et ce fil de fer dans le réservoir de carburant ? *Dites-moi seulement si vous avez jeté la camelote dans le veld. Où est-ce qu'on cherche ? Au-delà de la clôture ?*

Ils ont fouillé le camion, nos bagages ; il doit s'agir de quelque chose d'assez petit pour être caché dans un sac de sport, et d'assez léger pour être lancé par-dessus une clôture…

T'es un pro... Alors, je me demande : Pourquoi t'es ici ? Avec toutes ces armes... Et cette route que vous suivez... Il y a une raison, forcément.

Diederik, qui a envoyé un soi-disant « pro » accompagner l'expédition... et qui a fourni le MAG-7, en prescrivant un itinéraire « optimal » sous prétexte qu'il fallait « éviter les ponts à bascule »... Tu parles...

Je demande à Flea :

– Ça pèse combien, une corne de rhino ?

– Dans les trois kilos.

Pas trop difficile, effectivement, de balancer un sac de dix cornes dans le veld... Mais il a parlé ensuite de *sorcellerie chinoise*... pas son *secteur*... Aurait-il menti délibérément, au cas où nous n'aurions pas su de quoi il parlait ?

– Ehrlichmann, que sais-tu de lui ?

– Il a été gardien à la réserve.

– Il a dû survivre comme guide de safari dans un pays où le tourisme n'existe plus... Il était là quand vous avez chargé les bêtes ?

– C'est lui qui dirigeait le chargement.

Comme elle pige vite, elle ajoute :

– Vous pensez qu'il aurait ?...

– Qui d'autre était là ?

Elle réfléchit.

– Que des travailleurs. Et les chauffeurs.

– Vous avez vu tout le processus ?

– Non, pas tout... Je m'occupais des rhinos.

Lourens et moi, nous avons assisté au transbordement vers le Mercedes ; or, ce qui a été transbordé d'un camion à l'autre, ce sont les deux cages, et rien d'autre.

– Quand faut-il les piquer de nouveau ?

Elle consulte sa montre.

– Dans une demi-heure.

– On s'arrêtera à Hertzogville, alors, dit Lourens. Il faut reprendre du diesel.

Autre chose me tracasse :

– Pourquoi Diederik Brand n'a-t-il pas encore appelé ?

– Nicola le tient au courant, Oom.

– Tu as dans le camion des rhinos qui valent un million de rands, plus un million en cornes, t'engages un garde du corps parce que tu te fais du souci… et tu te contentes de rapports de deuxième main sur le déroulement de l'opération ?

– Eh oui ! dit Lourens sans conviction, ne voulant pas blâmer Brand. Sacré Oom Diederik !

Pendant que Flea pique les rhinos, j'inspecte les cages. Il n'y a aucune cachette possible : le cadre et les barreaux sont en acier massif ; le sol consiste en une unique couche de planches, sans vide en dessous.

Je me glisse sous le camion : là, les cachettes sont nombreuses, mais les hommes d'Inkunzi ont déjà cherché ; moi, même avec l'avantage de l'éclairage de jour, je ne trouve rien.

Qu'est-ce qui pourrait avoir autant de valeur ? Justifiant l'organisation d'une attaque nocturne avec cinq véhicules et une douzaine d'hommes ?… Quelque chose que l'on fait venir du nord du Zimbabwe : région où il n'y a plus rien, un pays entièrement dépouillé.

Avant de remonter dans le camion, Flea me lance un regard interrogateur, sourcils levés. Je secoue la tête : je n'ai pas de réponse.

Nous repartons. Elle relance la conversation, comme si elle considérait que c'était sa responsabilité.

Je regarde le paysage qui défile à côté de nous, en même temps que je m'efforce de trouver un sens à tout cela. La clé, c'est sans doute le processus de transbordement à la ferme des Swanepoel. Y avait-il quelqu'un qui ne participait pas au travail, qui n'aidait pas à tirer et à pousser pour déplacer les cages d'un camion à l'autre ?

Eh bien, non.

Wickus criait des ordres ; Flea était debout sur le toit du Mercedes, Swannie sur le Bedford avec la moitié des ouvriers, tandis que Lourens et moi, avec l'autre moitié, nous tirions sur les cordes pour déplacer les rhinos centimètre par centimètre d'un camion à l'autre.

Tout ce monde était occupé, ahanant, suant, concentré. Plus je me remémore la scène, plus je suis convaincu qu'à aucun moment ne s'est présentée une occasion de changer, de cacher, ou de fixer autre chose…

Mon portable couine dans ma poche ; je le sors : un SMS d'Emma. JE TE VOIS CE SOIR À LA FERME. TU ME MANQUES TELLEMENT XXX.

Le soulagement m'envahit. Je me rends compte trop tard que Flea fixe également le petit écran.

Elle me regarde, son sourire en coin me dit qu'elle vient de comprendre quelque chose.

À 11 heures moins le quart, nous traversons la N8 entre Kimberley et Bloemfontein. À 11 heures, Lourens nous montre le panneau indiquant Magersfontein.

– C'était pas un livre, ça ? demande Flea.

– C'était un champ de bataille, dit Lourens, pendant la guerre des Boers. Mon arrière-grand-père y était. Paardeberg aussi est par ici. Et le fleuve Modder.

– Est-ce qu'on a gagné ?

– À Magersfontein, oui, et au Modder : on a battu les Anglais, ils étaient pourtant bien plus nombreux. Mais Paardeberg… ça a été une autre histoire, bien triste.

– Raconte… dit Flea.

À 11 h 02, dans le petit bourg de Jacobsdal, quelque chose détourne subitement mon attention de la leçon d'histoire de Lourens.

– Tu peux t'arrêter là, tout de suite ? fais-je d'un ton neutre.

– Oom ?… dit Lourens.

– Je voudrais juste saluer de vieux amis, deux minutes…

Dans la rue principale, impeccablement rangées en file devant un petit hôtel, quatre Harley-Davidson.

– OK, dit Lourens, qui commence à freiner.

Flea est sur le point de dire quelque chose, mais j'anticipe :

– Ça ne sera pas long.

32

> Les serpents préfèrent fuir ; seule l'agression provoque une attaque.
>
> « Animaux dangereux »

Je veux vérifier avant d'entrer. La moto la plus proche de la porte est immatriculée NV ME.

Dans le petit bar, juchés sur de hauts tabourets, ils s'esclaffent… Je me dirige vers Gris-Acier, pose une main sur son épaule et demande :

– Tu as bu ?

Il se retourne, irrité, et me dévisage. À la vue de mon œil et des bleus sur ma figure il se renfrogne, peinant à se rappeler qui je suis.

– Qui donc t'a cassé la figure ? demande-t-il.

Tous les quatre me fixent.

– Tu as bu ? Je ne veux pas te dérouiller si tu es saoul.

– Loxton… dit le Rat. Hier…

Il est capable de s'en souvenir ; ils sont donc suffisamment lucides. J'attrape Gris-Acier par les franges de son blouson, l'obligeant à descendre de son tabouret ; les franges se détachent.

– Hé ! crie-t-il, accompagnant sa réplique d'un coup de poing.

Visiblement, ce n'est qu'un amateur.

J'esquive le coup et m'explique :

– T'as traité Emma Le Roux d'épouvantail, de pouf-fiasse famélique…

– Fous-lui la paix ! dit le Balaise, qui s'avance vers moi, menaçant.

Alors je cogne, le poing propulsé par la déclaration d'amour d'Emma, par le vol qui m'a tordu les tripes, par les heures sous le soleil de Musina, par ma nuit d'humiliation, par les douleurs de mon corps et par ma frustration face à des questions restées sans réponses.

Il tombe aussitôt.

Je me tourne vers le Balaise.

– À ton tour.

À 11 h 16, je remonte dans le camion. Je me sens soulagé, débarrassé d'un poids, ayant brièvement entrevu le paradis.

– Merci.

Lourens remarque le sang sur ma main, il devine ce qui s'est passé.

– Les types d'hier ?

– Comment le sais-tu ?

– Nicola me l'a dit au téléphone, hier, avant le déjeuner. C'est Oom Diederik qui le lui a raconté.

Il n'y a pas de secrets dans le Haut-Karroo.

Je me borne à secouer la tête.

– Je pensais que c'étaient des amis, dit Flea.

– C'en est fini de notre amitié.

Lourens change peu à peu d'expression, esquisse un sourire et finalement s'esclaffe. L'hilarité gagne Flea et ils sont tous les deux pris d'un fou rire. Je voudrais sourire – mais mon visage tuméfié s'y oppose – car j'ai compris qu'ils surmonteront l'expérience de cette nuit.

Puisque je refuse de raconter l'histoire des Harley, Flea presse Lourens de le faire. Expérience intéressante que d'entendre la version relayée par le téléphone de brousse de Loxton : les quatre motards sont devenus six, les qualificatifs « vauriens » et « Hell's Angels » ont été ajoutés : ce dernier aurait certainement fait plaisir à Gris-Acier, qui se serait senti flatté. Ces vauriens auraient insulté Tannie Wilna et Emma d'une manière « indescriptible » et, à la Grenade rouge, Diederik Brand aurait arrêté mon poing *in extremis*, évitant ainsi à l'établissement « beaucoup de casse ».

Bref, Lemmer, héros de Loxton.

– Mais ce ne sont pas des Hell's Angels, dis-je quand Lourens a terminé.

– C'est qui, alors ? demande Flea.

– De riches Afrikaners.

– Qu'est-ce que vous avez donc contre les riches Afrikaners ? proteste Flea, indignée.

Je secoue la tête, ne voulant pas m'étendre sur ce sujet.

– Allez, insiste-t-elle. Vous êtes envieux, ou quoi ? C'est ça, non ?...

– En partie, sans doute.

– Et sinon ?...

Je soupire, pas d'humeur à ça.

– Eh bien ?

– Ils n'arrêtent pas de geindre... dans leur tour d'ivoire.

– Ça veut dire ?

– Ça veut dire qu'ils se vautrent dans leurs immenses maisons, derrière de hauts murs et des systèmes d'alarme, tout en se gavant de traiteurs de luxe devant les écrans plats des télés HD, avec une Mercedes ML, deux quads, une Harley et un hors-bord dans leurs garages triples... Tout ça en râlant sur l'état du pays.

– Mais ce pays va mal, effectivement, non ?

– Pour eux ? Tu veux rire ? Ils ne lèvent pas le petit doigt pour y changer quoi que ce soit. Ils ne votent pas, ne s'impliquent dans rien, racontent des conneries dans le genre : « Quoi que je fasse, ça ne pourra rien changer. »

Ils restent là comme des vautours à guetter, et à chaque faux pas du gouvernement ils braillent : « Je vous l'avais bien dit ! » Ce sont des racistes qui n'ont pas le courage de l'avouer. Ils pleurnichent sur la criminalité, mais n'auraient jamais l'idée d'organiser une patrouille de quartier, voire de se porter volontaires comme réservistes de la police. Leur seule culture consiste à dépenser du fric et à se saouler. Ils ont peur de tout... Leurs aïeux de Magersfontein et de Paardeberg doivent se retourner dans leurs tombes...

Flea se tait pendant un bon moment avant de dire :

– Ils ne sont pas tous comme ça.

– C'est vrai.

Je fais une concession, car Emma est une exception.

Flea hoche la tête, apparemment satisfaite.

Leur conversation coule naturellement, trouve son rythme. Je suis désormais la cinquième roue du carrosse, simple témoin de l'amitié qui naît entre les deux jeunes. Flea a deux ou trois ans de plus que Lourens, et lutte déjà contre quelques démons, mais son arrogance a disparu. Le traumatisme partagé n'y est pas pour rien.

Alors je me retire, je leur laisse la place ; je me prépare à ma confrontation avec Diederik Brand. Ce ne sera pas évident, car Emma va être là ; je vais devoir me retenir.

Nous nous arrêtons encore deux fois : à Britstown, pour prendre du pâté en croûte et des boissons gazeuses, et à Victoria West, pour faire les dernières piqûres aux rhinos.

– Ils sont fatigués, ils ont soif, constate Flea, soucieuse. Le mâle va s'en tirer, mais la femelle...

Il est 6 heures passées quand nous traversons Loxton, dont les rues semblent enneigées par les poiriers en fleur. Lourens appelle Nicola pour lui rendre compte de notre progression, puis prend l'itinéraire le plus court, par Slangfontein et le défilé du Sak River, jusqu'au carrefour, où il tourne à gauche vers Skuinskop, le domaine de Diederik Brand dans les monts du Nuweveld, qui bordent le parc national du Karroo.

33

Pour reconnaître un signe spécifique, il arrive souvent que le pisteur se fasse une idée préconçue de l'apparence d'un signe typique.

« Reconnaissance des signes »

Ils nous attendent devant le grand hangar : Diederik Brand, sa femme Marika, Emma et une troupe d'ouvriers. Diederik n'a d'yeux que pour les rhinos et se hâte d'ouvrir les portes arrière. Emma vient à ma portière, débordant d'un bonheur qui s'efface dès qu'elle voit mon visage.

– Mais... qu'est-ce qui t'est arrivé ?

– On a eu des petits ennuis.

– Petits ! ?

Je jette un coup d'œil vers Brand et ajoute :

– Je te raconterai plus tard.

– Vous êtes...

– Rien de grave.

Elle hésite un instant avant de m'étreindre.

– Dieu merci ! dit-elle. Dieu merci.

– Bon sang, dit Diederik à l'arrière, où est donc Cornelle ? Ces animaux sont malades...

– Dermatite nécrotique, dit Flea, sautant à terre. Il faut les faire descendre le plus vite possible. Ils doivent se reposer.

C'est alors seulement que Diederik vient vers l'avant du camion.

– OK. L'enclos est là, juste derrière…

Il voit les dégâts.

– Lemmer !… Mais qu'est-ce qui s'est passé ?

– Déchargeons d'abord. On parlera après.

Au ton de ma voix, Emma se raidit contre moi.

Le bureau de Diederik est assez bordélique : une grande table avec un ordinateur, des piles de documents, des photos encadrées sur les murs : ancêtres, béliers étalons, groupes de chasseurs, et Marika, sa belle épouse blonde, en reine de la Laine du temps de sa jeunesse. Sur des rayonnages en bois sombre, des lampes à huile décoratives, des dossiers, des guides d'élevage et d'investissement, et une imposante collection de vieux magazines : *Landbou Weekblad* et *Farmer's Weekly*. Dans un coin, un vieux sac de golf en cuir usé, avec des têtes de club qui émergent : des antiquités. Diederik se juche sur le bord du bureau, jambes étendues, mais bras croisés, comme s'il avait quelque chose à cacher. Je prends place à l'extrémité d'un canapé recouvert de peaux de vaches Nguni, brun tacheté de blanc.

– Tu m'as menti, Diederik.

– Mais non ! Je n'y comprends rien, à cette affaire.

Il a déjà tiré les vers du nez de Lourens petit à petit, pendant le déchargement ; il me lorgne, préoccupé.

– Tu mens.

– Lemmer, je le jure.

C'est toujours la première chose qu'ils disent…

– Diederik, je n'ai pas envie de jouer à ce jeu-là. Tes histoires, je les connais déjà. Tu es une fripouille et un menteur. Mais tu n'es pas encore un client car tu n'as toujours pas crédité mon compte. Donc tu as le choix, tu vas parler, ou tu vas saigner : à toi de voir.

– Écoute, l'ami, il y a là un gros malentendu…

227

Il lève les mains en signe de protestation en jouant les innocents, son charme réglé au max.

– Tu as raison. Effectivement, je ne me suis pas encore occupé du paiement, je le fais tout de suite. Quant à l'attaque…

Je soupire et me lève.

– S'ils ne cherchaient pas les cornes… poursuit-il, alors quoi ? Qu'est-ce que ?… Je n'y comprends rien.

Je vais jusqu'au sac de golf et sélectionne un grand bois car j'ai mal aux jointures depuis mes retrouvailles avec les chevaliers Harley.

– Pour toi, c'est un jeu, Diederik ? Comme avec cette bétaillère que tu as vendue, la Toyota ?…

– Mais de quoi parles-tu ? Quelle Toyota ? Des racontars, Lemmer ! Il y en a tant, les gens en rajoutent…

Ce qui est sans doute vrai, en partie. Je lève le club de golf et vise les côtes. Pour un homme de sa carrure, il est plutôt leste ; je le rate.

– Lemmer, s'il te plaît !…

Il fonce vers la porte, je l'attrape par sa chemise et le ramène. Puis je retourne verrouiller la porte, retire la clé et la mets dans ma poche.

– S'il te plaît, mon vieux…

Ses yeux s'agrandissent et son charme décline.

– Lourens t'a dit qu'ils lui ont appuyé un flingue sur la tempe ? Juste après avoir fait sauter la cervelle du type que nous avions heurté ?

– Mais non !…

– Lourens est un gars beaucoup trop bien, Diederik. Il aurait pu t'expliquer ce qu'on ressent quand on entend un coup de feu et qu'on pense être mort. Le bruit que tu fais malgré toi, ta peur, ton humiliation quand ils te ratent exprès… Il t'a dit comment Cornelle a pleuré, supplié ?…

– Bon Dieu, Lemmer, je ne savais pas !

– Il y a eu pas mal de dégâts. À cause de toi. Maintenant tu vas payer.

– Lemmer, je te jure…

Je frappe d'un coup sec au bas des côtes.

– Lemmer ! hurle-t-il. Seigneur ! Par pitié !

Je frappe encore, il bloque avec les mains, le bois heurte son avant-bras.

– S'il te plaît ! supplie-t-il.

– Diederik ?…

La voix de sa femme, derrière la porte.

Je lève à nouveau le club.

– Dis-lui que tout va bien.

– Ça va, tout va bien.

– Tu es sûr ?…

– Mais oui, tout à fait.

Sa respiration s'accélère, son regard passe nerveusement de moi à la porte.

Silence, puis on entend les pas qui s'éloignent ; elle l'a cru.

– Pourquoi m'as-tu demandé de les accompagner ?

Il met ses mains en avant pour se protéger.

– Tu ne vas pas me croire, mais…

Je lève le club.

– Je t'écoute.

Il bat en retraite jusqu'au bord du bureau.

– Lemmer, je te jure, c'était seulement pour les cornes.

Il parle vite, d'un ton désespéré.

– Avec les braconniers, ça dérape, ils échappent à tout contrôle… Et ces bêtes viennent du Zim, tu sais bien ce qui se passe là-bas, la contrebande : la police, tout le monde s'y met… Je te jure, c'était pour protéger Lourens et Cornelle, rien d'autre…

– Tu avais raison, je ne te crois pas. Quand as-tu fait venir Lotter ?

– Je l'ai appelé vendredi soir.

– Et c'est samedi matin à 11 heures que tu m'as demandé, à moi ?…

– J'ai… enfin, voilà : je pensais d'abord les accompagner moi-même. Et puis Marika a suggéré ton nom, parce que tu es un pro. Alors, j'ai téléphoné un peu partout, mais personne n'avait ton numéro, tu n'es pas dans l'annuaire… Et on était déjà samedi matin. Alors, je suis parti d'ici vers 9 heures pour aller chez toi. Mais il n'y avait personne… J'ai fini par te repérer à la Grenade rouge…

– Et tu m'as passé un MAG-7… juste au cas où ?

– Lemmer, je sais que ça a l'air de…

– Où t'es-tu procuré ce fusil ?

– C'est une longue histoire…

Je frappe encore, en plein sur l'épaule ; il lâche un petit cri désespéré et se réfugie derrière le bureau.

– Mais qu'est-ce que tu veux ? crie-t-il, à bout.

– La vérité, Diederik, voilà. Parce que tu mens…

– Mais sur quoi ?…

Je lève le club à nouveau, en me rapprochant.

– D'accord !

Suppliant, il fuit autour du bureau et je le poursuis.

– D'accord, quoi ?…

La chasse continue, c'est infantile…

– Je te le dirai, mais pose d'abord ce putain de club !

Je baisse le club.

Diederik souffle bruyamment.

– De quoi on a l'air ?

En effet, c'est assez grotesque, mais pas question de lui offrir une porte de sortie.

– Parle donc, Diederik !

Épuisé, il va s'asseoir dans son beau fauteuil ancien.

– J'ai menti au sujet du permis.

– Du permis ?…

– C'était un faux.

– Le permis d'importation ?

– Oui. Et la lettre des services de protection de la nature aussi. Je… Mais où est le mal, Lemmer ? Nicola… Lui, il a un principe, il ne transporte pas d'animaux sauvages si les papiers ne sont pas en règle. Et je n'avais pas la possibilité d'obtenir une autorisation pour ces rhinos.

– Qui a fait le faux ?

– Moi. Je l'ai fait moi-même, à cause de Nicola. Au cas où vous auriez été contrôlés…

– Tu ne t'es jamais adressé aux autorités…

– Non.

– Donc, c'était de la contrebande.

– Oui.

– Les bêtes ont été volées ?

– Non ! Je te le jure ! Ehrlichmann a entendu dire que je cherchais des rhinos, il m'a appelé, il m'a dit qu'ils rôdaient là, en dehors de la réserve, qu'ils n'appartenaient à personne, leurs chances de survie étaient nulles, ce n'était qu'une question de temps… C'était un sauvetage, une urgence, Lemmer, je te jure. Mais il fallait faire attention, je… enfin, il y avait pas mal de personnes impliquées, dans la capture des rhinos, le chargement, le transport… N'importe qui pouvait décider de s'emparer des cornes… C'est pour ça que je suis allé te trouver : on ne sait jamais, ici, c'est l'Afrique…

– Mais qu'a envoyé Ehrlichmann ? Qu'est-ce qu'il y avait d'autre dans ce camion ?

– Mais comment veux-tu que je le sache ?

– Diederik ! appelle Marika de nouveau, derrière la porte, très inquiète, en secouant la poignée.

– Tout va bien !

– Ouvre la porte, alors !

Je le regarde, ce maître menteur qui m'a apporté la fausse autorisation chez moi avec tant de doucereuse malhonnêteté… Et qui continue à mentir. Je sors de ma poche la clé de la porte et la lui lance ; il la rate, se penche pour la ramasser, va déverrouiller la porte.

– Qu'est-ce qui se passe ? demande Marika, en me lançant un regard noir.

– Rien. Un malentendu, c'est tout, dit Diederik. Nous arrivons tout de suite.

Elle hésite, tourne lentement les talons et s'éloigne enfin.

Nous nous dévisageons, Diederik et moi.

– Lemmer, je te le jure, j'ignore ce qu'ils cherchaient. Je suis vraiment désolé de ce qui s'est passé. Mais je te donne ma parole d'honneur : je ne suis pas coupable.

– L'honneur ?... Reste à savoir si tu en as encore. Tu paies Jeannette Louw, tout de suite, avant de quitter cette pièce.

– Mais naturellement !

Je sors pour aller chercher Emma.

34

Le pisteur a souvent une idée préconçue de l'aspect d'un signe typique. Un préjugé le conduira donc à voir ce qu'il a envie de voir. Afin d'éviter de telles erreurs, il doit faire attention à ne pas prendre de décisions trop rapidement.

« Reconnaissance des signes »

Nous roulons vers Loxton dans le Freelander d'Emma. Elle conduit, je raconte.

– Hé, hé ! dit-elle à la fin de mon récit.

Elle éprouve la même déception que moi en ce qui concerne Diederik : le sentiment d'une perte, d'une fissure dans la façade honorable du Haut-Karroo.

– Qu'est-ce que tu vas faire ?

– Je ne sais pas. La nuit portera conseil. D'abord, je vais parler à Jeannette.

– C'est probablement le mieux. Lourens m'a dit que tu avais retrouvé ces types en Harley…

J'aurais dû m'en douter.

– Je…

Je cherche une excuse, n'en trouve aucune.

Emma me tend la main et prend doucement la mienne, couverte de vilaines coupures.

Jeannette Louw, ex-adjudant-chef du Collège féminin de l'armée à George, est fondatrice, directrice générale et actionnaire unique de l'entreprise Body Armour. Son âge – à vue de nez un peu moins de cinquante ans – est un secret bien gardé. Elle apprécie les Gauloises, les femmes hétérosexuelles meurtries, fraîchement divorcées, les costumes d'homme luxueux et griffés, et les cravates de couleurs vives. Exigeante avec ses employés, elle attend d'eux une loyauté, une intégrité et un professionnalisme absolus, car c'est ce qu'ils peuvent attendre d'elle.

– J'espère que tu l'as bien tabassé, me dit-elle au téléphone quand j'ai fini de lui raconter l'histoire.

– Avec un club de golf…

– Hah !

Son rire est explosif, comme d'habitude.

– Et tu n'en resteras pas là !

Elle me connaît.

– En effet.

– Écoute-moi maintenant, Lemmer. De ce pas, j'appelle ce connard et je lui explique que ton compteur tournera tant que tu n'auras pas trouvé ce qui se passe. Et que s'il ne paie pas, je lui expédie deux gorilles.

– Merci.

– Et toi, ça va ?

– Quelques cicatrices à des endroits intéressants, c'est tout. Plutôt sexy. Je pourrais t'envoyer des photos.

– Oh, putain ! dit-elle. Et comment je vais faire pour ôter ces images-là de ma tête ?

Cette nuit-là, sur les draps blancs immaculés de mon lit, Emma a le souffle coupé à la vue des éraflures, des bleus violacés sur mon corps. Elle va chercher une trousse de secours et m'enduit d'onguents et d'huiles, me masse délicatement et soigneusement de ses mains douces et fraîches. De sa voix mélodieuse, elle me raconte son après-midi en compagnie d'Antjie Barnard, puis la matinée à l'église. Antjie, tabagique, lui a dit à travers un rideau de fumée : « Emma, tu es la femme qu'il lui faut, à notre Lemmer. Mais si j'avais trente ans de moins… » Elle a également expliqué que « le problème de Diederik Brand, c'est qu'il s'ennuie ; il est bien trop intelligent pour n'être que fermier ».

Avant le service religieux, raconte Emma, tout le monde a voulu entendre l'histoire des chevaliers à la Grenade rouge ; ensuite le pasteur a prié pour « que Notre Père bien-aimé étende sa main sur notre Lemmer et notre Lourens pendant leur voyage ».

Notre Lemmer : une grande première…

Et si je démasquais Diederik ?

Quand elle a fini, elle range ses petits flacons et ses boîtes, éteint la lumière et vient s'étendre à côté de moi. Elle pose sa main douce sur ma poitrine.

– Il faut que je rentre au Cap demain, chuchote-t-elle. Je t'aime tellement, ajoute-t-elle avec un grand soupir de contentement.

– Emma…

Elle pose un doigt sur mes lèvres.

– Dors bien, dit-elle, avant de déposer un baiser sur la joue qui n'est pas meurtrie.

Demain matin… Je réfléchis. Eh bien, demain matin, je lui raconterai tout.

À 7 heures moins le quart, le lundi matin, on frappe discrètement à ma porte.

Emma dort encore. Je me lève et passe dans le couloir pour ouvrir.

Antjie Barnard, soixante-dix ans, en chapeau et chaussures de marche, une canne à la main, me toise de haut en bas. Je me rends compte que je ne porte qu'un short de rugby, mes meurtrissures en évidence.

– Hmmm, dit-elle, d'un air suggestif. Coquin !

– Bonjour, Antjie.

– Diederik Brand dit qu'il n'a pas ton numéro et te demande de l'appeler d'urgence. Il semble assez inquiet.

Elle me donne un bout de papier.

J'entends les pas légers d'Emma derrière moi.

– Bonjour, Antjie.

– Bonjour, Emma. T'en fais pas, je l'aurais malmené, moi aussi.

Emma met un instant à comprendre. Elle glousse :

– Là, ce n'était qu'un avertissement.

– Ah bon ?…

– Au cas où il s'occuperait trop de toi en mon absence.

– Lemmer, il faut que tu viennes voir ça, me dit Diederik au téléphone.

Il a l'air plus excité qu'inquiet.

– Pourquoi ?

– Lemmer, cette ligne est partagée… S'il te plaît, viens voir : c'est tout. Tu ne le croiras jamais.

J'ai autre chose à faire : il faut que je parle à Emma.

– Je verrai… Je pourrai peut-être venir dans l'après-midi.

– Je pense que tu regretteras d'avoir autant attendu.

– Mais qu'est-ce qui se passe, Diederik ?

Il réfléchit avant de répondre.

– Ces questions que tu m'as posées. Je pense avoir les réponses. Mais plus tu attendras…

Je n'ai pas envie de le croire, bien qu'il paraisse sincère.

– C'est à toi de décider, Lemmer.

– Je verrai ce que je peux faire.

Je raccroche.

– Qu'est-ce que c'était ? interroge Emma depuis la salle de bains.

Je vais à la porte. Emma se trouve devant la cabine de douche, elle s'apprête à y entrer : nue, merveilleusement à l'aise dans son petit corps parfait.

– Je...

– Concentre-toi, Lemmer.

Elle sourit, malicieuse.

Je me force à tourner mon regard vers la fenêtre.

– Diederik Brand veut que j'aille chez lui : il a trouvé quelque chose, il refuse de dire quoi...

– Il faut que je parte, de toute manière.

Je dois absolument lui parler avant son départ. Pour tout mettre au clair posément, sans hâte.

– Je...

Elle se retourne. Appuyée langoureusement contre la porte de la cabine, elle s'offre tout entière à mon regard.

– Tu disais ?

– Emma...

– Oui ?

– Je...

Que voulais-je lui dire, déjà ?

– Quoi ?

– Veux-tu laver les blessures d'un homme gravement touché ?

– En fait, ce qui m'intéresse surtout, ce sont les parties en bon état, encore en état de marche. Et « laver » n'était pas exactement mon intention...

– Ah, les femmes... dis-je en me dépêchant d'enlever mon short. Aucun respect pour l'hygiène personnelle.

– Il est allé voir les rhinos, annonce Marika, raide et peu amicale, en m'ouvrant la porte d'entrée.

Je la remercie et me dirige vers l'enclos où les bêtes, selon les instructions de Flea, doivent se reposer pendant deux semaines pour se remettre du voyage et s'adapter au nouvel environnement avant d'être lâchées dans la brousse.

C'est la première fois que je vois la ferme de jour. La maison est nichée dans un creux des monts du Nuweveld ; sous un ciel bleu vif, des sommets déchiquetés couleur de rouille constituent le fond théâtral sur lequel se détachent la maison blanche et le vert de son jardin luxuriant. Une piste sommaire suit le contour de la montagne, dépasse un barrage où des canards glissent sous les frondaisons des saules pleureurs, puis se perd dans une vallée broussailleuse. Deux aigles noirs planent, silencieux, le long des falaises vers le nord, à la recherche de damans.

Je trouve Diederik Brand appuyé au portail de l'enclos, à côté d'une éolienne et d'un réservoir en béton.

Il m'entend approcher, mais ne se retourne pas. Je viens à sa hauteur. Il tend un doigt.

– Regarde ça, dit-il.

Parmi les épineux, les deux rhinos broutent, paisibles.

– Quoi ?…

Il se contente de sourire, des fossettes encadrant sa moustache.

C'est alors que je vois…

Les bêtes semblent… saines. Ici et là, leur peau est sombre, humide, des plaques de boue y adhèrent. Mais de la dermatite nécrotique il ne reste plus aucune trace : pendant la nuit, le rose sanguinolent des lésions a disparu.

35

Les décisions prises après un rapide coup d'œil se révèlent souvent erronées ; lorsqu'on rencontre de nouveaux signes, il faut prendre le temps de les étudier en détail.

« Fondamentaux de la traque :
reconnaissance des signes »

Une lueur triomphante dans le regard, Diederik me passe, sans un mot, une chose rose, grosse comme le pouce, en forme de poche : un coin coupé… Je le saisis : c'est du plastique, mou, souple mais robuste.

Je le tâte, je regarde les rhinos. Trop lent, mon cerveau n'arrive pas à tout appréhender.

– Je l'ai trouvé ici, explique Diederik en indiquant un endroit où l'herbe haute pousse vigoureusement grâce à une fuite de l'eau pompée par l'éolienne. Il y avait quelque chose dedans, un peu de gel, un liquide visqueux.

Il me regarde alors que je m'efforce d'assimiler les informations.

– Attends…

Je hume le plastique, ça ne me dit rien.

– Elle est partie, dit Brand.

J'ai du mal à suivre.

– Elle ?… Quand ça ?

– Pendant la nuit, je ne sais pas quand exactement. Hier soir, elle a dîné avec nous. Marika lui a montré sa chambre, lui a souhaité bonne nuit et a fermé la porte. Ce matin, quand je suis arrivé ici, vers 6 heures, les cages étaient ouvertes et les animaux sortis. Je suis allé la réveiller, sa chambre était vide. Elle avait pris un bain, mais n'avait pas dormi dans le lit.

– Attends, attends, attends…

Dans ma tête, tout grince.

– Flea les a libérés cette nuit ?

Pourtant, la veille, quand les cages ont été déchargées, elle avait dit : « Laissez-les comme ça. » Et quand Diederik a demandé pourquoi, elle a répondu que les rhinos ont la vue faible : « S'ils sortent dans le noir, ils briseront les clôtures. On ouvrira les cages demain matin, après 9 heures. D'ici là, ils se seront habitués aux bruits et aux odeurs. »

– Cornelle ? dit Diederik.

– Oui.

– Alors, elle a voulu garder les bêtes dans les cages pour pouvoir récupérer ces trucs, dit Diederik. Elle espérait probablement qu'elles iraient se cacher quelque part, pour lui donner encore plus de temps…

– Putain !… Je commence à comprendre.

– Je viens d'appeler Ehrlichmann sur son téléphone satellite ; il me dit que lorsqu'ils ont chargé les rhinos au Zim ils étaient parfaitement sains. Furieux, sauvages, oui, mais sans aucune trace d'infection cutanée. C'est sur la route qu'elle a dû leur coller ces poches en plastique. Regarde bien : ce matin, ils se sont roulés dans la boue à côté de l'abreuvoir. Tu vois, ils ont des taches foncées sur la peau, là où il y avait les ulcères. La colle a dû provoquer des irritations.

– Seulement le long du dos, en haut.

– Quoi ?…

240

– Les ulcères… Ils étaient sur le cou, le dos, la croupe : là où elle pouvait les atteindre à travers les barreaux.

Il sourit, hoche la tête.

– Il faut reconnaître que c'était plutôt malin.

Je regarde le bout de plastique.

– Mais qu'est-ce qu'il y avait là-dedans ?

– Dieu seul le sait. Voilà ce que cherchaient les gens qui vous ont attaqués.

– Ça doit être ça…

– Tu me dois des excuses, Lemmer…

– C'est toi qui as engagé cette fille, Diederik.

– Mais non ! Je ne la connaissais pas du tout, c'est Ehrlichmann qui l'a engagée. C'est lui qui la paie, pas moi.

– Et il prétend qu'il ne sait rien de tout ça ?

– Je te l'ai dit : au téléphone, il était ébahi, comme nous.

– Tu lui as demandé si elle avait quelque chose avec elle au Zim, quand ils ont chargé les rhinos ?

– Non.

– Comment sais-tu qu'il n'est pas dans le coup ?

– Pourquoi est-ce qu'il dirait que les rhinos étaient sains ?

– Très juste. Je dois parler à Ehrlichmann.

– Il a un téléphone satellite, les appels coûtent une fortune… Mais qu'est-ce que ça peut faire ? Les rhinos sont en sécurité. Tout le monde a été payé : toi, Lourens, Nicola… Cette fille nous a eus, d'accord, mais où est le mal ? La semaine prochaine, tes bleus seront partis.

– Ça me fait quelque chose à moi, Diederik. Et à Lourens Le Riche… Viens.

Je m'apprête à partir.

– Tu me dois toujours des excuses, tu sais !

– Tu as falsifié des documents qui auraient pu causer beaucoup d'ennuis à Nicola. Lourens et moi, nous aurions pu finir en taule !

« Et, aurais-je pu ajouter, moi, je suis en liberté conditionnelle. »

Il baisse les yeux, l'air coupable, redoutant sans doute que j'aille raconter ses méfaits à Nicola.

– Diederik, comment tu as mis la main sur ce MAG-7 ?

– J'ai… bon, c'est toute une histoire.

Il secoue la tête : cette histoire-là, il ne va pas la raconter.

– Tu as payé mon employeur ?

Les fossettes ont disparu ; il hoche la tête, renfrogné.

– Allez, on va boucler ça.

Nous marchons en silence. Peu à peu, la tromperie de Flea Van Jaarsveld m'apparaît dans toute son ampleur.

Juste avant d'arriver à la maison, un autre détail me vient en tête. Comment a-t-elle fait pour partir ?

– Diederik, il y a une soixantaine de bornes, d'ici à la ville, non ?

– Compte déjà 10 kilomètres rien que pour arriver à la route de terre, Lemmer. Et la fille était crevée, ça se voyait.

– Tu as entendu quelque chose ? Une voiture ?

– D'ici, on n'entend les voitures que lorsqu'elles ont franchi le col, dit-il en désignant la route qui émerge de la montagne. Hé, hé ! Sacrée Cornelle !…

Il rit de son rire à fossettes, en secouant la tête.

On ne parvient pas à joindre Ehrlichmann au téléphone. Dans son bureau, Diederik me tend le combiné pour que j'écoute : ça sonne occupé.

– Mais tu lui as parlé ce matin ?

– Son portable n'est pas toujours allumé.

Je sors le mien.

– Donne-moi le numéro.

– Il n'y a pas de réseau ici.

Je regarde l'appareil : il a raison.

– Tu ne me crois pas ? demande-t-il.

– Non. Donne-moi le numéro.

Il me regarde, stupéfait.

– Toi, tu ne lâches jamais prise…

Je ne pense pas qu'il soit capable de comprendre ma motivation. Mais j'en ai marre de Diederik, de son attitude, de ses esquives, de ses excuses.

– Je veux le numéro d'Ehrlichmann. Si tu me donnes un faux numéro, je reviendrai. Je veux aussi le numéro de Lotter et celui des Swanepoel… Jeannette Louw t'a bien appelé ce matin pour te dire que le compteur tournera tant que je ne serai pas convaincu de ton innocence dans cette affaire ?

– C'est du chantage… Et pourquoi veux-tu aussi le numéro de Lotter ?

Je ne réagis pas.

Il secoue la tête, pousse un soupir, comme s'il était victime d'une injustice. Il prend néanmoins une feuille de papier et se met à écrire.

Je rentre à Loxton dans ma Ford Ranger gris métallisé toute neuve – le modèle V6-King Cab, moteur 4 litres –, rassuré à l'idée que Diederik a payé au moins le prochain versement.

Je pense à Flea Van Jaarsveld, à sa réaction lorsque le jeune Swannie l'a reconnue, juste avant le transbordement des rhinos. *Je ne te connais pas* : vigoureuse réplique, moins une vacherie sans doute qu'un signe de panique. Sa froideur du début, plutôt déplaisante, était peut-être juste l'effet de la tension : elle ne voulait pas nouer de relations avec nous, car il est bien plus facile de tromper quelqu'un si on ne le connaît pas. Quand nous avons compris que le camion risquait d'être attaqué, elle ne voulait pas qu'on s'arrête, sachant fort bien ce que les attaquants cherchaient. Quand Inkunzi lui a chuchoté quelque chose à l'oreille, savait-il qu'elle faisait de la contrebande ? Comment le savait-il ?

Mais sa gentillesse envers Lourens après l'attaque ? Ce n'était pas de la compassion, mais de la culpabilité, car l'humiliation du garçon, sa peur, elle en était la cause. Cela signifiait donc qu'elle avait une conscience. Ce n'était peut-être pas une contrebandière endurcie… mais intelligente en revanche, et méchante aussi. N'avait-elle pas tenté de me faire endosser le blâme en demandant innocemment : « Mais qu'est-ce qu'ils cherchaient ? » Que je soupçonne Diederik ne lui déplaisait pas.

Mais enfin, que passait-elle donc en contrebande ? Je regarde à nouveau le morceau de plastique dans ma main. Combien y avait-il de ces trucs collés sur chaque rhino ? Une quinzaine ?… Trente en tout ?… Quelqu'un avait conçu ces trucs, puis les avait fabriqués et remplis d'un contenu d'une telle valeur qu'une dizaine d'hommes nous ont coursés dans la nuit sur des centaines de kilomètres pour nous arrêter.

Et pourquoi tant d'efforts pour sortir de la marchandise d'un pays dont la frontière ressemble à une passoire ?

Chez moi, Agatha fait le ménage ; elle scrute longuement mon visage d'un œil réprobateur.

– J'ai entendu parler de ces gens à scooter… Hé, hé ! J'aime pas quand les gens se battent.

Avant que je puisse m'expliquer, elle ajoute :

– Il faut vider ce sac, pour que je fasse la lessive.

Je hoche la tête comme un môme que l'on gronde. Dans la chambre, je prends le sac là où je l'ai laissé contre la cloison, je le pose sur le lit, j'ouvre la fermeture Éclair et je sors mes affaires, la tête pleine de rhinos et de morceaux de plastique.

C'est seulement quand j'ai fini que je me rends compte que mon Glock ne s'y trouve plus.

Je fouille dans les vêtements, tout d'un coup fiévreux. Je l'ai pourtant mis dans le sac en ramassant nos affaires éparpillées sur la route après l'attaque. Mais en suis-je sûr ?… Je sollicite ma mémoire et, lentement, l'anxiété m'envahit. Je revois la nuit, les vêtements jetés un peu partout, le Glock parmi eux, luisant dans les phares du camion… Je le ramasse, confus, je le pose sur un tee-shirt, je fourre les deux articles dans le sac – en dernier, je me rappelle, pour que l'arme reste sur le dessus.

Oui, ça s'est déroulé comme ça.

Mais là je ne retrouve rien.

Je respire un grand coup, je mets les affaires d'un côté et je passe tout en revue, soigneusement, en prenant tout mon temps.

Non, le Glock n'est plus là.

36

La création d'emplois de pisteurs contribue à la prospérité économique des communautés locales. En outre, des pisteurs illettrés qui ont été employés dans le passé comme ouvriers non qualifiés peuvent désormais faire valoir leurs aptitudes spéciales.

The Art of Tracking

– Putain, Lemmer ! s'exclame Jeannette Louw dans son téléphone portable, d'une voix qui trahit son inquiétude. Il y a ce matin un article dans *Beeld* : le cadavre d'un Noir inconnu a été trouvé sur le bord de la route près de la réserve Lapalala. Blessure par balle à la tête.

– Mes empreintes sont sur le Glock, et aussi le sang de l'homme et son ADN.

– Putain !

– La seule personne qui aurait pu prendre le Glock, c'est Flea. Si elle…

– Il faut que tu la retrouves.

Le téléphone d'Ehrlichmann sonne toujours occupé.

J'appelle les Swanepoel, et patiente un moment avant que Wickus, le père, décroche.

– Swanepoel ?…

Je lui rappelle qui je suis et demande s'ils seront à la ferme au cours des jours qui viennent.

– Nous sommes toujours là. Il y a un problème ?

– Pas du tout. Je voudrais juste passer vous voir.

– Ah bon.

Il attend des explications.

– Vous avez une piste d'atterrissage sur la propriété ?

– En quelque sorte. Sans lumières ni rien.

– Je demanderai au pilote de vous appeler.

– Quand pensez-vous venir ?

– Demain, j'espère.

Il y a un long silence, avant qu'il réponde :

– D'accord.

Mais sa voix est soucieuse. Je raccroche et appelle Lotter.

– Alors, c'était comment, ce voyage ?

– Intéressant… Diederik Brand veut que vous m'ameniez de nouveau à Musina. Et ensuite au Zimbabwe.

Il se marre.

– Et vous êtes prêt à remonter dans mon vomitoire ?

« Prêt » n'est pas le terme juste. Mais son RV7 est le moyen le plus rapide d'arriver au Zim, et j'ai également quelques questions à lui poser.

– Je compte sur un petit déjeuner plus léger cette fois-ci, dis-je, ce qui est plus ou moins vrai.

– Où exactement, au Zim ?

– Près du parc national Chizarira, pour l'instant. Je vous ferai savoir si ça change. Mais il faudrait d'abord faire un saut jusqu'à une ferme près de Musina.

Je lui donne le numéro de Wickus. Il le note, puis demande :

– Quand ça ?

– Demain matin.

– Il faut d'abord que je consulte la météo. Et au Zim… obtenir l'autorisation, ça peut prendre du temps. Je vous rappelle.

Je tente à nouveau de joindre Ehrlichmann. Toujours occupé. Diederik m'aurait-il donné un mauvais numéro ?

À 14 h 50, Emma appelle pour me dire qu'elle est bien rentrée chez elle.

– Comment te sens-tu ? me demande-t-elle.

– Mon corps tout entier réclame tes mains magiques.

– Ton corps tout entier ?

– De la tête aux pieds.

– Les mains guérisseuses du Dr Emma ne sont malheureusement disponibles qu'au Cap cette semaine, mais à un prix spécial réservé aux fils du Karroo.

– Ce fils-ci doit d'abord faire un saut au Zimbabwe.

– Lemmer, dit-elle, arrêtant de badiner, tu vas faire attention ? Tu seras prudent, j'espère.

– Je ferai attention.

Ce qui n'est pas tout à fait vrai.

– Il s'appelle Julius Nhlakanipho Shabangu, indique Jeannette Louw au téléphone. Son surnom est Inkunzi, en zoulou, ça veut dire « taureau ». Il vient d'Esikhlawini, un township près d'Empangeni au Kwazulu-Natal, mais actuellement il vit à Sandton. Très riche, divorcé, un coq parmi les poules de Johannesburg, un casier judiciaire aussi long que les jambes de Jolene...

– Comparaison intéressante...

Jolene Freylinck est la réceptionniste de Body Armour, aussi efficace que sensuelle.

– Tu vois ce que je veux dire, Lemmer. Écoute : avec Inkunzi on ne plaisante pas. Lui, c'est le crime organisé, le spécialiste des braquages de transports de fonds, lié aussi aux gangs mozambicains de vols de voitures. On pense que son gang est responsable de quarante pour cent des attaques de voitures du Gauteng. Il a également des relations politiques...

– Mais qu'est-ce qu'il a à foutre d'une bétaillère au Limpopo ?

– C'est bien la question.

– Et je vais la lui poser.

– Tu es fou !

– Mais c'est pour ça que tu me trouves irrésistible.

– Hah ! explose Jeannette. Va donc retrouver cette Flea Van Jaarsveld et ton arme à feu. Diederik Brand et moi, nous allons te financer ça. Mais rien de plus.

– Jeannette, au cas où j'aurais envie de parler à ce Taureau, cet Inkunzi, comment je fais ?

Je sais que Jeannette peut le localiser ; elle a un réseau impressionnant.

– Trouve donc Flea, pour commencer.

– Allez, Jeannette…

– Vraiment, Lemmer !

J'attends.

– Au Bull Run[1], un restaurant à côté du Balalaïka à Sandton. Spécialité : le steak. C'est là qu'il traîne, en faisant savoir à tout le monde que le Bull, c'est lui.

Il faudra rappeler Lotter. Johannesburg figure désormais sur notre plan de vol.

En rentrant de mon jogging de fin d'après-midi, je trouve sur mon portable un message vocal de Lotter : « La météo est bonne, j'attends encore l'autorisation du Zim. Je passe vous prendre à 9 heures et demie. »

Je tente encore une fois de joindre Ehrlichmann. Cette fois, ça sonne.

– Camp de base, répond une voix d'homme.

– Ehrlichmann ?

Le satellite retarde la réponse :

– Oui ?

– Je m'appelle Lemmer. J'ai travaillé avec Diederik Brand pour amener les rhinos.

Une pause, le signal rebondissant à travers l'espace.

– Cette ligne n'est pas sécurisée.

1. La piste du taureau, ou la course au taureau.

Voix modulée, lente, patiente, accent rhodésien.

– J'ai besoin de vous voir.

– À quel sujet ?

Il se méfie. J'ai besoin de le voir parce que je veux lui parler, les yeux dans les yeux, pour savoir s'il ment ou pas, voilà pourquoi.

– Diederik ne vous l'a pas dit ?

– Dit quoi ? demande-t-il, de plus en plus méfiant.

– Les… notre chargement. La guérison miraculeuse.

– Je ne comprends pas du tout de quoi vous parlez.

– Vous avez bien parlé à Diederik, ce matin ?

– En effet.

– Qu'est-ce qu'il vous a dit ?

Il se tait si longtemps que je crois la communication coupée.

– Je regrette. Je ne vous connais pas.

– Appelez Diederik. Il vous confirmera que j'assurais la protection armée du camion. Il m'a dit que tôt ce matin vous lui avez parlé de l'état de santé de notre chargement.

Il réfléchit avant de répondre.

– Il m'a demandé s'ils avaient une maladie de peau quand je les ai vus pour la dernière fois. J'ai dit que non.

– Rien d'autre ?

– Non.

– J'arrive en avion demain matin. J'ai besoin de vous parler.

– Vous atterrissez à Harare ?

– J'atterris là où vous vous trouvez. Il y a une piste d'atterrissage ?

Encore un long silence.

– J'espère que vous avez un très bon pilote.

37

> En matière de traque, les connaissances de base peuvent être acquises lors d'une formation assez brève, mais l'acquisition de compétences plus sophistiquées peut prendre de longues années. En outre, les aspects intuitifs et créatifs demandent une aptitude innée, de sorte que seules certaines personnes ont le potentiel pour devenir des pisteurs experts.

> *The Art of Tracking*

D'abord, je regarde *7 de Laan*[1] à la télé, puis les arômes m'attirent vers la cuisine ; sur la table, il y a un mot rédigé en afrikaans.

Cher Monsieur,
J'ai fait votre plat favori pour vous redonner de la force. Moi, je n'aime pas qu'on se bagarre mais merci tout de même d'avoir réparé l'honneur de Mlle Emma.
Respectueusement,

Agatha La Fleur

Agatha est petite et ronde, elle a soixante-cinq ans, a élevé cinq enfants et me traite comme le sixième, et utilise souvent le « nous » de majesté en me reprenant et en s'occupant de mon ménage : « Nous devons ranger le

1. Soit « 7ᵉ Avenue », série en afrikaans, très en vogue.

linge sale dans le panier, nous payons les vêtements très cher et puis nous les laissons traîner comme ça... » Ou, le lundi matin : « Nous ne pouvons pas laisser les tasses et les verres de fin de semaine traîner partout à travers la maison. » Lorsque je rentre après avoir terminé une mission, elle m'inspecte de la tête aux pieds : « Hé, hé ! Nous maigrissons vraiment trop, là ! Demain nous préparerons de la viande. Mlle Emma aime un homme en forme, ça, nous, on s'en rend compte. »

Dans les communications importantes qui prennent la forme d'un mot en bonne et due forme sur la table, le « nous » se transforme en « monsieur Lemmer ».

J'ouvre le four : côtes d'agneau du Karroo rôties comme je les aime, croustillantes à l'extérieur, fondantes à l'intérieur, la saveur... eh bien, indescriptible. Cela veut dire qu'au frigo il y aura de la salade, car « nous devons manger équilibré, n'est-ce pas ? ». Même si la salade ne passe jamais ses lèvres à elle. Ce soir, il s'agit de mini-betteraves mélangées à de la féta. Je me sers. Je débouche une bouteille de jus de raisin rouge Birdfield et m'en verse un verre : au mois de juillet, Emma m'en a apporté deux bouteilles ; depuis, je suis accro, et j'en commande par caisses à Klawer[1].

Je prends assiette, verre et bouteille et vais m'attabler sous la véranda de derrière.

Elle comprend, Agatha, car elle sait ce qu'est une vie sans honneur... *Merci tout de même d'avoir réparé l'honneur de Mlle Emma...* Elle connaît la pauvreté, l'humiliation, la lutte terrible pour préserver son humanité, sa dignité ; elle sait combien tout cela peut valoir.

Diederik Brand a demandé : « Tu ne lâches jamais prise ? » En voilà un qui ne comprend pas : parce qu'il n'a jamais tout perdu.

---

1. Localité du Cap, connue pour ses cultures fruitières.

La réponse se trouve dans le mot d'Agatha. Et dans mes années d'enfance. Et dans le Waterberg, sur cette route nocturne.

Je finis mon assiette, je verse les dernières gouttes de jus de raisin, et je regarde le ciel : l'ineffable firmament du Karroo. En dépit des douleurs de mon corps, je trouve du plaisir en ce moment et en ce lieu : ma maison, reconstruite pièce par pièce, tout comme ma vie. Ça va demander pas mal de travail encore, mais cette maison est déjà un havre de paix, une citadelle, un refuge… Une clé, ma clé, qui ouvre la porte… Je connais les bruits de ma maison, le craquement de ses vieilles poutres, le bruit des tôles de la toiture qui refroidissent la nuit, la plainte des vieux tuyaux de la plomberie. Et puis le parfum de chaque pièce, les coins frais l'été, le rayonnement chaud du poêle Aga l'hiver. Et sous mes pieds nus, le plancher du couloir, le tapis de la chambre, les dalles de la véranda. Ma sueur, mon sang, mon travail dans les parties reconstruites, les cloisons abattues ; les callosités sur mes mains qui ont charrié les briques, poussé la brouette, manié la masse, faisant de cette maison une partie de moi-même.

Et autour de moi, ce bourg, si parfaitement silencieux à présent… Avec, ici et là, une lumière encore allumée, le clignotement d'un téléviseur : de braves gens qui font passer le temps en attendant l'heure du coucher. Bientôt, le grand duc moucheté appellera – deux syllabes isolées – depuis son nid dans le pin au-delà de la maison de retraite. Deux porcs-épics forceront un passage sous ma clôture pour chaparder dans mon potager… Le vent bruissera dans les poiriers, et j'entendrai là-haut sur la route goudronnée le vrombissement d'un camion qui va vers Victoria West. Prévisible, ordonné, banalisé : ce rythme n'a pas changé en un siècle… J'en raffole, je ne peux plus me passer de ces habitudes.

Je vais y aller doucement, car Diederik Brand fait partie de tout ça. C'est un escroc et un bandit, d'accord, mais… il est de Loxton, depuis quatre générations ; il fait partie de l'ADN du canton. Ici, on supporte et on pardonne, se bornant à dire, avec un petit rire en coin : « Hé, hé ! Sacré Diederik !… » Car il y a d'une loyauté qui s'est forgée au cours des décennies, jusqu'aux ancêtres morts en combattant les Anglais, à la souffrance partagée de sécheresses, de pestes et de fléaux, à l'isolement qui rend dépendants les uns des autres tous ceux qui demain devront vivre ensemble à la coopérative, à la kermesse paroissiale, aux foires du bétail…

Pour condamner Diederik, il faudrait plus qu'un permis falsifié.

Pas moyen de m'endormir. Sur mon lit, les draps ont gardé le parfum d'Emma ; sans elle, la maison semble… inachevée, comme si ses structures, ses espaces ressentaient son absence. Emma me manque.

Je vais aller au Cap, je me tiendrai devant elle et lui révélerai ce qu'a été ma vie, afin qu'elle puisse dire que c'est trop pour elle… Ensuite, j'assumerai les conséquences. Je n'ai pas d'autre choix. Mais, d'abord, il faut que je retrouve Flea et Inkunzi, que je récupère mon Glock et que j'obtienne des réponses. Je pense aux questions sans réponses et me remémore les dernières soixante-douze heures en cherchant un sens à cet enchevêtrement d'événements, de fils emmêlés. Je tire dessus, un bout par-ci, un autre par-là, et ne réussis qu'à resserrer encore plus le nœud. Jusqu'au moment où je me demande où Flea Van Jaarsveld a pu aller, lorsqu'elle a disparu dans la nuit. Il y a 60 bornes de la ferme de Diederik jusqu'au bourg le plus proche, et 10 de la ferme jusqu'à la première route carrossable… Le tout sans réseau cellulaire. Elle ne connaît pas la région, et personne dans le pays.

Et je me rappelle soudain qu'elle connaît quelqu'un qui l'a couvée du regard, qui a tenté avec compassion de justifier son attitude : *Elle est sûrement épuisée...* Quelqu'un qui a créé un lien avec elle sur plus de 500 kilomètres.

Je me lève et regarde la pendule : 21 h 45. Il ne doit pas encore être couché. J'appelle la centrale régionale, demande s'ils ont le numéro des Le Riche à Pampoenpoort.

– Je vous mets en communication, dit la dame.

Sonnerie lointaine et monotone, l'électricité statique de la ligne grésille et craque.

– Allô, c'est Lourens.

Alerte, éveillé, plein d'espoir...

– Lourens, ici Lemmer.

– Bonjour, Oom, comment ça va ?

Juste un soupçon de déception : il espérait que ce serait quelqu'un d'autre.

– Bien, merci.

Pourquoi y aller par quatre chemins ? Ça ne servirait à rien.

– Lourens, est-ce que tu es venu chercher Cornelle chez Diederik hier dans la nuit ?

Le silence prolongé, puis :

– Oom... puis-je vous rappeler ? De mon portable ?

Il ne veut pas répondre sur la ligne collective – ce qui m'en dit déjà long.

– Bien sûr.

Je lui donne mon numéro. J'attends douze minutes avant qu'il rappelle, la voix sourde.

– Comment saviez-vous, Oom ?

– Je m'en suis douté, Lourens.

– Oom, je...

– Ceci reste entre nous, Lourens, je te donne ma parole. Elle t'a demandé de l'emmener ?

Une hésitation avant sa réponse :

– Oui, Oom.

– Tout ce que je veux vraiment savoir c'est où tu l'as conduite.

– Hé, hé ! Oom ! Je… elle… en ville, Oom. Je ne voulais pas simplement la… Mais elle m'a dit que quelqu'un venait la chercher. Pourquoi me posez-vous cette question ?

– Nous nous inquiétons pour elle. Elle n'a pas averti Diederik qu'elle partait.

– Elle m'a dit qu'elle leur avait laissé un mot.

Flea Van Jaarsveld, princesse du pieux mensonge…

– Il a sans doute été égaré. À quelle heure l'as-tu déposée ?

– Vers 3 heures ce matin, Oom.

– Tu ne sais pas qui est venu la chercher ?

– Elle m'a juste dit « une amie », Oom. Elle l'a attendue devant le poste de police.

– Et elle t'a dit de repartir ?

– Oui, Oom…

Quelque chose dans le ton de sa voix suggère qu'il y a quelque chose de plus.

– Ceci reste entre nous, Lourens.

– C'est que, voilà, elle m'a dit qu'elle sortait avec quelqu'un, et qu'elle ne voulait pas que…

– Que sa copine te voie ?

– Oui, Oom, dit-il, soulagé que j'aie compris.

– Une dernière question, Lourens : qu'est-ce qu'elle emportait ?

– Eh bien… des sacs, Oom, deux sacs : un rouge et un jaune.

– Et sa sacoche de médecin ? Où est-elle passée ?

– Heu… bonne question, Oom.

– Et le sac jaune, il était de quelle taille ?

– Oom ?…

– Le sac jaune : plus grand que le rouge ?

Il lui faut un certain temps pour percuter mais, malgré ses sentiments et le manque de sommeil, il finit par piger.

– Me-erde, fait-il doucement. Le jaune... Elle ne l'avait pas chez Oom Wickus, elle n'avait que le rouge et la sacoche de toubib. Oom, est-ce qu'elle a des ennuis ? demande-t-il, soudain inquiet.

– Le jaune, il était de quelle taille ?

– Euh... comment dire ? À peu près comme une toison.

– Une *toison* ?...

– Oui, Oom, la tonte d'un mouton.

Je m'efforce de l'imaginer.

– Lourd ?

– Oom, qu'est-ce qu'elle a donc fait ?

– C'est une longue histoire, Lourens. Si je le découvre, je te le dirai. Il était lourd, le sac ?

– Je ne sais pas, Oom. Elle l'a porté elle-même. Quand j'ai voulu l'aider, elle m'a dit qu'elle était forte.

– Tu as son numéro ?

Au cas où... Encore une hésitation.

– Oom...

– Je ne lui dirai pas comment je l'ai obtenu.

Je fouille dans le tiroir de la cuisine pour trouver du papier et un stylo. Il me donne le numéro. Je le fais répéter, puis il me demande :

– Oom, s'il vous plaît, qu'est-ce qui se passe ?

– Lourens, je ne sais vraiment pas. Mais je vais essayer de savoir. Merci beaucoup. Et je ne dirai rien à personne.

– Merci, Oom, dit-il, vraiment soulagé, avant d'ajouter : J'allais oublier, elle m'a demandé de vous dire...

– Quoi ?

– C'était : « Si Lemmer cherche quelque chose, dis-lui que je l'ai. »

Je compose le numéro de Flea sur mon portable.

« Le numéro que vous venez de composer n'est pas attribué... »

Pas vraiment une surprise...

Si Lemmer cherche quelque chose, dis-lui que je l'ai. Un message qui signifie : « Fichez-moi la paix, sinon... »

Un risque que je vais devoir prendre.

En me recouchant, je me demande si j'ai vraiment une conscience. Et Flea donc ? Elle a manipulé Lourens d'un bout à l'autre. Pour elle, l'attaque était un bonus.

Savait-elle qu'un homme qui a regardé la mort en face est plus réceptif aux tentations de la chair ?

Je la retrouverai, cette Flea.

38

Pister requiert une attention fragmentée, une refocalisation constante du regard qui se porte en alternance sur les détails de la piste et la configuration globale de l'environnement.

« Principes de la traque »

Lotter atterrit à 9 h 27, roule jusqu'à mon Ford Ranger, ouvre sa bulle et me crie :

– Ça va, Lemmer ? Pas trop mal, mon timing, non ? Merde, mais qu'est-ce que vous avez pris dans la gueule ?

– Je suis rentré dans une porte.

– Ces trucs-là sont équipés de poignées, vous savez ?

Et puis, avant le départ :

– Écoutez, nous n'avons pas encore l'autorisation pour le Zim, mais Martina nous la faxera chez votre ami fermier si elle arrive. Et puis j'ai déposé un plan de vol pour Lanseria[1], c'est ce que j'ai pu faire de mieux avec si peu de préavis.

– C'est qui, Martina ?

– Ma femme.

Une heure après le décollage, je contrôle ma nausée, grâce sans doute à la modestie de mon petit déjeuner (un seul toast…). J'ai les yeux fixés tantôt sur le Karroo qui

---

1. Aérodrome près de Johannesburg, réservé à l'aviation légère.

défile en dessous et tantôt sur l'horizon, devant. Je demande à Lotter pourquoi la fois précédente il n'a pas eu l'autorisation pour Musina.

– Mais je l'ai eue.

Je lui répète ce que Napoléon, l'agent de sécurité, m'a dit à mon arrivée.

– Agent de sécurité !?… s'exclame-t-il, réellement étonné, avant d'ajouter, avec espoir : Vous plaisantez ?

Je ne réponds pas.

– Je leur ai faxé l'autorisation la veille de notre vol. Ça n'a pas été facile, cette municipalité ne vaut pas tripette. Je me suis échiné une demi-heure pour leur faire lâcher les numéros, puis j'ai laissé tomber. Heureusement, j'avais un copain qui avait fait, lui aussi, la course d'aviation légère de Tzaneen, et il m'a donné le numéro, mais alors Em Ee Zed n'a pas répondu : ils ferment sans doute à 4 heures et demie le vendredi…

– Em Ee Zed ?…

– Mike Echo Zoulou : c'est le code FAA de l'aéroport de Musina.

Indigné, il ajoute :

– Mais c'est quoi, cette histoire, Lemmer ?

J'ai l'impression que Lotter me dit la vérité. Mon détecteur de mensonges n'est pas infaillible, certes, mais tous les clignotants indiquent qu'il joue franc jeu.

Je décide d'en faire autant. Je lui raconte notre voyage avec les rhinos, sans rien omettre – même le fait que je l'ai soupçonné d'être de mèche avec nos agresseurs –, et mes doutes au sujet de Diederik. Il remâche ça pendant quelques minutes, puis éclate de rire, d'abord parce qu'il n'arrive pas à y croire, et ensuite parce qu'il a pigé.

– Ça explique tout, dit-il.

– Ça explique quoi ?

– Diederik, hier soir. Quand je l'ai appelé pour savoir s'il allait payer ce vol, il m'a dit : « Je serai sans doute obligé. »

– L'autre fois, quand vous a-t-il demandé de venir me prendre ?

– Vendredi dernier, l'après-midi. Mais pour lui, c'est normal, ça, il est toujours en retard et toujours archi-pressé.

– Qu'est-ce qu'il a dit ?

– Qu'il voulait envoyer quelqu'un avec une bétaillère, ou peut-être y aller lui-même.

Donc, à ce sujet-là du moins, Diederik ne m'a pas menti. Mais à propos de quoi a-t-il donc menti ?... Car il a effectivement menti, c'est sûr.

– Vous m'avez dit que vous l'aviez emmené au Mozambique.

– Absolument.

– Qu'est-ce qu'il est allé faire là-bas ?

– Écoutez, vous savez maintenant que Diederik a tendance à raconter des bobards. Sa méthode, c'est la litote et l'hyperbole. Sur le truc du Mozambique, il a juste dit que c'était « une histoire de gros sous, Lotter, j'aimerais bien pouvoir vous la raconter ». Il faut le prendre comme il est, Diederik. Il est marrant, il est charisma-tique, c'est un personnage. La première fois que j'ai volé avec lui, il ne m'a pas payé. Au téléphone, char-mant : « Comment, vous ne l'avez toujours pas reçu ? », et patati et patata pendant trois mois. Quand il a voulu voler à nouveau, je lui ai dit : « Je ne veux pas vous froisser, mais pour vous, c'est paiement au coup par coup... et ce après solde du compte déjà ouvert. » Il rigole et me dit : « Mais bien sûr, Lotter », et je n'ai plus jamais eu de problème avec lui. Ce qu'il fait une fois débarqué de mon zinc, c'est son affaire à lui, je ne m'en occupe pas. Mais il sait désormais que pour voler avec moi il a intérêt à être réglo.

– Vous avez quand même dû vous poser des questions au sujet de ses activités ?

– Bien sûr… On a ce truc, Diederik et moi : s'il m'appelle et me dit qu'il veut aller quelque part, je lui demande : « Et qui est-ce que vous menez en bateau, cette fois-ci ? » Alors il répond : « Vous savez comment c'est, Lotter : à chaque minute il y a quelque part un couillon qui naît. » Mais ce qu'il fait au juste… à vrai dire, je m'en fiche.

– Moi, je ne m'en fiche pas.

– Effectivement. Je m'en rends compte.

La « piste d'atterrissage » de la ferme des Swanepoel est en fait un segment de chemin vicinal, mais large et droit, à un kilomètre de la maison.

Lotter fait d'abord un passage au ras des pâquerettes, puis pose le RV7 à l'aise. Quand, une minute plus tard, Swannie arrive en Land Cruiser, Lotter s'active déjà à ancrer son avion à l'aide de pieux et de cordes.

Swannie admire l'appareil :

– Dites donc, c'est vachement sexy, ce truc !

– Américain, je précise. Le designer, c'est Van Branquignol.

– Vraiment ?… dit Swannie. Mais qu'est-ce qui est arrivé à votre visage, Oom ?

– Il s'est cogné dans une porte, dit Lotter, en se tapotant le nez.

– Pour de vrai ?

– Tout ce qu'il y a de vrai, répond Lotter, qui s'amuse bien. Moi, au Karroo, je m'applique à les éviter, les portes : elles sont mortelles.

Swannie me lance un regard, cherchant un signe qui lui indiquerait si Lotter se paie sa tête ou non, mais je regarde ailleurs, et il abandonne.

– Maman dit que vous devez déjeuner, elle vous attend. Et avec les rhinos, Oom, comment ça s'est passé ? Comment va Flea – je veux dire Cornelle ? Quand est-ce qu'elle vient nous voir ? Est-ce que vous avez fait bon voyage au Karroo, Oom ?

Je réponds :

– Les rhinos sont en pleine forme. Et si je vois Flea, je lui demanderai.

Maman Swanepoel se prénomme Lollie. Elle ne partage pas du tout le naturel rustique des deux mâles de la famille. Mince et distinguée, elle n'est pas exactement belle au sens habituel, mais très soignée, en revanche. Ses yeux pétillent d'humour, donnant l'impression qu'elle rit facilement ; son aisance suggère qu'elle est satisfaite de son existence et d'elle-même. L'intérieur de la maison surprend. Là où je m'attendais à des napperons crochetés et des trophées de chasse, je trouve de jolis meubles anciens, des tapis d'Orient sur des parquets cirés, de vrais tableaux aux murs et une grande bibliothèque remplie de vrais livres reliés.

Son influence sur Wickus est également bonne : c'est un hôte prévenant, qui propose à boire et converse avec courtoisie. À table, il récite un bénédicité bref mais grave. On nous sert une tourte au poulet, à la croûte dorée. Lollie lève les couvercles d'autres plats, révélant de la patate douce, des haricots verts cuits à la vapeur, des pommes de terre au four et du riz.

– Ah ! s'exclame Swannie avec entrain, en prenant une cuiller de service.

– Comme si je ne faisais pas la cuisine tous les jours ! observe Lollie.

– Les invités se servent d'abord, avertit Wickus.

Autre chose à son crédit : il attend patiemment que tous aient fini de manger avant de poser la grande question :

– Et qu'est-ce qui nous vaut le plaisir de votre visite ?

Depuis hier je me demande comment aborder ce sujet, car je ne suis sûr de rien : Wickus et Swannie sont impliqués, c'est évident, mais comment et dans quelle mesure ? Il y a chez eux une candeur qui me laisse penser que leur rôle ne peut être que fortuit.

– C'est Flea, dis-je.

Les épais sourcils du père et du fils se soulèvent à l'unisson.

– Elle a quitté la ferme de Diederik au milieu de la nuit. Sans dire au revoir…

– Hé, hé !… dit Lollie.

– Il y a eu une dispute, alors ? demande Wickus.

– Non… Mais elle devait s'occuper des rhinos hier matin ; et du coup Diederik se fait du souci…

J'espérais en avoir assez dit. Mais Wickus n'est pas bête.

– Ça, ce n'est pas toute l'histoire, dit-il, mais sans reproche dans la voix. Votre visage, et le fait que vous êtes venus ici en avion, c'est… Enfin, je ne vais pas vous demander ce qui s'est passé, il vaut peut-être mieux que nous ne le sachions pas. Mais dites-moi seulement : est-ce que c'est grave ?

– Assez…

– Mince ! dit Swannie.

Ses parents échangent un regard. Wickus hoche la tête lentement.

– Qu'est-ce que nous pouvons faire ?

– J'ai l'impression qu'elle vient de par ici, Flea.

Je m'adresse à Swannie :

– Toi, tu n'étais pas à l'école primaire avec elle ?

– C'était il y a douze ans. Ils sont partis en…

– 1989, dit Lollie.

– Ils sont allés où ?

Wickus et Lollie échangent un nouveau regard.

– C'est un crève-cœur, cette histoire, dit Wickus.

– Fichtre ! dit Swannie.

– Tu étais trop jeune pour comprendre ce genre de choses, dit sa mère.

Wickus repousse son assiette, appuie ses coudes sur la table.

– Raconte donc, Lollie. Je ne sais pas si ça aidera, mais raconte quand même.

39

La plupart des animaux changent constamment de couche et n'ont de domicile fixe que pendant la saison de reproduction, afin de protéger leur progéniture.

« Classification des signes »

Ils jouent la partition en duo.

C'est elle qui commence :

– Son père, c'était Louis, un esprit libre…

Wickus l'interrompt :

– C'était un pisteur. Mais il faut savoir que c'était un *maître*. Avec la formation qu'on reçoit aujourd'hui, il y a des grades : un, deux, trois, senior et maître. Louis aurait été maître. Il était bon, diablement bon.

– Il venait du Kalahari, reprend Lollie. On raconte qu'il a eu une enfance très difficile. Son père était un loser qui n'arrivait à rien : il traînait d'un petit boulot à l'autre, un peu partout, d'une ferme à l'autre. Louis était presque un enfant sauvage, il a grandi parmi les Bushmen ; c'est comme ça qu'il a appris à traquer. Sa scolarité s'est réduite à pas grand-chose : il n'est allé que jusqu'en troisième, après il s'est mis à aider son père. Qui est mort quand il avait dix-sept ans. De fil en aiguille, il a fini ici, dans le pays.

– Il aurait voulu travailler à la Protection de la nature, mais il n'avait pas fait d'études. On n'entre pas à la Protection sans diplômes.

– Alors, les chasseurs l'ont fait travailler… Par ici, au Botswana, au Zimbabwe…

– Les chasseurs professionnels, explique Wickus. Ceux qui repèrent les éléphants et les lions les plus gros pour les faire tirer par des Américains, des Allemands en quête de trophées.

– Et pas toujours légalement, renchérit Lollie.

– Qu'est-ce qu'il pouvait faire d'autre ? Il voulait vivre dans la brousse, il fallait bien qu'il gagne sa vie…

– C'était un beau jeune homme : il avait le teint vif, une chevelure blonde abondante… Mais il vivait dans un autre monde. On dit qu'un jour, du côté de Phalaborwa, il a trouvé un python et qu'après ça il est devenu bizarre : il racontait que c'était son aïeul. Ça vient de chez les Bushmen, des trucs comme ça. Ils croient descendre du python…

– C'était quand même le meilleur pisteur… Il était très apprécié, très recherché.

– Et puis il est tombé sur Drika et ses affaires se sont embrouillées… Non, formulons ça autrement : il est tombé amoureux de Drika. Et elle… le problème, c'est qu'elle n'avait que dix-neuf ans, et que c'était la fille du Grand Frik Redelinghuys, et elle s'est retrouvée enceinte…

– Fichtre ! dit le jeune Swannie.

– C'est pour ça que je dis toujours que certaines femmes sont démoniaques, alors il faut faire gaffe à ne pas tremper son…

– Wickus ! proteste Lollie.

– Bon… Quoi qu'il en soit, le Grand Frik travaillait dans le Laeveld[1] ; il possédait six ou sept exploitations : oranges, noix de macadamia, bananes, gibier, et il employait Louis quand des étrangers venaient pour la chasse… Riche comme Crésus, avec trois filles, Drika la

1. Le « bas veld » du Transvaal, entre l'escarpement et la plaine tropicale du Mozambique.

plus jeune, superbe, c'est d'elle que Flea tient ses beaux cheveux et son corps si bien roulé… Mais elle était trop gâtée.

– Très gâtée, confirme Lollie. Consciente de sa beauté, et elle ne se gênait pas pour le montrer. Et puis elle avait son petit caractère : elle voulait toujours ce qu'elle ne pouvait pas avoir. Elle venait de terminer le lycée et ne savait pas encore ce qu'elle voulait faire dans la vie, alors elle est restée à la maison pendant un an, à s'occuper des chevaux et à aller dans les fêtes… Puis Louis est arrivé…

– Mais comment savez-vous tout ça ? lui demande Swannie.

– Les gens causent, mon fils. Imaginez le scandale : la fille d'un homme très en vue… Il paraît que Frik a appris qu'ils avaient une relation avant qu'elle tombe enceinte… Il a assis sa fille en face de lui et lui a dit pas question, il faudrait d'abord lui passer sur le corps. Eh bien, elle a couché avec Louis après ça, pour bien montrer à son père qu'elle n'en ferait qu'à sa tête.

– Et elle s'est retrouvée enceinte de Flea, dit Wickus.

– Fichtre ! s'exclame Swannie.

– Frik était fou de rage. Grand scandale dans la famille, il a démissionné du conseil presbytéral et n'a pas remis les pieds à l'église pendant un an, paraît-il. Il a renié sa fille. Louis et Drika se sont mariés à la mairie et ont débarqué ici ; ils se sont installés à Elandslaagte, un grand domaine à 20 kilomètres de Musina. Ils ont vécu de la charité des gens. C'était l'époque où on parlait encore de *bywoners*[1]. Et Louis étant bien obligé de travailler là où il trouvait du travail – quand il en trouvait –, souvent Drika et sa fille se retrouvaient seules, dans une petite maison loin de tout…

1. Métayers : statut presque honni dans cette société terrienne qui ne valorisait que la propriété.

– Bonne recette pour avoir des ennuis... commente Wickus.

– Drika n'était qu'une enfant, en fait, habituée à l'argent, à l'esbroufe, et pas du tout préparée à élever seule un bébé qui pleurait tout le temps. Fuir avec un amant était romantique, mais ça, non. Pendant toute sa vie elle avait été l'objet d'attentions et d'admiration et là, subitement, tout ça disparaît ; alors elle est allée à leur recherche. Elle était plus souvent en ville qu'à la ferme, et elle s'est mise à appeler le Grand Frik pour lui dire qu'elle regrettait sa conduite et demander de l'aide. Mais Frik lui a répondu : « Comme on fait son lit, on se couche. »

– Ce qui est vrai et que les enfants doivent savoir : tout a une conséquence.

– Mais c'était sa fille, Wickus...

– Je sais.

– S'il avait cédé, qui sait... Drika s'est mise à laisser de plus en plus le bébé à la ferme avec une nounou venda pour aller flirter avec des hommes, s'inviter à des fêtes, boire et faire la noce... Louis n'en savait rien : quand il rentrait, elle restait à la maison, se plaignant que c'était affreux d'élever un enfant toute seule. Ça a duré deux ans. Tout le monde était au courant, sauf ce pauvre Louis : personne n'avait le courage ni la cruauté de le lui dire.

– Jusqu'à ce que ce guitariste...

Wickus crache le mot, comme s'il s'agissait d'une profession inavouable.

– C'était un petit gars de Port Elizabeth, cheveux longs, pantalon moulant et chemise flottante déboutonnée jusqu'au nombril... explique Lollie.

– Une grosse chaîne dorée sur sa poitrine velue. Un homme, porter des bijoux... Comment une femme peut avoir envie de ça ?

– Il chantait partout, dans des clubs et des bars, il n'était pas très bon…

– Vous connaissez le genre, le public doit être un peu saoul…

– … et puis il est venu jouer à l'Intaba, une sorte de gargote de brousse à la sortie de la ville…

– Un lieu malfamé…

– … un des endroits où Drika traînait. Alors, lui et Drika se sont trouvés. Ils ont eu une histoire torride, elle était plus souvent avec lui qu'avec son enfant. Au bout de la nuit, elle chantait avec le guitariste. C'est là que des gens ont décidé que ça suffisait comme ça… D'abord, quelques hommes sont allés trouver le guitariste, lui dire de plier bagage, et ils sont allés chercher Louis. Il se trouvait là-haut dans le Nord-Thuli avec un groupe de chasseurs scandinaves, et ils lui ont dit qu'il ferait bien de rentrer, que sa femme faisait un scandale.

– Louis ne voulait pas les croire, le pauvre. Mais, deux jours plus tard, il est rentré. Il avait dû ruminer tout ça. Le temps qu'il arrive, Drika et le guitariste avaient filé. Louis a été démoli : cette femme, il l'aimait de tout son cœur. Mais la vraie tragédie, c'est qu'il est parti à sa recherche, et quand il l'a retrouvée, elle était morte. Elle et le guitariste étaient en voiture de ce côté-ci de Sun City, ivres sans doute, et ils sont tombés d'un pont au milieu de la nuit. Morts sur le coup, tous les deux.

– Fichtre ! dit Swannie.

– Moche, très moche, commente Wickus.

– Alors, Louis a élevé sa fille tout seul. Je peux vous dire que ça a dû être horriblement dur pour lui… Pendant des années, il a porté le deuil de Drika, il s'est retiré totalement, il n'allait travailler que quand il n'y avait plus d'argent, en emmenant Flea avec lui.

– C'est comme ça qu'elle a appris à pister.

– Elle a été élevée dans la brousse, pour ainsi dire…

– Certains disent qu'elle est même devenue meilleure que son père.

– Je sais qu'il y a eu un problème avec l'école primaire : Louis ne voulait rien savoir, les services sociaux ont dû aller lui parler. Il a fini par la mettre en pension, mais c'était contre son gré. Elle a été avec Swannie, jusqu'en ?…

– Sixième, dit Swannie, désireux de participer. On la remarquait à peine. Elle restait seule dans son coin, une maigrichonne qui ne parlait à personne… Seigneur, qu'est-ce qu'elle a changé !

Il secoue la tête devant l'incroyable prodige ; l'impact dévastateur que Flea adulte a eu sur lui est plus qu'évident.

– Louis a fini par trouver un emploi stable. C'est pour ça qu'ils sont partis d'ici, poursuit Wickus. C'était l'époque : les réserves privées bourgeonnaient un peu partout, avec à la clé du boulot et pas mal d'argent. On est venu chercher Louis, lui proposer un poste là-haut vers Moremi…

– Au Botswana, précise Lollie. Il y avait des cours particuliers pour les enfants du personnel.

– C'était ce qui comptait le plus pour Louis. Flea pouvait faire ses études et il pouvait la voir tous les jours.

– Ce doit être ce qui lui a permis de faire des études de véto, les cours particuliers…

– Ils sont partis d'ici, quasiment d'un jour à l'autre. C'est tout ce qu'on sait vraiment, en fin de compte.

– On a raconté encore d'autres histoires…

– Je ne sais pas si on peut toujours les croire…

– Celle du crocodile est vraie, pourtant, Lollie. Div De Goede l'a entendue en personne. Et il connaît très bien le Grand Frik.

– Peut-être…

Swannie n'arrive plus à réprimer sa curiosité.

– Quelle histoire de crocodile ?

– C'est Div qui a raconté cette histoire, il y a six, sept ans. Il est représentant chez AgriChem. Le siège régional est à Nelspruit, Frik est un gros client. Div nous a dit que les gens de la concession Moremi étaient venus chez Frik et qu'ils lui avaient annoncé que Louis était mort. Un énorme crocodile l'avait entraîné dans les eaux de l'Okavango, et ils ne savaient plus quoi faire de Flea. Elle devait avoir dix-sept, dix-huit ans. Frik étant son grand-père, est-ce qu'on pouvait l'amener chez lui ? Frik est resté planté là dans l'encadrement de la porte à les regarder et, sans un mot, il la leur a claquée au nez ! Alors, ceux de Moremi sont allés à Nelspruit, dans l'espoir de trouver quelqu'un qui pourrait aider, peut-être les autres filles de Frik, c'est-à-dire les tantes de Flea. C'est là que Div a rencontré ces gens, sans doute dans un bar – car Div est un type sociable, il aime bien voir du monde –, et ils lui ont raconté toute l'histoire : comment Louis était devenu de plus en plus bizarre avec le temps, disparaissant carrément et rentrant un mois plus tard, sentant la sueur et la fumée, et on racontait qu'il revenait de chez les Bushmen. Parfois, il faisait un grand feu dans la brousse et dansait autour jusqu'à entrer en transe…

– Je ne sais pas si je peux croire ça, dit Lollie.

– Je répète ce que Div a rapporté, c'est tout. Toujours est-il que Louis a commencé à péter sérieusement les plombs quand Flea s'est fait agresser par des babouins…

– Fichtre ! dit Swannie.

– Des bêtises, ça, dit Lollie.

– Je n'en suis pas si sûr, dit Wickus, en haussant les épaules. Il paraît qu'il y a eu une grande sécheresse là-haut, c'était la fin de l'hiver et les babouins étaient devenus agressifs. Flea est allée se promener avec son petit chien, un Jack Russell, qu'elle adorait. Et elle est tombée sur des babouins, qui ont attaqué le chien ; ils peuvent devenir comme ça, assoiffés de sang. Flea a voulu les arrêter et un grand mâle s'est jeté sur elle : terribles griffures et blessures à la poitrine et au visage... Vous avez remarqué son œil quand elle était ici ? Heureusement, quelques indigènes sont arrivés et ont chassé les babouins à coups de pierres ; ils ont sauvé Flea, mais le chien ne s'en est pas tiré. C'est alors que Louis s'est mis à parler de sa culpabilité à lui : les dieux soi-disant en colère à cause de ce qu'il leur a fait pendant son enfance. Quand on lui demandait ce qu'il avait fait, il répondait qu'il avait mangé de la tortue : effectivement, c'est là un grand tabou chez les Bushmen, seuls les anciens ont le droit d'en manger, à ce qu'on raconte... un truc comme ça... Et plus on lui disait de laisser tomber ces sornettes, plus Louis jurait que c'était une punition des dieux, que c'était pour ça que Drika était morte, pour ça qu'elle était partie avec un autre homme, et pour ça que son père était mort, et que les babouins avaient attaqué Flea... Et pour ça qu'il devait se sacrifier, que c'était le seul moyen...

La voix de Swannie chuchote :

– Fichtre !...

– Quelles bêtises ! dit Lollie.

– Peut-être... mais pas pour Louis. Quoi qu'il en soit, ceux de Moremi ont dit à Div, là au bar, qu'à leur avis Louis était allé s'accroupir au bord de l'eau à attendre que le crocodile vienne le prendre.

– Mais pourquoi ? demande Swannie.

– Pour écarter la malédiction de sa fille.

40

> Le pisteur doit s'imaginer à la place de l'animal
> qu'il traque afin de déterminer le chemin que
> celui-ci a suivi ; il pourra ainsi décider à l'avance
> où il risque de trouver des signes, et éviter ainsi
> de perdre du temps en les recherchant.
>
> « Principes de la traque »

Pendant que Lollie conduit Lotter au « bureau » pour finaliser le fax de notre autorisation de vol, je bois du café avec le père et le fils.

– Et maintenant, vous allez où ? me demande Wickus.

– Chez Ehrlichmann, dis-je délibérément.

– Ah… fait Wickus.

Il sait donc qui est Ehrlichmann.

– Comment le connaissez-vous ?

– En aidant les gens du Zimbabwe. Ehrlichmann s'est engagé très tôt.

– En aidant les gens du Zimbabwe ?

– Quand ce salaud de Mugabe a commencé à leur prendre leurs exploitations, de nombreux fermiers se sont rendu compte qu'il fallait sortir leurs affaires du pays au plus vite : mobilier, bétail, machines, voitures, tracteurs, remorques, outillage… On a fait passer tout ça par ici en contrebande. Même des dollars, parfois : des cartons pleins, vous n'avez pas idée… Une autre fois, une fabrique entière de cigarettes. Je n'ai pas la moindre idée d'où ils sont allés avec ça. Ehrlichmann était un de ceux qui aidaient de l'autre côté à organiser les passages.

Je retourne tout ça dans ma tête avant de demander :

– Et Diederik Brand ?

– Diederik était un acheteur.

– Un acheteur ?

– Je croyais que vous travailliez pour lui ?

– Depuis samedi dernier.

– Ah, bon… Écoutez, les biens qui provenaient du Zim… Les fermiers avaient besoin de cash, que vouliez-vous qu'ils fassent de leurs machines et de leur bétail en Afrique du Sud ? Diederik rachetait, c'était l'un des rares qui aidaient de cette façon. Ensuite, il revendait aux enchères, etc. Je ne l'ai jamais rencontré, on se parlait au téléphone. Un type bien… Une fois, il a même envoyé de la nourriture et des équipements médicaux aux sinistrés, lorsque Mugabe et ses gangs ont détourné le fric de la Croix-Rouge.

Wickus rit doucement, en secouant la tête.

– Je me demande où ce sacré Diederik trouvait tout ça…

– C'est un sacré combinard, dit Swannie, admiratif, lui aussi.

– Fichtre, c'est vrai, ça. Comment un fermier du Karroo fait-il pour mettre la main sur des fournitures médicales provenant de Norvège ?

Quelque part dans mon cerveau se produit un déclic.

– De Norvège ?

– C'était écrit sur les caisses, en grand. Karm, Karmer, quelque chose… et « Oslo, Norge ».

– Kvaerner ?

– Un truc comme ça.

Kvaerner : la société norvégienne propriétaire de Techno Arms, le fabricant sud-africain du MAG-7.

– Ehrlichmann a-t-il aidé avec les fournitures médicales ?

– Oui, il a aidé, dit Wickus. Le Zim aurait besoin de davantage de gens comme lui.

Tous les trois nous accompagnent à l'avion, Lollie nous fait la bise, Wickus et Swannie nous serrent la main vigoureusement : désormais, nous faisons partie de leur réseau d'amis.

Lorsque Lotter fait virer le RV7 et qu'il survole la piste en remuant les ailes en guise de salut, au sol trois minuscules figures agitent les bras vers nous… Lotter déclare :

– Ce sont des gens bien.

Lotter, les Swanepoel et Emma perçoivent spontané-ment le bien chez autrui et croient ferme que les gens sont essentiellement bons, ou du moins intéressants, stimu-lants. Moi, je ne suis pas comme eux, et je ne réponds rien. À table, j'ai écouté l'histoire de Flea Van Jaarsveld en me demandant pourquoi personne n'était intervenu. Comment se fait-il que personne ne soit allé trouver le Grand Frik pour lui dire : « Voyons, c'est la fille de ta fille : ta petite-fille ! Réveille-toi, imbécile ! » ? Pourquoi les vertueux habitants de Musina ne sont-ils pas allés par-ler à Drika ou prévenir Louis ? Et après la mort de Louis, quand ceux de Moremi se sont mis en quête des parents de Flea, pourquoi est-ce que personne n'a proposé de l'accueillir ? Wickus et Lollie n'auraient-ils pas pu faire quelque chose ? À quoi bon resservir cette histoire réchauffée, dix ans après les faits, avec des commentaires prétendument altruistes du genre : « Quel crève-cœur ! » ? N'est-ce pas là le problème essentiel de notre commu-nauté ? Nous sommes tous devenus *spectateurs*, nous res-tons en marge et commentons, critiquons… Avides de lire, d'entendre et de raconter les malheurs d'autrui, nous participons de loin, du haut de notre supériorité morale. « Eh oui, ils ont eu ce qu'ils ont cherché !… » Personne n'a le courage d'intervenir, de faire quoi que ce soit.

D'accord, la première loi de Lemmer est : Tu ne t'impliqueras pas. Mais il y a une différence ! Je ne cherche pas à me donner bonne conscience.

C'est là que je commence à comprendre pourquoi je suis en colère, à savoir d'où elle vient. Mais Wickus et Lollie m'ont dépouillé de ma motivation. Car, au fond, qu'avais-je l'intention de faire une fois que j'aurais retrouvé Flea ? La punir ? La démasquer ? Mais dans quel but ? Au nom de quoi ? À quoi bon ?... Je commence à me rendre compte que la personne que je cherche n'est autre, finalement, que moi-même ! Les parallèles entre nous commencent à m'apparaître de plus en plus clairement : la mère, une traînée… le père, un fou… une jeunesse bousillée par des parents qui n'auraient jamais dû procréer… et pour finir une famille et une communauté qui ont détourné les yeux : « Pas mon problème », comme si tout cela ne les concernait pas.

Maintenant, je n'ai plus envie de la retrouver. Je souhaite que les trucs qu'elle a collés sur le dos des rhinos lui apportent enfin une délivrance…

Je devrais faire demi-tour, rentrer chez moi.

Mais ça, je ne peux pas… Car je dois récupérer mon Glock. Ma vie en dépend.

Lotter regarde la piste taillée dans la brousse entre d'abruptes collines et dit :

– Ça ne va pas être évident.

– Difficile ? Dans quelle mesure ?

– Très.

– Écoutez : on n'est pas obligés d'atterrir. J'envisage d'autres options, en premier lieu, la route…

– Vous n'aurez qu'à fermer les yeux, dit-il avec un sourire indiquant qu'il veut tester encore une fois les limites de son RV7.

Il repasse au-dessus de la piste, baisse l'aile pour mieux voir.

– Qu'est-ce que vous regardez ?

– Pas de manche à vent.

– Ça pose problème ?

– Mouais… pas vraiment.

Il fait un grand virage, puis pique vers un défilé entre deux buttes.

– Accrochez-vous !

Je pense sérieusement à fermer les yeux.

Les rochers, les buissons et les arbres ne sont plus qu'à quelques mètres des ailes… un virage serré à gauche, nous piquons encore… la vallée s'ouvre, les cimes des arbres trop hautes pour nous, trop près… Le moteur baisse le ton, Lotter manie manche à balai et pédales, la piste est droit devant nous, trop courte. Un choc brutal, ça y est, nous atterrissons… Lotter freine violemment, mon corps est projeté en avant, tirant sur les ceintures de sécurité, le mur d'arbres avance vers nous à toute allure…

Je ferme les yeux.

– Jésus !… s'exclame Lotter.

Nous nous arrêtons.

J'ouvre les yeux. L'hélice n'est plus qu'à deux mètres du tronc massif d'un baobab.

Il arrête le moteur et pousse un grand soupir.

– Pas mal, commente-t-il.

– Et demain, comment on fait pour décoller ?

– Bof, c'est rien. Les doigts dans le nez.

Mais il n'en pense pas un mot.

41

En terrain difficile, où les signes sont rares, le pisteur peut en être réduit à se fonder exclusivement sur l'anticipation des mouvements de l'animal.

« Principes de la traque »

Dix minutes après notre atterrissage, un Land Rover hors d'âge brinquebale vers l'avion à travers la brousse. Deux Noirs en descendent, nous souhaitent timidement la bienvenue en anglais, pas très habitués, apparemment, à recevoir de la visite.

– Nous allons vous emmener au camp.

Lotter inspecte le véhicule avec intérêt.

– Étonnant ! s'écrie-t-il, enthousiaste. Un Série II, le Station Wagon avec le diesel 2,5 ! Il doit avoir au moins cinquante ans.

On ne se douterait jamais que ce type vient de frôler la mort.

Chacun prend son sac, nous montons dans le vestige historique qui cahote sur des chemins à peine détectables, deux traits approximatifs qui se perdent épisodiquement dans la broussaille. Nous dérangeons un petit troupeau de gnous bleus et l'essaim d'oiseaux qui l'accompagne, trois girafes nous ignorent hautainement. Ici, la chaleur est supportable, moins accablante qu'à Musina.

Le camp est installé sur le flanc d'une colline. À l'ombre d'énormes arbres *msasa,* un cercle de tentes en toile vert clair montées sur des plates-formes en bois. Au bord du chemin, une pancarte : les mots *Chinavira Camp* sculptés sommairement dans un bloc de *kiaat*[1]. Au milieu il y a un *lapa*, un espace où sont disposées quelques tables et chaises, et l'emplacement du feu de camp. Entre les tentes, un homme racle la terre rouge ; debout, devant une table, deux autres épluchent des légumes.

Notre chauffeur annonce :

– Shumba viendra plus tard. Je vous conduis à vos tentes.

Shumba, je suppose que c'est Ehrlichmann.

Nous suivons le guide…

Au coucher du soleil, un homme de grande taille s'avance, une canne tordue à la main, traversant les ombres allongées ; vêtu d'un short kaki et d'une chemisette, et chaussé de sandales. Un large chapeau coiffe la longue crinière argentée qui lui tombe sur les épaules : apparition d'un Moïse sans barbe, en tenue de safari.

Lotter et moi sommes installés au *lapa*, lui buvant une bière et moi un Coca – car ici, ni Birdfield ni Grapetiser. Moïse appuie son bâton contre la palissade, enlève son chapeau et vient vers nous, la main tendue, en affichant un grand sourire.

– John Ehrlichmann, dit-il de la belle voix modulée que j'ai entendue au téléphone satellite.

Nous nous levons.

– Lotter.

– Lemmer.

J'attends la remarque sur l'état de mon visage en me demandant quel mot d'esprit Lotter aura préparé pour répliquer.

---

1. Essence locale décorative et très dure, utilisée en ébénisterie.

– Allitération, dit Ehrlichmann. Très courante par ici... (Il rit doucement.) Soyez les bienvenus à Chinavira ! Je vois que Chipinduka et Chenjerai se sont occupés de vous.

Il doit mesurer près de deux mètres, ses traits sont très marqués. Bien qu'ayant probablement passé la soixantaine, il rayonne de vigueur et de santé, sa crinière grise forme une sorte d'auréole. Au bras gauche, il porte un assortiment de bracelets.

– Asseyez-vous, je vous prie, buvez tranquillement, je vous rejoins dans un instant.

– Merci, dit Lotter.

– De rien.

Il se retourne et s'éloigne majestueusement vers les tentes. Lorsqu'il est hors de portée, Lotter me dit à voix basse :

– Vous savez à qui il me fait penser ?

Lotter aime les gens, je m'attends à quelque noble comparaison. Ne voulant pas le décevoir, je risque :

– Nick Nolte, sobre ?

– Mais non, rigole Lotter. Le mandrill dans *Le Roi lion*, celui qui porte une canne – comment s'appelle-t-il déjà ? Ce type a la même démarche. Rafiki ! Voilà. Il est plus grand et plus âgé, mais il me fait penser à Rafiki.

Rafiki Ehrlichmann se révèle un hôte parfait. Il réapparaît en tenue de soirée, version brousse : chemise kaki à manches longues, blue-jean, chaussures *velskoen*[1]. La chevelure a été ramassée en queue-de-cheval, et les manches de chemise retroussées juste assez pour montrer des bracelets, qui scintillent à la lumière d'une vingtaine de lampes à huile et du grand feu de camp. Il

1. Littéralement : chaussures de peau *(vel)*, que les pionniers confectionnaient autrefois ; devenues *veldskoens*, en anglais, par interprétation erronée *(veld)*.

s'assure d'abord que nos verres sont bien remplis, commande pour lui-même un whisky soda, et nous rejoint, s'étendant à son aise dans un fauteuil en toile. Avec délicatesse, il s'informe de notre voyage pour m'amener sans doute à en dévoiler le but. Mais je laisse Lotter parler du vol et de notre visite chez Wickus et sa famille, car je voudrais qu'il avale quelques whiskys avant de soulever cette question.

Ehrlichmann fait de temps en temps une brève remarque, en hochant lentement sa tête chenue. Diederik Brand ? « Un homme de bien. » Les Swanepoel, « des gens merveilleux », une opinion apparemment largement partagée. Quand Lotter, toujours passionné par la vie, les œuvres et les miracles d'autrui, interroge Ehrlichmann sur ses propres expériences, ce dernier raconte sa vie comme quelque chose de banal, sans relief particulier : il est né dans une ferme à Gweru, a été envoyé en pension à Bulawayo, a été diplômé en sciences de l'université du Cap, puis gardien au parc national Matobo à l'époque de la Rhodésie. Ensuite, au début des années 1980, il est devenu gardien chef du parc de Mana-Pools tout juste créé, puis directeur adjoint du parc national Chizarira, jusqu'à la chasse aux sorcières lancée par Mugabe. Depuis, il travaille comme chasseur dans une concession et comme guide de randonnées. Les Noirs qui travaillent avec lui sont des guides qualifiés ou du personnel qui l'a suivi de Chizarira.

Ce n'est qu'après un deuxième whisky qu'il dirige subtilement la conversation vers ses expériences proprement dites. Il a deux tics, peut-être révélateurs : il caresse sa chevelure de la main droite et lorsqu'il arrive au dénouement d'une histoire affiche un demi-sourire méditatif qui semble signifier : « Et voilà ! » Il raconte des histoires d'éléphants, de lions, de crocodiles et d'hippopotames, d'aigles pêcheurs et de scarabées… Combien de touristes étrangers en ont déjà été régalés autour de ce feu ?… Il

raconte avec brio et un sens remarquable de l'effet dramatique, ainsi qu'une modestie un peu étudiée, comme si
c'était par hasard qu'il avait eu le privilège de voir et de
faire ces choses.

Nous mangeons un potage *nhedzi* aux champignons
sauvages et du *sadza* (un plat à base de bouillie de maïs
et de porc, accompagné de haricots verts et de beignets
de citrouille) servis par son équipe efficace et discrète.
Enfin apparaît sur la table une bouteille de cognac... du
vrai, de France.

– Waouh, dit Lotter.

Ehrlichmann se tourne vers moi.

– J'ai l'impression que vous ne buvez pas d'alcool ?

– Effectivement. Non, merci.

Puis, en versant à Lotter et à lui-même un quart de
ballon, il ajoute :

– Mais vous aviez quelques questions à me poser au
sujet de ces rhinos ?

Je réponds que non, mes questions concernaient plutôt Cornelle Van Jaarsveld.

– Hmm...

Il se lève lentement, va jusqu'aux braises qui rou-
geoient, ajoute quelques bûches, tisonne le feu. Quand
des flammes recommencent à lécher le bois, il revient à
table.

– Puis-je demander ce qui s'est passé exactement ?

Parfois il faut se fier à son instinct. Alors je lui raconte,
sans détails superflus, la « dermatite » des rhinos, le
voyage, l'attaque, le rétablissement miraculeux des animaux, et enfin la disparition de Flea. Pendant mon récit,
je ne cesse de l'observer : yeux, mains, langage corporel.
Sa seule réaction est un haussement de sourcils quand je
raconte l'attaque, et un coup d'œil, bref comme un éclair,
à mon visage, comme si les meurtrissures inexpliquées
prenaient enfin un sens. Il saisit le bout de plastique que

je lui tends, le roule entre ses doigts, se fait préciser le nombre de « plaies » et leur taille.

Je joue franc jeu également au sujet de mes soupçons concernant Diederik et les Swanepoel, sans lui cacher que je le soupçonne d'être impliqué lui aussi. Cela ne provoque qu'un hochement grave de la tête.

Quand j'ai fini, il détourne les yeux et contemple l'obscurité.

– Elle a tant de potentiel, dit-il enfin, comme s'il se parlait à lui-même.

Il prend son verre, le fait tourner entre ses paumes, boit une petite gorgée, perdu un moment dans ses pensées. Affiche de nouveau le sourire « Et voilà ».

– Je crois…

Il lisse ses cheveux et s'adresse à moi.

– Je crois savoir ce qu'elle passait en contrebande.

42

L'individu lambda devrait pouvoir, avec suffisamment d'entraînement et d'expérience, devenir
un bon pisteur, mais les pisteurs vraiment excep-
tionnels ont sans doute déjà ce potentiel à la naissance.

« Apprendre à pister »

Ehrlichmann marque une pause pour créer un effet
dramatique.

– Ce n'est qu'une hypothèse, mais je suis presque
sûr… Je vais vous raconter toute cette fichue histoire.

Selon lui, comme à peu près tout dans le Zimbabwe
actuel, c'est un peu le cirque : il y a deux ans, deux
gardes-chasses du parc national Chizarira ont été surpris
en possession de vingt-deux défenses d'éléphants. Dans le
clan vert international, la réaction a été véhémente. Mais
le gouvernement Mugabe n'a agi que lorsqu'un boycott
touristique a menacé sa seule source subsistante de
devises étrangères. Il a fait un geste de conciliation en
acceptant le recensement des éléphants que le WWF
réclamait avec insistance. Le WWF s'est adressé à Ehrlichmann, en raison de son parcours professionnel. Flea a
fait partie de l'équipe – plus de trente personnes – venue
s'installer au parc national pour la durée de l'opération.

Flea a attiré l'attention d'Ehrlichmann car elle sur-
classait les trois autres pisteurs.

– C'était un phénomène, je n'ai jamais rien vu de pareil. Un sixième sens... Et elle connaissait à fond la brousse, les animaux, les insectes, les oiseaux, tout... J'ai commencé à l'observer de près. D'autant que, comme vous l'aurez constaté, elle est plutôt agréable à regarder.

Petit sourire de vieillard nostalgique.

Elle travaillait avec entrain, du lever au coucher du soleil ; le soir, elle rejoignait tour à tour les divers groupes – les gens du WWF, les gardiens, les bénévoles, les travailleurs, les assistants. Un soir qu'elle se trouvait à une table avec Ehrlichmann et deux jeunes vétérinaires enthousiastes, un Hollandais et un Autrichien, le sujet de la sédation des éléphants a été abordé, les deux Européens intervenant à grand renfort de brillantes théories et de connaissances livresques. D'un seul mot, Flea leur a fermé le clapet : « Des conneries ! » Et de leur expliquer en détail, et non sans agacement, que l'on procédait autrement en Afrique...

– Alors, il m'a semblé évident qu'elle était véto, et je lui ai demandé si elle avait fait Onderstepoort[1]. Non, m'a-t-elle répondu, mais elle avait travaillé trois ans avec Douw Grobler. Eh bien, Douw dirigeait auparavant le service Capture du parc Kruger ; il était sans doute le meilleur entre tous. Mais quand même, avoir assimilé autant de connaissances approfondies... C'est une fille vraiment très, très douée. Mais je m'éloigne du sujet...

– Vous voulez dire qu'elle n'est pas vraiment vétérinaire ?

– Non, elle ne l'est pas, mais elle tenait fort bien tête à ces deux vétos très qualifiés. Et sur tous les sujets : quand on discutait du transport d'animaux sauvages, elle en savait plus long, et de beaucoup. C'est pour ça que

1. La plus prestigieuse école vétérinaire d'Afrique du Sud.

lorsque j'ai trouvé les deux rhinos qui pourraient inté-resser Diederik, j'ai fait appel à elle.

Absorbé par la carrière de Flea, j'avais presque oublié un détail, qui m'avait pourtant frappé quelques jours plus tôt quand nous transbordions les rhinos : « T'es donc véto », lui avait lancé Swannie, d'une voix pleine de respect ; elle avait répondu en enchaînant des termes techniques, anémie et affections gastro-intestinales… Une manière subtile de mentir…

Mais ce qu'Ehrlichmann vient de dire retient mon attention.

– Vous l'avez appelée ? Comment l'avez-vous contactée ?

– À la fin du recensement, elle avait donné sa carte de visite à tout le monde, à peu près. Je l'ai appelée sur son portable.

– Vous avez toujours sa carte ?

– Bien sûr, je vous la retrouverai. Mais, d'abord, lais-sez-moi vous dire ce qui s'est passé, à mon avis, ensuite vous pourrez en tirer vos propres conclusions. Pendant la première semaine, plus ou moins, j'ai été très impres-sionné par sa manière de fréquenter tout le monde, déli-bérément, et toujours avec aisance et charme. Au bout d'un certain temps, je me suis rendu compte qu'il y avait là une stratégie : elle a commencé à en ignorer cer-tains et même à leur battre froid, tout en focalisant sur d'autres une attention considérable.

Ehrlichmann n'a pas eu de mal à décoder son jeu : les gens à qui elle consacrait le plus d'attention étaient ceux qui pouvaient lui être utiles, ceux qui risquaient de faire appel à elle à l'avenir, ou qui pourraient lui donner accès à des gens encore plus importants… Mais le plus curieux a été son comportement lors de la soirée de clô-ture du camp n° 1, Kaswisi.

– Il y avait un énorme barbecue, on buvait beaucoup, fiesta de brousse typique pour VIP, car plusieurs personnes haut placées étaient arrivées en hélicoptère : le ministre de l'Environnement et du Tourisme, ses trois directeurs, le directeur des parcs nationaux, le responsable régional du WWF…

Ehrlichmann jette un rapide coup d'œil par-dessus son épaule, puis se penche en avant en baissant la voix, comme pour partager un secret :

– Mais le type avec qui Cornelle a passé le plus de temps ce soir-là était Johnson Chitepo.

Il se rend compte que ce nom ne nous impressionne pas spécialement.

– Vous n'avez jamais entendu parler de Johnson Chitepo ?

– *Niet*, dit Lotter.

– C'est le grand copain de Mugabe, dit-il, admiratif malgré lui, l'homme clé de l'organisation centrale du renseignement du Zimbabwe. Il est chef du Commandement des opérations conjointes, celui qui peut donner sa bénédiction à n'importe quel crime au Zimbabwe, et en assurer l'impunité. C'est également, si l'on peut se fier à la rumeur, l'homme qui a trafiqué les dernières élections… Et le successeur le plus probable du président.

Comme avec ses histoires de rencontres de grands fauves, il prépare la chute.

– Mais il ne s'agit pas tant de ce que Chitepo fait en ce moment. La clé se trouve dans son histoire et dans celle de la région. Pour le comprendre, il faut remonter à 1998, quand le président de la RDC, Laurent Kabila, avait besoin d'une armée… C'était urgent. Ses alliés, le Rwanda et l'Ouganda, venaient de se retourner contre lui. Ils étaient parvenus jusqu'aux abords de sa place forte, Kinshasa, et la situation était désespérée. Alors, il appelle son vieux pote Mugabe. Et Mugabe dépêche Chitepo pour le rencontrer, avec des instructions explicites : « Va donc voir ce qu'il y aurait là-dedans pour nous. » Il se trouve que Kabila était plus que disposé à être leur obligé : il leur propose, contre le prêt de l'armée de Mugabe, une concession minière à Mbuji-Mayi. Or, vous savez ce qu'on extrait à Mbuji-Mayi ?

Nous secouons la tête.

– Des diamants, chuchote Ehrlichmann.

– Oh, oh ! s'exclame Lotter.

Ehrlichmann hoche lentement la tête.

– Des diamants, répète-t-il, avant d'avaler le reste de son cognac. Et voilà, à mon avis, ce que notre chère Cornelle passait en contrebande.

Il nous laisse le temps de digérer l'info avant de tendre la main vers la bouteille, qu'il soulève et incline vers le verre de Lotter.

– Non, merci. Demain je pilote.

Ehrlichmann se sert.

Je ne suis pas entièrement convaincu par sa théorie.

– La guerre du Congo remonte à dix ans…

– Mais la guerre n'a rien à voir là-dedans, oubliez-la. C'est juste le point de départ. Pensez à aujourd'hui, au Zimbabwe qui a la corde au cou, aux millions de dollars de diamants qu'on extrait de Mbuji-Mayi depuis des années, alors que les acheteurs se font rares parce que le Zim est de plus en plus isolé. Les sanctions, le gel des avoirs des ministres zimbabwéens à l'étranger décrété par l'UE, le processus de Kimberley… Trouver un marché pour des diamants sales est devenu très difficile. Et il y a aussi le terrorisme international, ce qui n'est pas rien. Il y a un lien entre la concession de Mbuji-Mayi et al-Qaida.

– Sans blague… dit Lotter.

Ehrlichmann secoue la tête.

– Je ne plaisante pas. Tout au début, en 1998, Mugabe et Chitepo avaient un problème : ils ne savaient pas comment extraire les diamants, ils n'avaient pas la technologie. Mais, en Afrique, la charogne attire toujours des charognards : entre en scène Sayyid Khalid bin Alawi

Macki, homme d'affaires d'Oman et magnat minier, qui dispose de toute l'expertise nécessaire. En l'espace d'une semaine, on a créé une joint-venture entre Osleg, la branche Affaires de l'armée zimbabwéenne, le gouvernement du Zim et Macki. Et c'est notre ami Macki, paraît-il, qui a des liens avec al-Qaida. Par l'entremise de ses nombreuses sociétés, il blanchit de l'argent pour les terroristes, et leur procure en même temps fonds, armes et équipements. Alors vous voyez pourquoi il est devenu difficile pour Chitepo d'écouler ses diamants. Le monde entier a les yeux braqués sur lui, y compris la CIA. Toutes les voies normales sont bloquées, tous les postes frontières sous étroite surveillance. D'après les ragots du bush, Chitepo a un besoin urgent de vendre ses cailloux, et le temps presse. Pour lui, pour Mugabe, pour le Zim : qui sait où la coalition actuelle va finir ? C'est chacun pour soi désormais, ils s'observent comme autant de faucons… Toujours est-il que, le soir du grand barbecue, Johnson Chitepo a passé beaucoup de temps avec Cornelle. Quand je suis parti, ils étaient assis en tête à tête et discutaient intensément. Je pense savoir de quoi il retournait ; elle était parfaite, si vous voyez ce que je veux dire : une Sud-Africaine, blanche, sans liens apparents avec la contrebande et vétérinaire pouvant s'occuper des rhinos… Une très très bonne solution.

Je l'interroge au sujet des rhinos.

Il répond qu'il a entendu dire, il y a un peu plus d'un an, que Diederik Brand, le bienfaiteur des fermiers du Zim, aimerait bien acquérir un mâle et une femelle. En juin, il tombe sur ce couple de rhinos, à moins de 20 kilomètres de l'endroit où nous sommes assis ; il constate que leurs chances de survie sont minces. Le braconnage du rhino noir est soutenu, très organisé, et la police du Zim, parfaitement au fait, ne bouge pas. Il fait donc prévenir Diederik par le réseau : il capturera les animaux et les acheminera jusqu'à la frontière, si Diederik assure le financement. Lorsqu'il reçoit une réponse positive, le choix de Cornelle Van Jaarsveld s'impose, en raison de son expertise en sédation des animaux sauvages. Il retrouve sa carte de visite et l'appelle…

Je l'interromps :

– C'était quand, tout ça ?

– Début juillet. Deux jours plus tard, elle était là. Je découvre une négociatrice expérimentée : si je fournis l'équipe pour charger les rhinos, elle s'occupera du reste – camion, médicaments… Mais elle avait la main lourde : 250 plaques…

Donc, Flea aurait eu un quart de million de rands et trois mois pour tout organiser. Et très probablement l'entière coopération de Johnson Chitepo et des autorités zimbabwéennes pour faire fabriquer les poches de plastique, combiner le passage des postes de contrôle et organiser la sécurité jusqu'à la frontière. Si Ehrlichmann a vu juste.

– J'ai pisté les rhinos, nous sommes convenus d'une date pour la capture et, la semaine dernière, nous l'avons effectuée. Cornelle a piqué les bêtes, nous les avons chargées, et elle est repartie avec. Tout était normal, rien à signaler. Et les deux rhinos étaient en parfaite santé lorsqu'elle a pris cette piste que vous voyez là-bas.

Il indique le chemin par lequel nous sommes arrivés au camp.

Surpris, je demande :

– C'est elle qui conduisait le camion ?

– Oui.

– Pas de chauffeur ?

– Elle m'a dit qu'un chauffeur l'attendait à Kwekwe. À 250 bornes d'ici, à peu près.

43

Chaque individu a une manière personnelle de
marcher qui constitue la « signature » de sa trace.

« Introduction »

Pas moyen de dormir. Couché dans la tente, j'écoute
les bruits de l'Afrique. Je reconnais le hurlement du cha-
cal ; les autres sont indéchiffrables : oiseaux, insectes,
animaux nocturnes vivant leurs vies mystérieuses dans le
secret de la nuit... Comme beaucoup d'entre nous. Avant
de quitter le feu de camp qui s'éteignait, j'ai posé à Ehrlichmann encore deux questions. Est-ce que Flea lui avait
parlé de son domicile, l'endroit où elle était basée ?

– Curieux que vous me demandiez ça... La veille de
la capture des rhinos, je lui ai demandé d'où elle venait.
Elle a indiqué d'un geste sa sacoche rouge et m'a dit :
« C'est ça, mon chez-moi. » Alors, j'ai précisé : « Mais
non, je veux dire, où est-ce que vous avez grandi ? »
Elle a ri, d'un rire un peu bizarre. « Au purgatoire », a-
t-elle répondu. Je n'ai toujours pas compris ce qu'elle
voulait dire.

Je l'ai questionné ensuite au sujet de Diederik Brand
et des caisses Kvaerner.

– Eh bien... a-t-il commencé en contemplant son
verre comme s'il contenait quelque chose de significatif.
Ici, nous sommes en Afrique.

Savait-il qu'il s'agissait d'armes ?

– Oui, je le savais.

Quelle était leur destination ?

Il s'est levé, plus très assuré sur ses pieds, et m'a dit :

– Venez donc voir.

Il a ramassé une lampe-tempête sur une des tables et s'est éloigné dans la poussière. Je l'ai suivi, Lotter est resté assis.

Il s'est éloigné des tentes, remontant la pente de la butte. Derrière des broussailles épineuses et un affleurement rocheux, cachées à l'ombre des arbres, il y avait deux cabanes en tôle, semblables à ces cabanons de chantier qui servent d'ateliers temporaires, peintes en vert sale, les traits hâtifs du pinceau encore visibles. Les portes doubles d'une des deux cabanes étaient ouvertes, laissant apercevoir à la lumière faiblarde de la lampe deux Land Rover, dont l'un était monté sur des blocs de bois, ainsi que des pièces détachées, de vieux pneus, de l'outillage… Ehrlichmann poursuivit jusqu'à l'autre cabane, me passa la lampe, sortit de sa poche un trousseau de clés, traficota un peu et finalement ouvrit la serrure, tira la porte, reprit la lampe et entra. Il souleva une bâche, la poussière tourbillonna dans les rayons de la lampe.

– Les voici.

Les caisses…

Les couvercles de deux des caisses étaient ouverts, les autres fermés. Ehrlichmann leva un des couvercles : je vis des fusils encore emballés dans du plastique à bulles, avec quelques vides là où on en avait pris.

– Ils sont à vendre ?

– Vous en voulez ?

– Eh bien, ça dépend du prix.

– Servez-vous donc, c'est gratuit.

Interloqué, je lui jetai un regard. Il sourit puis se baissa, prit un MAG-7, alla à l'autre caisse descellée, prit un carton de munitions et me flanqua l'ensemble dans les bras. Il tira alors la bâche pour tout recouvrir et sortit. Dehors, il posa la lampe par terre et referma lentement les portes. Nous sommes retournés vers les tentes. À mi-chemin il s'est arrêté et a levé sa lampe pour me regarder.

– Quand même, vous êtes un sacré numéro, fit-il. Tellement vertueux !...

Une simple observation, sans reproche.

Il allait se détourner, mais se ravisa et m'affronta encore une fois :

– Je crois cependant que vous avez vos propres démons.

Il leva l'autre main et pendant un court instant, surréaliste, je crus qu'il allait me frapper. Mais il ne fit que dénouer ses cheveux, secouant la tête pour qu'ils se répandent sur ses épaules.

– Je distribue ces fusils. À mes amis fermiers, les rares qui me restent. C'est ce que voulait Diederik, c'est pour ça qu'il a fait ce don.

Il s'est retourné lentement et a rejoint le feu. Il a dit à Lotter « Je vous souhaite bonne nuit », puis reprenant son grand bâton de pèlerin il s'est éloigné vers les tentes de son pas digne de sage de la brousse.

Maintenant, sur mon lit, j'écoute la nuit et je réfléchis : aux animaux nocturnes et aux vies mystérieuses, aux perceptions. Aux histoires que nous élaborons et embellissons en les racontant... Aux couches sur couches de peinture, de camouflage, que nous appliquons, dressant nos façades avec tant d'habileté que les coups de pinceau sont presque invisibles. Diederik Brand, ce vieux pirate qui escroque les fermiers. Un « personnage », d'après Lourens Le Riche – statut confirmé par Lotter –, et que j'avais pris pour un cygne noir... Gris, son camouflage : d'un ton juste assez clair pour justifier le bon sourire des habitants du Haut-Karroo : « Hé, hé !

Sacré Diederik !... » Il aurait délibérément créé cette image pour situer dans un vague no man's land moral des faits et gestes qui frôlent la criminalité. C'est son unique argument de vente, comme dirait Emma en parlant de ses clients et de leurs produits. C'est ce qui permet à Diederik d'émerger de la masse ; bref, c'est son histoire.

A-t-il délibérément caché à Loxton son rôle de bienfaiteur, son aide d'urgence aux fermiers du Zim, son don d'une cargaison de MAG-7, parce que cela risquerait d'altérer son image, de le rendre moins intéressant aux yeux des villageois ?

Étrange... vraiment. Que le vrai Diederik Brand se présente ! Ou est-il réellement ce nœud de contradictions : l'escroc qui contemple avec un évident plaisir les rhinos qui paissent paisiblement, sauvés grâce à son implication, son initiative, ses mensonges pieux et ses falsifications ?

Et Ehrlichmann, ses longs cheveux, ses bracelets et sa crosse de prophète ?... Une marque déposée, cette image peu subtile, éhontée même, mais affinée à force de sagacité, d'affectation, d'inflexions théâtrales, de contes captivants. Je me méfie des gens comme ça, c'est un trait de mon caractère, je les soupçonne toujours de chercher à cacher quelque chose... ou bien de vivre dans un monde fantasmé. Quoi qu'il en soit, dans ma profession, cela signifie : danger.

Je crois cependant que vous avez vos propres démons... Cette affirmation renferme pas mal d'implications : qu'il ait ses démons à lui ?... qu'il ne me juge pas ?... qu'il soit capable de pénétrer mes démons à moi ?... et qu'il ait intérêt à le faire ?... ou qu'il s'y intéresse ? Autant de traits qui le rendraient plus intéressant que son image affectée. Mais surtout je pense : Pourquoi tout cela ?

Peut-être, comme pour Diederik, est-ce le besoin de se faire remarquer. C'est la théorie d'Emma : le besoin de sortir du lot, d'échapper à l'uniformité de la masse, en l'occurrence de créer une image de soi grâce aux choses que l'on achète, de brandir aux yeux du monde une pancarte proclamant : « C'est moi ! » Emma trouve ce concept excitant, je le trouve tout simplement déprimant. Ne plus se définir par ses actes, mais par ce que l'on possède. Consumérisme, superficialité, convoitise : tel est le moteur, l'origine de tout mensonge et de toute escroquerie.

Voilà, je pense, ce qui aura motivé Flea… sa solution aux problèmes posés par son passé tragique, ses blessures, son humiliation. Ses mots dans le camion au sujet des Afrikaners riches me reviennent à l'esprit : *Ils ne sont pas tous comme ça*. Car elle voudrait tant être riche, la pauvre, persuadée que ça soulagerait sa douleur.

Alors elle est totalement déterminée, manipulant les autres sans pitié. Je l'imagine dans ses vêtements sexy au cours du recensement des éléphants, s'activant, guettant les opportunités, établissant des contacts et battant froid aux « inutiles » en se rapprochant des « utiles »…

Elle nous a manipulés, moi, et surtout Lourens, et si habilement : elle nous a fait marcher comme des automates à coups d'insinuations, d'avances subtiles. Et cette nuit devant le camion, quand Inkunzi et ses acolytes fouillaient à l'intérieur, tous ses plans dans la balance, nos vies en péril, elle a dû être terrorisée… Puis, le danger passé, elle s'est vite remise et adaptée à la situation.

Et le vol de mon Glock ?… Est-ce l'arrêt devant les Harley-Davidson qui lui a fait comprendre que j'irais la chercher ? Et qui l'a conduite à prendre des dispositions en vue de cette éventualité ?

Je repense à Ehrlichmann disant : *Elle a tant de potentiel !* Mais c'est bien plus que du potentiel, elle a combiné, organisé, planifié toute cette opération… et elle l'a exécutée.

Que fera-t-elle le jour où elle se rendra compte que l'argent ne guérira pas ses blessures ?

44

L'abattage d'animaux dangereux doit être réservé
aux gardiens expérimentés, qui savent ce qu'ils
font.

« Animaux dangereux »

Nous prenons le petit déjeuner seuls ; Chipinduka, le
chauffeur du Land Rover, nous annonce :

– Shumba est allé marcher. Il vous salue, il vous dit
au revoir, vous serez toujours les bienvenus.

– Il marche beaucoup ? demande Lotter.

– Tous les matins et tous les après-midi.

Il sort quelque chose de la poche de sa chemise.

– Shumba m'a dit de vous remettre ceci.

C'est une carte de visite, couleur sable, où figure
l'empreinte d'une patte. *Cornelle Van Jaarsveld*. Une
adresse gmail et un numéro de téléphone – mais pas
celui que m'a donné Lourens.

Lotter demande à Chipinduka :

– Que signifie Shumba ?

– C'est le mot shona pour « lion ». À cause de ses
cheveux ; il a les cheveux d'un lion.

– Vous connaissez les empreintes d'animaux ? dis-je
alors.

– Oui, je les connais.

Je lui montre la carte de Flea.

– Cette empreinte, savez-vous à quoi elle correspond ?
Il étudie l'image.
– Je pense que c'est celle d'une hyène brune.
– Une hyène brune ?
– Oui, ce n'est pas celle de l'autre hyène.
– Quelle différence ?
– La brune, elle chemine seule.

Lotter, tout en dénouant les cordes qui retenaient l'avion, lève la tête et me demande :
– Alors, quel est le plan ?
Je regarde la piste – elle est vraiment très courte – et les collines qui nous entourent.
– Première étape : survivre au décollage.
– Et si on réussissait, par miracle ?
– Me déposer à Jo'burg, s'il vous plaît.
– Parce que vous pensez qu'elle est là-bas ?
– Sans doute pas. Mais mon dernier indice, si.
Inkunzi, qui s'est collé à Flea en lui chuchotant quelque chose à l'oreille.
– Et vous avez un compte à régler ?
– Ça va peut-être devoir attendre.
Lotter paraît perplexe.
– J'aurai peut-être à choisir entre information et satisfaction : pas facile.
– J'ai remarqué ça chez vous, dit-il en commençant son inspection de l'appareil.
Les deux Shona l'observent avec beaucoup d'intérêt. Il demande à Chipinduka :
– Envie de faire un tour ?
Grand sourire éclatant, mais en secouant la tête.
– On n'est pas fous.
– C'est sage, dis-je.
Ils rient.
Quand Lotter a fini, nous les saluons et montons à bord. Il a cet air enchanté qui m'exaspère.

299

– Jamais assisté à un miracle ? me demande-t-il.
– Pas vraiment.
– Alors préparez-vous à vivre une grande première.

Le miracle se produit. Je ne sais pas comment, car j'ai gardé les yeux fermés.

Lorsque nous atteignons l'altitude de croisière et que Lotter a terminé son dialogue radio en dialecte pilote, je lui demande s'il lui est jamais arrivé de se représenter en animal.

– C'est quoi, cette question de gonzesse ? dit-il en imitant à merveille l'accent d'Arnold Schwarzenegger.

– Je pense que c'est la nouvelle mode : Shumba, le lion à la crinière, Flea et la hyène brune, Snake, le serpent qui s'est fait écraser lors de l'attaque du camion. Et maintenant je rends visite à Inkunzi, le Taureau. Qu'est-ce qu'ils ont donc, tous ces gens ?

– Ça fait partie de notre culture, je suppose, répond Lotter avec philosophie.

Il ajoute, quelques minutes plus tard :

– Vous avez lu Laurens Van der Post, le naturaliste ?

– Non.

– Il a raconté la rencontre d'une petite mangouste et d'un cobra de deux mètres…

– Et alors ?

– C'est vous, ça… Je ne veux pas dire le cobra.

– La mangouste a gagné ?

– Eh bien… je ne sais plus.

Nous atterrissons à Lanseria un peu après midi.

– Je vous dépose sur le tarmac, il faut que je fasse le plein. À propos, le fusil de chasse est dans votre sac ?

La veille, il n'a rien dit quand je suis revenu dans la nuit avec Ehrlichmann en portant le MAG-7 et des cartouches.

– Oui.

– Alors, il faut leur dire que nous arrivons de Musina. Pas utile que vous passiez la douane.

– Merci, Lotter.

Il me serre la main.

– Ce fut très agréable et instructif.

– Je pourrais presque en dire autant s'il n'y avait eu l'atterrissage au Zim.

Il rit.

– Bonne chance, l'ami. Et quand tout sera fini, passez-moi donc un coup de fil. J'aimerais savoir comment ça s'est terminé.

Au bureau de location de voitures, je demande s'il y a une Ford disponible.

– Une Ford ?

– Oui, s'il vous plaît.

– Mais pourquoi une Ford ?

La question est méfiante.

– J'aime bien les Ford.

L'employée lorgne mon visage meurtri pendant que son ordinateur termine la recherche.

– Je peux vous donner une Ikon.

– Merci beaucoup.

Elle examine ma pièce d'identité à la lumière du jour pour s'assurer que ce n'est pas un faux. C'est le prix de ma loyauté à la marque Ford et de mes blessures trop visibles.

Je roule vers Sandton sur une voie rapide encombrée. On se traîne. Quand le Gautrain[1] entrera-t-il en service ? La seule chose que je reproche à Johannesburg, c'est sa circulation frustrante.

Au Holiday Inn de Sandton, on ne se préoccupe ni de la marque de ma voiture ni de mon apparence ; on me donne une chambre sur rue au deuxième étage. Je pose

1. Réseau régional express de Gauteng.

301

mon sac sur le lit, sors la carte de visite de Flea et compose son numéro. L'appel aboutit sur une boîte vocale. « Ici Cornelle, laissez un message s'il vous plaît. » Très pro, mais un peu trop pressée : Flea en mode vétérinaire hyper-efficace… Je raccroche et j'appelle Jeannette pour la mettre au courant.

Mon employeuse est une femme aux talents multiples. Celui qui m'impressionne le plus est sa déclinaison à l'infini du mot « putain ». Elle l'utilise à quatre reprises au cours de mon exposé, chaque fois avec une intonation et une signification différentes. Lorsque j'en arrive aux diamants, elle le prononce pensivement, signe que l'esprit d'entreprise dont fait preuve Flea lui en a mis plein la vue.

– Voilà pourquoi je veux parler à Inkunzi. C'est lui, le dernier lien possible.

– Lui parler ?… Putain !

– Je compte lui expliquer poliment qu'il convient de laisser en paix les gens de Body Armour.

– Et tu voudrais que je croie ça ? Allons donc, Lemmer !

– Allez, Jeannette ! La bétaillère de Nicola… Inkunzi et ses hommes ont pu noter son numéro d'immatriculation ; s'ils veulent nous trouver, ils pourront. Bien sûr, j'aurais plaisir à lui arranger le portrait, mais là ce n'est pas une option raisonnable. Lourens et moi serions obligés de regarder par-dessus notre épaule pendant le restant de nos jours.

– Putain ! dit-elle. Avis de tempête !… Lemmer a utilisé le terme « raisonnable » !

– S'il arrivait quelque chose à Lourens ou à Nicola… À Loxton, on ne me le pardonnerait jamais. De toute manière, la priorité numéro un est de remettre la main sur mon Glock.

– Hum… fait-elle. Et qu'est-ce qui te fait penser qu'Inkunzi acceptera de te parler ?

– J'ai un plan.

– Raconte.

Je m'exécute. Quand j'ai terminé, elle me dit :

– Et tu appelles ça un *plan* ?

– Eh bien, ça pourrait marcher… Tu as mieux à me proposer ?

– Parfaitement. Mon plan, le voici : tu rentres dans ton bled et tu laisses tomber toute cette affaire. Mais je sais que tu ne feras pas ça… Bon, OK, je vais te trouver l'adresse de son domicile. Tu as besoin d'autre chose ?

– Oui, s'il te plaît. Je cherche un expert en maquillage. À l'heure actuelle, mon visage attire trop l'attention.

– Je vais voir ce que je peux faire.

45

Parce qu'elles comptent sur leur camouflage pour échapper à la détection, les vipères heurtantes sont responsables de la majorité des morsures graves de serpents venimeux.

« Animaux dangereux »

Je prends ma Ford et me rends à l'adresse que Jeannette m'a envoyée par SMS. Le domicile d'Inkuzi, son *kraal*, est une maison de nanti au bout d'une longue impasse à Gallo Manor, zone résidentielle aisée à un jet de pierre du très chic Country Club de Johannesburg. De grands arbres sur le trottoir, un mur d'enceinte de deux mètres de haut, mais sans fils électrifiés, qui dissimule presque entièrement la maison. Des arbustes, arbres, lianes et autres plantes grimpantes de l'autre côté. Le jardin est certainement luxuriant mais bien tenu ; il y aura donc beaucoup d'ombre.

Le portail à ouverture électronique est surmonté d'une caméra de surveillance, et flanqué de deux pancartes : *Python Patrols – Alarms and Armed Response*, ainsi que : *Python CCTV – votre œil de sécurité 24/7*.

Les alarmes, je m'y attendais, mon plan en tient compte ; les caméras ajoutent un risque supplémentaire, mais pas insurmontable.

Le véhicule d'une société de sécurité privée passe

dans la rue : Eagle Eye. Encore des associations animales… Lotter a peut-être raison, ça doit être enraciné dans notre culture.

Je roule jusqu'au bout de la rue, tourne en faisant mine de chercher une adresse, reviens sur mes pas et inspecte la maison une deuxième fois. Après ça, je repars. Dans ce genre de quartier, s'arrêter et regarder, ça ne se fait pas. Voilà mon plus grand problème.

À Sandton City, j'achète un appareil photo Panasonic FX37, une lampe torche Energizer (option filtre rouge), une casquette de base-ball, des lunettes en plastique bon marché, une paire de gants en cuir mince et un livre pour bouquiner : Max Du Preez, *Of Tricksters, Tyrans and Turncoats*[1].

Dans l'après-midi, la maquilleuse de choc frappe à la porte de ma chambre. Elle s'appelle Wanda et a le sens de l'humour :

– J'espère que chez l'autre, c'est pire ! commente-t-elle en voyant les dégâts.

Elle me fait asseoir sur le pliant surélevé qu'elle a apporté, pose sur le lit une mallette en alu contenant poudres, pinceaux, fards et rouges à lèvres. Elle se tient tout près de moi, femme attrayante d'une trentaine d'années au visage angélique, à la chevelure sombre et au regard doux. Elle me passe délicatement une petite éponge ronde sur le visage. Elle sent bon.

– Vous connaissez donc Jeannette ? je lui demande.

– Au sens biblique, dit-elle sans la moindre gêne.

– Divorcée ?

– Pas du tout : née comme ça. Et vous ?

– Comme ça, gueule cassée.

---

1. *Tricheurs, Tyrans et Traîtres*. Max Du Preez est journaliste et militant de gauche, fondateur du *Vrye Weekblad*, seule publication d'opposition en afrikaans à l'époque de l'apartheid.

Elle a un beau rire profond.

Son œuvre accomplie, elle recule pour la contempler.

– Évitez de vous frotter le visage, de suer, de frôler des gens, de vous gratter si ça vous démange. Quand vous irez vous coucher, vous pourrez enlever tout ça au savon et à l'eau.

Elle me tend un petit miroir pour que j'apprécie. Je m'exclame :

– Brad Pitt !

– *Bad* Pitt, rectifie-t-elle en riant, tout en remballant son matériel.

– Jeannette vous a dit que le contrat pourrait couvrir plusieurs jours ?

– Oui. Je suis disponible l'après-midi, pas de problème.

– Qu'est-ce que vous faites d'habitude ?

– Je suis indépendante. Je travaille surtout pour la télé.

– Vous avez déjà travaillé sur *7 de Laan* ? demandé-je avec espoir.

– Non… Vous êtes fan de la série ?

– Un inconditionnel.

Elle secoue la tête, incrédule.

– Quel monde merveilleux ! remarque-t-elle, et je me demande ce que Jeannette lui aura dit à mon sujet.

Je porte son pliant à sa voiture et lui dis au revoir. De retour dans ma chambre, je ferme les rideaux pour pouvoir tester l'appareil photo dans l'obscurité. Dix mégapixels, zoom optique 5×, autofocus intelligent qui peut gérer à peu près tout lorsqu'on n'a qu'une seule chance de prendre une photo.

Exactement ce qu'il faut pour un idiot comme moi.

Je sors les Pages jaunes du tiroir et cherche une compagnie de taxis qui travaille à Sandton.

Le Bull Run est plutôt une bonne surprise. C'est en face de la Bourse, à côté de l'hôtel Balalaïka ; le décor est simple, de bon goût, les murs sont en brique nue, un poêle chauffe le tout et un comptoir de boucherie débite de la viande à emporter.

À 18 h 30, l'établissement n'est qu'à moitié plein. C'est du bar qu'on a la meilleure vue sur la salle du restaurant, mais j'y serais trop repérable ; je demande une table dans un coin. La jeune serveuse, en chemisier blanc et tablier noir, jette un coup d'œil interrogateur à mon sac de sport noir et me conduit à une table. Je m'installe, en tournant à moitié le dos à la salle, et ouvre la carte, que j'étudie longuement avant de lever la tête et de regarder alentour.

Julius Inkunzi Shabangu n'est pas là.

Y a-t-il du jus de raisin Birdfield ? Non, dit la serveuse. Je commande une salade avec une friture d'haloumi et du jus de raisin rouge Grapetiser, et m'enquiers de l'horaire de fermeture. Cela dépend, me dit-elle, normalement plutôt tard, vers 1 heure du matin.

Je me mets à bouquiner en me demandant si je devrais contacter l'auteur pour lui parler de la nouvelle génération de tricheurs.

On m'apporte mon Grapetiser, suivi de la salade. Je commande un steak au poivre, en précisant que je ne suis absolument pas pressé.

Aucun signe d'Inkunzi.

À 20 h 30, la salle s'est remplie : il y a deux grands groupes d'hommes d'affaires ; puis, çà et là, des familles, des couples, quelques tables de jeunes de vingt ans qui s'amusent, Blancs et Noirs mêlés, décontractés, comme si notre pays n'avait jamais eu d'histoire. Il en va de même dans les centres commerciaux et les rues, comme si la ville représentait ce que pourrait être notre pays si l'on parvenait à effacer l'ombre noire de la pauvreté…

Mon steak est parfait, les frites chaudes et croustillantes, l'accompagnement de petits épis de maïs et de poivrons rôtis pas vraiment à mon goût.

Je commence à douter qu'Inkunzi se présente…

À 20 h 50, il fait son entrée avec sa suite : quatre jeunes femmes et trois hommes de main. Je reconnais l'un d'eux qui, avec ses potes, m'a bourré de coups de pied dans le Waterberg.

Ils s'installent à une table sur ma gauche ; je leur tourne le dos, attrape mon sac de sport, ouvre la fermeture Éclair.

Le MAG-7 est là, au cas où…

Ils sont plutôt bruyants, riant, parlant haut et fort, avec de grands gestes. Ils se sentent tout à fait chez eux.

Je termine mon plat, refuse poliment le dessert et demande l'addition ; quand celle-ci arrive, je paie tout de suite.

Je ramasse mon sac, je le balance sur mon épaule de façon à garder le fusil à portée de main, et je sors paisiblement en détournant la tête.

La voiture se repère facilement : une BMW X5 noire aux jantes extravagantes ; immatriculée INKUNZI. La modestie même.

Il n'y a pas d'autres gardes du corps ni de sentinelles. Je m'assois à côté de la fontaine de Village Walk et j'appelle la compagnie de taxis pour commander une voiture. Je sors la casquette de base-ball de mon sac et la visse bien bas sur ma tête ; je chausse les lunettes. Dix minutes plus tard, le taxi arrive, je monte et demande au chauffeur noir de stationner de façon à me permettre de voir l'intérieur du restaurant.

– Le compteur tourne, prévient-il.

– Laissez tourner.

Je lui donne l'adresse de la maison d'Inkunzi.

– Vous savez où c'est ?

– Je sais où tout se trouve.

Il désigne le GPS sur le pare-brise et entre l'adresse ; l'instrument indique qu'elle se trouve à 6,9 kilomètres et que le trajet prendra quatorze minutes.

– Dès que je vous ferai signe, il faudra foncer.

– *Yebo*.

Ce type a déjà tout vu, tout entendu : ça, c'est Johannesburg. Dix minutes plus tard, il demande s'il peut mettre de la musique.

– Bien sûr, réponds-je.

Il se branche sur une station qui passe du *kwaïto*.

À 22 h 30, il me pose une question :

– Ennuis de femme ?

– Eh oui…

– Bienvenue au club, soupire-t-il.

À 23 h 15, Inkunzi et sa suite approchent de la porte du restaurant.

– On y va, dis-je au chauffeur.

Il démarre doucement et suit les indications de son GPS, conduisant rapidement, mais sans prendre de risques ni dépasser la vitesse autorisée.

Les rues de Gallo Manor sont tranquilles, les habitants protégés derrière leurs hautes murailles et systèmes de sécurité. En chemin, nous voyons patrouiller deux voitures de sécurité privée.

– Là !

J'indique l'ombre profonde sous un des arbres qui bordent la rue, attrape mon sac. La course est facturée 265 rands ; je lui en donne 350.

– Achetez-lui des roses. Pour moi, ça marche, dis-je au chauffeur en descendant.

– Chez moi, ça a pas l'air, mais merci quand même.

Il jette un regard en coin au sac noir, secoue la tête et repart.

46

> Un pisteur qui veut se rapprocher d'un animal
> doit s'assurer que sa présence n'a été détectée ni
> par l'animal suivi ni par d'autres animaux qui
> pourraient donner l'alerte.
>
> « Principes de la traque »

Le timing, c'est crucial… avec un peu de chance en
prime.

Mon hypothèse, c'est qu'Inkunzi aura choisi le
meilleur système de sécurité qu'on puisse trouver sur le
marché : dehors, des détecteurs à grand angle ; à l'intérieur, un système optique à infrarouges. J'imagine qu'en
arrivant il le désactivera par télécommande ; ce sera là
mon ouverture. Voilà pour le timing.

Il y a deux risques principaux : qu'une patrouille de
vigiles me tombe dessus avant son arrivée ; et que lui ou
ses acolytes me voient lorsque je franchirai le mur. C'est
là que la chance interviendra.

Le problème, c'est qu'Inkunzi est plus lent que je ne
pensais. Je me tiens prêt à 20 mètres du mur d'enceinte,
caché dans l'ombre d'un jacaranda ; j'enfile les gants,
j'accroche le sac à mon épaule… et j'attends. J'entends
le sifflement de la circulation sur la N1, une alarme de
voiture qui hurle sur un seul ton, une moto qui accélère,
stridente, en poussant les vitesses…

Dix minutes. Rien ne bouge ; pas de voiture de patrouille.

Quinze minutes.

Sont-ils allés ailleurs ? Pour déposer ou prendre quelqu'un ?

Vingt minutes. Ma chance s'amenuise.

Vingt-deux minutes : enfin ! Des phares apparaissent au bout de la rue.

Je me glisse derrière le tronc de l'arbre, en espérant qu'il soit assez large.

Le faisceau des phares me balaye, disparaît ; la voiture s'arrête. Derrière mon tronc, j'épie : ils sont trois dans la BMW à attendre que le portail s'ouvre. Il va falloir faire vite.

Ça y est, il est ouvert, la voiture entre. Je fonce.

Je vois une autre voiture approcher au ralenti : une patrouille de vigiles ?

Je balance le sac par-dessus le mur, je saute, attrape le haut du mur, mes chaussures de gym dérapent sur l'enduit lisse ; encore un effort désespéré, et je parviens à me hisser en haut.

Là, je glisse sur le ventre, je roule de l'autre côté... C'est trop exposé... je cherche le sac, que je repère sur une pelouse... Bruit de la porte du garage qui se ferme automatiquement. Je ramasse le sac et file entre les buissons vers la maison.

Combien de temps me reste-t-il avant qu'ils activent l'alarme extérieure ?

La maison est massive, moderne, à trois niveaux qui épousent les contours du terrain. L'endroit le plus bas est le plus éloigné de moi, à l'est, loin à l'arrière. Je longe le côté sud, où il y aura les fenêtres les plus petites, celles des salles d'eau et des espaces de rangement.

À l'intérieur, sur ma gauche, on allume, au niveau le plus proche du portail. Il faut aller plus loin, m'éloigner de l'activité.

Je cours le long d'un chemin pavé qui borde la maison. Les premières fenêtres, trop haut placées, sont inaccessibles. Une petite volée de marches, je manque de tomber. J'arrive au niveau deux : les fenêtres sont encore trop hautes. Et le temps passe...

Encore des marches, je suis au troisième niveau, les fenêtres sont à ma portée, et je n'ai plus de temps : c'est maintenant ou jamais. La première m'arrive à la poitrine, elle est juste assez grande pour me permettre de passer. Je sors un tee-shirt de mon sac, je l'enroule autour de mon poing et je frappe fort la vitre ; elle tombe à l'intérieur avec un craquement bref mais sonore. Je passe la main dans l'ouverture, j'attrape la poignée et pousse le battant, je balance le tee-shirt à l'intérieur, puis le sac, et je me faufile, refermant la fenêtre derrière moi.

Il y a un capteur de contact. L'alarme intérieure a-t-elle été désactivée ?

Je me trouve dans des toilettes, porte fermée. Je m'agenouille, fourre le tee-shirt dans mon sac, sors le MAG-7 et fais monter une munition dans la chambre. Les secondes s'écoulent. Rien ne se passe.

Phase un accomplie.

Et j'espère, réussie.

La phase deux ne devrait pas poser de problème hormis un facteur préoccupant : je dois absolument passer un peu de temps en tête à tête avec Inkunzi, juste lui et moi. Il va donc falloir régler mon affaire avec lui sans que ses acolytes sachent que je suis ici, car si je fais perdre la face au caïd devant ses hommes il m'en voudra à mort, et l'un des objectifs de l'opération est justement d'éviter ça.

En revanche, je pourrais tourner son statut de chef à mon avantage. Pour cela il faudrait que je prouve qu'il est vulnérable ; si j'y parvenais, j'aurais un moyen de pression. Voilà une deuxième raison pour l'isoler et l'affronter seul à seul. Mais cela rend mon entreprise encore plus difficile.

Je compte sur deux hypothèses : que ces gens se sentent en sécurité derrière leurs systèmes de protection ; et que la disposition de cette maison est typique, avec les pièces de réception devant, près du garage, et la zone d'habitation, les chambres plus loin, vers le fond. Inkunzi s'est probablement attribué la plus grande, la salle du trône.

Cette partie de la maison est silencieuse.

Je sors l'appareil photo que je glisse dans ma poche de chemise. Puis j'enroule la dragonne de la lampe Energizer autour de ma main gauche.

J'ouvre doucement la porte des toilettes, tout en restant accroupi.

Le couloir est plongé dans l'obscurité.

J'allume la lampe à infrarouges pour conserver une vision nocturne.

Les chambres devraient se trouver sur la droite. J'avance sur la pointe des pieds, en regardant d'abord à gauche, là où je suppose qu'Inkunzi et ses compagnons font la fête. Rien.

Je regarde à droite : un long couloir obscur. Je l'éclaire un instant avec la torche : des deux côtés, il y a des portes.

Je m'avance, avec de vagues souvenirs de leçons apprises il y a vingt ans lors de mon entraînement chez les commandos : le MAG-7 précède chacun de mes mouvements. Le couloir est large et, d'après mes calculs, la porte que je vois au bout doit être celle de la chambre principale.

Elle est fermée.

Un bruit derrière moi. Je presse la torche contre ma chemise pour atténuer la lumière et je me retourne vivement en m'accroupissant, le MAG à l'épaule.

Une voix… quelqu'un apparaît au bout du couloir, ouvre une porte, allume et disparaît dans une pièce. Je roule vers la porte ouverte la plus proche. C'est une chambre. Un lit massif, couvert de coussins. Je m'accroupis contre le mur à côté de la porte et tends l'oreille.

J'entends une porte se fermer au bout du couloir. Puis, silence.

Je regarde précautionneusement dans le couloir. Personne : il est donc venu chercher quelque chose ?…

J'attends quinze secondes et cours jusqu'à la porte fermée. J'appuie sur la poignée. Le battant s'ouvre.

À l'intérieur, obscurité totale.

J'entre et je referme la porte.

Cette pièce est immense. Le côté nord consiste en une porte vitrée coulissante cachée par des rideaux légers. Dehors luisent les reflets d'une piscine. Devant la fenêtre sont disposés un canapé, deux fauteuils, une table basse. Contre le mur, un lit géant à cadre de bois. Je l'éclaire : la sculpture d'un taureau chargeant, menaçant dans la lumière rouge, orne la tête. Le mur sud se compose d'un bout à l'autre de portes à lattes blanches ; les deux du milieu sont ouvertes sur une salle de bains où l'on distingue vaguement du marbre et de l'inox. À gauche, contre le mur ouest, un grand écran plat de télé flanqué d'amplis.

Je vais ouvrir les portes à gauche de l'entrée de la salle de bains : un dressing avec des rangées impeccables de vêtements, en quantité impressionnante ; en bas, les chaussures ; au-dessus, vestes, pantalons, chemises, cravates, ceintures.

Contre le mur du fond, un coffre-fort pour les armes. Il faudra que je l'empêche de s'en approcher.

Je ressors du dressing. J'ouvre les portes du côté droit : une autre penderie contenant quelques vêtements féminins. Apparemment peu utilisée.

Voilà exactement la planque que je recherchais.

Je referme les portes derrière moi et m'assois au centre, sors l'appareil photo de ma poche, le place devant moi sur l'épais tapis blanc, tout en gardant le MAG dans mes bras, et j'éteins la lampe torche. Il ne reste plus qu'à l'attendre.

47

> Des attaques simulées, surtout de la part de vieux mâles solitaires, se caractérisent par un déploiement des oreilles accompagné d'un barrissement de protestation, pour se terminer parfois à quelques mètres de l'intrus, après quoi l'éléphant bat en retraite. Fuir pourrait être fatal. Devant des manifestations de ce type, rester immobile jusqu'à la fin, puis s'éloigner lentement, en restant sous le vent.
>
> « Animaux dangereux »

J'attends longtemps.

Un peu après minuit vingt, j'entends la porte de la chambre s'ouvrir. On allume, on referme. Je reste assis dans la penderie, mon fusil braqué sur la porte.

Des bandes de lumière filtrent entre les lattes puis, tout d'un coup, le bruit de la télé éclate : une chaîne de foot, le volume n'est pas très élevé, mais assez pour m'empêcher d'entendre les mouvements.

Trois minutes plus tard, l'eau coule dans la salle de bains ; d'après le bruit, il s'agit de la douche, ce qui m'offre la parfaite opportunité Kodak. Je lui laisse le temps de régler la température et de se mettre sous le jet, puis je me lève, je prends l'appareil et sélectionne l'autofocus. L'appareil dans la main gauche, le MAG-7 dans la droite, je vais à la porte du couloir, que je ferme à clé, et je m'avance vers la salle de bains.

Julius Inkunzi est sous la douche ; il me tourne le dos, il se savonne : épaules larges, bras forts, muscles bien dessinés, vieilles cicatrices de combats au couteau. Il chantonne doucement en zoulou.

Je lève l'appareil photo, je laisse l'autofocus se régler et je braque le MAG. J'appelle doucement :

– Julius !

Sa tête pivote brusquement ; je pousse le déclencheur, je flashe son indignation.

Il jure, l'agacement se transformant en rage. Je clique encore une fois et glisse l'appareil dans ma poche. Je prends le fusil à deux mains, je le lève et positionne la crosse sur mon épaule. Je vise son visage.

– Souvenir du passé, Julius, lui dis-je.

– Quoi ?

Il reste abasourdi, l'eau l'inonde.

– Fermez les robinets.

Il met un moment à se ressaisir et à arrêter l'eau.

– Encore un MAG-7, dis-je. Pas très précis… Mais à cette distance, ça vous emporterait complètement le genou… Alors, nous allons plutôt causer, vous et moi. Mais sans faire de bruit : dès que j'entends quelqu'un s'approcher de la porte là-bas, je tire… Vous m'avez bien compris ?

Il est mal à l'aise de se savoir nu, exposé ; ses yeux rougis montrent qu'il a bu. Des contusions noires autour de sa bouche un peu enflée rappellent notre précédente rencontre.

– Asseyez-vous, lui dis-je.

Il s'accroupit lentement, les mains en l'air ; il a compris. Instinctivement, il s'assoit de manière à cacher ses organes sexuels.

Il me regarde calmement, avec haine.

– T'es un homme mort.

– Ça fait partie des sujets dont nous devons parler, Julius. Personne n'est obligé d'être au courant de ce…

moment délicat que nous sommes en train de vivre… Ah, j'oubliais…

Je ressors l'appareil photo, le dirige sur Inkunzi en cadrant aussi le canon du fusil, et je clique. Il jure longuement, dans son langage coloré.

– Si jamais j'ai l'idée que vous me cherchez, moi ou quelqu'un de ma connaissance, j'afficherai ces photos au Bull Run, au commissariat de Sandton, je les mettrai sous les essuie-glaces de votre X5, je les enverrai aux tabloïds et à chacun de vos rivaux et complices, et je les balancerai sur Internet… en expliquant à qui veut le savoir combien ça a été facile de dompter le Taureau dans son propre *kraal*. En revanche, si vous voulez que cette conversation reste confidentielle, je vous promets ma pleine et entière coopération.

Je lui laisse le temps de ruminer tout cela, mais sa réaction ne semble pas être positive.

– Allez, Julius, quand même, vous avez une réputation à défendre ! Surtout depuis que Flea Van Jaarsveld, connue également sous le nom de Cornelle, nous a roulés tous les deux.

Je note que le nom lui dit quelque chose.

– Les diamants étaient dans le camion.

Étonnement…

– Tu mens !

– Vous vous rappelez que les rhinos avaient des ulcères ? Des excroissances roses ? C'étaient des poches en plastique, Inkunzi, qui contenaient les diamants. J'ai dû aller au Zimbabwe hier pour en avoir la confirmation. Vous étiez informé de l'expédition, n'est-ce pas ? Alors, pourquoi prendrais-je la peine de venir ici vous rencontrer si j'étais déjà au courant pour les diamants ? C'est la question importante… Pourquoi vous mentirais-je ? Voilà de quoi il retourne : Flea m'a volé une chose, et je veux la récupérer. Vous, vous voulez les pierres. Nous pourrions donc travailler ensemble.

Il digère tout cela, se redresse à moitié.

– Donne-moi donc la robe de chambre, dit-il, en indiquant le vêtement pendu à une patère.

Négocier, c'est échanger, donner et recevoir. Je lui lance donc la robe de chambre ; toujours accroupi, il se drape dedans.

– Et comment est-ce qu'on va pouvoir s'aider, tous les deux ?

Il a changé de vitesse, mais trop promptement ; je me méfie.

– Aidez-moi à retrouver sa trace.

Il rit, mais sans une once d'humour.

– C'est drôle, ce que je dis ?

– C'est impossible.

– Rien n'est impossible. Comment saviez-vous qu'il y avait des diamants ?

– Je veux d'abord me rhabiller.

– Il n'en est pas question.

– Alors, la nuit va être longue.

– Seulement si vous ne vous intéressez plus aux diamants.

– Je ne négocie pas dans une douche.

Moi, en revanche, ça me convient ; la douche lui enlève des options. Mais il faudrait que je lui permette de retrouver un minimum de dignité. Il suffira de l'éloigner du coffre d'armes.

– Venez donc, lui dis-je. Mais attention : doucement !

Il se lève, enfile la robe de chambre ; je marche à reculons jusqu'à la grande chambre, fusil braqué. Il me suit.

– Envie de fumer, dit-il, en indiquant la table de chevet sur laquelle il y a un paquet de Camel et un Zippo à côté d'un trousseau de clés.

Je hoche la tête, le MAG braqué, et recule vers le canapé devant la fenêtre. Inkunzi ferme les rideaux. Je m'assois. Il tapote le paquet, sort une cigarette, l'allume et va s'asseoir sur le lit.

– Le cendrier, fait-il, indiquant la table basse devant moi, où trône un grand cendrier en verre.

– Utilisez plutôt le tapis.

Je ne veux rien lui donner qui puisse servir de projectile.

Il expulse la fumée par le nez, toujours fou de rage.

– Comment saviez-vous qu'il y avait des diamants ?

Il aspire de la fumée, les yeux pensifs.

– J'entends pas mal d'histoires.

– C'est une histoire détaillée que vous avez dû entendre : vous saviez exactement où nous trouver.

– J'ai des Zimbabwéens dans mon équipe.

Mon équipe. C'est un sport : le crime par équipes…

– Et alors, vous avez entendu parler de Johnson Chitepo et de Flea ?

Il me regarde, impressionné.

– Vous en savez, des choses…

– Pas assez.

Il se penche en avant, les coudes sur les genoux, comme s'il voulait réfléchir, mais sans se tourner vers moi. Il tire une grande bouffée de sa cigarette, puis expulse la fumée, lentement et longuement.

– Nous avons su qu'il y avait eu une transaction. Chitepo et d'autres. Selon la première version, ça passait par le Kruger. Puis, la veille de notre intervention, j'ai entendu dire que c'était une certaine Cornelle Van Jaarsveld qui était derrière tout ça, et que la frontière serait traversée vers Musina. Un camion Bedford. Tard dans la nuit, on nous a fait savoir que finalement, ce serait un Mercedes.

– Comment est-ce qu'on l'a su ?

– Le type que Cornelle a trouvé pour conduire le Bedford… Mais il lui fallait d'abord vous laisser avant de…

Le chauffeur du Bedford : l'homme en maillot jaune, bras musclés, clope au bec… Je pige.

– Elle l'a fait attendre à Kwekwe, le temps de coller les diamants sur les rhinos. C'est pour ça que vous n'avez pas su.

Inkunzi se contente de hocher la tête.

– Et vous n'avez rien entendu raconter d'autre ? Qui étaient les gens avec lesquels Chitepo avait fait la transaction ?

– Je ne sais pas.

Il ment, mais je ne relève pas pour l'instant.

– Et puis vous nous avez laissés partir comme ça, sans encourager Flea à vous dire où les diamants se trouvaient ? Pour moi, ça n'a pas de sens.

Il hausse les épaules.

– Allez, Julius ! Pourquoi est-ce que vous ne m'avez pas tué ? Pourquoi est-ce que vous n'avez pas mis la pression sur Flea ? Un petit peu de violence ne doit pourtant pas vous gêner.

Il termine sa cigarette et regarde autour de lui, cherchant où se débarrasser du mégot. Il n'a pas envie de répondre à ma question, ce qui confirme mes soupçons.

– Vous saviez qui était l'acheteur final, Julius. Vous saviez où allait Cornelle. La seule raison pour laquelle vous étiez prêt à nous laisser repartir, c'était pour mettre en œuvre votre plan B. Mais le plan B n'était ni aussi facile ni aussi profitable que le plan A…

– Je veux poser le mégot.

Il indique la table de chevet.

– Doucement !…

Il tend le bras, pose le mégot soigneusement à côté du trousseau de clés, en le dressant à la verticale… et appuie sur quelque chose dans le trousseau : au-dessus de nous, une alarme se met subitement à hurler. Il me regarde et dit :

– T'es mort, putain !

Il me lance le trousseau et bondit vers la penderie. J'ignore le projectile et appuie sur la détente.

Rien ne se produit.

48

> À moins d'être un tireur expert et de savoir exactement quand tirer sur un animal et où viser, il vaut mieux ne pas tirer du tout, car il n'y a rien de plus dangereux qu'un animal blessé.
>
> « Animaux dangereux »

Sur le MAG, la sécurité se trouve à gauche de la détente, mais il y a également un blocage supplémentaire sur la poignée, sous le canon ; c'est celui-ci que j'ai oublié, trop habitué au Glock perdu, qui a un seul mécanisme de sécurité.

Je pousse fiévreusement le blocage de l'arme mastoc et bondis en voyant Inkunzi entrer dans la penderie et se baisser vivement pour esquiver le coup qu'il anticipe. Je tire, mais trop vite : esquilles, poussière, un gros trou dans le bois. Je fonce, il faut le rattraper avant qu'il atteigne le coffre, secondes précieuses…

Et il faut compter les coups, il n'y a que six cartouches dans le chargeur ; il m'en reste cinq…

Subitement, à la porte de la penderie, Inkunzi, debout, me vise avec un Smith & Wesson, modèle 500, un truc énorme… qui devait être caché sous une chemise… Je me flanque par terre, il tire. Tonnerre assourdissant mais il me rate. Je plonge, roule, vise le plafonnier, tire, roule encore.

Restent quatre coups…

De la lumière subsiste dans la chambre : la télé. Je me tourne, tire, roule. Là, tout est dans le noir… Il me reste trois coups…

Le téléphone sonne : les vigiles…

Le Smith & Wesson tonne encore, la balle siffle et vient se planter à côté de moi. Je roule vers le lit et me rends compte que je suis coincé : ses deux sbires arrivent. Pour moi, la porte du couloir est hors de question. Et si personne ne répond à ce putain de téléphone, les vigiles vont rappliquer à leur tour. Je n'ai plus le choix : il faut liquider Inkunzi et sortir par la porte coulissante qui ouvre sur la piscine…

On frappe à la porte de la chambre, on appelle. Je me retourne et tire à travers le bois de la porte ; de l'autre côté, il y a un cri, le bruit d'un corps qui tombe.

Il ne me reste que deux coups…

Je roule de nouveau pour m'abriter derrière le lit, me redresse brusquement et, dans le rayon de lumière qui entre par le trou dans la porte, je vois Inkunzi ; il me voit en même temps, je n'ai plus le choix. Je vise sa poitrine et je tire ; il tombe en tirant à son tour, la balle se fiche dans le plafond.

Je tourne le MAG vers la porte du couloir ; il y a encore un type par là…

Et il me reste une cartouche…

J'entends Inkunzi râler. Ce n'est pas ce que je voulais.

Une voix dans le couloir :

– Inkunzi ?

Je rampe par-dessus le lit.

Le Taureau gît sur le dos, un grand trou à côté du cœur, le sang sort en bouillons et coule sur le tapis. Il râle encore. Puis il se tait.

– Inkunzi ? répète la voix, inquiète.

Je pointe le fusil vers la porte mais ne vois rien.

Le type s'est sans doute accroupi ou agenouillé, invisible.

Il faut que je sorte d'ici, et tout de suite. Je monte sur le lit, récupère le Smith & Wesson dans la main d'Inkunzi, mais je ne sais plus combien de fois il a tiré… Je bondis vers les rideaux, que j'arrache, et dégage le loquet de la porte coulissante.

La porte du couloir vole en éclats derrière moi. En me retournant, j'aperçois une ombre qui roule dans la piéce, je tire. Beuglement : touché.

Je lance le MAG vide à droite, contre le mur ; le type me tire dessus. Je passe le revolver dans ma main droite, teste son poids, je vois le tireur se mettre debout… je tire deux fois. Il tombe.

Je me précipite vers la porte coulissante, la pousse. Je me retrouve dehors… À l'intérieur, l'alarme et le téléphone s'affolent. Combien de temps me reste-t-il ?…

Et soudain je me souviens : mon sac de sport est resté dans les toilettes ! Et les clés d'Inkunzi, sur la table de chevet… Je dégage le barillet du Smith & Wesson : les cinq coups ont été tirés. Je jette l'arme et rentre dans la chambre… Silence. J'enjambe les corps en pataugeant dans le sang, je trouve les clés, je ramasse l'arme du sbire : un revolver, plus petit – un Colt, peut-être… Je sors de la chambre et trouve dans le couloir le type qui était derrière la porte : il n'est pas mort ; son avant-bras droit a été emporté, il s'efforce d'arrêter le sang en serrant le moignon de sa main gauche.

– Aide-moi…

C'est un de ceux qui m'ont bourré de coups de pied lors de l'attaque du camion. Il me regarde, ses paupières se plissent ; il me reconnaît et étend le bras sur le tapis pour prendre son pistolet.

– Non ! lui dis-je.

Il sait qu'il y va de sa vie ; ses doigts se resserrent autour de la crosse.

Je vise le cœur et tire, puis je jette le Colt, furieux, dégoûté : ce carnage n'est pas du tout ce que j'avais projeté, ce n'est pas ce que j'ai voulu...

Je cours le long du couloir, je fonce dans les toilettes, je ramasse mon sac et ressors !... Je cherche le garage ; dans la grande cuisine, moderne et impeccable, je repère la porte qui y conduit.

Le téléphone ne sonne plus : mauvais signe...

Je cherche la télécommande dans le trousseau ; elle comporte quatre boutons. J'appuie sur le rouge. L'alarme se tait.

Je presse les autres boutons, un à un. La porte du garage s'ouvre, je saute dans la BMW, je mets le contact. Boîte de vitesses automatique. J'engage la marche arrière, la voiture sort du garage.

Je n'ai plus d'arme. Si l'équipe de sécurité arrive...

Je franchis le portail, passe la marche avant et accélère. La voiture de la société de surveillance arrive du fond de la rue, sirène hurlante.

J'accélère, abaissant la visière de la casquette sur mon nez.

Je croise l'autre voiture.

Dans le rétro, je la vois s'éloigner et tourner pour entrer chez Inkunzi.

– Putain ! dit Jeannette Louw d'un ton écœuré.

Dans ma chambre d'hôtel, je presse le portable contre mon oreille, mais j'évite de répondre.

– Et où se trouve cette connerie de BMW ?

– Devant le Bull Run.

Sa voix s'adoucit.

– Tu sais que tu es dans un foutu pétrin ?

– Oui, je le sais.

Mais je n'ai rien fait pour, c'est venu tout seul.

LIVRE 3 : MILLA

Une théorie du chaos

Du 19 septembre au 11 octobre 2009

Il faut vivre de sorte à laisser des traces chaque jour.

Pièce photocopiée
du journal de Milla Strachan,
27 septembre 2009

Pièce photocopiée : *Journal de Milla Strachan*
Date d'enregistrement : *19 septembre 2009*
Mon livre n'avance pas. L'histoire est mince, prudente, timorée. Tout comme ma vie.

De : « mailto:t.masilo@pia.gov.org »
À : « mailto:quinn@pia.gov.org »
Cc : « mailto:directeur@pia.gov.org » ; « mailto:raj@pia.gov.org »
Envoyé le : 19-09-2009, 11 h 31
Observation : Urgent

Opération Shawwal
Quinn,
Veuillez noter que désormais les activités de surveillance du Comité suprême, des Restless Ravens, d'Inkunzi et de notre expédition de pêche à Walvis Bay seront référencées sous l'intitulé « Opération Shawwal », qui fera l'objet de toute notre attention et bénéficiera de la plus haute priorité. De brefs rapports quotidiens seront indispensables.
En outre
1. Veuillez vous assurer que Reinhard Rohn comprenne bien l'urgence de cette opération. Il dispose de six opérateurs, mais possède-t-il un plan détaillé ? Qu'il en élabore un ; qu'on lui fournisse tout ce dont il aura besoin. Nous devons absolument intercepter ce chargement d'armes.
2. Nos renseignements au sujet des Restless Ravens ne me satisfont pas. Je veux un plan d'action qui permette

de modifier de façon décisive cet état de choses, et ce avant lundi 21 septembre en fin de journée.

3. Nous ne pouvons pas nous permettre de perdre chaque semaine trois journées d'écoute des appels d'Inkunzi, surtout pendant les deux à quatre semaines à venir. Comment remédier à cette situation ?

4. Veuillez me présenter avant mercredi 23 septembre un rapport complet sur les mesures prises pour assurer la sécurité au stade du Cap lors de la visite de la FIFA le 12 octobre.

Lundi 21 septembre 2009

– L'équipe américaine de foot ? De la spéculation, Tau. Où sont les preuves ? demande Janina Mentz.

– On ne peut pas ne rien faire. Les risques sont trop élevés.

– Que voulez-vous faire ? Vous adresser aux journaux ?

– Nous devrions parler au directeur général de la police, lui dire ce que nous savons.

– Autant s'adresser à la presse.

– Mais, madame, on ne peut pas ne rien faire !

– Alors que proposez-vous, Tau ?

– D'arrêter le Comité suprême, le sortir de la circulation, l'embrouiller dans des procès, braquer un projecteur dessus pour tirer toute cette affaire au clair.

– Non, dit-elle.

– Mais pourquoi pas ?

– Parce que nous aurions l'air d'imbéciles, Tau ! réplique-t-elle, agacée. C'est vous le juriste, vous devriez vous en rendre compte. Et si le juge nous donnait tort, comment ferions-nous ? Parce que c'est ce qui risque d'arriver. De quoi aurions-nous l'air ? Avec nos amis très mécontents au Moyen-Orient, un président qui aura perdu toute confiance en nous, et des extrémistes musulmans devenus encore plus clandestins qu'avant. Est-ce cela que vous voulez ?

– Je veux empêcher l'attaque, voilà, parce que les dégâts d'une action terroriste seraient bien pires !

– L'empêcher bêtement, c'est ça ?

– Vous êtes injuste !…

– Si vos gens avaient fait leur travail correctement, nous n'en serions pas là.

– Mes gens font tout ce qu'ils peuvent…

– Tout ce qu'ils peuvent, Tau ? « Navrés de ce bain de sang, monsieur le président, navrés de l'humiliation et de la honte, mais nous avons fait tout notre possible ! Vous pouvez procéder à la fusion car nous sommes aussi nuls que les services de renseignement officiels… »

– C'est ce qui est en jeu ?

– Puis-je dire quelque chose ? intervient Raj en anglais.

Il n'a jamais vu le flegmatique Masilo si remonté, et ça le trouble.

– Qu'est-ce que vous insinuez, Tau ? demande Mentz.

– Mais je n'insinue rien du tout, madame, je pose une question.

– J'ai une idée, insiste Rajkumar.

– Et quelle est votre question ? répond Janina Mentz.

– Je me demande ce qui est le plus important pour nous.

– Nous pouvons tracer les bateaux, dit Rajkumar.

– Vous suggérez que… Qu'est-ce que vous avez dit ? Tout d'un coup, elle se tourne vers Rajkumar.

– Nous pourrions suivre la piste des bateaux de pêche de la Consolidated, à Walvis Bay.

– Comment ?

– Nous avons un peu sondé leurs systèmes. Leur sécurité numérique n'a rien d'extraordinaire, et ce n'est pas vraiment surprenant. Après tout, leur métier, c'est d'attraper du poisson…

– Raj…

– Ils utilisent le MUI de la Lloyd's, et spécifiquement l'Automatic Identification System Fleet Tracker, l'AIS. C'est un système en temps réel : on se connecte au site web de la Lloyd's avec un mot de passe pour voir où se trouvent les bateaux à un moment donné. Ça marche sur satellite – une sorte de traçage GPS, version pour adultes, très avancée, archi-précise. Si nous arrivions à y entrer, nous pourrions voir où leurs bateaux ont été, où ils se trouvent à n'importe quel moment donné, et, avec de la chance, déterminer où ils se rendent Bien sûr, il nous faudrait leur mot de passe. Ensuite, il suffirait de masquer notre IP, ou d'utiliser la leur…

– Mais comment allez-vous vous procurer leur mot de passe ?

– Il suffit d'installer un enregistreur de frappe. Mais, j'y pense, nous pourrions éventuellement faire bien mieux que ça… Je veux dire – sans vouloir vous offenser – que nous avons six opérateurs là-bas, mais aucune garantie… Alors, pourquoi ne pas mettre le paquet ? Introduisons carrément une sonde dans leur système pour voir le tableau tout entier.

Mentz réfléchit longuement. Enfin elle hoche la tête.

– D'accord.

Rajkumar est radieux.

Juste avant de sortir, elle dit à l'avocat :

– Je vais parler au ministre, au sujet du 12 octobre.

50

Vendredi 25 septembre 2009

Opération Shawwal
Transcription : *Écoute : J. Shabangu, conversation télé-phonique cellulaire*
Date et heure : *25 septembre 2009, 12 h 42*
Inconnu : *Mhoroi,* Inkunzi.
JS : Dites-moi, vous, comment ça va.
Inconnu : J'ai une grande nouvelle, Inkunzi.
JS : Oui ?
Inconnu : Ce n'est pas le parc Kruger, Inkunzi, c'est Musina, et c'est pour demain, Inkunzi, peut-être demain soir...
JS : Pas de « peut-être » ! Pas de ça ! Je veux du sûr et certain.
Inconnu : Inkunzi, ils arriveront de Kwekwe demain matin, dans un vieux camion Bedford. Le colonel Van Jaarsveld, un Sud-Africain, est le contrebandier. Mon homme, le chauffeur de relève, dit qu'ils vont prendre des petites routes pour éviter les contrôles, ils mettront la journée pour arriver à la frontière. Ils n'y seront pas avant 17 heures, au plus tôt.
JS : Alors, ils passent la frontière à Musina ? Beit Bridge ?
Inconnu : Non, Inkunzi, c'est de la contrebande, ils ne passent pas la douane. Mon homme dit qu'ils vont traver-ser illégalement, quelque part entre Beit Bridge et la fron-tière du Botswana, nous pensons que c'est au parc national Mapungubwe, c'est l'endroit le plus évident.
JS : Vous pensez !... Vous vous foutez de moi ?

Inconnu : S'il vous plaît, Inkunzi, ce colonel n'a pas précisé exactement où à mon homme. Mais de votre côté il n'y a pas beaucoup de routes pour un grand camion. Regardez les cartes, vous verrez.

JS : Vous êtes sûr que c'est un Bedford ?

Inconnu : Absolument sûr, Inkunzi.

Samedi 26 septembre 2009

Ils sont tous assis dans la salle d'opérations, et Masilo prend la parole :

– Écoutez-moi bien, nous n'avons qu'un objectif : intercepter les diamants. Et nous n'avons qu'une occasion de le faire. Les opérateurs sur le terrain dépendent complètement de nous. Ils ne peuvent pas intercepter Inkunzi et ses troupes si nous ne leur disons pas exactement où aller. Je vous demande donc un professionnalisme sans faille, une concentration totale. Si quelqu'un est fatigué, a du mal à se concentrer, venez me le dire, on le relèvera. L'enjeu est énorme.

Ils se mettent au travail, la source audio a été relayée pour leur permettre d'écouter le portable d'Inkunzi lorsqu'il s'en sert, et de rester en liaison avec les sept équipes d'opérateurs de l'APR : une équipe pour chaque itinéraire possible dans la région de Musina, et une autre en réserve.

Ils entendent Inkunzi déplacer ses hommes et ses véhicules comme un général.

– Il a dix véhicules, dit un opérateur d'écoute.

– Il les veut, ces diamants, dit Rajkumar.

À midi et demi, Quinn rapporte, à la suite d'une conversation téléphonique :

– Aucun Sud-Africain du rang de colonel et portant le nom de Van Jaarsveld n'est entré au Zim depuis six mois. Nous avons trouvé douze Van Jaarsveld qui traversent la frontière, neuf hommes, trois femmes.

L'avocat Masilo marmonne quelque chose d'inaudible, puis soupire et dit :

– Apportez-moi l'enregistrement original.

Masilo est assis devant son ordinateur portable, un casque sur la tête, un bloc-notes à côté de lui. À 12 h 45, il enlève le casque et déclare :

– Je veux les informations sur tous les Van Jaarsveld dont les prénoms commencent par C et par K.

– J'imprime ça, dit Quinn.

La salle entière se tourne vers Masilo.

– Il se peut que ce ne soit pas un rang, mais un prénom mal prononcé, explique-t-il.

– Ah ! fait Rajkumar.

À 13 heures, Masilo lève les yeux de la liste et demande à Rajkumar :

– Cet Afrikaner de l'Équipe Rapport, comment s'appelle-t-il donc ?

– Theunie.

– Poste ?

– Vous voulez lui parler maintenant ?

– Oui.

– Un instant, dit Rajkumar, qui appelle la Mère Killian et demande à parler à Theunie.

Il tend le combiné à Masilo.

– Theunie ? Nous avons une femme qui s'appelle Cornelia Johanna. Est-ce qu'il se peut qu'on l'appelle simplement Cornelle, quelque chose comme ça ?

Il écoute un instant, dit « Merci » et raccroche.

– Cornelia Johanna Van Jaarsveld ; son numéro d'identité nationale figure sur la liste. Trouvez une adresse fixe, envoyez des gens. Je veux en savoir un maximum.

Cette journée se traîne comme un poison lent qui se diffuse en paralysant tout le monde. La tension, l'ennui et la frustration rôdent… À 15 h 30, un peu d'animation se dessine.

Dans les haut-parleurs, la voix d'Inkunzi répond à un appel sur son portable :

— Arrête donc de m'appeler, enculé !

— Mon vieux, j'en ai autant marre que toi. Allez, réglons donc cette affaire…

— Va te faire foutre ! jure Inkunzi en anglais, avant de raccrocher.

L'opérateur qui a envoyé les enregistrements originaux à Quinn lève la tête et ricane.

— Becker ! chuchote-t-il.

Quinn hoche la tête.

— Qui donc ? demandent Rajkumar et Masilo à l'unisson.

Mais déjà un nouvel appel arrive. C'est encore Becker :

— Mon vieux, je ne vais pas arrêter d'appeler avant qu'on règle ce…

Inkunzi :

— Où as-tu trouvé ce foutu numéro ?

— Un de tes hommes me l'a donné.

— Qui ?

— Il dit qu'il s'appelle Kenosi.

Inkunzi jure en zoulou – une giclée de mots qui claque comme un fouet – et ajoute :

— Je vais venir te chercher…

— T'apporteras l'argent, mon frère ?

— Va te faire enculer, Boer !

— Frangin, si moi, je venais plutôt chez toi ? Kenosi m'a dit où…

Appel terminé subitement par Inkunzi.

L'opérateur d'écoute rigole.

— Il a du cran, le mec.

– Mais c'est quoi ce merdier ? demande Masilo.

– Qu'est-ce donc ? insiste Raj.

De nouveau la voix d'Inkunzi tombe du ciel : Becker l'appelle pour la troisième fois.

– Va te faire voir, fous le camp, enculé, je ne répondrai plus !

Fin d'appel.

– Vous êtes au courant ? Vous connaissez ce type ? demande Masilo.

Ils lui disent brièvement que c'est un Blanc qui cherche son argent, apparemment après un braquage de voiture.

– Mais comment se fait-il que je n'en aie rien su ?

Avant qu'on le lui ait expliqué, un opérateur lance :

– Les mecs, on a un problème…

Tout le monde le regarde.

– Inkunzi vient d'envoyer un SMS : CELLULAIRE ÉTEINT MAINTENANT.

– Merde ! dit Rajkumar. Merde et merde et merde !…

– Ça y est, il s'est déconnecté.

– Qu'est-ce que ça implique ? demande Masilo.

– Gros, répond Rajkumar. Pas bon pour nous. C'est notre cible principale, le numéro que nous traçons.

– Est-ce que nous pouvons intercepter les autres numéros, les destinataires des SMS ?

Rajkumar saute de sa chaise et se dandine jusqu'à la porte.

– Il nous faut de l'équipement dans ce domaine-là. Ça prendra des heures. Je m'en occupe…

Tau Masilo baisse lentement la tête dans ses mains.

– Becket ? C'est comme ça qu'il s'appelle ? « Personne ne me débarrassera de ce prêtre turbulent[1] ? »

– Non, dit Quinn, Becker. Il s'appelle Lukas Becker.

---

1. Phrase attribuée au roi Henri II d'Angleterre, parlant de Thomas Becket, archevêque de Canterbury et chancelier du royaume, en 1170.

La grande horloge électronique sur le mur de la salle d'opérations indique 23 h 35.

Ils sont fatigués et ils en ont assez : pas une seule des sept équipes de l'APR aux frontières du Zimbabwe et du Botswana n'a vu passer un camion Bedford.

Masilo ne cache pas sa déception ; ils l'ont déçu, tout l'a déçu.

Soudain, un opérateur d'écoute annonce d'une voix claire, pleine d'espoir :

– Inkunzi s'est reconnecté.

– Dieu merci ! s'exclame Rajkumar, qui recommence à mordre dans son hamburger.

– Amen, dit Quinn doucement.

– Des SMS entrent.

– Lis-nous ça.

– Le premier dit : Mercedes 1528.

Quinn se connecte à Google.

– Deuxième SMS : il n'y a que des chiffres.

– Lis-les !

– S32 54.793 E28 27.243…

– Ça alors, dit Masilo qui regarde Quinn. Ce sont des coordonnées GPS ?

– Mercedes 1528, c'est un camion, dit Quinn.

– Merde, dit Rajkumar, en posant hâtivement son hamburger de côté et en faisant voleter ses doigts sur le clavier pour entrer les coordonnées dans l'ordinateur. Ces coordonnées sont au sud, très en deçà de la frontière… très loin, merde, le carrefour en T, là où la R518 et la D579 se rejoignent…

– Alors, on envoie des gens là-bas. Vite. Immédiatement !

Masilo se lève précipitamment et se met à arpenter la pièce. Quinn aboie des ordres dans la radio.

51

Dimanche 27 septembre 2009

Masilo n'a pu se coucher qu'à 4 heures du matin. À 8 h 07 il est réveillé par un appel de Rajkumar :

– La chef veut nous voir avec nos responsables de département à 10 heures dans la salle d'op.

Masilo se frotte les yeux, s'éclaircit la gorge et déclare :

– Je ne vais pas accepter des critiques injustes.

– On n'a guère le choix, répond Rajkumar, pour l'apaiser.

– Je ne suis pas d'accord, reprend Masilo.

L'informateur et l'opérateur rapprochent leurs têtes, comme s'ils cancanaient. Ils se trouvent dans une ruelle près des tribunes du complexe sportif de Parow, à 300 mètres à peine de la gare où l'informateur est descendu.

– La femme de Tweety et ses enfants, y sont partis, mon frère, hier y sont montés dans un avion pour le Paraguay ou l'Uruguay. Et là tout le monde y dit que demain Tweety, y se taille lui aussi, faux passeport, exil permanent. Alors y disent que c'est Terror contre Money Man, c'est la guerre qui vient, je te le dis, mon frère.

– Il est où, Tweety ?

– Y se planque.

– Mais où ?

– Sais pas, moi. Il a peur que le proc le boucle pour évasion fiscale avant qu'il ne s'envole.

– Et Terror ? On ne le trouve pas ?

– Y disent que c'est lui qui doit s'arranger pour mettre Tweety dans l'avion. Y se planque quelque part, mais personne ne sait où.

L'opérateur sort de sa poche cinq billets de 100 et les glisse dans la main tendue de l'informateur.

– Si tu découvres où ils sont, je te donne 5 000.

– Jésus, mon frère ! Je vais essayer.

Tard dans la matinée, Mme Killian appelle Milla.

– Je sais que c'est dimanche, mais nous avons besoin de vous. Vous pouvez venir au bureau, s'il vous plaît ?

– Mais bien sûr.

Une demi-heure plus tard, elle entre dans le bureau de l'Équipe Rapport. Tout le monde est là… à l'exception de Jessica.

– Que se passe-t-il ? demande Milla.

Donald MacFarland pousse un gros soupir.

– S'ils nous appellent le week-end, explique-t-il, soucieux, ça veut dire que c'est vraiment le merdier.

La Déesse n'arrive qu'une heure plus tard.

– J'étais sur un voilier, nom de Dieu ! Ils n'ont donc pas de vie perso, ces gars-là ?

– Bienvenue dans mon monde à moi ! soupire Mac the Wife.

Journée de chuchotements au sujet de la Grande Confrontation. On compile des petits rapports, lentement, avec des bribes d'infos dépareillées qui arrivent de temps en temps.

Oom Theunie travaille sur le profil d'une jeune femme.

– Mais où ils vont dénicher ces gens ? demande-t-il.

Plus tard, en secouant la tête, il teste la phrase « sans laisser de traces ».

– Quoi ? demande Mac, agacé.

– Cornelia Johanna Van Jaarsveld semble être un pisteur professionnel, Mac. Mais l'ironie, c'est qu'elle, apparemment, n'a laissé aucune piste.

Milla sourit. Elle bosse sur un rapport concernant Ephraïm Silongo, connu également comme « Snake ». Les os brisés, une balle dans la tête, il vient d'être retrouvé sur une piste déserte dans les monts Waterberg, province du Limpopo. D'après les renseignements de la police, c'était un bandit dangereux, membre du gang d'Inkunzi.

– On n'a pas eu ces jours-ci un truc sur Inkunzi ? demande-t-elle.

Tout en cherchant, elle pense encore à la bulle dans laquelle elle a vécu jusqu'ici, à son ignorance des courants souterrains de ce pays.

À la suite d'une conversation chuchotée au téléphone, Donald MacFarland leur raconte la Grande Confrontation.

– Apparemment, notre dame de fer a piqué une supercrise ce matin, dit-il.

– Quoi donc ? demande la Déesse, toujours intriguée quand Mac prend des tons de conspirateur.

– Il paraît, ma chère, que ce matin notre directrice vénérée a piqué une colère tout à fait mémorable…

Les trois se rapprochent et Mac répète la rumeur à voix basse, en jetant de fréquents coups d'œil du côté de la Mère Killian.

– Il paraît qu'il s'est passé quelque chose la nuit dernière, une opération totalement loupée. Et ce matin, Janina Mentz aurait convoqué à la salle d'opérations tous les dirigeants, la Mère Killian comprise. Debout devant cette assemblée choisie, fusillant les retardataires du regard, elle aurait attendu que tout le monde ait pris place pour leur passer un bon savon : « Jamais de ma vie je n'ai vu une telle médiocrité, une telle ineptie, une telle incompétence… » C'est comme ça qu'elle aurait démarré, et par la suite ça a empiré, raconte Mac avec délice. Elle aurait jeté des objets, littéralement. Et puis Nobody aurait eu le toupet de se défendre, et après avoir demandé aux autres de sortir, le règlement de comptes a eu lieu à huis clos. Même du fin fond du couloir on les entendait hurler…

Masilo entre chez Janina Mentz, une feuille de papier à la main. Debout devant son bureau, il lui dit :

– Voici ma démission, madame, datée du 13 octobre. Si je n'empêche pas l'attentat, je pars. Si je réussis à l'empêcher, vous pourrez choisir si vous voulez l'accepter ou non.

Mentz le dévisage, son visage est impassible.

– On ne peut suivre aucune piste : ni Tweety de La Cruz, ni Terror Baadjies.

La voix monotone de l'avocat trahit sa fatigue, sa résignation.

– On suppose qu'ils vont tenter d'intercepter les diamants et que Tweety attend juste que la transaction avec le Comité suprême soit effectuée pour fuir en Amérique du Sud. On a décidé de contrôler tous les vols internationaux partant du Cap et d'Oliver-Tambo[1]. Nous sommes en relation avec la police de la circulation de la province du Cap-Occidental : elle va retenir tous les camions Mercedes 1528 qui s'arrêteront à des ponts à bascule pour que nos opérateurs les inspectent. Nous avons intensifié la surveillance de Dolly le Cheik, Shahid Latif Osman et Babou Rayan. L'unité d'intervention se tient prête à agir au moindre contact entre le Comité suprême

1. Aéroport international de Johannesburg.

et les Restless Ravens. L'opération visant à accéder au système informatique de Consolidated Fisheries aura lieu ce lundi, après minuit.

Mentz ne bouge toujours pas – un sphinx.

– Actuellement, nous étudions la faisabilité du projet d'installation d'un micro électroacoustique dans le sous-sol du 15 Chamberlain Street. Mais il faudrait qu'on obtienne que Babou Rayan s'absente de la maison pendant une heure au moins, peut-être en simulant un hold-up au café qu'il fréquente tous les matins. Nous allons devoir être très prudents et discrets, car nous ignorons les règles de sécurité appliquées à l'intérieur de la maison du Comité. Enfin, l'écoute des communications d'Inkunzi sera maintenue jusqu'au 13 octobre.

Il se retourne et sort.

Pièce photocopiée : *Journal de Milla Strachan*
Date d'enregistrement : *27 septembre 2009*
Laisser des marques, une trace à la surface de la Terre, c'est une façon de dire : « J'étais ici », quelque chose qui donne une direction, un sens à cette vie qui file à toute allure.
Mais comment faire pour laisser une trace ?
Et quel genre de trace est-ce que je veux laisser ? Quel genre de trace suis-je capable de laisser ? Et pourquoi au juste je veux en laisser, des traces ? Par peur simplement, peur d'être oubliée ? Car l'oubli prive la vie de sens. Est-ce ça, ma véritable peur ? Est-ce pour cette raison que je veux écrire un livre, mon unique (et dernière ?) chance de laisser quelque chose de tangible, une petite preuve que j'ai été ici ?
Mais à quoi bon ?
Ne devrais-je pas me demander également quelle est l'utilité de ce journal ? N'est-il pas un indice, lui aussi ? J'ai été ici, et voici ce qui m'est arrivé... Mais combien d'entrées sont simplement des inscriptions de rien du tout ? Des pensées, des soupirs, des murmures, là où rien ne se passe, où rien n'a été accompli ?...
Certains jours ne laissent aucune trace...
Il y en a qui s'écoulent comme s'ils n'avaient jamais existé, aussitôt effacés dans le sillage de ma routine... Ou par mon désir de les oublier aussi tôt que possible. Les traces d'autres jours restent visibles peut-être une semaine avant que le vent de la mémoire les recouvre de sable – le dépôt laissé par de nouvelles expériences.
Notre vie est composée de vingt-deux mille jours en moyenne. Combien nous restent en mémoire, nommés et

datés ? Dix, douze ?… Anniversaires, mariage et divorce, séparations, décès, puis quelques Grandes Premières… Les traces des autres jours s'usent peu à peu. Résultat : la vie consiste en fin de compte en l'équivalent d'un mois de jours dûment enregistrés en mémoire et d'une poignée de souvenirs non datés.

Il faudrait vivre en sorte que chaque jour laisse une trace. Mais comment faire ?

Le Pilatus PC-12, modèle « Combi », aménagé pour transporter quatre passagers et un volume substantiel de fret, en l'occurrence 200 kilos d'équipement informatique, atterrit à Walvis Bay à 13 h 52.

Quatre hommes en descendent : deux spécialistes de l'effraction et deux des meilleurs techniciens de Rajkumar. Ils déchargent les caisses de matériel et attendent Reinhard Rohn, qui vient à leur rencontre sur le tarmac, les autorisations d'importation à la main. Il est accompagné de deux douaniers.

En dix minutes, les formalités sont expédiées, et Rohn va chercher son pick-up pour charger les caisses. Quand c'est fait, les quatre hommes s'acheminent vers l'agence de location de voitures, chacun portant à l'épaule un petit sac de voyage. Rohn les regarde, remarquant leurs corps minces et leur assurance insolente.

Moi aussi, j'étais comme ça, se dit-il. Il y a longtemps…

Opération Shawwal
Transcription : *Écoute : J. Shabangu et L. Becker, conversation sur téléphones cellulaires*
Date et heure : *27 septembre 2009, 17 h 21*
JS : Je n'ai pas ton putain de fric, et je te promets que si je t'attrape ça va saigner… C'est clair ?
LB : Allez, mon vieux, on n'arrive à rien en parlant comme ça. C'est qui, alors, qui a mon argent ?
JS : Va te faire foutre !
(Conversation terminée.)

Opération Shawwal
Transcription : *Écoute : J. Shabangu et L. Becker, conversation sur téléphones cellulaires*
Date et heure : *27 septembre 2009, 17 h 29*

LB : Mon vieux, c'est une surprise, ça...

JS : Je vais te le dire, qui a ton argent. Après, tu me fous la paix.

LB : Je te donne ma parole d'honneur.

JS : Shahid Latif Osman. Va le lui demander.

LB : C'est qui, Shahid Latif Osman ?

JS : C'est un foutu *isela*, un voleur, il vit au Cap. C'est lui qui a ton fric, chaque centime. Je t'envoie son numéro par SMS. Et puis tu le lui demandes à lui, à lui et à Tweety, c'est eux qui doivent te donner ton fric, tu leur diras que je l'ai dit.

LB : Mon vieux, je te remercie.

JS : Tu ne m'appelles plus... plus jamais, putain, compris ?

Quinn arrive au bureau vers 23 heures pour suivre à Walvis Bay l'opération d'effraction et l'installation du matériel.

L'opérateur lui fait d'abord écouter la conversation entre Inkunzi et Lukas Becker. Lorsque celle-ci se termine, Quinn secoue la tête, à la fois incrédule et troublé. Il adresse un e-mail rapide à Masilo et à Rajkumar pour expliquer que l'interférence de Becker, depuis son appel à Inkunzi qui a détraqué si dramatiquement l'interception de Musina, ne doit plus être prise pour un intermède comique : c'est un facteur inconnu susceptible de faire tout dérailler. Il est donc urgent d'en apprendre davantage à son sujet, de faire dresser un profil approfondi de ce Becker et d'envisager sérieusement de l'intercepter.

Il envoie le message et se rend à la salle d'opérations quinze minutes avant le début de l'effraction. Il adresse au ciel une prière d'urgence : Dieux du ciel, faites que l'on ne se fiche pas dedans ce soir ! Amen.

Lundi 28 septembre 2009

À minuit vingt, la sonnerie de son portable tire Milla de son sommeil et l'envoie tituber au salon, redoutant vaguement une mauvaise nouvelle. Elle voit que c'est Barend qui appelle, sent son ventre se nouer.

– Ça va, toi ?... est la première chose qu'elle demande.

– Non, c'est papa, dit-il.

Milla sent ses jambes flancher.

– Qu'est-ce qui s'est passé ?

– Il a été agressé. Il est à l'hôpital.

– Agressé ? Où ?

Ce qu'elle ne comprend pas, c'est le ton de reproche dans la voix de son fils. Pourtant elle n'a rien fait de mal.

– À Jacobsdal, mais l'ambulance les a emmenés à Kimberley.

– Barend, c'est grave ?

– Oui, c'est grave. On lui a cassé une pommette, le nez, des côtes...

– Mais comment tu le sais ? Comment tu as su ?

– Il m'a appelé tout à l'heure.

– Ton père t'a appelé ?

– Oui.

Soulagée, elle s'apprête à dire « Alors ça ne peut pas être si grave que ça », mais elle s'effondre sur le canapé.

– Qui l'a agressé ? Pourquoi ?

– Des mecs sont entrés comme ça et ils se sont mis à les taper...

– *Les* taper ?... Qui ?

– Oom Tjaart, Oom Langes et Oom Raynier, ils étaient sur les Harley, ils se sont arrêtés à Jacobsdal boire un verre, et alors ces cinglés sont entrés dans le bar et les ont agressés.

C'est donc pour ça que Barend a dû passer les vacances chez sa grand-mère, pour que Christo et ses copains puissent faire un road trip sur leurs Harley, les fumiers ! Et son devoir de père, donc ! Ce type pense toujours à lui en premier.

– Est-ce que ta grand-mère le sait ?

– Non.

– Je téléphone à l'hôpital pour voir ce qu'il en est, et je te rappelle.

– Maman, pourquoi tu n'appelles pas papa ?

– Un médecin pourra… il nous faut un avis professionnel.

Juste après avoir raccroché, elle se rend compte que la question de Barend signifiait qu'il espérait toujours voir ses parents se remettre ensemble. Dans son esprit, l'agression pouvait en fournir l'occasion.

Une demi-heure plus tard, elle rappelle son fils.

– J'ai parlé à l'infirmière de garde, elle m'a dit qu'aucune de leurs blessures n'est grave. Ils vont tous sortir demain.

– Mais, maman, comment papa va faire pour rentrer ? Avec des côtes cassées, il ne peut pas faire de la bécane. On pourrait pas aller le chercher ?

– Il y a des vols réguliers entre Kimberley et Le Cap, Barend…

– Mais, maman, comment peux-tu être aussi insensible ?

La gestion des conflits n'est pas le fort de Rajkumar. Il trouve la réunion pénible : l'atmosphère est lourde, l'antagonisme évident entre la directrice et Masilo. Qui plus est, il sait que les efforts fournis ne seront pas reconnus.

Masilo a la tête dure. Il reste debout pendant toute la réunion – sans doute une forme de protestation, pense

Raj, comme pour dire : « Si je m'assieds à table avec elle, cela signifiera mon accord, ma solidarité. »

Mentz, de son côté, évite le regard de Masilo. Elle s'est installée à côté de Raj, et garde les yeux fixés sur le mur pendant qu'il fait son rapport.

– L'opération à Consolidated Fisheries a été une réussite remarquable, le travail d'équipe entre les opérateurs de Tau et mes techniciens excellent, dit-il en la regardant.

Mais il se rend compte que cela ne lui fait ni chaud ni froid.

– Poursuivez…

– En ce moment, nous clonons tous leurs disques durs. Une partie de leur software est disponible sur le marché, une autre partie a été conçue sur mesure, mais nous serons opérationnels en un temps record, dit-il, forçant son optimisme. Et voici une nouvelle qui est franchement bonne : nous avons déjà réussi à nous connecter à leur site web de filature, Fleet Tracker. Avant l'heure du déjeuner, nous aurons un rapport complet sur les mouvements de tous leurs vaisseaux depuis un mois.

Elle se borne à hocher la tête.

– Autre chose ? demande-t-elle, toujours sans regarder Masilo.

– Que des mauvaises nouvelles, répond l'avocat. Nous n'arrivons pas à retrouver Tweety, ni Terror. Les membres du Comité suprême suivent leur routine. Nos efforts pour intercepter le camion n'ont rien donné. Voilà… C'est tout.

Milla est la première à arriver au bureau. Mme Killian se hâte vers elle, un dossier mince à la main. Elle lui dit bonjour et place le dossier devant Milla.

– Theunie vous expliquera comment dresser un nouveau profil. En attendant qu'il arrive, lisez ceci. Nous n'attendons les premiers rapports des opérateurs que demain au plus tôt. L'idée, c'est de compléter le document au fur et à mesure que de nouvelles informations nous parviennent…

Milla ouvre le dossier. Il consiste en une seule feuille, avec la consigne d'origine sous le titre : *Profil approfondi : Lukas Becker*.

– C'est très important, Milla. Il faudra vous accrocher…

Opération Shawwal
Transcription : *Écoute : A. Hendricks et L. Becker, conversation sur téléphones cellulaires*
Date et heure : *27 septembre 2009, 17 h 41*
LB : Puis-je parler à Shahid Latif Osman, s'il vous plaît ?
AH : Pardon ?…
LB : Tu comprends l'afrikaans, mon frère ?
AH : Qui est à l'appareil, s'il vous plaît ?
LB : Je m'appelle Lukas Becker et je cherche Shahid Latif Osman.
AH : J'ai l'impression que vous vous trompez de numéro.
LB : Tweety l'Oiseleur ? Est-il disponible ?
AH : Vous vous trompez sûrement de numéro.
LB : Vous en êtes sûr ?
AH : Il n'y a personne ici qui a ces noms-là.
LB : OK. Je m'excuse.

Devant une tasse de thé, dans le bureau du ministre, Janina Mentz choisit ses mots avec soin. Cette intervention, elle l'a bien préparée.

– Monsieur le ministre, nous avons identifié une cible potentielle d'attentat, et elle nous a paru très sensible d'un point de vue politique. Notre première priorité est de protéger la cible, bien sûr. Mais nous nous trouvons confrontés à deux dilemmes. Premièrement, nous ne disposons d'aucune preuve indéniable que la cible en question soit effectivement visée : il s'agit d'une spéculation sur la base d'une donnée que nous avons interceptée chez des extrémistes. Deuxièmement, pour protéger la cible éventuelle, nous aurions besoin de l'aide de nos collègues du maintien de l'ordre, y compris peut-être de certaines autorités locales. Or, comme vous le savez, le gouvernement provincial du Cap-Occidental a tendance à vouloir profiter politiquement de tout et de n'importe quoi. Nous ne savons donc pas si nous pouvons leur faire confiance.

Le ministre hoche la tête, en signe d'accord.

– Je suis venue demander un conseil, monsieur. Comment pouvons-nous empêcher l'attentat sans compromettre toute l'opération ?

Mardi 29 septembre 2009

– S'il y a eu contact entre les Ravens et le Comité, nous l'avons raté. Mais il est possible qu'il n'y en ait pas eu, dit Quinn.

– Alors, où sont les diamants ? demande Rajkumar.

– En route vers Oman.

Les deux directeurs adjoints lancent à Quinn un regard interrogateur.

– Réfléchissez, dit celui-ci. Ce sont des intégristes musulmans. Ces pierres sont souillées par le péché, ils ne veulent pas y toucher. Et ils veulent éviter autant que possible d'avoir affaire aux Ravens, pour des raisons évidentes. Alors, quelles sont leurs options ? Dire à Terror de mettre le tout dans un coffre-fort et de l'envoyer par DHL chez Macki à Oman. Dès qu'il arrivera, l'argent sera versé. Quelque chose dans ce genre…

Masilo ne réagit pas. Rajkumar dit :

– Merde !

– Nous sommes donc obligés de supposer que l'affaire est classée, dit Quinn. Désormais, nous devons nous concentrer sur les armes, ou les explosifs, ou tout ce que ces lascars pourraient bien passer en contrebande, et également sur la date du 12 octobre.

53

Mercredi 30 septembre 2009

Milla montre à Theunie les quatre nouveaux documents à intégrer au dossier du profil Lukas Becker : une feuille du Registre national de la population, un relevé bancaire, une demande de renseignements de la police nationale et une sortie d'imprimante d'un courriel provenant d'un certain R. Harris.

– Ça ne révèle rien, dit-elle. Et… ce n'est pas très bon.

Theunie parcourt les documents et explique :

– R. Harris est l'opérateur de l'APR. Il se trouve quelque part, dans un petit bureau où il reçoit l'ordre de se renseigner sur telle ou telle chose, et tout de suite. Son boulot n'est ni d'interpréter ni de classer : il collecte, c'est tout. Il nous envoie chaque bribe d'info au fur et à mesure, et c'est à nous d'assembler les morceaux du puzzle. Quelquefois, pendant des mois, ces profils ne semblent rien signifier, c'est nul… et puis tout d'un coup un gros paquet d'infos de valeur tombe. C'est normal. Alors t'angoisse pas, fais ce que tu peux avec ce que t'as.

– Bien, j'ai compris, dit Milla. Merci.

Rapport : *Profil – Lukas Becker*
Date : *30 septembre 2009*
Compilé par : *Milla Strachan. Rapporteur de terrain :*
R. Harris

Antécédents
Lukas Becker (quarante-deux ans), actuellement sans domicile fixe, est né le 23 juillet 1967 à Bloemfontein, de J.A. et E.D. Becker, vraisemblablement de Smithfield.
Des dépenses réglées par carte bancaire indiquent sa présence à Johannesburg, et en particulier dans les environs de Sandton, depuis le 13 septembre 2009. Ces dépenses (2 118,64 rands) comprennent des vêtements et des repas.
Casier judiciaire
Vierge (le numéro d'identité nationale de Becker indique qu'il a été victime d'un braquage de voiture le 13 septembre à Johannesburg).
Éducation et formation
Licencié d'histoire (renseignement non confirmé).
Finances
Becker dispose de quatre comptes à la Standard Bank :
un compte-chèques : solde : 2 294,60 rands
un compte crédit MasterCard : solde : 4 646,27 rands
un compte d'investissement (préavis 32 jours) : solde : 138 701,89 rands
un compte d'investissement (dépôts à terme) : solde : 1 425 007,22 rands.
Transferts vers un compte courant à la banque Wells Fargo aux États-Unis (solde inconnu).

Vers la fin de l'après-midi, Mme Killian apporte de nouveaux documents. Milla constate que deux nouveaux opérateurs de terrain travaillent désormais sur le profil. Elle se demande ce que cela peut signifier. Quel forfait le titulaire d'une licence d'histoire peut-il bien avoir commis ?

Elle lit vite, curieuse.

D'abord, elle prend connaissance du cursus scolaire, et cela stimule sa curiosité. Quand elle en arrive aux informations concernant les parents, elle baisse la tête et lit beaucoup plus attentivement.

Rapport : *Profil – Lukas Becker*
Date : *30 septembre 2009*
Compilé par : *Milla Strachan. Rapporteurs de terrain :*
R. Harris et P. Lepono

Antécédents

Lukas Becker (quarante-deux ans), actuellement sans domicile fixe, est né le 23 juillet 1967 à Bloemfontein.

Il est le seul enfant de Johannes Andreas Becker (1934-2001), propriétaire et exploitant de la ferme Rietfontein dans le district de Smithfield, et d'Esther Deborah Becker (née Faber, 1941-1999), enseignante, et par la suite femme au foyer (renseignements pour la plupart non confirmés).

Après une scolarité effectuée à l'école primaire de Smithfield et ensuite à Grey College[1], Bloemfontein, il passe le baccalauréat en 1984, avec une mention en histoire. Après deux ans de service militaire effectués dans la marine sud-africaine, il s'inscrit en agronomie à l'université de l'État libre d'Orange et, après des études à temps plein, obtient sa licence en 1989, et ensuite une licence d'histoire et d'anthropologie en 1994 à l'université d'Afrique du Sud, où il s'inscrit à temps partiel. Il part ensuite aux États-Unis suivre des études de troisième cycle (ce dernier renseignement n'est pas confirmé).

Parents

Esther Deborah Becker aurait été internée dans une institution pour aliénés mentaux (d'après certains, à Witrand, dans l'ancien Transvaal) vers 1995, et par la suite dans une clinique privée à Johannesburg, où elle décède en 1999 de mort naturelle.

Johannes Andreas Becker aurait été déclaré en faillite en l'an 2000 ; par la suite, la ferme Rietfontein est vendue à W.E. Stegman, qui l'exploite actuellement. Becker senior se suicide en 2001 à Margate, Kwazulu-Natal (voir liste des sources).

---

1. Établissement très réputé.

Carrière

Après avoir obtenu un diplôme d'agronomie (étudiant à temps plein), Becker rejoint la marine en tant qu'engagé, et il est affecté à Simonstown[1] de 1990 à 1994. Il atteint le rang de lieutenant (non confirmé).

Par la suite il travaillera à l'étranger.

---

1. Principale base navale sud-africaine (province du Cap-Occidental).

54

Jeudi 1er octobre 2009

Il est plus de minuit quand le portable de Quinn sonne, le tirant d'un sommeil profond. Le bruit et le coude de sa femme planté dans ses côtes le réveillent. Il se lève en hâte, confus, tâtonne sans trouver l'appareil, le saisit enfin et déboule dans le couloir tout en tentant de lire ce qui apparaît sur l'écran. Il reconnaît le numéro du chef de bureau, à Johannesburg.

– Oui ?… balbutie-t-il.

– Navré de vous déranger, mais il s'agit d'Inkunzi… Il a été tué, chez lui, on l'a trouvé dans un bain de sang considérable. J'ai pensé que vous voudriez être aussitôt informé.

– C'est arrivé quand ?

– Il y a une heure, environ.

– Comment ?

– Un coup de fusil de chasse, apparemment. Et des types de sa bande ont été descendus au revolver.

– Comment avez-vous fait pour découvrir ça si vite ?

– On a été les premiers arrivés. Nos véhicules de surveillance cellulaire ont croisé un homme blanc qui roulait très vite dans la BMW d'Inkunzi, alors ils sont allés chez lui. Tout était ouvert, le portail, la maison, le garage, tout, et l'alarme hurlait. Puis les vigiles de la compagnie de sécurité sont arrivés. Mon opérateur m'a appelé, je lui ai dit de suivre les vigiles. Ils ont trouvé trois corps : Inkunzi et deux hommes de main.

– La police est là ?

– Les flics sont arrivés dix minutes plus tard. Maintenant, ça grouille.

Quinn est désormais plus qu'éveillé.

– Et cet homme blanc ? Racontez-moi.

– Pas grand-chose à dire. Il roulait très vite quand on l'a croisé. Le type de la surveillance ne peut pas le décrire. On a lancé une alerte pour la BM.

– C'est bon, dit Quinn. Et vos rapports avec la police, comment ça se passe ?

– Pas trop mal. Je vous tiens au courant.

– Merci.

Quinn va à la cuisine et s'installe sur un tabouret haut dans le coin petit déjeuner. Son cerveau s'active.

Mon vieux, faut-il plutôt que je vienne chez toi ? Je sais où tu habites... C'est à peu près ce que Becker a dit à Inkunzi au téléphone la semaine dernière.

Becker... C'est lui qui a appelé avant-hier le numéro donné par Inkunzi, celui d'Osman... pour apprendre ensuite que ce n'était pas le bon.

Serait-il allé chez Inkunzi parce que sa patience était à bout ?

Qu'est-ce que le Taureau lui a dit avant de se faire flinguer ? Au sujet d'Osman et du Comité.

Quinn prend son portable et appelle le bureau de l'APR ; il obtient l'opérateur de garde des Opérations.

– On met une alerte rouge générale sur Lukas Becker. Sa pièce d'identité et les coordonnées de sa carte bancaire sont dans le système. S'il bouge son cul même d'un seul millimètre, je veux le savoir. Et appelez le bureau de Bloemfontein. Dites-leur que je veux contacter tous ceux qui s'occupent des recherches sur Becker. Illico.

Les coudes appuyés sur le comptoir, Quinn se frotte les yeux. Tout à coup, cette affaire s'est vraiment compliquée. L'APR est désormais en possession de renseignements concernant un crime grave. Quelqu'un va devoir décider s'il faut communiquer le tout à la police, et quand.

Ce n'est pas mon problème, ça, songe Quinn. Il serait temps d'interrompre le sommeil de l'avocat.

Le clignotant rouge s'allume à 7 heures du matin, à l'aéroport Oliver-Tambo à Johannesburg, lorsque Lukas Becker utilise sa carte bancaire au comptoir d'ITime pour payer un billet pour le vol IT 103 à destination du Cap.

– Départ à 9 h 25, arrivée à 11 h 35, dit Quinn à Masilo au téléphone. ITime est d'accord pour une IFI[1], et j'envoie mes meilleures équipes surveiller Becker dès qu'il débarque.

– Bien, dit Masilo.

– Et la police ?…

– Le risque d'exposer l'opération est trop grand. On ne leur dit rien. Mais ne quittez pas Becker des yeux, même un seul instant.

L'hôtesse du vol ITime effectue l'IFI quarante minutes après le décollage du jet. En consultant la liste des passagers, elle constate qu'il n'y a qu'un Becker dans l'avion, un M.L. Becker, siège 11A. Elle s'assure qu'il occupe effectivement cette place en demandant leurs cartes d'embarquement à quelques passagers autour de lui, et ensuite à Becker lui-même. Elle mémorise son apparence et son habillement.

Peu avant l'atterrissage au Cap, elle regarde encore une fois l'homme, qui lit tranquillement.

1. *In-flight identification* : contrôle d'identité au cours du vol.

Lorsque l'avion s'immobilise et qu'une de ses collègues ouvre la porte, elle voit deux inconnus portant l'uniforme d'ITime en haut de la passerelle ; l'un d'eux croise son regard et hoche la tête.

Elle hoche la tête en réponse.

Elle attend que M.L. Becker arrive à sa hauteur et lui tend amicalement la main.

– Le vol vous a plu ? demande-t-elle, en lui touchant le coude.

– Oui, tout à fait, merci, répond-il avec un grand sourire.

Puis il descend.

Elle regarde son collègue inconnu qui attend que Becker passe, puis la regarde et hoche encore la tête.

Le collègue suit Becker.

Mme Killian dit à Milla, en plaçant sur le bureau de nouveaux renseignements :

– Milla, le degré d'urgence du rapport a été relevé ce matin. Dans les vingt-quatre heures à venir, beaucoup de matériel va arriver ; je vais demander à Theunie de vous aider.

– Qu'est-ce qu'il a donc fait, ce type ?

– Je n'en sais rien.

Milla regarde les nouvelles pièces : quatre opérateurs sont désormais à l'œuvre. Il y a là une analyse des relevés bancaires, des documents officiels provenant de la marine et d'un hôpital, et aussi des infos tirées de sites Internet, des interviews transcrites, longues et courtes, de connaissances et d'anciens amis et voisins. Parmi celles-ci, il y a un entretien avec une universitaire de Bloemfontein, qui a fait ses études avec Becker.

C'était mon partenaire de danse. Il adorait danser.

361

Et :

Non, nous n'étions qu'amis. À l'époque, nous savions tous les deux que Lukas allait partir... C'était donc plus prudent de rester simplement amis. Je me suis toujours demandé s'il courait vers quelque chose, quelque chose qui l'attirait, ou s'il courait pour échapper à ses parents...

Milla travaille avec méthode, rapidement et consciencieusement, ce travail l'excite. Elle ajoute les nouveaux éléments à son rapport, en le modifiant là où la spéculation a été remplacée par des faits avérés.

Finances

Becker dispose de quatre comptes à la Standard Bank, avec des dépôts au comptant totalisant 1 570 649,98 rands ; des virements vers un compte courant à la banque Wells Fargo aux États-Unis, et le revenu provenant d'au moins deux investissements américains. Au total, cela constitue un patrimoine de plus de 2 millions de rands.

Elle ajoute également des données sur les parents :

La mère de Becker, Esther Deborah Becker, a été admise le 17 avril 1995 au Centre de soins et de réhabilitation Witrand pour observation et traitement de troubles mentaux. Elle a été transférée le 1er décembre 1995 à la clinique privée Janet Steinmetz à Johannesburg, où elle a été soignée jusqu'à son décès de causes naturelles, le 27 septembre 1999.

Sous la rubrique « Antécédents » :

Pendant son service militaire dans la marine (1985-1986), Becker a suivi une formation de plongeur à Simonstown. (L'Unité sud-africaine de plongée forme des plongeurs de combat aux opérations de déminage, ainsi qu'à la recherche et la récupération d'explosifs en temps de guerre : voir liste de sources.)

Et :

Becker obtient une maîtrise en archéologie anthropologique à l'université de Floride du Sud (Saint Petersburg, É.-U.) en 1996.

Sous la rubrique « Carrière » :

Après des études à temps plein à l'université de l'État libre d'Orange où il obtient une licence en agronomie, Becker s'engage dans la marine, où il est instructeur et par la suite officier formateur (avec le rang de lieutenant) à l'unité de plongée.
De 1994 à 1996, Becker est employé à la marina de Saint Petersburg (É.-U.) en tant qu'équipier, puis skipper et moniteur de plongée, travaillant pour payer ses études à l'université de Floride du Sud (non confirmé).
De 1997 à 2004, il participe à diverses expéditions archéologiques universitaires américaines, entre autres pays en Israël, Égypte, Jordanie, Iran et Turquie, tout en préparant une recherche en préhistoire humaine (ère paléolithique) (non confirmé).
En 2005 il accepte un poste dans la société privée américaine de services militaires Blackwater (actuellement connue comme Xe Services LLC), et depuis travaille sous contrat en Irak (non confirmé).

Deux équipes ont pris Becker en filature depuis l'aéroport. L'une d'elles le photographie prenant livraison d'une voiture chez Tempest Car Hire : une Toyota Yaris 1.4 de couleur blanche ; on note le numéro d'immatriculation.

Les équipes suivent Becker sans se faire repérer sur la M29 vers Parow, puis sur la M16 jusqu'à la hauteur de l'hôpital de Tygerberg, et la M16 encore au-delà de Karl Bremer et enfin la M31 et la M13 à Durbanville.

Dans les rues tranquilles des banlieues résidentielles, les équipes de filature étant obligées de maintenir une plus grande distance entre elles et leur cible, elles manquent presque de rater son entrée dans les Vierlanden Garden Cottages.

Les équipes s'arrêtent pour se consulter avant de téléphoner à Quinn. Celui-ci charge l'une d'elles de s'enquérir à l'accueil de la disponibilité éventuelle d'une chambre, et d'en prendre une. Il ordonne immédiatement à une nouvelle équipe de filature de les rejoindre d'urgence.

– Le truc sur les parents est superflu, déclare Theunie.

– Est-ce que tu penses qu'avoir une mère perturbée, ça peut influencer le psychisme ? demande Milla.

– Il suffit d'une phrase pour dire que sa mère était folle et que ses parents sont décédés.

– Bien, dit Milla, un peu à contrecœur.

C'est alors que la photo arrive.

55

Le rapport est un document enregistré dans la base de données de l'APR. En le parcourant, Milla Strachan se demande si quelqu'un lit ses mises à jour, et pour quelles raisons.

Qu'est-ce que Lukas Becker, historien anthropologue, a bien pu faire pour qu'une agence de renseignement s'intéresse à lui ? Certes, il a signé un contrat avec Blackwater, connu désormais comme Xe Services. Milla a cherché sur Internet à se renseigner sur cette société. Sous la nouvelle appellation, on ne trouve rien, juste un site en construction. Sous « Blackwater », en revanche, il y a beaucoup de choses, généralement très controversées : Blackwater aurait entraîné des mercenaires.

À 14 h 27, pendant qu'elle rédige son rapport, le logiciel indique que quelqu'un de l'extérieur est en train d'actualiser le dossier. Milla clique sur l'icône « rafraîchir ». Le nouvel apport est une photo ; cédant à la curiosité, elle clique dessus.

La photo s'ouvre.

Saisi à la lumière claire du soleil, à côté d'une Toyota blanche, se tient un homme mince aux cheveux bruns coupés en brosse, la tête à demi tournée vers l'appareil photo : il regarde un homme noir qui porte l'uniforme de l'entreprise de location de voitures.

Il y a dans son sourire, dans la bonté de son regard, dans sa façon de regarder, quelque chose qui la captive.

À ce moment-là, les deux hommes qui ne se connaissent pas échangent quelques mots : l'appareil saisit un instant de compréhension et de reconnaissance. Milla fixe longuement l'image, cherchant sur les traits de l'homme les traces de sa vie, de ses parents instables, décédés ; de ses études exotiques, passionnantes ; des expéditions archéologiques, de ce qu'il a fait dans l'armée et en tant que mercenaire… Mais il n'y a rien de tout cela. Juste le sourire et la compassion.

– C'est qui donc, cette merveille ? demande Jessica en lorgnant par-dessus son épaule, rappelant tout d'un coup Milla à la réalité.

Peu avant 9 heures, Quinn entre dans le bureau de Masilo et annonce :

– Nous avons un problème. Lukas Becker vient de passer lentement devant la maison d'Osman.

– Et ensuite ?…

– Ensuite, il est parti, vers le centre-ville.

– Il y a une balise sur sa voiture ?

– Il y en aura une avant ce soir.

– Et son portable ?…

– Nous l'écoutons. Mais ce n'est pas tout. Le bureau de Johannesburg a fait savoir qu'Inkunzi a été tué d'un coup de MAG-7, un fusil de chasse automatique à canon court…

– Et ?…

– Ce n'est pas n'importe quelle arme : on ne la trouve que chez les militaires ou les contrebandiers. Or, Becker a travaillé en Irak pour Blackwater…

– Qu'est-ce que vous êtes en train de me dire là, Quinn ?

– Que ce type est sans doute armé et dangereux.

– Nous ne sommes pas sûrs que ce soit lui qui a tué Inkunzi. La preuve est circonstancielle.

– Et si Osman était le prochain sur sa liste ?

Masilo fait la seule chose que Quinn n'a pas envisagée : il hausse les épaules.

Quinn comprend alors que c'est ce que l'avocat souhaiterait. Et Masilo ne croit toujours pas à la motivation de Janina Mentz.

Pièce photocopiée : *Journal de Milla Strachan*
Date d'inscription : *1ᵉʳ octobre 2009*
Vivre est un mot de cinq lettres, sans profondeur. On vit, ou on ne vit pas. C'est comme un interrupteur : *on/off,* c'est branché ou pas. La profondeur apparaît quand nous en faisons quelque chose. Là est la différence entre vivre et avoir une vie.
J'ai dit à Jessica que je veux faire des choses, je veux avoir des expériences : une vie.
J'ai cru que mon nouveau départ, mes leçons de danse et mon projet de livre, c'était la vie. Puis je compare cela à la vie de quelqu'un comme Lukas Becker, et je vois que mon interrupteur n'est pas encore vraiment sur *on*.

Vendredi 2 octobre 2009

Dès que l'Elantra de Babou Rayan disparaît au coin de Chamberlain Street, le pick-up de Telkom s'arrête devant la porte d'entrée du 15.

Deux techniciens en descendent, l'un portant une petite boîte d'outils, et l'autre un sac plus grand et un rouleau de fil téléphonique. Ils entrent par la grille et avancent d'un pas décidé vers la porte d'entrée.

L'un des techniciens se met à dérouler le fil en jaugeant du regard la façade de la maison, comme s'il voulait installer quelque chose en haut. L'autre s'accroupit devant la porte, le dos tourné vers la rue pour que les passants ne puissent voir ce qu'il fait. Il ouvre sa boîte et sort un long tube mince en fibre optique, muni à son extrémité d'une caméra dite « serpent ». Lentement, il pousse le tube sous la porte, les yeux fixés sur un petit moniteur caché dans la boîte à outils.

Puis il manœuvre la caméra pour voir le mieux possible ce qu'il y a à l'intérieur de la maison.

– Merde ! s'exclame Rajhev Rajkumar.

Avec Quinn, il regarde dans la salle d'opérations le moniteur, sur lequel s'affiche une image agrandie de ce que la caméra capte dans la maison de l'Upper Woodstock.

– Mais ces mecs sont complètement paranos ! dit Quinn.

La salle de séjour du 15 est en effet un modèle de sécurité : détecteurs de contact à la porte et aux fenêtres, capteurs de mouvements dans deux angles, et dans un troisième une caméra de télévision en circuit fermé.

– Comment le leur reprocher ? dit Rajkumar.

– Ça suffit, ordonne Quinn par radio aux techniciens. On se casse.

Rajkumar se lève avec difficulté.

– Et voilà : l'opération micro est dans le lac… Vous savez, je n'ai jamais vu ça…

– La sécurité ?

– Ça aussi, bien sûr. Non : une déveine comme celle-là, et qui dure autant. Incroyable. Mais prenons ça du bon côté : tôt ou tard ça va tourner.

À la soirée organisée le vendredi chez Arthur Murray, Milla Strachan voit Lukas Becker avancer vers elle à travers la piste.

Elle est attablée avec d'autres élèves du cours, des jeunes et des vieux, qui bavardent en attendant que la musique attaque, « D'où viens-tu ? », « Depuis quand est-ce que tu danses ? »… Les lumières baissent, seule la piste reste illuminée, et le mouvement attire son regard : elle lève les yeux et l'aperçoit.

Sa première impulsion est de lui faire signe de la main, car c'est quelqu'un qu'elle connaît... Puis elle le remet, les circonstances lui reviennent à l'esprit, et son cœur tremble.

La musique commence : un fox-trot.

– Me feriez-vous l'honneur ?

La voix de M. Soderstrom, son professeur, à côté d'elle. Un instant elle reste pétrifiée, puis elle se lève.

« L'arrêt de bus » est une danse conçue pour permettre aux élèves d'Arthur Murray de s'exercer avec plusieurs partenaires. Les femmes se mettent en rang ; les hommes, en passant devant elles, invitent chacun la femme en tête de la file et font un tour de piste, avant de revenir et de recommencer avec la suivante.

Milla ressent fortement la présence de Becker : elle est consciente de ses qualités de danseur, de sa galanterie et de tout ce que désormais elle sait de lui. Elle s'efforce de ne pas le regarder.

Le premier « arrêt de bus » ne l'amène pas à la tête de la file au moment où Becker passe. Vingt minutes plus tard, à mi-parcours du second tour, elle se trouve en tête de file lorsqu'il arrive, affichant le sourire de la photo, et une ligne de sueur sur le front, sous sa coupe en brosse. Il se courbe en avant et dit :

– Je suis Lukas.

– Milla, répond-elle, presque inaudible, affaiblie autant par la tension nerveuse que par ses efforts pour bien danser.

– Millie ?

Plus grand d'une tête, il baisse les yeux vers elle.

– Non, Milla.

– Milla, répète-t-il, comme pour mémoriser.

Elle se rend compte qu'elle ne danse pas bien.

– Je suis encore en train d'apprendre, dit-elle, gênée, en guise d'excuse.

– Moi aussi.

Voilà, en tout et pour tout, leur première conversation.

– Et maintenant, une *line dance* américaine, annonce le haut-parleur.

Milla ne l'a pas encore apprise. Elle reste assise, la musique commence : « Cotton-Eyed Joe », de la country. Elle voit Lukas Becker, de dos, prendre place dans un rang.

Elle le regarde, constate qu'il est un peu rouillé, commet quelques erreurs. Puis, comme si peu à peu il retrouvait des réflexes, il danse avec de plus en plus d'entrain, de plaisir et presque d'exubérance.

Elle se rappelle son odeur.

Vers la fin de la *line dance* leurs regards se croisent, et il lui sourit. Vite, elle détourne la tête.

Pièce photocopiée : *Journal de Milla Strachan*
Date d'inscription : *2 octobre 2009*
Faut-il le déclarer ? Que dire à Mme Killian ? « Vous me
croiriez si je vous disais qui est venu danser à la soirée
de vendredi ? »
Et ensuite ?... Ils enverraient des gens parler aux profs
d'Arthur Murray, comme ils l'ont fait avec Christo ?
Merci, non. Pas ça.
Il y a dix chances contre une que je ne le revoie plus
jamais.

Samedi 3 octobre 2009

Le samedi soir, Crazy Mamma, une pizzeria de Walvis Bay, est animée, bondée et bruyante.

En y entrant, Reinhard Rohn voit la femme assise au
grand comptoir au fond de la salle. Il n'y a pas de siège
vide à côté d'elle ; il prend donc place à une table.

Il commande une pizza et une bière, sans quitter la
femme des yeux. Elle n'est pas vraiment mieux que sur
la photo : la quarantaine bien tapée, quelques kilos de
trop, une coiffure guère flatteuse… Mais elle est seule.

Finalement, une place se libère à côté d'elle ; il se lève,
emporte sa deuxième bière et ce qui reste de sa pizza.

– Je peux m'asseoir ici ?

– Je vous en prie.

Le regard de la femme l'évalue par simple réflexe, sans véritable intérêt. Elle a fini de manger et boit quelque chose mélangé à du Coca.

Rohn s'installe et réattaque sa pizza.

Elle regarde ailleurs.

– La pizza n'est pas mal, dit-il.

D'abord elle ne comprend pas que c'est à elle qu'il s'adresse.

– Ah ?… Oui…

– D'habitude, je vais à la Dolce Vita, à Windhoek, au centre commercial Kaiserkrone…

Elle secoue la tête pour indiquer qu'elle ne connaît pas l'endroit, tout en évaluant Rohn plus attentivement.

Il désigne la pizza devant lui :

– Celle-ci n'est pas mal non plus.

– Vous êtes de Windhoek ? demande-t-elle.

– Oui. Je suis ici pour affaires. Et vous ?…

– Je vis ici depuis déjà neuf ans.

– Ah, bon… Vous y travaillez ?

– Oui. Je suis directrice administrative d'une société de pêche.

Dimanche 4 octobre 2009

Assise au petit bureau de sa chambre, devant un ordinateur portable, Milla Strachan tape une nouvelle page de titre.

À quarante ans

Par Milla Strachan

Elle insère un saut de page et inscrit : *Chapitre 1*.

Et sous les deux phrases de sa dernière tentative, auxquelles elle a longuement réfléchi… sans être encore sûre de les apprécier, elle ajoute :

Hannelie, plus âgée et plus avisée, m'a souvent mise en garde : à quarante ans, tout change.

Je ne l'ai pas crue.

Peu après 11 heures du matin, la directrice administrative de Consolidated Fisheries appelle Reinhard Rohn dans sa chambre à l'hôtel Protea :

– C'est Ansie.

– Ah, bonjour.

– Qu'est-ce que tu fais ?

– Je suis assis ici à bosser, et toi ?

– Je suis couchée et je me souviens.

– Tu te souviens de quoi ?

– De tout…

– Coquine !…

– Et quand est-ce que cette coquine te reverra ?

– Et que fait la coquine ce soir ?

Lundi 5 octobre 2009

La paix est à l'ordre du jour de Janina Mentz. Elle entre dans le bureau de Masilo, s'assoit avec détermination en face de lui et demande :

– À ma place, qu'auriez-vous fait ?

Il ne manifeste aucune surprise.

– J'aurais fait tout ce qui était en mon pouvoir pour déjouer cet attentat, même si cela entraînait l'intégration de l'APR. J'aurais également compris et apprécié à sa juste valeur le travail de mes subordonnés.

– Vous n'auriez pas tenté de trouver une solution pour empêcher le terrorisme tout en assurant notre avenir ?

– Mais si, naturellement…

D'une voix douce, elle abat son atout :

– Le ministre va annoncer cet après-midi que la visite de la FIFA coïncidera avec un exercice majeur du dispositif de sécurité pour tester l'état de préparation de la police nationale, des forces de police métropolitaines et de certains éléments des forces armées. Il demandera l'indulgence du public, car cette opération implique l'installation de barrages routiers et la fermeture de certaines routes, ce qui pourra entraîner des retards.

Masilo s'efforce de cacher son soulagement.

– Merci, dit-il.

– Entre nous, Tau, j'apprécie beaucoup l'ardeur et le dévouement de notre personnel. Pourtant, si les résultats désirés ne sont pas obtenus, il m'incombe de le dire clairement. C'est là la partie la plus ingrate de mon travail, mais je m'y consacre avec le même dévouement, la même ardeur.

Masilo s'enfonce dans son fauteuil.

– Tau, j'ai besoin de vous. Je m'appuie sur vous, assez lourdement, je le sais. Nous pouvons ne pas partager les mêmes opinions, mais nous devons nous faire mutuellement confiance afin de pouvoir assumer nos tâches respectives.

Il hoche la tête.

– Vous avez raison.

– Accepteriez-vous de reprendre votre place à ma table ?

57

Ce soir-là, pendant le cours de danse de 19 heures, quelque chose en Milla s'est libéré.

Peut-être parce qu'elle est arrivée en retard, la tête ailleurs, et n'a pas eu le temps d'y penser. Elle s'est mise simplement à danser. Comme si ces deux mois de théorie et de pratique, de détermination et de désir, avaient subitement fusionné, elle a dansé sans réfléchir, emportée par la musique. M. Soderstrom, son professeur, a eu la clairvoyance de ne rien lui dire avant la fin, d'éviter de lui faire répéter les pas, et de ne pas la laisser souffler.

L'heure écoulée, il lui a juste dit :

– Mademoiselle Strachan, c'était magnifique !

Et Milla, les joues enflammées par l'effort et le plaisir, prend alors conscience de ce qu'elle vient d'accomplir et répond :

– C'est vrai.

Et elle ajoute, émue et euphorique :

– Merci. Je ne vous le dis pas assez !

Elle enlève ses ballerines, salue, ramasse son sac à main et sort d'un pas allègre et énergique. Son sac se balance joyeusement à son bras quand elle descend les marches, traverse le couloir et sort dans la nuit calme et belle pour rejoindre sa Clio. Soudain, on l'appelle par son nom.

Elle se retourne, encore sous le coup de sa joie.

Lukas Becker s'avance vers elle.

Elle sent monter un rire en elle, et la certitude que cette rencontre est prédestinée, qu'elle est juste et bonne. Elle répond « Salut ! » et attend.

– Je me rendais chez Woolies[1], et je vous ai vue entrer…

Elle reste là, le visage éclairé d'un sourire.

– … alors j'ai décidé de vous tendre une embuscade, en espérant que vous sortiriez fatiguée, assoiffée et vulnérable, dit-il, avec juste ce qu'il faut d'humour circonspect et de courage dans la voix.

– Vous m'avez attendue une heure ?!

– En fait, dix minutes. Là-bas, contre le pilier.

Il prend un air penaud et éclate de rire. Elle se joint à lui.

– J'ai très soif. Et je suis effectivement un petit peu vulnérable.

Pièce photocopiée : *Journal de Milla Strachan*
Date d'inscription : *5 octobre 2009*
Chère Jessica,
Tu m'as demandé un jour si j'avais jamais vécu dangereusement.
Ce soir, je l'ai fait. Un petit peu. Et ça a été bon.

Au restaurant thaï de Main Street, à une rue du cours Arthur Murray, ils s'installent à la mezzanine.

– Et qu'est-ce que vous faites ? demande-t-il.

– Eh bien là, je bois de l'eau pétillante avec un dragueur et je me tâte pour savoir s'il faut commander des sushis.

– Touché… Je voulais dire : que faites-vous dans la vie ?

1. Woolworths, chaîne de détaillants plutôt haut de gamme.

– Ah… Je suis journaliste. Pour le ministère de la Communication : une publication intitulée *News This Week*. Si demain je donne ma démission, le gouvernement chutera, voilà… Et vous ?

– J'ai travaillé à l'étranger. Pendant presque treize ans.

– Que faisiez-vous ?

– Des excavations, les sept premières années. Après 2005, j'ai travaillé en Irak. Pour l'armée irakienne : instruction d'équipages de vedettes naviguant sur l'Euphrate.

– Vous êtes rentré quand ?

– Il y a trois semaines, environ.

– Pourquoi ?

– Ça, c'est une longue histoire.

– Alors, on ferait mieux de commander des sushis.

Pièce photocopiée : *Journal de Milla Strachan*
Date d'inscription : *5 octobre 2009*
Il était authentique. Honnête. Tellement à l'aise avec lui-même, avec moi, avec la serveuse (qu'il appelait « frangine », et le sommelier « frangin »). Il n'essayait d'impressionner personne, il ne s'efforçait pas d'être trop sérieux ou trop intelligent, il parlait de lui-même simplement, et s'intéressait à moi sans faire de manières.
J'aime sa voix.
Je lui ai donné mon numéro de portable.

– Je suis rentré pour acheter une ferme.

– Au Cap ?

– Non, dans l'État libre[1]. Entre Philippolis et Springfontein.

– Et pourquoi là-bas ?

– C'est plus ou moins de là que je viens – et la ferme est très belle. C'est le paysage que j'aime, le sud-ouest de la province : de la prairie, des buttes rocheuses, des

1. L'État libre d'Orange, ancienne république boer, actuellement province d'Afrique du Sud.

broussailles d'épineux, une petite rivière qui coule entre les saules pleureurs…

– Mais alors, que faites-vous ici au Cap ?

– Vous êtes bien curieuse…

– C'est ce que mon père m'a appris : si un homme te tourne autour, tu as intérêt à en savoir le plus possible sur lui.

– Un homme avisé, votre père. Je suis au Cap pour récupérer l'argent que quelqu'un m'a… emprunté. J'en ai besoin pour payer la ferme.

– C'est pour ça que vous êtes allé travailler à l'étranger ? Pour pouvoir acheter la ferme ?

– C'était une des raisons.

58

Mardi 6 octobre 2009

Milla glisse son passe dans la fente de la porte de sécurité, entend le déclic et entre. Elle jette un coup d'œil à la caméra de télésurveillance installée en haut dans le coin, et ressent un petit pincement de culpabilité.

Si seulement ils savaient…

Pendant un instant, la possibilité que quelqu'un les ait vus la veille lui traverse l'esprit. Son cœur bat la chamade, elle prend conscience des quelques personnes qui se pressent vers leurs bureaux. Elle cherche des signes d'intérêt, de désapprobation chez ses collègues, mais ceux-ci la saluent comme à l'ordinaire.

– Bonjour, dit Mac, le nez collé sur l'écran de son ordinateur.

Theunie, qui nettoie sa pipe, lève la tête et lui sourit.

– Salut ! Tu es spécialement pimpante ce matin.

Quant à Jessica, elle est en retard, comme chaque matin…

Milla se décontracte peu à peu.

Ils voulaient peut-être le fameux profil et rien de plus – et Lukas Becker est déjà oublié.

Quinn ne la reconnaît pas sur la photo de Becker et de la femme dans la pénombre de la mezzanine du restaurant.

Ce n'est qu'en lisant, dans le court rapport de l'équipe de filature, le numéro d'immatriculation de la Clio qu'il voit le nom de Milla Strachan ; il lui semble familier.

Il fait un effort pour se rappeler : oui, il a déjà vu ce nom en haut de quelques récents rapports de l'APR, si sa mémoire est bonne…

Il consulte l'ordinateur : c'est effectivement le nom de la nouvelle recrue de l'Équipe Rapport. Une coïncidence ?… Pourtant, ce nom n'est pas très courant… mieux vaut vérifier. Mais quand même, si c'était ça, cela voudrait dire que le renard a été lâché dans le poulailler !…

Il demande au bureau du personnel le dossier de Milla Strachan : le modèle de la voiture et la couleur sont les mêmes. Il regarde la photo d'identité, la compare à celle de la femme de la mezzanine.

C'est bien elle…

Il interroge la base de données pour voir sur quels dossiers elle a travaillé.

Le plus récent, c'est le profil de Lukas Becker.

Quinn ne dit rien mais siffle entre ses dents, stupéfait, s'émerveillant que le destin ne veuille pas lâcher cette Opération Shawwal.

– Quinn a fait venir l'équipe de surveillance et a interrogé tout le monde à fond, rapporte Tau Masilo à Mentz. Ils disent que Becker l'attendait devant le centre commercial. Il y a là un cours de danse et un gymnase, et elle aurait pu être dans l'un ou l'autre. Quand elle est sortie, à 20 heures, il a engagé la conversation. Après, ils sont allés tous les deux au restaurant, où la conversation s'est poursuivie jusqu'à 22 h 40. Enfin, il est rentré à sa maison d'hôtes. L'équipe n'avait plus personne pour suivre la femme.

Janina Mentz fixe le mur d'en face, immobile, longuement, si longuement que Masilo dit enfin :

– Madame ?…

Elle se lève vivement, en colère, contourne son bureau et s'assoit devant son ordinateur, manipule la souris et scrute l'écran avec intensité. Masilo voit son visage s'empourprer lentement.

Elle le regarde.

– La CIA, dit-elle, comme si c'était une grossièreté.

Masilo peine à suivre.

– Je ne comprends pas…

– Vous avez lu le profil ? Mais c'est évident ! Il travaille pour cette maudite CIA.

Masilo se rappelle les conversations de Becker avec Inkunzi : Becker cherchait à récupérer de l'argent qu'on lui avait volé lors d'un braquage de voiture.

– Je ne suis pas sûr d'être de cet avis, dit-il.

– Mais faites donc les rapprochements, Tau ! Qu'est-ce que Becker et l'Amérique ont en commun ?

Il s'efforce de se rappeler ce qu'il a lu dans le rapport, mais Mentz répond déjà à sa propre question :

– Israël, Égypte, Jordanie, Iran, Turquie… Et l'Irak. Alors ?… Ça vous dit quelque chose, tout de même ?

– Points chauds, CIA…

Elle secoue la tête, prend la photo de Becker et de Milla au restaurant.

– Regardez-la, Tau. Regardez sa façon de le regarder.

La directrice se rencogne lentement dans son fauteuil.

– Je suis vraiment très déçue par cette fille.

Masilo est en conversation avec Quinn, dans son bureau dont la porte est bien fermée.

– Avez-vous parlé à quelqu'un de l'incident Strachan ?

– Uniquement à l'équipe de filature.

– Y a-t-il déjà un dossier, quelque chose dans le système ?

– Pas encore.

Masilo hoche la tête, soulagé.

– Bien. Que ça reste donc comme ça, Quinn. C'est sensible, ce truc, très sensible. Ce type l'a probablement ciblée. Et il n'est sans doute pas celui qu'on imagine.

Quinn réfléchit.

– Ça m'étonnerait que…

– Nous n'avons pas droit à l'erreur, Quinn. Vous imaginez les dégâts pour l'opération, la réputation de l'Agence…

Il regarde Quinn dans les yeux pour s'assurer que le message passe.

– Les instructions de la directrice sont catégoriques : rien dans le système ; vous gardez le tout dans votre tiroir. Le nom de Strachan ne doit être prononcé nulle part. Désormais, pour nous, elle sera « Miss Jenny ». Tous ceux qui sont concernés la nommeront ainsi, et c'est ce nom qui figurera dans les instructions données à d'autres services. À partir de cet instant, on limite drastiquement le nombre de personnes au courant : la directrice, moi-même, vous et la petite équipe qu'il faut que vous constituiez sans délai. Des opérateurs en qui vous avez une totale confiance, Quinn, deux ou trois personnes ayant de la jugeote. Choisissez-les vous-même. Ce seront eux qui surveilleront et écriront les rapports. À la main.

– J'ai compris.

– Nous devons visiter son appartement, installer des micros dans chaque pièce, et ce, dès aujourd'hui… Seule votre équipe sera à l'écoute. Nous voulons savoir ce que cette femme regarde sur son ordinateur, quels documents elle demande ici, à l'Agence, informatiques ou sorties papier. Et nous voulons écouter ses conversations cellulaires.

– Surveillance visuelle et filature ?…

– Non, l'objectif principal reste Becker. À propos, on veut que vous remontiez la piste des deux acolytes d'Inkunzi avec lesquels Becker a travaillé… (Masilo consulte ses notes.) D'après cette transcription, Becker aurait dit à Inkunzi : « J'en ai un ici. Il s'appelle Enoch Mangope, c'est celui qui a l'œil blanc. Il dit qu'il travaille pour vous. » Et l'autre s'appelle Kenosi, c'est tout ce que nous avons sur lui. Trouvez-les, Quinn, nous voulons savoir exactement ce que Becker leur a dit… Des questions ?

– Non.

– Ensuite, il y a des ordres pour Rohn à Walvis Bay : il va falloir qu'il exploite sa source.

– C'est peut-être un peu tôt…

– Nous n'avons pas le choix. Il ne reste que sept jours, Quinn. Nous n'avons plus le temps.

– Je le lui dirai.

– C'est tout pour l'instant. Merci.

Quinn se lève et se dirige vers la porte. Il s'arrête et demande :

– Mais pourquoi « Miss Jenny » ?

– Une idée de la directrice. Apparemment, c'est quelqu'un qui a espionné les Américains, il y a longtemps.

Quinn fronce les sourcils.

– Vous finirez bien par trouver, dit Masilo.

À Mountain Street, Newlands, les arbres sont nombreux, les maisons grandes et les murs d'enceinte très hauts.

Les opérateurs qui surveillent Osman l'observent depuis une chambre inutilisée au dernier étage du n° 12, avec l'accord du propriétaire qui, en général, n'est pas là. Pourtant le point de vue est loin d'être idéal : la maison d'Osman se trouve à l'autre extrémité de la rue, en diagonale ; on ne peut voir que la grille d'entrée, une partie de l'allée, le garage, un petit bout de gazon et enfin à peine la porte principale. Mais l'équipe n'a pas réussi à trouver mieux.

Juste après 9 heures, ils voient la Toyota Yaris blanche s'arrêter devant la grille. L'opérateur tourne ses puissantes jumelles montées sur un trépied et fait le point.

Il voit Becker descendre et marcher jusqu'à la grille, où l'interphone est fixé sur un montant en acier étincelant. Becker presse le bouton, attend.

Il se penche pour parler dans l'interphone, se redresse et lorgne à travers la grille.

L'opérateur oriente les jumelles vers la porte d'entrée. Des secondes passent. Enfin, la porte s'ouvre, et Osman, en robe traditionnelle, se dirige vers la grille, l'air bravache.

Il dit quelque chose à Becker tout en s'approchant, mais sans ouvrir la grille.

Becker répond.

Osman secoue la tête.

Becker parle à nouveau.

Osman dit quelque chose. Son attitude est devenue franchement agressive.

Becker parle.

Osman fait un geste du bras, congédiant son interlocuteur.

Becker réplique encore.

Osman pivote et repart vers la maison. Sur le seuil, il se retourne vers Becker, crie encore quelque chose, puis rentre dans la maison et ferme la porte.

L'opérateur fait pivoter ses jumelles pour les braquer à nouveau sur Becker ; celui-ci reste là un instant puis s'éloigne vers sa voiture.

L'opérateur jurerait qu'il aperçoit un sourire.

L'équipe chargée de fouiller l'appartement de Milla en ouvre la porte à 14 h 03. Expérimentés et habiles, ils commencent par prendre des photos numériques de chaque pièce, de chaque meuble, de chaque tiroir. Alors, seulement, la fouille peut commencer.

L'opérateur qui a trouvé le journal de Milla appelle Quinn :

– Il y a vingt-quatre cahiers. Ça remonte à 1986, ça va prendre du temps.

– Photographiez les pages des derniers… six mois. Le reste, on pourra le copier petit à petit. À partir de demain.

Vers 15 h 32, la fouille est terminée et tout remis en l'état, comme le montrent les photos ; les techniciens arrivent pour installer les micros.

Dans l'Upper Woodstock, au 15 Chamberlain Street, les membres du Comité suprême commencent à arriver.

En face, l'opératrice en informe immédiatement Quinn et s'assure du bon fonctionnement de l'équipement.

Sans trop y croire, elle écoute le micro à béton caché dans le pied de l'antenne satellite.

À sa grande surprise, elle entend à 15 h 59 la voix d'Osman qui s'indigne :

– Il paraît qu'Inkunzi lui a dit que c'est moi qui ai son argent ! Moi, ou Tweety.

– Doucement, Shahid. Ton cœur… Tu as pris le numéro de la voiture ? demande le Cheik.

– Oui.

– Allons parler en bas.

Il l'appelle après 18 heures.

Assise devant son ordinateur, dans sa chambre, elle se prépare à travailler à son livre.

Elle ne reconnaît pas le numéro.

– Milla, répond-elle prudemment.

– Les frites chez Fisherman's Choice sont toujours dorées, craquantes, fraîches et brûlantes, et la morue fond dans la bouche. En plus, on a une magnifique soirée.

– Qu'est-ce qu'un type de l'État libre y connaît, à la morue qui fond dans la bouche ?

– À vrai dire, absolument rien, mais j'espérais que mes paroles inspirées et mon sens de la poésie vous raviraient.

– En effet, c'est très évocateur.

– Chez nous, on ne connaît pas les mots compliqués. Vous voulez dire : « Oui » ?

– Où ça se trouve, ce Fisherman's Choice ?

Sur l'écran de l'ordinateur de Quinn, les pages du journal de Milla Strachan s'affichent.

Il lit d'abord celles de la semaine passée.

Il constate que la première rencontre avec Becker a eu lieu vendredi soir, au cours de danse.

Becker l'a orchestrée, c'est clair.

Quinn relève les traces de la conscience morale de Milla, comment elle a été entraînée par les événements. Il revient au commencement, lit les pages des six derniers mois, quand elle était encore une femme au foyer, esseulée et larguée.

Il suit la trace verbale de son cheminement vers la liberté et l'APR, ses scrupules concernant son enfant, ses pensées intimes, sa lente émancipation…

Il ne peut s'empêcher de la trouver sympathique, et est de plus en plus convaincu de son innocence : une femme à la dérive happée par le flux de l'Opération Shawwal.

Puis le téléphone sonne.

– Becker vient d'appeler Miss Jenny. Ils sortent encore dîner.

Reinhard Rohn est étendu sur le lit. La tête d'Ansie, responsable administrative de Consolidated Fisheries, repose sur son ventre. Elle fume une cigarette, le cendrier posé sur son propre estomac.

– Il paraît qu'un de mes vieux amis se trouvait chez vous ces jours-ci.

– Ah bon ? Qui ça ?

– Shahid Osman. Du Cap.

– Tu connais Osman ?

– Oui, un contact d'affaires plus qu'autre chose, à vrai dire. Je lui ai dit au téléphone, hier, tout à fait par hasard, que je me trouvais ici à Walvis Bay, et il m'a dit qu'il y a un mois à peu près il était venu pour affaires. Chez vous.

– Que le monde est petit ! dit-elle.

– Je ne savais pas qu'il importait du poisson.

– Mais ce n'est pas ce qu'il fait.

– Ah bon ?...

– Que fait-il, l'Osman que tu connais ?

– Import-export.

Rohn reste délibérément vague.

– Ce n'est pas ça qu'il nous a dit. Il a dit qu'il était courtier, spéculateur.

– En poisson ?

– Mais non, en bateaux. Il a acheté un des nôtres.

59

Sur le Waterfront[1] du Cap, quai n° 4, devant des milliers de reflets scintillants, Milla écoute Lukas Becker parler d'une voix douce et paisible : ses inflexions dénotent un soupçon d'autodénigrement, comme si la valeur de sa vie ne tenait qu'à l'intérêt manifesté par son interlocutrice. Mais il y a autre chose, une harmonie, le sentiment d'une chaleur qui les unit.

– Racontez-moi les fouilles, demande-t-elle, comme si elle n'y connaissait rien.

Il explique que ces recherches ont été l'expérience la plus passionnante de sa vie.

– Pourquoi ?

– Je vais vous ennuyer…

– Mais non, voyons !

Il mange un peu, puis il se lance : s'est-elle jamais demandé, en arpentant les plaines immenses de l'Orange, par exemple, à quoi ce paysage ressemblait il y a cent mille ans ?

A-t-elle déjà remarqué, par exemple, en se promenant dans le veld, quelque chose qui brillait, qu'elle aurait ramassé et tourné entre ses doigts : un petit morceau de coquille d'œuf d'autruche, percé d'un tout petit trou minuscule, que quelqu'un avait porté à son cou ? Com-

---

1. Centre commercial luxueux installé dans le port du Cap pendant les années 1990.

ment était la vie à cette époque-là ? Quand des millions de gazelles bondissaient dans la savane, et quand les hommes faisaient du feu la nuit pour éloigner les lions, dans cette même plaine où la civilisation actuelle est fondée sur l'élevage ? S'est-elle demandé pourquoi cette terre, cette Afrique, signifie tant de choses pour nous autres qui venons d'Europe ? Je me pose la question depuis ma jeunesse, explique-t-il, depuis l'âge de dix-sept, dix-huit ans… D'où nous vient notre amour de ce continent ? Et pourquoi voulons-nous le *posséder* ? Pourquoi les Africains, et en particulier les Afrikaners, ont-ils ce lien si fort, ce désir si fort de la terre, et plus spécifiquement d'une *ferme* ? Ça nous vient d'où ? Mon père l'avait, ce désir, et j'en ai hérité. Je suis allé chercher des réponses. Peu à peu, je me suis rendu compte que c'est quelque chose de nouveau, ce désir : ça remonte à dix mille, peut-être douze mille ans, pas plus. Avant, l'homme errait, vivant de chasse et de cueillette, c'était un nomade qui avait peuplé la planète en cherchant sa nourriture. Tout lui appartenait, la terre entière. Ça a duré deux cent mille ans pour l'*Homo sapiens*, pendant presque deux millions et demi d'années si l'on compte également l'*Homo habilis*. La planète entière était notre foyer ; la liberté, le mouvement, tout cela était dans nos gènes, cela nous propulsait… Puis, entre dix-huit mille et quatorze mille ans avant notre époque, au Natoufien, les Kebaran du Levant ont fait le premier semis d'herbes…

– Les Kebaran ?…

Elle pose la question en chuchotant, presque en s'excusant, car elle ne veut pas l'interrompre.

Il l'accompagne jusqu'à la grille de sécurité.
Elle voudrait l'inviter à entrer.
– Milla, je veux vous voir encore demain soir.
– J'aimerais beaucoup.

Ils restent là un instant, puis il dit :

– Bonne nuit, Milla.

Mercredi 7 octobre 2009

Rajkumar sait bien que ce n'est pas sa technologie qui a permis la percée, mais les méthodes à l'ancienne de Masilo et de l'homme de Quinn, un vieil opérateur presque oublié, Reinhard Rohn. Il tente de compenser avec des infos hâtivement rassemblées le matin même :

– On a trouvé tout ça dans leurs systèmes. Il s'agit d'un chalutier à rampe arrière, pas exactement un « bateau » mais plutôt un navire : 44 mètres de long, 10 de large, un tirant d'eau de 5, quinze hommes d'équipage ; il peut charger presque 1 000 tonnes de fret. Mais le vrai problème, c'est qu'il est équipé pour rester en mer quarante-cinq jours. Et les gens d'Osman en ont pris livraison le 21 septembre, ce qui veut dire qu'ils sont au large depuis à peu près trois semaines. Ils pourraient donc se trouver n'importe où dans le monde.

Captant le regard furieux de Mentz, il se hâte d'ajouter :

– Je sais que ça, ce n'est pas ce que vous voulez entendre…

– Vous êtes à côté de la plaque.

– Madame, il n'y avait auparavant aucune raison de chercher les bateaux qu'ils ont vendus…

– Non, Raj, ce n'est pas ça non plus, la question. Vous vous demandez « où ? », alors qu'il faudrait se demander « pourquoi ? ».

– Oh…

– Pourquoi ont-ils besoin d'un bateau de cette taille ? Que veulent-ils transporter ? Supposons que Tau ait raison : que la cible soit l'équipe de foot américaine, ou le stade du Cap, ou les deux… Pour ça, on n'a pas besoin de 1 000 tonnes d'armes ou d'explosifs…

– Des gens, alors, dit l'avocat. On amène des gens.

– Exactement, dit Mentz.

En colère contre lui-même, Raj rejette ses cheveux derrière son épaule.

– Ils amènent un groupe d'intervention, dit Mentz. Entraîné par al-Qaida, sans doute. Le navire explique tout : pourquoi ils avaient besoin de tant d'argent ; pourquoi Macki était impliqué… Ils ont peut-être utilisé les diamants comme moyen de paiement ; Walvis Bay est un port de contrebande… Ça explique aussi pourquoi ils ont eu des contacts si limités avec les Ravens. Mais désormais le problème principal, le voici : nous surveillons le Comité, mais le rôle du Comité est pratiquement terminé. Ils peuvent se reposer, en attendant l'arrivée du groupe d'intervention.

– Sauf le respect que je vous dois, madame, dit Rajkumar, ce que vous dites rend encore plus pressante la question du « où ? ».

– Très juste, intervient Masilo.

– Alors, comment faire pour trouver la réponse ?

Rajkumar est préparé.

– Ça dépendra : dans quelle mesure veulent-ils être trouvés ?

– Mais pourquoi ?

– SOLAS. La convention internationale pour la sauvegarde de la vie humaine en mer. Depuis 2006, cette disposition oblige tout vaisseau jaugeant 300 tonnes ou plus à activer, entre autres dispositifs, le LRIT : l'identification et le suivi des navires à grande distance. Donc, s'ils branchent leurs émetteurs LRIT et AIS, nous pourrons soumettre une demande aux termes de la clause 5 – en passant par le ministre ou par n'importe quel membre du gouvernement – au Centre international d'échange de données LRIT pour obtenir leur position actuelle.

– Et si les émetteurs ne sont pas branchés ?

– Alors il faudra retrouver les rapports sur les navires qui ne respectent pas les règlements SOLAS. Mais ça prendra du temps. La seule solution pratique serait d'en parler aux Américains, et de leur demander de chercher avec leurs satellites.

– Je ne vais pas parler aux Américains.

– Je connais vos sentiments à ce sujet, madame, dit Tau Masilo, mais nous n'avons pas le choix car le temps est compté. Et ils n'ont pas besoin d'un port pour décharger une équipe de terroristes. Ils peuvent être transférés dans une embarcation plus petite n'importe où en mer, quelque part le long de nos côtes, et Dieu sait s'il y en a des kilomètres.

– Mais pourquoi est-ce un problème de demander de l'aide aux Américains ? interroge Raj candidement.

– Parce que ce sont des serpents, déclare Mentz.

– Ah…

– Nous n'avons pas le choix, répète Masilo.

Mentz lui lance un regard noir, mais elle capitule :

– Raj, préparez donc une demande sous couvert de l'article 5. J'irai en parler au ministre.

– Non, dit le ministre, très contrarié.

– Mais, monsieur…

– Non, non et non ! Qu'est-ce que nous dirions aux Américains ? « Un bateau plein de musulmans dingues arrive pour faire sauter votre équipe de foot… Et nous sommes trop nuls pour arrêter une bande de vieux bar-bus » ? C'est ça que vous voulez ? N'avez-vous donc aucune idée de la pression qu'exercent les vautours des médias qui tournent autour de cette Coupe du monde ? Et tous ces afro-pessimistes qui souhaitent qu'on se plante, pour pouvoir dire : « Oui, l'Afrique reste tou-jours l'Afrique : ravagée par la criminalité, la corruption et compagnie, et tous ces Noirs obtus… » Et vous voulez qu'à neuf mois de l'événement nous allions trouver les Américains pour les prévenir que leur équipe est en danger et qu'on est trop bêtes pour s'en occuper ? Après quoi, Obama annoncerait qu'ils ne viennent plus, que c'est trop risqué… Non, Janina, je regrette, il n'en est pas question : non, non et non !

– Monsieur, personne plus que moi…

– Pourquoi ne pas les arrêter tout bonnement, ces musulmans, Janina ? Pourquoi vous ne l'avez pas fait ? Quand il était encore temps ?

– Monsieur, vous savez bien que…

– Je sais ce que vous êtes en train de me dire, je vous ai fait confiance.

– Nous ne sommes pas obligés de dire quoi que ce soit aux Américains.

– Ne rien leur dire ? Nous leur demandons de positionner tous leurs satellites pour surveiller nos eaux et nous n'allons rien leur dire ?!…

– Monsieur, nous possédons un atout.

– Lequel ?

– La CIA vient d'entamer un processus d'infiltration de l'APR.

– Mais vous plaisantez, j'espère ?

– Pas le moins du monde, monsieur le ministre.

– Vous avez des preuves ?

Mentz place sur le bureau la photo de Lukas Becker prise à l'aéroport international du Cap.

– Il s'agit d'un ex-Sud-Africain, ancien militaire. En 1994, il est parti aux États-Unis…

– En 1994 ? s'indigne le ministre. Un de ceux qui n'approuvaient pas la nouvelle Afrique du Sud démocratique ?

– Sans doute… Son idéologie fait l'objet d'une étude, mais d'ores et déjà nous avons établi que pendant la période 1994-1996 il a été recruté par la CIA. Car, de 1997 à 2004, il a été déployé dans tous les secteurs où la CIA est la plus active : Israël, Égypte, Jordanie, Iran et Turquie, sous couvert de fouilles archéologiques. Depuis 2004 et jusqu'à cette année, il a passé tout son temps en Irak, employé par Blackwater. Il dispose d'au moins un compte en banque américain et de deux comptes d'investissement ; ses avoirs au comptant totalisent plus de 2 millions de rands, et c'est là une estimation minimale. Il y a un mois, il rentre au pays et assassine une figure majeure du crime organisé, quelqu'un sur qui nous enquêtions en raison de ses liens avec le Comité suprême.

Le ministre se laisse aller en arrière dans son fauteuil et secoue la tête.

– CIA… murmure-t-il en envisageant les choses sous un autre angle.

– En ce moment il se lie d'amitié avec une de nos employées administratives.

– Et ces gens-là assistent aux réunions de liaison en prétendant être nos amis…

– Exactement, monsieur.

– Comment entendez-vous jouer cette carte, Janina ?

– Comme moyen de pression, monsieur. J'abattrai mon atout quand ce sera nécessaire.

60

– Je nous fais un café ? demande Milla devant la grille de sécurité de son immeuble.

– Oui, merci, dit-il.

Elle compose le code et ouvre. Son cœur bat fort.

– Milla, dit-il.

Elle le regarde.

– Vous me raconterez votre vie ?

L'opératrice a trente-quatre ans, c'est l'une des collaboratrices les plus fiables de Quinn.

Vers 22 h 48, l'équipe de filature lui fait savoir, dans sa cabine à l'APR, que Becker et Miss Jenny viennent de s'arrêter devant chez elle et que l'écoute va pouvoir commencer.

Elle fonce à la salle d'opérations. Le souvenir des instructions de Quinn est encore vif dans son esprit : pas d'enregistrement dans le système ; juste un fichier audio sur une clé USB qu'elle posera sur le bureau de Quinn, accompagnée d'une note manuscrite pour en indiquer l'importance.

Elle se branche sur le bon canal, prépare l'ordinateur, met le casque sur ses oreilles. Elle ne sait rien de l'homme et de la femme dont elle entend les voix : seulement leurs noms de code.

Elle connaît la sensibilité impressionnante des micros de haute technologie qui captent chaque son avec tant de clarté : un pas feutré sur le sol, une chaise qui grince, un tintement de tasse, un cliquetis de cuiller... Et puis les voix : la femme qui raconte sa vie, l'homme qui lui pose des questions d'une voix douce. Ils parlent des avantages et inconvénients d'une jeunesse passée dans une petite ville, avec des parents qui... là, ils vont dans une autre pièce. La femme dit : « C'étaient des hippies boers, lui et ma mère, très excentriques, très différents des autres parents. Je ne sais toujours pas si cela a eu... quelle influence cela a pu avoir sur moi. À une époque, j'avais tellement honte d'eux... » Bruit d'une voiture qui passe dans la rue.

L'opératrice écoute, l'esprit en éveil, concentrée sur les informations qui pourraient avoir un rapport avec l'Opération Shawwal. Mais elle n'entend qu'un homme et une femme parler de la vie, de l'enfance, des choses qui les ont modelés.

Plus tard, elle entend des bruits intimes – c'est gênant... Après minuit, ça se calme. Puis les sons racontent subtilement le contact physique, les caresses, jusqu'à ce que la respiration de la femme, la mystérieuse Miss Jenny, et sa voix expriment enfin, très doucement, un plaisir intense...

L'opératrice ne trouve pas grand-chose d'érotique là-dedans, sachant que demain, lorsque son patron l'écoutera, il saura qu'elle aussi elle a tout entendu.

Jeudi 8 octobre 2009

L'équipe américaine entre : quatre personnes.

Une surprise pour Janina Mentz, qui n'en connaît que deux.

– Mon Dieu, comme vous avez grandi, lance-t-elle sur un ton taquin.

– Janina ! Comment allez-vous ? Tau, très content de vous revoir ! Puis-je vous présenter deux de mes collègues ? dit le grand chauve athlétique, Bruno Burzynski, chef du bureau de la CIA en Afrique du Sud. Voici Janet Eden, et voici Jim Grant. Mark, que vous connaissez déjà.

Après les salutations, tous prennent place autour de la table.

– Et que font donc vos collègues, Bruno ? demande Janina à Burzynski.

– Attachés aux affaires agricoles, bien sûr.

Elle sourit.

– Au nom du ministre, je vous remercie d'être venus avec si peu de préavis. Il m'a priée de vous transmettre ses amitiés.

– C'est toujours un plaisir… Vous l'assurerez de notre meilleur souvenir.

– Du café ? Du thé ? De l'eau ?

– Ça ira, merci.

– Si vous changez d'avis, servez-vous, ne vous gênez pas : les boissons se trouvent juste derrière vous. Maintenant, si vous le voulez bien, passons aux affaires. Comme vous le savez sans doute, notre gouvernement a soumis hier une demande internationale sous SOLAS clause 5, à propos d'un bateau de pêche. Il s'agit en l'occurrence d'un chalutier à rampe arrière.

Elle clique sur sa télécommande pour activer Power-Point sur le grand écran.

– L'identifiant du bateau est ERA112 ; il est inscrit sous pavillon namibien. Le nom figurant sur la proue est *The Madeleine*. Il a été vendu il y a trois semaines par une société de Walvis Bay. Malheureusement, un rapport SOLAS préliminaire indique que son LRIT et son AIS ne fonctionnent pas, ce qui rend les recherches très difficiles. Or il est de la plus grande urgence que nous le retrouvions. C'est pour cela que le ministre m'a suggéré de m'adresser à nos bons amis les États-Unis pour leur demander de l'aide. Le ministre et le président vous en seraient très reconnaissants.

– Mais ce sera pour nous un honneur – si nous en sommes capables, bien sûr... Puis-je vous demander qui sont les nouveaux propriétaires du bateau ?

Mentz attendait cette question.

– Un groupe de personnes peu recommandables qui cherchent à saper notre sécurité.

Comprenant qu'elle n'en dira pas plus, Burzynski demande :

– Et à quel type d'assistance songe le ministre ?

– Mon ministre nourrit la plus vive admiration pour le vaste éventail de merveilles technologiques dont dispose le gouvernement des États-Unis, et en particulier les aptitudes de BASIC, votre Broad Area Surveillance Intelligence Capacity.

– Je vois que votre ministre est très bien informé.

– Il en est très fier. Il se demandait si les États-Unis seraient disposés à aider notre jeune démocratie à se protéger en mettant ce matériel à notre disposition... uniquement pour retrouver ce bateau, bien sûr.

Burzynski hoche la tête lentement, comme s'il devait y réfléchir.

– Janina, comme vous le savez, le gouvernement des États-Unis et en particulier la CIA sont très attachés au maintien et au renforcement de nos liens avec l'Afrique du Sud, un allié très apprécié. Si nous pouvons vous aider de quelque manière que ce soit, nous ferons tout notre possible... comme toujours. Mais vous comprendrez, j'en suis sûr, que si nous acceptions de faire une recherche par satellite, cela entraînerait des coûts importants en termes de ressources humaines et technologiques. Surtout si le LRIT du bateau n'est pas opérationnel. Le bateau n'a pas été localisé depuis des semaines, et le temps presse.

– Veuillez m'éclairer.

– Cela implique une recherche à l'échelle du globe, Janina. Ce bateau peut se trouver n'importe où, ce qui requiert une logistique considérable.

– Je comprends…

– Je ne dis pas que nous ne pouvons pas aider. Mais afin de… disons : motiver mes supérieurs, il me faudra des munitions.

– Bien sûr… C'est la raison pour laquelle le ministre a préparé cette lettre…

Elle place une feuille sur la table et la glisse vers Burzynski.

– Vous constaterez qu'il qualifie l'affaire de nationale et internationale, et d'une urgence extrême.

– Et ?…

– Et il exprime sa reconnaissance la plus sincère.

– Dûment notée. Mais, sauf votre respect, Janina, il va nous falloir un peu plus que ça.

– Comme, par exemple ?…

– La nature de la menace, son échelle. Surtout en ce qui concerne les implications internationales.

– Malheureusement, en l'état actuel des choses, je ne suis pas en mesure de vous en dire beaucoup plus. Mais si vous nous aidez à localiser le vaisseau et si nous découvrons des renseignements susceptibles d'intéresser la CIA, je vous donne ma parole que nous les transmettrons.

– Janina, ça ne va pas être possible.

– C'est tout à fait regrettable. Je pensais que c'était une excellente occasion pour la CIA de… regagner notre confiance.

– Je ne vous suis pas.

– Vous me suivez parfaitement, j'en suis sûre, mais pour l'instant ce n'est pas le plus important. Puis-je vous demander de transmettre notre demande en l'état à Langley ?

– Y aurait-il des problèmes de confiance que j'ignore, Janina ?

– Franchement, je ne sais pas ce que vous ignorez, Bruno. Vous transmettrez donc notre demande ?

– Bien sûr, je ferai tout mon possible.

– Je vous remercie beaucoup.

61

Entre Milla et la réalité, il y a un fossé, comme un coussin moelleux, une brume. Son corps perçoit encore Lukas, elle sent son odeur, son goût. Ses paroles, ce qu'il a raconté tourbillonnent dans sa tête.

Oom Theunie vient à côté d'elle, la prend par l'épaule.

– Est-ce que tout va bien ?

Elle ne réagit que lentement, en souriant :

– Oh, oui !

– Tu es un peu absente, ce matin.

– Mais non, ça va.

Elle pense : Voilà comment on se sent quand on est amoureuse. À quarante ans.

– Nous avons perdu Becker, dit l'opérateur.

– Comment ? demande Quinn, s'efforçant de cacher sa déception.

– À l'aéroport. Il a rendu sa Toyota à Tempest Car Hire, puis il est reparti en direction de la salle des départs. On ne s'y attendait pas, et le temps d'arriver il était déjà parti…

– Il y a combien de temps ?

– Cinq… six minutes. Les files d'enregistrement sont longues, monsieur, et il ne se trouvait dans aucune d'elles. Je pense qu'il a quitté le bâtiment.

– Ça veut dire qu'il vous a repérés…

– Monsieur, ce n'est pas possible…

– Continuez à le chercher. Je vous rappelle.

Quinn jure et se hâte vers l'équipe de Rajkumar. Il veut savoir si Becker a acheté un billet d'avion et pourquoi ils n'en savent rien.

– Bon Dieu, Quinn ! dit Masilo.

Quinn sait à quel point son patron est sous pression. Avec un calme affiché, qu'il ne ressent pas, il répond :

– Nous le retrouverons.

– Ça vaudrait mieux, oui ! Je ne me vois pas rentrer dans le bureau de cette femme et lui dire qu'on ne sait plus où est Becker…

– Nous le retrouverons, car nous avons un point de référence, dit Quinn doucement.

– Lequel ?

– Miss Jenny. Il a passé la nuit chez elle. On l'attendra là.

– Vous êtes optimiste…

Burzynski appelle Mentz après le déjeuner.

– Janina, je suppose que la ligne est sécurisée de votre côté aussi ?

– Oui.

– Bien. Je viens d'avoir une longue conférence vidéo avec Langley, et j'ai de très bonnes nouvelles. Nous allons vous aider à trouver ce bateau.

– C'est effectivement une excellente nouvelle, Bruno. Je vous suis vraiment très reconnaissante.

– Janina, je vous en prie ! C'est normal. Quand on est amis, la reconnaissance n'est pas de mise.

Dans le bureau de Masilo, Janina Mentz s'étonne que l'avocat ne réagisse pas plus positivement aux nouvelles de la CIA.

– Cela confirme tout, dit-elle.

– J'avais des doutes au sujet de Becker et de la CIA, dit-il. Mais vous aviez raison : ils l'ont averti. Il a semé nos équipes cet après-midi. Il a disparu.

– Bon Dieu, Tau !

Il lève les bras.

– Rétrospectivement, il fallait s'y attendre. Mais Quinn dit que c'est momentané, qu'il reprendra contact avec Miss Jenny.

– J'en doute…

– Moi aussi. Mais certaines questions subsistent, madame : des choses que je ne comprends pas. Pourquoi la CIA s'est-elle intéressée à Inkunzi ? Pourquoi voulaient-ils l'éliminer ?

– Je ne pense pas qu'il y ait eu une élimination, mais autre chose, et qui a mal tourné. Voyez comment ça s'est passé dans sa chambre. Pourquoi se donner tout ce mal alors qu'il suffisait de le descendre dans la rue ? Ou de mettre une bombe dans sa BMW ?

– Effectivement…

– Je pense qu'il s'agit d'une négociation qui a déraillé, ou d'un interrogatoire.

Masilo réfléchit.

– Si Becker recontacte Miss Jenny… ne le perdez surtout plus de vue !

Milla rentre chez elle, en voiture, quand Becker l'appelle.

– Quand as-tu fait l'ascension du Lion's Head pour la dernière fois ?

Elle a attendu cet instant toute la journée. La joie l'envahit.

– Je n'y suis jamais montée…

– Eh bien, c'est la pleine lune, et j'apporte une bouteille de champagne.

– Je prendrai des trucs à manger chez Mélissa.

– Parfait. Pas trop, parce qu'il faudra tout porter. On se retrouve dans une heure ?

Milla s'arrête à la porte de son appartement, son portable à la main, quand, soudain, elle se rend compte qu'il y a quelque chose de changé dans le ton de cette voix qu'elle a écoutée si attentivement pendant trois soirées, une discordance subtile, une infime altération... Comme s'il voulait se montrer enthousiaste, sans vraiment y parvenir.

Serait-ce un tour de son imagination... ou quelque chose qui cloche avec le réseau ?

Elle regarde l'appareil dans sa main et s'aperçoit, pour la première fois, que ce n'est pas le numéro habituel qui est affiché, celui qu'elle a rangé dans ses contacts sous le nom de « Lukas », mais un autre.

– Il se sert d'un autre portable et d'une autre carte SIM, dit l'opérateur d'écoute à Quinn. Mais maintenant on le tient.

– Vous avez sa position ?

– Oui : Milnerton, Marine Drive. Il bouge. Mais son portable est éteint. Nous poursuivrons notre scan.

Quinn regarde les écrans TV de la salle d'opérations. Le flux vidéo montre l'extérieur de l'immeuble où habite Milla – la caméra a été montée sur le toit de l'immeuble d'en face. Trois équipes attendent dans des voitures à proximité.

– Vous avez entendu ? leur demande-t-il.

– Oui. On se tient prêts.

À 18 h 17, le taxi s'arrête devant Daven Court, un homme descend.

– C'est bien lui, dit Quinn.

– Il se déplace en taxi, maintenant ? demande l'opératrice à côté de lui.

– Trouvez le numéro du taxi. Je veux savoir où il l'a pris.

Quinn fixe l'image.

– Je note qu'il n'a qu'un sac à dos.

– Monsieur ?…

– Ce matin, il a quitté la pension. Où sont ses bagages ?

Elle met un instant à percuter.

– Il ne va pas emménager chez Miss Jenny. Il a donc un nouveau logement, ailleurs.

– Exactement, dit Quinn.

Quand il entre, il la serre dans ses bras et l'embrasse : il est redevenu le Lukas de la veille, chaleureux, affectueux.

Ça devait être le téléphone, pense Milla.

Ils s'affairent à la cuisine, remplissent le sac à dos.

– Je suis sans voiture pour l'instant. Ça te gêne qu'on prenne la tienne ?

– Pas du tout.

Sur le chemin du Lion's Head, elle se rend compte qu'il est moins bavard que d'habitude – mais il lui tient la main. Elle lui demande :

– Comment s'est passée ta journée ?

– Plutôt affairée, dit-il.

Elle réalise qu'il est fatigué. Rien d'anormal, ils ont peu dormi, l'un et l'autre, et il a probablement eu une journée difficile ; elle ne sait même pas de quoi il s'est occupé.

Soulagement. Elle lui serre la main et dit :

– Si tu préfères te détendre, nous ne sommes pas obligés d'escalader la montagne.

Il rit, plein de tendresse et de gratitude.

– Oh, ça n'a pas été une journée si remplie que ça.

– Ils ont garé la voiture. Ils vont escalader la montagne. Qu'est-ce qu'on fait ? demande l'opérateur.

Quinn évalue la situation :

– Restez donc près de la voiture, il ne faut pas prendre de risques.

– OK, dit l'opérateur, reconnaissant.

C'est le troisième soir que Becker emmène Miss Jenny dans un lieu public, réfléchit Quinn. Est-ce pour éviter l'appartement ? Aurait-il des soupçons ?

Ils s'assoient sur un rocher, appuyés l'un contre l'autre, une coupe de champagne à la main, les provisions déballées devant eux. La lune est une pièce d'argent, Sea Point et Green Point s'étirent en dessous, la ville sur leur droite ; la N1 rampe comme un ver phosphorescent vers les montagnes de Hottentots Holland qui barrent l'horizon à l'est. Ici, sur la crête du Lion's Head, il y a d'autres gens, des petits groupes qui, comme eux, parlent à voix feutrées.

Il lui raconte l'article paru le matin même dans *Die Burger* sur un chercheur britannique qui croit que l'humanité a atteint la fin de son parcours évolutif, la sélection naturelle n'existant plus. Lukas trouve l'opinion intéressante, mais il ne la partage pas.

Puis il se tait, et elle voudrait lui poser des questions sur sa journée, mais il s'écarte un peu d'elle.

– Milla, il y a quelque chose qu'il faut que je te raconte.

– Quoi donc ? demande-t-elle en cherchant ses cigarettes.

Son air grave ne lui a pas échappé.

– Je dois faire attention en te le disant, Milla, car il faut que je parle vrai. Je te dois bien ça.

– Dis-le-moi comme ça vient, fait-elle, soudain alertée par tant de sérieux.

Il perçoit son malaise et lui tend la main, puis la baisse comme s'il se ravisait.

– Vendredi, je suis allé retirer de l'argent à Durbanville, et j'ai vu la pancarte du cours de danse. Ça faisait cinq ans que je n'avais pas dansé. Alors je me suis renseigné : on m'a dit que c'était une soirée amicale, et que j'étais le bienvenu. Et je t'ai vue. Et j'ai dansé avec toi. Quand je suis allé m'asseoir, j'ai pensé que je voulais… encore danser avec toi. Aussi lundi soir, quand je t'ai vue, tout à fait par hasard…

– Pourquoi tu ne l'as pas fait ?…

Subitement elle comprend : il veut se désengager. Là, tout de suite. Après avoir couché avec elle. Elle n'arrive pas à cacher le dégoût dans sa voix.

– Qu'est-ce que tu veux dire, Milla ?

– Pourquoi n'as-tu pas dansé avec moi de nouveau le vendredi ?

– C'est ce que je voulais t'expliquer. Les circonstances ne s'y prêtaient pas…

– Quelles circonstances ?

Elle est furieuse : quel fourbe, quel prétexte lamentable !

Il pèse ses mots.

– Tu m'as mal compris. Je ne veux pas arrêter de te voir. Je ne *peux* pas arrêter de te voir. C'est juste que le moment n'est pas favorable, Milla… Les circonstances, c'est ça. À cause de ces gens qui me doivent de l'argent. Il vaudrait mieux que je ne te voie pas pendant quelques jours, le temps de régler ça ; mais je veux aussi que tu comprennes exactement pourquoi. Je ne veux t'exposer à aucun danger.

– « Il vaudrait mieux » ?… De quel danger parles-tu ?

– Je peux te raconter l'histoire depuis le début ?

Elle regarde Lukas, puis le paquet de cigarettes qu'elle tient dans sa main ; elle en sort une, l'allume, aspire profondément et souffle lentement la fumée.

– Raconte-moi.

– Tu me laisseras aller jusqu'au bout ?

Elle hoche la tête. Il pose sa coupe de champagne.

– Ces dernières années, j'ai tenté de diversifier mes investissements, je ne voulais plus avoir tous mes œufs dans le même panier. J'avais un compte à la Northern Rock, la banque britannique qui s'est retrouvée en difficulté avec la crise du crédit l'an dernier. Quand j'ai vu ça… j'ai sauté dans un avion pour Londres et j'ai retiré tout mon argent : je voulais attendre un peu, et réfléchir. C'est comme ça que je me suis retrouvé en Irak avec tout ce cash, que j'ai enfermé sous clé. Jusqu'à il y a trois semaines, quand je suis arrivé ici, avec tout ce fric dans mon sac à dos. Première erreur… Et puis j'en ai commis une autre, à Johannesburg : à l'aéroport Oliver-Tambo j'ai loué une voiture de luxe. J'ai fait ça sur un coup de tête, on m'a proposé une bagnole plus puissante pour le même prix, et les routes de l'État libre m'appelaient. Alors, j'ai choisi une Mercedes ML et je suis parti à Sandton trouver un hôtel pour pouvoir dormir un peu. En chemin, j'ai été braqué : quatre types avec des pistolets, je ne pouvais rien faire… L'argent était dans mon sac à dos, dans le coffre. J'ai demandé si je pouvais sortir mes bagages, mais…

– Et alors, ils t'ont pris ton argent ?

La question a jailli spontanément, mais elle voit que l'interruption le fait sourire.

– Oh, pardon, dit-elle.

– Oui, ils ont volé l'argent avec la voiture ; 40 000 livres sterling, un demi-million de rands.

Milla retient son souffle et les questions qui lui brûlent les lèvres.

– Ce fut une expérience intéressante de les voir s'éloigner… Je leur ai couru après, sur cent, deux cents mètres…

Milla le regarde, abasourdie, son cœur bat un peu moins fort.

– Bref, je suis allé signaler ça à la police, porter plainte, et j'ai attendu un ou deux jours, pour voir. Non, laisse-moi revenir un peu en arrière, sois patiente, s'il te plaît, car cette partie est importante… pour nous. Je veux t'expliquer pourquoi il y a certaines choses que je dois faire. Tout s'explique en partie par mon enfance, la maladie de ma mère, l'impuissance de mon père, ni l'un ni l'autre ne maîtrisaient plus rien, écrasés par les circonstances. Je me rappelle que vers l'âge de quinze ans j'ai eu une sorte de révélation : moi, je n'accepterais pas de vivre comme ça. Je ne pouvais compter que sur moi-même ; mes parents étaient… absents, tous les deux. Et puis, à l'université, j'ai lu Voltaire. Selon lui, on ne peut pas choisir les cartes que la vie distribue, mais on peut choisir la manière de les jouer. Si tu veux gagner… Alors j'ai choisi de décider moi-même de mon sort…

Elle hoche la tête ; elle comprend.

– Quand ils m'ont volé tout cet argent… je me suis rendu compte que la police de Sandton enregistrait deux ou trois attaques semblables par jour, que les policiers étaient peu nombreux, qu'il y avait trop d'autres crimes. Même s'ils attrapaient les voleurs, il y avait peu de chances qu'on récupère le fric. Mais j'en ai besoin pour payer la ferme, sinon l'affaire tombe à l'eau. Alors, j'ai décidé de le récupérer moi-même. Le premier souci était de retrouver la piste des types qui m'ont braqué. L'un d'eux avait un problème sérieux à l'œil, une décoloration blanche de la cornée. Je savais que si je le décrivais aux gens qu'il fallait… Ça m'a pris plusieurs jours : j'ai demandé ici et là, en payant pour l'information, jusqu'à ce que je le retrouve. Il m'a encore fallu un jour avant qu'il me dise pour le compte de qui il travaillait. Ensuite, j'ai commencé à traiter avec eux, avec leur patron, Inkunzi…

Le nom produit un choc. Milla le connaît.

– … et j'ai traqué mon argent jusqu'au Cap. Voilà pourquoi je suis ici. Le problème, c'est que ce ne sont pas des gens faciles, bandes criminelles à Johannesburg, et PAGAD ici au Cap. Et hier… il m'a semblé que quelqu'un me filait. C'est pour ça que je veux d'abord régler cette affaire. Mais je te promets, dès que ce sera terminé, je reviendrai…

– Attends, dit-elle. Va parler à la police, maintenant que tu sais qui a ton argent.

– Inkunzi est mort, Milla. La semaine dernière. Quelqu'un l'a flingué chez lui. Si je vais trouver la police, ils vont dire que c'est moi… Tu comprends ?

62

Lentement, la conscience de sa propre malhonnêteté envahit Milla, comme une matière obscure qui coule à travers elle, une pression qui s'accumule : il faut qu'elle lui dise ce qu'elle sait d'Inkunzi, de PAGAD, du crime organisé, et surtout du profil que l'APR a fait de lui, et dont le sens commence à vaguement prendre forme.

Mais elle ne peut pas, car alors elle le perdrait.

Ce désastre, tapi sous la surface de son monde, l'atteint maintenant. Elle tente de le repousser. Elle propose à Lukas de lui prêter de l'argent. Elle tente d'argumenter, de le dissuader d'agir : il y aura d'autres fermes, ce n'est que de l'argent, ça n'en vaut pas la peine. Mais il secoue la tête, la rassure et la caresse doucement. Elle ne doit pas s'inquiéter, il sait très bien ce qu'il fait.

Enfin, juste avant de repartir, il pose les deux mains sur ses épaules et dit :

– Milla, je vais la jouer, cette partie. Je ne peux pas simplement tourner le dos et m'en aller. Ce ne serait pas moi.

En silence, ils descendent de la montagne. Elle a le cœur gros.

En arrivant devant son appartement, elle lui dit :

– Reste encore avec moi ce soir.

Une demi-heure après qu'ils ont franchi la grille, Quinn voit la fenêtre de la chambre s'allumer chez Milla Strachan. Il se lève.

– Il va y passer la nuit, sans doute. Je me tire.

– Dormez bien, dit l'opératrice.

– S'il bouge, appelez-moi.

– Je n'y manquerai pas.

Peu avant minuit, ils sont couchés dans son lit, il l'entoure de ses bras. Elle repense à tout ça. Elle compare Lukas Becker à son ex-mari, elle pense à sa propre lutte pour reprendre le contrôle de sa vie, pour maîtriser son destin.

– Tu dors ? chuchote-t-elle enfin.

– Non.

– Je comprends qui tu es. Je ne voudrais pas que tu sois différent.

Vendredi 9 octobre 2009

Elle a le sommeil agité, tellement consciente de la présence du corps de Lukas contre elle.

Vers 4 heures, il remue et elle se réveille ; elle l'entend se lever silencieusement et aller à la salle de bains, puis à la cuisine.

Il y reste un certain temps.

Elle l'entend revenir, s'habiller. Elle sent son baiser léger sur sa joue. Silence, un froissement à côté du lit, puis des pas qui sortent de la chambre.

La porte d'entrée s'ouvre, puis se referme.

Elle reste couchée encore un instant, puis saute d'un bond hors du lit et court à la fenêtre : elle veut le voir. Elle tire le rideau, les yeux fixés sur la grille de sécurité en bas.

Il sort, son sac à l'épaule, et s'éloigne dans la rue d'un pas décidé, sans se retourner. Son pas s'accélère, il tourne au coin et disparaît. Elle reste là, jusqu'à ce que l'émotion soit trop forte, l'obligeant à se recoucher.

Elle trouve son mot sur la table de chevet. L'enveloppe blanche porte son nom. Elle l'ouvre :

Chère Milla,
Ma raison me dit qu'il est trop tôt pour te dire que je suis amoureux de toi, mais mon cœur parle une langue différente. Ci-dessous un numéro de portable, en cas d'urgence.
Lukas

Elle le lit trois fois. Sachant qu'elle ne dormira plus, elle s'assied à sa table et tend la main vers son journal.

Elle se met à écrire.

L'opératrice voit Becker franchir la grille. Du coup, la voilà bien réveillée. Elle attrape la radio et d'une voix pressante lance aux trois équipes :

– Becker s'en va, il a passé la grille et marche vers l'ouest, vers Highlands Avenue.

Silence.

– Vous êtes là ?...

Elle doit attendre un petit moment avant que quelqu'un réponde, d'une voix encore ensommeillée :

– Nous le voyons.

– Il est sorti de mon champ visuel, dites-moi où il va.

– Il descend Highlands, vers la ville.

– Ne le perdez pas de vue !

– Il va nous voir. C'est aussi calme qu'un cimetière par ici : pas un chat, il n'y a que lui.

– Pas question qu'il vous voie !

– Voilà qu'il se met à courir, putain ! Merde, il court !

À 5 h 19, l'opératrice appelle Quinn.

Elle devine qu'il cherche le combiné à tâtons.

– Attendez, dit-il, d'une voix feutrée.

Elle entend sa respiration puis :

– Du nouveau ?

– On l'a perdu, dit-elle sèchement, consciente qu'on n'y peut rien.

Long silence, suivi d'un soupir à peine audible.

– Où ça ?

– À Company Gardens[1]. Il y avait trop de sorties. On le cherche toujours, mais je ne pense pas qu'ils le retrouveront.

– Il nous a vus ?

– Probablement, monsieur. Ça faisait partie du problème.

Quinn encaisse.

– J'arrive.

Masilo plaide les circonstances atténuantes : l'heure de la nuit, les rues désertes, le fait que Becker se déplaçait à pied et savait sans doute qu'il était suivi.

Mentz reste remarquablement calme.

– Est-ce que cela a encore de l'importance, puisque la CIA sait que nous sommes au courant ?

– Sans doute pas. Ce qui me préoccupe, c'est pourquoi il s'applique encore à nous semer.

– Les Américains ont leurs propres projets.

– Que je n'arrive pas à deviner. J'ai relu toutes les transcriptions et tous les rapports, et il n'y a qu'un scénario qui colle, à mon avis.

– Et c'est ?…

L'avocat consulte ses notes.

1. Jardin historique au centre-ville, datant du temps de la Compagnie néerlandaise des Indes.

– D'après leur rapport, Becker s'est envolé de Bagdad pour Londres le 12 septembre, et le soir même il est reparti pour Johannesburg, où il est arrivé le matin du 13. D'après le dossier de la police nationale, sa voiture de location a été braquée avant 9 heures le matin même, à Sandton. Le 18, il appelle Inkunzi une première fois, en réclamant son argent. Leurs conversations ne traiteront que de ça. Et nous avons un enregistrement du 6 octobre où Osman dit au Cheik, dans la maison de Chamberlain Street : « Inkunzi lui a dit que j'ai l'argent. Moi ou Tweety. » Bon. Supposons que l'attaque de la voiture ait vraiment eu lieu. Et tenons compte du style de son contact avec Inkunzi et Osman. Il ne reste qu'une seule conclusion à tirer : il y avait quelque chose dans cette voiture détournée. Quelque chose que Becker et la CIA veulent absolument récupérer. Et ce n'est pas de l'argent.

Mentz hoche lentement la tête. On frappe à la porte du bureau.

– Entrez.

Quinn passe la tête dans l'embrasure et aperçoit Mentz.

– Bonjour, madame, lance-t-il.

– Bonjour, Quinn, répond-elle.

– Vous voulez que je vienne plus tard ?

– Non, dit Masilo. Il y a du nouveau ?

– Oui : Miss Jenny. Elle est en train d'ouvrir un tas de documents sur le système.

– Lesquels ?

– Inkunzi, le Comité suprême, PAGAD, Tweety, le crime organisé… Comme si elle suivait une trace.

C'est Mentz qui réagit la première :

– Bonne nouvelle ! Elle le fait pour lui, pour Becker. Ça signifie qu'il va la recontacter.

Rassurée par la routine stricte d'Inkunzi Osman et par le fait qu'il a une balise GPS fixée à sa voiture, l'équipe qui le file s'est postée à une rue de la mosquée de Coronation Street, à côté du terrain de l'école Zonnebloem pour jeunes filles.

– Merde ! s'exclame soudain l'opérateur qui a les jumelles.

– Quoi ? demande le conducteur.

– Démarre !

– Tu vois quoi ?

– Il y a un type… Merde ! Appelle Quinn ! Il y a un type qui vient de braquer la bagnole d'Osman ! Démarre !

– Maintenez la distance, dit Quinn. Nous le suivrons avec le GPS.

Il regarde l'image clignotante de la flèche qui se déplace sur le plan de la ville et constate que la voiture d'Osman roule vers Woodstock.

– Tu as vu à quoi il ressemblait, ce mec ?

– C'est un Blanc. Cheveux bruns, c'est tout ce que j'ai vu.

– Je vous envoie une photo sur votre portable. Dites-moi si vous le reconnaissez.

Quinn fait un signe de tête à l'opérateur à côté de lui. Pour qu'il s'active.

– Ça va prendre un instant, il faut d'abord la réduire…

– D'accord.

Quinn suit à l'écran la progression de la voiture, qui semble se diriger vers Chamberlain Street… Mais dans quel but ?

L'icône vire vers le nord dans Melbourne Street, passe devant les sorties possibles, suit Victoria Street.

Mais où vont-ils donc ?…

Quinn reprend son portable :

– Photo envoyée, prévenez-moi quand vous la recevrez.

Sur l'écran, la voiture d'Osman se dirige vers Plein Street, puis tourne à gauche dans Albert Street.

Vers la N1 ?…

– Ça pourrait être lui, mais je n'en suis pas sûr, dit le passager dans la voiture de filature.

Logiquement, pour rejoindre la N1, l'itinéraire devrait passer d'Albert à Church Street dans Woodstock, mais le GPS indique que la voiture d'Osman vire dans la direction opposée.

Et puis à gauche, dans Treaty Street. Inexplicable.

– Restez là, dit Quinn à l'équipe de filature. C'est un périphérique, ils devront sortir de l'autre côté.

L'icône s'arrête.

Quinn fixe l'écran, le front plissé.

– C'est une zone industrielle ? demande-t-il.

– Le trou du cul du monde, oui…

La voiture d'Osman ne bouge toujours pas.

Soudain, Quinn saisit ce que Becker est en train de faire – il est sûr qu'il s'agit bien de Becker. Il ne jure pas, ce n'est pas son genre ; il se borne à dire dans son portable :

– Allez-y ! À la voiture d'Osman, vite !

63

Dans le rapport oral, Quinn se cantonne aux faits, cachant sa déception :

– Becker et Osman se sont arrêtés dans Treaty Street, à côté du chemin de fer. L'équipe de filature n'a eu que le temps de voir Becker traîner Osman de force, en passant par des ouvertures ménagées d'avance dans les hautes clôtures en fil de fer, à travers les quatre voies ferrées. On pense que Becker portait un sac à dos et un autre sac accroché à son épaule, et qu'il avait une arme dans la main droite.

« L'équipe s'est lancée sur leurs traces, mais Becker et Osman avaient trop d'avance, une centaine de mètres, quand l'équipe a vu Becker, sur un fond d'entrepôts et d'usines, pousser Osman dans une voiture qui attendait de l'autre côté des voies, à la pointe est de Strand Street : une Citi Golf Volkswagen bleue, année inconnue et trop éloignée pour que la plaque d'immatriculation soit lisible. La Golf a démarré, en arrachant de la gomme, et filé vers l'ouest – à l'est, Stand Street finit en cul-de-sac. En passant par Lower Church Street, Becker pouvait facilement atteindre la N1.

« Nous avons affaire à un homme bien entraîné qui a préparé son coup avec intelligence, explique Quinn d'une voix neutre ; un homme qui sait qu'on les file, lui et/ou Osman, et qui soupçonnait la voiture d'Osman d'être balisée, un homme décidé à déjouer la filature et sachant s'y prendre.

Milla Strachan relit des épreuves pour Theunie : une synthèse du commerce des armes entre l'Afrique du Sud et l'Iran, la Libye et le Venezuela. Elle lève la tête lorsque deux hommes entrent avec Mme Killian ; elle en reconnaît un, c'est Nobody, l'avocat Masilo, l'homme aux belles bretelles. Manifestement, leur attention se porte sur elle.

– Milla, dit Mme Killian.

Au creux de son ventre, une crispation.

– Oui ? répond-elle, d'une voix alarmée.

– On voudrait vous parler.

– Voulez-vous m'accompagner un instant ? dit l'autre homme, celui au col roulé noir.

– Pourquoi ?...

– Rien d'inquiétant, dit Mme Killian.

– On veut juste vous parler, dit Col-Roulé.

Milla est pétrifiée, elle sent qu'elle a changé de couleur.

– De quoi ?...

Une partie d'elle sait que sa réaction crie sa culpabilité, mais elle ne la contrôle pas.

– Venez, on va vous l'expliquer.

– Que se passe-t-il ? demande Mac the Wife.

– Pas le moment, Mac, coupe Mme Killian.

– Madame, dit Col-Roulé, je m'appelle Quinn, je dirige les opérations de l'Agence. Veuillez nous accompagner.

Il est ferme et calme.

– Je suis occupée, dit-elle en indiquant l'écran de l'ordinateur.

– Ça pourra attendre, Milla, dit Mme Killian.

– Qu'est-ce qui se passe ? demande Theunie, soucieux.

– Poursuivez votre travail, dit l'avocat.

419

Milla regarde Mme Killian, puis Quinn ; elle se lève lentement, comme si le sol se dérobait sous ses pieds.

Sur l'insistance de Janina Mentz, qui était à l'époque directrice adjointe, la salle d'interrogatoires de l'Agence présidentielle de renseignement a été confortablement aménagée. Trois sièges beiges capitonnés, boulonnés au sol, constituent un triangle plutôt accueillant. Une moquette unie, discrète, recouvre le sol. Le micro est caché dans le plafond, derrière l'éclairage fluorescent qui fournit une lumière douce ; la caméra a été installée dans la pièce voisine, dite la salle d'observation, son objectif dirigé vers les trois sièges derrière un miroir sans tain.

Milla est assise sur un des sièges.

Masilo, Mentz et Quinn se trouvent dans la salle d'observation.

– Laissez-la donc mijoter une heure ou deux avant d'aller lui parler, dit Mentz. Quinn, envoyez pendant ce temps des gens dans son appartement, qu'ils le passent au peigne fin. Et il faut que la visite soit évidente, dites-leur de laisser un peu de désordre. Tau, vous lui annoncerez la mauvaise nouvelle, et ensuite vous la laisserez partir.

Milla, toujours assise, perdue dans le tumulte de ses pensées, lutte contre la panique. Un refrain court dans son esprit : *Ils savent, ils savent, ils savent…* Puis les questions prennent la relève : Que savent-ils ? Depuis combien de temps ? Comment ont-ils su ? Qu'est-ce qui va se passer maintenant ? Que veulent-ils, que vont-ils faire ? Elle vient de parcourir fiévreusement les rapports sur Inkunzi, sur PAGAD, cherchant les raisons que l'APR pouvait avoir de s'intéresser à Lukas. Elle n'a vu que des ombres, des possibilités fantômes qui s'évaporaient dès qu'on les examinait de près. Qu'est-ce que Lukas leur a donc fait ?

Elle ne saurait le dire. Elle pense à ce qu'on pourrait lui demander, aux réponses possibles. Peu à peu, elle se rend compte qu'elle n'a commis qu'une seule erreur : elle a omis de signaler son contact avec Lukas. Pourquoi ne l'a-t-elle pas fait ? Parce que personne ne l'en a priée. Est-ce donc si grave ? Puisque ce n'est pas un crime, que peut-on lui faire ? La flanquer à la porte ?

Elle finit par se calmer, et sa résistance se développe. Qu'ils viennent donc lui poser des questions ! Qu'on la vire, elle s'en fiche, elle n'a commis aucun crime ! Finalement, elle se lève et marche vers la porte d'un pas décidé. Elle veut l'ouvrir mais elle est verrouillée, ce qui attise l'étincelle de sa colère. Pour qui donc se prennent-ils ? On ne peut pas lui faire ça ! Elle a des droits, elle n'est pas une idiote qui serait capable de révéler des secrets d'État… Elle n'est ni une criminelle, ni une enfant !

Elle va se rasseoir, puis entend la porte s'ouvrir dans son dos. Elle se retourne et voit Nobody : Masilo et ses bretelles.

– Vous n'avez pas le droit de m'enfermer ici ! clame-t-elle en se levant vivement.

Il sourit, referme la porte derrière lui.

– Calmez-vous, dit-il aimablement, comme s'ils se connaissaient bien.

– Ouvrez la porte !

Masilo prend place en face d'elle. Elle perçoit une discrète odeur de lotion après-rasage.

– Je regrette, je ne peux pas faire cela… S'il vous plaît, Milla, parlons un peu. Je suis sûr que vous savez que nous avons pas mal de choses à nous dire.

Elle reste debout à côté de son siège.

– Non, je ne crois pas.

– Vraiment ?...

– Je n'ai rien fait de mal.

– Une bonne raison pour bavarder tranquillement.

Elle sait qu'il tente de la manipuler, mais ses options à elle sont limitées. Elle se rassoit contre son gré et croise les bras, sur la défensive.

Il ne dit rien, affiche un sourire bienveillant.

Elle finit par ne plus supporter son silence.

– Qu'est-ce qui se passe, au juste ?

– Vous le savez très bien, Milla.

– Je n'en ai pas la moindre idée.

– Lukas Becker.

– Je n'ai rien fait de mal.

– Alors pourquoi cette réaction, tout à l'heure ?

– Qu'est-ce que vous ressentiriez si l'on vous faisait ça ? Tout d'un coup, sans prévenir ?

– Mais je n'ai pas de secrets, Milla.

– Tout le monde a des secrets.

Il rit doucement et dit d'un air grave :

– Milla, vous êtes un pion, un instrument. Il vous utilise, et je suis sûr que vous ne vous en rendez pas compte.

– Qui, Lukas !?...

– Parfaitement.

– Oh, par pitié !

– Il y a beaucoup de choses que vous ignorez de lui.

– Mais c'est moi qui ai écrit son profil ! Il ne sait même pas où je travaille !

Masilo rit de bon cœur.

– Vous êtes naïve, Milla.

– Pourquoi ?

– Milla, votre Lukas Becker travaille pour la CIA.

C'est à son tour de rire, mais c'est un rire forcé.

– Vous êtes complètement parano !

– J'avoue que j'étais sceptique, moi aussi, au début. Mais nous avons laissé savoir aux Américains que nous étions au courant, et le même jour, seulement quelques heures plus tard, il a disparu subitement. Nouvelle adresse, nouvelle voiture, nouveau numéro de portable…

– Et maintenant, vous pensez que…

Il ne lui laisse aucune chance.

– Saviez-vous que c'est un assassin ?

– Foutaises !

– Cet Inkunzi sur qui vous vous êtes renseignée ce matin, à son intention… qui l'a éliminé, d'après vous ?

– Ce n'était pas lui.

– Comment le savez-vous, Milla ? Parce qu'il vous l'a dit ? C'est ça votre preuve ? Nous sommes mieux renseignés que vous.

– Ce n'est pas vrai !

– Milla, Milla, vous êtes si confiante. Vous savez qu'il a travaillé en Israël, en Égypte, en Jordanie, en Iran, en Turquie… Mais saviez-vous pourquoi ? Réfléchissez un peu, Milla, aux endroits où les États-Unis sont engagés dans des conflits… Et ses comptes bancaires ? Ça ne vous rend pas un petit peu soupçonneuse ? Comment un homme fait-il pour amasser des millions de rands en seulement six, sept ans ?… En faisant des fouilles archéologiques ? Et puis cette coïncidence : il se présente à votre cours de danse, deux fois… Et quand il vous voit, il vous emmène dans un lieu public, loin des micros.

– Des micros ?…

Elle ne prend pas tout de suite la mesure de ce que ça implique.

– Milla, nous ne rêvons pas…

– Mais vous n'avez pas le droit !

– Si, Milla. Il y va de la sécurité nationale, et puis c'est aussi une affaire internationale…

– Vous n'avez pas le droit…

La voix de Milla est empreinte de colère et de honte ; elle se lève à moitié de son siège.

– Nous avons lu votre journal…

Lentement, tout cela pénètre en elle, s'enfonçant comme une grenade sous-marine… qui maintenant explose…

Milla Strachan bondit de son siège et se jette sur Masilo.

64

– Merci d'avoir répondu à mon appel, Janina, dit Burzynski, le chef du bureau de la CIA.

– C'est normal, Bruno. Justement, nous étions en train de parler de vous.

– En bien, j'espère ? Janina, j'ai reçu un rapport de Langley, et j'ai le plaisir de vous dire qu'on avance. Permettez-moi de vous expliquer brièvement ce qu'on a tenté de faire. La première étape, c'était d'être absolument sûr que *The Madeleine* n'ait utilisé ni LRIT ni AIS. C'est exact, je peux le confirmer. Le dernier signal provenant du navire a été enregistré le 22 septembre à 23 h 30, du point de navigation S13 34.973 W5 48.366, dans l'océan Atlantique, à peu près à 1 500 milles ouest-nord-ouest de Walvis Bay. Et puis la transmission s'est arrêtée. Nous avons vérifié auprès des autorités SOLAS, qui nous ont dit avoir dûment informé les propriétaires, en vain…

– C'est une société bidon. Tous les détails d'enregistrement ont été truqués.

– C'est aussi ce que nous avons conclu, de notre côté. La deuxième étape consistait à relever les positions de tous les bateaux au LRIT désactivé et d'une taille comparable au navire en question, et de chercher des correspondances dans nos images satellites : nous avons identifié seize cibles potentielles, dont quatorze ont déjà été examinées en utilisant du matériel visuel à haute résolution… Par ailleurs, nous sommes tombés sur quelques spécimens intéressants : des contrebandiers dans la mer d'Andaman et dans le sud de la mer de Chine, puis un navire aux mains de pirates somaliens – mais la plupart avaient simplement des problèmes matériels et tous ont été justifiés. Les deux derniers posent un petit problème. Conditions météo défavorables, visibilité limitée à partir de l'espace…

– Où se trouvent-ils ?

– Dans l'Atlantique Nord. Il faudra que je vérifie. Aux Grands Bancs, quelque chose comme ça. Le temps devrait se dégager d'ici douze heures, et nous serons prêts.

– Bruno, je ne sais comment vous remercier.

Milla Strachan gifle l'avocat Tau Masilo sur la joue gauche. Elle voudrait frapper encore, mais il lui saisit les poignets.

– *Thiba*[1] ! s'exclame-t-il dans sa langue maternelle, étonné.

Il la repousse, se lève et la force à se rasseoir sur son siège. Elle se débat furieusement, lançant des coups de pied.

– *Se ke*[2]…

Il la relâche tout d'un coup, lève le bras pour la gifler, mais se ravise et va à la porte.

– *Nkwenyane*[3], dit-il, essoufflé.

– Je démissionne ! hurle Milla, folle de rage. Vous pouvez le garder, votre boulot !

Masilo tâte sa joue, la regarde, puis sourit lentement.

– Bon, dit-il en sortant la clé de sa poche. Le temps de trouver quelqu'un pour vous accompagner, et vous pourrez ramasser vos affaires.

1. « Arrête ! », en sorho.
2. « Ne fais pas ça », en sorho.
3. « Petite tigresse », en sorho.

La directrice appelle Rajkumar dans son bureau.

– Il me faut immédiatement la météo pour l'Atlantique Nord, zone des Grands Bancs.

– Je vous rappelle ?

– Non, je reste en ligne.

– D'accord.

Elle entend cliquer la souris de Raj.

– Encore un peu, j'y suis presque… Voilà : j'ai une image satellite… prise il y a une vingtaine de minutes… ça a l'air pas mal…

– Pas d'intempéries ? Pas de nuages ?

– Une seconde… D'après Weatheronline en Angleterre… non, pas de mauvais temps… attendez… le temps de vérifier auprès de la NASA, Bureau des sciences de la Terre…

Elle patiente.

– Beau fixe, ciel cristallin… quelques nuages au large du Canada, mais c'est tout.

– Pourriez-vous vérifier encore et me rappeler ?

– Bien sûr.

Elle raccroche.

Pourquoi Burzynski lui ment-il ?…

Consumée de colère et de honte, escortée par deux agents musclés, Milla va chercher son sac à main et ramasser quelques effets dans son tiroir.

Un silence de mort règne dans l'Équipe Rapport ; seul, Donald MacFarland, sympathique et discret, défie du regard les deux hommes et hoche la tête dans la direction de Milla. Les autres évitent son regard, et ce ne sera que plus tard, assise devant la mer à Milnerton, qu'elle comprendra que quelqu'un a dû leur parler… Qu'a-t-on pu leur dire ?

Pour l'heure, elle entasse ses affaires personnelles dans son sac, jette un dernier regard à Mac et s'en va.

À la porte de sécurité, un des agents lui dit :

– Votre carte, s'il vous plaît.

Elle la sort de son sac et la jette devant lui.

L'autre lui ouvre la porte.

Dans son appartement, c'est le chaos : portes des placards ouvertes, sol jonché d'objets…

Elle constate qu'on a pris ses journaux et son ordinateur portable dans sa chambre. Un sentiment d'impuissance et d'injustice, la rage la submergent. Sachant que des micros sont cachés quelque part, elle pleure en silence, les poings crispés.

Elle doit sortir de cet endroit souillé. Elle prend son sac à main, le vide des choses qu'elle a rapportées du bureau et s'en va. Avant d'arriver à sa voiture, cependant, elle s'arrête, saisie d'une soudaine anxiété. Elle ouvre son sac, cherche fiévreusement son porte-monnaie, le trouve, l'ouvre précautionneusement, à l'affût de traces prouvant qu'on l'aurait fouillé.

Le mot de Lukas est là, encore plié, tel qu'elle l'a rangé ce matin.

Elle réfléchit : ce sac se trouvait au bureau, accroché au dossier de son siège.

Est-ce qu'on aurait regardé dedans ?

Elle décide de mémoriser le numéro de téléphone et de se débarrasser du papier.

Quinn et Masilo observent l'écran, ils voient Miss Jenny s'arrêter subitement et regarder dans son sac à main.

Quinn interprète le langage corporel, établissant le rapport entre l'attitude de Milla et l'objet de son attention.

– Nous n'avons pas fouillé son sac, dit-il, en s'adressant le reproche. Il était ici.

– Aïe, aïe ! dit Masilo, en tâtant sa joue du bout des doigts.

– C'est un bout de papier, il me semble.

Ils la voient replier le papier, le remettre dans son porte-monnaie et gagner sa voiture. Saisissant la radio, il annonce :

– Attention, Miss Jenny s'en va.

– Combien d'équipes ? demande Masilo.

– Les trois qui suivaient Becker.

– Et qui l'ont perdu… Ce n'est pas un reproche, mais un constat.

– Et ils savent à quel point c'est inacceptable. Becker était à pied, au petit matin, il savait qu'il était filé, et c'est un pro. Pas Miss Jenny. Nous avons planté un GPS dans sa voiture, nous pointons son portable sur la carte, nous écoutons chaque appel, il y a des micros dans son appartement…

– OK, dit Masilo, qui regarde l'écran où la voiture de Milla est une flèche qui se déplace sur un plan. Où va-t-elle ?

D'abord instinctivement, elle roule vers Durbanville quand elle se rend compte de ce qu'elle fait, et pourquoi. Prise de panique, elle sort à Koeberg, se demandant où aller – elle n'est plus en sécurité nulle part. Il faut appeler Lukas… Elle tâtonne, trouve son portable, et compose de mémoire les trois premiers chiffres.

À côté d'elle, une voiture klaxonne subitement. Effrayée, elle lui jette un regard, s'aperçoit qu'elle est en train d'empiéter sur l'autre file, rectifie sa trajectoire d'un brusque coup de volant, voit du coin de l'œil l'autre voiture : le conducteur, le visage grimaçant, qui agite son bras, un doigt en l'air, articulant des insultes qu'elle n'entend pas.

Il s'éloigne enfin, mais elle a les mains tremblantes ; elle doit s'arrêter, elle appellera ensuite. Il y a une station Caltex, après le feu rouge, parfait. C'est alors qu'une voix lui souffle : « N'appelle surtout pas, on t'écoute. »

Prise de conscience qui électrise tout son être.

Lagoon Beach est la première sortie où elle pourra trouver à se garer ; elle y va sans réfléchir, elle veut quitter la route, sortir de la voiture. Elle descend, ferme la Clio à clé et s'en va au hasard, s'accrochant désespérément à son sac à main comme si c'était sa seule possession.

Les allégations de Masilo lui reviennent comme des lumières aveuglantes, oblitérant tout. Elle n'arrive même plus à penser, ni à se rappeler ses conversations avec Lukas, ni les rapports qu'elle a lus. Elle ne voit que les éclairs qui déchirent son horizon.

Elle marche pendant 6 kilomètres, dépasse sans les voir le golf, des maisons, d'autres gens, ignorante aussi des quatre personnes qui la suivent à pied. Enfin, elle s'assoit à l'improviste sur la plage, en retrait de la mer, son sac sur les genoux, la tête dans les mains, le regard tourné vers l'océan, et elle réfléchit.

L'opérateur baisse ses jumelles et dit à Quinn, dans le téléphone portable :

– Non, elle est juste assise.

– Écoutez-moi bien : nous supposons qu'elle attend Becker. Vous savez tous à quoi il ressemble. Dès que vous le verrez, dites-le-nous. Mais, attention, planquez-vous. C'est un pro, et il est probablement armé.

– D'accord.

– L'unité d'intervention est en chemin ; si Becker arrive, elle le prendra. Tenez-vous prêts.

En voulant appeler Lukas, elle vient de frôler la catastrophe ; s'en rendre compte oblige Milla à se calmer.

Elle reste les yeux fermés, tentant désespérément de tout réprimer, la peur, les émotions, les doutes, l'humiliation, l'apitoiement sur soi-même, mais sans y parvenir. Une douleur lancinante à la main droite capte petit à petit son attention… Qu'est-ce que c'est ? Elle finit par se rappeler qu'elle a giflé Masilo ; la satisfaction profonde éprouvée à cet instant-là lui revient en mémoire. Elle se revoit frapper, quelle furie ! Elle sourit involontairement malgré elle. C'était donc toi, Milla, la bonne petite épouse de Durbanville ?…

Cette pensée atténue la tension – pas complètement, certes, mais assez pour lui permettre d'expirer à fond, lentement, et de se ressaisir. J'ai tout de même progressé, pense-t-elle, j'ai grandi, mûri, et en frappant ce type j'ai fait de la résistance, j'ai combattu. Et ça m'a fait du bien.

Elle s'accroche à ces pensées, tente d'en évoquer d'autres. Par exemple, celle qu'elle a consignée dans son journal : *Ce matin, j'ai identifié un petit bout de moi-même : j'ai pris l'habitude de refouler mes peurs, de me les cacher. Et ensuite de faire des choses étranges.* Et encore : *Milla, cette chatte inquiète, fait des bonds apeurés et, souvent, ne sait même pas qu'elle est anxieuse.*

Elle décide de ne plus refouler ses peurs, de ne plus nier ses anxiétés : désormais, elle les regardera bien en face, elle réfléchira avant de bondir. Elle cherchera la vérité, trouvera un arrangement. Pour parler comme Lukas Becker et Voltaire, elle jouera d'une façon raisonnée les cartes que la vie lui a distribuées.

Elle reste assise là plus d'une heure, silhouette solitaire sur une vaste plage.

65

– Elle s'est levée, elle marche vers sa voiture, annonce l'agent.

– Personne ne s'est approché d'elle ? demande Quinn.

– Non, personne… Attendez… On dirait qu'elle téléphone…

Dans la salle d'opérations, Quinn se tourne vers un des opérateurs de son équipe.

– Je veux entendre cet appel.

Le technicien hoche la tête, effectue les réglages.

– Oui, elle a son portable à l'oreille… confirme l'agent de la plage de Milnerton.

La voix de Milla résonne dans le haut-parleur :

– Milla Strachan à l'appareil. Puis-je parler à Gus, s'il vous plaît ?

– Ne raccrochez pas, fait une voix inconnue.

Un peu de musique sur la ligne.

– Je veux savoir à qui est ce numéro ! lance Quinn à son équipe.

– Milla, comment ça va ?

Une voix d'homme.

– Bien, merci. Gus, j'ai besoin de ton aide…

– Ne me dis pas que Christo te fait encore des misères…

– Non, non, ça concerne mon travail. L'endroit où j'ai commencé à travailler le 1er septembre, c'est l'APR, l'Agence présidentielle de renseignement. Leurs bureaux…

– L'APR, les espions ?

– Oui, c'est ça. Leur adresse est…

– T'es donc devenue espionne ?

– Mais non ! Je rédigeais des rapports. Leurs bureaux se trouvent à Wale Street Chambers, au coin de Wale et de Long…

– Attends, que je note ça.

Quelqu'un chuchote à Quinn :

– Le numéro est celui d'un cabinet d'avocats à Durbanville : Smuts, Kemp & Smal.

– Envoyez une équipe de surveillance là-bas.

– OK, dit la voix d'homme au téléphone.

– Je t'envoie par SMS le numéro de téléphone de leur central, et le nom du directeur adjoint qui est impliqué. Ce matin, ils sont entrés chez moi par effraction et ont volé mon ordinateur portable et l'intégralité de mon journal intime. Je veux récupérer tout ça, Gus.

– Merde ! chuchote quelqu'un dans la salle d'opérations.

Quinn lève la main pour demander le silence. Ce qui l'inquiète le plus, c'est le calme de la voix de Milla.

– Et je veux que quelqu'un vienne enlever les micros qu'ils ont cachés.

– Merde, Milla ! dit Gus, qui éclate d'un rire bref.

– Tu dois aussi savoir, poursuit Milla, qu'il y a de fortes chances pour qu'ils écoutent cet appel, mais ça n'est pas vraiment important. Ce que je veux, c'est récupérer mes affaires. Au fond, plus ça se passera ouvertement, mieux ça vaudra. Gus, je ne veux pas qu'ils s'en tirent en catimini.

– Bon. Un référé d'urgence, c'est une procédure entièrement publique. Si tu veux, je peux aussi donner un coup de fil à un de mes potes de Media24… Mais alors, il faut savoir que ce sera dans tous les journaux demain.

– Laisse-moi d'abord le temps d'appeler Barend pour le prévenir qu'il va voir sa mère aux infos.

Masilo informe Mentz de l'appel de Miss Jenny à son avocat, Kemp, et conclut :

– Elle lui a envoyé mon nom par SMS. Je pense que c'est personnel, car je lui ai parlé des méfaits de Becker.

Il attend l'explosion, mais rien ne vient.

Mentz le dévisage longuement et dit, glaciale :

– Les Américains nous mentent.

Masilo ne saisit pas tout de suite.

– Sur quoi ?

– Sur la météo dans l'Atlantique Nord. Ils essaient de gagner du temps, Tau… Il doit y avoir un rapport entre ça et le fait que Becker leur a donné Osman. Ou bien qu'ils n'ont pas encore réussi à retrouver ce qui a été volé à Becker. Il va falloir mettre la main sur ce type, et sans tarder.

– Miss Jenny est partie le retrouver.

– Et cette petite salope a appelé son avocat, commente Janina Mentz, mais sans hargne particulière.

– J'aurais dû déchiffrer les signes quand elle m'a agressé, admet Masilo en se caressant la joue. J'ai mal calculé.

– Nous aurions dû déchiffrer les signes quand nous l'avons embauchée, plutôt. Elle avait eu le courage de plaquer son mari.

Masilo se rappelle une rumeur : Mentz, elle aussi, dix ans plus tôt, aurait mis fin à un mariage malheureux en plaquant un mari baladeur… Dans quelle mesure la directrice s'identifiait-elle à Milla Strachan ?

Opération Shawwal
Transcription : *Écoute téléphonique : M. Strachan, 14, Daven Court, Davenport Street, Vredehoek*
Date et heure : *7 octobre 2009, 23 h 19*
LB : *Pourquoi as-tu attendu si longtemps ?*

MS : Eh oui, tous les jours je me le demande... Mais alors... Je pense que c'était... il y a tant de raisons. Je ne savais pas à quoi ressemblait un mariage réussi, je n'ai connu que celui de mes parents et, là, je me suis tout de même rendu compte que ce n'était pas normal. Mais c'est quoi, normal ? Je veux dire... Si je regardais autour de moi, tous les mariages étaient comme le mien : l'homme avec sa carrière, la femme à la maison se plaignant d'être négligée. Deux mondes : c'était la norme, tout le monde l'acceptait, ça marchait partout comme ça. Mais il y a plus que ça. Si tu es dépressive, si tu n'as plus confiance en toi, si tu vis dans le brouillard, si tu n'as pas de but, si ta vie n'a pas de sens, alors chaque jour te glisse entre les doigts... La routine aussi, ça détruit l'âme... On ne pense pas, on ne ressent pas grand-chose non plus... Je ne sais pas... Quand on n'a jamais vécu ça, c'est sans doute difficile à... Enfin, c'est tellement silencieux, ce processus – le homard dans la casserole d'eau qui va bouillir –, on s'y habitue au fur et à mesure, on ne se rend compte de rien. Et quand bien même... Je pense que Christo m'a trompée sérieusement pour la première fois il y a dix ans... mais alors, j'étais tellement naïve ! Ou peut-être que je ne voulais pas... C'est l'année dernière que je me suis rendu compte... Mon Dieu, tout ça fait tellement province !

LB : Si tu préfères ne pas...

MS : Non, non, au contraire. J'ai déjà écrit là-dessus dans mon journal, mais quand je l'ai relu récemment, c'était tellement pathétique ! Je... tous les signes étaient là, mais j'étais... aveugle : non, ce n'est pas le mot juste. Affaiblie ? Absente ? Je ne sais pas, j'étais tellement introvertie. Il était sous la douche ce soir-là, il devait ressortir pour un repas d'affaires, son portable était sur la table, en bas, au rez-de-chaussée. Alors, j'ai entendu arriver ce SMS. Je ne sais pas pourquoi j'ai regardé, jamais je ne... Un SMS qui arrive, c'est si banal. Ce qu'elle voulait faire avec Christo ce soir-là, je me rappelle que j'ai cru à un mauvais numéro, que ce n'était pas destiné à Christo. Je veux dire, entre lui et moi, le sexe... quand il y en avait... était tellement... convenable.

LB : Milla...

MS : Alors je l'ai suivi, jusqu'au front de mer de Tyger-berg. Ce n'était pas loin, juste au coin de la rue. En public, au restaurant. Elle semblait si normale, plus jeune que moi, mais... pas du tout l'air de quelqu'un qui enver-rait un SMS comme celui-là. Je me demande toujours si elle savait qu'elle n'était pas la seule, qu'il y en avait trois ou quatre autres... Barend l'a vu avec une autre, une petite blonde, plus jeune encore, c'est comme ça qu'il a su...

– Est-ce que nous allons négocier avec elle ? demande Tau Masilo.

– En aucun cas, déclare Mentz. Que Mme Killian lui passe un coup de fil, du genre : « On vous a innocentée ; il fallait qu'on vérifie. Vos affaires seront rapportées ce soir à votre appartement. »

– Et les micros ?

– Laissez-les. On verra bien combien ils réussissent à en trouver.

Milla traverse Table View dans la circulation des heures de pointe. Elle garde l'œil sur son rétro, à peu près sûre d'être suivie. Mais derrière il n'y a rien.

Elle traverse la N7. À Bothasig, elle tourne à gauche et prend la N13. Toujours personne derrière... Cela veut dire qu'elle n'est pas suivie ou qu'ils maintiennent un écart entre elle et eux. En tout cas, ça lui convient. Elle accélère, roulant aussi vite que l'état de la circulation le permet, en multipliant les appels de phares, passant en trombe.

À la jonction d'Altydgedacht, alors qu'elle se prépare à tourner vers Tyger Valley, son portable sonne.

– Allô ?

– Milla, c'est Betsie Killian.

Milla ne répond rien.

– Je voulais vous dire que l'équipe regrette vraiment ce qui s'est passé.

– Merci.

– Je peux vous dire aussi que votre journal et votre ordinateur seront livrés à votre appartement ce soir.

– Alors mon téléphone est bien sur écoute.

– Pardon ?

– Ça n'a pas d'importance. Madame, je vous remercie d'avoir appelé. Demandez qu'on remette tout bien à sa place, s'il vous plaît.

– Je transmettrai. On souhaite que vous signiez un récépissé. À quelle heure serez-vous chez vous ?

– Je ne sais pas quand je vais rentrer, dit Milla. Que l'on range chaque chose à sa place. Ils savent comment entrer. Ah, dites à maître Masilo que si tout est bien remis en place, je laisserai tomber le référé.

– Je le lui dirai.

Elle raccroche en se demandant si l'appel n'a pas eu un autre motif. Elle sait, d'après les rapports des opérateurs, qu'on peut localiser quelqu'un grâce à son portable.

Mais ça non plus n'a pas d'importance : quand elle ira téléphoner à Lukas, elle laissera son portable dans la voiture.

Transcription : *Interrogatoire d'Enoch Mangope par S. Kgomo, planque, Parkview, Johannesburg*
Date et heure : *9 octobre 2009, 14 h 14*
SK : Tu es un de ceux qui ont braqué la voiture de Becker le 13 septembre.
EM : (ne réagit pas)
SK : Je ne suis pas de la police, tu peux parler, ça n'a pas d'importance.
EM : (ne réagit pas)
SK : Bon, après, où est-ce que Becker t'a trouvé ?
EM : Joel Road, Berea.
SK : Il était armé ?

EM : *Yebo*.

SK : Un fusil de chasse ?

EM : *Hhayi ! iSistela*[1].

SK : Un pistolet.

EM : *Yebo*.

SK : Et après ?

EM : Alors, il me dit : « Toi, tu viens avec moi. »

SK : Il t'a emmené où ?

EM : *Indlu*[2]. À Randburg. Townhouse[3].

SK : Tu pourrais retrouver l'endroit ?

EM : *Kungaba*[4]...

SK : Et alors, qu'est-ce qu'il a fait ?

EM : Il m'attache. À la chaise. Alors il parle beaucoup.

SK : Qu'est-ce qu'il a dit ?

EM : Il cherche son argent.

SK : Quel argent ?

EM : L'argent dans son sac.

SK : Tu l'as vu, l'argent ?

EM : (ne réagit pas)

SK : Allons, Enoch, je te l'ai dit, nous cherchons Becker, nous ne te cherchons pas toi. Tu l'as vu, l'argent ?

EM : *Yebo*.

SK : C'était combien ?

EM : Beaucoup. Argent anglais. Livres.

SK : Alors qu'est-ce que tu lui as dit ?

EM : Je n'ai pas l'argent.

SK : Et ensuite ?

EM : Ensuite il me dit : « C'est qui, qui a l'argent ? »

SK : Oui ?...

EM : Alors je ne dis rien.

SK : Et alors ?

EM : Alors il ne parle plus, toute la nuit. Rien à manger, pas d'eau. Il me réveille, *kaningi*[5], je ne peux pas dormir, je suis sur la chaise.

---

1. « Non ! Le pistolet », en zoulou.

2. « Maison », en zoulou.

3. Maison dans une résidence sécurisée de banlieue résidentielle.

4. « Peut-être », en zoulou.

5. « Beaucoup de fois », en zoulou.

SK : Quand est-ce que tu lui as raconté, Enoch ? Sur Inkunzi.

EM : Le troisième jour. Il m'a emmené aux *amapoyisa*[1].

SK : À la police ? Là, je ne comprends pas...

EM : Il m'a emmené en voiture, aux *amapoyisa*. Alors il me dit : « Tu dois parler, ou tu dois aller à l'*ijele*[2]. »

SK : Au poste de police ?

EM : *Hhayi*. Dehors.

SK : Alors tu lui as dit ?

EM : Qu'est-ce que je pouvais faire ?

SK : Et puis ?

EM : Alors il appelle Inkunzi. Et il me laisse partir.

SK : Il t'a torturé ?

EM : *Kungani*[3] ?

SK : Il t'a frappé, des choses comme ça ?

EM : *Hhayi*.

SK : Pas du tout ?

EM : (ne réagit pas)

SK : Il t'a demandé autre chose ? Ce qui était dans le sac ?

EM : Comme quoi ?

SK : N'importe quoi.

EM : Il a parlé seulement de l'argent.

SK : Rien d'autre ? Rien ?

EM : *Mahhala*[4].

---

1. « Les policiers », en zoulou.
2. « La prison », en zoulou des townships.
3. « Comment ? pourquoi ? », en zoulou.
4. « Rien », en zoulou.

66

– Elle s'est arrêtée, dit Quinn à la radio, s'adressant aux équipes de filature. Au parking de Tyger Valley, côté est. Équipe Un, vous êtes à combien du centre commercial ?

– À peu près un kilomètre.

– Dépêchez-vous. Garez-vous et allez la rechercher. Équipe Deux, faites la même chose. Équipe Trois, faites savoir dès que vous y arrivez, il faut que vous couvriez sa voiture.

Les réponses se succèdent :

– D'accord.

– Nous traçons son portable, ça nous dira à peu près où elle est.

Elle connaît par cœur, jusqu'au moindre recoin, ce centre commercial de Tyger Valley.

Elle y pénètre d'un pas vif par l'entrée 8, s'arrête brusquement et regarde autour d'elle. Il y a des gens partout, qui arrivent, qui repartent, mais rien ne semble constituer une menace.

Elle avance plus loin, se faufile par l'entrée latérale du Pick'n'Pay, ressort du côté de la pharmacie Durbell, descend l'escalator, tourne à gauche, passe en se baissant sous la barrière du cinéma.

– Madame ! crie le type qui contrôle les billets.

Milla lui fait un signe de la main et se met à courir.

Une fois de l'autre côté, elle tourne à droite, prend l'escalier, puis se dirige vers la gauche dans l'Arena. Elle se souvient que les téléphones sont là, à côté des escalators. Elle ouvre son sac à main, sort son porte-monnaie, prend place devant le premier téléphone à pièces. Elle vérifie encore une fois les alentours et compose le numéro.

Ça sonne…

Elle glisse une pièce dans la fente.

– Allô ?

La voix de Lukas, sèche.

– Je n'ai pas beaucoup de temps, j'appelle d'une cabine. Je vais te poser deux questions, tu y réponds et c'est tout.

– Milla, qu'est-ce qui…

– Ne dis rien d'autre.

– J'écoute…

– Travailles-tu pour la CIA ?

Elle écoute avec toute son attention, entend le bruit qu'il émet, mélange d'étonnement et d'amusement, comme si elle avait fait une plaisanterie.

– Moi, travailler ?…

Encore un bruit, avec une nuance de préoccupation.

– Non. La réponse est non.

Il dit la vérité, pense Milla. Elle le sait.

– As-tu tué Julius Shabangu, Inkunzi ?

– Non ! répond-il, énergiquement. Milla, il faut que tu me dises…

– Lukas, écoute-moi. Il y avait des micros dans mon appartement, ils écoutent mes appels de portable, je pense qu'on m'a prise en filature. On te cherche, toi. Je te mets en garde, je veux t'aider.

Il garde un moment le silence. Quand il parle de nouveau, sa voix est subitement calme.

– Tu sais qui c'est ?

– Oui : l'Agence présidentielle de renseignement.

441

Nouveau silence.

– Comment le sais-tu ? Attends, non, peu importe, au point où on en est. Où es-tu ?

– Au centre commercial de Tyger Valley. Personne ne m'a suivie.

– Où est ton portable ?

– Dans la voiture. Dehors.

– Bon, écoute-moi bien. Je vais te dire ce que tu dois faire.

Rajkumar arrive essoufflé dans la salle d'opérations en se dandinant, une clé USB à la main.

– Il vaut mieux que vous écoutiez ça, dit-il à Quinn et Masilo, en la branchant sur un ordinateur. Collez-le dans le système. Bulletin d'infos sur KFM, il y a cinq minutes.

Il ouvre le dossier audio. Voix du présentateur, haute et claire :

« La police locale fait appel à la collaboration du public pour rechercher un homme d'affaires du Cap, M. Shahid Osman, membre bien connu de la communauté musulmane. La disparition d'Osman a été signalée à la suite d'un détournement de voiture à proximité de la mosquée Azzavia Masjid, plus tôt dans la journée. Plusieurs témoins ont vu un homme forcer Osman à monter dans sa propre Toyota Prado, un modèle récent. Des membres de la famille ont déclaré aux infos KFM qu'ils sont très préoccupés par la santé de M. Osman, qui souffre d'une insuffisance cardiaque grave. »

Elle franchit en hâte la sortie Game, traverse le parking couvert et gagne la rampe qui descend vers Hume Street. Là, elle cherche un chemin piétonnier, en repère un sur la droite et s'y engage au petit trot ; entre glissades et dérapages, elle arrive en bas.

La circulation est dense, comme elle l'espérait. Elle attend la première brèche dans le flot de véhicules et sprinte. Un automobiliste indigné klaxonne, elle s'arrête un instant sur le refuge central, puis traverse l'autre voie en courant jusqu'à la vilaine clôture métallique de Willow Bridge. Là elle s'arrête enfin, essoufflée, regarde attentivement autour d'elle, comme Lukas le lui a enseigné. *Y a-t-il d'autres gens qui marchent un peu trop vite ? Ou qui courent ?... Il faut les identifier. Couleur, sexe, taille, vêtements, apparence.*

Non, il n'y en a pas.

Elle court jusqu'au coin et tourne à gauche.

– Rien ? demande Quinn dans le téléphone portable.

– C'est un grand centre commercial, dit l'opérateur. Nous ne sommes que quatre.

– Continuez à chercher.

– Et son portable ?

– Nous supposons qu'elle l'a laissé dans la voiture.

Elle va d'abord acheter un foulard rouge vif et une veste blanche. Elle demande le plus grand cabas du magasin et des lunettes de soleil à gigantesque monture blanche. *Si tu n'as pas de liquide, prends ta carte bancaire. Ça ne fait plus rien, au point où nous en sommes.*

Elle achète un téléphone jetable.

Où est ton portable ?

Dans la voiture.

Bien. Laisse-le là. Achètes-en un autre. On te demandera ta carte d'identité, dis que tu l'apporteras demain, qu'il y a urgence... On t'a volé ton portable, tu dois avertir ta famille, tout de suite. Achète aussi un chargeur pour voiture. Puis cherche un endroit tranquille, ailleurs dans le magasin, d'où tu puisses surveiller les portes...

Elle descend au parking souterrain, trottine jusqu'au fond, contre le mur. Elle pose le carton du téléphone sur le coffre d'une Mazda bleue, l'ouvre et assemble l'appareil.

Il y a en général déjà assez de courant dans la batterie pour une heure ou deux...

Quand elle a fini, elle envoie un SMS : AI PORTABLE. MAINTENANT ÉTAPE 2.

Elle se noue le foulard sur la tête, met les lunettes noires et enfile la veste.

Au Pick'n'Pay, elle achète rapidement le strict nécessaire : brosse à dents, baume incolore pour lèvres, déodorant. Puis bloc-notes, stylo. Elle demande à l'une des caissières où trouver un taxi collectif.

– Pour aller où, madame ? demande-t-elle, amusée.

– Du côté de Bellville.

– Là-haut, dans Durban Road, à côté du garage Engen. Mais attention, si vous êtes à pied : ce n'est pas la porte à côté !

– Ça ne fait rien. Merci beaucoup.

Quitter Willow Bridge est problématique : il n'y a qu'un seul chemin pour sortir et entrer.

Trouve quelque chose qui modifie ton apparence, un pull ou une veste, une couleur vive. Et un grand cabas, pour changer ta silhouette. À partir de là, il faut marcher autrement : plus lentement, tête baissée, comme si tu étais fatiguée et que tu rentrais chez toi. Il ne faut pas regarder en arrière, ni autour de toi : tu marches et c'est tout...

Elle met plus de quinze minutes à atteindre la station-service ; là, il y a trois taxis. Elle s'adresse au dernier.

– Vous allez où ? demande-t-elle au chauffeur.

– Est-ce une question philosophique, madame, ou voulez-vous venir avec nous ?

67

Elle prend le Métro[1] à Bellville, direction centre-ville.

Il y a peu de monde en cette fin d'après-midi. Elle cherche, selon les instructions de Lukas, le comparti-ment le plus bondé, garde les yeux baissés, en tenant son sac à deux mains sur ses genoux. La plupart des passa-gers sont des hommes jeunes. Milla pense au rapport sur le crime organisé.

Elle envoie un SMS à Lukas : DANS TRAIN.

Quelques minutes plus tard, la réponse arrive : ATTENDS DEVANT GARE ADDERLEY STREET GOLF BLEUE.

Elle répond : OK.

Elle fourre le portable dans son sac, se penche en avant et se demande ce qu'il va dire quand elle lui racontera tout.

– Nous ne la trouvons pas, rapporte l'opérateur à Quinn.

– Ils ont des caméras de surveillance. Je vais appeler le bureau du centre commercial et demander qu'on vous laisse voir les enregistrements. Elle doit se trouver là quelque part, car sa voiture et son portable y sont. Que deux d'entre vous continuent à la chercher. Vous avez regardé dans les cabines d'essayage ?...

---

1. Le chemin de fer métropolitain du Cap : réseau de banlieue.

– Difficile…

– Sans doute. Essayez quand même.

Elle n'attend pas longtemps la Golf bleue, qui s'arrête à côté d'elle. La peinture de la voiture est passée, avec des taches de rouille et quelques éraflures. Elle se penche, voit Lukas au volant, coiffé d'une casquette de base-ball. Elle ouvre la portière et monte.

Il démarre immédiatement, mais lui tend la main et prend la sienne, regarde le foulard et les lunettes de soleil. Il sourit.

– Mata Hari Strachan…

Elle lit la tension sur son visage, et pense que tout cela est de sa faute. Elle lui serre fortement la main et dit :

– Je suis désolée.

– Mais non, Milla, c'est moi qui le suis.

Il garde les yeux fixés sur la circulation, qui est intense.

– Lukas, il y a des choses que tu ne sais pas.

Il lui lance un coup d'œil soucieux.

Alors elle lui raconte tout, depuis le début.

Ils roulent vers Blouberg. C'est la fin de l'heure de pointe. Ils dépassent Milnerton où, quelques heures plus tôt, sur la plage, elle s'est ressaisie. Elle laisse les mots jaillir de sa bouche, pressée de lui dire qu'elle ne lui avait pas tout dit. Ses phrases sont embrouillées. Le soleil descend dans la mer et, dans cette lumière douce, le visage de Lukas est grave ; il l'écoute en silence, sans la regarder.

Quand elle a fini, il dit juste « Milla… », à la fois émerveillé et accablé.

À voir sa réaction, elle se sent soulagée d'un poids et se détend peu à peu.

Il soupire.

– Je ne travaille pas pour la CIA et je n'ai rien à voir avec la mort d'Inkunzi.

– Je te crois. C'était donc vraiment une coïncidence, Lukas, quand tu es venu danser ?

– Mais oui.

– Et le lundi soir ?…

Il lève une main du volant dans un geste d'impuissance.

Elle attend, encore plus consciente qu'avant de la fatigue de cet homme.

– Un soir à New York, raconte-t-il doucement, j'ai pensé à une amie d'université. Par hasard, comme ça… Et voilà que le lendemain je tombe dessus dans Lexington Avenue ! Quelle est la part de hasard ? Je ne peux pas l'expliquer.

Elle comprend ce qu'il tente d'exprimer.

– Oui, je sais.

– C'est arrivé, c'est tout…

– Tu penses toujours à elle ?

Milla tente de le détendre. Et ça marche. Il tourne la tête, sourit.

– Plus tant que ça…

– Tu es fatigué, dit-elle.

– Non, répond-il. J'ai des ennuis. Il va falloir que je te raconte, car désormais tu es dans le coup, toi aussi.

À 18 h 30, l'opérateur rapporte à Quinn que l'équipe a étudié l'enregistrement vidéo. On y voit entrer Milla Strachan au centre commercial peu après 14 heures. Ils ont réussi à établir son trajet, plus ou moins : elle a provoqué un peu d'agitation près des cinémas, est passée ensuite devant les caméras à l'Arena. Ce n'est que quatorze minutes plus tard, semble-t-il, qu'elle est sortie par la porte 6, sur le côté ouest. Une dernière caméra, dans le parking couvert, a relevé sa trace, qui menait vraisemblablement à l'extérieur.

Ils supposent que quelqu'un est venu la prendre là.

Lukas Becker raconte à Milla l'enlèvement d'Osman.

C'était supposé ne durer que deux ou trois heures : son intention était d'intercepter Osman et sa voiture hors de la mosquée, de le faire monter dans la Golf pour déjouer les poursuivants éventuels, d'aller à Blouberg, d'attacher Osman à une chaise dans un appartement loué, et de le relâcher dès qu'il lui aurait rendu l'argent.

Au début, tout s'est passé comme prévu. Devant la mosquée, Osman s'est affolé, puis il a reconnu Lukas, rencontré lors d'une confrontation devant chez lui, et ça l'a rassuré. Il est monté dans sa Toyota Prado, a suivi les ordres, mais en répétant : « Inkunzi ment, je n'ai pas ton argent », Becker répondant chaque fois patiemment : « Dans ce cas il faudra le récupérer. »

La première difficulté a surgi lorsque Becker a voulu contraindre Osman à quitter sa voiture près de la voie ferrée à Woodstock. Osman a glissé sa main dans la poche de sa veste. Becker a crié : « Non ! Pas ça ! » en menaçant Osman de son pistolet, mais Osman l'a ignoré. Alors, Lukas l'a plaqué au sol, lui a immobilisé les mains et a pressé le canon de son arme contre sa joue. « On ne bouge pas. »

Une tension effrayante a alors envahi le corps d'Osman, une lueur désespérée animant son regard. Becker, conscient que le temps pressait, lui a arraché sa veste pour la fouiller, mais sans résultat : il n'y a trouvé qu'un portable, qu'il a balancé par-dessus la clôture.

Alors Osman s'est levé d'un bond, mais, étrangement, n'a pas essayé de s'enfuir. Il voulait retourner à sa voiture. « Mais qu'est-ce que tu fais ? – Le sac ! » a répondu Osman, affolé.

Le sac... Le sac qui était accroché à son épaule en sortant de la mosquée. Lukas, traînant Osman à sa suite, est donc retourné prendre le sac dans la Toyota. Il fallait faire vite, car les poursuivants approchaient.

De l'autre côté de la voie ferrée, dans une allée entre deux bâtiments d'usine, Osman a tenté de reprendre le sac à Lukas. Lukas le lui a arraché en disant : « Viens ! »

Osman, de plus en plus angoissé, s'est mis à ralentir en portant les mains à sa poitrine. « Mon cœur. – Tu mens !... Allez ! Viens ! »

Dans la Golf, Osman s'est recroquevillé, blanc comme un linge, trempé de sueur, la respiration beaucoup trop rapide... Il a tendu une main tremblante vers le sac. « Laisse donc ce sac ! » Puis Lukas a lu la panique dans les yeux d'Osman, tandis que sa main remontait vers son épaule gauche, et que son visage se crispait de douleur. Mais Lukas croyait encore à une simulation. « Je dois prendre mon médicament ! »

Lukas a fait la sourde oreille, se concentrant sur la route devant lui et sur le rétro.

Alors Osman s'est effondré. Becker a freiné brutalement et relevé la tête d'Osman. Les yeux étaient révulsés. Saisissant le pouls du vieil homme, il a senti le battement terrible du cœur ; il s'est rendu à l'évidence : Osman faisait une crise cardiaque...

Formé au secourisme, Becker savait que les quinze minutes suivantes seraient déterminantes pour la survie d'Osman.

Cela changeait tout. Il a foncé à l'hôpital Chris-Barnard ; Osman avait déjà perdu conscience. S'arrêtant aux urgences, Becker a porté Osman sur ses épaules, tout en appelant à l'aide. Le personnel médical a foncé sur eux, déposé Osman sur une civière. Becker leur a expliqué que l'homme venait d'avoir un malaise cardiaque, qu'il l'avait trouvé gisant dans la rue.

Ils ont déchiré la robe d'Osman, appuyé un stéthoscope contre sa poitrine, plaqué un masque à oxygène sur son visage, et il a disparu à travers les portes battantes...

– J'ai téléphoné à l'hôpital juste avant de te prendre. Ils ne l'ont pas encore identifié, mais disent que son état est critique. S'il meurt… Je pensais que les gens qui le poursuivaient étaient ses gardes du corps ; et que ceux qui me poursuivaient étaient également des gens à lui. Quand tu m'as raconté au téléphone que l'APR… Ça change tout. Ils pourront me lier à… Ils croient que j'ai assassiné Inkunzi… Maintenant, ils vont penser que j'ai tué Osman aussi.

Janina Mentz balance d'abord l'agrafeuse. Suit le presse-papiers, qui laisse encore une autre marque sur la porte de son bureau.

Ensuite elle s'exclame : « Seigneur ! » avant d'arpenter son bureau de long en large, le visage cramoisi de colère.

Tau Masilo reste assis, immobile. Il ne propose pas d'excuse.

Une femme au foyer, une insignifiante rédactrice débutante, a réussi à semer les équipes professionnelles de surveillance de l'Agence présidentielle de renseignement…

Que dire ? Les bras vous en tombent.

Il ouvre avec sa clé la porte de la résidence de vacances du Big Bay Beach Club et la fait entrer. L'intérieur est gai : meubles rustiques, murs bleu océan et blanc, salle de séjour et coin cuisine séparés par un comptoir. Elle y dépose son cabas, à côté d'une mallette noire.

Elle se tourne vers lui, le serre dans ses bras. Il l'entoure des siens, mais il est tendu :

– Milla, tu ne peux pas rester ici.

Elle le regarde, une question dans les yeux.

– Ce sont mes ennuis, dit-il. C'est mon problème, les risques que moi, j'ai pris. Ils ne peuvent rien te faire, tu n'es coupable de rien. Il faut t'éloigner de tout ça, t'écarter jusqu'à ce que ce soit fini… Toi… Ton histoire…

Elle secoue la tête. Elle sait qu'elle ne pourra pas lui répondre maintenant, elle ne trouvera pas les bons mots, ce sera comme sa confession dans la Golf.

– Quand as-tu mangé pour la dernière fois ? demande-t-elle.

68

Lukas, ma lumière,

L'allitération non intentionnelle me séduit d'emblée… Et c'est sans doute là le nœud de mon problème.

Car ma vie est un déluge de mots, une rivière qui ne s'arrête jamais de couler. Loin d'être une noyée entraînée par les flots, je suis un animal aquatique qui est dans son élément. Je batifole, dans les mots de mes pensées, les mots que j'entends, les mots que je lis et que j'écris, les mots sont en moi, m'entourant et me traversant dans un mouvement perpétuel. Je flotte et danse et plonge ; l'écriture, c'est le monde où je vis, mon habitat naturel : je vois les mots, je les sens, je les entends et je les savoure.

Cette eau-mots est brune ; des milliers de gouttes de conjonctions grisâtres, de mots bouche-trous, de mots qui ne sont là que pour en servir d'autres. Mais certains sont argentés comme des ablettes qui filent et dessinent, en bondissant, des arcs qui scintillent au soleil. Des mots qui agissent, pleins de dynamisme. Des mots qui travaillent. Des mots qui vivent. D'autres sont lourds, obscurs, des mots de fond, puis il y a les mots ronds comme des pierres qui roulent, qui raclent et s'écaillent et s'érodent… Mais voilà que je m'emballe à nouveau, compulsive, accro ; cette lettre est ma perfusion, ma dose quotidienne.

Parler, c'est autre chose. Là, le courant m'entraîne souvent ; il y a des tourbillons, des rapides et des rochers cachés, et les mots s'esquivent. Mais quand j'écris, quand il n'y a que moi et le fleuve et que j'arrive à ouvrir les yeux sous la surface, je vois chaque mot, je cherche, je sélectionne.

C'est pour ça que j'écris. Beaucoup, souvent et depuis longtemps. Car cela me permet de maîtriser. Et c'est là mon dilemme.

Les pensées et les mots écrits ne constituent pas une vie. Ils peuvent raconter des histoires, mais pas les créer. Ils peuvent fantasmer (et là, je suis forte), mais les fantasmes sont des histoires fantômes, des ombres de mots, des mirages qui s'évanouissent dès qu'on approche. Ce sont des rivières asséchées.

Je n'ai pas d'histoire, Lukas. J'ai commencé à écrire un livre, il n'y a pas longtemps, et la meilleure source que j'aie pu exploiter était mon seul acte significatif : mon départ de la maison, ma nouvelle vie de femme à l'âge de quarante ans. Ça a été la somme de ce que j'ai accompli, la seule source de conflit interne, le point culminant de mon existence et la profondeur de mon récit fleuve. Peut-être comprendras-tu mieux si je dis qu'avant de te connaître j'étais déjà amoureuse de ton histoire, celle que j'ai dû rédiger sous forme de profil. Tu es tout ce que je voulais être, tout ce que j'ai fantasmé pour ma vie : un découvreur, un homme d'action, un voyageur qui suit son cœur, et ses passions et intérêts ; tu as vécu, tu as fait des expériences, alors que moi, je suis restée devant mon ordinateur à penser au plaisir que j'aurais à écrire ton histoire. Combien ton livre serait merveilleux !

Et ce matin (ça semble une éternité), assise sur la plage de Milnerton, c'est la douleur dans la main qui m'a sauvée, car cela m'a rappelé quelque chose que j'ai fait. Car avec ce geste, même si c'était sous le coup de la colère et de la honte, au lieu de m'esquiver, j'ai réagi.

Cet après-midi, j'ai réagi à nouveau : en téléphonant pour récupérer mon journal intime ; depuis, j'ai éludé, je me suis échappée, camouflée, j'ai déjoué. Mots d'action. Mon cœur a battu fort, mes mains ont tremblé, j'ai pris un taxi collectif, un train de banlieue, deux grandes premières pour moi – que diraient les bonnes épouses de Durbanville ? J'ai découvert un monde nouveau, j'ai traversé des frontières, j'ai vécu dangereusement (un tout petit peu) et je peux désormais l'écrire, Lukas ; un jour je pourrai exploiter ces petits morceaux d'expérience.

Tu auras sans doute déjà commencé à deviner ce que je veux te dire : que je n'ose pas, comme tu l'as dit, « tourner le dos, laisser tomber tout cela » ; j'en veux encore, je veux vivre, connaître de nouvelles expériences.

Je sais ce que tu voulais dire en parlant de mon histoire et je ne peux te le reprocher. Tu voulais dire que je suis une mère, que j'ai un enfant, des responsabilités, et que je ne suis pas obligée de (ou ne peux pas, ou ne devrais pas, ou ne dois pas) poursuivre cette aventure. C'est là une question qui me tourmente depuis des mois, que j'ai tournée et retournée dans mon esprit, et je ne sais toujours pas où se trouve la bonne réponse. Pendant dix-sept ans j'ai vécu pour mon fils et mon mari. Désormais – par égard pour Barend aussi –, il faut que je vive pour moi-même.

Tu m'as dit : « Tu ne peux pas rester. » Pourtant, je le dois.

Lukas, je t'en prie…

Samedi 10 octobre 2009

Elle sort de la chambre, portant une de ses chemises à lui. Elle le voit assis au comptoir face à tout un outillage étalé sur la table ; son dos nu tourné vers elle, il se penche, entièrement concentré sur les pièces de l'ordinateur portable qu'il a démonté.

À côté, la lettre.

Elle s'appuie au chambranle, observe les longs muscles de son dos, de son cou, la coupe militaire de ses cheveux bruns. Elle s'approche, elle veut le toucher.

Il tourne brusquement la tête et lui jette un regard.

– Milla, reste là où tu es ! dit-il, brutal et impératif, en lui faisant peur.

– Quoi ?…

Il se penche à nouveau sur les entrailles de l'ordinateur.

– Explosifs. C'est l'ordinateur d'Osman… Laisse-moi juste…

Elle le voit retirer précautionneusement un mince tube argenté, auquel deux fils fins sont reliés. Il le met soigneusement de côté. Puis il enlève lentement un ver mince de matière gris pâle qui ressemble à de la pâte à modeler.

– C4, dit-il, en le touchant prudemment. Il y a peut-être un autre détonateur.

Enfin satisfait, ayant extrait et mis de côté toute cette pâte, il essuie la transpiration sur son front et se tourne vers elle.

– Bonjour, dit-il.

Elle s'approche, s'appuie contre lui, la main sur son dos nu, l'embrasse sur la joue.

– Voilà ce que tu fais avant de déjeuner…

Il la serre contre lui, sans rien dire.

– Tu as lu ma lettre ?

– Bien sûr.

– Et alors ?…

Il la relâche doucement.

– Regarde ceci, dit-il en montrant l'explosif.

– Je comprends, mais…

Il secoue la tête, la prend par les épaules. Son visage est grave.

– Milla… dit-il.

– Je peux t'aider.

Mais elle sait déjà ce qu'il va dire.

– Milla, je te veux, je veux être avec toi et je reviendrai à toi quand ce truc sera fini. Mais regarde donc la chose objectivement, s'il te plaît. Si tout ça tourne mal… je ne pourrai pas m'inquiéter de ta sécurité, je ne peux risquer de laisser mes sentiments interférer.

Elle ne réussit pas à lui cacher sa déception.

– Je suis désolé, dit-il.

Plus tard, pendant qu'elle prend son café, il remonte l'ordinateur et explique le rôle de celui-ci à Milla, comment il a fini par comprendre pourquoi Osman a voulu récupérer son téléphone portable lors de l'enlèvement.

– Le récepteur était sur le couvercle de l'ordinateur. Osman voulait composer un numéro pour activer l'explosif. La charge est faible, juste assez pour démolir l'ordinateur. Quand je lui ai pris son téléphone, il a voulu attraper l'ordinateur, car il y a un deuxième interrupteur…

– Mais pourquoi ?…

– C'est ce que j'essaie de trouver.

Quand il allume l'ordinateur, il se heurte à un nouvel obstacle.

– Il faut un mot de passe, dit-il.

Milla regarde. Un cadre sur l'écran : *Entrez votre mot de passe.*

– Tu ne le connais pas ?

– Aucune idée.

– Je peux peut-être t'aider.

– Tu t'y connais en ordinateur ?

– Non, mais je connais quelqu'un.

Janina Mentz et Tau Masilo sont assis d'un côté de la table, les Américains de l'autre, dans une salle de réunion au ministère de l'Intérieur dans Plein Street, le site le plus neutre que Mentz ait pu trouver en si peu de temps.

Dès le début, son attitude envers les Américains est plutôt froide. Burzynski réagit en affichant un petit sourire en coin, comme s'il savait quelque chose. Cela agace Mentz, qui décide de tirer la première salve :

– Bruno, je n'ai pas encore parlé au ministre des manigances de la CIA, mais si nous n'avons pas trouvé de solution d'ici l'heure du déjeuner je n'aurai plus le choix.

– Manigances ? demande Bruno, candide.

– Allons, Bruno, ce n'est pas le moment de jouer à ces jeux-là. Nous n'avons plus le temps.

– Janina, je ne sais pas de quoi vous parlez. Sincèrement.

– Des conditions météo défavorables dans l'Atlantique Nord ? Pensez-vous honnêtement que nous sommes arriérés au point de ne pas savoir consulter la météo ?

– Je vous ai bien dit, Janina, que je ne savais pas exactement où…

– Fadaises, Bruno. Vous saviez exactement. Vous savez toujours. Vous cherchiez à gagner du temps, et je vous en veux car cela met en danger des citoyens sud-africains. Vous voulez vraiment avoir ça sur la conscience ?

– Un risque pour vos concitoyens ? Vous n'avez jamais dit ça. Peut-être, Janina, pourriez-vous commencer par jouer franc jeu vous-même. D'autant que vous nous demandez de mettre toutes nos ressources dans la balance.

– Franc jeu, Bruno ? Voilà : nous, nous n'avons pas d'opérateur qui fouine dans vos affaires en ce moment. Nous ne faisons pas ça à nos alliés.

– Seriez-vous en train d'insinuer…

Elle plaque sa main sur le dossier devant elle, ayant décidé de jouer son atout.

– Attention maintenant, Bruno, j'ai ici quelques renseignements très intéressants.

Elle perçoit une hésitation et se dit : Je le tiens.

– Alors, je vous en prie, partagez-les avec nous.

Elle ouvre le dossier, sort la photo de Lukas Becker et d'une chiquenaude l'envoie à Burzynski, sans quitter celui-ci de ses yeux de faucon.

Burzynski ne trahit rien ; il redresse lentement la photo sur la table et l'examine.

– Eh bien, qui est-ce ?

– Celui qui travaille pour vous depuis au moins 1997. En Israël, en Égypte, en Jordanie, en Iran, en Turquie, et plus récemment en Irak.

– Pas pour moi, en tout cas.

Burzynski fait glisser la photo vers Grant, un quinquagénaire à grande barbe grisonnante et au regard intense.

– Mais voyons, Bruno ! Nous savons qu'il a essayé de s'attacher un membre de notre personnel ; nous savons aussi qu'il a perdu quelque chose de très important à Johannesburg, qu'il a éliminé Inkunzi, et qu'en outre il vous a coûté une petite fortune. Alors, arrêtez d'insulter mon intelligence et passons aux choses sérieuses…

Elle observe Grant, voit qu'il secoue la tête, et elle demande :

– Où retenez-vous Osman ?

Ce dernier nom produit enfin une réaction : un tout petit plissement des paupières de Burzynski, aussitôt effacé. Celui-ci regarde ses trois collègues. Eden et Grant hochent la tête à son intention, l'un après l'autre. Ce sont des supérieurs de Burzynski, Janina s'en rend compte à l'instant. Intéressant…

Burzynski la regarde enfin ; il s'éclaircit la voix. Quand il prend la parole, il n'y a plus aucune trace d'agacement dans sa voix calme et grave :

– Je vais vous dire trois choses, Janina. Et je vous conseille de me faire confiance, dans l'intérêt de votre gouvernement et de votre pays. Premièrement : je ne sais pas qui est cet homme (il tapote la photo de Becker), mais si vous voulez que nous enquêtions, nous le ferons. Deuxièmement : nous croyons que c'est vous qui détenez Osman, et nous aimerions bien avoir accès à lui. Troisièmement : votre bateau, *The Madeleine*, a complètement disparu. Comme s'il n'avait jamais existé.

– Vous n'arrivez pas à le retrouver ?…

Incrédulité.

– Exactement. Nous avons fait de notre mieux, et c'est peu dire. Nous voulons le retrouver encore plus que vous. Alors, voici ce que je propose : vous me montrez ce que vous avez, et moi, je vous montrerai ce que j'ai.

À ce moment précis, le portable de Masilo sonne dans sa poche.

– Pardon, dit-il, sortant l'appareil et regardant l'écran.

Il voit que l'appel vient de Quinn.

– C'est peut-être important, dit-il. Excusez-moi.

Il se lève et sort en hâte, en refermant la porte.

– Il y a des nouvelles ?

– Osman, dit Quinn. Il est aux soins intensifs à l'hôpital Chris-Barnard. Crise cardiaque. Un homme correspondant à la description de Becker l'a amené dans la nuit. Osman n'a repris connaissance que ce matin.

Masilo rit nerveusement.

– Incroyable !

– Mais ce n'est pas ça, la grande nouvelle. Osman a demandé à l'infirmière des soins intensifs d'appeler le Cheik, sur le numéro fixe de son domicile. Il a dû oublier son dernier numéro de portable. On a intercepté l'appel. Elle a d'abord dit au Cheik qu'Osman se trouvait à l'hôpital. Puis elle a ajouté et je cite : « Osman m'a demandé de vous prévenir que le chien a l'ordinateur portable… »

Masilo fait aussitôt le rapprochement :

– Becker.

– Exact. Nous supposons que le portable se trouvait dans la sacoche d'Osman, à laquelle il tenait apparemment beaucoup, car le personnel de l'hôpital dit que c'est la première chose qu'il a demandée en revenant à lui. Mais ce n'est pas tout. La troisième chose que l'infirmière a dite au Cheik, c'est : « Le chien roule dans une Golf bleue, numéro CA 143 suivi de quatre autres chiffres. »

– Ils vont essayer de le choper.

– Je le pense.

– Vous avez du monde, là-bas ?

– J'ai huit personnes à l'hôpital actuellement. Osman a été isolé. Entre-temps, le Cheik est arrivé, il nous menace d'obtenir des référés.

– Laissez-le menacer. Mais qu'il n'approche pas d'Osman.

69

iThemba Computers se trouve au premier étage d'Oxford House, dans la grande rue de Durbanville ; le jeune homme derrière le comptoir reconnaît Milla, malgré son foulard.

– Hello, Tannie, comment ça va ?

– Hello, dit Milla. Mon voisin (elle indique Becker) a un problème avec son ordinateur.

– Que pouvons-nous faire pour vous, Oom ?

– J'ai oublié mon mot de passe Windows, dit Lukas.

– XP ou Vista ? demande le jeune homme.

Lorsque Masilo revient, c'est Burzynski qui a la parole :

– … s'intéressent à Osman, alors nous savons tous les deux, Janina, qu'il s'agit ici d'extrémisme musulman local. Je ne vois vraiment pas l'intérêt de faire des chichis.

Masilo se rassied, prend son bloc-notes et écrit : *Osman retrouvé. À l'hôpital. Sous notre garde.*

Mentz lit pendant qu'il écrit, et hoche légèrement la tête.

Masilo retourne le bloc.

– Vous n'arrivez pas à trouver le bateau, dit Mentz, sceptique.

– Nous avons localisé chaque vaisseau d'un tonnage à peu près équivalent et qui n'utilise ni LRIT ni AIS. Et croyez-moi, ça n'a pas été facile. En fait, il n'y a que trois explications possibles. La première, c'est qu'ils se cachent quelque part. Pas très probable, je le sais, mais s'ils ont éteint leurs émetteurs, ne bougent pas du tout et sont bien camouflés, ils pourraient s'en tirer comme ça. La deuxième possibilité, c'est le sabordage. Mais ça suppose déjà résolue la question essentielle, c'est-à-dire : « Pourquoi ? » ; nous la laisserons donc de côté. La troisième possibilité, c'est qu'ils émettent de faux LRIT, et si c'est le cas… eh bien, nous sommes fichus. Faire des recoupements pour chaque vaisseau en mer prendrait des semaines.

– Vous avez bien dit que vous voulez retrouver ce bateau encore plus que nous ?

– Oui.

– Pourquoi donc ?

– Nous savions que vous alliez poser cette question, Janina. J'ai passé toute la nuit à discuter de ça avec Langley, et le résultat est que je suis seulement autorisé à vous dire ceci : nous pensons que le chargement de *The Madeleine* est d'une importance vitale pour la sécurité nationale tant de l'Afrique du Sud que des États-Unis.

– Alors, vous savez ce que nous savons ?

– Non, Janina, je ne sais pas ce que vous savez. Mais permettez-moi enfin de vous présenter en bonne et due forme mes deux collègues… Janet Eden est une analyste de haut vol à MENA, notre bureau d'analyse pour le Moyen-Orient et l'Afrique du Nord. Jim Grant travaille au bureau d'analyse du terrorisme. Ils sont venus tous les deux en Afrique du Sud en raison de votre demande SOLAS. Janet, nous feriez-vous l'honneur ?…

C'est une femme d'une quarantaine d'années, mince, séduisante, très soignée.

– Merci, Bruno.

Elle se tourne vers Mentz et Masilo.

– Je ne vais pas m'excuser : nous ne pourrons pas partager tous nos renseignements. Nous sommes tous de grands garçons et de grandes filles travaillant dans le même secteur, et nous en connaissons les règles, dit-elle, directe et assurée. Alors laissez-moi vous dire ce que je peux. Il y a environ dix semaines, Jim et moi, nous nous sommes rendu compte, chacun de son côté, que la communication s'intensifiait entre des cellules soupçonnées d'appartenir à al-Qaida à Oman, au Pakistan, en Afghanistan et – à notre grande surprise – en Afrique du Sud, et en particulier au Cap. Nous avions déjà relevé des échanges entre al-Shahab en Somalie et des cellules au Cap, mais à des niveaux nettement moins élevés, faciles à décoder ; ce flux d'al-Qaida était différent. Quand nous sommes allés voir nos supérieurs à ce sujet, une *task force* a été créée, chargée de se concentrer exclusivement sur cette affaire. Bruno et ses collègues ici en faisaient partie. Le grand obstacle a été le décryptage : ils utilisent un code mis au point par le Dr Michael Rabin à Harvard en 2001, du genre incassable. Je ne vous ennuierai pas avec les détails – on peut les trouver sur Google –, mais, en résumé, le système implique deux parties qui établissent une source de chiffres authentiquement aléatoires, et s'envoient ensuite ces chiffres par radio.

– Nous sommes au courant de ce cryptage, réplique Mentz.

– Tant mieux, pas besoin de l'expliquer… La semaine dernière, nous avons remonté la trace de la communication jusqu'à Osman, entre autres, d'où l'intérêt que nous lui portons. Des agents au Pakistan et en Afghanistan collectaient depuis un certain temps des bouts d'information, et nous en avons réuni suffisamment pour savoir que quelque chose de très important se trame, qu'un bateau de pêche est impliqué, et que cela aura lieu dans les soixante-douze heures qui viennent, au Cap ou dans les environs. Bruno…

– Merci, Janet. Janina, je dois le dire franchement : nous voulons Osman, et c'est urgent. Nous sommes à peu près sûrs qu'il possède les clés du code, et il s'agit d'une situation d'urgence, notre temps commence à s'épuiser. Hier, Langley m'a demandé de vous soumettre une requête formelle d'appréhension d'Osman, moyennant votre accord et votre coopération. Imaginez notre surprise en recevant la nouvelle de son enlèvement hier soir. Honnêtement, nous pensions que c'était vous. C'est pour cela que nous avons sollicité cette rencontre…

Burzynski s'arrête en voyant Tau Masilo griffonner frénétiquement sur son bloc.

Mentz lit les quatre mots : *Becker détient ordinateur Osman.*

Elle lève la tête et regarde les Américains.

– J'aurais besoin de quelques minutes pour réfléchir à tout cela.

Le jeune homme d'iThemba Computers ne met que onze minutes pour retrouver le mot de passe de l'ordinateur d'Osman. Il l'écrit à leur intention : *Amiralbahr.*

– Tu vois ! dit Milla avec enjouement, comme si c'était elle qui avait trouvé la solution.

– Ça veut dire quoi, Oom ?

– Rien. C'est pour ça que je l'ai oublié. Merci beaucoup.

– Oom, faut-il laisser le script comme ça ?

– Quel script ?

– Le script de formatage.

Becker se gratte la tête.

– Rappelez-moi ça.

– Oom, le script que vous avez ici – Contrôle, Alt et Bureau – va formater le disque dur et tout effacer.

– Ah, oui.

– Et deux mots de passe erronés aussi.

– Vous pouvez enlever tout ça.

– Bruno, dit Janina Mentz, vous jouez avec le feu. Votre homme, Becker, détient l'ordinateur d'Osman, vous disposez désormais de la clé du cryptage, et pourtant vous persistez à nous tromper et à gaspiller un temps précieux. Mais pourquoi donc ?

L'indignation se répand sur le visage de Burzynski, qui veut répondre, mais Jim Grant le devance et prend la parole pour la première fois :

– Madame, dit-il d'une voix de basse pleine d'autorité, je suis le directeur adjoint du Bureau d'analyse du terrorisme de la CIA. Je suis tenu au courant de toutes les opérations de renseignement et de contre-espionnage effectuées actuellement en Afrique australe, ainsi que des agents et des ressources qui y sont impliqués ; et je peux affirmer catégoriquement que cet homme ne fait pas partie de nos effectifs. Dans le cas contraire, je vous l'aurais dit immédiatement, car la cause commune m'y aurait obligé. Si vous persistez à douter de notre bonne foi, je me trouverai dans l'obligation de vous demander de porter cette affaire devant votre président. Pourrions-nous suggérer respectueusement qu'il appelle notre secrétaire d'État pour obtenir des éclaircissements… Mais je vous en supplie, si nous optons pour cette solution, faisons-le sans perdre davantage de temps. Comme tout le monde le fait remarquer, semble-t-il, le temps nous manque dangereusement.

C'est la combinaison de gravité, d'autorité et de sérieux, et le fait que les Américains persistent à nier, bien que Becker possède l'ordinateur portable, qui conduisent Janina Mentz à se poser pour la première fois la question : aurait-elle pu se tromper ? Elle hésite un instant avant de dire :

– Mais s'il ne travaille pas pour vous, pour qui donc travaille-t-il ?

– Nous l'ignorons. Mais nous aimerions beaucoup le savoir. Auriez-vous d'autres informations à nous fournir ?

– Dans ce cas, dit-elle, en se laissant aller dans son fauteuil, nous partageons le même problème. Il nous faut trouver Becker. Parce que c'est lui qui a la clé.

Au centre commercial de Bayside à Table View, elle achète des vêtements et des provisions, en payant avec l'argent qu'elle a retiré dans un distributeur de Durbanville. Puis ils rentrent au Big Bay Beach Club pour qu'elle prépare le déjeuner et qu'il puisse explorer l'ordinateur.

Lukas est silencieux. Elle sait que ses chances de retrouver son argent s'affaiblissent d'heure en heure. Elle voudrait lui parler pour lui donner du courage, mais elle ne sait pas quoi dire.

Mentz et Masilo regagnent les bureaux de l'APR.

– Vous vous rendez bien compte, j'espère, que c'est votre faute ? dit-elle.

– Quoi donc ?

– Becker. Et l'ordinateur d'Osman. Vous vouliez laisser Becker faire, Tau, alors que moi, je voulais qu'on le neutralise. Vous espériez qu'il me forcerait à agir.

– C'est vrai, admet-il.

– Tau, je vous ai nommé parce que vous n'êtes pas un béni-oui-oui. Parce que vous êtes suffisamment fort pour me résister. Alors faites-le, mais ouvertement, honnêtement.

– C'était une erreur. Cela ne se reproduira pas.

70

Dans les tribunes désertes du complexe sportif De Grendel à Parow, l'informateur tire de courtes bouffées nerveuses de sa cigarette et expire bruyamment la fumée entre ses phrases.

– Ils disent que c'est le Cheik qui demande une faveur qu'on lui doit.

– Suleyman Dolly.

– Ils disent qu'il a appelé Terror personnellement.

– Et ?...

– Le Comité cherche un ordinateur portable, volé par un *whitey*[1] dans une Golf bleue, un grand brun, un Boer. Immatriculée CA 143 et quelque chose.

– Et Terror et les Ravens doivent chercher de l'aide ?

– Oui, la faveur, c'est ça. Ils ne cherchent pas le *whitey* vivant, c'est l'ordinateur qui compte. Prime de 100 000 rands pour celui qui l'apporte, et encore 50 000 si tu le souffles, ce *whitey*. La nouvelle court à toute allure, chaque *wannabee*[2] de la péninsule a les yeux grands ouverts.

– Tu penses qu'ils le trouveront, ce mec ?

– Tôt ou tard...

---

1. « Petit Blanc » dans l'argot des métis de la Plaine du Cap.
2. « Jeune loup » dans l'argot de la Plaine, qui mêle l'anglais et l'américain à l'afrikaans de base.

Janina Mentz fait venir également Quinn, pour gagner du temps. Ils sont tous installés autour de son bureau, avec Rajkumar et Masilo.

– Notre grande priorité, explique la directrice, est de retrouver Becker et Strachan. Quinn, je veux leurs photos dans les journaux de dimanche, donnez tous les renseignements : il est armé et dangereux, recherché pour enlèvement et meurtre ; elle est complice. Donnez aussi les informations concernant la Golf, mais parlez d'abord au directeur de la police nationale pour le Cap-Occidental, afin que nous puissions travailler avec leur département de relations publiques.

Quinn note.

– La première chose qu'elle fera, dès que sa photo paraîtra dans les journaux, sera de téléphoner à son fils. On est prêts ?

– Oui, dit Quinn.

– L'unité de réaction doit être sur le qui-vive ; et dites au chef de la police de ne pas s'en mêler. Nous neutraliserons Becker.

Quinn hoche la tête.

– Tau va monter un bureau de coordination avec la CIA et le diriger. Je le tiendrai au courant à partir de la salle d'op. Un seul canal d'information et ça passera par moi. J'espère que vous avez tous compris ?

Elle regarde Rajkumar.

– Ça, c'est le muscle de l'opération ; le cerveau, c'est Raj qui le dirigera. Raj, je veux que vous preniez les meilleurs de l'Agence pour constituer une cellule de réflexion. Vous vous concentrerez sur trois questions : si quelqu'un est capable d'imaginer comment le Comité suprême a pu faire disparaître de la surface de la terre un chalutier, je pense que c'est vous. Il s'agit sans doute de technologie, et je veux montrer que nous sommes plus futés que la CIA. Je veux que vous trouviez *The Madeleine*.

– OK, dit Rajkumar, ravi.

– Deuxièmement : Becker. Il y a pas mal de choses à son sujet qui ne collent pas. S'il ne travaille pas pour la CIA, pour qui diable travaille-t-il ? La troisième question est liée à cela. La réaction de la CIA jeudi, et encore ce matin, me conduit à penser qu'ils disposent d'une ressource parmi nous, ou qu'ils manœuvrent pour en trouver une. Mais si ce n'était pas Becker qui essayait de recruter Strachan, c'était qui ? Vous pouvez chercher dans cette direction ?

Milla est devant la cuisinière, une cuiller à la main. Elle prépare des spaghettis qu'elle va accompagner de la sauce bolognaise d'Ina Paarman[1]. Elle sent la présence de Lukas, assis tout près d'elle au comptoir, le nez sur l'ordinateur, le front plissé par la concentration. Ironie, pense-t-elle : me voici exclue du travail des hommes, réduite encore une fois au rôle de cuisinière, de ménagère…

En fin d'après-midi, selon l'accord auquel ils sont parvenus, elle va rentrer chez elle. Ça ne lui plaît pas.

Elle prend le paquet de pâtes et l'ouvre. L'eau bout.

– Dans sept minutes, à table.

Il hoche la tête, absent, absorbé par l'écran.

Elle plonge les pâtes dans l'eau bouillante, ajoute un peu d'huile d'olive et du sel.

– Nom de Dieu ! s'exclame Lukas à mi-voix.

– Quoi ?…

– Ils… ici, il y a quelque chose…

Elle remue la sauce à la viande, lui jette un coup d'œil, perçoit son nouvel intérêt.

1. Ina Paarman est la star de la gastronomie sud-africaine, auteur de nombreux livres de cuisine et qui a, bien sûr, sa propre ligne de produits.

– Nom de Dieu ! répète-t-il, ses doigts bougeant sur la souris de l'ordinateur tandis qu'il clique, clique encore.

La sauce frémit. Milla éteint la plaque, sort deux assiettes, puis le parmesan et la râpe.

Lukas lève la tête.

– Ils… ils parlent d'un « chargement ». Ils font venir quelque chose en contrebande, en passant sous les radars. Une femme appelée Madeleine va livrer quelque chose… Non, c'est un bateau. Ils font venir quelque chose par bateau. Haidar… c'est ce qu'ils amènent…

– Haidar ?…

– Ça doit être un code… mais la date n'a pas de sens : lundi 23 Shawwal 1430.

– Shawwal, dit Milla, subitement en alerte. Mais c'était le nom de l'opération, toute l'opération de l'APR…

– Ça veut dire quoi ?

– Je ne sais pas.

La salle d'opérations est bondée : seize personnes, ordinateurs et systèmes en marche ; Quinn au milieu, Mentz au fond, à l'écart.

– Pas de Golf immatriculée CA 143 dans le système, rapporte à Quinn un membre de l'équipe de Rajkumar.

– Osman se serait trompé ?

– Peut-être pas. D'après la base de données de la police nationale, on a signalé le vol d'un jeu de plaques d'immatriculation jeudi soir à Table View : CA 143 688.

– Table View ? dit Quinn.

– Exact.

– Pouvez-vous me dresser une liste de tous les hôtels et pensions de Table View ? Les séjours de courte durée et aussi les résidences de vacances…

– Ça prendra un petit moment.

– Alors, ne perdons pas de temps. Vous coordonnez l'opération. Que ceux qui n'ont pas de tâches spécifiques commencent à téléphoner tout de suite. Vous avez les descriptions de Becker et de Miss Jenny.

Becker se sert de son téléphone portable pour accéder à Google.

– C'est le calendrier musulman, dit-il précipitamment. 23 Shawwal 1430, c'est le 12 octobre 2009 : après-demain. Lundi…

Il se tourne à nouveau vers l'ordinateur, lit des courriels.

– Lundi, 2 heures du matin…

– Et le mot codé ? Quelque chose là-dessus ? demande Milla, en se retournant vers la cuisinière, prête à servir les pâtes.

Il tape les lettres, clique sur « rechercher ».

– Haidar, lit-il, veut dire « lion », en arabe. C'était l'autre nom d'Ali, le mari de Fatima, la fille du Prophète.

– Lion… dit Milla. Dans les rapports de l'APR, il n'y avait aucune mention de ce terme.

Becker est toujours devant l'ordinateur.

– C'est un code. Pour le chargement… c'est… Voici les coordonnées, Milla…

Il saisit à nouveau son portable, appuyant fiévreusement sur les touches, puis lève le regard vers elle et dit :

– Je les ai, les salauds, je les ai !

Elle lui sourit.

– Bienvenue parmi nous.

L'opérateur appelle Quinn de l'hôpital. Sa voix est pressante.

– Il y a un appel pour Osman, ça a l'air d'être un Blanc…

– Dis à l'équipe qui est avec Osman que je veux qu'il prenne l'appel. Branchez-le, qu'on l'écoute ici.

Il fait signe à un technicien de le passer sur les haut-parleurs de la salle d'opérations.

471

Cela prend de précieuses secondes. Ils ont juste le temps d'entendre la voix de Becker :

– Shahid, c'est votre ami d'hier. Je suis au courant pour le bateau, Shahid : date, heure, lieu. Ça vaut 500 000 ?…

Déclic d'appel interrompu. Puis silence.

Quinn voudrait jurer, mais il se retient, car Mentz se trouve là, au fond. Saisissant son portable, il appelle l'opérateur.

– Mais qu'est-ce que vous fabriquez ?

– Ce n'est pas nous, c'est Osman. Il a raccroché.

71

Milla a mangé seule. Elle est en train de laver son assiette quand elle entend une sonnerie de portable ; elle ne réalise pas tout de suite que c'est celle du téléphone qu'elle a acheté la veille. Elle court dans la chambre où elle l'avait posé sur la table de chevet.

– Allô ?

– C'est Lukas… Je pense qu'il y a quelqu'un avec lui, l'APR ou quelqu'un d'autre. Il a raccroché. Je vais devoir trouver un autre plan.

– Quel genre de plan ?

– Il faut que je me procure des armes.

– Des armes ?… Mais ton pistolet ?

– Il me faudra plus que ça.

– Mais pourquoi ? demande-t-elle, affolée.

– Si je veux mon argent… il faudra que j'intercepte cette cargaison.

– Becker a appelé depuis une cabine d'Eden-on-the-Bay à Blouberg, dit l'opérateur à Quinn.

– Un hôtel ?

– Je pense qu'il s'agit du nouveau centre commercial.

– Encore un ?…

– Je vais essayer de trouver.

– Affichez-moi un plan sur le grand écran, dit Quinn. Marquez l'endroit où les plaques ont été volées. Et puis le centre commercial. Quels progrès avec les hôtels ?

– On en a appelé plus de vingt. Pas de résultat.

– N'oubliez pas d'inclure Blouberg.

Le silence s'installe jusqu'à ce que la voix de Janina Mentz fuse du fond de la salle :

– Bon travail, Quinn !

Masilo a fait installer le bureau de coordination au rez-de-chaussée de Wale Street Chambers. Des câbles Internet serpentent sur le sol avec des liaisons téléphoniques provisoires ; au milieu, il y a une longue table et quelques chaises.

Burzynski entre, avec des dossiers et un ordinateur portable ; il se met à parler avant même de refermer derrière lui :

– Votre homme, Becker, travaille pour son propre compte, annonce-t-il, en déposant la pile sur la table.

Puis il place l'ordinateur sur le côté et prend le dossier du dessus.

– Mon homme ?…

– Au figuré… (Il passe le dossier à Masilo.) Nous avons reçu ceci du FBI il y a une heure. Il s'avère que ce Lukas Becker est un contrebandier. D'objets antiques.

Il s'assoit, approche son ordinateur de lui.

– Je me servirai du wi-fi et de mon téléphone portable, si ça ne vous dérange pas. Non pas que je ne vous fasse pas confiance, mais c'est notre procédure opératoire standard… (Il indique le dossier.) Comme vous le verrez, le FBI a ouvert un dossier sur Becker en 2004, quand il a été mis à la porte par un professeur d'archéologie de l'université de Pennsylvanie au cours d'une expédition de fouilles en Turquie. On l'a surpris avec un pendentif datant de deux mille ans qui vaut une petite fortune. Le prof l'a licencié sur-le-champ, mais n'a pas voulu le dénoncer aux autorités turques, de peur de perdre sa licence de fouilles. Alors il a appelé le FBI. Il leur a également parlé d'autres objets qui manquaient. Lorsque le Bureau s'est mis à enquêter sur le passé de Becker, on a trouvé qu'il avait été soupçonné lors de fouilles précédentes, mais personne n'avait de preuves.

– Ensuite, il est allé en Irak ?

– Précisément. Il a dû réaliser qu'il n'avait plus aucune chance de travailler dans l'archéologie. Alors il a rejoint Xe Services pour former des équipages de vedettes irakiennes qui patrouillent le Tigre, le fleuve qui coule jusqu'au golfe Persique : grand axe de communication au paradis des contrebandiers… Et puis, il y a un mois, Interpol a commencé à mettre au jour une organisation énorme de trafic d'objets anciens : partant des musées de Bagdad, les pièces sont acheminées vers New York et Amsterdam. Trafic d'antiquités persanes, d'œuvres d'art, de bijoux, de tout ce que vous voulez… D'une façon ou d'une autre, il y a eu des fuites et le réseau s'est démantelé très vite. Du jour au lendemain, votre Becker démissionne de Xe et prend le premier vol pour rentrer chez lui, via Londres…

– Ah, ah ! s'exclame Tau Masilo.

– Mais il y a encore autre chose. Quand Interpol et la police militaire américaine se sont mis à interroger quelques-uns des contrebandiers qu'ils avaient arrêtés, ils ont appris que Becker était parti avec une somme rondelette appartenant aux chefs du réseau. Le gang aurait rattrapé votre homme à Johannesburg, où il leur a servi une histoire déchirante de détournement de voiture et de fortune volée. D'après la rumeur, on lui aurait donné six semaines pour rembourser. Sinon, ils le buteront.

– *Jeso*[1] !

– *Jeso*, répète Bruno Burzynski, comme vous dites… Et maintenant que nous avons éclairci ce point, si on attrapait quelques extrémistes ?

1. « Jésus ! », en xhosa.

– Monsieur, dit l'opérateur, il y a un appel de Jarryd January, il paraît que c'est urgent.

– Passez-le-moi.

Il attend le signal clignotant, puis répond.

– Vous avez des nouvelles ?

– Mon informateur chez les Ravens vient d'appeler. Quelqu'un a fait savoir à la bande de Terror que la Golf a été vue...

– À Blouberg ?

– Oui.

Étonnement.

– Où exactement ?

– Le mec est sorti d'un centre commercial, Eden-on-the-Bay. Ils l'ont vu trop tard pour le filer. Mais maintenant ils s'y mettent tous, tous les gangstas de la Plaine.

Quinn jure. C'est presque inaudible et il se tourne vers Mentz.

– Madame, il faut déplacer l'unité d'intervention à Blouberg, immédiatement.

– Allez-y.

Tout à la fin du rapport du FBI, Masilo tombe sur un paragraphe qui l'incite à saisir son téléphone et à composer le numéro de Janina Mentz à la salle d'opérations.

– Mentz.

– Becker travaille pour son propre compte. Trafiquant d'antiquités ; j'ai un dossier du FBI, un rapport d'Interpol. Mais prévenez Quinn qu'il a trois identités d'emprunt, assorties d'autant de faux passeports.

– Je note...

– John Andreas, Dennis Faber...

– Ah, ses parents...

– Pardon ?

– Ce sont des variations sur les noms de ses parents.

– Ah... Oui. Le dernier est Marcus Smithfield.

476

– Je le signalerai à Quinn. D'autres nouvelles ?
– Pas encore.

Elle a demandé à Lukas au téléphone où il allait se procurer des armes. Pour la première fois, il y a eu de l'irritation dans sa voix, de l'impatience, comme si elle était un enfant pénible.

– Mais Milla, en cinq ans d'Irak, on fait des connaissances ! dit-il avant d'ajouter d'un ton brusque et pressé : Faut que j'y aille, je te vois dès que je peux.

Milla s'effondre dans un fauteuil, blessée : elle n'a fait que demander, elle voulait savoir, c'est tout… Pas la peine de prendre ce ton ! S'apitoyant sur elle-même, elle s'efforce néanmoins de comprendre. Elle est indignée et voudrait s'en aller tout en sachant qu'elle ne peut plus rentrer chez elle, car ils l'y attendent, ces gens qui l'ont mise sur écoute, qui ont examiné toute sa vie dans son journal intime. Elle ne veut jamais les revoir.

Il va pourtant falloir qu'elle rentre. Elle doit récupérer sa voiture, son téléphone, où il y aura un message de Kemp, son avocat, qui lui aura trouvé quelqu'un pour détecter les micros cachés. Il faut qu'elle fasse le ménage, qu'elle range. Elle gardera son portable à portée de main pour appeler Kemp, et s'ils tentent encore de l'interroger, eh bien, cette fois-ci elle se défendra. Qu'ils l'accusent ! Elle n'a violé aucune loi…

Non, il faut qu'elle patiente, en laissant Lukas finir ce qu'il a à faire. Il lui faut attendre le retour de Lukas de cet autre monde, où l'on trouve des armes parce qu'on connaît des gens, un monde de bateaux de contrebande et de gens qui détournent des voitures et volent de l'argent. Le monde du crime organisé du Gauteng et de la Plaine du Cap, le monde des extrémistes musulmans… Et de la pauvreté, du chômage et de la drogue, réalités dont elle n'a été que très vaguement consciente, enfermée à l'abri de murailles et d'alarmes dans la forteresse de Durbanville : un monde d'apparences construit sur l'ignorance, le déni et l'isolement, où tous se serrent les coudes pour préserver une chimère de sécurité et de prospérité.

Ironiquement, dans ce monde-là, elle ne s'est pas vraiment sentie chez elle. En un sens, Durbanville était tout aussi étrange que ce paysage dans lequel Lukas veut s'installer. Et la voici maintenant un pied dans chaque monde, sans appartenir ni à l'un ni à l'autre : Milla Strachan, chez elle nulle part. Son instinct lui dit de se lever, de prendre un stylo et du papier, et d'écrire jusqu'à ce que ça fasse sens. Elle se rend soudain compte que ça recommence : elle essaie de nouveau de créer avec des mots un havre de paix, un foyer, un endroit auquel elle appartienne, un univers qui ait une signification, même si ce n'est que pour elle. Est-ce là tout ce qu'elle est destinée à posséder ?

Elle se lève, mue par l'envie de passer à l'acte, d'accomplir n'importe quelle action qui la sortirait de ces limbes, une bouée dans le flot des mots.

Elle voit l'ordinateur portable sur le comptoir, celui duquel Lukas a sorti l'explosif et l'information qui était tout aussi dangereuse, et elle se dit : Je vais regarder, ne serait-ce que pour savoir ce qu'il sait, lui. Cela rendra l'attente plus supportable.

– Je le tiens ! crie l'opérateur, la paume de la main sur le combiné. Sous le nom de Dennis Faber, au Big Bay Beach Club.

– Un hôtel ? demande Quinn.

– Non, une résidence de vacances.

– C'est où ?

– Le dernier bâtiment à droite quand on sort de Blouberg en allant vers Melkbos.

– Quel numéro ?

– Pardon ?…

– Becker se trouve à quel numéro ?

– Ah… ne raccrochez pas… dit l'opérateur. Madame, s'il vous plaît, Dennis Faber, quel est le numéro de son pavillon ? Le 27.

Quinn appelle Tiger Mazibuko, le commandant de l'unité d'intervention.

– Mazibuko.

– Le Big Bay Beach Club, c'est un ensemble résidentiel pour vacanciers à la sortie de Blouberg. Il est au numéro 27.

– Nous sommes en route.

– Combien de temps ?

– Quinze minutes.

72

Milla lit les e-mails échangés entre Osman et un certain Macki.

Chargement arrive lundi 23 Shawwal 1430 à 02:00 (GMT + 2).

Après-demain, à 2 heures du matin.
Elle ouvre le dossier « Envoyés » et trouve la réponse d'Osman :

Alhumdulillah[1]. Nous serons prêts. *The Madeleine* jettera l'ancre à S33 49.517 E17 53.424, notre navire de transbordement sera là, afin de remettre Haidar au groupe de réception dûment équipé à S33 54.064 E18 24.921, OPBC.

OPBC ? C'est quoi, ça ? De l'arabe, comme Haidar, qui signifie « lion » ?
Elle se rappelle le mot de passe de l'ordinateur : *Amiralbahr*. Encore un mot du Moyen-Orient.
Les mots, c'est son domaine, elle va tenter de faire parler celui-ci. Il faudrait aller dans Google, comme Lukas. Mais comment fait-on ? Elle n'a pas l'habitude de son nouveau téléphone.

1. « Que le Seigneur soit loué », en arabe.

Elle se lève, va chercher le mode d'emploi. « Utiliser votre téléphone mobile comme modem pour accéder à l'Internet », voilà tout ce qu'elle a pu trouver. Elle suit les instructions, branche le câble USB, active le modem.

Connexion réseau réussie.

Ravie, elle ouvre Internet Explorer sur l'ordinateur, va sur la page Google et tape *Amiralbahr.*

Vous voulez dire amir al-bahr ?

Peut-être… Elle clique pour accepter.

Des faits sur amir al-bahr : étymologie (comme pour amiral, officier naval). Le titre d'amiral remonterait au-delà du XIIe siècle chez les Arabes musulmans, qui combinèrent *emir* (ou *amir*), « commandant », l'article *al*, et *bahr*, « la mer »…

Ça veut donc dire « amiral » en arabe.

Elle tape dans la fenêtre de recherche de Google : « signification du lion chez extrémistes musulmans ».

Elle lit les résultats en diagonale. Un seul est intéressant :

Babour, missile de croisière Pakistan. Le missile Babour (Babour veut dire « lion » en langue turcique chaghatay ; il a été soutenu également que le missile porte le nom du premier empereur mogol, Babour) est le premier missile de croisière mis en service par le Pakistan. Le vecteur, capable d'emporter une ogive conventionnelle ou nucléaire, aurait une portée de…

Puis, tout d'un coup, une nouvelle fenêtre s'ouvre sur l'écran, cachant le navigateur : *Command prompt : running e-mail decryption script.*

Elle voit des lettres en blanc sur fond noir, des lignes de code qui défilent à toute vitesse l'une après l'autre, et puis la fenêtre se ferme automatiquement.

Une petite notification, en bas à droite : *nouveau message.*

E-mail. L'ordinateur l'aurait donc chargé automatiquement dès la connexion à Internet.

Elle active Microsoft Outlook.

Tout en haut, un nouveau message, de Macki.

Elle l'ouvre.

Allahu akbar, amir al-bahr.
Sommes d'accord avec votre évaluation. Arrivée de *The Madeleine* et Haidar avancée de 24 heures, à 02:00 (GMT + 2) dimanche 22 Shawwal 1430.

Ils ont donc avancé d'un jour l'arrivée du bateau. Puis un flash : c'est donc aujourd'hui, cette nuit... demain matin... Elle a des palpitations en regardant sa montre : 19 h 17.

Puis elle entend une portière claquer. Lukas : il faut le lui dire immédiatement. Elle bondit vers la porte d'entrée, voit la Golf stationnée, et Lukas qui ouvre le coffre. Elle sort à sa rencontre.

Un mouvement attire son œil, sur la droite. Des hommes arrivent en courant, de la grille, à 200 mètres. Ils sont armés.

– Lukas !

Il apparaît subitement de derrière la Golf, la voit tendre le bras et tourne brusquement la tête.

– Rentre, Milla !

Elle hésite, clouée sur place, ses yeux sur les hommes qui sprintent vers elle, cinq, six, sept jeunes métis... Lukas sort quelque chose du coffre.

Il a un fusil dans les mains, court, mastoc.

– Rentre !

Elle voit les hommes lever leurs armes, Lukas qui arme la sienne. Des coups de feu claquent, un projectile s'écrase contre la Golf, du verre éclate derrière elle. Elle reste pétrifiée, un cri coincé dans la gorge. Lukas tire.

Deux hommes tombent, les autres obliquent à droite, se mettant à l'abri derrière les voitures en stationnement.

– Nom de Dieu, Milla !

Cette fois, elle réagit, pivote et court vers la porte d'entrée, les jambes en coton.

De derrière les voitures, des coups de feu tonnent, une balle se loge dans le chambranle.

Puis elle se retrouve à l'intérieur.

Au fond de la salle d'opérations, Janina Mentz écoute la liaison radio entre Quinn et le major Tiger Mazibuko.

– Heure d'arrivée prévue : cinq minutes.

– D'accord.

Elle attendra donc jusqu'à ce que Mazibuko lui confirme personnellement qu'ils ont Becker et l'ordinateur. Alors seulement, elle autorisera Masilo à informer les Américains.

Elle se lève et rejoint Quinn, lui parle doucement mais d'un ton ferme :

– Tiger a l'autorisation d'utiliser toute la force qu'il faut. Nous voulons seulement l'ordinateur intact.

Quinn hoche la tête et branche le micro de liaison radio.

Elle est dans le salon, son cœur battant à se rompre, la respiration creuse, les mains sur la tête pour se protéger, instinctivement, car ce sont sans doute les hommes d'Osman. Lukas entre en courant, le fusil dans une main et dans l'autre un sac de toile crasseux.

Il se retourne, pointe le fusil par la porte, tire une rafale.

– Viens, Milla !

Il est à côté d'elle, visage impassible. Il la saisit par le bras, l'entraîne vers la chambre…

– Prends le sac à dos.

Avec le canon du fusil, il indique le sac à côté du lit. Il tire violemment sur la porte-fenêtre coulissante pour l'ouvrir.

Elle saisit le sac à dos et son sac à main. Lukas est déjà dehors, tournant la tête vers elle.

– Viens !

Elle court.

Il y a devant eux une haute clôture en fil de fer, et au-delà une grande dune de sable recouverte d'une végétation dense.

Lukas balance le sac de toile par-dessus la clôture, lui prend le sac à dos des mains et le lance.

– Grimpe !

À son tour, elle lance son sac à main. Mais pas assez fort : il rebondit contre le haut de la clôture et retombe.

– Merde ! dit Lukas, le ramassant et le renvoyant au-dessus du grillage. Grimpe, maintenant !

Des coups de feu claquent dans l'appartement.

Elle escalade le grillage comme elle peut, propulsée par l'adrénaline, une partie de son esprit s'étonne qu'elle ne se blesse pas contre le fil de fer et qu'elle progresse si vite. Puis elle arrive en haut, enjambe et se laisse glisser jusqu'en bas, se retrouvant dans d'épais buissons feuillus ; l'odeur de bois et de plantes envahit subitement ses narines, des épines l'égratignent. Elle reste un instant désorientée, tente de se remettre debout, son corsage est déchiré.

Lukas est à côté d'elle, il la tire par la main, lui fourre son sac dans les bras, ramasse le sac à dos, l'ajuste à son épaule, prend le sac de toile et se faufile dans la végétation.

– Reste près de moi.

Elle cramponne son sac.

Des coups de feu claquent à nouveau, elle entend des balles siffler, regarde en arrière, ne voit que des buissons verts, tourne la tête et regarde devant. Lukas est en train de ramper comme un serpent, sous les branchages.

Elle plonge à sa suite.

73

– Des coups de feu, je répète, des coups de feu, c'est une zone chaude ! crie la voix stridente de Mazibuko dans le micro.

– On vous tire dessus ? demande Quinn.

– Négatif, nous sommes à la grille, pas de visibilité, nous entrons…

Le bourdonnement d'un véhicule militaire remplit la salle d'opérations.

– Deux à terre, milieu de la route, deux métis…

– Merde ! dit Quinn.

– La bande de Terror, dit Mentz, qui se tient à côté de lui.

Le bruit des coups de feu relayé par la radio est atténué, on dirait des craquements.

– On nous tire dessus, dit Mazibuko. Formation de combat !

Janina Mentz prend le micro des mains de Quinn.

– Je veux cet ordinateur, Tiger. Je le veux intact.

– D'accord. Terminé.

À mi-chemin du haut de la dune, cachés dans l'épaisseur de la végétation, ils entendent la fusillade s'intensifier. Lukas est juste devant, elle voit les semelles de ses chaussures… Puis il s'immobilise soudain, écoutant l'aller et retour des détonations.

– Mon Dieu ! dit-il en regardant en arrière. Ça va ?

– Oui.

Sa voix lui semble étrange, tremblotante.

– Oui.

Nouvelle tentative, un peu plus affirmée… Parler lui donne quelque chose à quoi s'accrocher. La conscience se fraye un chemin à travers l'angoisse et le choc : Alors, c'est à ça que ça ressemble, d'être en danger de mort…

Lukas accélère l'allure. Milla se glisse à sa suite. Elle a les mains et les bras couverts d'éraflures.

Silence de mort dans la salle d'opérations ; les minutes passent.

Tout d'un coup, un crépitement d'électricité statique envahit la pièce, puis une vague de bruit. La voix de Mazibuko, fébrile :

– Numéro 27 sécurisé, nous avons un homme blessé, sept attaquants hors de combat, cinq morts et deux blessés, dont un gravement : des ados, Quinn, tu te rends compte ! Des jeunes métis avec des semi-automatiques !… Nous avons un ordinateur portable, bousillé ; aucune trace de Becker et de la femme, mais ils ont dû être là récemment, il y a des restes de nourriture, quelques vêtements, un téléphone mobile. Je pense qu'ils sont sortis par-derrière, maintenant nous sécurisons tout le complexe. À vous…

– L'ordinateur, dit Mentz. Je veux savoir à quel point il est endommagé. Mais, d'abord, faites venir Raj.

Elle voit Lukas se dresser sur la crête de la dune et couvrir les environs du regard. Il repère quelque chose à droite.

– Là, dit-il d'une voix feutrée.

Elle se lève, regarde dans la même direction. Entre les branches, elle distingue, à 500 mètres au sud, le centre commercial, le grand logo rouge et blanc de Shoprite couronnant le mur. À leurs pieds, un sentier sablonneux, blanc comme neige, serpente sur le flanc de la dune.

Il lui prend le bras, la regarde avec intensité.

Elle s'efforce de sourire.

– Ça va, dit-elle.

Il attend encore un moment, puis hoche la tête.

– Il va falloir courir.

Il se retourne et descend la dune en se faufilant entre les buissons.

– Il a été transpercé par trois balles de 9 mm, dit le major Mazibuko.

– Vous pouvez voir si le disque dur a été touché ? demande Rajhev Rajkumar.

– Je ne sais pas…

– Ça fait à peu près six ou sept centimètres sur quatre ou cinq, probablement la pièce la plus grande que vous voyez là-dedans…

– Un boîtier métallique qui brille ?

– Oui, c'est ça.

– *Yebo*, il est touché.

– Merde ! La balle l'a traversé ?

– Non, c'est sur le devant, là où des petits fils se connectent, seulement ils ne sont plus connectés.

– Il n'y a que ça : des fils fichus ?…

– Non, la coque aussi est un peu tordue.

– Juste le devant ?…

– *Yebo*…

Rajkumar lève les yeux vers Mentz.

– Peut-être qu'avec de la chance…

– Dites-lui de nous l'envoyer d'urgence.

Ils courent le long du mur du centre commercial jusqu'au trottoir de la grande rue qui le borde. Là, Becker s'arrête, pose d'abord le sac de toile et ensuite son arme. Il ouvre la fermeture Éclair du sac. Milla voit qu'il contient d'autres armes : deux grands fusils automatiques, et le pistolet qu'elle connaît déjà.

Il sort ce dernier, le glisse dans son dos sous la ceinture de son pantalon et referme le sac.

Puis il regarde derrière l'angle du mur.

– Maintenant, nous allons marcher calmement. Nous n'avons pas beaucoup de temps…

Il lui tend la main gauche.

– Où va-t-on ?

Elle lui prend la main.

– On a besoin d'une voiture. Il faut qu'on se tire d'ici.

Il s'engage sur le trottoir vers le centre commercial.

– Où vas-tu trouver une voiture ?

– Il va falloir en voler une, Milla.

– Ah…

Quinn pointe le laser sur le plan de la zone projeté sur le grand écran :

– Là, vous avez des dunes, jusqu'à la R27, à peu près à un kilomètre. Voici le centre commercial ; ici, un lotissement municipal. L'autre option, c'est le nord ; il y a une petite zone résidentielle juste à côté du Big Bay Beach Club. Tiger va essayer de couvrir la zone résidentielle, et nous avons demandé à la police de fermer l'accès au lotissement, la R27, Otto Du Plessis nord et sud, et Cormorant Avenue à l'est. Mais ça va prendre un petit moment pour boucher tous les trous.

– Un petit moment ? Combien de temps ? demande Mentz.

Quinn hausse les épaules.

– Dix, quinze minutes…

– Il sait ce qu'il y a sur cet ordinateur, Quinn. Il l'a dit à Osman au téléphone…

– Il faudrait qu'on obtienne aussi des hélicoptères. Toute cette partie, jusqu'à Melkbos, c'est de la dune. Et il est tard, la nuit commence à tomber.

Becker choisit une vieille Nissan Sentra blanche datant du début des années 1990, avec un pare-chocs cabossé.

Dans le lointain, des sirènes hurlent.

Il se place à côté de la portière arrière et regarde autour de lui.

Milla voit que les passants les plus proches se trouvent à une centaine de mètres.

Lukas tire le pistolet de sa ceinture, l'empoigne par le canon et frappe la vitre avec force.

Le verre éclate avec un bruit sourd. Il passe son bras à l'intérieur, ouvre la portière. Milla court côté passager, voit Lukas enlever son sac à dos et le lancer dans la voiture, suivi du sac en toile, puis se glisser sur le siège du conducteur. Il se penche, déverrouille la portière passager et la pousse. Elle monte.

Il pose le pistolet par terre devant lui, prend à deux mains un cache en plastique qui se trouve sous le volant et l'arrache. Une nasse de fils pendouille ; ses doigts fouillent fiévreusement, remontant les fils jusqu'au contact ; il choisit un fil, l'arrache, se penche et mord l'isolant pour l'enlever. Il fait la même chose avec un second fil.

Milla lève les yeux vers le centre commercial. Un homme et une femme s'approchent, poussant un chariot plein.

Le moteur de la Nissan tourne.

Lukas saisit le volant à deux mains et d'un coup brusque le tourne violemment à droite.

On entend un bruit sec : quelque chose a craqué.

Lukas passe une vitesse, la Nissan démarre en trombe dans un grand crissement de pneus. Comme une flèche, ils passent devant le couple au chariot, ébahi. Les sirènes se rapprochent.

Lukas fonce vers la sortie, hésite seulement un instant, puis tourne à gauche, le dos à la mer, vers la R27.

74

Le vent qui siffle et gronde à travers la vitre cassée, le moteur qui rugit, impérieux, le plastique décoloré du tableau de bord, l'odeur de moisi dans l'habitacle, le fin réseau de griffures saignantes sur ses avant-bras, le sac à main qu'elle serre sur ses genoux, le crucifix en argent attaché à un chapelet de perles qui pend du rétro central, la radio avec un bouton qui manque… Lukas, penché en avant, tendu et concentré, les deux mains sur le volant… le tissu de sa chemise déchiré, la petite tache foncée sur son épaule, là où une balle l'a éraflé. Elle voit, entend, sent, ressent tout cela, et surtout la blessure de Lukas, qu'elle n'avait pas remarquée avant.

Tout ça est irréel…

Alors, elle se souvient de la femme du cours de danse, une belle jeune femme blonde, mince, athlétique, gracieuse, qui voulait apprendre à danser avec son futur mari, pour pouvoir ouvrir le bal à la réception de son mariage. Un peu plus petit qu'elle, le fiancé était un garçon robuste, au corps râblé de paysan, qui faisait penser à un personnage de BD, une de ces petites créatures comiques. Ses mouvements n'étaient pas très coordonnés, et sur la piste, ses jambes étaient si raides qu'on aurait dit des bâtons. Tout cela en dépit de son application, de la concentration qui se lisait sur son front. Le professeur faisait preuve d'une grande patience, tandis que la fiancée exécutait impeccablement ses pas devant le grand miroir… Mais perdue dans son monde à elle, envolée en imagination vers le Grand Soir, emportée par son désir, comme dans les bras d'un prince de conte de fées.

Une baisse subite d'adrénaline permet à Milla de voir sa propre vie, claire comme de l'eau de roche : elle s'est raconté des histoires, a joué, comme dans une pièce de théâtre, à ce-que-la-vie-est-censée-être, est restée aveugle devant la réalité. Sa désillusion est massive ; elle la submerge brutalement, la remplissant d'un sens aigu de l'inutilité de toutes ces années gaspillées… Étrangement, Barend lui manque avec une intensité douloureuse. Elle voudrait lui dire : « Je regrette, je le regrette tellement », lui demander pardon, sans même savoir de quoi.

Lukas dit quelque chose. Elle revient à elle, dans cette invraisemblable Nissan, les yeux mouillés, les larmes lui coulant sur les joues. Irritée, elle les essuie du dos de la main et répond :

– Quoi ?

– Ils t'ont vue.

Elle ne comprend pas, l'interroge du regard.

– Les gens d'Osman t'ont vue, Milla. Il va falloir laisser tomber. Jusqu'à… jusqu'à ce qu'on soit en sécurité.

Elle met du temps à comprendre.

– Qu'on soit en sécurité…

Pour la première fois, il détourne les yeux de la route et la regarde.

– Tu vas bien ?

– Jusqu'à ce qu'on soit en sécurité ? En sécurité ?

Sa voix monte, son indignation explose.

– Sécurité ? Mais c'est quoi, ce mot, Lukas ? Ça veut dire quoi, sécurité, dans ce pays ? Elle est où, la sécurité ?

Elle n'arrive pas à retenir des larmes de rage.

– Comment peux-tu dire ça ? Sécurité ? Mais ça n'existe pas ! Tu le sais bien. Tu parles de sécurité, mais c'est un mot complètement creux, un mot, un mot nu…

Il tend sa main gauche vers elle, mais elle la repousse d'une claque et sa voix monte d'une octave :

– Arrête, Lukas ! N'essaie pas de me consoler, n'essaie pas… Mais pourquoi vous faites ça, tous ? Pourquoi essayez-vous de nous tenir à l'écart, pourquoi est-ce que vous nous mentez ? On a le droit de savoir…

Il tente de protester, mais elle crie plus fort que lui, un sombre déluge de paroles :

– Vous nous cachez tout, vous les hommes… Vous avez fabriqué ce monde, vous avez fait ce pays, ce foutoir de haines et de rancunes, de crimes, de pauvreté et de misère ! Et là, vous essayez de replâtrer, de dissimuler tout ça ! Vous croyez pouvoir nous aveugler avec tous ces trucs qui brillent, ces boutiques, ces magazines… Mais vous nous plongez la tête dans le sable pour qu'on ne puisse pas voir la vérité. C'est des mensonges, tout ça ! Vous mentez tous et tu te mets à mentir avec eux, toi aussi ! En sécurité !… Jusqu'à ce que toi, tu sois en sécurité, voilà ce que tu veux dire, oui ! Tu veux donc me ranger quelque part, Lukas ?… Me calmer, me laver le cerveau et m'installer à l'abri de murailles et d'alarmes, et puis te tirer en douce vers leur monde à eux ? Tu veux laisser tomber parce que tu as une femme dans ta bagnole volée ? Mais ce n'est pas à toi de choisir ! Tu ne vas *pas* laisser tomber et tu ne vas *pas* me débarquer ! Je veux voir, oui, je veux tout voir, tout comme toi !

Elle prend conscience du pistolet à ses pieds ; elle se penche et le ramasse…

– Regarde ! Je ne suis pas sans ressource ! Je peux…

– Milla !

Il lui saisit l'avant-bras et le repousse pour détourner le canon de lui. Elle résiste mais il est trop fort. Elle appuie sur la détente ; il ne se passe rien.

– Lâche-moi ! hurle-t-elle, hors d'elle.

Puis elle repère la sécurité, la pousse et tire à nouveau ; cette fois le coup part, assourdissant, découpant une étoile dans le pare-brise ; elle appuie encore.

– Tu vois, moi aussi je peux tirer !

Lukas freine brutalement, elle est projetée en avant, il la tient fermement par le bras, les pneus de la Nissan hurlent puis crissent sur le sable et l'herbe du bas-côté. Il lâche le volant, attrape le pistolet, le fait pivoter pour l'arracher de ses doigts, elle frappe avec ses poings, toute une vie de colère concentrée dans ses gestes, tandis qu'il lève le bras pour se protéger.

Elle pleure, et frappe, et hurle, des cris étranges et inhumains jaillissent d'elle dans un bouillonnement, remplissant l'intérieur de la voiture. Il ne peut plus rien faire et reste là, immobile.

– Je pense avoir compris comment ils ont fait, dit Rajhev Rajkumar. Ils utilisent les émetteurs LRIT et AIS d'un autre bateau.

– Comment peut-on faire ça ? demande Mentz.

– Dans le traité SOLAS, il y a des lacunes. Il faut garder à l'esprit que ce sont les armateurs qui suivent la trace des bateaux ; les autorités SOLAS ne font que vérifier l'authenticité des signaux par rapport au positionnement global. Bon, mettons que vous êtes armateur à… Durban, pour les besoins du raisonnement, avec quelques bateaux opérant dans l'océan Indien. Je vous contacte et vous dis : « Cher frère musulman, je voudrais emprunter l'identité AIS d'un de vos bateaux pour un ou deux mois, je vous paierai ce service. Alors, j'installe ce matériel sur *The Madeleine*, et vous détournez votre regard des mouvements de votre signal. Les autorités SOLAS n'en sauront absolument rien, car le signal correspond à la route que vous leur avez déclarée, tout semble donc totalement nickel… »

– Mais alors le premier bateau va apparaître sur le système car il ne transmet plus. La CIA le détecterait.

– Seulement si votre bateau se trouve sur l'eau.

– Mais…

– Les bateaux ont besoin d'entretien. Rénovation, réparation en cale sèche. Cela ne se déclare qu'aux autorités portuaires locales.

Mentz réfléchit à cet argument.

– Vous vous rendez compte, je suppose, que vous êtes génial ?

Rajkumar hoche la tête, gêné.

– Il y a un certain nombre d'éléments qui vont permettre de mieux le cerner. Le Comité a dû travailler avec un correspondant de confiance. L'AIS doit être attaché à un navire possédant une autorisation portuaire sud-africaine, normalement valable pour l'océan Indien jusqu'à la mer d'Arabie ; il faut en outre que ce soit un vaisseau plus ou moins du même tonnage, et de préférence un chalutier de pêche.

– Bon. Alors commençons à chercher.

Ils roulent en silence, on n'entend plus que le bruit de l'air s'engouffrant dans le trou du pare-brise et par la vitre brisée. Ils prennent d'abord la R27 nord puis, au feu tricolore de Melkbos, à droite vers la N7.

Milla regarde, hébétée, les champs de blé qui défilent dans le crépuscule ; elle est vide, l'émotion l'a épuisée. Après sa crise, elle a retrouvé un certain calme, un petit noyau dur d'indignation et de détermination. La tête détournée, elle dit, calmement mais assez fort pour être audible malgré le bruit du vent :

– Le bateau arrive plus tôt.

Il ne réagit qu'à retardement :

– Mais non, Milla…

– Mais si. Un nouvel e-mail est arrivé pour Osman. J'avais branché l'ordinateur sur mon portable. Et je sais aussi ce qu'ils introduisent clandestinement.

– Quoi ?

Elle joue son atout :

– J'y vais, moi aussi.

– Non.

Elle se contente de le dévisager. La colère monte en lui. Il s'énerve :

– Tu n'as pas remarqué ? Ils nous ont tiré dessus !

– Tu n'as pas le droit de décider de ma vie. Aucun homme ne l'a.

– Seigneur, Milla…

– Tu ne me tiendras pas à l'écart.

– Quand arrive le bateau ?

Elle ne répond pas.

Ils roulent un long moment en silence.

– D'accord.

– Dis-le.

– Tu viendras avec moi.

– Je n'entends pas.

– Tu viendras avec moi. Nous irons chercher l'argent.

– Parole d'honneur ?…

– Oui. Parole d'honneur.

Elle attend qu'il la regarde pour mesurer son degré de sincérité.

– Cette nuit à 2 heures. Le message disait : « Arrivée de *The Madeleine* et Haidar avancée de vingt-quatre heures, à 02 heures ». Même lieu, mêmes coordonnées. Je ne sais pas ce que veut dire OPBC.

– Moi non plus. Qu'est-ce qu'ils apportent ?

– Des missiles, je pense. Du Pakistan.

Rajkumar tourne entre ses doigts le disque dur endommagé avec une moue sceptique.

– Peut-être… dit-il. Mais ça va prendre du temps.

– Combien ? demande Mentz.

– Cinq, six heures…

– C'est parfait. Nous avons quarante-huit heures devant nous avant l'arrivée de *The Madeleine*. Et il se peut qu'on le retrouve avant que vous ayez terminé.

75

Il lui demande son avis pour la première fois à la jonction de la N7 : il cherche une route secondaire menant à Parow ou à Goodwood. Il lui explique : il va falloir se débarrasser de la voiture dans un endroit neutre et ensuite rentrer en ville.

Elle conseille de passer par Philadelphia.

– Quelles armes as-tu pu avoir ?

– Des fusils d'assaut.

– Quels noms ?

Cette curiosité pour les détails provoque chez lui un demi-sourire.

– Le petit est un Heckler & Koch UMP, c'est une abréviation de « Universale Maschinenpistole » : le fabricant est allemand. Celui que j'ai pris a été adapté pour tirer des munitions .45 ACP, au lieu du 9 mm classique. ACP veut dire Automatic Colt Pistol ; ça a plus de puissance d'arrêt que les 9 mm. Les deux autres sont des AK, un 4B et un 2A ; je n'en voulais qu'un, mais ils vendaient la paire. À prendre ou à laisser.

– Ils ?…

– Des Nigérians. À Parklands.

– Ça a coûté combien ?

– Le H&K était cher : 4 000. Les AK, 750 les deux, munitions comprises.

– 750 rands pour deux AK ?

– J'aurais pu les avoir pour 500, mais j'étais pressé.

– Que se passera-t-il quand on aura largué la voiture ?

À 19 h 37 arrive la nouvelle du vol de la Nissan Sentra au centre commercial d'Eden-on-the-Bay. Dans la salle d'opérations, devant l'équipe au complet, Janina Mentz réagit avec un calme stoïque : un petit hochement de tête, puis elle demande l'extension du périmètre de recherche de la voiture.

À 20 h 14, un agent appelle Quinn :

– Je me trouve sur la passerelle du *Trident*, un chalutier à rampe arrière appartenant à United Fisheries ; depuis le 13 septembre, il est dans la cale sèche Robinson, au Waterfront, pour remise à neuf. Le 16 septembre, on s'y est introduit par effraction et tout le matériel électronique a été volé : radio, ordinateurs, système de navigation, tout.

– Excellent ! Avez-vous l'identité AIS ?

– Non, il faudra l'obtenir des gens de United Fisheries ; ici il n'y a que les types qui le retapent. On m'a donné des numéros, mais on est samedi soir, il n'y a personne dans les bureaux.

– Donnez-moi les numéros, dit Quinn en se hâtant vers Janina Mentz.

Ils abandonnent la Nissan à Vasco, dans Dingle Street, devant une église, et marchent jusqu'à la station de taxis collectifs devant la gare. Il porte son sac à dos et le sac en toile, elle n'a que son sac. Il lui tient la main.

En compagnie de neuf passagers métis, ils traversent les rues Voortrekker, Albert et Strand, l'ambiance dans le taxi quelque peu refroidie par la présence de deux Blancs ; des regards fugaces et curieux effleurent la blouse sale de Milla et ses bras éraflés, ainsi que l'épaule de Becker. Puis un homme demande :

– Week-end coquin, hein, mon frère ?

Lukas sourit et hoche la tête, Milla rit franchement. Suivent des vannes, des spéculations et des histoires, et quand ils arrivent à la gare centrale une femme leur dit sérieusement :

– Portez-vous bien, tous les deux.

Ils prennent un taxi individuel pour le Waterfront, où ils arrivent juste avant la fermeture des commerces. Ils n'achètent que le strict nécessaire : un petit sac à dos pour Milla, une chemise et un corsage, un anorak de couleur foncée pour chacun, et des articles de toilette. Ils enfilent les nouveaux vêtements en vitesse et sortent en passant par le Red Shed, montent l'escalier qui mène à Portswood Street et se dirigent vers l'hôtel Commodore.

Rajkumar pose le téléphone et rapporte à Mentz et à Quinn :

– Il dit qu'on a fermé le compte du *Trident* à la Lloyd's, parce que ça aurait été gaspiller de l'argent pendant qu'ils attendaient le nouveau matériel AIS. Nous ne pourrons donc pas tracer le bateau par leur entremise.

– Et l'identité électronique ?

– Elle est en route pour leurs bureaux, nous devrions l'avoir d'ici une heure.

– Et ensuite ?…

– Ensuite, il va falloir se taper les Yankees.

– Pas d'autre choix ?

– Hélas, non.

Dans leur grande chambre d'hôtel, Becker pose les sacs, prend Milla dans ses bras et la serre sans prononcer un mot. Ils restent comme ça un bon moment, et il dit enfin :

– Il faut que tu manges quelque chose.

Les mains sur les épaules de Milla, Lukas la regarde, ses yeux cherchant quelque chose sur son visage.

Elle lui caresse la joue et dit :

– Je veux prendre un bain. Ce ne sera pas long.

Il la laisse aller à regret.

Puis il commande des sandwiches au service d'étage.

– Jésus, Janina ! dit Bruno Burzynski, indigné, aba-sourdi.

– Essayons de garder notre calme.

Il se lève de sa chaise du bureau de coordination, tape du poing sur la table, le visage cramoisi.

– Je n'arrive pas à vous comprendre, dit-il d'une voix monocorde qu'il cherche à maîtriser. Sincèrement, ça me dépasse ! Vous venez de gaspiller deux heures, il ne nous reste qu'un peu plus d'une journée, et vous voilà encore à jouer à votre petit jeu ! Vous n'avez donc aucune idée de l'enjeu ?

– En dépit de ma naïveté propre aux pays du tiers-monde et à mon sexe, Bruno, je pense pouvoir saisir les enjeux.

– Vraiment ? Parce que je commence à penser que vos rancunes limitent votre capacité à comprendre quoi que ce soit…

– Mes rancunes !?… J'aime bien ça ! Et que dites-vous de vos complexes de supériorité ?

– Ça suffit ! aboie Tau Masilo en se levant. Assez !

Il s'interpose entre les deux.

– Maintenant, tous les deux, allez vous asseoir.

Il fait à Milla un court exposé sur le mode d'emploi de l'AK-47. Il expulse les balles du chargeur avec le pouce tout en lui expliquant qu'il s'agit d'une arme à feu simple, robuste, fiable… mais pas très précise. Il lui montre ensuite comment engager le chargeur, armer et pousser le cran de sécurité.

Il explique les réglages : tir semi-automatique et tir automatique ; il lui montre comment tenir l'arme, comment pencher son corps en avant en faisant feu et comment presser la détente plutôt que tirer dessus.

Il lui fait répéter l'exercice plusieurs fois, jusqu'à ce qu'il soit satisfait.

Burzynski est le premier à réagir. Il inspire à fond, s'assoit lentement, le visage encore cramoisi.

Mentz reste debout.

– Janina, s'il vous plaît, dit Masilo.

– Je comprends mieux si je reste debout, dit-elle avec une pointe de sarcasme.

Masilo grince visiblement des dents et se tourne vers Burzynski.

– Nous vous serions très reconnaissants si vous vouliez bien transmettre les nouveaux renseignements et nous aider à localiser le bateau.

Burzynski hoche la tête et tend la main vers son téléphone portable.

– Et puis je pense que l'heure est venue d'abattre nos cartes, dit Masilo sans regarder la directrice.

– Ça n'a pas de sens, dit Becker. Il y a beaucoup trop de monde ici.

À 21 h 38, ils se trouvent devant l'hôtel Radisson, avec vue sur le port de Granger Bay, brillamment éclairé. Il y a du monde partout, sur les terrasses des restaurants, sur les promenades le long des quais étroits, sur les ponts des voiliers amarrés en rangs serrés, mâts et gréements alignés.

– Est-ce que c'est le bon endroit ? demande Milla.

Il consulte à nouveau son portable.

– D'après les coordonnées GPS, oui, c'est ici. Sans conteste.

– Ils n'arrivent qu'à 2 heures du matin. Encore quatre heures…

Becker indique un petit groupe sur le pont d'un yacht.

– Ces gens seront encore là à 2 heures… J'aurais dû écrire les coordonnées.

– OPBC, dit Milla. C'est un terme de navigation ?

Il secoue la tête.

– Je ne sais pas. Attends, je vais sur Google.

Elle le regarde connecter son portable.

Le premier résultat est Oceana Power Boat Club. Il active le lien. Un site web s'ouvre : une petite photo avec la mer au premier plan, des grues, et au fond les bâtiments de Sea Point. Le texte est presque illisible sur le petit écran.

– L'Oceana Power Boat Club, déchiffre-t-il, situé à Granger Bay à l'intérieur du domaine du V&A Waterfront, est la seule cale de lancement pour petites embarcations existant sur le territoire municipal du Cap. Depuis plus de vingt-cinq ans, il rend service aux plaisanciers.

Il étudie la photo, puis lève la tête et regarde du côté de la mer.

– Ici, c'est Granger Bay. Ça doit être là.

– Attends, dit Milla, qui descend les marches jusqu'au ponton où deux hommes, bière à la main, conversent à côté de la passerelle d'un voilier.

Elle les entend parler anglais.

– Savez-vous où se trouve l'Oceana Power Boat Club ? leur demande-t-elle.

– Vous vous êtes trompés, dit Bruno Burzynski. Ils ne visent pas notre équipe de foot. Si les dates coïncident, c'est par hasard. Nos renseignements indiquent quelque chose de tout à fait différent.

– Qui serait quoi ?…

Pour la première fois, Burzynski semble mal à l'aise.

– Je regrette, mais… je ne suis pas autorisé à le divulguer.

Mentz fait un bruit qui exprime dégoût et mépris.

– Alors nous pouvons annuler nos mesures de sécurité pour mardi ? demande Masilo. Vous ne voulez plus de protection pour votre équipe de foot ?

– Si, allez-y.

Masilo secoue la tête, il ne comprend pas.

Mentz rompt le silence :

– Laissez-moi tenter de démêler ça. Vous aviez très envie de nous parler quand vous pensiez que nous tenions Osman.

Burzynski ne réagit pas.

– Et maintenant, tout ce que vous désirez, c'est l'identité électronique de *The Madeleine*. Ce qui veut dire que vous n'aurez plus besoin de nous une fois que vous aurez trouvé le bateau.

Burzynski fixe la table. Mentz approche lentement, sa voix de plus en plus assurée.

– Vous avez une équipe d'abordage prête à intervenir n'est-ce pas ? C'est ça, Bruno ? Des commandos Seal de votre marine ? Avez-vous vos propres vedettes, ou en avez-vous acheté ici ?… Loué quelques hélicos ?… Parce que vous projetez de saisir ce bateau, voilà, et de nous en informer ensuite.

– C'est absurde.

– Non, ce n'est pas du tout absurde, dit Janina Mentz, en venant s'asseoir à la table. Et cela suppose qu'il y a sur ce bateau quelque chose qui a tant de valeur que vous êtes prêts à risquer un incident diplomatique majeur, et à sacrifier vos relations avec nous et notre gouvernement, non ?

– Vous vous trompez, dit-il. Ce n'est pas du tout ça.

Janina Mentz perçoit cependant une légère trace d'embarras dans sa voix.

– Oh, non, je ne me trompe pas… Enfin !

Janina tend la main vers son téléphone et compose un numéro ; les yeux de Burzynski suivent ses mouvements.

– Raj, dit-elle, nous venons de donner à la CIA la nouvelle identité de *The Madeleine*. Ils vont mettre combien de temps à retrouver le bateau ?

Elle écoute, puis dit :

– Je vois. Eh bien, ils nous ont poignardés dans le dos, alors vous avez quatre heures pour décoder le disque dur. Vous y arriverez ?... Bien.

Mentz plaque l'appareil sur la table et sourit à Burzynski.

– Disque dur ?... demande celui-ci. Quel disque dur ?

– Que transporte *The Madeleine* ? réplique Janina Mentz.

76

Parmi tous ces diamants – les constellations scintillantes du Victoria & Albert Waterfront et du port de plaisance de Granger Bay –, l'Oceana Power Boat Club fait figure de vilain petit morceau de charbon.

Trois pancartes OPBC identiques sont fixées à la clôture déglinguée, comme si une seule ne pouvait convaincre le visiteur de l'existence de ce lieu. Sol de terre battue, conteneurs éparpillés en désordre, un affreux bâtiment long à toit plat, éclairé par une unique ampoule accrochée dans un angle… Le site a tout l'air d'un chantier clandestin, temporaire et miteux. À l'arrière-plan, un empilement d'énormes blocs de béton forme un brise-lames qui cache presque entièrement la phosphorescence de la mer. La grille d'entrée à double battant est fermée ; tout est silencieux et sent l'abandon.

Ils se tiennent dans l'ombre, à gauche de la grille. Milla voit le corps de Lukas changer subtilement – les épaules, le cou, la tête – comme s'il se cachait, se faisant plus petit, plus alerte, les yeux partout, observant, évaluant, mesurant tout, devant et autour d'eux.

– Je veux savoir comment ça se présente à l'intérieur, dit-il en se mettant en marche vers la droite le long de la clôture.

– Il faut que Tiger divise son unité en deux équipes, dit Mentz à Quinn. Je veux que la moitié aille à l'aérodrome militaire d'Ysterplaat, où les hélicoptères seront prêts dans une heure, et l'autre moitié à la base navale de Simonstown, où le commandant du *SAS Amatola* les attend. Raj dit qu'il devrait avoir l'information vers… (elle consulte sa montre) 2 heures.

Quinn voudrait lui demander si elle est sûre que le bateau viendra au Cap, mais il suppose qu'il s'agit d'une hypothèse optimiste raisonnable. Les Américains ont le même dilemme : s'ils repèrent le bateau les premiers, ils auront à couvrir la même distance.

– Quelque chose sur la Nissan volée ? demande Mentz.

– Rien, répond Quinn. Absolument rien.

Ils suivent la clôture sur une centaine de mètres, jusqu'à la mer, où le grillage s'arrête, surplombant une pente raide qui descend jusqu'à l'eau dans un chaos de blocs empilés. À gauche, il y a moyen de pénétrer sur le terrain de l'Oceana Power Boat Club en se faufilant sur un rebord étroit, envahi de mauvaises herbes, tout en se serrant contre le petit côté d'un conteneur. Lukas avance, la poitrine contre la tôle du conteneur, les mains agrippées aux rainures métalliques des parois. Il tourne la tête vers elle.

– Viens, c'est facile.

Elle le suit.

De l'autre côté du conteneur se trouve une petite baie abritée, protégée des regards curieux. La passe y donnant accès est large d'à peine 10 mètres, et la baie peut accueillir six ou huit petits bateaux à moteur. Il y a au milieu un étroit ponton de bois flottant sur des barils métalliques. Une rampe de béton descend en pente douce vers la mer.

Vue d'ici, la rusticité modeste de l'OPBC offre avec la ville un contraste encore plus marqué : à droite, les étages supérieurs des résidences luxueuses du port de plaisance ; à gauche, le scintillement du Waterfront et au sud, 500 mètres au-delà du remblai gazonné de Strand Street, se dresse, spectaculaire et irréel, le nouveau stade de foot, vaisseau spatial lumineux qui vient se détacher contre la masse noire de Signal Hill.

Il considère tout cela d'un œil calculateur.

– Ils savent vraiment ce qu'ils font, dit-il.

– En quoi ?

– Comme crique de contrebandiers, c'est quasi parfait. On dirait quelque chose qui va bientôt être démoli ; en passant devant, personne ne regarderait deux fois. Si votre bateau arrive ici, vous êtes pratiquement invisible. Et vous voyez ce qui est autour : on peut repérer tout ce qui approche à 200 mètres. En plus, on est à cinq minutes de la N1, à dix minutes de la N2 ; c'est tout près de Sea Point et du centre-ville ; on y entre et on en sort très vite…

– Alors, comment va-t-on faire pour…

Elle ne sait pas comment formuler sa question, ignorant comment voler un missile et le revendre.

– C'est presque parfait, poursuit-il. Regarde…

Il indique les deux bras en forme de croissant du brise-lames constitué de gros blocs empilés.

– Se cacher là-dedans, rien de plus facile ! De là-bas, on contrôle tout le secteur. Leur grand problème, c'est qu'il n'y a que deux issues, étroites toutes les deux : la grille, vers la rue, et la passe, vers la mer.

Il consulte sa montre, soudain pressé.

– Il nous reste à peine deux heures. Allons prendre un café.

– Encore quatre heures, corrige-t-elle.

– Mais non.

Il repart en sens inverse.

Sur la table, parmi les ordinateurs, les outils et le matériel, le disque dur paraît incroyablement petit, relié à deux fils minuscules.

– Le disque est un peu voilé ; il a fallu d'abord enlever la coque, dit Rajkumar en ramassant la petite boîte métallique pour la montrer à Mentz. Ensuite, nous en avons fabriqué une nouvelle – en la modifiant pour tenir compte de la déformation – afin de permettre au disque de tourner. Le problème, c'est que le disque a été définitivement endommagé…

– Dans quelle mesure ?

– On ne le sait pas encore. Cela dépend si le disque était plein, s'il a été défragmenté régulièrement… Nous aurons besoin d'un peu de chance.

Mentz le regarde, impassible.

– La roue tourne, madame, la roue de la fortune. Tôt ou tard, inévitablement, elle tournera.

Ils sont assis chez Mugg & Bean devant des tasses de café. Elle demande :

– Pourquoi est-ce que nous n'avons plus que deux heures ?

– Le rendez-vous est à 2 heures du matin. S'ils arrivent trop tôt, l'attente se prolonge, les hommes s'ennuient et s'impatientent, ils se laissent aller. Et les risques augmentent : patrouilles de sécurité, de police, un membre du club qui a oublié quelque chose… Donc, vers 1 heure du matin, on envoie quelques types pour sécuriser l'endroit : des yeux pour contrôler les alentours. Le reste de l'équipe, avec les pick-up et les camions et tout le tremblement, n'arrive que vers 2 heures moins le quart. Mais comme il s'agit d'extrémistes musulmans extrêmement prudents – d'autant plus que leur ordinateur portable a été perdu –, ils enverront peut-être des observateurs dès minuit. Ou même plus tôt. On va bien voir.

– Qu'allons-nous faire ?

– Eh bien, on va prendre l'argent.

– Quel argent ?

– Il y a toujours de l'argent liquide qui change de mains dans des transactions de ce genre. On ne paye jamais d'avance, on ne paye pas par chèque, on ne fait confiance à personne. Si un type te dit qu'il va faire un virement électronique, comment vérifier ? Donc tu veux avoir le fric dans la main et pouvoir le compter. Un mec apporte la marchandise, l'autre l'inspecte, puis remet l'argent. Toujours. S'il s'agit d'armes, c'est contre des dollars.

– Nous ne sommes que deux.

– Nous attendrons que la transaction soit effectuée. Les armes ne nous intéressent pas ; ce qui nous intéresse, c'est les gars qui repartiront en bateau. Par cette passe étroite là-bas… Ce sont eux qui auront l'argent…

Il sort un stylo de la poche latérale de son sac à dos et dessine les rues, la mer, le brise-lames à traits rapides sur la serviette en papier.

– Je serai ici, devant, sur la pointe du brise-lames. Tu vas te poster de l'autre côté de Strand Street, ici, cachée derrière le talus d'herbe. Comme ça nous couvrirons les deux issues : moi, la mer et toi, la rue. Normalement, dans ces cas-là : ceux qui apportent la camelote et ceux qui l'emportent participent tous au transbordement, et tout le monde a intérêt à ce que ça se passe le plus vite possible…

– Pourquoi ?

Il sourit encore une fois devant ce besoin naïf de tout comprendre.

– Parce qu'ils veulent pouvoir faire encore des affaires à l'avenir ; il y a des réputations à sauvegarder, un code d'honneur… Alors, avec un peu de chance, le canot repartira avec l'argent vers le navire au moment où le chargement sortira par la grille. Alors moi, je les arrêterai au brise-lames. Tout ce que toi, tu auras à faire, c'est tirer quelques coups de feu de ton côté, en visant le sol… Dans le noir, ça va être une sacrée surprise, on doit donner l'impression d'être nombreux. J'arroserai avec l'AK, et puis avec le H&K. Toi, tu prendras l'autre AK et le pistolet ; tu attendras que je tire, et puis ce sera à toi d'abord avec l'un, et puis avec l'autre, un coup – cinq ou six fois –, des bruits complètement différents, ils vont croire qu'on est très supérieurs en nombre. Ça devrait nous suffire.

Il avale une grande gorgée de café.

– Mon Dieu, Lukas !… dit-elle.

Extrait : *Une théorie du chaos,* Human & Rousseau, 2010, p. 312-313.

Il a eu une réaction logique. Pensant que ma préoccupation, mon incertitude concernaient ce qui allait venir, il a posé sa main sur la mienne et m'a dit :

– Si ça se passe mal, tu poses les armes et tu t'en vas. Vers la lumière. À l'hôtel. Tu laveras tes mains et tes vêtements pour enlever les résidus. Et tu m'attendras là.

J'ai répondu « Non » car je n'arrivais plus à me retenir.

– C'est moi qui ai écrit le rapport te concernant. Je sais ce que tu as appris dans la marine, comment… Mais comment as-tu fait pour savoir ces choses-là, que tout le monde participe au déchargement, comment semer des gens qui te poursuivent, comment acheter des téléphones portables sans donner son identité, et puis comment se procurer des fusils au Cap et comment voler des voitures en arrachant des trucs et en connectant des fils… Et qu'il faut laver les résidus de poudre sur ses mains ?

Plus tard, couchée sur le talus, j'ai eu honte de m'être emballée, des mots que j'avais employés. J'aurais dû lui dire : « Peu importe où tu as appris tout ça, et comment tu l'as appris. Mais pourquoi tu ne me fais pas confiance en me racontant la vérité ? Pourquoi n'as-tu pas confiance en mon amour ? » Mais il était alors trop tard. J'ai vu son regard se porter au loin, vers un horizon invisible.

Lentement, l'expression de son visage a changé. Elle s'est adoucie comme lorsque quelqu'un se prépare à annoncer une triste nouvelle. Il m'a dit, d'une voix couleur d'un jour de pluie, une chose très curieuse :

– J'ai fait des études pour découvrir comment et quand nous avons perdu notre innocence. Et j'ai trouvé la réponse.

C'est seulement à ce moment-là qu'il m'a regardée.

– Depuis quatorze mille ans nous cheminons vers le chaos, Milla. Depuis notre premier village, notre première ville… mais si lentement que personne ne s'en est aperçu. Mais ça a changé. Le chaos se lève devant nous comme une marée montante, en Amérique, en Europe, ici, de plus en plus vite, de plus en plus près. Encore dix ans, vingt ans, cinquante peut-être, et le chaos nous engloutira. Tu l'as vu, désormais tu le sais. Tu vas le regretter, tu te demanderas s'il ne vaut pas mieux vivre heureux et inconscient. Tu n'es pas encore arrivée au point de te rendre compte que le chaos est inéluctable. Alors tu te demanderas quelles sont nos options : peux-tu te permettre de l'ignorer ? Ou faut-il profiter du chaos pour tenter d'y échapper ?

Il a pris sa tasse, bu une petite gorgée de café et déclaré :

– C'est ce que j'ai fait, moi. Je suis allé apprendre le chaos, pour pouvoir l'exploiter. Et tout à l'heure tu vas l'exploiter avec moi.

77

Il est couché à côté d'elle sur le talus herbeux ; le stade de foot derrière eux, la rue devant et le club nautique en face. Il sort des jumelles et observe lentement l'Oceana Power Boat Club. Enfin, il dit :

– Ils ne sont pas encore là.

Puis il lui explique exactement ce qu'elle doit faire. Elle va avoir l'impression que le temps s'arrête : il ralentit dès que le débit d'adrénaline s'accélère, une minute s'étirant en éternité… Il ne faut pas se laisser prendre. Dès qu'elle entendra la première rafale, elle devra consulter sa montre. Ils auront facilement dix, voire vingt minutes avant l'arrivée de la police.

– Reste consciente du temps, explique-t-il, garde ton calme.

Lorsqu'elle verra qu'il a l'argent et qu'il a franchi la grille, elle ne doit pas le rejoindre, mais rester à l'abri du talus et marcher vers la lumière, vers l'hôtel.

Elle hoche la tête, le front plissé par l'effort de concentration.

Le moment le plus pénible sera les deux heures d'attente. Il est difficile de rester immobile ; il faut s'installer confortablement, bien dégager l'endroit où on s'allonge.

– Ton plus grand ennemi, c'est ton esprit, dit-il.

Elle aura sommeil, elle sera assaillie de doutes, elle verra des fantômes, elle pensera que tout risque d'échouer.

Il faut s'en tenir au plan et à rien d'autre, rester éveillée, oublier tout le reste... mais surtout s'en tenir au plan.

Il lui montre encore une fois le maniement de l'AK-47 et la procédure de tir.

– À tout à l'heure.

Il la prend par les épaules et l'embrasse dans le cou, sur la tempe, puis il se lève et descend la pente d'un pas exercé.

Elle le suit des yeux alors qu'il traverse Strand Street, se dirige vers la grille de l'OPBC et disparaît dans l'obscurité le long de la clôture.

Dans le bureau de coordination, à 0 h 45, Masilo observe Bruno Burzynski. L'homme de la CIA marche de long en large contre le mur du fond, agité, son téléphone portable collé à l'oreille. De temps en temps, il répète un « Hum hum », sans que son visage trahisse quoi que ce soit.

Il raccroche enfin et se tourne vers la table, où il vient s'asseoir, coudes sur le plateau, mains ouvertes en un geste de conciliation.

– Il faut que vous lui parliez, Tau.

– Elle ne bougera pas, Bruno. Sauf si vous lui dites ce qu'est cette cargaison.

Pour la première fois, la tension paraît sur le visage de Burzynski, qui laisse échapper un geste de frustration et d'impuissance.

– Je ne peux pas, Tau. Ce n'est pas moi qui décide. Tout ce truc est tellement politisé, tellement grave.

– Ça ne va pas suffire.

Burzynski se ressaisit et se laisse aller sur son siège, manifestement fatigué.

– Je sais.

Extrait : *Une théorie du chaos,* Human & Rousseau, 2010, p. 317.

La dernière demi-heure fut la plus dure.

Mon corps endolori d'être resté des heures couché sur l'herbe et les cailloux, les portes s'ouvrant dans ma tête rongée par l'incertitude, déverrouillées par la demi-confession de Markus, tout cela m'incitait à entreprendre un examen de conscience et à examiner mes propres péchés, enfouis depuis si longtemps.

Sur ce talus herbeux, en face d'un port abritant de petites embarcations, au milieu de la nuit, je me suis souvenue de Cassie.

Casper… Il y a dix-huit ans, dix mois avant que je rencontre Frans. Un an avant que je tombe enceinte. Casper, étudiant en musique, violoncelliste, suivait le même cours de rattrapage que moi. Cassie le vulnérable, Cassie le moche, aux dents de traviole, aux petites oreilles décollées, Cassie à l'échine de chien battu. Il était agaçant, avec sa conversation névrotique sans queue ni tête, ses silences abrupts, imprévisibles… Mais je n'avais pas le courage de le chasser. Cela me procurait même une certaine satisfaction : je me sentais noble, altruiste, à me sacrifier, à le supporter, à le laisser bavarder avec moi, à laisser naître entre nous un semblant d'amitié.

Mais Cassie en voulait davantage, il téléphonait sans cesse, me suivait partout, venait me demander à l'accueil du foyer. Jusqu'à la soirée délirante où tout a débordé, c'en était trop. Je fonçai dans l'escalier, pris Cassie par la main, le traînai jusqu'à son petit studio, où, refermant la porte, debout devant lui, je me déshabillai. Complètement nue, je me suis exposée devant ce pauvre Cassie, regardant ses yeux qui vacillaient entre mes seins et mon pubis, sa bouche molle, son incrédulité, sa gratitude, sa transformation soudaine de chien de manchon en chien de garde. Comme ma mère, j'extériorisais une pulsion, je libérais quelque chose et, comme elle, j'y trouvais du plaisir. Ce fut un instant d'éblouissement et d'obscurité. De vérité aussi. Je ne lui permis pas de me toucher.

Elle voit d'abord le pick-up bleu foncé, tout cabossé. Il passe deux fois devant la grille, repart vers le Waterfront et fait demi-tour. Il y a deux personnes à l'avant.

Il est 1 heure moins le quart.

À moins cinq, ils sont de retour ; ils s'arrêtent à côté de la clôture, descendent, vérifient tout autour d'eux. L'un des hommes a un téléphone portable collé à l'oreille.

Milla suit chaque mouvement.

À 1 heure, deuxième vague. Une camionnette s'arrête devant la grille. La portière côté passager s'ouvre, un homme descend et disparaît, caché par le véhicule. Il réapparaît et ouvre la grille, le battant droit d'abord, puis celui de gauche. Il reste sur place quand la camionnette entre, attend que le pick-up apparaisse et entre à son tour, puis il referme la grille, mais sans la cadenasser.

La porte arrière de la camionnette s'ouvre. Six, sept, huit hommes en descendent, chacun une arme à la main. Elle en reconnaît la forme : des AK-47, comme celui qui est par terre devant elle.

Un homme de grande taille gesticule, donne des ordres ; les autres vont au pick-up, en sortent du matériel : de grands cylindres.

Tous bougent d'une manière décidée, chacun donnant l'impression qu'il sait exactement ce qu'il a à faire. Deux hommes contournent la petite baie, se dirigeant vers le brise-lames par la gauche, deux autres passent par la droite. Les autres disparaissent derrière le bâtiment.

Mon Dieu, Lukas, ils vont te voir…

Les véhicules éteignent leurs feux.

Silence. Il ne se passe plus rien.

1 h 17.

Mentz entre dans le bureau de coordination. Les deux hommes notent son air satisfait.

– Je ne doute pas qu'à l'heure qu'il est vous ayez trouvé, Bruno. La mauvaise nouvelle, c'est que l'ordinateur portable d'Osman a été très endommagé. La bonne nouvelle, et je suis heureuse de vous l'annoncer, c'est que le disque dur est néanmoins en assez bon état. Nous devrions avoir accès à ses données d'ici une demi-heure. Alors, la question qui se pose maintenant est la suivante : comment progressez-vous avec vos satellites et tout ça ?

L'attente est sans fin. Milla a chaud, elle a envie d'enlever son anorak mais n'ose pas bouger. Ses mains transpirent sur la crosse en bois de l'AK, tandis que ses yeux continuent à scruter le terrain là-bas, où rien ne bouge.

Elle consulte sa montre encore et encore pendant cette éternité qui s'étire de minute en minute. Elle se demande : Et si jamais…, au risque de libérer d'angoissantes possibilités. Ses lèvres forment des paroles, encore et encore, en silence. *Il faut s'en tenir au plan, rester éveillée…*

À 1 h 27, elle expérimente une sorte de sortie de corps. Elle se voit couchée sur le flanc du talus : une femme de quarante ans aux cheveux courts, mère de Barend Lombard, ex-épouse de Christo, sa vie devenue totalement irréelle, la vie de quelqu'un d'autre. Elle a envie de se lever et de partir à sa propre recherche, de hurler, d'agiter les bras, lever en l'air l'AK, appuyer sur la détente et voir la trajectoire des balles, leurs arcs élégants, feux d'artifice, festivités.

Les battements de son cœur la ramènent à la réalité, ce cœur qui bat trop vite, trop fort, jusqu'à lui donner l'impression que le sol remonte vers elle, s'apprête à l'avaler. Elle sait que c'est l'effet de la tension, de deux jours de tension ; elle regarde sa montre : 1 h 44, c'est effrayant, un choc parcourt son corps... Où est donc passé tout ce temps ?

S'en tenir au plan, oublier tout le reste, rester éveillée, et s'en tenir au plan !...

Ce n'est pas son monde à elle, celui-ci. Cela, désormais, elle le sait.

1 h 54.

Les mains de Rajkumar sautillent sur le clavier comme un couple de cailles dodues.

– Nous avons les clés ! Nous avons les clés, je suis en train d'exporter, commencez à décrypter, appelez la directrice ! Oh, merde !

Les techniciens, l'équipe qu'il a sélectionnée, ses collègues débonnaires, tous le regardent.

– Il y a un e-mail ici. Nous n'aurons peut-être pas besoin de décrypter, mais le fils de pute l'a protégé avec un mot de passe, voyons voir, salopard de musulman, donne-le-moi, donne !...

Ça les fait rire.

Il lève la tête en hâte et dit sèchement :

– Appelez la directrice. Maintenant !

78

À 1 h 51, un autre véhicule arrive. Milla n'en croit pas ses yeux : la forme, les inscriptions... Elle s'avance légèrement, regarde avec attention.

C'est une ambulance qui s'est arrêtée devant la grille.

De l'obscurité sort un homme armé d'un fusil ; il ouvre les battants.

L'ambulance entre, s'arrête devant le grand bâtiment. L'homme de haute taille approche, parle au conducteur et repart, hors de vue de Milla.

Mais pourquoi une ambulance ?...

1 h 54.

Janina Mentz regarde l'écran : dans la petite fenêtre défilent des dossiers, à la recherche du mot clé.

– Trois, quatre minutes, dit Rajkumar. Nous y sommes presque.

Le téléphone sonne.

Rajkumar répond, écoute. Sa main posée sur le micro, il regarde Janina et dit, impressionné :

– Le directeur de la CIA voudrait vous parler. De Langley. Sur la ligne sécurisée.

Elle ne doit pas oublier de regarder sa montre quand Lukas tirera. Elle doit se rappeler, se concentrer...

Là-bas, ça bouge.

Les portes arrière de l'ambulance s'ouvrent, laissant filtrer un faible rayon de lumière jaune. À l'intérieur, quelqu'un bouge : elle aperçoit la silhouette d'un homme, penché sur un brancard. Il s'affaire, puis s'assoit sur le banc latéral.

L'ambulance, un camouflage. Ils vont mettre les missiles dedans, c'est astucieux : on n'arrête jamais une ambulance…

Voilà une énigme résolue. Elle se sent soulagée.

– Restez en ligne, s'il vous plaît, le directeur de la CIA, dit une voix de femme.

Avant que Mentz ait pu réagir, la voix arrive sur la ligne :

– Madame la directrice ?

– Oui.

– J'aurais préféré que notre première rencontre ait lieu face à face, et dans d'autres circonstances… Veuillez accepter mes excuses. En tant que serviteur de l'État, comme vous-même, madame, j'espère que vous comprendrez. Quelquefois, nous sommes obligés de suivre des ordres.

– Je comprends. Vos excuses sont acceptées.

– Je vous remercie, madame. Il faut que je vous renseigne au sujet du chargement qui va être débarqué sur vos côtes. Mais auparavant je voudrais vous demander une faveur, bien que je n'y aie aucun droit. Pourriez-vous envisager d'autoriser Bruno Burzynski à vous accompagner lors de l'interception ? Cela aurait pour nous et pour notre gouvernement une grande importance. Dans un instant vous comprendrez pourquoi.

– Nous accepterons Bruno avec plaisir.

– Merci beaucoup. Maintenant, permettez-moi de vous expliquer…

Là-bas, l'obscurité se dissipe lentement, si lentement que dans un premier temps elle croit l'imaginer.

Quatre lumières luisent faiblement. Cela provient des cylindres qu'on vient d'apporter, deux là-bas sur le ponton, et deux plus loin, sur les pointes du brise-lames, là où se trouve Lukas… Son cœur tressaute, son corps, ses bras sont paralysés, ses mains sont devenues de plomb, elle a les yeux exorbités.

La petite baie semble maintenant surréaliste, car les bruits de la nuit n'ont pas changé, il n'y a toujours aucun mouvement autour, juste cette lumière qui luit.

Les minutes s'égrènent.

Puis elle entend un cri faible et lointain, au niveau des bruits de la mer et de la ville. Elle voit deux silhouettes sombres qui sautent parmi les blocs de béton, leurs ombres allongées se brisant sur des centaines de facettes… Elle sait avant de le voir que l'on a repéré Lukas, que ce ballet le vise, lui, et que les silhouettes braquent des armes.

Les deux silhouettes deviennent trois : Lukas, les mains sur la tête ; son sac à dos, vu de cette distance, semble être une petite bosse. Milla est pétrifiée, tout son être lui échappe, elle n'est plus que des yeux qui suivent l'agneau poussé par les fusils comme une bête vers l'abattoir.

Rajkumar pousse un cri aigu de triomphe. Il ouvre la boîte de réception des e-mails, voit une longue liste de messages, leurs sujets incompréhensibles. Il en ouvre un au milieu de la liste, le parcourt en diagonale, y lit des références au bateau : rien d'utile pour lui. Il en choisit un autre, le parcourt rapidement, puis encore un autre :

Chargement arrive lundi 23 Shawwal 1430 à 02:00 (GMT + 2)

– Merde ! dit-il en levant les yeux.

Janina Mentz n'est pas encore revenue.

Il lit le message suivant :

Sommes d'accord avec votre évaluation. Arrivée de *The Madeleine* et Haidar...

– Haidar ? dit-il à voix haute. Deux bateaux ?...

... avancée de 24 heures à 02:00 (GMT + 2) dimanche 22 Shawwal 1430.

– Putain ! lâche Rajhev Rajkumar, qui regarde la pendule au mur. Mais où ? Dis-moi où ?

Il se lève devant l'ordinateur ; il faut qu'il aille chercher Mentz. Au moment où il s'élance vers la porte, la voilà qui s'approche.

Ils forcent Lukas à s'agenouiller sur le béton de la rampe, mains derrière sa tête baissée, deux fusils pointés sur lui.

Quatre types sortent de l'arrière du bâtiment, courent jusqu'à l'ambulance, prennent le brancard et le poussent jusqu'au coin.

Le bateau entre dans la passe, apparition émergeant des ténèbres, blanche, belle, élégante, aux lignes d'oiseau de proie. Le ronronnement sourd des moteurs cesse brusquement.

Les yeux de Milla reviennent sur Lukas, elle est tétanisée.

Quelques hommes filent vers le ponton de bois.

Le géant apparaît, venant de derrière le bâtiment, et s'approche de Lukas, les mains sur les hanches.

Sans bruit, le bateau fend l'eau tranquille du port ; l'équipage est sur le pont. Des cordages sont lancés et attrapés, la coque rebondit doucement contre le ponton, la proue glisse le long des planches, les cordages se tendent, le bateau s'arrête.

Tous se retournent vers Lukas agenouillé.

Milla se lève presque malgré elle.

Le géant baisse le regard vers Lukas, lui parle. Puis il le contourne, s'arrête, fait un pas en arrière vers la tête de Lukas.

Au bout du bras, une arme, longue et mince.

Le bras tendu sursaute.

Lukas tombe en avant.

Le son étouffé submerge Milla.

Lukas s'est effondré. Il faut qu'elle aille le relever...

Les yeux fixés sur lui, elle se penche, tâtonne, trouve le pistolet, prend le fusil. Elle se redresse, mais lentement, difficilement. Traînant les pieds, elle descend la pente. Elle voit qu'ils laissent Lukas là où il s'est affaissé et qu'ils vont vers le ponton. On s'active sur le pont du bateau, mais elle ne regarde que Lukas.

Elle traverse le trottoir, puis la chaussée de Strand Street ; elle glisse le pistolet sous la ceinture de son jean, sans même sentir le métal contre son ventre. Elle prend l'AK à deux mains, avance jusqu'à la grille. Ses chaussures de sport ne font presque aucun bruit sur le gravier.

Elle pousse la grille d'un coup de hanche.

L'ambulance, dont l'intérieur est faiblement éclairé par une ampoule jaune, se trouve devant elle. À l'intérieur, l'homme s'affaire, tête baissée.

Elle braque l'AK comme Lukas le lui a enseigné, main gauche en dessous, tire la culasse et la relâche, dégage la sécurité avec son pouce droit, de haut en bas. Dans l'ambulance, l'homme entend le cliquetis métallique, lève la tête et la voit. C'est un métis, la cinquantaine, avec une longue frange noire ; il a un grain de beauté sur le front, au-dessus de l'œil gauche, très gros, très laid. Il reste bouche bée.

Elle braque le fusil sur lui. Il lève les mains.

– Je vous en supplie, dit-il en afrikaans.

Elle s'arrête. De là, elle voit Lukas. Il gît, courbé en avant, encore à moitié agenouillé, la tête sur le béton, tournée vers elle, comme s'il se reposait. Le sang brille dans la lumière, une flaque rouge foncé. Un œil est ouvert, le regard blanc et fixe. L'autre a été détruit, c'est atroce.

Quelque chose se déchire en elle, un monde s'effondre.

Rajkumar est en sueur, il a des taches foncées sur le dos et sous les aisselles. Il clique sur le dossier « Envoyés ». Derrière lui, Mentz regarde.

Il y a des messages.

– Dieu merci, dit-il, en les ouvrant l'un après l'autre.

Elle les entend s'approcher, quelque chose avance sur le béton…

Les roulettes du brancard.

Elle fait deux pas vers l'ambulance et y monte. L'homme à la frange la regarde, terrorisé, les mains levées pour se protéger.

– Je ne suis que le médecin.

Elle va au fond, à côté de la petite vitre coulissante qui communique avec la cabine du conducteur. Elle appuie le canon contre les côtes du médecin, l'obligeant à lui faire de la place sur la banquette.

Puis ils sont là, à la porte : cinq hommes, le fusil accroché à l'épaule. L'un d'eux tient une perfusion en hauteur, les quatre autres portent le brancard. Quelqu'un est allongé dessus, enveloppé de couvertures, un barbu à la chevelure grisonnante.

Les porteurs la voient. La stupéfaction envahit leurs visages.

Le patient suit les regards pétrifiés. Il tourne lentement la tête. Pâle, hagard, il la regarde de ses yeux noirs. Les traits, la barbe, les yeux… Ces détails mettent une éternité à prendre un sens.

Elle le reconnaît.

Dans sa tête, des fragments se télescopent, dégringolent : ce sont des morceaux, des bribes de mots, un miroir brisé qui se reconstitue… Elle voit, rejette, essaie de nouveau, prise de vertige. Ses synapses explosent, crépitent ; une réalité inimaginable se concrétise finalement.

Le médecin chuchote, respectueux :

– S'il vous plaît, ne tirez pas.

Ça la fait revenir à elle, elle prend une profonde inspiration.

– Mettez-le à l'intérieur, dit-elle.

Personne ne bouge.

Milla oriente le canon du fusil vers la cloison et presse la détente. Le bruit est assourdissant.

Ils sursautent. Dehors, quelqu'un hurle. Elle a l'odeur de la cordite dans les narines. Elle se penche et appuie le canon contre la tête du patient.

– Mettez-le à l'intérieur.

Elle ne reconnaît pas sa propre voix.

Ils lèvent le brancard et le poussent lentement.

Le géant surgit derrière la porte de l'ambulance, le pistolet muni d'un silencieux à la main.

79

Rajkumar et Mentz sont debout au fond de la salle d'opérations. Le tintamarre des turbos du Super Lynx 300 éclate dans la radio, puis la voix de Mazibuko lance :

– En route, temps estimé d'arrivée : sept minutes.

La voix de Quinn est calme, chaque mot distinct.

– Major, j'ai une nouvelle directive ; je répète : j'ai une nouvelle directive. La cargaison pourrait être humaine, et d'une très grande valeur ; l'ordre est d'intercepter et de protéger, protéger à tout prix ; veuillez confirmer.

– D'accord, Op, cible possible cargaison humaine, valeur très grande, intercepter et protéger à tout prix.

Rajkumar lance à Mentz un regard plein d'espoir : va-t-elle enfin partager avec lui ce qu'elle sait ? Mais elle ne dit rien, son visage reste impassible.

– D'accord, major. Attention : une BMW X5 noire avec à son bord l'avocat Tau Masilo et un membre de la CIA est en route, à cinq ou six minutes. Non armés, ils approchent la zone de largage par l'est, descendent Beach Road et vont s'arrêter à l'angle de Portswood et de Beach, où ils attendront la confirmation visuelle de votre arrivée. Veuillez confirmer.

Silence.

Rajkumar n'y tient plus. Il chuchote à la directrice :

– « Haidar » veut dire « lion », c'est tout ce que j'ai pu trouver.

– Essayez donc « lion cheik », répond-elle, provocante, la tension transformant son visage en masque.

Il essaie d'abord l'approche phonétique, « lion check », et finit par revenir à « cheik ». Il file vers un ordinateur inoccupé, règle le navigateur sur un moteur de recherche et tape les mots.

Le troisième lien lui fait sortir les yeux de la tête. Il clique dessus. Une simple page web en écriture arabe apparaît, il doit la dérouler avant de voir la photo, le visage bien connu, et la traduction en anglais : *Du Lion Cheik Usama ibnu Laden qu'Allah le protège*.

– Meeerde ! lâche Rajhev Rajkumar.

Le géant à la porte de l'ambulance, celui qui a abattu Lukas, a un visage lourd, taillé à la serpe, d'épais sourcils broussailleux. Il baisse son arme, les yeux remplis de haine.

De l'intérieur, Milla le dévisage avec mépris.

Le médecin prend le flacon de la perf, le suspend à un crochet et croise les mains sur ses genoux. Les porteurs se retirent.

– L'argent de Lukas, dit Milla.

Personne ne réagit.

Elle lève l'AK et d'un geste convulsif l'approche du visage du patient, passe du nez à la bouche. Le médecin hoquette, le géant rugit, mais c'est sa voix à elle qui domine, un hurlement de rage presque hystérique :

– Apportez l'argent de Lukas !

Ils hésitent encore. Puis le géant crie à un comparse qu'on ne voit pas :

– Apportez la mallette en alu !

– Et le sac à dos ! ajoute-t-elle, d'une voix mieux maîtrisée.

– Enlevez-lui son sac à dos ! ordonne le géant.

Du sang coule du nez du patient sur sa moustache grisonnante. Le médecin s'en aperçoit et lance à Milla un regard interrogateur. Elle secoue la tête.

Quelqu'un – encore une paire d'yeux abasourdis – passe une mallette au géant et disparaît aussitôt.

– Ouvrez-la.

Le géant approche, place la mallette métallique sur le plancher de l'ambulance, défait les attaches, la retourne, lève le couvercle.

Des dollars, en liasses serrées.

Elle acquiesce.

Le sac à dos arrive. Le géant le prend et le place à côté de la mallette.

Elle y voit les éclaboussures de sang, les particules de chair. Un bruit s'échappe de sa gorge. Elle lève les yeux, rencontre le regard méprisant sous les gros sourcils. Elle lève l'AK, se penche en avant comme Lukas le lui a enseigné et tire sur le géant, trois coups qui claquent *staccato*. Projeté sur le côté, il titube et s'effondre. Le médecin hurle, prenant le Ciel à témoin, le patient tente de sortir ses bras des couvertures, elle tourne l'arme contre lui et dit :

– Démarrez, maintenant. Démarrez !

Devant les portes ouvertes, les porteurs ne bougent pas.

Elle frappe le patient sur la pommette avec le canon du fusil. Le médecin crie, désespéré :

– Que quelqu'un prenne le volant, par pitié !

L'un des porteurs se ressaisit, un homme jeune. Elle sent les suspensions du véhicule bouger, la portière qui claque, et la fenêtre coulissante qui s'ouvre dans son dos.

– Où va-t-on ? demande-t-il.

Dans le lointain, on entend des hélicoptères.

Le parking du centre commercial de Tyger Valley est désert, plongé dans l'obscurité.

Elle indique au conducteur de s'arrêter à côté de sa Clio. Les yeux du patient sont fixés sur elle, un regard intense et haineux.

Le conducteur obtempère.

– Ouvrez, dit-elle au médecin.

Il hésite.

– Je veux descendre, dit-elle. Ensuite, vous pourrez repartir.

LIVRE 4 : MAT JOUBERT

Formulaire 92

Février 2010

Quand des personnes déclarées disparues ont été
retrouvées, elles doivent personnellement annuler
la déclaration auprès du poste de police où la disparition a été déclarée, à moins que l'officier responsable de l'enquête ne s'en charge lui-même.
Un formulaire SAPS 92 doit être utilisé pour intégrer l'annulation dans le circuit approprié.

Directive des services de police sud-africains,
2008 (verbatim)

80

Il aimait la regarder.

Margaret se tenait de l'autre côté du comptoir du petit déjeuner. Il était 6 h 50, et elle s'était déjà douchée et habillée. Ses longs cheveux brun cuivré étaient nattés, ses lèvres soulignées d'un rouge à lèvres rose pâle et ses joues parsemées de taches de rousseur presque invisibles. Elle avait une tête de moins que lui, mais c'était déjà grand pour une femme, et un corps harmonieux. De ses mains délicates, elle préparait un sandwich club : un soupçon de mayonnaise, quelques feuilles de laitue, des poivrons coupés en deux, de fines rondelles de concombre et, pour finir, des lamelles de poulet rôti. Et coupait son œuvre en deux, proprement, avec précision.

Il s'assit pour manger un yaourt avec du muesli.

Elle plaça les sandwiches dans un sachet transparent, puis leva vers lui ses yeux aux couleurs étranges : l'un était bleu vif, l'autre brun, moucheté d'une poussière dorée.

– Alors, comment tu te sens ?

– Bizarre, répondit Mat Joubert. Un peu de trac.

– Ça se comprend, opina-t-elle.

Avec son accent anglais, elle avait une manière charmante de prononcer l'afrikaans.

– Tout ira bien. Tu es prêt pour le café ?

– Oui, s'il te plaît.

Elle se tourna vers la machine à café. Il admirait ses formes dans son jean en denim bleu, les talons blancs. Elle avait quarante-huit ans, et il la regardait avec plaisir.

– Tu es drôlement sexy, dit-il.

– Toi aussi, répondit-elle.

Il sourit, parce que c'était bon de l'entendre dire cela. Elle versa du café dans une tasse, fit le tour du comptoir et vint se serrer contre lui, l'embrassant sur la joue.

– Tu as toujours été très bien en veste et cravate, dit-elle en anglais.

C'était elle qui avait trouvé tout ça, samedi, sur Canal Walk, parce que lui, ça n'avait jamais été son truc, les fringues. Il fallait chercher, chercher… C'était décourageant, tous ces efforts pour trouver quelque chose qui convienne à sa grande carcasse. Mais, cette fois, il avait bien fallu qu'il en passe par là, car chez Jack Fischer et Associés le code vestimentaire était sensiblement différent de ce dont il avait l'habitude.

Elle approcha d'elle le lait et l'édulcorant.

– Mat Joubert, détective privé. Ça sonne bien.

– Expert en sécurité, ajouta-t-il. Ça sonne comme un planton assis devant une grille, chargé de faire signer les visiteurs.

Il secoua la boîte d'édulcorant et fit tomber un comprimé dans son café, y ajouta du lait et remua.

– Je dois aller à Stellenbosch, dit-elle, la lessive de Michelle…

La fille de Margaret, étudiante en troisième année d'art dramatique, une grande étourdie, excentrique de surcroît.

– Il faut que je sois de retour à midi, pour les acheteurs.

– Tu les crois sérieux ? demanda-t-il en se levant pour aller chercher les sandwiches.

Il prit aussi son portefeuille et son téléphone mobile.

– J'espère. Mais appelle-moi quand tu pourras. Je suis très curieuse.

Il alla l'embrasser sur le front, huma avec délice son parfum subtil.

– Je n'y manquerai pas, ajouta-t-il.

– Tu vas être en avance.

– Il y a des travaux de voirie… Je ne sais pas comment sera la circulation. Et puis il vaut mieux être en avance qu'en retard.

– Je t'aime, mon privé, dit-elle.

Il sourit.

– Moi aussi.

Il ouvrait la porte d'entrée quand elle l'appela :

– As-tu ton attaché-case ?

Et il fit demi-tour pour revenir le prendre.

– C'est une 55.

C'est par ces mots que Jack Fischer l'affranchit, dans le couloir, en jargon policier ; une référence au formulaire de signalement de disparition de la police nationale.

Elle était là, dans la salle de réunions. Tout dans son attitude disait que la perte était récente : ses épaules étroites, comme découragées, son regard vague fixé sur St George's Mall, la zone piétonne, trois étages plus bas. Elle tenait un téléphone portable serré contre sa poitrine, comme si elle espérait qu'il sonne.

Jack Fischer le laissa passer devant, puis s'adressa à elle :

– Madame Vlok ?

Elle sursauta, effrayée.

– Excusez-moi, dit-elle, posant le téléphone pour tendre la main. Tanya Flint, ajouta-t-elle.

Son visage affichait un sourire forcé, son regard était las.

– Flint, répéta Jack Fischer, comme pour mémoriser ce nom.

Elle devait avoir une trentaine d'années, supposa Joubert. Elle était petite, des cheveux brun foncé. La ligne de sa mâchoire, le dessin de sa bouche lui donnaient un air décidé, mais affaibli par l'angoisse. Et par la perte. Elle portait une veste noire, un chemisier blanc et une jupe noire qui lui conféraient une allure professionnelle. Mais ses vêtements semblaient un peu lâches, comme si elle avait récemment maigri.

– Madame Flint, je suis Jack Fischer, et voici Mat Joubert, expert consultant.

Elle serra les deux mains rapidement, intimidée par l'imposante carrure de ces hommes d'âge mûr, face à sa frêle stature.

– Asseyez-vous, je vous en prie, lui dit Fischer, qui essayait d'être galant même si pour Joubert, cela sonna comme un ordre.

– Merci, répondit-elle, en tentant courageusement un sourire.

Puis elle laissa son sac glisser de son épaule et se dirigea vers une chaise.

Ils prirent place autour de la grande table en bois sombre. Fischer occupait une extrémité, entre Joubert et Tanya Flint.

– Madame, permettez-moi d'abord de vous dire que vous êtes la bienvenue chez Jack Fischer et Associés…

Le gros anneau au doigt de Jack ponctuait d'éclairs le mouvement chaleureux de sa main. Malgré sa soixantaine dépassée, ses épais cheveux noirs ne laissaient guère voir de gris ; la raie de côté était nette et la moustache, broussailleuse.

– Merci.

– Mildred vous a proposé quelque chose à boire ?

– Oui, merci. Mais ça va.

De nouveau, elle tenait le téléphone dans le creux de sa main. Du pouce, elle en frottait le dos.

– Excellent, excellent. Je tenais seulement à vous assurer que, même si je ne m'occupe pas personnellement de toutes les affaires, je suis informé de tout, tous les jours. Mais avec M. Joubert vous n'auriez pas pu mieux tomber. Il a passé trente-deux ans dans la police nationale. Il a été commissaire divisionnaire et chef de la Brigade criminelle au Cap. Il a du métier, c'est un enquêteur brillant et expérimenté. Je vais vous laisser avec lui, mais auparavant il y a de petits détails administratifs à régler. Vous savez que, si nous acceptons de nous charger de votre affaire, vous allez devoir déposer une caution, n'est-ce pas ?

– Oui, j'ai vu ça…

– Excellent, excellent.

Sa moustache extravagante souligna un large sourire.

– Notre tarif horaire est de 600 rands, hors frais de déplacement et, naturellement, sans compter les frais de laboratoire, les services de consultants extérieurs, enfin toutes ces choses-là. De toute façon, on en parlera d'abord avec vous. Nous ne sommes pas les moins chers, c'est vrai, mais nous sommes les meilleurs. Et les plus importants. Notre fonctionnement garantit que vous ne dépenserez pas plus que vous ne le souhaitez. D'ici deux jours, nous vous dirons si votre affaire a des chances d'aboutir. Nous vous téléphonerons quand nous aurons épuisé quatre-vingts pour cent de votre caution. Et à cent pour cent, nous vous demanderons un renouvellement.

– Je comprends… répondit-elle.

– Comme ça, il n'y aura pas de surprises. Vous voyez ?

Elle acquiesça.

– Vous avez des questions ?

– Je… Non, pas pour l'instant.

– Excellent, excellent. Bien. Madame Flint, dites-nous donc ce que nous pouvons faire pour vous.

Elle posa alors délicatement son téléphone mobile devant elle, inspira profondément et se lança :

– C'est mon mari, Danie. Il a disparu le 25 novembre de l'année dernière.

Elle était au bord des larmes. Déplaçant son regard vers Mat Joubert, elle ajouta :

– Je ne vais pas pleurer. J'ai décidé de ne pas pleurer ici, aujourd'hui.

81

Elle alla déposer la caution de 30 000 rands auprès du contrôleur financier principal, Fanus Delport. Joubert l'attendait dans son nouveau bureau. Il se sentait un peu tendu. Pour la première fois de sa carrière, on lui payait ses services directement. Ça devait faire six ou sept ans qu'il n'avait pas enquêté en personne, en première ligne.

« C'est comme faire du vélo, il suffit de remonter en selle et c'est reparti… » lui avait dit Jack Fischer, deux mois plus tôt, lors de son entretien d'embauche.

Il souhaitait que ce soit vrai.

Tanya Flint apparut dans l'encadrement de la porte.

– Je peux entrer ?

– Bien sûr, dit-il en se levant pour attendre qu'elle s'asseye.

Il vit qu'elle regardait autour d'elle, comme pour se repérer. La pièce était dépouillée, les murs en bois sombre étaient nus. Il n'y avait là de personnel qu'un porte-documents en cuir, son attaché-case qui contenait deux sandwiches, et une photo encadrée sur le bureau.

– C'est mon premier jour, expliqua-t-il.

– Ah, alors j'ai de la chance.

Il n'était pas sûr de comprendre ce qu'elle voulait dire.

Désignant du doigt la photo, elle demanda :

– Votre famille ?

– C'est ma femme, et mes… beaux-enfants.

Il n'avait jamais aimé ce mot-là.

– Elle est très jolie, ajouta-t-elle.

– Je trouve aussi.

Il y eut un silence embarrassé. Il ouvrit son porte-documents dans lequel étaient insérés un stylo et un bloc-notes format A4. En haut de chaque page, en lettres argentées, pâles comme un filigrane, on pouvait lire « Jack Fischer et Associés ». Il fit glisser le stylo hors de l'anneau qui le retenait et appuya sur le poussoir, prêt à noter.

Elle ouvrit son sac sur ses genoux et en sortit une photo et un carnet. Elle lui tendit la photo au format carte postale, en couleurs : un homme d'une trentaine d'années. Il avait des cheveux blonds, coiffés en brosse courte. Une pince de barbecue à la main, il était torse nu et riait, au grand air. Son visage était ouvert, son expression juvénile. On y déchiffrait l'insouciance de ceux qui ont réussi à esquiver la plupart des mauvais coups que la vie nous réserve.

– C'est Danie, dit-elle.

Elle voulait commencer par le jour de sa disparition, mais Joubert lui demanda de tout reprendre depuis le début.

– J'ai besoin de tout le contexte, expliqua-t-il.

Elle opina, d'un air décidé.

– Je comprends.

Et elle se mit à raconter, d'une voix où perçait la nostalgie.

Elle avait rencontré Danie Flint sept ans auparavant chez des amis communs à Bellville ; elle avait alors vingt-six ans et lui vingt-huit. Ça n'avait pas été le coup de foudre, mais plutôt une affaire d'atomes crochus. Ils se sentaient bien ensemble. Tout de suite, elle avait apprécié son sens de l'humour, son rire, les égards qu'il avait pour elle. « Il était si prévenant », précisa-t-elle. Et elle ajouta, avec un petit rire nostalgique : « Il avait beau la rajuster cent fois par jour, sa chemise sortait toujours de son pantalon. » Joubert remarqua qu'elle parlait au passé, et tant mieux. Elle était réaliste, voilà tout. Elle avait déjà pensé à toutes les éventualités dans un pays où disparition et mort allaient généralement de pair.

Flint planifiait les itinéraires pour Atlantic Bus Company, géant des transports publics dont on voyait sur toutes les routes de la péninsule du Cap les cars bleu foncé au sigle ABC peint en jaune. Et on en voyait tant que ça finissait par agacer. Il préparait un diplôme de transports publics par correspondance, à l'université de Johannesburg. Il travaillait dur, il était enthousiaste et ambitieux.

Quant à elle, elle s'occupait de commercialiser des systèmes de chauffage solaire pour piscines. Mais c'était temporaire, une piste d'essai, avant de monter sa propre entreprise.

C'était une histoire d'amour de banlieue, sans rien de remarquable, rien qui sorte de l'ordinaire. Treize mois après leur première rencontre, il lui avait demandé de l'épouser et elle avait répondu « oui » sans hésitation.

Après le mariage, ils avaient acheté une maison dans un complexe résidentiel à Table View. Plus tard, quand Danie avait été promu responsable de zone chez ABC, ils avaient choisi une petite maison de trois pièces à Parklands. Mais ils étaient convenus d'attendre un peu avant d'avoir des enfants. Il voulait terminer ses études, et elle ambitionnait de monter sa propre affaire.

– Je me suis installée à Montagu Gardens, il y a dix-huit mois. Nous fabriquons des couvertures de piscine en plastique et des appareils de ramassage de feuilles mortes, expliqua-t-elle.

Elle sortit de son sac une carte de visite professionnelle qu'elle tendit à Joubert. Une silhouette noire – on aurait dit celle d'un espion – qui portait un large chapeau se détachait en surimpression sur une image de piscine en forme de haricot. Le nom de la société était Undercover.

Elle poursuivit :

– Mon affaire démarrait tout juste quand la crise a frappé. Mais Danie assurait avec son salaire. On travaillait dur… Et puis, le 25 novembre, Danie a disparu. Il a passé toute la journée au travail. On s'est parlé au téléphone, il devait être 15 h 30. Il m'a dit qu'il irait à la salle de sport après le travail, à 17 heures. Il rentrait d'habitude vers 18 h 30, il essayait de faire du sport quatre fois par semaine. J'ai trouvé sa voiture devant la salle de sport à 23 heures ce soir-là, mais il avait disparu sans laisser de trace…

Joubert intervint :

– Madame Flint…

– Tanya, l'interrompit-elle.

Il acquiesça, précisant :

– J'ai besoin de tous les détails que vous pourrez me donner sur cette journée.

Elle ouvrit le carnet devant elle.

– J'ai tout écrit, précisa-t-elle, très sérieuse.

– C'est bien, l'encouragea Joubert.

Elle consulta ses notes en poursuivant :

– Je n'ai quitté mon travail qu'à 17 h 45. Je me suis arrêtée au Spar pour acheter du pain, du lait et de la salade. J'ai dû arriver à la maison vers 18 h 15. Puis je me suis mise à préparer le dîner, parce que le mercredi on avait l'habitude de regarder *Boston Legal*. C'était le feuilleton préféré de Danie. Ça commence à 19 h 30. À 19 heures, le dîner était prêt, mais il n'était pas encore rentré. Oh, vous savez, avec Danie on ne pouvait pas être complètement sûr… Il lui arrivait de s'engager dans des discussions, il était tellement spontané, alors il pouvait être en retard. Mais à 19 h 10 j'ai téléphoné. Son mobile a sonné. Ça ne répondait pas. Je n'ai pas laissé de message, j'ai pensé qu'il était peut-être encore à la salle de sport. Mais à 19 h 25 j'ai commencé à me faire du souci, parce qu'il ne manquait jamais *Boston Legal*, il en était fou, il disait toujours : « Danie Flint, vous savez, comme Denny Crane, dans la série. » Alors, j'ai rappelé, mais toujours pas de réponse. J'ai laissé un message : juste « Appelle-moi, mais ne t'en fais pas, je vais enregistrer le feuilleton », parce que son téléphone était peut-être en mode silencieux, ou qu'il avait peut-être oublié de l'allumer. À 20 heures, j'ai de nouveau appelé. Mais vous le savez bien, les mobiles sonnent moins longtemps quand on a manqué un appel ou qu'on n'a pas encore écouté un message vocal, alors j'ai pensé qu'il avait peut-être eu une urgence, qu'un autobus avait peut-être eu un accident, et qu'il avait fallu qu'il aille voir sur place. Du coup, j'ai appelé Neville Philander, il travaille avec lui, et Neville a dit que Danie était parti à 17 heures, et qu'il n'avait pas entendu dire qu'on l'avait appelé. Il promettait de se renseigner. Alors, je me suis mise à appeler les amis de Danie, et puis sa mère, elle vit à Panorama, mais personne ne l'avait vu. J'ai encore appelé son portable, et puis j'ai pris ma voiture et je suis allée à la salle de sport pour le chercher, mais…

Elle haussa les épaules, signifiant qu'il n'y était pas.

– Le commissariat se trouve tout près de la salle de sport à Table View. J'y suis allée, j'ai signalé que mon mari avait disparu, le type m'a demandé depuis quand, j'ai dit qu'il aurait dû être rentré à la maison à 18 h 30, et il a répondu : « Madame, il n'est que 21 heures », et moi, j'ai dit qu'il ne m'avait pas prévenue. Alors il a demandé : « Vous vous êtes disputés ? » Et j'ai dit que non, et il a dit : « Madame, vous connaissez les hommes », et j'ai répondu que non, *mon* mari n'était pas comme ça. Mais il a insisté : « Il est sans doute avec une petite amie. » Et là, je me suis mise à pleurer.

La première réaction de Joubert fut de prendre le parti du policier de service, qui devait se coltiner tous les jours les problèmes domestiques les plus invraisemblables. Mais il se contenta de secouer la tête et de demander gentiment :

– Et ensuite ?

– Alors, je suis rentrée à la maison, parce que j'avais peur que Danie n'y soit déjà et qu'il ne sache pas où j'étais. On lui avait peut-être volé son téléphone mobile, ça pouvait être quelque chose comme ça. Et puis il ne fallait pas que je m'inquiète trop, il fallait que je reste calme, c'était sûrement un truc idiot. Mais il n'était pas à la maison et il ne répondait toujours pas sur son mobile. Neville a rappelé du bureau pour me dire que Danie n'avait pas été convoqué pour une urgence. J'ai rappelé sa mère car je voulais être sûre que je n'étais pas en train de devenir paranoïaque, mais elle aussi m'a dit que Danie n'était pas comme ça. Alors, j'ai pris ma voiture et je suis allée voir dans tous les endroits où il aurait pu être : il aurait pu aller prendre une bière avec des amis au Cubana ou au Sports Pub, mais non, il n'était nulle part. Je suis retournée à la salle de sport, à 23 heures, le parking était presque vide, mais son Audi était là. Je suis sortie de ma voiture, j'ai regardé à travers la vitre de la sienne, et son sac de sport était sur le siège arrière. J'ai essayé d'ouvrir la porte, elle n'était pas verrouillée. C'est à ce moment-là que je me suis dit qu'il lui était arrivé quelque chose. Je suis retournée au commissariat, à pied. Ils ont demandé à ce jeune policier de m'accompagner, il était en uniforme. Il est venu voir, et on est repartis. Et puis le flic de permanence m'a donné deux formulaires et m'a dit de les remplir. L'un des deux était une décharge. Mais depuis quand la police a-t-elle besoin d'une décharge ?

Joubert ne répondit pas. La décharge, c'était pour protéger la police dans les cas où les déclarations de disparition étaient des malveillances ou des actes de fraude, ce qui arrivait assez souvent.

Tanya reprit :

– Alors, il a dit que si Danie ne réapparaissait pas le lendemain il faudrait que j'apporte une photo, qu'ils la mettraient sur Internet et qu'ils verraient ce qu'on pouvait faire. Mais ils n'ont rien fait.

Joubert leva les yeux de son bloc pour demander :

– L'Audi, c'est quel modèle ?

– Une A3, rouge. Il l'a achetée d'occasion. Voici le numéro d'immatriculation…

Il le nota, puis demanda :

– A-t-on cherché des empreintes sur la voiture ?

– Non. Je leur ai apporté la photo le lendemain, et j'ai demandé si je pouvais ramener la voiture à la maison, et ils ont dit que oui. Alors, j'ai téléphoné tous les jours, et je suis retournée au commissariat pour demander si on avait trouvé quelque chose, mais ils se sont bornés à répondre : « Non, il n'y a rien. » Mais comment est-ce que ça marche, ça ? Ils s'en fichent. Comment est-ce possible ? Leur salaire est payé avec nos impôts. Leur boulot, c'est de nous aider, non ? Or ils ne font rien. J'ai imprimé des tracts, et je les ai glissés sous les essuie-glaces des voitures devant la salle de sport. Tout ça, c'est moi qui l'ai fait.

Joubert reprit :

– L'Audi est chez vous, en ce moment ?

– Oui.

– Ont-ils confié l'affaire à un enquêteur ?

– Oui, une semaine plus tard. Il est venu me trouver à mon travail, et il m'a demandé tout ce que j'avais déjà indiqué sur le formulaire. D'ailleurs, il n'écoutait pas ce que je disais, il n'arrêtait pas de tripoter sa frange. Je n'ai plus jamais eu de ses nouvelles.

82

Il y avait deux façons d'expliquer une disparition : ça pouvait être un coup tordu ou bien une disparition volontaire. Mais, pour les proches désemparés, les deux hypothèses étaient également difficiles à admettre. Joubert décida donc de commencer par les questions faciles.

Son portefeuille et son téléphone mobile étaient-ils dans la voiture ?

Non, ils avaient disparu.

Est-ce que d'habitude ses cartes bancaires étaient dans son portefeuille ?

Oui.

Est-ce qu'il y avait eu des transactions sur ces cartes après la disparition ?

Non, elle avait bloqué les cartes trois jours plus tard.

Qu'y avait-il dans le sac de sport ?

Seulement la tenue de gym de Danie.

Des vêtements manquaient dans son armoire ?

Une ombre douloureuse passa sur son visage. Non.

Des objets à lui qui auraient disparu de la maison ?

Non.

Quelque chose qui ne serait plus dans l'Audi ?

Rien, à sa connaissance.

Pas trace des clés de la voiture ?

Non, elle avait dû aller chercher le deuxième jeu de clés à la maison, dans le placard de Danie.

Pas d'appels téléphoniques bizarres pendant la semaine précédant la disparition ?

Non.

Danie aurait-il eu une dispute sérieuse avec quelqu'un à ce moment-là ?

Pas à sa connaissance.

Un conflit au travail ?

Rien qui sorte de l'ordinaire. Il travaillait dur, il y avait parfois du stress...

Quelle sorte de stress ?

Ils avaient fait grève, l'année précédente. Il y avait toujours des trucs avec le personnel. Les chauffeurs de bus... Il arrivait qu'ils ne viennent pas travailler, quelquefois ils étaient en retard et quelquefois ils avaient des accidents. Parfois, Danie avait dû mettre des gens à la porte.

Il n'y avait pas un cas particulier dont il aurait plus parlé que d'autres ?

Danie ne rapportait jamais de travail à la maison. Il cachait bien son stress, il était toujours de bonne humeur. Donc, non, elle ne se rappelait pas qu'il ait mentionné quelque chose de particulier.

Alors Joubert lui dit doucement, avec respect :

– Je suis désolé, mais comprenez-moi, il y a des questions que je dois vous poser, même si c'est difficile...

Elle hocha la tête, et ses yeux disaient clairement qu'elle savait ce qui allait venir.

– Étiez-vous heureux ?

– Mais oui ! répondit-elle en exprimant pour la première fois de l'émotion, comme si elle essayait de se convaincre elle-même.

Redressant les épaules, elle poursuivit :

– On se chamaillait, bien sûr, comme tous les couples mariés, mais pas souvent. À propos des trucs habituels, mais on en discutait toujours après. Toujours. On avait une règle : ne jamais aller se coucher fâchés.

– Les trucs habituels ?…

– Vous savez bien… Par exemple, je voulais faire refaire le salon, mais lui voulait un coin bar ; ou bien il voulait aller à un match de cricket à Newlands et moi, je voulais aller au cinéma…

– Et il ne rentrait jamais un peu tard ?

– Avec son travail, ça arrivait parfois. Mais alors il appelait, deux fois, trois fois même. Il était vraiment plein d'égards, toujours.

– Vous dites que vous êtes allée le chercher au Cubana et au Sports Pub. Il y allait souvent ?

– L'année dernière… En juillet-août, Undercover m'a beaucoup occupée. Je l'appelais pour lui dire que je serais en retard, et il répondait : « T'en fais pas, mon chou, j'irai boire un coup au pub avec les copains. » Ensuite, j'allais le rejoindre et on buvait quelques verres. Il n'y est jamais allé sans me prévenir. C'était la personne la plus délicate qu'on puisse imaginer…

– Un ou deux mois avant sa disparition, son comportement n'a pas du tout changé ?

– Pas du tout. Danie, c'est Danie. Égal à lui-même. Je… Avec toute cette histoire, je me suis demandé si j'avais pu passer à côté de quelque chose. Pendant trois semaines après sa disparition, je n'ai pas pu dormir, j'ai fouillé ses affaires, sa veste, ses poches de pantalon, sa penderie, sa table de nuit, sa voiture, les factures, les papiers… Mais je n'ai rien trouvé, absolument rien.

– Et votre situation financière ?

– Mon affaire ?… On savait que ça serait dur, mais on avait confiance, on savait que le jour arriverait où les choses s'arrangeraient une fois pour toutes. L'année dernière, on a ramé. Mais on en parlait toujours et on ne s'est jamais chamaillés là-dessus, jamais. Il me disait toujours : « On y arrivera, mon chou, on y arrivera, tu verras. » Mais maintenant… Je ne sais pas combien de temps ABC continuera de verser son salaire…

– A-t-il un ordinateur ?

– Il en a un au travail, et à la maison on partageait mon portable, on avait une adresse e-mail commune pour nos affaires privées.

– Vous avez les relevés de son téléphone mobile ?

– Oui. Il n'y avait rien. La dernière fois qu'il a appelé quelqu'un, c'est vers 3 heures et quart l'après-midi du 25, Hennie Marx, l'un de nos amis. Hennie a dit que Danie l'avait rappelé à propos de nos projets pour le week-end : nous avions l'intention d'aller manger des sushis avec lui et sa femme.

– Vous avez signalé le téléphone mobile ?

– Non. Qu'est-ce que vous voulez dire ?

– En avez-vous signalé le vol ou la perte ?

– Non, je… Je ne voulais pas le faire avant de savoir ce qui s'est passé.

– C'est bien, dit-il sur un ton rassurant. Vous pouvez me donner le numéro du mobile et le numéro IMEI ?

– Le numéro e-mail ?…

– Non, le numéro d'identité internationale d'équipement mobile : International Mobile Equipment Identity. Chaque téléphone portable a le sien, il figure généralement sur l'emballage du téléphone, en tout cas quelque part dans la documentation. Chaque fois qu'un téléphone est enregistré sur le réseau, l'IMEI est testé, pour voir si l'appareil figure sur la liste grise ou la noire.

Il vit à son regard qu'elle ne suivait pas.

– Quand un téléphone est volé, son propriétaire peut le faire inscrire sur la liste grise, ou bien sur la noire. La liste grise, c'est pour les téléphones qu'on peut encore utiliser ; alors on peut les tracer. La liste noire, c'est pour les téléphones dont l'abonnement a été annulé et que personne ne peut plus utiliser.

– D'accord. Mais qu'est-ce que vous voulez dire par « tracer » ?

– On peut retrouver le téléphone dans un rayon de 80 mètres.

– Comment ça ? demanda-t-elle avec une pointe d'espoir.

– On s'adresse au prestataire. S'il s'agit de votre téléphone personnel, il vous suffit de le demander. Si c'est le téléphone de quelqu'un d'autre, il vous faut une assignation en vertu de l'article 2-0-5. Il y a aussi d'autres possibilités, des indépendants qui acceptent de tracer le téléphone.

– On pourrait faire ça ?

– Quand avez-vous appelé le mobile de Danie la dernière fois ?

– J'appelle tous les jours.

– Que se passe-t-il quand vous appelez ?

– Ça dit seulement : « Le numéro que vous avez demandé n'est pas attribué. »

– Ça pourrait signifier plusieurs choses. Si la carte SIM de Danie est toujours dans le téléphone… Il faut comprendre que si le téléphone a été éteint, on ne peut pas le tracer. Mais en revanche on peut savoir si on s'en sert ou non.

– On peut essayer ça ?

– Il faut le numéro IMEI.

Elle se leva.

– Je vais le chercher, dit-elle.

– Tanya… il faut que je vous dise, vous allez avoir des frais en plus : une décision du tribunal, faire appel à des indépendants…

Elle se rassit lentement.

– Combien ?

– Je ne sais pas exactement. Avec l'aide de la police, on ne paie pas pour l'assignation. Je vais devoir vous établir un devis.

Ses épaules s'affaissèrent.

– Les 30 000, dit-elle avec du désespoir dans la voix, c'est tout ce que j'ai, monsieur Joubert. Il s'agit d'une autorisation de découvert, je n'obtiendrai pas plus.

– Mat, dit-il. Tout le monde m'appelle Mat.

Elle acquiesça.

– Tanya, dit-il avec la tendresse qu'elle lui inspirait, vous devez bien comprendre que ça fait déjà trois mois…

– Je sais, murmura-t-elle d'une voix presque inaudible. Je veux juste être… sûre.

83

– Qu'est-ce que la justice vaut pour vous, monsieur Bell ? Vous pouvez mettre un prix dessus ? demandait Jack Fischer au téléphone, son anglais alourdi par un fort accent afrikaner, tout en faisant signe à Joubert d'entrer et de s'asseoir.

Joubert regarda les tableaux sur un mur du bureau : des peintures à l'huile, paysages du Bosveld[1] et du Boland[2]. Une bibliothèque couvrait tout le mur opposé, entièrement garnie d'épais volumes juridiques. Jack lui-même admettait qu'ils étaient là uniquement pour impressionner la galerie.

« La perception, Mat, tout est perception, avait-il expliqué quand Joubert s'était assis là pour la première fois, ajoutant : Il faut se rappeler que ces gens nous arrivent après s'être adressés au commissariat de Green Point, où c'est la pagaille. Alors ce qu'ils cherchent, c'est l'ordre. Ils ont surtout besoin d'être rassurés : ils veulent l'aboutissement, la réussite. Et c'est précisément ça que nous leur proposons. »

Il n'avait pas changé du tout. C'était le même Jack qui était le supérieur de Joubert à la Brigade criminelle, dans le bon vieux temps. À l'époque, il était déjà entré dans la légende grâce à sa réussite foudroyante. Depuis,

1. La brousse de savane au nord du pays.
2. Le « haut-pays » : la région du Cap, montagneuse.

dans son costume sur mesure, avec des rides plus profondes sur son visage allongé, il avait toujours la même confiance en lui, la même verbosité extravagante et la même allure voyante – rien n'avait changé.

– Naturellement, la police ne sert à rien, c'est notre gagne-pain, ça, disait Jack au téléphone. Tenez, vous savez ce que Jack Wells a dit ?

L'interlocuteur de Jack ne savait manifestement pas qui c'était, car Fischer ajouta :

– Mais vous savez, Jack Wells… la General Electric…

Il continua :

– C'est bien ce que je disais, Jack Welch. De toute façon, il faut regarder la réalité en face, comme elle est effectivement, et pas comme elle était ou comme on voudrait qu'elle soit. La police sud-africaine, ça fait partie de notre réalité. Heureusement, Jack Fischer et Associés font partie de cette réalité, eux aussi. Voilà votre chance d'obtenir qu'on vous fasse justice, monsieur Bell…

Fischer écoutait, en roulant des yeux à l'intention de Joubert.

– Je vous le demande encore une fois, monsieur Bell, ça vaut combien ? Vous pouvez mettre un prix dessus ? OK. Eh bien, pensez-y… Merci, oui, et tenez-nous au courant !

Il reposa le téléphone.

– Vieux radin ! Les Nigérians lui ont arnaqué un million quatre, et il a le culot de me dire que quarante mille pour les attraper, c'est trop !

– Un 4-1-9 ? interrogea Joubert, faisant allusion à l'escroquerie désignée non sans ironie par l'article 4.1.9 de la loi nigériane sur la fraude.

– Un malin, commenta Fischer. Je l'appelle, il me dit qu'il est le principal héritier d'un type qui porte le même nom, en Angleterre… Bon, comment ça va avec Mme Vlok ?

– Mme Flint.

– Fanus dit qu'elle a versé sa provision.

– Oui. C'est pour ça que je viens te voir, Jack. Elle me dit que c'est tout ce qu'elle a. Il va falloir qu'on se débrouille avec ça pour les dépenses supplémentaires.

– Ah, bon, laissa-t-il échapper, déçu. Ce n'est pas l'idéal. Qu'est-ce que ça va chercher, ces dépenses supplémentaires ?

– Je voudrais tracer un téléphone mobile.

– Elle a l'IMEI ?

– Elle pense que oui.

– Bon, tu pourras demander à Dave Fiedler de nous faire un prix, mais je ne sais pas si…

– C'est le type avec qui tu… on travaille ?

Fischer opina du chef. Il reprit :

– Il se trouve ici à Sea Point, d'habitude il prend 1 500 rands par trace si on lui donne l'IMEI, mais comme on fait partie de ses plus gros clients, alors… tu peux essayer. Tu vas récupérer les relevés bancaires de Vlok ?

– Je vais les chercher chez elle cet après-midi. Je veux y jeter un coup d'œil.

– Écoute, demande-lui si elle peut les obtenir en ligne sur Internet, et puis donne-les à Fanus, qui les mettra sur un tableur. Il peut t'en tirer presque n'importe quoi comme graphique. Ça donne une vue d'ensemble fantastique, qui permet de détecter tout ce qu'il peut y avoir de louche. Et puis c'est gratuit. Mais ça prendrait deux fois plus de temps : le tien et celui de Fanus… À propos, ton ordinateur portable arrive cet après-midi. Il aurait dû être là déjà hier. On a une base de données centralisée avec toutes les coordonnées, et des tas de trucs. Ah, demande donc à Mildred d'appeler l'architecte d'intérieur, qu'elle vienne jeter un œil. Il faut te retaper un peu ton bureau : tu joues en ligue 1 désormais, mon vieux !

– Je pensais demander à Margaret...

– Mais non, adresse-toi à notre décoratrice, on le déduira des impôts.

À Woodstock, le dépôt de l'Atlantic Bus Company était dans Bromwell Street, au-delà de la zone industrielle, à côté de la ligne du Métro. Joubert dut s'arrêter à la grille et signer le registre du garde avant d'y être admis. Le bâtiment administratif, peu élevé, se trouvait au milieu d'une grande zone clôturée. Il y avait des rangées de bus bleus à n'en plus finir, un atelier et, à l'arrière, d'énormes citernes de carburant. Un train de banlieue ferraillait vers Muizenberg. Joubert sortit de sa voiture. La chaleur montait du goudron dans l'air imprégné d'odeurs de diesel et d'huile.

Il n'y avait pas d'accueil. Il dut parcourir tout le couloir avant de trouver un bureau sur la porte duquel était inscrit *Neville Philander, directeur du dépôt*. Il frappa.

– Entrez, lui dit-on de l'intérieur.

Joubert ouvrit la porte. Philander, une main sur le micro du téléphone, lui dit : « Je suis à vous dans une minute », puis reprit sa conversation :

– Le dépannage est en route, Jimmy, attends... Non, j'ai du monde ici, il faut que j'y aille. OK, salut...

Il reposa le téléphone, se leva, tendit la main à Joubert et lui dit :

– C'est vous, le fameux privé ?

Joubert se dit qu'il allait devoir s'y faire. Il entra dans le bureau climatisé et serra la main du grand métis.

– Je suis Mat Joubert.

– Neville Philander. Asseyez-vous. C'est assez dingue ici, en ce moment...

De nouveau, le téléphone sonna. Philander se leva, se dirigea vers la porte, puis cria dans le couloir :

– Santasha, bloque les appels, j'ai quelqu'un dans mon bureau !

– OK, mon chou, lui répondit une voix féminine.

Philander se rassit et reprit :

– On est chez les dingues, ici. Mais nous, on en était où ? Vous voulez sans doute vous renseigner à propos de Danie…

– Si vous pouvez me dire quelque chose…

– Le siège dit que c'est d'accord. Tanya a fait une demande officielle.

– Je ne veux pas vous faire perdre votre temps, je vois que vous êtes occupé. Je n'ai que deux petites choses à vous demander. Danie Flint avait-il des problèmes au travail ? Et pendant le mois précédant sa disparition, a-t-il eu un comportement bizarre, différent ?

– Les problèmes, il y en a toujours, ici. Vous êtes un ancien de la police ?

– Oui.

– C'est ce que je pensais. Ça se voit… Eh bien, Danie était responsable de zone. D'habitude, ils sont quatre, et c'est un boulot difficile…

Sur son bureau, le téléphone s'était remis à sonner.

– Nom de Dieu ! s'exclama-t-il en bondissant vers le couloir pour aller crier une nouvelle fois : Santasha, s'il te plaît !

– Désolée, Neville, c'est ma faute, mon chou…

Il regagna sa chaise et reprit :

– Écoutez, ici, le boulot du responsable de zone consiste à gérer ses chauffeurs et ses itinéraires. Danie faisait l'Atlantique Nord, d'ici à Atlantis, y compris Milnerton, Montagu Gardens, Killarney, Du Noon, Richwood, Table View, Blouberg, Melkbos… Ce n'est pas la zone la plus importante, mais avec les travaux sur la N1 et les déviations, c'est un sacré bazar, je vous prie de le croire. De toute façon, le gros souci, c'est les chauffeurs : la moitié cause des problèmes, l'autre moitié se plaint et le responsable de zone en vire au moins trois ou quatre tous les mois. Alors, si vous venez me demander s'il avait des problèmes au travail, je vous répondrai « Bien sûr ». Bien sûr qu'il y a des problèmes, ici. Mais Danie savait s'y prendre. Il était sympa avec les gens, il avait le sens de la communication. Et puis il était respectueux. Il ne faisait pas le Blanc, ça, jamais, si vous voyez ce que je veux dire. Entre nous, c'était le plus aimé des quatre responsables, alors, vraiment, je ne pense pas que...

Le téléphone avait encore sonné. Philander le regarda, puis la porte restée ouverte. La sonnerie s'arrêta.

– Désolée, Neville, désolée, mon chou... entendit-on encore depuis l'autre bout du couloir.

– Jésus foutu Christ ! lança Philander. Je vous le dis, moi : ABC, ça veut dire Asile By Cap, faut être dingue pour bosser ici. Il me manque un homme, mais la direction ne veut pas embaucher, des fois que Danie pourrait refaire surface, vous voyez ? Qu'est-ce que je peux vous dire de plus ?

– Sa femme m'a dit qu'il y avait eu une grève l'année dernière.

– Ah, ça, c'est une autre histoire. Ça a duré deux semaines et touché toute la société...

– À propos d'argent ?

– Non. À propos de notre « Programme de gestion de risques concernant les chauffeurs », le PGRC. Mais Danie était en marge. C'était Eckhardt et les gars du siège qui dirigeaient le programme.

– Eckhardt ?

– Eckhardt, François de son prénom, directeur des opérations. De toute façon, la grève a été mauvaise pour nous tous, mais il n'y a pas eu de conflit ici, au dépôt. C'est seulement qu'on était coincés là tous les jours, comme des cons, sans rien faire.

– Et le comportement de Danie avant sa disparition ? Avez-vous remarqué quelque chose… d'anormal ?

– Expliquez-moi d'abord ce que vous appelez normal. Il n'y a rien de tel ici, voyez par vous-même. De toute façon, c'est difficile à dire. Les responsables de zone sont sur la route la plupart du temps, surtout le matin et l'après-midi, ils contrôlent les itinéraires. Le reste du temps, ils font de la gestion dans leurs bureaux. Ils n'ont pas vraiment le loisir de se fréquenter, vous comprenez. Alors, même s'il avait eu des ennuis, je n'aurais pas vraiment eu l'occasion de m'en apercevoir. En tout cas, je ne me suis aperçu de rien. Ce bon vieux Danie, il était toujours souriant, il bossait bien, c'était un fonceur. D'ailleurs, je lui disais toujours : « Ce que tu vises en fait, c'est ma place à moi, hein ? »

– Alors leur routine est assez régulière ?

– Très régulière, même. Ils sortent de bonne heure, ils sont de retour vers 11 heures, ils consultent leurs e-mails, les enregistrements PGRC, les horaires, les feuilles de présence, règlent les problèmes de personnel, et puis ils sont de nouveau à l'extérieur…

– Et en octobre et novembre, il s'y est tenu, à cette routine ?

– Autant que je sache…

– Neville !

La voix féminine résonne encore à l'autre bout du couloir.

– Quoi ?

– Le siège en ligne.

– OK. Branche-moi.

Puis il se tourne vers Joubert.

– D'habitude, ça signifie des ennuis, il va falloir que vous m'excusiez.

Joubert se leva.

– Son mariage ?… lança-t-il.

Le téléphone sonnait déjà.

– Qu'est-ce que j'en sais ? rétorqua Philander tout en lui serrant la main.

– Neville, tu décroches enfin ou quoi ?

– Doux Jésus ! s'exclama Neville, la main sur le téléphone. Ça reste entre nous ?

Joubert acquiesça.

– Elle est un peu « nissan », cette Tanya…

– Neville !

Avant que Joubert ait eu le temps de demander ce que signifiait « nissan », Philander avait décroché.

84

Il traversa le macadam jusqu'à sa Honda, dont il ouvrit les portières pour laisser échapper la chaleur accumulée. C'était le seul inconvénient d'une voiture noire, la chaleur, mais ça lui était égal, cette voiture lui plaisait vraiment beaucoup. Un soir, treize mois auparavant, Margaret avait levé le nez des comptes et déclaré :

« Il est temps que tu aies une nouvelle voiture. »

Son Opel Corsa avait alors six ans, mais plus de 200 000 kilomètres au compteur, et une fuite d'huile de mauvais augure s'épandait sur le sol du garage. Il n'avait pas été difficile de le convaincre : leurs finances étaient florissantes grâce aux opérations de spéculation immobilière de Margaret, et Jeremy, son fils aîné, venait de finir ses études et s'apprêtait à prendre une année « sabbatique » en Amérique.

Alors il s'était mis à chercher une voiture, méthodiquement, avec application, à grand renfort de catalogues, comparant les prix. Un jour, il était entré chez le concessionnaire Honda dans Buitengracht et là il avait vu la Type R, avec son logo rouge et ses lignes effilées noires, basses, et il en était tombé amoureux. De retour à la maison, il avait déclaré à Margaret, avec son indécrottable accent afrikaner : « Ça doit être mon côté Goodwood. » Elle avait souri à cette allusion humoristique à la modeste banlieue du Cap où il avait grandi et elle l'avait serré dans ses bras en lui soufflant à l'oreille : « … et une petite crise de la cinquantaine, aussi », ce qui était probablement plus proche de la vérité, car dernièrement il avait commencé à rêver de la Datsun Triple-S de ses vingt ans. Et Margaret lui avait dit : « Va acheter cette voiture. Tu l'as méritée. »

La Honda lui avait procuré un plaisir sans mélange. La suspension était peut-être un peu duraille, les sièges n'étaient pas les plus confortables du monde, mais la maniabilité était incroyable. Et quel moteur !...

Il s'adossa contre la voiture, prit son téléphone mobile et appela le superintendant Johnnie October, un ancien collègue, désormais à la tête de la Brigade judiciaire de Mitchell's Plain.

– Sup ! s'exclama October. Quelle bonne surprise !

– Je ne suis plus « Sup », Johnnie, c'est fini.

– Tu seras toujours Sup pour moi. Comment ça se passe, dans le secteur privé ?

– Encore trop tôt pour le dire. Et chez toi ?

– C'est dur, Sup. Avec Tweety à l'étranger… La lutte pour le pouvoir se durcit.

– J'imagine.

Tweety, le chef du gang des Restless Ravens, avait quitté le pays quatre mois plus tôt après qu'un mandat d'arrêt avait été lancé contre lui. Son business et son territoire étaient devenus la proie non seulement des factions internes, mais aussi des bandes rivales de la Plaine du Cap.

– Il y a eu quatre meurtres la semaine dernière, trois commis depuis des voitures… On ne voudrait pas revenir en arrière, Sup, mais tout a changé.

– C'est vrai, Johnnie. Mais je ne voulais pas t'embêter, juste te demander un petit truc : quand on dit qu'une femme est une « nissan », ça veut dire quoi ?

October rigola en lâchant dans le téléphone :

– Mais tu sais, Sup, toutes les femmes sont des Nissan.

– Des Nissan ?...

– Mais oui, Sup : comme les voitures. Les Nissan. Elles nous conduisent. Si tu dis de quelqu'un que c'est une Nissan, ça veut dire quelqu'un d'intense, qui nous conduit.

– Ah, bon…

– On dit que pour se marier il vaut mieux choisir une Toyota.

– Tout continue d'aller bien[1] ?

– Très bien, Sup, très bien.

Albert Street à Woodstock était surencombré de camions, des gros et des petits, de taxis collectifs, de voitures, de gens, ça grouillait, une véritable termitière.

Coincé dans cette procession d'escargots, Joubert, distrait, conduisait sans voir : il pensait à sa conversation avec Johnnie October. Comme lui, celui-ci n'était pas du tout en phase avec la nouvelle époque. Ils nageaient dans l'anachronisme. Parce que le slogan de Nissan n'était plus *Elle nous conduit* et que Toyota avait depuis longtemps remplacé *Tout continue d'aller bien* par quelque chose d'autre qui ne produisait aucun effet sur personne : chez Toyota, on se doutait probablement déjà qu'il allait falloir rappeler des millions de voitures pour des défauts. Tout ça voulait dire que lui et Johnnie vivaient avec un pied en amont, dans le passé… Quand on arrive à un certain âge, le monde entier commence-t-il à vous dépasser ? Noms de marque, slogans, mode, technologie, tout ce qui est branché – sujets de conversation brûlants –, le chœur assourdissant des Faut-que-j'aie-ça-tout-de-suite, tout se fondait en un brouhaha, du bruit creux, finalement à peine perceptible… Il avait cinquante ans, et October dix de plus. Que s'était-il donc passé, et quand ? Sur la fin de la quarantaine ? Un beau jour, tout d'un coup, on se rend compte qu'on a

---

1. *« Everything keeps going right »* (slogan de Toyota).

déjà tout entendu : les actualités, les ritournelles de la pub et les histoires de tous les individus qui se battent et qui se débattent – victoires, scandales, ce processus cyclique qui emporte de la même manière individus, groupes, pays, régions et continents, encore et encore, sans fin. Tout bouge, rien ne change, on perd sa faculté d'étonnement. Et c'est bien ça qui est triste.

Ensuite, Joubert reprit progressivement conscience de ce qui se passait dehors, la circulation, les constructions. Il était envahi par les souvenirs. Woodstock lui rappelait le Goodwood de sa jeunesse – les immeubles d'un ou deux étages passablement déglingués, avec des toits de tôle ondulée, des vérandas, pignons et piliers, les boutiques du coin de la rue sur lesquelles soufflait un esprit d'entreprise inépuisable, et qui vendaient un peu de tout, de la viande halal, des cigarettes au rabais, des tondeuses à gazon, du fish and chips, des meubles d'occasion, des travaux de tapisserie, des attelages pour remorques… Les trottoirs fourmillaient – on y courait, on y marchait ou on y stationnait, conversations et affaires s'y nouaient et s'y dénouaient, on y cherchait une place de stationnement. Il y avait des musulmans coiffés de fez, des pêcheurs en bonnet de laine, des Xhosas, la tête enveloppée d'une écharpe, des Blancs tête nue : la mixité raciale, comme à Voortrekker Street dans les années 1960, avant le début des troubles.

Mais, même ici, ça n'allait pas durer. Le Moteur du Progrès rugissait épisodiquement parmi les vieilles façades gangrenées, dont les délicates peintures pastel s'écaillaient, et çà et là éclataient les couleurs pétantes de maisons fraîchement restaurées, de nouveaux magasins : CQINZ Fashion, Mannequins Unlimited… Plus loin, la vieille biscuiterie, fraîchement repeinte de blanc et de marron nuance caca, arborait tant d'enseignes – Imiso Clay, Exposure Gallery, Lime Grove, Shot, 3rd

World Interiors… – que le vieux bâtiment avait perdu tout son charme.

Le temps qui passe…

Depuis que Tanya Flint avait raconté son histoire, ce matin, tout ça était resté tapi en lui, cette conscience. Et sa conversation avec Johnnie ne l'avait pas aidé. *Je ne suis plus « Sup », Johnnie.* Ça avait mis du temps à sortir, mais cela avait été dit, haut et fort, pour la première fois. Il ne faisait plus partie du Service. Pendant trente et un ans il avait été flic, il avait appartenu à cette famille-là, il avait partagé la fraternité de ce club exclusif. Désormais, le lien était rompu. Il était dehors, « dans le secteur privé », comme disait Johnnie.

Les deux ou trois dernières années, lorsqu'il était encore un des leurs, un autre sentiment de perte s'était lentement insinué en lui – la désillusion, la déception, l'impuissance, un potentiel qui s'effritait, des occasions perdues. Lui, au départ si positif, il croyait à l'amélioration de la police à la suite du changement de régime, à son adaptation à des enjeux nouveaux, des réalités nouvelles. Il s'était fait le champion d'un idéal, sans réserve, avec enthousiasme. Et cet idéal, l'idéal de la police nationale sud-africaine, réfléchissait l'évolution humaine : c'est ainsi que l'action positive avait tenté d'effacer les injustices du passé, et que cette police s'était changée en un outil de gouvernement – fier, efficace, moderne. Par la suite, ce bel outil avait été lentement empoisonné par la politique et les bonnes intentions sans suite, la haine et la bêtise. Et, pour finir, par l'avidité et la corruption. Et quand il avait décidé de parler, qu'il s'était répandu en avertissements, en conseils, en plaidoyers, on l'avait écarté du troupeau, et il s'était retrouvé sur la touche : il était devenu clair qu'on n'avait plus besoin de lui.

Le travail d'une vie entière avait été anéanti.

Non, il ne fallait pas se laisser aller à voir les choses ainsi. S'il en parlait à Margaret, elle lui adresserait ce sourire tendre, bien à elle, et lui dirait : « Mon flic mélancolique », parce que c'était un penchant qu'il avait. Il fallait voir les choses du bon côté, prendre un nouveau départ et saisir cette nouvelle opportunité pour mettre à profit son expérience, et se rendre à nouveau utile. De plus en plus, c'était le secteur privé qui se chargeait de l'application de la loi. Jack Fischer disait que c'était une tendance internationale, une vague mondiale, et concluait :

« Et cette vague, Mat, nous allons surfer dessus, selon Thomas L. Freeman. »

Fanus Delport corrigeait Jack :

« Thomas L. Friedman. »

Et pourtant Mat ne savait toujours pas de qui il s'agissait.

Ce sentiment, quelque part en lui, venait peut-être du fait qu'il était de nouveau en situation de mener l'enquête : il n'était plus le gestionnaire, le bureaucrate qu'il avait été ces dernières années. C'était fini, ça. Et quand on était détective, travaillant à ce niveau, on était confronté sans cesse à ce sentiment de perte : dans le meilleur des cas, la perte d'un bien ou de la dignité ; dans le pire, une perte définitive, la Grande Perte.

Je veux juste être sûre, lui avait dit Tanya Flint.

Il la percevait en elle, dans ses yeux, ses épaules, ses mains, dans sa façon de parler, dans toute sa posture : cette lutte entre espérer et « être sûre » qui prenait le dessus.

Neville Philander avait dit d'elle que c'était une « Nissan ». Il le voyait, lui aussi, dans les lignes fortes du visage, l'expression volontaire de la bouche. Une femme qui voulait diriger sa propre entreprise, prête à faire des sacrifices, à souffrir. *Nous savions que ça serait dur*, avait-elle dit.

Dur, mais à quel point ? Sur la photo, Danie Flint avait l'air serein, un homme qui veut s'amuser, profiter de la vie, prendre des pots avec ses copains au Sports

Pub… Tanya l'avait décrit comme quelqu'un de *réjoui*. Des soucis d'argent auraient-ils eu raison de lui ?

Ton Audi, tu n'as qu'à la laisser là ; prends donc ton portefeuille et ton téléphone, et pars vers une vie plus facile…

C'était une possibilité – entre mille. Il était encore trop tôt pour spéculer, se dit-il.

À l'accueil, Mildred, métisse d'une quarantaine d'années, lui tendait une liasse de documents :

– Voilà notre manuel pour l'ordinateur, monsieur, le technicien est en train d'installer votre portable, lui dit-elle, sérieuse et concentrée.

– Merci. Mais ce n'est pas la peine de m'appeler « monsieur ».

Les coins de sa bouche se relevèrent légèrement, esquissant un sourire dépourvu d'humour, et elle ajouta :

– Et voici vos cartes professionnelles.

Un petit paquet dans du papier kraft. Une carte était collée dessus : *Jack Fischer et Associés*, en élégants caractères argentés ; dessous, en noir, *M.A.T. Joubert, Expert consultant : Enquêtes judiciaires*. Il y avait aussi l'adresse du bureau, le numéro de téléphone et une nouvelle adresse e-mail.

– Merci.

Dans son bureau, le technicien était assis à sa place, manipulant la souris, le regard fixé sur l'écran. Joubert fut surpris de constater que c'était une jeune femme, en combinaison de travail grise, avec des cheveux blonds courts. Elle leva les yeux, agrandis par les verres épais de ses lunettes, brusquement intimidée.

– Excusez-moi, dit-elle posément, j'ai presque fini.

– Prenez votre temps, dit-il, en se présentant.

– Bella Van Breda, répondit-elle, lui tendant une main douce.

Sa poche de poitrine portait un logo assorti d'un nom d'entreprise, *The Nerd Herd*. Elle dit encore :

– Je n'ai plus qu'à importer la base d'adresses dans Outlook ; MS Project est déjà téléchargé. Vous connaissez ce programme ?

– Non.

– Ici vous avez déjà Project 2007, alors c'est très simple, il vous suffit d'utiliser le Guide de projet et la matrice JF. De toute façon, tout est là, dans le manuel, dit-elle en indiquant les documents qu'il avait dans les mains.

– Merci beaucoup, dit-il, sur un ton qui trahissait son ignorance.

– Vous vous y connaissez en ordinateurs ?

La question était posée sur un ton sympathique. Il hocha la tête, incertain, et répondit :

– J'ai travaillé sur le système BI de la police.

– BI, c'est une application propriétaire, généralement beaucoup plus compliquée que quelque chose comme MS Project. Si vous avez des problèmes avec le manuel, appelez-nous, le numéro est dans la base de données. Ah, et puis votre identifiant d'utilisateur, votre mot de passe et votre adresse e-mail, vous les trouverez au début du manuel.

Elle se leva, le regarda, hésitant un moment comme si elle avait voulu lui demander quelque chose, puis elle ramassa sa trousse de matériel.

– Pouvez-vous me montrer comment chercher un numéro de téléphone dans la base de données ?

– Bien sûr ! Venez, asseyez-vous.

Debout à côté de lui, elle prit la souris, en expliquant :

– Il suffit d'ouvrir Outlook, là… Et puis vous sélectionnez Contacts, et ici dans la fenêtre de navigation, vous voyez vos groupes de contact. Contacts personnels, c'est ce que vous, vous allez entrer, et Contacts JF, c'est dans la base de données. Qui cherchez-vous ?

– Dave Fiedler.

– Il suffit de cliquer sur le F, et vous déroulez… Le voilà. Vous pouvez aussi changer d'écran et passer à Cartes professionnelles ou Cartes de visite, comme ça, vous voyez ?

Tout ça allait beaucoup trop vite pour lui, il y avait trop de choses à retenir, mais il dit :

– Oui, je vois, merci beaucoup…

– De rien, répondit-elle.

De nouveau, elle ramassa sa trousse, puis se dirigea vers la porte, mais s'arrêta et demanda :

– Vous connaissez Benny Griessel ?

Puis, pour une raison inexpliquée, elle rougit intensément.

– Oui, dit-il, surpris d'entendre le nom de son ancien collègue et ami.

– Il… Nous habitons le même immeuble, dit-elle, soudain troublée. Au revoir, ajouta-t-elle en se dirigeant rapidement vers la porte.

– Saluez Benny de ma part, lui lança-t-il, un peu perplexe.

Puis il examina l'écran de l'ordinateur portable, cliqua sur les coordonnées de Dave Fiedler, prit son téléphone et composa le numéro.

C'est seulement quand il entendit le téléphone sonner qu'il s'adressa un sourire à lui-même. Le capitaine Benny Griessel, fraîchement divorcé, alcoolique en cours de désintoxication, et cette blonde rougissante… Quelle histoire est-ce que ça pouvait donc cacher ?

85

Dave Fiedler parlait afrikaans et appelait Joubert « frangin ».

– Un prix, frangin ? interrogea-t-il, médusé.

– Jack dit que vous nous devez de l'argent.

– Mais non, frangin, je n'en dois qu'au percepteur, et les prix sont les prix. Demande un peu à Fischer s'il fait des prix, lui.

– Ça va chercher dans les combien ?

– 1 500 pour un profil IMEI, 600 pour une recherche.

– Ça fait un total de 2 100, c'est bien ça ?

– S'il n'y a qu'un numéro dans le profil. C'est 600 par numéro.

Joubert prenait des notes.

– Combien de temps faut-il ?

– Je peux te faire faire la recherche aujourd'hui même. Il y a à Bloemfontein un type qui fait ça pour nous. Moi, je ne suis pas équipé. Ça prend un jour et demi, à peu près.

– Il va falloir que j'en parle à mon client d'abord.

– C'est bon, frangin, tu sais où me trouver.

Son rendez-vous avec Tanya Flint n'était qu'à 15 heures, ce qui lui laissait le temps de jeter un œil au manuel du programme. Mais avant tout il allait se faire une tasse de thé et manger ses sandwiches.

Il se leva et se dirigea vers la cuisine. Il en ouvrait la porte quand la voix de Mildred l'interpella depuis la réception, sur un ton sévère :

– Monsieur Joubert !

Il s'arrêta aussi sec.

– Vous désirez boire quelque chose, monsieur ?

– Oui, du thé, mais je vais le faire moi-même.

– Mais non, monsieur, je vais vous en faire apporter.

Le ton n'admettait pas la réplique.

Il s'approcha d'elle.

– Merci, mais, s'il vous plaît, ne m'appelez plus « monsieur ».

Il n'obtint pas de réponse.

De retour dans son bureau, il se mit à lire le manuel. Une femme noire lui apporta son thé sur un plateau et s'effaça aussitôt. Il prit ses sandwiches dans son attaché-case et se versa du thé, imaginant la façon dont il aurait bavardé, dans les mêmes circonstances, dans la salle de repos de la Brigade provinciale avec ses collègues, qui ne se seraient pas privés de faire des commentaires sur son « casse-dalle gourmet ».

Il se conforma aux instructions du manuel. Fanus Delport, le contrôleur financier, avait déjà créé un dossier de projet au nom de Tanya Flint. Ce dossier avait une référence, FJ/Flint/02/10, et un premier débit avait été enregistré *(Frais administratifs : R 600)*. Joubert effectua un rapide calcul. Ses deux heures, plus la possible dépense de 2 100 rands pour le profil et la recherche du téléphone portable, ça faisait déjà un total de presque 4 000. Et il n'avait encore rien fait. Avec les trois ou quatre heures supplémentaires qu'il devrait consacrer au dossier tous les jours, on allait dépasser les 6 000.

De nouveau, il ressentit cette anxiété. À ce rythme, elle serait plumée bien avant qu'il soit venu à bout de l'affaire.

Il allait devoir faire vite.

Il se rendit donc chez Virgin Active à Table View, gara sa voiture dans le parking. Il sortit de sa Honda, en fit le tour et s'appuya sur le capot, les bras croisés. Devant lui, le parking à moitié plein, avec la salle de sport en arrière-plan. Sur la droite, la bibliothèque publique. Çà et là, des gens se dirigeaient vers leurs voitures. Un gardien, en blouse d'un vert pétant, déambulait entre les véhicules.

Danie Flint avait quitté le dépôt ABC à Woodstock vers 17 heures, l'après-midi du 25 novembre. Compte tenu de la circulation à ce moment de la journée, il avait dû arriver à 18 heures au mieux, alors qu'il faisait encore grand jour – fin novembre, la nuit ne tombe que vers 20 heures. Flint avait garé son Audi quelque part sur ce parking. D'après Tanya, il ne se serait pas rendu à la salle de sport. Son sac était resté sur la banquette arrière de la voiture. L'y avait-il laissé intentionnellement ? Il n'aurait pris que ses clés, son téléphone mobile et son portefeuille, il serait sorti de sa voiture et serait parti... Pour monter dans une autre voiture ? Aurait-il été dépouillé avant même d'avoir pris son sac ? Car l'Audi n'était pas fermée à clé. Ou alors il serait descendu de voiture, aurait été attaqué... Quelqu'un lui aurait pris son téléphone mobile, son portefeuille et ses clés et aurait filé ?

Mais alors, où était le corps de Danie Flint ?

Ça n'avait pas de sens.

Si près du commissariat...

Pourquoi aurait-il laissé sa voiture s'il avait voulu disparaître ?

La seule autre possibilité, c'était l'enlèvement, mais pourquoi ici, si près du bras armé de la loi ?

Aurait-il été entraîné dans une bagarre ? Il pourrait avoir enlevé les clés du contact, pris son portefeuille et son téléphone portable. En sortant de sa voiture, il aurait heurté celle de quelqu'un d'autre avec sa portière... ou surpris une scène quelconque, une dispute... Et s'il avait été battu par un de ces types agressifs bourrés de stéroïdes, qui l'aurait mis dans un sale état ?... Et puis ce Monsieur Muscles, pris de panique, aurait embarqué en vitesse le corps dans le coffre de sa voiture ?...

À 18 heures, cet après-midi-là, il faisait encore grand jour, par un beau soleil, avec des gens qui circulaient...

Non, on l'aurait vu.

Le sac de sport sur le siège arrière, voilà ce qui clochait. Ça voulait dire quelque chose. Mais quoi ? Si Danie Flint avait voulu disparaître, s'il l'avait fait délibérément, il aurait eu besoin de son sac.

Mat soupira. Il savait qu'il n'y avait pas trente-six façons de venir à bout d'un truc aussi énorme. Il allait devoir procéder étape après étape et ce serait long. De longues heures de piétinement, lent mais méthodique, systématique, rigoureux – du travail en profondeur. Il avait toujours travaillé ainsi parce que, lui, il n'avait ni l'intuition, ni l'instinct, ni le flair d'un Benny Griessel. Voilà pourquoi il avait demandé à Tanya Flint, ce matin-là, de tout lui raconter, depuis le début. C'est pour cela qu'il lui fallait d'abord aller à la bibliothèque et puis à la salle de sport, pour voir s'il y avait des caméras en circuit fermé, pour voir à quoi ça ressemblait, Virgin Active.

Dehors, il n'y avait pas de caméras.

Une femme, sac à l'épaule, passa devant lui et entra dans la salle de sport. Joubert la suivit, franchissant les portes coulissantes automatiques. À l'intérieur, il la vit s'arrêter devant un portillon tournant, prendre une carte et la glisser dans un lecteur électronique. C'était sans doute comme ça qu'on avait su que Danie Flint n'était pas entré dans la salle de sport ce soir-là – un système informatique enregistrait tout.

Il s'arrêta, regarda autour de lui. Décor moderne. Du chrome, de l'acier, du verre ; aucune odeur n'était perceptible, ni de sueur ni d'huile corporelle. Sur la droite, une jeune femme était assise derrière un comptoir. Elle lui sourit. Il répondit machinalement, la tête ailleurs. Mais le système informatique devait bien être en panne, quelquefois, comme tous ces trucs technologiques qui sont loin d'être infaillibles ?

– Bonjour, monsieur. Que puis-je pour vous ? demanda la jeune femme.

– Bonjour...

Il hésitait, car il ne pouvait plus exhiber la carte magique de la police nationale.

– Cette barrière est reliée à un ordinateur ? demanda-t-il en désignant le lecteur optique.

– Bien sûr, monsieur... répondit l'employée, avec juste ce petit froncement de sourcils qui signifiait : « Voilà un drôle de coco », mais sans se départir de son sourire professionnel pour autant.

Il insista :

– Ce système tombe en panne, quelquefois ?

– Si vous avez la carte Virgin Active, vous pourrez toujours entrer, monsieur. Vous êtes adhérent ?

– Non, répondit-il. Le système est souvent en panne ?

Le froncement de sourcils se corsait. Il commençait à comprendre qu'il avait peut-être abordé l'employée trop abruptement. Elle répliqua :

– Mais pourquoi posez-vous cette question, monsieur ?

– Je me demandais, c'est tout.

Elle ne répondit pas immédiatement. Elle l'examina d'abord de la tête aux pieds et conclut :

– Voulez-vous parler avec un consultant ?

– Non, merci. Merci...

Tout d'un coup, il s'était rendu compte de ce qui était en train de se passer, et il se sentait bête. Il aurait dû s'y prendre autrement, raconter qu'il voulait s'inscrire, ou n'importe quoi d'autre. Mais il était trop tard. Il fit demi-tour et sortit.

Ne pouvant plus s'appuyer sur la police nationale, il allait devoir apprendre à mentir.

En tout cas, il avait appris une chose : le système informatique de la salle de sport ne fonctionnait pas toujours. Il était donc tout à fait possible que Danie Flint soit venu le 25. Et, dans ce cas, il aurait pu ne disparaître qu'une heure plus tard.

Cette information valait ce qu'elle valait.

Il eut du mal à trouver la maison des Flint dans le labyrinthe de Parklands, où les habitations étaient toutes disposées en arcs de cercle. Il avait donc dix minutes de retard. C'était un quartier nouveau, fruit de la spéculation immobilière. Les maisons serrées les unes contre les autres, chacune sur un petit terrain, avaient trois chambres, un garage double et une minuscule pelouse devant.

Il gara sa voiture sur le trottoir, en sortit, muni de son porte-documents, et frappa à la porte. Tanya lui ouvrit presque aussitôt, l'invita à entrer, avec son demi-sourire las. Elle avait enlevé la veste qu'elle portait le matin. Le chemisier à manches courtes révélait des bras frêles. Il se demanda combien de kilos elle avait perdus depuis novembre.

Les pièces de séjour étaient réunies dans un espace ouvert – cuisine, salle à manger et salon avec coin télé, le tout équipé de mobilier de grande surface, mais avec un certain goût. L'ordinateur portable de Tanya se trouvait sur la table de la salle à manger, avec trois dossiers alignés en bon ordre.

– On s'assoit à table ? proposa-t-elle.

Il acquiesça.

– Vous boirez quelque chose ? demanda-t-elle en se dirigeant vers la cuisine.

– Non, merci, ça va.

Une seconde, elle resta indécise, comme si elle n'avait pas prévu la possibilité d'un refus. Elle rassembla ses pensées.

– Asseyez-vous, je vous prie… J'ai préparé tous les documents…

Il percevait sa gêne, une sorte de malaise, comme si elle n'était pas habituée à recevoir un inconnu chez elle. Il s'assit à la table – une combinaison de rotin et de bois ; sa chaise était inconfortable, trop petite pour son grand corps.

Tanya Flint s'installa en face de lui et prit le premier dossier, jaune vif.

– Ce sont les relevés du téléphone mobile de Danie, expliqua-t-elle en ouvrant la chemise.

Elle en sortit un document qu'elle glissa vers Joubert à travers la table et dit :

– J'ai trouvé le numéro IMEI, c'est celui en haut, là. Et j'ai écrit en face de chaque numéro le nom des personnes qu'il a appelées.

Joubert jeta un coup d'œil aux documents. Elle y avait porté les informations d'une écriture propre et fine, à l'encre bleue. Il y avait un nom à côté de chaque numéro. Ça avait dû lui prendre des heures.

Comme si Tanya Flint avait pu lire dans ses pensées, elle expliqua :

– J'ai fait ça en décembre. Il n'y avait rien d'autre… Voilà le tableau que j'en ai fait, avec les numéros, et le nombre de fois où il a appelé. Pour la plupart, c'est moi qu'il appelait, et puis ses chauffeurs. Il n'y a rien de spécial.

Joubert était impressionné, soulagé aussi : il allait gagner du temps, et elle de l'argent.

– Ça sera très utile, commenta-t-il.

– Il fallait que je le fasse. J'ai cherché, cherché… Quoi qu'il en soit, vous pouvez prendre tout le dossier, il suffira que je puisse le récupérer quand…

Il se dépêcha de remplir la pause embarrassée d'un « Naturellement ».

– Ce dossier-là, c'est notre budget. On utilisait Moneydance…

– Moneydance ?

– Un logiciel de gestion des finances personnelles. On télécharge les relevés bancaires sur Internet, et puis on peut faire toutes sortes de choses : des graphiques, des rappels de paiement, des budgets… Ça permet d'y voir clair.

– Je comprends.

Elle lui tendit une liasse de documents agrafés.

– Là, c'est nos dépenses par ordre chronologique. Il y a toute l'année dernière, jusqu'à novembre. J'ai trié par catégories. Mais le problème, c'est que c'est un logiciel américain et que les catégories sont parfois… enfin, vous savez… Ça sert pour tous nos comptes : nous avons chacun un compte-chèques et une carte de crédit, mais on peut tout mettre ensemble.

– Ça va être très utile, dit-il en parcourant rapidement les documents, avant de demander : Ça vous concerne tous les deux ?

– Oui.

– Vous pouvez me donner juste ce qui concerne Danie ?

– Bien sûr… un instant. Vous voulez également les graphiques ?

– Non, merci, comme ça, c'est parfait. J'aimerais juste avoir la partie de Danie. Son chéquier et sa carte de crédit…

– D'accord, dit-elle.

Elle se leva, se rassit au bout de la table, devant l'ordinateur portable.

– Mais je peux déjà vous dire qu'il n'y a rien qui sorte de l'ordinaire.

– Ah oui ?

Elle s'expliqua :

– Je veux dire qu'il n'y a pas de dépenses dont j'ignorais l'existence. Et même s'il y en avait… je m'en serais aperçue. Toutes les deux semaines, on épluchait nos relevés ensemble. C'était nécessaire l'année dernière, à cause de mon affaire… Ça a été une période difficile. On n'avait que le salaire de Danie. Sa plus grosse dépense était l'essence, sur sa carte de parking, qu'ABC remboursait. Moi, je faisais le gros des courses.

Elle manipulait la souris. Elle se leva et dit :

– Il faut que j'aille chercher l'imprimante dans la chambre.

Il s'excusa :

– Je suis vraiment désolé de vous déranger comme ça.

Elle répondit :

– Mais vous ne me dérangez pas.

Elle disparut dans le couloir.

Il était assis, les relevés bancaires dans les mains, les yeux fixés dessus. Elle s'était vraiment donné un mal fou : c'était bourré de détails, de tableaux, et elle avait fait des recherches sur les numéros de téléphone… *Je veux dire qu'il n'y a pas de dépenses dont j'ignorais l'existence* signifiait qu'elle avait envisagé la possibilité que son mari ait pu disparaître volontairement.

Et cela entraînait la question : pourquoi ?

Il y avait quelque chose qu'elle ne lui disait pas, mais quoi ?

86

Le troisième dossier contenait d'autres photos de Danie, et une liste de contacts qui « pourraient être utiles » à Joubert, avait-elle dit. « Ses collègues, sa mère, nos amis, l'enquêteur de la police, tout ce que j'ai pu imaginer… Et voilà le tract que j'ai glissé sous les essuie-glaces des voitures à la salle de sport », avait-elle ajouté.

C'était une feuille imprimée A4, avec une grande photo de Danie, celle qu'elle lui avait montrée ce matin, avec la légende en anglais : « Avez-vous vu Danie ? » Dessous, en caractères plus petits, figuraient un bref paragraphe sur sa disparition le 25 novembre et son numéro de téléphone mobile à elle.

– Et personne n'a appelé à ce sujet ?

– Si, plein de monde. Mais personne n'a rien vu.

Il hocha la tête, car il imaginait les appels bizarres qu'elle avait dû recevoir. Puis il lui parla de la recherche du téléphone mobile :

– Si la carte SIM de Danie est toujours dans le télé-phone… Quand un téléphone mobile est volé, le suspect utilise ordinairement tout le temps crédité dans la carte, et ensuite il l'enlève. Il y a deux hypothèses possibles. On peut rechercher le téléphone à partir du numéro de Danie, pour savoir où il se trouve maintenant. Mais, depuis trois mois, les chances que la carte SIM soit toujours dans le téléphone sont minces. Et ça veut dire que nous gaspillerions 600 rands. L'autre option consiste à se procurer un profil du numéro IMEI. Ça revient à déterminer quelles cartes SIM ont été dans le téléphone depuis novembre, et spécialement laquelle y est maintenant. Si nous savions ça, nous pourrions lancer la recherche sur le nouveau numéro, et essayer de retrouver le téléphone. Malheureusement, le profil coûte un peu plus cher : 1 500, plus 600 pour les informations sur chaque carte SIM indiquée par le profil.

Elle écouta attentivement, réfléchit puis demanda :

– Pensez-vous que ça en vaille la peine ?

C'était tout ce qu'ils avaient à ce stade, mais il ne le lui dit pas.

– Vous savez, une enquête comme celle-ci... En fait, pour toutes les enquêtes c'est la même chose : il s'agit autant d'écarter des possibilités que de collecter des informations.

– Quelles possibilités ? demanda-t-elle, avec une soudaine intensité dans la voix.

Joubert changea de posture, car la chaise était inconfortable. Il demanda :

– Ça vous ennuie si j'enlève ma veste ?

Ruse pour gagner du temps : il ne savait pas encore à quel point il pouvait se permettre d'être franc avec elle.

– Bien sûr que non, répondit-elle aussitôt.

Il se leva, et elle déclara solennellement :

– Monsieur Joubert, j'ai consulté les statistiques sur Internet : mille cinq cents enfants disparaissent chaque année...

– Quatre-vingts pour cent sont retrouvés par la police.

– C'est bien ça, le problème. La police et les médias se concentrent sur les enfants, mais qu'en est-il des adultes ? L'année dernière, il y a eu plus de deux mille enlèvements.

Il hocha la tête et se rassit. Pour lui, il s'agissait là d'une interprétation tendancieuse des chiffres. Mais elle revint à la charge, la voix altérée par l'émotion :

– Tout ce que j'essaie de dire, c'est que je me rends compte que Danie... enfin, je veux dire... Dix-huit mille meurtres ont été commis dans ce pays l'année dernière. Vous... Soyez franc avec moi, c'est tout ce que je vous demande. J'ai déjà réfléchi à toutes les possibilités.

Elle serrait si fort ses doigts croisés que les veines de ses maigres avant-bras saillaient.

Il vit sa volonté à tenter de se maîtriser. Il déchiffrait le message de son corps fragile et de son expression concentrée : la solitude et l'attente, l'incertitude dévorante de ces trois mois, l'épuisement contre lequel elle luttait maintenant. Il se rappela combien il lui avait été difficile, alors qu'il était encore enquêteur dans la police, d'entrer dans le rôle du messager de mauvais augure, car il n'arrivait pas à prendre ses distances par rapport aux situations. Au cours des cinq ou six dernières années, il avait été protégé contre cela. Mais, maintenant, il voulait tendre la main à Tanya Flint et l'aider, dans la mesure où il le pourrait, à surmonter l'épreuve.

Il prit une profonde inspiration et se lança :

– Je veux que vous sachiez que je comprends ce que vous avez traversé, et ce que vous traversez encore maintenant...

– Ça va, ne vous inquiétez pas, répondit-elle, sur un ton peu convaincant.

– Je ne pense pas que Danie... ait disparu volontairement, dit-il, traversé soudain par la désagréable idée qu'il parlait trop vite.

– C'est vraiment ce que vous pensez ? l'interrogea-t-elle, les yeux rivés à lui tant elle voulait le croire.

Il répondit :

– C'est... peu probable. Ça ne collerait pas.

– Merci, dit-elle.

Ses mains se dénouèrent, ses épaules retombèrent, comme si on venait de la décharger d'un grand poids.

Alors les larmes se mirent à couler.

Elle alla chercher une boîte de mouchoirs en papier dans sa chambre, revint et lui dit toutes ses craintes : qu'elle avait peur d'avoir éloigné son mari à cause de son perfectionnisme, de sa manie de tout contrôler, de sa volonté de réussir à tout prix dans son entreprise. L'année avait été difficile, elle avait travaillé très dur, des heures et des heures, à n'en plus finir. Alors, bien sûr, il lui était arrivé de le négliger. Souvent, elle était absente, sans doute physiquement, mais mentalement aussi. Et puis elle serrait trop le budget. Depuis sa disparition, elle s'était dit mille fois qu'elle aurait dû le laisser installer son petit bar, et la chaîne dans son Audi parce que, du fait de son métier, il y vivait presque, dans cette voiture. Et les larmes coulaient, coulaient le long de ses joues, elle reniflait, se mouchait, froissait un mouchoir après l'autre en les alignant soigneusement à côté de son ordinateur.

Il lui redit qu'il comprenait, ajoutant qu'elle ne devrait pas se tracasser autant.

Puis il entreprit de décrire les autres possibilités qu'il avait essayé d'imaginer sur le parking. Mais ce n'était qu'une théorie, lui expliqua-t-il. Il soupçonnait que quelque chose s'était passé là-bas, devant Virgin Active, juste après que Danie était sorti de la voiture, avant qu'il ait pu prendre son sac de sport, ou bien après sa sortie de la salle de sport alors qu'il venait de déposer son sac sur la banquette arrière – car le système de contrôle des cartes pouvait parfois être défectueux.

Un certain nombre d'éléments suggéraient qu'il n'y avait pas eu de vol sur le parking – la disparition de Danie, le fait que le sac et la voiture y étaient restés, la présence permanente de passants, celle des surveillants du parking et puis la proximité du poste de police. Ça laissait deux possibilités : la première, que Danie était allé à pied au centre commercial retirer de l'argent, par exemple, et qu'en chemin il avait été entraîné ou impliqué dans quelque chose. L'autre possibilité était que quelqu'un l'avait attendu, quelqu'un qui, pour une raison ou pour une autre, voulait lui nuire. C'était peut-être une personne qui le connaissait, en qui il avait suffisamment confiance pour partir avec elle.

Elle hocha la tête négativement.

– Vous n'êtes pas d'accord ?

– Danie n'avait pas d'ennemis, répliqua-t-elle, sur un ton d'assurance définitive.

– Mais il a dû virer des chauffeurs de bus, n'est-ce pas…

– Vous êtes allé voir Neville ?

– Oui, il dit que Danie était très aimé. Mais le monde est ainsi fait : parfois il suffit d'un déséquilibré…

Elle prit le temps de la réflexion.

– Peut-être, acquiesça-t-elle.

– Je pense que je vais demander à consulter les archives d'ABC. Il va falloir que je fouille le bureau de Danie, et ça pourrait ne pas leur plaire, expliqua-t-il.

– Laissez-moi téléphoner à M. Eckhardt, dit-elle. Il s'est montré très compréhensif jusqu'ici.

Il ajouta :

– Et puis je voudrais jeter un coup d'œil à l'Audi.

Il vit qu'elle regardait sa montre.

– Vous voulez voir comment on ouvre la porte du garage ? Il faut que je retourne au travail. Il y a quelques commandes…

– Naturellement. Avez-vous utilisé la voiture depuis ?

– Pas du tout. Je n'y ai pas touché depuis que je suis allée la chercher. Je vais vous donner les clés.

Avant qu'elle parte, ils convinrent qu'elle appellerait M. Eckhardt, le directeur d'ABC, pour lui demander l'autorisation dont il avait besoin, et qu'il lancerait la demande de profil du téléphone. Elle le mena au garage et lui indiqua l'interrupteur qui ouvrait automatiquement la porte. Elle resta immobile un instant, se retourna vers lui, posa une main sur son bras et déclara, sur un ton de grande sincérité :

– Merci, merci beaucoup.

Puis elle s'éloigna vers sa Citi Golf dans un cliquetis de talons.

Plongé dans ses pensées, il regarda la voiture sortir en marche arrière et s'éloigner. Puis il se secoua, se dirigea vers le petit établi à droite au fond du garage, et resta là un moment à étudier l'espace. Danie Flint n'était pas bricoleur. Le garage servait plutôt de lieu de stockage. Des boîtes en carton étaient appuyées contre un mur, des étagères en acier contre un autre, avec de vieux pots de peinture, des journaux jaunis, une bouilloire cassée, un demi-sac de bûchettes pour barbecue, quelques outils, une roue de vélo de course.

Joubert prit son téléphone mobile et ouvrit son bloc-notes pour y chercher le numéro de Dave Fiedler.

– Dave, c'est Mat Joubert, de Jack Fischer.

– Salut, frangin.

– Il nous faut un profil à partir d'un IMEI.

– OK, balance les infos.

Joubert lut le numéro lentement.

– Pigé. Je t'appellerai, avec du bol, demain en fin d'après-midi.

Joubert referma son bloc-notes et se retourna pour examiner l'Audi.

Il mit un petit moment à se rendre compte qu'il ne disposait pas de l'équipement nécessaire. Il faudrait qu'il retourne chercher son kit « scène de crime » à la maison – gants en caoutchouc, sachets en plastique pour les preuves, pinces, grattoirs, coton hydrophile, scotch, poudre noire et poudre blanche pour empreintes : le tout avait été remisé depuis cinq ans ; Margaret saurait sans doute où. Mais là, il allait devoir se débrouiller autrement.

Il fit le tour de la voiture, en inspectant soigneusement l'extérieur, en quête d'éraflures ou de bosses récentes et d'éclaboussures de sang.

Il ne trouva rien : juste l'impression vague que quelque chose lui échappait. Il s'arrêta pour réfléchir. Mais non, il n'arrivait pas à mettre le doigt dessus.

Il prit un mouchoir, souleva délicatement la poignée de la portière de façon à ne pas brouiller les empreintes.

Puis il se pencha et regarda à l'intérieur.

L'habitacle était raisonnablement propre. Il y avait du sable et du gravier sur le tapis en caoutchouc à la place du conducteur, rien d'inhabituel. L'intérieur de la portière ne portait pas de traces récentes d'éraflures qui auraient pu indiquer une lutte, quelqu'un qu'on entraîne contre sa volonté.

Il chercha sous le siège du conducteur. Il n'y avait rien ; juste de la poussière.

Il se glissa à l'intérieur, s'assit sur le siège, mais garda les pieds dehors et ne toucha à rien.

Garnitures en cuir noir, système de navigation par satellite, fenêtres à commande électrique, régulateur automatique de vitesse… « Toutes options », comme disent les vendeurs de voitures.

Et puis, tout d'un coup, ce qui lui échappait tout à l'heure lui apparut : cette voiture, comparée à celle de Tanya… Une Audi A3 Sportback rouge pétant, avec un tas d'accessoires, à côté de la pauvre Citi Golf d'un bleu banal. Tanya avait dit que Danie avait acheté sa voiture d'occasion, mais, même d'occasion, l'Audi n'était pas exactement bon marché, ça cherchait dans les 250 000 rands, alors que la VW en valait 70 000 à tout casser.

Une grosse différence. Il mesura cette information à l'aune de ce qu'il savait du mariage, mais cela ne l'avança guère. Puis, avec le mouchoir, il ouvrit la boîte à gants et se pencha pour en examiner l'intérieur. Il y avait une enveloppe de plastique contenant le manuel d'utilisateur de la voiture et le carnet d'entretien ; il la prit. Il y avait aussi des lunettes de soleil sport dans un étui, des Adidas Xephyr. Il les posa sur le siège du passager, à côté du manuel. Il découvrit également un chargeur de téléphone HTC et une prise pour l'allume-cigares, ainsi qu'un stylo à bille bon marché, deux bons d'essence jaunis de l'année passée et un demi-paquet de chewing-gum.

Il remit le tout en place avec soin et sortit. Puis il fit le tour de la voiture, ouvrit l'autre portière et lorgna sous le siège.

Rien d'utile dans le coffre non plus.

Joubert posa les clés sur l'établi comme Tanya le lui avait indiqué, appuya sur l'interrupteur pour ouvrir la porte et sortit rapidement.

87

Il retourna à Virgin Active, car c'était sur son chemin pour rentrer chez lui à Milnerton. Repartir en ville à une heure de pointe n'aurait eu aucun sens. Et puis il était déjà 16 h 30 et il voulait se rendre compte de ce qui se passait au club de sport en fin d'après-midi, à l'heure où Flint avait disparu.

Il y avait beaucoup moins de places de stationnement disponibles. Il en trouva une, arrêta le moteur et resta assis là un moment à observer. Puis il ouvrit le dossier de Tanya avec les numéros des contacts et parcourut la liste. Un nom retint son attention : *Inspecteur Keyter, SAPS, Table View*. Tanya, toujours minutieuse, avait écrit à côté le numéro de l'affaire.

Était-ce Jamie, l'inspecteur qui avait rejoint la Brigade criminelle juste avant son démantèlement ? C'était très probable car, s'il se rappelait bien, Keyter, auparavant à Table View, avait été promu. En plus, Tanya Flint lui avait parlé d'un enquêteur qui tripotait sa frange.

Il prit le dossier, sortit de la Honda, la ferma à clé et marcha jusqu'au commissariat. Le vent du sud-est soufflait, retroussant les rabats de sa veste et le forçant à plaquer le classeur contre sa poitrine.

Table View n'avait jamais figuré parmi ses commissariats préférés. Avec Margaret, il avait habité pas loin, dans Frere Street, après leur mariage, avant qu'elle se mette à racheter des vieilles maisons pour les restaurer. Il allait alors chercher des fax ou des formulaires au commissariat, ou bien se connecter à l'ordinateur de la police. Déjà à cette époque, il y en avait trop qui jouaient aux cow-boys et roulaient des mécaniques.

Dans la salle d'accueil, très animée, il faisait chaud. Il attendit son tour, et demanda si Jamie Keyter était là. Et si son souvenir était bon, il fallait prononcer *Jaa-mie* et non *Jay-mie*. L'agent, un Noir, lui dit qu'il allait se renseigner. Il revint peu après et annonça :

– L'inspecteur arrive.

Joubert se mit à l'écart. Il aurait bien voulu desserrer sa cravate et regrettait de n'avoir pas laissé sa veste dans la voiture. Il attendit, debout, cinq minutes, attentif aux bruits de cet endroit où deux mondes se rencontraient – le public et la police. Chaque commissariat avait son rythme, son atmosphère, des sons bien à lui. Les voix des plaignants résonnaient – les unes chargées de colère, les autres défaites ; des mots prononcés fort, ceux d'une dispute, s'échappaient d'un bureau ; des sonneries de téléphone se mêlaient au bruit des pas des agents en tenue qui allaient et venaient patiemment derrière le comptoir. Le plus souvent apaisants, rassurants, à pied d'œuvre depuis sans doute déjà six heures, ils se penchaient pour aider les usagers à remplir des déclarations. Leurs gestes, lents, étaient ceux de la routine.

Keyter arriva, l'air maussade parce qu'on venait encore le déranger, puis, voyant Joubert, son expression changea instantanément.

– Sup ? interrogea-t-il.

Il avait l'air coupable.

– Jamie, répondit Joubert en lui tendant la main. Je ne suis plus dans la police.

Keyter lui serra la main, déconcerté.

– Sup ? demanda-t-il une nouvelle fois.

C'était trop inattendu, il n'assimilait pas l'information. Joubert remarqua qu'il n'avait pas beaucoup changé : comme toujours, il portait un polo de coton ajusté, les manches retroussées sur des biceps saillants – aujourd'hui, le polo était noir avec le logo Nike argenté sur la poitrine –, un jean et des Nike noirs.

– Vendredi, c'était mon dernier jour, expliqua Joubert. Je suis chez Jack Fischer et Associés maintenant.

– Ah, oka-a-ay.

Quelque chose dans le ton de sa voix hérissait Joubert.

– Je travaille sur un 55 : un certain Danie Flint, qui a disparu l'année dernière. Sa femme dit que tu t'es occupé de l'affaire.

– Danie Flint ?

Il se gratta la tête.

– L'année dernière, fin novembre. Sa voiture a été abandonnée ici, devant Virgin Active.

– Ah, oui, celui-là.

Keyter avait eu un flash. Il regardait Joubert, avec l'air d'attendre quelque chose.

– Je voulais juste te demander si tu n'avais pas des idées à me refiler, Jamie.

– Des idées, Sup ?

– Je ne suis plus un Sup, Jamie, c'est fini.

– OK... Va falloir que j'aille aux archives, mais si je me rappelle bien... Il n'y avait rien. Le type a disparu, c'est tout, évaporé.

Joubert réprima un soupir.

– Oui, apparemment, c'était le problème d'origine. Tu as parlé avec quelqu'un à son boulot ?

– Je... Non, enfin, ce type... Il n'était pas... Sup, vous savez comment c'est, ils vont à la pêche avec leurs copains, sans prévenir bobonne... Je veux dire, sa voiture était là...

Joubert hocha la tête et plongea sa main dans la poche intérieure de sa veste. Les yeux de Keyter suivaient ses mouvements, méfiants. Joubert sortit son portefeuille, en retira une carte professionnelle et la lui tendit en disant :

– Si tu te rappelles quelque chose, si tu trouves quoi que ce soit, Jamie…

Celui-ci répondit :

– OK, Sup, je vous appelle aussitôt.

– Je ne suis plus Sup…

Il s'assit dans la Honda et sa théorie se confirma peu à peu.

Le parking se remplissait, les gens se dirigeaient vers la salle de sport avec leurs sacs, ou vers la bibliothèque en portant des livres. Par moments, tout était calme, mais pendant deux ou trois minutes seulement : suffisantes pour que quelque chose arrive à Danie Flint si l'agresseur était sûr de lui et efficace. Mais sinon… qu'il y ait eu ici une bagarre qui serait passée inaperçue, cela lui paraissait de plus en plus improbable.

Il resta assis là, jusqu'à plus de 18 heures. Il pensait à Jamie Keyter et au dossier Flint. Il savait comment ça se passait chez les flics des commissariats, et surtout chez les plus flemmards comme Keyter : trop d'affaires, pas assez de temps, du coup il y avait toujours quelque chose qui leur échappait. Tanya avait raison, les adultes disparus n'étaient pas une priorité, sauf s'il y avait une preuve évidente de crime. Sinon, les affaires tombaient dans la catégorie « conflits domestiques » – il en avait connu des kyrielles, trente ans auparavant, quand il était simple flic.

Mon Dieu, comme le temps passe…

Il rentra à Milnerton, Tulbach Street, là où il vivait avec Margaret depuis six mois : leur cinquième maison en cinq ans, mais ça lui était égal de déménager parce qu'elle prenait tant de plaisir à ses « projets ». Elle cherchait de bonnes affaires, des maisons solides, dans un

voisinage agréable, mais qui avaient été mal entretenues :
« La maison la moins bonne dans un bon quartier », telle
était sa devise. Ensuite, elle les rénovait, elle avait l'œil
et du goût, et quand les travaux étaient finis, ils emmé-
nageaient. Une maison se vend plus facilement si elle
est occupée – l'activité, des odeurs agréables, un joli
mobilier, tout cela attire les acheteurs. Quand il y avait
des visiteurs, elle faisait chauffer de la vanille dans le
four, ou mettait un gâteau à cuire, et puis elle passait
une musique gaie en sourdine, elle s'assurait que la maison était fraîche en été et chaude en hiver, avec du feu
dans la cheminée. Elle s'apprêtait déjà à acheter la suivante, dans le bas de Constantia : elle pourrait l'avoir
pour presque rien, le marché étant déprimé.

Il alla s'asseoir avec elle à la cuisine pendant qu'elle
préparait le dîner, et il lui raconta sa journée.

La première chose que Margaret demanda fut : « Est-
elle jolie ? », car elle était effroyablement jalouse. Elle
l'avait toujours été, depuis son premier mariage qui lui
avait brisé le cœur.

– Non, répondit-il. Mais elle est courageuse. Et c'est
une Nissan !

Il dut lui expliquer ce que cela signifiait.

– Et moi, qu'est-ce que je suis, alors ?

– Ma Mercedes.

Elle rit et lui demanda :

– Ça s'est bien passé au bureau ?

Il secoua ses larges épaules.

– C'est très différent. Jack est… Enfin, avec l'argent,
il ne plaisante pas. Mais je suppose qu'il faut bien ça. Et
puis tout est assez protocolaire.

– Tu t'y habitueras.

– Bien sûr. Et tes acheteurs ? Ça a été ?

– Ils veulent réfléchir.

Il alla faire de l'exercice pendant quarante-cinq minutes sur le rameur installé sous la véranda de derrière, à côté de la piscine ; puis il se doucha et leur servit un verre de vin rouge à chacun pour le dîner – des pâtes avec des morceaux de poulet cajun, de la féta et des tomates séchées. Elle lui raconta sa visite à sa fille Michelle, et ses projets pour le lendemain : elle passerait la plus grande partie de la journée à Constantia.

Il prit les dossiers de Tanya Flint et vint s'asseoir à côté de Margaret dans le salon, tandis qu'elle regardait *Antiques Roadshow* et *Master Chef Goes Large* sur la chaîne Modes de vie de la BBC. Elle posa sa main sur sa jambe. Il travaillait sur les dossiers Budget et Téléphone mobile.

Un peu plus tard, elle éteignit la télévision et demanda :

– T'as trouvé ?

Il posa les papiers sur le canapé, à côté de lui.

– Non… Je ne sais pas. Il y a sûrement un schéma ici, mais rien qui nous dira ce qui lui est arrivé… Le problème, c'est qu'il n'y a rien de caractéristique dans cette disparition. La grande majorité des hommes adultes qui disparaissent entre leur lieu de travail et leur domicile sont victimes de rapines. La voiture est attaquée, l'homme est contraint de donner son code PIN, on lui prend sa carte bancaire, enfin tout ce qu'on peut, et soit on le laisse partir, soit on le tue : et dans ce cas on retrouve le corps et la voiture quelque part, un jour ou deux plus tard… Mais là, il avait une carte de crédit dans son portefeuille, et aucune transaction n'a été effectuée après sa disparition. Le sac de sport a été abandonné, et la voiture impeccablement garée…

– Humm, dit-elle.

– L'autre possibilité, c'est qu'il ait voulu disparaître. Mais dans ces cas-là il y a toujours une trace : il est parti chez une autre femme, il y a eu des préparatifs, de l'argent a été dépensé… À moins qu'il ne soit très intelligent, et je ne crois pas que ce pauvre Danie… D'ailleurs, pourquoi aurait-il juste laissé son sac ? Et sa voiture, c'était son bien le plus précieux…

– Qu'est-ce que tu as trouvé comme schéma ?

– Oh… pas grand-chose. C'est juste une impression, mais… Il a une Audi qui a dû coûter un quart de million, alors que sa femme n'a qu'une petite Citi Golf. Et puis leurs relevés bancaires… Si on met à part les trucs habituels, l'eau et l'électricité, le ravitaillement, l'essence, elle a dépensé très peu pour elle-même. Mais par contre, pour lui : vêtements, coiffeur, CD… J'ai vraiment l'impression qu'elle le gâtait – ou qu'elle s'appliquait à le rendre heureux.

Il s'assit, absorbé dans ses pensées, puis se rendit compte que Margaret le regardait avec un sourire tendre, et que ses yeux dépareillés brillaient.

– Oui ?… interrogea-t-il.

– J'entends même tes engrenages cliqueter, dit-elle, tout en lui pinçant la jambe affectueusement. Quand tu te mets en mode détective, j'adore.

Il lança :

– Ces engrenages ne cliquettent pas, ils grincent.

– Bêtises… Mais non, tu vas réfléchir à tout ça et trouver, comme toujours.

– Les pignons sont rouillés, dit-il.

La main de Margaret remontait vers le haut de la jambe de Mat.

– Si… r-r-rouillés que ça ? dit-elle.

Quand elle roulait ses *r* pour faire plus afrikaner, il trouvait ça terriblement sexy.

Il entoura de son bras les épaules de sa femme.

– Madame Joubert, je pourrais vous arrêter pour indécence.

– Mais tu es un détective privé… tenta-t-elle.

Il répliqua :

– Ah, non : je suis consultant principal, autorisé à procéder à des enquêtes judiciaires ; d'ailleurs j'ai une carte professionnelle.

– Oh, mon Dieu !… Et si je résistais ?

– Alors, il faudrait que je sois… physique, dit-il en l'attirant contre lui.

– Sors ta grosse patraque, murmura-t-elle.

– Matraque, la corrigea-t-il.

– Ce n'est pas l'orthographe qui compte, mais l'usage…

– Madame, répliqua-t-il sévèrement, vous ne me laissez pas le choix…

– Je le sais, répondit-elle dans un murmure, se blottissant contre lui.

Alors, il l'embrassa.

À 23 h 30, ce soir-là, alors que le corps souple et chaud de Margaret endormie était lové contre le sien, les pignons se mirent à tourner lentement dans la tête de Joubert.

Ce n'était pas sur le parking de Virgin Active que ça s'était passé… C'était arrivé ailleurs. Et la voiture avait été garée là par la suite.

Et ça voulait dire qu'on connaissait les habitudes de Danie. Donc qu'on le connaissait.

Il devrait donc rechercher des empreintes sur l'Audi.

Il allait devoir ressortir son kit de scène de crime.

88

La réunion était différente de ce qu'il attendait.

Quand Joubert entra, Mildred lui dit :

– N'oubliez pas, monsieur, c'est le passage en revue ce matin.

Il s'attendait à retrouver la tradition de la vieille Brigade criminelle, à l'époque où cela signifiait *brainstorming*, quand les enquêteurs partageaient leurs dossiers avec le chef et leurs collègues, en quête de conseils, de critiques constructives et d'idées neuves.

À présent, il était assis autour d'une table avec les cinq autres enquêteurs du cabinet. Fanus Delport, le contrôleur financier, parcourait l'ordre du jour et Jack écoutait attentivement. Chacun à leur tour, les enquêteurs indiquaient le nombre d'heures qu'ils avaient comptabilisées pendant la semaine et présentaient des projections de recettes potentielles pour la semaine suivante.

Joubert en connaissait trois, d'anciens collègues à lui. Willem Erlank, avec qui il travaillait encore un an plus tôt à la Brigade provinciale, deux autres, Fromer et Jonck, qui venaient respectivement du Nord-Ouest et du Gauteng. C'étaient d'anciens flics, on ne pouvait pas s'y tromper : âge moyen, baraqués, burinés par le climat, en légère surcharge pondérale. Il leur aurait ressemblé si Margaret n'avait pas été là.

Ils s'étaient bien préparés : d'une voix profonde, la mine solennelle, chacun exposait d'amples projections détaillées.

Tandis que les autres parlaient, il fit en hâte la somme de ses heures et décida de ne pas mentionner le temps qu'il avait passé à étudier les documents la veille au soir : ce serait autant d'économisé pour Tanya Flint, car c'était elle qui avait fait le boulot, après tout. Puis il pensa aux options qui se présentaient à lui pour les prochains jours et fit une estimation approximative, tout en se demandant comment il était possible de dire combien d'heures il allait falloir pour résoudre une affaire.

– Alors, Mat, où en est le dossier Flint ? lui demanda enfin Delport.

– Cinq heures hier, dit-il, plus le profil IMEI, qu'on devrait avoir cet après-midi, et avec ça on décidera s'il faut tracer les numéros de mobile.

– Je vois que tu n'as pas encore entré ton kilométrage dans le système.

Il avait oublié les frais de déplacement.

– Je vais le faire ce matin, répondit-il, gêné.

– Pas de problème, reprit Delport, on est tous passés par là. Combien d'heures penses-tu qu'il y a dans cette affaire ?

Joubert consulta ses notes avant de répondre :

– Difficile à dire… Encore trente-six environ.

Delport et Fischer hochèrent la tête, satisfaits.

– Je veux faire un relevé d'empreintes sur la voiture de son mari, expliqua Joubert. Avons-nous un contact pour l'identification, si je trouve quelque chose ?

– Excellent, excellent, commenta Fischer. Mais pour relever les empreintes on utilise un indépendant. C'est un ancien du laboratoire de criminalistique, il est freelance maintenant, et il propose un service complet. Il a un contact à la police, on a les résultats en vingt-quatre heures. Nortier…

– Cordier, corrigea Delport. Il est dans la base de données.

Joubert pensait qu'il aurait pu faire ça lui-même : il aurait demandé à Benny Griessel de rentrer les empreintes dans le système, ça aurait fait une économie. Il intervint :

– Jack, Tanya Flint n'a que 30 000…

Fischer passa sa main sur sa moustache et déclara avec un sourire :

– C'est sa première affaire…

Les autres eurent un rire indulgent.

– Ils disent tous la même chose, Mat, reprit Fischer. C'est un jeu. S'il lui faut plus de fric, elle en trouvera… Bien, messieurs, j'ai un M. Benn…

– Bell, rectifia Delport une fois de plus.

– C'est ça, Bell. Des Nigérians l'ont arnaqué pour un million quatre, avec un 4-1-9. Qui aurait envie de booster un peu son bonus ?

Tout en enregistrant son kilométrage dans le système informatique, il se disait que pour Tanya Flint tout cela n'avait rien d'un jeu. Il avait vu sa situation financière. Cette fixation sur l'argent le gênait. Il faudrait qu'il prenne le temps d'expliquer à Jack sa façon de voir les choses. Mais, d'abord, il devait assumer ses responsabilités.

Il téléphona à Tanya. Elle semblait fatiguée.

– J'ai parlé à M. Eckhardt, lui annonça-t-elle, il dit que vous pouvez fouiller le bureau de Danie quand vous voudrez. Ils feront tout pour vous aider, il suffit d'arranger ça avec Neville.

Joubert la remercia, puis lui parla de son intention de relever les empreintes sur l'Audi. Elle répliqua :

– Ça va coûter combien ?

– Je vais me renseigner. Je vous rappellerai.

– Vous pensez que c'est vraiment nécessaire ? Est-ce qu'il ne faudrait pas attendre le traçage du téléphone mobile ?

– Ça pourrait être une bonne idée, répondit-il.

Il appela ensuite Jannie Cordier, le technicien en criminalistique. Il lui expliqua qui il était et ce qu'il voulait.

– Aujourd'hui, je suis pris toute la journée, répondit l'autre, mais je peux vous caser ce soir si vous voulez.

Sa voix était haut perchée, excitée.

– Qu'est-ce que ça coûtera ? demanda Joubert.

– Vous voulez l'intérieur et l'extérieur de la voiture ?

– Oui.

– 1 500, plus 600 par lot d'empreintes que vous voudrez identifier.

– Bon, je vous tiens au courant.

Ensuite, Joubert prit rendez-vous avec Neville Philander, à midi au dépôt d'Atlantic Bus Company. Puis il parcourut la liste des numéros de téléphone préparée par Tanya Flint et entreprit d'appeler les amis de son mari. Et de poser les mêmes questions, encore et encore : Danie avait-il eu un comportement étrange pendant les semaines qui avaient précédé sa disparition ? Aurait-il mentionné des problèmes – au travail, avec sa femme ? Avait-il des ennemis ? Aurait-il été impliqué dans un conflit, une bagarre ? Aurait-il pu avoir une raison de disparaître ? Et les réponses, pleines de bonne volonté, aussi coopératives que possible, étaient toutes cohérentes. Danie était « quelqu'un d'adorable ». Il était joyeux, de caractère égal. Il était loyal, ami avec tous. Il aimait s'amuser, c'était un boute-en-train. Ce qu'il aimait dans la vie, c'était sa femme, son travail et les fêtes.

Après son dernier appel, il se renversa en arrière dans son fauteuil et se mit à réfléchir sur le thème de la sanctification de la victime. C'était un syndrome répandu, induit par la culpabilité des survivants et par ce sacrosaint principe universel qui veut qu'on ne dise jamais de mal des morts et qui empoisonne la tâche de la police, parce que ça revient à replâtrer toutes les fissures. Et pourtant, il y en a toujours, des fissures.

À 11 heures, il téléphona à Mme Gusti Flint, la mère de Danie, pour lui demander s'il pourrait venir lui parler.

– Vous êtes le bienvenu, répondit-elle. Je suis là toute la journée.

Et elle lui donna son adresse à Panorama.

Dans le bureau de Neville Philander, avec un téléphone qui sonnait et la clim lancée à plein régime, Mat Joubert demanda s'il pourrait examiner les dossiers de tous les chauffeurs de bus licenciés par Danie Flint entre le 1er septembre et le 25 novembre.

– Seigneur, répliqua Philander, debout à côté de son bureau.

– Je sais que c'est embêtant, dit Joubert.

– Neville ! cria la voix de femme à l'autre bout du couloir.

Philander répondit : « Minute ! », l'œil fixé sur son téléphone, comme sur un serpent. Il dit à Joubert :

– Rendez-moi un service. Les dossiers personnels sont au siège, s'il faut que je m'y mette maintenant pour essayer de les avoir, c'est ma journée qui sera foutue. Vous ne voulez pas y aller vous-même, puisque vous avez la bénédiction de M. Eckhardt ?

– Naturellement. Où est le siège ?

– Neville !

– Santasha, par pitié !... C'est à Epping Industria, Hewett Street, merci, mon vieux. Venez, je vais vous montrer le bureau de Danie.

La voix de Santasha s'impatientait :

– Neville, mon chou, c'est aujourd'hui ou demain que tu vas répondre ?

Joubert suivit Philander dans le couloir alors qu'il disait :

– Je ne répondrai pas du tout si tu me parles sur ce ton !

Il disparut dans l'encadrement d'une porte, suivi par Joubert, et Santasha continua de crier :

– Je ne te parle pas sur un ton, mon chou, j'essaie de te motiver un petit peu !

La pièce était séparée en quatre espaces par des cloisons à mi-hauteur. Chaque box contenait un bureau et un placard en bois clair. Les deux bureaux que l'on apercevait étaient en grand désordre, couverts de papiers et de dossiers, et personne n'y était assis.

– Alors motive un peu ce type qui appelle pour qu'il ne raccroche pas ! cria Philander tout en contournant une cloison, jusqu'à une fenêtre, indiquant le bureau de Danie. C'est son box, dit-il, à peu près exactement comme il l'a laissé.

– Merci, dit Joubert.

– Bon courage, amusez-vous bien, dit Neville, tournant les talons et partant au petit trot en direction de son bureau.

Joubert examina la table, le placard, le fauteuil. Tout était simple : le tapis gris, le bureau avec trois tiroirs sur la gauche ; en dessous, l'unité centrale de l'ordinateur ; dessus, la souris, le clavier et l'écran, ainsi qu'une pile de papiers et un bloc fixé sur un support ; une chope avec le logo Porsche et un peu de café desséché au fond. Des photos et des notes avaient été épinglées sur l'étoffe bleu passé de la cloison.

Il s'assit dans le fauteuil de Danie et regarda les photos. Au milieu, il y en avait une prise devant le dépôt, sans doute le personnel administratif, six hommes et trois femmes. Philander se tenait au centre, Danie était le deuxième en partant de la droite, affichant un grand sourire. Joubert se demanda laquelle des trois femmes métisses était l'insistante et diplomate Santasha du téléphone.

À côté, une autre photo était punaisée : Danie et Tanya Flint, à l'occasion d'une fête d'entreprise. Elle avait alors le visage plus rond. Amusée, elle regardait Danie qui portait un drôle de petit chapeau, une bière dans une main, hilare. Il y avait encore une photo de Danie, en bateau, sur une rivière, tenant deux amis par les épaules. Ainsi que trois photos de voitures de sport découpées dans des magazines : une Audi R8, une Ferrari F430 Spider et une Lamborghini Murciélago LP 640. Des Post-it jaunes ponctuaient la cloison : des noms et des numéros de téléphone griffonnés, des rappels de réunions et des dates de remise de rapports. Le nombre de points d'exclamation dénotait le degré d'urgence.

Il approcha de lui la pile de papiers et les examina. Des formulaires ABC officiels, avec des chiffres et des références qui concernaient vraisemblablement des autobus. Un dossier beige, avec le logo d'ABC, le mot « Candidatures », et dessous : « Retourner aux RH, SVP, madame Heese !!! » en lettres rouges coléreuses. Le dossier contenait des candidatures de chauffeurs de bus, chacune assortie d'une photo, d'un bref CV et d'un rapport des RH.

Il repoussa le tas de papiers, tenta d'ouvrir le tiroir du haut, mais il était fermé à clé.

Il ouvrit le deuxième tiroir. Il contenait une corbeille métallique avec des compartiments de différentes tailles : des stylos à bille bon marché, deux crayons, une agrafeuse, une boîte bleue avec des agrafes, une gomme encore neuve, un rouleau d'adhésif, des ciseaux, un guide des codes postaux, trois paquets de Post-it, un chargeur de téléphone Nokia, des trombones, un briquet Bic qui avait perdu sa mollette, un porte-clés Ferrari et deux prises multiples.

Dans le tiroir du bas non plus, il n'y avait pas grand-chose – le disque Windows XP d'origine de l'ordinateur, un manuel d'imprimante à jet d'encre, deux vieux numéros du magazine *FHM*, un de *Sports Illustrated Swimsuit Edition*, un *Auto Trader* et deux numéros de *Car*.

Joubert déplaça le fauteuil pour ouvrir la porte coulissante du placard – plein de dossiers beiges, rangés par date, de 2004 à 2006 ; il y avait aussi deux annuaires téléphoniques. Il prit un dossier et le feuilleta. C'étaient des documents ABC, indéchiffrables.

Où était donc la clé du tiroir ? Sur le porte-clés Audi – disparu avec Flint ?

Il ne restait plus qu'une chose à vérifier : l'ordinateur. Il lorgna sous le bureau, trouva le bouton, appuya dessus. L'ordinateur s'alluma, il regarda l'écran, attendit que toutes les icônes apparaissent – Outlook, Word, Excel, Explorer, PGRC.

Il fixait l'écran. Cela poserait-il un problème s'il ouvrait le programme e-mail ? S'il avait encore été dans la police, il aurait appelé à la rescousse un expert en informatique, et puis quelqu'un pour déverrouiller le tiroir, et en une demi-heure il en aurait examiné le contenu. Mais, désormais, chaque nouvel obstacle signifiait encore une dépense et il tâchait de mesurer les résultats potentiels par rapport aux coûts.

On ne peut pas mener une enquête comme ça.

89

Mat Joubert s'assit devant l'ordinateur de Danie Flint, les coudes sur le bureau, la tête dans les mains, et se mit à réfléchir : et s'il traitait cette affaire à sa manière à lui ?… Il savait que ce ne serait pas sans conséquences, que c'était contraire à l'ordre des choses et même à ses convictions. Une expérience de trente ans lui avait appris qu'il était préférable de respecter les règles, faute de quoi on finissait toujours par le payer.

Il irait donc trouver Jack Fischer pour lui dire qu'il n'était pas d'accord pour saigner les clients à blanc. Honnêteté et rectitude, il ne connaissait que cela.

Il savait qu'à défaut d'être le détective le plus rapide du monde il était un enquêteur méthodique. Lent et avec un souci excessif du détail. Que répondrait-il si Jack lui disait : « Donc, tu n'as qu'à aller plus vite » ? Il ne pouvait pas nier ce point faible.

Il se rappela alors ce que Jack Fischer avait dit : il faudrait insister pour que Dave Fiedler, le traceur de téléphones mobiles, consente une ristourne. Cela impliquait que Jack admettait la nécessité de réduire les coûts. Il sortit la carte de visite de Bella Van Breda, la jeune femme rougissante, la voisine de Benny Griessel. Il composa son numéro. Il lui fallut d'abord expliquer qui il était, avant d'en venir à son problème.

– Je peux essayer, dit-elle.

– Le hic, c'est le budget de mon client… Ça coûtera combien ?

– Ça dépend. Si vous attendez que j'aie fini mon travail cet après-midi, je ne vous ferai pas payer.

– Non, mais non, vous n'allez pas faire ça gratuitement…

– Attendons d'abord de voir si je peux trouver quelque chose…

– À quelle heure finissez-vous ? interrogea-t-il.

– Vers 18 heures.

– Je peux venir vous prendre ?

– Oui, s'il vous plaît.

Il nota son adresse professionnelle, raccrocha et alla trouver Neville Philander pour lui demander s'il pourrait revenir en fin d'après-midi.

Il acheta une canette de soda Tab dans un petit café dans Woodstock, étudia sur le plan qu'il conservait sous son siège l'itinéraire pour aller chez Gusti Flint, à Panorama. Puis il démarra et mangea ses sandwiches tout en conduisant. Margaret avait préparé ce qu'il préférait : avocat, *biltong*[1] râpé et fines tranches de parmesan – saveur et texture parfaites, comme toujours.

Il rassembla les nouvelles pièces du puzzle Danie Flint, les photos sur le mur, les images de voitures de sport, les Post-it jaunes utilisés comme pense-bêtes, les magazines dans le tiroir… Un jeune homme parfaitement normal, qui vivait à toute allure et faisait des rêves impossibles. Il était extraverti, joyeux, il riait tout le temps ; mais il travaillait dur, il était ambitieux et fiable. Il était à l'opposé de sa femme, si sérieuse : il se souciait moins de l'argent et vivait au jour le jour, sans s'inquiéter du lendemain, comme la plupart des gens de son âge, persuadés que tout finirait par s'arranger.

Où étaient donc les failles ?

---

1. Viande de bœuf ou d'antilope séchée.

Il devait bien y en avoir. Sa disparition n'était pas for-
tuite, et c'était ce qui ennuyait le plus Joubert. L'Audi
sur le parking de la salle de sport excluait l'hypothèse
du hasard, il n'avait pas été la victime aléatoire d'un vol.

La seule source potentielle de conflit était les chauffeurs de bus qu'il avait licenciés. L'examen de chaque
dossier allait prendre du temps, ensuite il faudrait vérifier si les suspects possibles avaient eu affaire à la justice, parce que la violence a toujours une histoire.

Et le temps, c'est de l'argent.

Il soupira, vida sa canette de Tab, mit son clignotant
et prit la sortie en direction de Panorama.

Mme Gusti Flint expliqua d'un ton maniéré à Mat
Joubert à quel point la police sud-africaine était devenue
inefficace depuis qu'« ils » avaient pris le pouvoir.

– Mais, attention, précisa-t-elle, je ne suis pas raciste.

C'était une femme séduisante, paraissant la quarantaine tardive mais qui devait avoir dix ans de plus. Elle
était bien habillée, les cheveux courts – excellente coupe
très chère, c'était une fausse blonde –, son large visage
aux traits marqués et réguliers maquillé avec discrétion.
Sa gorge pigeonnait dans le décolleté d'un pull de
mohair lavande à manches courtes. Elle portait un rang
de perles. Deux chihuahuas étaient assis sur ses genoux,
leurs yeux exorbités et soupçonneux fixant Joubert. De
ses larges mains, elle caressait l'un d'eux quand il gro-
gnait à l'adresse de Joubert. Elle portait une seule bague
à l'annulaire droit, un nœud complexe d'or et de diamants. Ses ongles étaient longs et laqués de vernis vio-
let. Une fine chaîne en or encerclait une de ses chevilles
au-dessus de sandales à talons hauts.

Il écouta patiemment ses doléances au sujet de la
police, finalement dirigées contre la façon dont celle-ci
traitait la disparition de son fils et son peu d'empresse-
ment à assumer la moindre responsabilité.

– Il a disparu presque sous leurs yeux, tout à côté. Et maintenant, cette pauvre Tanya doit s'adresser à des privés, et elle n'en a vraiment pas les moyens, la pauvre petite, son affaire démarre à peine…

Joubert, lui, se demandait pourquoi Gusti Flint n'aidait pas financièrement sa belle-fille : elle avait une grande maison, luxueuse, avec un mobilier de prix, une climatisation qui murmurait agréablement.

Quand elle eut fini, il dit :

– Madame Flint, combien…

Mais, aussitôt, les chihuahuas se mirent à aboyer.

– Fred ! Ginger ! Taisez-vous ! gronda-t-elle, ajoutant, à l'adresse de Joubert : Appelez-moi Gusti, je vous en prie.

Les petits chiens tournèrent les yeux vers elle en agitant la queue.

Joubert reprit :

– Voyiez-vous Danie souvent ?…

Et les chiens aboyèrent.

– Attendez, dit-elle, laissez-moi d'abord me débarrasser d'eux.

Elle prit les chiens, se pencha, les déposa sur l'épais tapis en exhibant son décolleté. Elle lança un coup d'œil rapide pour s'assurer qu'il l'avait remarqué. Son regard flotta un moment, puis elle finit par se lever et appela les chiens.

– Allez, venez…

Les chihuahuas adressèrent à Joubert un regard de reproche, avant de trottiner à contrecœur derrière leur maîtresse.

Joubert la regarda s'éloigner, observant le balancement de ses hanches, les fesses un peu trop généreuses pour le pantalon blanc ajusté.

Ce n'était pas exactement ce qu'il avait imaginé.

Le cliquetis des talons se rapprochait.

– Voulez-vous boire quelque chose ? demanda-t-elle.

– Non, merci.

Elle s'assit et croisa les jambes.

– Ils peuvent être empoisonnants, vous savez, expliqua-t-elle. Mais je n'ai plus qu'eux.

Joubert interrogea :

– Le père de Danie ?

– Gerber est mort il y a neuf ans, il en avait soixante. Le dimanche, il avait fait la rando à vélo du *Cape Argus*[1], et le lundi il s'est écroulé au bureau, crise cardiaque foudroyante. C'était tellement inattendu, il avait toujours été en pleine forme, raconta Mme Flint avec aisance, son récit sans doute bien rodé. Ça a été la période la plus terrible de mon existence, mon mari avait été emporté, mon fils avait déjà quitté la maison, et d'un coup je me retrouvais seule. Mais on s'adapte, on refait sa vie, n'est-ce pas ? C'est ce que je dis à Tanya, le temps cicatrise toutes les blessures, on finit par s'en sortir. Et voilà, mon fils aussi est parti, et la chose la plus affreuse, c'est que nous ne *savons* pas comment. Gerber, j'ai pu lui dire au revoir, ça a été très dur mais, au moins, il y a eu un enterrement, un adieu… Ça a été dur pour moi. Mais l'épouse de Danie, la pauvre, je voudrais pouvoir soulager sa souffrance, c'est une femme tellement passionnée…

Joubert reprit :

– Madame Flint, avez-vous toujours ?…

– Gusti, je vous en prie ! Ce « madame », ça me donne l'impression d'être une *tannie*. On a l'âge que l'on ressent !

– Est-ce que vous avez continué à voir Danie régulièrement ?

– J'ai le fils le plus merveilleux. Il me téléphonait deux fois par semaine, il passait une fois, et je connais tout de sa vie. Je vais vous dire quelque chose, ça fait

1. Quotidien du Cap.

partie de cette criminalité terrible, aveugle. Il n'a jamais eu d'ennemi. Il était comme son père. Tout le monde aimait Gerber, c'est pour ça qu'il a siégé au conseil municipal pendant presque vingt ans. Mais c'est une époque révolue, on n'est plus en sécurité dans ce pays, ils démolissent tout, je ne dis pas qu'il faudrait revenir à l'apartheid, mais certains disent que, quand même, tout allait mieux avant...

Elle se tenait trop près de lui en le reconduisant, elle garda sa main un peu trop longtemps dans la sienne.

– Vous êtes marié, Mat ? demanda-t-elle, en ignorant la fine alliance en or à son doigt.

– Oui, répondit-il.

– Revenez me voir quand vous voudrez.

Son parfum était trop fort, son regard insistant. Sur le chemin du retour, il en avait le tournis. Quelle influence une mère comme Gusti Flint pouvait-elle avoir sur son fils ?... Comment allait-il raconter cette rencontre à Margaret ? Parce que ça allait la rendre folle : une autre femme, qui le savait marié, et qui avait le culot de lui faire des avances...

C'est seulement quand il eut pris la sortie de Canal Walk qu'il repensa à l'enquête. Comment faire pour ouvrir le tiroir du bureau de Danie Flint sans débourser encore quelques centaines de rands pour payer un serrurier ? Il songea alors à Vaatjie de Waal, fit demi-tour à l'échangeur Otto Du Plessis et rebroussa chemin jusqu'à Parow.

90

Vaatjie[1] de Waal était à moitié couché dans une Subaru Outback d'où émergeait la volumineuse partie inférieure de son individu serrée dans une combinaison crasseuse. Sa tête et son torse disparaissaient sous le tableau de bord.

– Vaatjie, dit Joubert.

– Quoi ? glapit celui-ci, énervé.

– On peut parler ?

De Waal se déplaça un peu pour regarder. Il reconnut Mat Joubert, ferma les yeux, secoua la tête et soupira.

– Oh, non, Seigneur !

– Visite strictement amicale, dit Joubert.

– Tu parles, répliqua de Waal, tâtonnant sous le siège jusqu'à ce que ses doigts se referment sur une petite pince avant de plonger de nouveau sous le tableau de bord.

Joubert supposa que le patron de Décibels en folie installait une radio – à moins qu'il ne fût occupé à la démonter. Sur la vitrine, dans Voortrekker Street, on pouvait lire ces mots prometteurs : *Dingues de radio, Prix fous, Son délirant.* Mme de Waal, qui devait avoir le sens du marketing, avait dû passer par là, car le talent de Vaatjie s'exerçait dans d'autres domaines.

---

1. « Tonnelet » : surnom donné aux hommes qui ont du ventre.

– Je ne sais rien, ajouta aussitôt de Waal préventive-
ment.

– Mais j'ai besoin de tes talents, pas de tuyaux.

– Pour faire quoi ?

– M'ouvrir un tiroir.

– Adresse-toi donc à ce putain de Kallie Van Deventer.

– Mais je ne suis plus dans la police, Vaatjie.

Ça l'arrêta. Il surgit de dessous le tableau de bord, se
dégageant des entrailles de la voiture à une vitesse
incroyable, et se redressa. Il faisait la moitié de la taille
de Joubert, mais tenait plus de place. Sa tête était ronde
comme un ballon, ses sourcils n'étaient qu'un trait sur
son front haut.

– Pourquoi ? demanda-t-il, s'essuyant les mains sur sa
combinaison.

– Retraite, répondit Joubert.

– Mais pourquoi ? répliqua de Waal, les mains sur les
hanches, dans cette attitude de personnage de dessin
animé qui était déjà la sienne quand Joubert l'avait
connu, au lycée.

– C'était l'heure.

– Et maintenant ?

– Maintenant, je suis dans le secteur privé.

De Waal jeta un coup d'œil vers le bureau d'accueil,
où sa femme était assise devant un ordinateur, trop loin
pour les entendre.

– Je ne suis plus dans ce business-là, dit-il, faisant
clairement allusion au cambriolage, sa première carrière.

– Mais tu sais toujours forcer les serrures, non ? Et
puis les clients ne font pas la queue devant ta boutique,
à ce que je vois.

– Les temps sont durs et les amis rares, dit Vaatjie en
anglais.

– 200 rands pour cinq minutes de boulot.

– T'es dingue, mec. Je bosse pas pour des clopinettes.

– Alors, quel est ton prix, Vaatjie ?

– 500.

– C'était sympa de te revoir, dit Joubert en tournant les talons. À ce prix-là, je trouverai un serrurier.

Il était déjà presque à la porte, quand Vaatjie le rappela :

– 300.

– 250, alors, lança Joubert par-dessus son épaule.

Il y eut un moment de silence, et la réponse arriva :

– OK, putain ! OK.

Il entrait dans son bureau quand son téléphone mobile sonna.

– Mon frère, les nouvelles ne sont pas bonnes, dit la voix de Dave Fiedler. Ton profil IMEI, ça n'a rien donné. La dernière carte SIM, c'est celle de ton bonhomme, et le dernier appel date du 25 novembre, il ne s'est plus rien passé depuis : muet. Désolé, vieux, je regrette de ne rien pouvoir faire de plus.

Il remercia Fiedler et s'assit. Il était déçu et, pour la première fois, il se sentait inquiet, il ressentait même un malaise plus profond. C'était leur meilleure chance de trouver un détail auquel s'accrocher. Et plus : ça voulait dire quelque chose au sujet de la disparition. Le voleur opportuniste ou l'ancien chauffeur de bus ivre de vengeance auraient utilisé le téléphone, ou l'auraient vendu ou mis en gage. Ou simplement balancé, pour que quelqu'un d'autre le brade.

Ça faisait 1 500 rands passés à la trappe. Et maintenant il allait falloir dépenser davantage pour les empreintes – encore un coup à l'aveuglette.

Tanya Flint ne prit pas bien la nouvelle. Joubert entendit le désespoir dans sa voix : elle était épuisée.

– Et maintenant ?

– On va s'occuper des empreintes. Et je n'ai pas encore fini chez ABC, je veux examiner les archives du personnel.

Elle resta silencieuse un assez long moment, puis demanda :

– Répondez-moi honnêtement : y a-t-il le moindre espoir ?

– Il y a toujours de l'espoir, répondit-il, peut-être un peu trop vite, avant d'ajouter : Quand j'aurai fini, ce soir, nous en reparlerons. On devrait avoir une idée plus claire de la situation d'ici là.

– Merci, dit-elle, mais sans enthousiasme.

Il téléphona à Jannie Cordier, le technicien en criminalistique, pour lui demander de venir relever les empreintes après 18 h 30, quand Tanya serait là. Puis il vérifia que la partie administrative du programme était en ordre avant d'aller chercher Bella Van Breda. À peine deux jours de travail, et il avait déjà dépensé 10 000 rands. Et il n'y pouvait rien.

– Alors, vous connaissez Benny Griessel, dit-il à Bella sur le chemin du dépôt d'ABC.

– On s'est parlé, reconnut-elle, en piquant aussitôt un fard.

– Comment va-t-il ? demanda Joubert, qui ne l'avait pas revu depuis un mois.

Son ancien collègue, comme la plupart des membres de la police, n'avait pas bien pris son départ pour Jack Fischer et Associés. Et Joubert ne pouvait que spéculer sur leurs raisons : une antipathie naturelle pour le secteur privé, le sentiment que celui qui quittait le Service était un lâcheur… Mais aussi une pointe d'envie… Et puis les opinions sans détour que Jack livrait aux médias concernant la police n'arrangeaient rien.

– Il va bien, autant que je sache. Vous savez, Benny est très occupé, il a monté un groupe. Je crois qu'il a une nouvelle petite amie.

– Ah ?

– Oh, genre vieille chanteuse.

Puis changeant délibérément de sujet, elle demanda :

– Dites-moi donc ce que vous attendez de moi ce soir.

Il la mit au courant, et il précisa qu'il allait à la pêche aux informations. Il cherchait tout ce qui pourrait éclairer la disparition de Danie Flint.

– OK, dit-elle. Je vais tenter le coup.

Joubert informa Neville Philander qui, exténué, leur dit, avec un grand geste du bras :

– Allez-y, amusez-vous bien. Santasha restera jusqu'à ce que vous ayez fini. Moi, je rentre.

Ils se rendirent dans le box de Danie Flint. Il fallut à peine quarante secondes à Vaatjie de Waal pour ouvrir le tiroir.

De Waal déroula une trousse de cuir sur le bureau, choisit un outil fin, en forme de L, qui ressemblait à une clé hexagonale, tâtonna dans le trou de la serrure, essaya avec une clé légèrement plus épaisse, l'oreille collée contre le tiroir, agita la tête une fois avant de se redresser… et d'ouvrir le tiroir.

– 250, réclama-t-il en tendant sa main ouverte à Joubert. J'aurais dû te facturer l'essence aussi.

Joubert sortit son portefeuille de la poche de sa veste et compta les billets.

– Merci, Vaatjie, dit-il.

Il hocha la tête dans la direction de la trousse déjà repliée et entourée d'un ruban.

– Je croyais que tu n'étais plus dans cette branche ?

– Et toi, tu n'es plus dans la police, rétorqua de Waal en prenant l'argent. Dis-moi, où est passé ce salaud de Kallie Van Deventer ?

– Kallie a pris sa retraite avec un paquet de fric il y a quatre ans. Depuis, avec sa femme, il a monté une maison d'hôtes quelque part, Gansbaai peut-être.

– Une maison d'hôtes ? s'écria Vaatjie, sur un ton qui laissait entendre que c'était une chose indigne.

– Oui, autant que je sache.

Vaatjie hocha la tête.

– OK, salut, lança-t-il, sa courte silhouette ronde disparaissant derrière la cloison.

Bella le regarda s'éloigner et jeta un regard interrogateur à Joubert.

– On était à l'école ensemble, dit celui-ci. Son père, Oom Balie, était serrurier à Goodwood. Vaatjie a tout appris avec lui. Ensuite, il a fait des casses pendant sept ans : à Tokai, Bishops Court, Constantia[1], une épidémie de cambriolages en solitaire... jusqu'à son arrestation par Kallie Van Deventer. Vaatjie est allé en prison, et il est devenu énorme. Quand il est sorti, Kallie l'a pincé encore une fois, une semaine plus tard, coincé dans une fenêtre de cuisine à Rondebosch, à moitié dedans, à moitié dehors...

Pendant qu'elle riait, Joubert ouvrit le grand tiroir, mais n'y trouva que trois bricoles. Il en sortit un emballage ouvert de carte prépayée pour téléphone mobile Vodacom. Il y avait aussi un porte-clés, avec deux clés et une médaille métallique, au milieu de laquelle figurait un logo : *SS.* Sous le logo, la mention *97B* était découpée à l'emporte-pièce. La dernière chose contenue dans le tiroir était une feuille de papier au format A4, déchirée en deux. Sur un morceau, quatre rangées de lettres et de chiffres étaient inscrites à l'encre bleue, nettement et précisément.

2044 677 277
9371
L66pns8t9o
speedster430

1. Banlieues résidentielles très aisées.

Joubert retourna la feuille de papier. C'était un formulaire vierge de la société d'autobus, avec des colonnes et des intitulés. Il examina de nouveau les symboles au verso. La première ligne correspondait-elle à un numéro de téléphone ? Non, ce n'était pas possible car tous les numéros locaux commençaient par un 0.

Puis il se rappela que Bella était là, à côté de lui.

– Excusez-moi, dit-il. Asseyez-vous donc.

Il indiqua le fauteuil et l'ordinateur.

– Allez-y, je vous en prie.

– OK, dit-elle.

Elle se pencha et s'agenouilla pour rapprocher l'unité centrale de l'ordinateur afin de l'examiner. Puis elle l'alluma et s'installa dans le fauteuil.

Joubert posa la feuille sur le bureau et examina de nouveau les deux clés. L'une portait le logo de Yale, et l'autre seulement six chiffres. Ses doigts firent tourner la médaille métallique sur l'anneau. Ce logo SS lui était vaguement familier. Et « 97B », qu'est-ce que ça pouvait être ? Le numéro d'un appartement ? Une chambre d'hôtel ?

SS...

Il passa le doigt sur les caractères, en quête d'idées. Rien.

Il mit les clés de côté, puis dans l'emballage Vodacom il trouva une notice, un petit étui de plastique, vide, qui avait dû contenir la carte SIM, et la carte cartonnée qui portait les deux numéros de la carte SIM et du code PIN du téléphone portable.

Son cerveau faisait le lien avec quelque chose qu'il avait déjà vu dans ce lieu. Il ouvrit le tiroir du milieu, qu'il fouilla du regard. Entre les articles de papeterie, il y avait le chargeur de téléphone Nokia. Mais dans la boîte à gants de l'Audi il y avait un autre chargeur, d'une autre marque, il ne se rappelait pas laquelle, il aurait dû l'écrire.

– Il avait un autre téléphone, dit-il.
– Quoi ? interrogea Bella.
Joubert ne répondit pas.
Il prit son téléphone portable et appela Tanya.
– Le téléphone portable de Danie, c'était quelle marque, déjà ? lui demanda-t-il.
– Un Diamond, dit-elle, un Diamond HTC.

91

Il lui demanda depuis combien de temps son mari possédait le HTC.

– Je crois qu'il a eu une version améliorée en avril de l'année dernière, répondit-elle.

– Et quel téléphone avait-il avant celui-là ?

– Oh, aussi un HTC, je crois que c'était le TyTN, celui dont le couvercle coulisse. Pourquoi ?

Il y avait de l'espoir dans sa voix.

Il craignait de lui en donner trop.

– C'était juste pour m'en assurer. On est dans son bureau, j'ai trouvé une page avec plein de numéros dessus. Je peux vous les lire ?

– Allez-y.

Il lut la première série et lui demanda si ça lui disait quelque chose.

La réponse fut non.

Après la troisième série, elle dit :

– On dirait un mot de passe. Pour son ordinateur, peut-être ?

– Peut-être. Et « speedster430 »… ?

– Je ne sais pas… Non.

– Merci. Je viendrai vous voir quand ça sera fini.

– Je vous en prie, appelez-moi si vous trouvez quoi que ce soit.

Quand il eut raccroché, il disposa les symboles là où Bella pourrait les voir.

– Est-ce que ça pourrait avoir quelque chose à faire avec cet ordinateur ? Un mot de passe ?…

– Possible…

Elle cliqua, ouvrit une fenêtre « Connexions réseau », puis une autre.

– Non, dit-elle, ce n'est pas son mot de passe de réseau… Vous voulez voir son courrier électronique ?

– Oui, s'il vous plaît.

– Il y en a pas mal…

Elle lui montra le tableau Outlook.

– Deux cent soixante-cinq nouveaux messages.

Il se pencha pour regarder l'écran.

– Pour la plupart, ce sont des notifications PGRC. Je ne sais pas ce que c'est. Il y a une icône PGRC aussi sur son bureau.

Joubert essaya de se rappeler ce que le sigle signifiait.

– Ça a quelque chose à voir avec la gestion de la société. Je cherche des trucs plus personnels, attendez une seconde…

Il fit le tour de la cloison, prit une chaise de l'autre côté, l'apporta dans le box de Danie et s'assit.

– Le reste, c'est juste les RH d'ABC. Des bulletins. Un ou deux courriers parasites. Et puis des adresses ABC, tenez, regardez… (elle déroula la liste avec le curseur). Je ne vois rien de bizarre, conclut-elle.

– Vous pouvez m'imprimer ça ? demanda-t-il.

– Juste les intitulés ?

Elle vit qu'il ne comprenait pas. Elle expliqua :

– Ça indique l'expéditeur et l'objet.

– Oui, s'il vous plaît.

– OK. Il suffit d'aller à « Page Setup » et « Table Style »…

La souris se déplaçait à une allure étonnante.

– Je ne sais pas où est l'imprimante, dit-elle.

– On verra ça tout à l'heure. Qu'est-ce qu'il y a d'autre ?

– Laissez-moi une minute.

– Eh bien, je vais aller voir où est l'imprimante.

Il prit la feuille avec les symboles et emprunta le couloir jusqu'à un bureau où il trouva une jeune métisse assise devant un standard.

– Santasha ?

– Ouais, c'est donc vous le privé.

Elle se mit à glousser et lui tendit la main. Elle était grassouillette, avec des yeux espiègles qui riaient en même temps que sa bouche.

– Pour moi, c'est une première, dit-elle.

Elle lui serra la main.

– Enchanté de faire votre connaissance…

– C'est vous qui imprimez ? demanda-t-elle, en lui tendant une liasse de papiers.

– Oui, merci.

– Trouvé quelque chose ?…

– Je ne sais pas encore ; on va faire le plus vite possible.

– Prenez votre temps ; là, on me paie des heures supplémentaires…

Il lui montra les chiffres.

– Vous auriez peut-être une idée ? demanda-t-il.

Elle les examina attentivement.

– Non, pas la moindre idée.

Il s'assit avec Bella, fixant les rangées de chiffres et de lettres.

Pourquoi la première ressemblait-elle à un numéro de téléphone ? Il se rappela qu'il y avait des annuaires sur l'étagère, en prit un et entreprit d'étudier les indicatifs locaux. Pour la zone d'Oudtshoorn, c'était le 044, mais alors le premier chiffre, 2, n'avait aucun sens. Il parcourut du doigt la liste des codes internationaux mais ça non plus, ça ne marchait pas.

Bella lâcha :

– Oh, oh !

– Vous avez trouvé quelque chose ?

– Le journal de son navigateur… Je peux jeter un coup d'œil sur ces mots de passe ?

Il lui tendit la feuille et regarda l'écran. Le navigateur web d'Internet Explorer était ouvert sur une page qui portait l'intitulé « Yahoo ! Mail ».

– Son journal montre qu'il utilisait ce webmail-ci.

Elle examina les quatre rangées de symboles, tapa *speed ster430* dans une petite fenêtre, puis quelque chose d'autre pour le mot de passe, mais il ne vit que les astérisques.

– Bingo ! dit-elle, car elle venait de constater que le navigateur web ouvrait une nouvelle page. Il avait un compte mail Yahoo. Voici son adresse : speedster430 @yahoo.com. Et cette série qui commence par L66, c'est son mot de passe.

– Aah ?…

Il n'avait pas encore compris comment elle avait fait. La page finit de se charger… mais il n'y avait rien – aucun message.

– On dirait qu'il a tout effacé. Regardons s'il y a quelque chose dans le dossier « Messages envoyés ».

Elle cliqua encore, mais le dossier était vide.

– C'est bizarre, quand même, dit-elle.

– Pourquoi ?

– Regardez son Outlook. Regardez son dossier « Documents » sur le disque dur. Il ne le nettoyait pas souvent. Mais son compte Yahoo…

– … est vierge ?

– Complètement, précisa-t-elle, puis, après une hésitation : Mais il y a autre chose.

Elle déplaça la souris, manœuvrant de nouveau le navigateur.

– Son historique montre qu'il se rendait souvent sur le site de son compte bancaire.

La page Internet d'ABSA[1] apparut alors à l'écran.

---

1. Amalgamated Banks of South Africa.

– Non, ils sont à la Nedbank, dit-il.

Les relevés que Tanya Flint lui avait donnés venaient de chez eux.

– Peut-être, répondit Bella. Essayons le premier numéro… (celui que Joubert avait pris pour un numéro de téléphone). Et le plus court pourrait être son PIN, ajouta-t-elle.

Une nouvelle page se chargea.

Votre mot de passe SurePhrase™ est : FLINT D. Votre PIN a été vérifié avec succès.
Votre dernière connexion à ABSA Internet ou à notre service bancaire par téléphone mobile remonte au 25 novembre.
N'entrez que les caractères de votre mot de passe qui s'inscrivent dans les cases ROUGES.

– Le 25 novembre, murmura Mat Joubert, le jour de sa disparition…

Bella Van Breda entra la troisième rangée de chiffres et de lettres dans les cases.

L'écran changea.

– Mais comment saviez-vous ? demanda Joubert.

– Les gens sont comme ça. Ils utilisent les mêmes trucs, les mêmes mots de passe. C'est plus facile à mémoriser.

Ils regardèrent l'écran.

Solde
Cliquez sur un intitulé ou un numéro de compte pour visualiser l'historique d'une transaction. Avertissement : le solde disponible sur votre compte peut inclure des dépôts de chèques qui ne sont pas encore définitivement payés à la banque, et qui pourraient encore être annulés.

Nom du compte	Numéro du compte	Solde courant	Solde disponible	Montants non compensés
ÉPARGNE	2044 677 277	134 155,18	134 155,18	0,00

Joubert siffla entre ses dents. 130 000 rands ! Ça changeait tout.

– Vous pouvez imprimer ça ? demanda-t-il.

– Ça ne va pas disparaître, répondit Bella calmement. Voyons ce qui se passe sur le compte…

Elle cliqua sur le numéro du compte, et un relevé apparut à l'écran.

Mat Joubert se renversa dans son fauteuil.

– Incroyable ! s'exclama-t-il. Incroyable !

– 400 000 rands ? demanda Tanya Flint, son visage crispé par le choc.

– On dirait deux dépôts en espèces, dit Joubert.

Ils étaient dans le salon, lui sur le canapé, elle sur une chaise, la table basse entre eux deux. Il poursuivit :

– Le 17 octobre, 250 000, et le 29 octobre encore 150 000, ce qui fait un total de 400 000 rands. Il a par ailleurs effectué un paiement de juste un peu moins de 250 000 rands le 27 octobre, un virement au bénéfice d'un M. Marshall ; et encore un le 12 novembre à HelderbergUp pour juste 11 000 rands. Le reste consiste en retraits d'espèces, intérêts et frais bancaires.

Tanya, assise sur le bord de sa chaise, porta les mains à son visage, les yeux rivés sur les relevés imprimés. Elle inspira brusquement.

– Oh, mon Dieu !

92

Elle dit à Mat Joubert qu'elle ne savait pas d'où cet argent venait. Elle n'avait jamais entendu parler d'un M. Marshall, ni de HelderbergUp.

Il lui demanda si Danie aurait pu vendre quelque chose ; si Gusti Flint aurait pu donner ou prêter de l'argent à son fils ; enfin, si elle n'avait pas une idée, même bizarre, de cette source d'argent : le loto, par exemple. Et chaque fois, elle répondait par le même « Non » désespéré. Finalement, elle ajouta :

– Mais comment a-t-il pu me cacher tout ça ?

Le chagrin, le sentiment de trahison lui déformaient le visage.

Avant que Joubert ait eu le temps de répondre, on entendit quelqu'un appeler dans la cuisine :

– Hello-o-o-o…

Quand il était arrivé, Tanya lui avait dit que le technicien pour les empreintes était à l'œuvre dans le garage, mais elle avait tellement hâte d'entendre les nouvelles que Joubert n'avait pas eu le temps d'aller le saluer. Il se leva.

– Jannie Cordier ? dit-il.

Cordier ressemblait à une publicité pour Edgars[1] dans son pantalon de coutil bleu, sa chemisette à carreaux bleus et jaunes, avec une fine ceinture marron sur ses

1. Chaîne de magasins de vêtements.

hanches étroites. Il était debout, sa mallette d'aluminium
à la main, et regardait le visage de Tanya sillonné de
larmes.

– Excusez-moi… dit-il.

– Mat Joubert. Vous avez trouvé quelque chose ?

– Cette voiture a été essuyée. Il n'y a qu'une série
d'empreintes, sur la portière et sur le volant, dit-il de sa
voix haut perchée, assortie à son visage juvénile. Je vais
devoir prendre les empreintes de Mme Flint pour vérifier.

– « Essuyée », qu'est-ce que vous voulez dire ? demanda
Tanya.

– Essuyée de fond en comble. Le coffre est propre, la
radio aussi, l'habitacle, tout. Quelqu'un a fait du bon
boulot.

Tanya Flint avait l'air assommée par les nouvelles.

– Qu'est-ce que ça signifie ? demanda-t-elle.

Joubert s'assit lentement, parce qu'il allait devoir lui
expliquer avec une bonne dose de diplomatie ce que cela
impliquait.

– À mon avis une mauvaise nouvelle, madame Flint,
dit Cordier. Très mauvaise.

Elle lança un regard à Joubert. Il secoua la tête,
mécontent du manque de tact de Cordier. Puis il
acquiesça, avec un soupir :

– Effectivement, ce n'est pas bon.

Cordier attendit patiemment que Tanya Flint se calme
avant de relever ses empreintes. Elle alla ensuite se laver
les mains pendant que Joubert raccompagnait le technicien à la porte.

– Le tact n'est pas votre fort, lui dit-il.

– Quoi ? rétorqua l'autre. Je suis honnête, c'est tout.

Joubert le regarda sans répondre.

– Tôt ou tard, il allait bien falloir que quelqu'un le lui
dise !

– Plus tard, ça aurait peut-être été mieux.

Cordier se hérissa et tourna les talons, aboyant par-dessus son épaule :

– J'enverrai ma note !

Il s'éloigna, furieux, vers sa fourgonnette. Joubert ferma la porte, revint lentement vers le canapé.

Il allait maintenant devoir aborder la question de l'autre téléphone mobile et des clés. La soirée s'annonçait difficile.

Quand Tanya se rassit, ses mains tremblaient encore. Les rides de son visage semblaient s'être creusées, les cernes autour de ses yeux étaient plus foncés.

– Tanya… commença Joubert.

– Il y a autre chose, dit-elle avec certitude.

– Oui.

– Dites-le-moi, qu'on en finisse.

– Il avait un autre téléphone mobile.

Joubert lui parla de la carte prépayée Vodacom et du chargeur Nokia. Elle restait assise, immobile, en fixant le tapis. Elle finit par demander :

– Quoi d'autre ?

Il prit les clés dans sa poche et les posa devant elle. Elle les regarda à contrecœur.

– Vous les avez aussi trouvées dans le tiroir ? demanda-t-elle.

– Oui.

Elle les prit. Elle tremblait, les clés cliquetaient.

– Vous savez ce que c'est ? demanda-t-elle, désignant le logo SS.

– Non, mais je…

– Self Storage, répondit-elle.

Une image lui vint à l'esprit, un grand panneau publicitaire qu'il avait vu quelque part, sur le bord d'une route qu'il empruntait parfois : le logo SS en bleu, une publicité pour des espaces de stockage.

– Vous êtes au courant ? lui demanda-t-il.

– Je connais le logo, dit-elle. Ils ont un entrepôt à Montagu Gardens, près de mon bureau.

– Alors, il va falloir que j'aille voir ça, dit-il.

Mais elle ne lui donna pas les clés. Elle referma ses doigts dessus, comme s'il s'était agi de quelque chose de précieux, un trésor.

– Je viens aussi.

L'entrepôt de Self Storage était entouré d'une haute clôture. Il y avait une grille à deux battants dans le coin de droite, et un gardien dans sa cahute. Debout, dans la lumière des phares de la Honda, Joubert essaya, sans succès, les deux clés dans l'énorme verrou. Ses chaussures crissèrent sur le gravier tandis qu'il se dirigeait vers la fenêtre du gardien, un Noir à la chevelure grisonnante qui lisait un tabloïd étalé devant lui.

– Je peux vous aider ? demanda-t-il en anglais.

– La clé ne rentre pas, dit Joubert.

– Faites voir.

Il prit les clés et les examina.

– Ce n'est pas notre dépôt. Où les avez-vous trouvées ? demanda-t-il, d'un ton courtois.

– Elles sont au mari de cette dame. Il a disparu, répondit Joubert.

– C'est moche, ça, dit l'homme. C'est triste… Ça vient peut-être de l'un des deux autres entrepôts, précisa-t-il.

– Où se trouvent-ils ? demanda Joubert.

– Il y en a un à Kenilworth et un à Salt River.

Salt River… près du dépôt d'ABC où Danie travaillait. Ça devait être celui-là.

– Merci beaucoup, dit Joubert.

– J'espère que vous allez le retrouver, lui dit l'homme en lui rendant les clés.

Dans Otto Du Plessis Drive, un peu au-delà de Wood-bridge Island, Tanya dit :

– Ça doit être pour quelqu'un d'autre.

– Qu'est-ce que vous voulez dire ?

– Danie… Je connais Danie. Je le *connais*. L'argent… Il a dû aider quelqu'un, protéger quelqu'un. Ça doit être ça. Il est comme ça, Danie. Il s'occupe des autres.

– Peut-être, répondit Joubert.

Il n'avait pas mieux pour le moment.

Elle resta la main plaquée sur la bouche tandis que Joubert déverrouillait la porte roulante du n° 97B, se penchait et la relevait.

Il y avait quelque chose à l'intérieur, dans l'obscurité, dans un espace légèrement plus large qu'un garage simple. C'était l'avant d'une voiture.

Joubert repéra un interrupteur sur le mur et alluma.

Tanya était encore dehors, les yeux fixés en silence sur la voiture rouge et gris, stationnée avec l'avant face à eux, ses deux phares qui les fixaient comme des yeux. Joubert l'identifia aussitôt, mais commença par en faire le tour, regardant par les vitres pour voir s'il y avait quelque chose à l'intérieur.

Juste les clés sur le contact.

– Il y a quelque chose ? demanda-t-elle.

– Non.

Elle entra, désignant la voiture du doigt.

– Porsche, lut-elle sur le logo jaune, rouge et noir du capot.

– C'est une Carrera 911, dit-il. N'y touchez surtout pas, je vous en prie. Je vais chercher des gants.

Il retourna vers sa voiture pour y prendre son kit de scène de crime qu'il avait rangé dans le coffre le matin même.

Tanya était debout, à côté de la portière du conducteur, une expression bizarre sur le visage, à la fois stupéfaite et désemparée.

– Danie, dit-elle, Danie, mais qu'est-ce que tu as fait ?...

93

Il était minuit moins vingt, il était assis dans la cuisine avec Margaret qui faisait cuire un steak. Il lui racontait son étrange journée, un verre de vin rouge à la main.

– Il a acheté la Porsche à un certain Mark Marshall, Sweet Valley Street à Bergvliet (le nom figurait sur le carnet d'entretien, dans la boîte à gants). Le téléphone Nokia y était aussi, avec trois SMS d'ABSA indiquant qu'il s'était connecté au site bancaire en ligne. Je pense que c'est pour ça qu'il avait un téléphone mobile de plus, pour consulter le compte bancaire, expliqua Joubert.

– Et elle n'en savait vraiment rien ? demanda Margaret.

– Rien.

Il mangea un peu de salade avec les doigts, sa faim attisée par l'odeur du steak. C'était une tradition, commencée quand les enfants étaient encore à la maison. Quand il rentrait tard, il y avait du steak, « Tu le mérites bien », disait-elle, et ils discutaient dans la cuisine, c'était une heure ou deux qu'ils passaient ensemble.

– Et comment l'a-t-elle pris ?

– Pas bien. Elle… Je crois qu'elle a déjà fait son deuil en décembre. Et maintenant, voilà qu'elle doit tout recommencer. Ce soir, elle a dû passer à nouveau par les phases de déni, puis de culpabilité et enfin de colère. Et je ne savais vraiment pas comment m'y prendre… Tu comprends, dans la police, il y a cette loi non écrite : tu restes à l'écart de l'entourage familial proche, tu ne t'impliques pas affectivement. Quand on est flic, on a toujours un peu de recul, on peut transmettre les mauvaises nouvelles, puis remonter en voiture et repartir faire son boulot. Mais là, ce n'est pas du tout pareil. C'est elle qui paye, donc elle a le droit de venir avec moi.

– Et en plus, il faut que tu la consoles, ajouta-t-elle en prenant l'assiette chaude dans le four avec un gant.

– C'est difficile, dit-il.

Elle fit glisser le steak sur l'assiette qu'elle plaça devant lui et précisa :

– C'est parce que tu prends ça à cœur.

– Il va falloir que je trouve le moyen d'assurer, dit-il.

Elle tira une chaise et vint s'asseoir en face de lui, fit glisser le sel et le poivre noir à sa portée.

– Alors, il a eu cet argent quelque part, et il a acheté une Porsche…

– Un modèle de 1984, avec 200 000 kilomètres au compteur. Mais en bon état. Les sièges ont été refaits. C'est sans doute la meilleure affaire qu'il pouvait s'offrir avec l'argent qu'il avait. Calcul égoïste, mais ça colle.

– Ah bon ?

Il prit une bouchée de steak.

– C'est délicieux, merci !… Si tu savais, cette pauvre Tanya a dépensé presque tout ce qu'ils avaient pour lui. Il était complètement insouciant, c'est sans doute le mot qui convient. Un enfant unique. Sa mère l'a peut-être un peu gâté. Je l'ai vue aujourd'hui… Je ne sais pas, mais j'ai l'impression qu'elle… Il y a chez elle quelque chose de superficiel, de frivole… Tu sais, ces maisons où tout est fait pour te signifier : « Nous avons de l'argent. » Attends, je vais te la donner, ma théorie : sa mère était un peu manipulatrice. Je pense que c'est une de ces femmes qui poussent leur mari à acheter une maison plus grande, une voiture plus chère, pour se faire respecter, une histoire de standing. Ça doit influencer l'enfant, forcément, quand il voit son père travailler dur et sa mère claquer le fric. C'est peut-être pour ça que Danie a gardé de l'argent pour lui, même s'il connaissait l'état de leurs finances... Comment peut-on acheter une Porsche quand on a une femme qui rame comme Tanya ?... Ça en dit long sur lui. Et aussi sur l'origine de l'argent. Mais là, je ne sais pas encore à quoi m'en tenir.

– Mange d'abord, lui dit Margaret en posant doucement sa main sur son bras. Ton steak va être froid.

Ça faisait dix ans qu'il n'avait plus fumé, mais tandis qu'il repoussait son assiette en avalant sa dernière gorgée de vin le désir lui revint, clair et distinct. L'effet du stress et de la fatigue, il le savait.

Il alla ranger son assiette et ses couverts dans le lave-vaisselle, remercia Margaret pour le steak, et également pour les bons sandwiches du déjeuner.

– La faim, c'est la meilleure sauce, répondit-elle. Demain, je vais faire un essai : poulet, cheddar et un chutney de pêche spécial que j'ai eu chez Bizerca. Tu me diras si ça te plaît.

– Vraiment, tu me gâtes, répondit-il.

Elle sourit.

– Tant qu'il n'y a pas une Porsche dans un garage quelque part... dit-elle, en prenant la poêle sur la cuisinière pour la mettre dans l'évier. Et après ?

– Après, je suis la trace du fric, répondit-il.

Elle revint vers lui, le visage grave.

– Tu ne le retrouveras pas vivant, n'est-ce pas ?

– Non, répondit-il. Je ne crois plus qu'il y ait la moindre chance. Elle le sait, elle aussi, désormais... Oh, elle a dit qu'elle acceptait cette possibilité, mais elle espère encore. Enfin, elle espérait, jusqu'à ce soir.

– Elle va tenir le coup ?

Ils étaient revenus de l'espace de stockage de Salt River jusque chez elle à Parklands dans un silence complet. Elle était assise, repliée sur elle-même, brisée, les mains sur les genoux, muette. Devant chez elle, il lui avait demandé si elle ne voulait pas qu'il la conduise plutôt chez sa belle-mère.

Elle avait secoué la tête, très vivement, malgré son épuisement.

Joubert lui avait proposé : « Vous pouvez rester chez nous cette nuit, avec Margaret et moi. »

Elle restait assise, les yeux fixés sur ses mains. Elle poussa finalement un long soupir, se tourna vers lui, épuisée, et dit : « Je vais devoir apprendre à être seule. »

Elle avait ouvert la portière de la voiture. Il en avait fait autant, pour la raccompagner à sa porte, et elle avait dit : « Non, merci, c'est pas la peine. »

Il l'avait regardée s'en aller. Elle avait parcouru la moitié du chemin, s'était arrêtée une seconde, puis s'était reprise, redressant la tête.

– Je pense que oui, répondit-il à Margaret.

94

Il était juste un peu plus de 8 heures du matin. Avant de s'occuper de son kilométrage et de ses heures, il téléphona à Mme Gusti Flint.

– Navré de vous déranger si tôt, dit-il, entendant les chiens aboyer en bruit de fond.

– Mais vous ne me dérangez pas du tout ! Vous entendez sans doute pourquoi je ne peux jamais dormir tard.

– Madame, je comprends qu'il ait pu y avoir un arrangement confidentiel entre votre fils et vous, mais il est important que vous me disiez la vérité : Danie vous a-t-il emprunté de l'argent l'année dernière ?

Pendant un instant, on n'entendit que les chihuahuas japper, puis elle demanda :

– Comment ? Qu'est-ce qui s'est passé ?

Il avait prévu cette question, mais il n'allait pas le lui dire.

– Il ne s'est rien passé. Mais j'essaie de tout mettre au clair, autant que possible.

– Mais non, il ne m'a rien emprunté, absolument pas, dit-elle, ayant du mal à cacher son indignation. Danie savait bien que je suis veuve.

Une veuve qui vit dans le luxe, pensa Joubert en son for intérieur.

– Il ne vous a donc pas demandé de lui prêter de l'argent ?

À ce moment-là, son téléphone mobile sonna et il le sortit de sa poche.

– Non, répondit-elle, mais je pense quand même que si vous me posez la question c'est bien pour une raison, non ?

Il coupa court :

– Merci, madame, veuillez m'excuser, j'ai un autre appel.

Elle insistait :

– J'ai le droit de savoir…

Il raccrocha car il avait reconnu le numéro inscrit sur l'écran de son portable : celui de Tanya Flint. Il prit l'appel.

– Tanya ?

– Il vaudrait mieux que vous veniez voir ici, dit-elle.

Il y avait de l'urgence dans sa voix.

– Où êtes-vous ? Que s'est-il passé ?

– Je suis au bureau. On a… Mais, s'il vous plaît, venez voir vous-même, ça sera mieux.

– Vous êtes en sécurité ? demanda-t-il.

– Oui, répondit-elle. La police est là.

Son entreprise était établie dans une petite zone industrielle, dans Stella Street, à Montagu Gardens. Joubert vit l'écriteau, long d'un mètre, avec la silhouette d'un espion, la piscine en forme de haricot, et les mots « Undercover. Protect Your Pool ». Deux véhicules de patrouille de la police étaient garés devant la porte d'entrée.

Il entra et vit aussitôt Tanya dans l'atelier avec deux policiers en uniforme. Il y avait des rouleaux de PVC bleu et noir, une couverture de piscine presque découpée, des coffres à outils contre le mur. Tanya le vit approcher et lui indiqua immédiatement le grand mur blanc sur la droite.

En grandes lettres, on avait bombé à la peinture rouge : LAISSE TOMBER.

Il alla vers elle.

– Ils ont cassé des trucs là-haut, dit-elle.

Il fut frappé par son ton : calme, presque satisfait.

Il regarda dans la direction qu'elle indiquait. Des marches en béton conduisaient à une plate-forme en bois. Il vit en contre-plongée les pieds d'un bureau qui avait été renversé.

– C'est l'enquêteur ? demanda l'un des hommes en uniforme, un sergent noir.

– Oui, c'est moi, répondit Joubert, qui tendit une carte de visite.

– Vous allez devoir attendre l'inspecteur Butshingi. Il arrive.

Puis Tanya se mit à parler, une note de joie dans la voix :

– Je savais bien que c'était quelqu'un d'autre. Je le savais !...

Joubert ne répondit pas. Il examinait les détecteurs à infrarouges sur les murs. Il demanda :

– Mais pourquoi l'alarme n'a-t-elle pas fonctionné ?

– Je ne sais pas, répondit Tanya Flint, comme si cela n'avait aucune importance.

– Mais avez-vous bien branché l'alarme hier soir ? demanda patiemment l'inspecteur Fizile Butshingi.

Avec Joubert et Tanya Flint, il regardait la petite fenêtre de la salle de bains dont la vitre avait été cassée et les barreaux arrachés par les intrus.

– Je ne me rappelle pas, dit-elle.

L'effet de l'adrénaline passé, son euphorie était retombée.

Butshingi leva les sourcils.

– La nuit dernière... M. Joubert a appelé au moment où je fermais, à propos du téléphone mobile de mon mari. Je... J'ai peut-être oublié... admit-elle.

L'inspecteur soupira.

– Et vous êtes sûre qu'on n'a rien volé ? insista-t-il.

– Non, autant que je sache. Ils ont cassé tous les moniteurs d'ordinateur et balancé les dossiers partout. C'est tout.

Butshingi indiqua les grandes lettres rouges sur le mur.

– Vous savez ce que ça veut dire, Sup ? demanda-t-il, car il connaissait Joubert.

Joubert savait que cette question allait être posée, et hésita entre deux options. S'il jouait cartes sur table, cela entraînerait pas mal de conséquences : des heures passées à faire des dépositions à propos de la Porsche, de l'Audi, du téléphone mobile... pour ne pas parler d'une saisie possible des documents financiers ; tout cela briserait la dynamique de son enquête. Et pendant ce temps les 30 000 rands de Tanya s'écouleraient peu à peu. Mais il ne voulait pas non plus mentir.

– Eh bien, Mme Flint a fait appel à nous pour essayer de retrouver son mari, qui a disparu. Elle l'a déclaré au commissariat de Table View...

– Table View... soupira Butshingi qui, lui, était rattaché à Milnerton.

– C'est l'inspecteur Jamie Keyter qui s'en occupe. Il en sait sûrement plus que moi, ajouta Joubert.

– Hé, hé ! répliqua Butshingi. Keyter, je le connais... Mais ces mots-là... (il indiqua le mur). Quelqu'un veut que vous arrêtiez. Parce que, sans doute, vous avez trouvé quelque chose, Sup.

– J'ai fouillé ses voitures, ses relevés bancaires, son bureau... répondit Joubert avec un haussement d'épaules.

– Et rien trouvé ?

– En tout cas, je ne l'ai toujours pas trouvé, lui.

– Qui était au courant de votre enquête ?

Question à laquelle Joubert attendait une réponse, lui aussi.

– Mme Flint, évidemment, sa belle-mère, ses collègues et Jamie Keyter.

Butshingi jeta un regard à Tanya.

– Et vos employés, ici ?

– Non, eux n'en savaient rien.

L'inspecteur contemplait les graffitis.

– Sup, interrogea-t-il avec une lenteur délibérée, vous êtes bien certain de n'avoir rien omis de me dire ?

– Inspecteur, si vous voulez, on peut tout vous montrer. Vous verrez peut-être quelque chose que j'ai raté.

Butshingi secoua la tête.

– Laissez-moi parler d'abord à Keyter, dit-il.

Quand ils furent seuls, Tanya Flint lui demanda ce qu'il en pensait.

– Vous n'avez parlé de l'enquête à personne d'autre ? interrogea-t-il.

– Nos amis sont au courant. Et puis vous, et les collègues de Danie.

Joubert réfléchit, puis secoua la tête.

– Il y a bien trop de variables. Quelqu'un aurait pu surveiller Self Storage, ou aurait pu demander au gardien de passer un coup de fil s'il y avait de la visite. Je vais essayer de savoir tout ça.

– Ce sont les gens qui ont fait du mal à Danie. Maintenant, ils veulent nous arrêter, fit-elle.

Elle n'avait plus le même ton convaincu qu'auparavant.

Il lui dit que l'argent était la clé. Il faudrait qu'ils parlent à ABSA, et le plus tôt possible. Ils avaient besoin de plus de détails sur les transactions, et sur le compte lui-même. N'importe quoi, tout, il fallait faire flèche de tout bois. Munie du numéro d'enregistrement de l'affaire par la police, de son certificat de mariage et d'un document d'identité, elle pourrait obtenir l'aide de la banque.

– Il faut que je remette de l'ordre, dit-elle en indiquant le bureau saccagé tout autour d'elle. Et je dois convoquer les experts de l'assurance, voir si je peux avoir de nouveaux ordinateurs.

– Je retourne au bureau, dit Joubert.

Il esquissa un mouvement pour partir, puis se retourna.

– Je pense que vous ne devriez pas rester seule. Il va falloir qu'on s'organise.

À son bureau, il trouva un annuaire téléphonique, l'ouvrit à la lettre H et fit glisser son doigt le long des colonnes jusqu'à ce qu'il le trouve : Helderberg Upholstery.

Il appela le numéro, demanda à la femme qui répondit s'il était possible de refaire la garniture en cuir de sa Porsche.

– C'est notre spécialité, monsieur, répondit-elle.

– Je vous l'amène pour un devis, mentit-il.

Encore une énigme de résolue. Malgré l'intrusion dans le bureau de Tanya Flint et la menace peinte sur le mur, il ressentait une certaine satisfaction. Il progressait en dépit des pignons rouillés… Il avait enfourché son vieux vélo de détective et c'était reparti. Et maintenant, il lui semblait qu'il arriverait à résoudre cette énigme avant qu'il n'y ait plus d'argent.

95

Il trouva le numéro du domicile de Mark Marshall dans l'annuaire, l'appela. Une voix de femme, joyeusement, répondit :

– C'est Hélène.

Il demanda à parler à M. Marshall.

– Attendez. Il est sorti fumer en cachette. Je ne suis pas censée être au courant…

Il entendit la femme appeler, puis un bruit de pas, et une voix d'homme dans le combiné dit :

– Mark Marshall.

Joubert lui demanda s'il avait vendu une Porsche Carrera 911 de 1984 à un certain Danie Flint en octobre.

– Oui, c'est moi. Pourquoi ? Il la revend ?

– Non. Il a été porté disparu, et j'enquête sur l'affaire. On essaie de retracer ses dépenses de l'année dernière.

– La voiture a disparu ?…

– Non. C'est M. Flint. Sa disparition a été signalée par sa femme.

– Mon Dieu ! Il va bien ?

– Nous n'en savons rien, monsieur.

– Mon Dieu ! Un jeune homme si bien. Ça a été un vrai plaisir de… Quand a-t-il disparu ?

– L'année dernière, en novembre. D'après nos dossiers, il vous a acheté cette voiture.

– C'est exact. Comptant.

Joubert lui demanda comment Flint avait entendu parler de la Porsche.

– J'ai mis une annonce dans *Auto Trader,* l'année dernière en septembre.

– Et quand vous a-t-il contacté ?

– Il va falloir que je... Ça s'est fait très vite, juste deux jours avant l'achat, ça devait être... Ah, c'est le problème, quand on vieillit, on ne se rappelle plus aucun détail, il va falloir que je vérifie.

– Il vous a réglé le 27 octobre...

– Ça doit être ça. Alors, il a dû appeler vers le 25. C'était le matin. Il m'a posé quelques questions, et il n'a pas marchandé. J'ai apprécié, parce que tous les autres filous faisaient des offres parfaitement ridicules. Et puis il est venu la voir, à l'heure du déjeuner. Il s'y connaissait. Il a dit qu'il s'intéressait également à une Ferrari 308 GTSi de 1981, et qu'il me recontacterait...

Joubert prit quelques notes dans son bloc et demanda :

– Pour la Ferrari, a-t-il mentionné le prix ?

– Non. Mais c'était aussi une annonce d'*Auto Trader,* et je me suis renseigné. Je ne me rappelle pas exactement, mais c'était plus de 400 000. De toute façon, deux jours plus tard, il a appelé, il a dit qu'il prenait la Porsche, et il m'a demandé mes coordonnées bancaires. Il a fait un virement sur Internet. Et puis il est venu en taxi chercher la voiture, le lendemain. Un gentil garçon, bien élevé...

– Ça devait être le 28, alors ?

– En tout cas, c'était le lendemain du jour où il a payé.

Joubert tenta sa chance :

– Vous a-t-il dit comment il avait eu l'argent ?

– Eh bien... Pas vraiment. Je lui ai demandé ce qu'il faisait dans la vie, il m'a dit qu'il était dans les affaires, à son compte. Je lui ai demandé quelle sorte d'affaires, parce que j'ai été entrepreneur, moi. Il m'a dit courtier, quelque chose comme ça.

– Courtier ?

– Il était assez vague. Mais vous savez, de nos jours il y a tellement d'intermédiaires que je suis un peu largué. Et puis ça ne me regardait pas.

– Monsieur Marshall, est-ce que vous vous rappelez encore autre chose ?... Un truc qu'il aurait dit ?

– Eh bien, pas vraiment. Je veux dire, quand deux toqués de bagnoles se rencontrent, c'est surtout de ça qu'ils parlent. Mais il s'y connaissait vraiment, il connaissait l'histoire de la 911 : dans les années 1960, les Français s'étaient opposés au nom d'origine, 901, Porsche avait dû changer, enfin quelque chose comme ça... Je me souviens qu'il a dit que le modèle coupé 1967 S était le plus beau, mais je préfère la Carrera, et là nous avons eu une petite discussion sympa. Il avait beaucoup d'humour, un type charmant, vraiment... Vous ne savez absolument pas ce qui lui est arrivé ?

– Pas encore.

– Et la voiture ?

– On l'a retrouvée hier soir.

– Eh bien, il n'est sans doute pas loin...

Joubert arracha ses feuilles du bloc, les mit côte à côte et entreprit de recomposer un calendrier :

17 octobre : dépôt de 250 000 rands.

25 octobre : coup de fil à propos de la Porsche. Il va la voir.

27 octobre : paye 248 995 rands pour la Porsche (transaction Internet).

28 octobre : va chercher la Porsche.

29 octobre : dépôt de 147 000 rands.

3 novembre : retrait en espèces : 1 000 rands.

9 novembre : retrait en espèces : 1 500 rands.

12 novembre : payé à Helderberg Upholstery 11 000 rands (transaction sur Internet).

25 novembre : disparaît.

Il examina attentivement le tableau, puis relut ses notes. Huit jours séparaient le premier dépôt et le coup de fil de Danie Flint pour la Porsche. Il avait d'abord regardé ce qu'on trouvait sur le marché. Mais pourquoi se serait-il intéressé à une Ferrari de plus de 400 000 rands s'il n'avait que 250 000 rands à la banque ? Ou aurait-il tendu la perche à Mark Marshall pour qu'il baisse son prix ? Marshall avait dit qu'il n'y avait pas eu de marchandage...

Joubert ajouta une note en bas de son calendrier : *Ferrari ? 400 000 rands ??? Essayer de retrouver le vendeur. Se procurer l'*Auto Trader *de septembre.* Il y avait un magazine dans le tiroir de Danie Flint, c'était peut-être celui-là.

Puis il écrivit : *Date d'ouverture du compte bancaire ? Quelle sorte de dépôts ?*

Et encore : *Self Storage – Date de location ? Coût ?* Il y avait eu seulement deux retraits en espèces, cinq jours après qu'il était allé chercher la Porsche. Où la voiture se trouvait-elle dans l'intervalle ?

Il réfléchit encore, puis nota le mot *courtier*, en y ajoutant trois points d'interrogation et, pour finir, en grandes capitales : D'OÙ VIENT CET ARGENT ?

Tanya Flint l'appela juste au moment où il s'arrêtait au dépôt de Self Storage à Salt River. Elle dit qu'elle avait rendez-vous à la banque à 14 h 30, à la succursale de Heerengracht, parce que c'était là que le compte avait été ouvert.

Ils convinrent de se retrouver cinq minutes avant. Puis il prit son bloc, sortit de la voiture et se dirigea vers le bureau du dépôt, qui était fermé la veille au soir.

Une métisse d'une trentaine d'années était assise derrière le comptoir, feuilletant un numéro de *You*. En le voyant, elle cacha son magazine et lui demanda si elle pouvait l'aider. Il posa sa carte professionnelle sur le comptoir et raconta son histoire.

Quand il prononça le nom de Danie Flint, elle demanda :

– Le 97B ?

– C'est bien ça, dit-il en sortant les clés de sa poche.

– Mary, appela la femme par-dessus son épaule, le mystère du 97B est résolu !

Mary surgit de derrière une cloison, une métisse grasse et plus âgée, indignée.

– Où étiez-vous donc passé, monsieur ?

– Ce n'est pas son contrat, c'est celui de Flint, et il est parti, dit la lectrice de magazine.

– Parti ? interrogea Mary.

– Disparu, enchaîna l'autre.

– Alors, qui c'est qui va payer la note ?

Joubert affirma que tout serait réglé.

– Sinon, on aurait été obligés de vendre cette bagnole de frime à la fin du mois prochain : on en est quand même au troisième rappel.

– Vous avez donc envoyé des avis ?

– On a essayé de téléphoner, déjà en décembre, quand il a commencé à être en retard. Mais il nous a donné un numéro qui n'est pas bon. La femme qui a répondu a dit qu'elle n'avait jamais entendu parler de lui. Et c'est marqué dans le contrat qu'après trois mois on vend aux enchères.

– Vous avez expédié les avis à quelle adresse ?

– À l'adresse qui est marquée sur le contrat.

– Je peux regarder ?

– Mais c'est confidentiel, dit Mary, sans grande conviction.

– C'est le seul moyen de toucher ce qu'on vous doit, dit-il sur un ton persuasif. À condition que vous m'aidiez…

La plus âgée des deux femmes réfléchit, hocha lentement la tête et fit demi-tour pour aller chercher le renseignement. Elle revint avec le classeur déjà ouvert.

— C'est 179 Green Park Road à Monte Vista, et il y a son numéro de téléphone mobile, dit-elle en posant les documents sur le comptoir pour qu'il vérifie lui-même.

Il nota les informations.

— C'est la date de signature du contrat ? demanda-t-il.

— Exactement.

28 octobre. Le jour où Danie Flint était allé chercher sa nouvelle Porsche.

— Il est arrivé ici dans la Porsche ? demanda Joubert.

— Il l'a garée là, juste devant.

La plus jeune des deux désignait du doigt l'endroit où se trouvait la voiture de Joubert, juste en face du bureau.

— Je me le rappelle bien, à cause de la drôle de voiture. Il avait un visage d'adolescent, il n'aurait sûrement pas fait de mal à une mouche, il plaisantait… m'a dit que son garage chez lui était plein, qu'il allait devoir l'agrandir mais que ça prendrait six mois.

— Et le loyer est de 3 000 rands ? demanda Joubert, le doigt pointé au bas de la feuille.

— Non, c'est 1 500 de dépôt et 1 500 par mois.

— Comment a-t-il payé ?

— Sans doute en espèces, parce qu'il n'y a pas de reçu de carte de crédit agrafé.

Il consulta le calendrier qu'il avait dressé. Flint n'avait commencé à faire des retraits d'espèces sur son compte secret que le 3 novembre, et, d'après les tableaux de Tanya, il n'aurait pas pu faire ces opérations sur leur compte ordinaire.

Alors, ses yeux tombèrent sur l'indication du dépôt de 147 000 rands le 29 octobre.

Plus 3 000, ça faisait 150 000 rands tout ronds.

96

Il apporta son atlas du Cap au bureau, posa son attaché-case à plat sur sa table, l'ouvrit et en sortit ses sandwiches. Tout en mangeant, il chercha dans l'index
Green Park Road à Monte Vista.

Ces sandwiches étaient délicieux. Il mangeait lentement, pour faire durer le plaisir.

Il ne trouva aucune Green Park Street ou Green Park
Road sur la péninsule du Cap. Il y avait bien Green
Street, Greenfield Crescent, Green Valley Close, Green-
side Close, une longue liste de noms avec « Green »,
mais pas de « Green Park » ni de « Greenpark », sous
quelque forme que ce soit, comme adresse de rue.

Flint avait donné délibérément une fausse adresse.

Mat ouvrit son bloc et compléta son calendrier. Entre
28 octobre : va chercher la Porsche et *29 octobre :
dépôt de 147 000 rands*, il inscrivit une nouvelle entrée :
*28 octobre : payé 3 000 rands de dépôt en espèces à Self
Storage*.

Une dernière chose à faire : appeler le numéro de
téléphone mobile que Danie avait donné à Self Storage,
juste pour être sûr : il y avait quelque chose qui
l'ennuyait dans ce numéro.

Une femme répondit. Il demanda s'il pourrait parler à
Danie Flint.

– Ah, non, dit-elle, d'un ton résigné. Encore un...
Mais c'est pas vrai !...

– Vous ne connaissez pas Danie ?

– Ni d'Ève ni d'Adam.

– Et d'autres personnes ont appelé ce numéro ?

– Juste les gens du stockage.

– Madame, si vous me permettez, où habitez-vous ?

– Paulpietersburg[1], au Kwazulu.

Il raccrocha et regarda encore le numéro : pourquoi donc lui semblait-il vaguement familier ?

Il lui fallut plusieurs minutes de concentration intense, rien que pour assembler deux et deux. Il revint aux notes de son bloc, là où il avait inscrit le numéro de téléphone mobile de Tanya Flint. Il était presque identique. Les quatre derniers chiffres étaient les mêmes que ceux du numéro fourni par son mari à Self Storage, mais dans le désordre.

Ils attendaient, en silence, que l'employée d'ABSA Bank revienne ; elle était allée demander à ses supérieurs l'autorisation de leur donner des informations sur le compte. Son absence s'éternisait.

Joubert se demandait ce que Tanya pensait, le regard fixé sur le mur. Il allait devoir bientôt lui dire que son mari avait été un menteur et un tricheur habile : fausse adresse, faux numéro de téléphone, histoire de garage trop petit et métier bidon. Pire, il savait que cette piste allait amener encore d'autres ennuis. La fraude révélait toujours un modèle de comportement plus général. Il allait exhumer autre chose. Après l'intrusion de la veille, Tanya pensait qu'il y avait quelqu'un derrière tout ça. Mais Joubert n'était pas de cet avis. Il n'expliquait pas le cambriolage, il ne comprenait pas comment il s'imbriquait dans le puzzle, mais il avait des soupçons.

C'était à propos de l'argent : 400 000 rands. D'où venaient-ils ? Quand on le saurait, on retrouverait les

1. À un bon millier de kilomètres du Cap.

cambrioleurs, les auteurs des graffitis. Danie Flint était sur un coup. L'argent était de l'argent sale, volé quelque part, et Danie n'était pas seul dans la combine.

Aurait-il été imprudent avec ses gains mal acquis, au point d'inquiéter ses complices ? Avaient-ils pensé qu'il représentait un risque trop grand ?

Ça n'aurait pas été une première.

La somme de départ était-elle plus importante, divisée entre les complices, les 400 000 n'étant que la part de Danie ?

Si tel était le cas, il serait plus facile de remonter à la source.

Mais comment révéler tout cela à Tanya ? Elle ne se doutait pas de cette face cachée de son mari.

L'employée de banque revint, le visage rayonnant de bonnes nouvelles. Elle téléchargea les informations du compte d'épargne sur l'ordinateur. Danie Flint l'avait ouvert le 15 octobre, avec un dépôt de 200 rands. Il avait rempli toutes les formalités d'identification. L'adresse e-mail qu'il avait donnée était speedster430@yahoo.com. Le numéro de téléphone mobile était celui de l'appareil trouvé dans la Porsche.

Et les deux dépôts de 250 000 et de 147 000 rands avaient été effectués en espèces – un renseignement qui laissa Tanya Flint atterrée ; elle secouait la tête, incrédule.

– Puis-je voir la photocopie de la pièce d'identité ? demanda-t-elle. (Puis, se tournant vers Joubert, elle ajouta :) Ça ne peut pas avoir été Danie !

Il se demandait ce qui permettait à Tanya de l'affirmer.

– Ça devrait être dans le système, dit l'employée, qui lança une recherche dans la base de données, tout en faisant pivoter l'écran pour que Tanya puisse voir.

Sur la photo d'identité, c'était bien le visage de Danie.

Tanya fronça les sourcils.

– C'est bien le numéro de sa carte d'identité ? demanda l'employée.

Tanya acquiesça.

– Et la preuve de l'adresse ? demanda Joubert.

D'après la législation FICA[1], une pièce d'identité ne constituait pas une preuve suffisante. Pour ouvrir un compte, il fallait présenter aussi des factures de services publics ou de téléphone.

– On va regarder, répondit obligeamment l'employée, en cliquant sur des onglets.

Elle avait trouvé quelque chose. De nouveau, elle fit pivoter l'écran. C'était une facture d'électricité scannée, manifestement à partir d'une photocopie. Le document était adressé à D. Flint, 179 Green Park Street, Monte Vista.

– Ce n'est pas notre adresse, ça, dit Tanya, soulagée.

– Cette adresse n'existe pas, précisa Mat Joubert. La facture est un faux.

À l'ombre du parasol d'un petit café, sur Tulbagh Square, il lui parlait gentiment et, sachant qu'il pouvait être intimidant à cause de son imposante stature, il se tenait en arrière et s'exprimait à voix basse. Il lui demanda comment elle se sentait après tous les événements de ces derniers jours.

Elle dit que ça allait, mais il voyait bien qu'elle souffrait.

Il lui demanda si elle parvenait à dormir.

– Pas beaucoup, répondit-elle.

– Avez-vous pensé à consulter un médecin ? Il pourrait vous prescrire quelque chose contre le stress.

– Non.

1. Financial Intelligence Centre Act, loi visant à combattre le blanchiment d'argent.

Elle secoua résolument la tête.

Il lui laissa un moment de répit.

– Il va falloir que je regarde la vérité en face, dit-elle.

– Pas forcément tout de suite, répondit-il.

De nouveau, elle secoua la tête.

Quand il reprit la parole, il choisit ses mots avec soin :

– Il y a des années de ça, j'étais marié avec quelqu'un d'autre, commença-t-il. Une collègue de la police. Je l'aimais vraiment beaucoup. Elle était… de tant de façons… la personne que j'aurais voulu être. Comme Danie. Une extravertie. Drôle et intelligente. Solaire. Elle rayonnait, elle était éclatante. Tout le monde l'aimait. Tous les jours je rendais grâce au ciel de me l'avoir fait rencontrer. Mais un jour, par accident, j'ai découvert une autre facette de sa personnalité. Et ça a été… très douloureux. Je me suis senti trahi, déçu, comme si elle avait délibérément décidé de me faire du mal, à *moi*, personnellement.

Le regard de Tanya Flint se perdit dans le lointain ; elle regardait aussi loin qu'elle le pouvait. Car elle ne voulait pas entendre ça.

– Il m'a fallu des années pour comprendre que je me trompais, dit-il. Elle était comme ça, voilà tout. Je n'avais vu qu'un des aspects, une facette de l'ensemble. Sa conscience la tourmentait peut-être, elle ne voulait peut-être pas être comme elle était, mais je crois qu'elle n'y pouvait rien. Nous sommes tous programmés, d'une manière ou d'une autre.

Les yeux de Tanya étaient fixés ailleurs et elle faisait de son corps une armure.

Il insista :

– On a reçu un tas d'informations depuis hier. Toutes concordent : Danie n'était pas l'homme que vous croyiez. Vous allez être blessée, de beaucoup de façons. Mais il y a une chose que vous devez essayer de vous rappeler, c'est que ce n'était que l'une de ses facettes. Il y en avait beaucoup d'autres…

Mais, tout d'un coup, tout cela semblait tellement inutile à Joubert qu'il ne savait plus comment poursuivre.

Elle tourna lentement son regard vers lui.

– Merci, dit-elle.

Ils restèrent assis, silencieux, à l'écart du monde qui passait en trombe. Puis elle finit par dire :

– Qu'est-ce que vous avez découvert d'autre ?

97

De retour au bureau, il trouva deux messages de l'inspecteur Fizile Butshingi, du commissariat de Milnerton, lui demandant de rappeler d'urgence. Mais il s'assit d'abord devant son ordinateur pour mettre à jour le programme du projet. Il voulait savoir combien d'argent exactement il restait à Tanya Flint.

Le compte était juste au-dessus de 21 000 rands, si l'on incluait la note de Cordier pour les empreintes et les dernières heures et frais de déplacement. Il restait 9 000. Il ne ferait donc pas relever les empreintes de la Porsche. Il pesa le pour et le contre pour le profil et l'historique des appels du nouveau téléphone mobile, et il décida de voir d'abord où le mènerait une visite au siège d'ABC. Il aurait parié que l'argent avait un lien avec le travail de Danie.

Il téléphona pour prendre rendez-vous avec Mme Heese, la directrice des ressources humaines de la société. Elle lui donna rendez-vous en fin d'après-midi, vers 16 heures. Puis il appela Margaret.

– Alors, comment est ma nouvelle recette ?

– Fantastique, répondit-il.

– Bien. Et l'enquête ?

– Ça progresse à pas de géant. Mais je me fais du souci pour Tanya. On est entré par effraction dans son bureau la nuit dernière, et on a peint un message sur le mur : « Laisse tomber. » Si je l'invitais à venir chez nous, juste pour une ou deux nuits ?...

– Mais bien sûr !... Mais sa belle-mère ? Elle vit à Panorama, non ?

– J'ai l'impression que Tanya ne l'aime pas beaucoup. Et puis ça ferait toujours deux femmes esseulées...

– Pas de problème. Je vais préparer la chambre de Jeremy.

– Je ne sais pas si elle acceptera. Je te tiendrai au courant.

Il appela Tanya, fit sa proposition avec diplomatie.

– Je vous remercie, mais je ne vais pas les laisser m'intimider.

– Réfléchissez, dit-il, tout en sachant déjà ce qu'elle répondrait.

– J'ai reçu un message du flic de Table View. Il veut que je le rappelle.

– Keyter ? interrogea-t-il.

– Oui.

La police était en effervescence depuis que l'inspecteur Butshingi était venu constater l'effraction, dans la matinée.

– Faites-le attendre, recommanda Joubert. S'il rappelle, dites-lui de s'adresser à moi.

Enfin, il téléphona au commissariat de Milnerton et demanda à parler à Butshingi.

– L'affaire a été négligée par le commissariat de Table View, dit l'inspecteur. J'ai parlé au commandant du poste, et il va mettre la pression. Mais j'ai besoin de vous parler d'urgence.

Pas maintenant, ça allait lui couper son élan.

– Je suis vraiment très occupé, là.

– Quand pourrions-nous nous rencontrer ?

– Demain ? Vers l'heure du déjeuner ?

– Vous habitez à Milnerton, n'est-ce pas ?

Joubert eut un serrement de cœur.

– Oui.

– Et ce soir, après le travail ?

– Je ne sais pas à quelle heure je finirai, riposta-t-il.

– Je resterai tard au bureau. Appelez-moi, s'il vous plaît. Je vais vous donner mon numéro de mobile.

En sortant, il tomba sur Jack Fischer et sur le contrôleur financier, Fanus Delport, dans le couloir.

– T'es un homme occupé, lui dit Jack d'un air satisfait.

– J'avance, répondit Joubert.

– Ah ?

Joubert leur fit un bref résumé.

Fischer siffla doucement dans sa moustache.

– Ça veut dire que Vlok est foutu. On ne lâche pas sa Porsche pour aller couler un bronze.

– Flint, dit Joubert. Il va falloir que je communique nos informations à la police. Après ce qui s'est passé ce matin, il y a une demande officielle.

– Nom de Dieu ! s'exclama Fischer. Écoute, d'après la loi nous devons leur donner des « informations pertinentes dans le cadre d'une enquête ». Comment déterminer exactement ce qui est pertinent ?

– Je vais abattre mes cartes, Jack.

Fischer passa une main dans son abondante chevelure.

– Oui, oui… De toute façon, ils n'en foutront strictement rien. C'est qui donc, cet inspecteur ?

– L'inspecteur Fizile Butshingi, Milnerton.

– Tant pis, c'est dommage pour nous.

Joubert tournait les talons, quand Fanus Delport lui lança :

– Ne vous pressez surtout pas trop !

Il y avait un important chantier là où l'itinéraire de la N1 passe par Table Bay Boulevard ; Joubert sentait l'impatience le gagner au fur et à mesure que la circulation ralentissait. Comme si son cerveau avait enclenché une vitesse supérieure.

Il y voyait parfaitement clair, maintenant. Il n'avait besoin ni de ses notes ni de son calendrier. Toutes les pièces étaient là, l'objectif mis au point ; ses pensées étaient mobiles, ses hypothèses fermes, ses déductions logiques, comme s'il s'était tenu au sommet d'une colline, avec un champ de vision plus étendu qu'auparavant, même s'il ne voyait pas exactement ce qui se trouvait à l'horizon.

Il reconnaissait cette impression d'urgence, cette clarté, cette euphorie à peine contenue. Il s'était battu pour trouver les traces, flairant à tous les vents, grattant ici et là, et voilà que maintenant il avait tout, il courait enfin sur la bonne piste, il tenait la trace, l'odeur du sang dans les narines, emporté par la fièvre de la chasse.

Ça devait bien faire cinq ou six ans qu'il n'avait pas ressenti cela.

Il s'attendait à voir une femme beaucoup plus âgée. C'était peut-être le nom qui l'avait induit en erreur. Mais Bessie Heese avait la trentaine, et c'était une jolie femme : cheveux courts, bruns et bouclés, traits fins, lunettes à discrète monture argentée qui lui donnaient une vague allure de professeur… Elle était élégante, vêtue d'une jupe droite grise et d'un chemisier blanc orné de dentelle.

Elle l'invita à la suivre dans la salle de réunion : une table ronde, quatre chaises, pas de fenêtres. Elle l'appelait « inspecteur » ; il laissa faire.

– Vous devez comprendre, inspecteur, que dans des circonstances normales ABC fournirait des informations confidentielles exclusivement à la police. Mais, comme

Mme Flint est l'épouse d'un employé et qu'elle a fait une demande écrite officielle, j'ai obtenu l'autorisation de répondre à certaines questions.

Elle parlait d'un ton égal, très professionnel. Pas de gestes inutiles, assise bien droite, elle se contrôlait parfaitement.

– J'apprécie beaucoup, dit-il.

– En quoi puis-je donc vous être utile ?

Il ouvrit son porte-documents, trouva une feuille vierge, sortit son stylo.

– A-t-on jamais eu le moindre soupçon concernant l'implication de Danie Flint dans une affaire criminelle ? demanda-t-il.

Elle le cacha bien, mais il perçut que la question l'avait surprise.

– Une affaire criminelle ? Non, absolument pas.

– Est-ce que d'importantes sommes d'argent n'auraient pas été soustraites à ABC ? demanda-t-il encore.

– Les responsables de zone ne manipulent pas d'argent, inspecteur. Ce... non, c'est impossible.

– Personne dans leurs équipes ne manipule d'argent ?

– Les chauffeurs d'autobus, oui, mais il ne s'agit que de petites sommes, quelques centaines de rands par jour au maximum.

– Madame, est-ce qu'une somme d'argent importante aurait disparu de la société ABC l'année dernière ? Plus spécialement en espèces ?

– Je... Je dois dire que je ne m'attendais pas du tout à ce genre de questions.

– Pourtant, ça m'aiderait énormément si vous pouviez y répondre.

– Inspecteur, la nature des tâches d'un responsable de zone... Entre la façon dont nous collectons l'argent et les fonctions de Danie Flint, il y a un monde.

– Pouvez-vous m'expliquer comment ça marche ?

Elle réfléchit un moment, hocha la tête et lui fit l'exposé demandé. Pour les passagers des bus, il y avait trois façons d'acheter des tickets : au chauffeur du bus, à un vendeur de l'un des cinquante kiosques répartis stratégiquement tout autour de la péninsule du Cap, ou encore à l'un des bureaux urbains plus importants, où les chauffeurs de bus et les vendeurs de tickets doivent déposer leurs espèces tous les jours.

– Donc, c'est simple : le responsable de zone ne fait pas partie du circuit.

– Je comprends, dit Joubert. Mais il connaît les gens qui y sont, dans ce circuit. Il travaille avec des gens qui en font partie, tous les jours.

– Dans ce cas, il ne pourrait être impliqué que de manière indirecte, insista-t-elle.

– C'est très probable. Y a-t-il eu un vol important d'espèces l'année dernière ? En septembre ou octobre ?

Elle était immobile. À deux reprises ses yeux clignotèrent derrière ses lunettes.

– Inspecteur, dois-je comprendre que Danie Flint est impliqué dans une action criminelle ?

Joubert comprit que la loyauté d'ABC vis-à-vis de Flint risquait d'être sérieusement entamée – et du même coup la coopération dont ils faisaient preuve avec lui.

– Non, répondit-il. C'est seulement que nous avons affaire à une grosse somme d'argent dont la provenance reste inexpliquée. Je ne sais pas encore comment elle est entrée en sa possession. L'action criminelle reste donc une des hypothèses à envisager.

Elle digérait l'information, cela se voyait au léger froncement de ses sourcils, toujours contrôlé.

– Mais pourquoi pensez-vous que cet argent aurait quelque chose à voir avec ABC ? demanda-t-elle.

– Les statistiques, dit-il.

– Ah bon ?… fit-elle.

– Quand un cadre sans histoire est impliqué dans une affaire de fraude, il y a quatre-vingts pour cent de chances que cela ait quelque chose à voir avec son employeur ou son lieu de travail.

– Je vois, dit-elle.

– Votre société a-t-elle eu à déplorer un quelconque vol important d'espèces l'année dernière ? insista-t-il.

Bessie Heese considéra la question.

– Voulez-vous m'excuser une minute ?

– Naturellement.

Elle se leva et sortit.

Il la suivit des yeux, à peine conscient de ses jolies jambes, tant il était convaincu qu'elle était allée demander l'autorisation de lui livrer un secret qui pourrait tout éclairer, une bonne fois pour toutes.

98

Il se trompait.

Il s'écoula dix minutes avant qu'elle revienne, tirant soigneusement sur sa jupe avant de se rasseoir en face de lui.

– Inspecteur, vous devez comprendre qu'en tant que responsable des ressources humaines je ne suis impliquée que lorsqu'un membre du personnel est convoqué pour une audience disciplinaire en cas de mauvaise conduite. Si de l'argent manquait sans que personne soit soupçonné, je ne serais pas nécessairement au courant. Aussi ai-je dû me procurer les renseignements auprès de notre directeur général, et obtenir son autorisation de vous les communiquer. Car une information de ce type est évidemment très confidentielle.

Joubert hocha la tête. Il savait que lorsque la somme volée était suffisamment importante la plupart des grandes sociétés traitaient l'affaire en interne et qu'elles faisaient tout pour que rien ne filtre à l'extérieur, de peur que l'image de l'entreprise n'en pâtisse.

– Notre directeur général m'a autorisée à partager ces informations avec vous, reprit-elle, mais à condition que si Danie Flint était impliqué dans une affaire criminelle vous nous en informiez immédiatement.

– Très bien, répondit-il.

Ce serait donc donnant donnant.

– En fait, l'année dernière, notre perte financière la plus importante consécutive à un vol s'est montée à un peu moins de 60 000 rands. L'incident, qui concerne l'un de nos guichets de vente, s'est produit en juin. Nous nous en sommes aperçus dans les vingt-quatre heures suivant le vol, nous avons identifié les coupables et l'affaire a été réglée en deux semaines. Flint n'a rien eu à voir là-dedans.

– 60 000, reprit Joubert, qui ne parvenait pas à dissimuler sa déception.

– Inspecteur, vous devez comprendre que nos systèmes sont très sophistiqués. Tout le monde n'imagine pas que ça puisse être le cas dans une entreprise de transport public, mais nous utilisons la meilleure technologie actuellement disponible, spécialement en ce qui concerne la partie financière. Nous procédons à une vérification quotidienne, ce qui nous permet d'identifier immédiatement les anomalies. Même pour des montants minimes.

Il avait du mal à avaler la mauvaise nouvelle. Il insista :

– Vous êtes vraiment sûre qu'il n'y a rien eu d'autre ? 400 000 ou plus, ça ne vous dit rien ?

Bessie Heese écarquilla les yeux en entendant ce chiffre, mais elle se ressaisit aussitôt.

– Non, je vous en donne ma parole, affirma-t-elle avec énergie.

Joubert était désemparé : sa théorie venait d'être entièrement démolie.

– 400 000 ? Danie Flint aurait volé 400 000 rands ? demanda-t-elle avec, pour la première fois, une petite inflexion dans la voix.

Il gara la Honda près du bureau, mais n'y monta pas. Il s'en alla en passant par le sous-sol, contourna St. George's Mall, puis remonta vers la cathédrale. Il ne voyait pas les petits marchands des rues, ni les étalages, ni les touristes, les dîneurs et buveurs attablés aux terrasses des restaurants et des cafés. Il ne prêtait aucune attention au flux des travailleurs qui rentraient chez eux et que sa silhouette impressionnante fendait comme l'étrave d'un bateau. Son cerveau était exclusivement occupé par une question obsédante : d'où cet argent était-il donc sorti ?

Les statistiques étaient de son côté : un homme, blanc, d'une trentaine d'années, avec un bon boulot et sans casier judiciaire, vole de préférence son entreprise. C'était le principe universel de Prédisposition + Environnement + Circonstances que l'on inculquait aux enquêteurs dans le moindre cours de criminologie. En d'autres mots, la tendance inhérente au suspect de recourir à l'action criminelle, plus le contexte de sa formation, plus l'occasion : cette combinaison expliquait tout. Et en l'occurrence c'était le dernier de ces facteurs qui était ici en question : l'occasion. L'opportunité...

Le psychisme de Danie Flint le rendait capable de se saisir de l'Opportunité avec un grand O. Et le profil disait que l'opportunité se trouve généralement dans l'environnement professionnel, parce que c'est là qu'on passe le plus de temps. C'était là qu'il avait investi son savoir, son expérience, sa connaissance des systèmes, des procédures, de la sécurité, de sorte qu'il pouvait évaluer les possibilités et jauger la probabilité de pouvoir s'en tirer à la suite d'une action criminelle.

Cependant, Bessie Heese, d'ABC, soutenait que l'entreprise n'avait jamais perdu 400 000 rands. Et Joubert n'arrivait pas à imaginer d'où pouvait venir une autre opportunité.

Il mit de côté tout ce qu'il savait. Il dépassa la cathédrale, remonta le chemin à travers Company Gardens, en direction de Government Avenue. Il reprit tout de zéro, s'appliquant à construire une théorie nouvelle. Il pensait à l'argent : une somme considérable, et en espèces. C'était le facteur déterminant : les espèces. Car les cols blancs fraudent avec des chèques, des comptes et des bilans falsifiés, des soumissions truquées, des virements via Internet – mais pas avec des espèces.

400 000 en espèces ! Ça correspondait à un casse de banque ou à un vol de fonds en transit, un hold-up dans un casino ou sur un site de paiement de pensions… Les autres procédés ne rapportaient que des clopinettes. Même des braquages dans les supermarchés, les restaurants ou les boutiques ne rapportaient que 10 000, 20 000, 30 000 rands à tout casser, et encore avec du bol…

Mais les banques, les véhicules de transport de fonds, les casinos – rien de tout ça ne faisait partie du monde de Danie Flint. Dans ce pays, ce territoire-là était mis en coupe réglée, sous la domination des gangs organisés des townships. Rien à voir avec les autobus.

Il réfléchit aux autres activités et environnements de Flint. Il y avait la salle de sport, le cercle de ses amis, le voisinage résidentiel. Le seul potentiel plausible, c'était le voisinage : il avait entendu des gens parler de Parklands comme de « Darklands », par référence à tous les Nigérians qui s'y étaient installés ces dernières années – encore que la majorité d'entre eux était de bons citoyens, titulaires d'emplois légaux.

Tout était donc possible. Et si Danie Flint s'était mis à bavarder avec quelqu'un dans un bar de sportifs, quelqu'un qui aurait eu un plan ?

C'était improbable. Qu'aurait-il pu leur proposer ? Les cartels nigérians étaient spécialisés : dans la drogue, les cartes de crédit, l'escroquerie à l'article 4-1-9… Et, compte tenu de l'âge de Flint, de son métier et des milieux dans lesquels il évoluait, il ne leur aurait pas servi à grand-chose.

À moins que…

Il faudrait qu'il en parle à Tanya, même si c'était une hypothèse plus que hasardeuse.

Il y avait deux sommes, deux versements à douze jours d'intervalle : l'un de 250 000, l'autre de 150 000.

Pourquoi deux sommes distinctes ? Était-ce une précaution pour éviter d'attirer l'attention ? Ou y avait-il eu une raison plus pratique ?

Il était debout sur le trottoir d'Annandale Street, en face de l'entrée de l'hôtel Mount Nelson, de l'autre côté de la rue. Il savait qu'il allait devoir encore fouiller dans tout ça, minutieusement et de fond en comble. Quelque part existait une information qui répondrait à toutes ces questions.

Il fallait la trouver. Le problème, c'était qu'il ne savait vraiment pas du tout où chercher…

Et, en attendant, l'argent de Tanya Flint fondait.

Il était 17 h 45. Jack Fischer était encore dans son bureau, des papiers éparpillés devant lui, la tête penchée par-dessus : il se concentrait.

Joubert hésita sur le seuil, conditionné par trente années dans la police : on ne dérange pas un officier supérieur occupé ! Il surmonta ses préventions ; ici, ce n'était pas le Service.

– Tu as un moment, Jack ? demanda-t-il.

Fischer leva la tête.

– Mais oui, bien sûr, dit-il. Prends un siège.

Une fois installé dans l'un des vastes fauteuils en face de Jack, il dit :

– Jack, il y a quelque chose qui m'embête.

– Raconte donc.

– Qu'est-ce qu'on fait si Tanya Flint n'a pas plus de 30 000 rands ?

– Je croyais l'affaire presque réglée ?

– Ça pourrait prendre quelque chose comme deux jours de plus, peut-être davantage. Il lui reste quatorze heures, sans compter les déplacements. Qu'est-ce qu'on fait si ça ne suffit pas ?

Fischer se pencha en arrière, et adressa à Joubert un sourire tout paternel.

— Je te l'ai déjà dit, ils trouvent toujours l'argent.

— Et si elle n'y arrive vraiment pas ?

Le sourire disparut.

— Mais bien sûr qu'elle peut, insista-t-il. Combien y a-t-il dans le compte que tu as découvert ?

— Tu sais bien que ça pourrait prendre des mois avant qu'elle arrive à mettre la main sur cet argent, à supposer qu'il soit propre.

— Oui, mais ça constitue une garantie. Et puis elle a une maison, des voitures... et une affaire aussi, non ? Des polices d'assurance, peut-être ? S'ils ont un crédit hypothécaire, il y a sûrement une assurance-vie sur la tête du mari. Allez, Mat, tu le sais bien : elle finira par trouver une solution !

Joubert considéra le point de vue de Fischer.

— Je veux clarifier le principe. Mettons qu'elle essaie tout et qu'elle n'arrive pas à trouver l'argent, ou qu'elle doive attendre un mois...

— Elle l'aura, Mat, elle l'aura.

— C'est une hypothèse, Jack : dans ce cas, qu'est-ce qu'on fait ?

La patience de Fischer s'usait.

— On ne travaille pas sur des hypothèses. On sélectionne nos clients ; s'ils ne peuvent pas payer on ne les accepte pas.

Mat insista encore :

— Il n'y a jamais eu un client qui ait dit : « Je n'y arrive plus » ?

— Je ne dirais pas qu'il n'y en a jamais eu...

— Quelle était la politique de la maison dans ces cas-là ?

— On traite chaque cas selon ses mérites.

– Jack, tu esquives ma question.

Fischer leva les mains en l'air, le visage empourpré.

– Tu te cramponnes ! Mais pourquoi ?…

Mat Joubert se pencha en avant, les épaules menaçantes. Mais sa voix restait calme.

– Parce que, juste avant que je parte, cet après-midi, Fanus Delport m'a recommandé de ne pas trop me presser. Et aussi parce que ce matin, pendant le passage en revue…

– Mais, putain, il plaisantait, Mat ! Et ton sens de l'humour, alors ?

– Tu as voulu que je me procure ses relevés bancaires en ligne pour que l'on puisse compter aussi les heures de Fanus. Ça compterait « double temps » pour notre vache à lait. C'est la norme, ici. Pendant le passage en revue, personne n'a demandé comment les affaires progressaient. Tout ce qu'on entendait, c'était : « Toi, t'as rapporté combien ? », « Tu as marqué tes kilomètres ? »…

– Mais, putain, comment crois-tu qu'on fait marcher une affaire ?

Fischer voulait en découdre.

– On ne fait pas dans les bonnes œuvres, ici ! Il y a des salaires à verser, une infrastructure… Tu sais combien on paie de loyer tous les mois ? Et de téléphone ?… Dis-moi un peu comment on fait pour payer tout ça si on se met à travailler pour rien, si on rase gratis, hein, tu vas me le dire ?

– Mais qui parle de « raser gratis » ?

Joubert, lui aussi, sentait la moutarde lui monter au nez. Il prit une grande inspiration, secoua la tête et dit :

– Ce n'est pas de ça qu'il est question.

– Eh bien, puisque tu es tellement malin, tu vas me le dire, de *quoi* il est question.

Il fallut à Joubert un petit moment pour se maîtriser.

– La question, c'est que si je suis vraiment tout près du but et qu'au bout de deux jours elle n'a plus de fric, est-ce que tu me diras de continuer, de finir le boulot ou non ?

– Tu sais aussi bien que moi que « près du but », ça ne veut rien dire. Et si ça prenait encore une semaine, deux ? Ou un mois ? Où est-ce que tu traces la limite ?

– Voyons, Jack, on n'est pas idiots. On sait combien de temps durent les choses, on le sait bien si on s'apprête à faire une percée. Et je te le dis, moi, que j'ai besoin d'encore trois jours pour ce truc, quatre au maximum. Alors, ou bien ça sera réglé, ou bien je saurai que ça ne pourra pas se régler. Elle peut payer pour deux jours. Mais on peut sûrement lui donner deux jours gratuits, ou à crédit. Enfin, il doit y avoir un arrangement possible, non ?

– Tu n'aurais pas une histoire avec elle ? C'est de ça qu'il s'agit ?

Mat Joubert bondit de sa chaise, prêt à frapper.

Ce qui le sauva, ce fut la réaction de Jack, qui fit rouler son fauteuil en arrière, levant le bras défensivement… Un poltron.

Joubert s'arrêta net. Il fallait qu'il se reprenne, qu'il se mette dans la tête que son avenir était dans la balance.

Il resta figé un bon moment, puis tourna les talons et se dirigea vers la porte.

Jack ne dit rien.

Il était au milieu du couloir quand il s'arrêta et revint sur ses pas. Fischer avait décroché le téléphone, mais Joubert l'ignora.

– Jack, j'ai quitté le Service parce que je ne comptais plus pour rien.

Il avait retrouvé son calme, baissé le ton.

– Je ressentais ça comme une injustice, parce que mon opinion, c'est qu'on compte tous, Tanya Flint aussi, et même spécialement Tanya Flint, parce qu'elle a emprunté 30 000 rands pour nous engager, pas pour s'enrichir, pas pour aller s'acheter des trucs futiles, mais pour remplir son devoir vis-à-vis de son mari. Maintenant, ça tourne au cauchemar. Mais elle en a plus dans le ventre que toi et moi réunis, Jack, tu savais ça ? Elle veut tirer cette affaire au clair. Je te le dis, moi, maintenant, si Tanya Flint dit qu'elle a tout essayé mais qu'elle ne peut plus trouver d'argent, j'irai quand même jusqu'au bout. Et je m'en fous, pour ce qui me concerne, tu pourras déduire les frais de mon salaire.

99

À peine dans sa Honda, il téléphona à Tanya Flint pour vérifier qu'elle était chez elle. Elle lui dit aussitôt :

– Notre pistolet a disparu.

Il demanda quel pistolet.

– Celui de Danie. J'ai voulu le sortir du coffre après le cambriolage et le… message. Mais il n'est plus dans le coffre.

– Quand l'avez-vous vu pour la dernière fois ?

– Un mois ou deux avant la disparition de Danie.

– Je serai là dans vingt minutes.

Il prit la direction de Parklands. Il essayait de réfléchir : que signifiait l'absence du pistolet ? Flint l'aurait-il pris ? Pourquoi ?

Cependant, l'incident avec Jack retenait encore son attention. Dans Otto Du Plessis Drive, il se rendit compte qu'il conduisait brutalement. Il était en colère, contre lui-même, contre Jack Fischer, contre toute cette putain d'histoire dans laquelle il était embarqué.

Il connaissait Jack, il aurait dû se douter de quelque chose. Certes, ça remontait à quinze ans, avant que Fischer soit promu à Johannesburg, mais déjà les signes étaient là. Dire que le temps guérit toutes les blessures n'y change pas grand-chose. Il aurait dû écouter ses collègues policiers, Benny Griessel et Leon Petersen, qui avaient tous les deux eu la même réaction quand il leur avait annoncé la nouvelle. « Seigneur ! Mais c'est un sale con, non, ce Jack Fischer », avait dit Griessel, *verbatim*.

Il avait raison.

Parce que, quand il avait expliqué à Jack ce qu'il ressentait, quand il lui avait dit qu'il pourrait retenir les frais de l'affaire Flint sur son salaire, Jack s'était bien calé dans son fauteuil et lui avait répondu avec un sourire suffisant : « Eh bien, d'accord, c'est ce que nous ferons », puis il avait ramassé des papiers sur son bureau et s'était mis à les lire comme si Mat Joubert n'était plus là.

Pas question de : « Assieds-toi, donc, mon vieux, on va parler de tout ça. » Fischer n'avait pas examiné son point de vue, il n'en avait pas pris la mesure ; aucune discussion entre adultes ; Fischer l'avait simplement ignoré.

Comme s'il n'avait pas compté.

Et maintenant ?...

Il était dans cette nouvelle boîte depuis trois jours, il avait cinquante et un ans, il était blanc, afrikaner... Qu'allait-il faire, maintenant ? Il n'allait pas rester chez Fischer, mais il ne pouvait pas non plus s'offrir le luxe de démissionner. Il ne trouverait rien d'aussi bien payé, loin de là. Il ne se voyait pas devenir responsable de sécurité dans un centre commercial, une entreprise ou encore dans un quartier : il en crèverait avant d'arriver à cinquante-cinq ans. Et le marché immobilier était très ralenti. Margaret avait fait une offre pour la maison de Constantia. Ils avaient vraiment besoin de son salaire.

Que faire ?...

Il demanda à Tanya de quelle sorte de pistolet il s'agissait.

— Un petit Taurus, dit-elle.

Danie l'avait acheté pour qu'elle puisse s'en servir, elle aussi.

Savait-elle tirer avec ça ?

Elle avait tiré, au stand de tir.

Danie avait-il parlé de cette arme, un mois ou deux avant de disparaître ?

Pas un mot.

Était-elle certaine qu'elle était dans le coffre-fort ?

Elle y avait toujours été.

– Alors, Danie l'aura prise ?

– Oui.

Cela confirmait sa conviction que Danie était impliqué dans quelque chose, on le voyait à son expression.

Il lui reparla de l'argent, des amis de Danie. Il lui demanda s'il aurait pu rencontrer, à la salle de sport, dans un restaurant ou dans un bar, quelqu'un avec qui il aurait pu faire des affaires.

Elle insistait : elle l'aurait su. Tous leurs amis étaient mariés, toutes ces femmes étaient fidèles, et s'il y avait eu quelque chose, elle en aurait entendu parler. Et puis il ne sortait pratiquement jamais sans elle. Sauf quelques rares exceptions ; la plupart du temps, ils étaient ensemble.

– Et maintenant ? demanda-t-elle.

Il fallait qu'il trouve la source de cet argent.

Mais comment ?

Il fallait continuer à creuser.

Elle hocha la tête sans rien dire.

Une nouvelle fois, il l'invita à venir loger chez eux.

Elle le remercia, déclina encore. Le pistolet avait disparu, mais il y avait une alarme dans la maison, il suffisait d'appuyer sur le bouton d'alerte et le service de garde armée répondrait aussitôt. Elle n'allait tout de même pas se laisser intimider !

– J'ai réfléchi à ce cambriolage, dit-il. Il y a plusieurs manières de transmettre un message comme celui-là. Ils ont choisi un *modus operandi* spécifique. Et ça veut dire quelque chose, ça. Mais je ne sais pas quoi.

Il retrouva l'inspecteur Fizile Butshingi au commissariat de Milnerton. Butshingi prépara lui-même du thé qu'ils burent de part et d'autre du bureau bancal de l'administration, encombré de piles de dossiers.

Joubert lui raconta son enquête de A à Z. Il n'omit rien. Et quand il eut fini, il dit :

– Vous pourriez vous renseigner sur les vols de transports de fonds pour août, septembre et octobre ? 400 000 rands, sans doute plus – enfin, un montant qui sort de l'ordinaire ?

– Je vais essayer, répondit Butshingi.

– Et si vous pouviez obtenir que les gars de Table View aient un œil sur la maison de Tanya Flint ce soir, ça serait bien. J'apprécierais vraiment beaucoup.

– OK. On pourrait peut-être aussi envoyer une patrouille du côté de son bureau.

– Merci beaucoup.

Butshingi regarda Joubert et hocha la tête.

– Un monde étrange, n'est-ce pas, Sup…

– Oui, répondit Joubert, et plus étrange chaque jour.

Margaret avait toujours été à l'écoute de sa dépression, elle en déchiffrait aisément les signes.

– Qu'est-il arrivé ? demanda-t-elle aussitôt.

Ils se dirigèrent vers la cuisine. Il lui dit que l'enquête était dans une impasse. Il lui raconta aussi son altercation avec Jack Fischer.

Elle fit ce qu'elle faisait toujours dans ces situations. Elle lui parla de choses sans conséquence et lui demanda de leur servir un verre de vin. Elle exerçait ses talents culinaires et leur préparait un *bobotie*[1] au riz jaune et patates douces – un de ses plats préférés.

Elle regarda s'il y avait à la télé un programme à son goût, et trouva une rediffusion d'*Everybody Loves Ray-*

1. Plat malais emblématique de la cuisine du Cap.

mond sur une chaîne par satellite. Elle se nicha contre lui, la tête sur son épaule, ses mains entourant les siennes.

Pendant la nuit, il pensa à Danie Flint. Il s'efforçait de suivre la trace qu'il avait trouvée, celle d'un joyeux extraverti, adorant les fêtes et responsable de zone ambitieux qui affichait des photos de voitures de sport dans son bureau ; orphelin de père, passablement égocentrique, avec une mère qui ne s'intéressait qu'aux biens matériels ; marié à une femme sérieuse, dévouée, et active.

Il avait touché une grosse somme en espèces. Il avait tout dépensé, pour lui-même. Il était égoïste et rusé.

Du soir au lendemain, il avait disparu.

Aucune percée nouvelle… Tous les signes indiquaient la même direction… Tard dans la nuit, bien après 2 heures, il finit par s'endormir.

Le lendemain matin, Margaret était de très bonne humeur. Pendant que Mat mangeait son yaourt et son muesli, elle lui dit :

– Tu sais, j'ai réfléchi. Toutes ces allées et venues, tous les soucis à cause des entrepreneurs, le marché de l'immobilier, le va-et-vient des acheteurs, à n'importe quelle heure de la journée, ça fait beaucoup. Un peu de changement ne nous ferait peut-être pas de mal.

– Qu'est-ce que tu veux dire ?

– Je suis allée à Constantia, hier. Je regardais cette vieille maison fatiguée, et je pensais à ce que ça allait représenter de la remettre en état, de tout recommencer. Je me suis demandé : Mais pourquoi donc ? Est-ce réellement ce que je veux ?… Est-ce qu'on a vraiment besoin de ça ? Peut-être que je vieillis. J'ai peut-être besoin d'autre chose, de complètement nouveau. Je n'arrivais pas à considérer ce projet avec enthousiasme…

– Mais non, coupa-t-il. Tu ne vieillis pas.

Elle l'embrassa sur la joue.

– Il y a de l'argent à la banque. Et j'aime cette maison-ci. C'est parfait pour nous. Et j'aime Milnerton. C'est… central, on est près de tout, les voisins sont sympas. Je suis heureuse…

Il hocha la tête, se demandant où elle voulait en venir exactement.

– Lance donc ta propre agence, dit-elle.

– La mienne ?… interrogea-t-il.

– Mat, ces derniers jours… c'était de nouveau le bon vieux temps. Tu étais si absorbé par ce que tu faisais. En dépit de Jack Fischer, ça te plaisait.

– C'est vrai, dit-il.

– Alors, ouvre ton agence. Tu es détective. C'est ce que tu sais faire. Fais-le pour ton propre compte. Je sais, les recettes ne vont pas rentrer tout de suite, mais nous sommes à l'aise financièrement.

– Margaret ? fit-il, soudain grave. Tu ne dis pas ça juste parce que je suis un peu déprimé ?

– Tu me connais mieux que ça, quand même ! répliqua-t-elle.

C'était vrai. Il acquiesça.

– Je peux t'aider. Je peux m'occuper de la comptabilité, répondre au téléphone, décorer le bureau.

– Je…

– Et puis j'ai toujours voulu être la nana d'un flic !

– Tu l'es déjà…

– La poupée d'un privé. La greluche, la gonzesse d'un fouineur à semelles de crêpe.

Il sourit.

Elle continuait… Joubert finit par éclater de rire.

100

Au bureau, l'atmosphère était à couper au couteau. Fischer et Fanus Delport tenaient conférence, portes fermées. À peine si Mildred, la réceptionniste, lui dit bonjour.

Il s'assit devant son ordinateur, mit à jour son projet et s'assura que tout était en ordre, pour ne pas fournir à Jack l'occasion de pointer un doigt accusateur sur quoi que ce soit. Puis il sortit, se dirigea vers Greenmarket Square et alla s'asseoir dans un bistrot pour réfléchir tranquillement.

Il savait où étaient les lacunes dans sa connaissance de l'affaire, mais il ne savait pas comment les combler.

Danie Flint avait passé la plus grande partie de ses journées au travail. La clé de sa vie secrète était là : c'était de son bureau qu'il gérait son compte bancaire et sa boîte mail Yahoo. Il avait trouvé la combine financière pendant ses heures de travail. Enfin, sans doute, puisque Tanya n'en démordait pas : si c'était venu de leur cercle d'amis, elle l'aurait su.

Mais comment ? Qu'ignorait-il encore des tâches quotidiennes de Flint, de sa routine ?

Difficile à dire. Peut-être parce que Neville Philander, le responsable des opérations, submergé par le travail, frénétique, rivé au téléphone, n'avait jamais eu le temps de lui communiquer des informations. Or Philander connaissait tous les détails, les coordonnées, l'expérience concrète. Mais comment obtenir qu'il les lui communique tranquillement ?

Tout en buvant un café, il échafauda un plan, puis il prit son téléphone mobile et appela.

Bessie Heese était en réunion. Il demanda qu'elle le rappelle d'urgence. Il ne voulait plus boire de café ; il en avait déjà pris deux tasses à la maison. Mais il ne voulait pas retourner au bureau. Il régla la note et partit avec l'idée d'aller traîner un peu à la librairie Clarke, car il n'avait rien d'autre à faire.

Heese rappela avant qu'il atteigne Long Street.

Il lui expliqua ce qu'il attendait de Neville Philander.

Elle répondit d'une voix professionnelle, légèrement irritée.

– Nous avons bien confirmé que cet argent ne vient pas de chez nous, n'est-ce pas ? dit-elle.

– En effet. Mais on a seulement vérifié que ce n'était pas votre argent à vous. Je n'en sais pas encore assez pour rayer son cadre professionnel de ma liste. Tout ce que je demande, c'est une heure ou deux du temps de Philander. Mais pas au bureau.

– C'est la fonction de M. Philander, d'occuper un poste central de gestionnaire.

– Je sais. Mais c'est lui qui peut m'aider.

Il déduisit de son silence qu'elle pesait le pour et le contre.

– Très bien, répondit-elle à contrecœur. Peut-il venir à votre bureau ?

Ils se rencontrèrent au Wimpy, dans St. George's Street. Joubert prit un thé, Philander un cappuccino. Il leva les bras au ciel quand Joubert lui parla de l'argent.

– Mais c'est impossible ! Jamais il n'aurait pu voler ça chez nous !

Stupéfait, il essuya la mousse du cappuccino sur sa lèvre supérieure.

– Je le sais bien, répondit Joubert. Mais il y a de fortes chances pour que d'une manière ou d'une autre il ait mis la main sur cette occasion dans le cadre de son travail.

– Mais il ne s'occupait que des itinéraires des bus ! dit Philander en secouant la tête. Dites-moi où il aurait pu dénicher une somme comme ça ?

– Expliquez-moi exactement comment il travaillait.

– Mais je vous l'ai déjà dit !

– Je veux connaître les détails.

– Vous voulez dire ce qu'il faisait, heure par heure ?

– Oui, s'il vous plaît.

– Mais ça ne va pas vous avancer !

– Eh bien, dans ce cas, je ferai une croix dessus.

Philander regardait fixement par la fenêtre, il n'était pas d'humeur à poursuivre ce genre de conversation.

– Si Tannie Bessie dit : « Cause donc à ce privé », je suppose qu'on est obligé de le faire.

– Elle a quelque chose d'une Nissan, dit Joubert.

– C'est vrai, dit Philander en riant.

Il avala une gorgée de cappuccino, inspira à fond et se lança :

– Bon. Danie Flint. Journée typique de travail. Il sort de chez lui à 6 heures et demie-7 heures, il ne va pas au bureau mais va directement visiter ses zones et suivre ses itinéraires. Mais il change tous les jours, pour que les chauffeurs restent sur leurs gardes. Milnerton, Montagu Gardens, Killarney, Du Noon, Richwood, Table View, Blouberg, Melkbos, Atlantis, pas nécessairement dans cet ordre. De toute façon, il ne pouvait pas tout faire en une seule journée. L'idée, c'était de couvrir la zone en deux ou trois jours.

– Dans son Audi ?

Joubert voulait se représenter précisément, dans sa tête, ce qui se passait.

– C'est ça.

– Il suivait exactement les itinéraires des bus ?

– C'est ça. Il suivait chaque jour les itinéraires qu'il avait choisis.

– Vous pouvez me les indiquer, ces itinéraires ?

– Vous voulez les suivre ?

– Oui.

– Pas de problème.

– Mais pourquoi devait-il faire ça tous les jours ?

– Pour voir si les chauffeurs respectent les horaires. Sont-ils à l'heure ? Comment conduisent-ils ? Les bus sont-ils pleins ? Si un bus tombe en panne, ou s'il y a un accident, il est là. Il explore de nouveaux itinéraires là où il voit des files de gens qui attendent des taxis, il cherche des opportunités, il contrôle pour voir si on peut améliorer les itinéraires.

« Ensuite, poursuit Philander, vers 11 heures, les responsables de zone reviennent au bureau. Pour leur travail administratif : préparation des notes sur la matinée, traitement des accidents, des problèmes mécaniques, des infractions des chauffeurs, vérification de la consommation de carburant, mise en formation des nouveaux, et ensuite, traitement des e-mails, examen au peigne fin de la logistique PGRC, lecture des bulletins, réunions… bref, c'est à peu près la même chose tous les jours.

« Et puis, vers 15 heures, de nouveau les routes, même histoire, pour les mêmes raisons. Pas le temps de roupiller, pas le temps de se faire de gros sous, ça, ça n'est pas possible, tout simplement.

– Pourtant il a bien trouvé cet argent quelque part, dit Joubert.

– Et si c'était un héritage ? Il ne voulait peut-être pas le dire à Tanya.

– Les héritages, ça ne vient pas en espèces.

– Très juste.

– Vous avez été responsable de zone ?

– Bien sûr, répondit Philander.

– Imaginez que vous ayez besoin d'argent. Des espèces. D'urgence. Il vous en faut, même si vous devez voler pour ça. Mettons que votre femme soit à l'hôpital…

– Vous voulez dire : où je pourrais en voler au travail ?

– Ou dans votre environnement professionnel.

Philander finit son cappuccino. Il réfléchissait.

– Il n'y a qu'un seul endroit. Le bureau principal de billetterie. Mais là, il faudrait être au moins deux ou trois : il faudrait entrer là-dedans, avec des flingues, masqués, et nettoyer la place.

– Pas d'autres possibilités ?

– Pas pour des masses de pognon.

Joubert dissimula sa déception.

– Un autre cappuccino ? proposa-t-il.

– On a presque fini, non ?

Joubert ne savait plus trop où il en était. Y avait-il encore quelque chose ? Il repensa à tout ce que Philander avait dit. Un détail se démarquait du reste.

– PGRC, ça veut dire quoi, déjà ?

– Programme de gestion de risques chauffeurs.

– C'est à cause de ça qu'il y a eu cette grève ?

– Exact.

– Mais c'est un programme informatique. Pourquoi est-ce qu'on ferait la grève pour ça ?

– Oh, c'est beaucoup plus qu'un programme informatique…

– Ah bon ?

– C'est une longue histoire…

Joubert opina. Il avait le temps. Philander soupira.

– Alors, mieux vaut recommander du café…

101

– Voilà. Tout ça, c'est à cause de la DriveCam.

– La DriveCam… ?

– En 2007, raconte Philander, toujours en panachant d'anglais son afrikaans, on a été le premier dépôt où M. Eckhardt et les autres de la direction ont essayé le nouveau système, parce qu'on était les plus petits – et aussi les meilleurs, même s'il faut que je le dise moi-même. Ça marche comme ça : on installe une caméra vidéo à l'avant de chaque bus, derrière le rétro, voilà. La DriveCam. Un œil qui regarde vers l'avant et l'autre vers l'arrière. Il y a un disque dur à l'intérieur du machin. Mais, évidemment, la caméra n'enregistre pas tout, du matin au soir. C'est-à-dire que ça marche tout le temps, ça filme tout et ça l'enregistre, mais il y a un détecteur de mouvements comportant un petit dispositif informatique, et c'est seulement si le bus est secoué que l'image et la bande-son sont sauvegardées : les dix à quinze secondes avant l'incident, et dix à quinze secondes après, ça dépend de la gravité du choc… Vous me suivez ?

– Ouais… j'ai l'impression… Mais si ça secoue tout le temps ?…

– Eh bien, quand je dis « secoué », c'est façon de parler, pour faire comprendre. Le détecteur de mouvements est activé par ce qu'ils appellent l'inertie. Les forces G, vous savez ce que c'est ? Eh bien, c'est ça, le truc. Si le chauffeur rentre dans quelque chose, alors c'est la force G négative, l'inertie négative… Dans ce cas, la Drive-Cam enregistre. Si on pile brutalement, ou si on met trop la gomme, eh bien, c'est la même chose. Il suffit qu'un chauffeur prenne un coin de rue un peu trop sec et voilà, c'est enregistré. La vidéo est sauvegardée.

– Pourquoi les coins de rue ? Quel intérêt ?…

– Eh bien, quand on prend trop vite à un coin de rue, c'est pour quoi, hein ?

– Je ne sais pas.

– Quand on grille un feu rouge, tiens !

– Ah…

– Et maintenant, voici le truc hal-lu-ci-nant. Quand le bus rentre au dépôt le soir, tous les petits bouts de vidéo de tous ces cahots se téléchargent automatiquement sur notre serveur. Coup de baguette magique : le bus franchit la grille, et ça y est, vous voyez ? Le serveur est connecté à Internet, il envoie toutes ces séquences en Amérique – parce que c'est là que le système a été développé. Les Américains ont un logiciel qui analyse tout ça, et ils renvoient par mail au responsable de zone les séquences où il y a des problèmes. Les trucs sérieux, comme les accidents, me sont aussi envoyés à moi et à M. Eckhardt, en copie cachée.

– Attendez, que je vérifie si j'ai bien compris, dit Joubert. Si le bus accélère ou freine trop brusquement, la caméra enregistre ?…

Philander opina.

– Avec une vue de l'avant et de l'arrière, précisa-t-il. Comme ça, on voit ce qui se passe sur la route, mais aussi ce que fait le chauffeur.

– Et quand vous passez la grille, ça envoie un signal radio à un ordinateur qui transmet le film par mail en Amérique…

Cela laissait Joubert incrédule.

678

– C'est plutôt du wi-fi. C'est du high-tech, mon frère, faut bien s'aérer les méninges pour comprendre ça ! Mais c'est pas des gens qui regardent ça en Amérique, non, c'est un ordinateur : du software, qui détecte d'abord s'il s'est passé un sale truc, et alors les analystes y mettent le nez…

– Et vous en avez reçu, de ces vidéos ?

– Des tas. Le mois dernier, un chauffeur a heurté un piéton, et quand on a regardé la vidéo on a vu le chauffeur se pencher et prendre son téléphone mobile pour passer un coup de fil. Et c'est alors qu'il a touché le piéton. On l'a viré dans les vingt-quatre heures – d'ailleurs, qu'est-ce qu'il aurait pu dire ? Il y avait la preuve… et en Technicolor !

Joubert avait compris :

– Alors, c'est pour ça que les chauffeurs se sont mis en grève ?

– Exact. Le syndicat a dit que c'était anticonstitutionnel : violation de la vie privée. Mais en réalité, ça les protège. Il y a beaucoup d'accidents qui se produisent parce que ces gros cons dans leurs voitures allemandes qui coûtent un fric fou, ils coupent la route à des bus, enfin des trucs de ce genre, parce que les bus les font chier, tous. Ils s'en foutent que les bus mènent les pauvres au travail, ils ne pensent pas comme ça, ces gros pleins aux as. De toute façon, on utilise les vidéos pour la formation, ça permet aux chauffeurs de vraiment s'améliorer. Et puis, le grand truc, c'est que les dégâts provoqués par des collisions, ça a diminué de soixante pour cent, vous vous rendez compte, soixante pour cent ! Pareil pour les PV. Avec ce système, c'est pas seulement de l'argent qu'on économise, c'est aussi du temps, parce qu'on a soixante pour cent de plaintes en moins. Et on peut même récompenser les chauffeurs qui ont un dossier vierge, parce qu'on dégage du fric pour les augmentations de salaire.

– Alors, Danie visionnait ces vidéos tous les après-midi ?

Une source possible pour les 400 000 rands remua au fond de sa tête.

– Il les vérifiait l'après-midi. Mais elles étaient déjà là le matin. Le soir, le serveur les envoie en Amérique, le lendemain à 11 heures, quand Danie pointe sur son ordinateur, les e-mails l'attendent. Quand il y a des gros pépins, M. Eckhardt m'appelle avant, et après j'appelle Danie. Mais ce qu'il vérifiait normalement, l'après-midi, c'était le tout-venant des choses qu'il allait devoir régler avec ses chauffeurs. Vous savez, conduite dangereuse, des conneries comme ça. C'est de ça qu'il parlait avec les chauffeurs, l'après-midi.

– Ça fait pas mal de pouvoir...

– Je ne vous suis pas.

– Les vidéos. Danie Flint avait le pouvoir de virer des chauffeurs, tous les jours. Parce qu'il tenait des preuves – en Technicolor, comme vous dites.

– Oui. Et alors ?

– Il avait combien de chauffeurs sous ses ordres ?

– Environ quatre-vingts.

– Et ça gagne combien, un chauffeur de bus ?

– Ça dépend des heures sup. Entre quatre et six par mois.

– 6 000 ? demanda-t-il, tout en faisant des calculs dans sa tête.

– C'est ça.

– Bien. Mettons que Flint se mette à parler à un chauffeur et qu'il lui dise qu'il a des preuves et qu'il va le virer, mais que pour 1 000 rands il laissera tomber...

Philander réfléchit, et très vite secoua la tête :

– Non, mais non, ça ne marcherait pas !

– Pourquoi pas ?

– 1 000 rands ? Presque une semaine de paie ? La plupart des chauffeurs ne pourraient pas payer ça, et puis ils iraient trouver le syndicat pour se plaindre, et vite fait !

– Mettons moins, 500, 250…

– Avec tout le respect que je vous dois, vous dites 250 comme ça, mais ça ne peut sortir que d'une cervelle de Blanc, un truc pareil… Ce sont des gens qui ont une femme et un tas d'enfants, ils remboursent des emprunts sur leur maison, leur voiture, et il y a l'école à payer pour les gosses… Vous n'y pensez pas !

– Mais si on perd son boulot, on n'a plus rien du tout.

– On va refaire les calculs. Mettons qu'il y ait trois ou quatre incidents sérieux par semaine. À 250 le coup, ça fait 1 000 rands par mois. Il faudrait… à peu près quatre cents mois pour arriver à 400 000 rands. Si on double la somme, ça fait deux cents mois…

Sa théorie s'effondrait.

– C'est vrai, avoua-t-il.

– Je me tue à vous le dire, cet argent-là ne vient pas d'ABC. C'est impossible.

Joubert n'était pas prêt à renoncer, il se raccrochait aux branches.

– Est-ce que je peux jeter un coup d'œil à ce matériel ? Les vidéos enregistrées ?

– Ça signifie des embêtements avec le syndicat ; c'est confidentiel, dit Philander, sceptique. Il faudra que je téléphone à M. Eckhardt…

– J'apprécierais beaucoup.

– On a fini, maintenant ?

– On a fini. Merci.

Il savait qu'il faudrait bien retourner au bureau à un moment ou un autre, mais il avait une bonne raison de ne pas le faire : il espérait que Philander lui obtiendrait rapidement l'autorisation de consulter les statistiques des chauffeurs.

Il se dirigea vers Long Street, entra chez Clarke et s'arrêta devant le rayon science-fiction, mais ne trouva rien qu'il eût envie de lire. La « fantasy » était à la mode, et il avait essayé – mais il n'accrochait pas.

L'inspecteur Fizile Butshingi lui téléphona après 11 heures.

– Rien qui puisse nous aider. J'ai tout vérifié. Les hold-up de transports de fonds sont la seule possibilité. Et là, il n'y a rien qui colle.

Joubert le remercia.

– Rien de neuf de votre côté ? demanda Butshingi.

– Pas vraiment. Je vous tiendrai au courant.

Il eut une illumination subite.

– Inspecteur, pouvez-vous me dire s'il y a eu des attaques de transports de fonds dans la zone au nord de la N1 ?

Il réfléchit, pensa à une zone plus vaste :

– Et à l'ouest de la N7, ou même sur la N7, Montagu Gardens, Milnerton, Richwood, jusqu'à Atlantis…

– Et pourquoi là ?

– Ce sont les itinéraires des bus de Flint.

– Ça fait un morceau.

Peut-être pas. Joubert expliqua :

– Je veux couvrir toutes les bases.

– Je vous rappelle.

Sept minutes plus tard, son téléphone sonna à nouveau. Le numéro indiqué avait l'air d'être celui de Bessie Heese.

– Monsieur Joubert, je m'appelle François Eckhardt. Je suis le directeur général d'ABC. Avez-vous un moment ?

– Bien entendu.

– Monsieur Joubert, vous voudrez bien m'excuser, mais je vais être direct avec vous. Jusqu'ici, nous avons fait tout ce qui était en notre pouvoir pour vous aider, par égard pour Mme Flint. Mais nous sommes arrivés à un point où je dois penser aux intérêts de la société et de tous les autres employés. Et surtout pour ce qui concerne les enregistrements vidéo. Je me dois de protéger la confidentialité des informations concernant la performance des chauffeurs, je dois veiller à ce que notre accord avec le syndicat ne soit pas violé. Nous ne pouvons pas nous permettre d'affronter une nouvelle grève. J'espère que vous me comprenez...

– Je comprends, dit Joubert, anéanti.

– Nous pourrions néanmoins vous permettre d'accéder au système, mais vous devriez en ce cas signer un accord de confidentialité avec la société. Aucun enregistrement ne doit quitter nos locaux, aucune information ne doit être rendue publique sans mon autorisation écrite. Et je dois ajouter qu'à mon avis vous perdez votre temps, parce que ce système ne laisse rien passer. Enfin, si vous observiez une quelconque indication de manquement de la part d'employés d'ABC, si minime soit-elle, vous devriez me la signaler à moi personnellement, sans délai. Je vais vous communiquer mon numéro de téléphone mobile.

Joubert pesait les implications.

– Même si je signe... s'il y a une preuve de crime, il faudra transmettre l'affaire à la police. C'est la loi.

– Monsieur Joubert, toutes les infractions à la loi révélées par le système ont déjà été communiquées à la police. Ce facteur n'intervient pas. Êtes-vous prêt à signer ?

Il se demandait si ça en valait la peine, conscient du fait qu'il était à bout de ressources... Peut-être s'accrochait-il trop obstinément à sa théorie qui liait d'une manière ou d'une autre l'argent au travail de Flint ? Quoi qu'il en fût, il devait à Tanya de faire les choses à fond : il devait examiner ces statistiques, il devait aller jusqu'au bout.

– Oui.

Avant qu'il arrive au dépôt d'ABC, Butshingi le rappela pour lui signaler qu'il y avait eu une attaque de transport de fonds dans la zone élargie qui concernait Flint.

– Mais Century City, ça compte ? demanda-t-il.

– Je ne suis pas sûr. Vous avez des détails ?

– 19 septembre, 10 heures du matin, sur Century Boulevard…

Joubert ressentit une petite poussée d'adrénaline. Ça cadrait bien avec la chronologie.

– Entre Waterford Boulevard et Waterhouse Boulevard. Sept hommes, deux véhicules. Plus de 800 000 en espèces. Le chauffeur du véhicule de transport de fonds a été tué.

– Merci, inspecteur. Je vais voir si je trouve quelque chose.

– Mais qu'est-ce que Flint viendrait faire là-dedans ? C'est un gang noir.

– Je ne sais pas. Mais je n'ai rien d'autre.

– D'accord.

Dans le bureau de Philander, il signa l'accord de confidentialité acheminé par fax. Puis ils allèrent s'asseoir devant l'ordinateur de Danie Flint.

– Je vous montre comment faire marcher le système. Mais, pitié, je n'ai qu'un quart d'heure.

– Merci beaucoup. Je peux vous demander quelque chose : est-ce que Century City faisait partie des itinéraires de Danie ?

– Absolument. Pourquoi ?

Joubert dut dissimuler son regain d'optimisme.

– Il me faut une vue globale.

Ils mirent en route l'ordinateur de Flint et ouvrirent le programme PGRC. Philander expliqua à Joubert les principes de base :

– Toutes les vidéos sont sur le serveur, on peut les voir en fonction des itinéraires, des bus, des chauffeurs, des mesures mises en œuvre. Vous pouvez les regarder en fonction de ces catégories, ou de la date et de l'heure. Avec ce menu, vous pouvez trier, si vous voulez seulement les vidéos pour lesquelles il y a eu une action après coup.

– Quelle action ?

– Disciplinaire, une déclaration d'accident, un recours de tiers, des poursuites. Faites votre choix. Vous pouvez voir en même temps ce qui se passe à l'avant et à l'arrière, ou vous pouvez choisir seulement l'une des deux possibilités…

– On peut commencer le 19 septembre ?

– Facile. Voici le calendrier, vous choisissez le mois ici, et la fenêtre s'ouvre. Maintenant, cliquez sur le 19, et voilà votre liste. Il y a quatre vidéos. Vous pouvez affiner votre recherche avec ce menu, si vous voulez vérifier en fonction d'un chauffeur ou d'un itinéraire précis.

– Sur quel itinéraire est Century City ?

– Je ne connais pas les codes de Danie par cœur, attendez…

Il lui fallut un moment pour obtenir l'information et l'appliquer.

– Il n'y a pas de vidéo de cet itinéraire pour le 19 septembre.

– Est-ce que je peux voir les quatre vidéos de ce jour-là ?

– Vous n'avez qu'à cliquer chaque fois sur l'icône… et la vidéo démarre automatiquement…

Ils regardèrent les vidéos ensemble. Des séquences de quinze secondes, à l'avant et à l'arrière, avec les images disposées côte à côte. Philander baissa le volume sonore pour ne pas gêner les responsables de zone qui étaient dans le bureau.

Aucune des quatre vidéos n'avait le moindre rapport avec une attaque de transport de fonds.

Philander remarqua la déception de Joubert.

– Mais vous espériez trouver quoi ? demanda-t-il.

– Je n'en ai pas la moindre idée.

Mais il allait devoir se mettre à la manœuvre, dans le cas présent au clavier, jusqu'à ce qu'il ait épuisé toutes les options.

102

Il se débattait seul devant l'ordinateur. Il en avait oublié ses sandwiches. Le système était compliqué, il y avait tant d'options à activer. Il lui fallut un certain temps pour s'apercevoir qu'il avait activé l'option « Conseil de discipline » et qu'il ne voyait que les vidéos relevant de cette catégorie. Il dut revenir en arrière, à sa limite initiale du 1er août, et tout visionner encore une fois.

À 14 h 40, son estomac se rappela à lui. Il se mit alors en quête de thé. Santasha lui indiqua la cuisine. Elle lui demanda si son travail avançait.

– Non, dit-il.

Les sandwiches étaient au *bobotie* et au chutney, et il y avait un sachet de noix de cajou.

Il sourit, mangea avec appétit, et but son thé en examinant chaque vidéo. Il se concentrait sur les vues extérieures à l'avant. Un petit pourcentage des séquences concernait des accidents graves, impliquant des piétons ou d'autres véhicules. Le reste était sans intérêt : des chauffeurs qui freinaient brusquement et trop tard, compte tenu de la circulation, des cyclistes, des vaches ou des moutons sur la N7 à Du Noon ou des chiens dans les zones résidentielles.

Pour août, ça ne donnait rien.

Et pour septembre pas davantage. Ses yeux fatiguaient, sa concentration se relâchait. Il commença à se rendre compte qu'il n'arriverait sans doute à rien.

Il faillit bien passer à côté.

C'était le 29 septembre. L'heure enregistrée indiquait 11 h 48. C'était une route sans bâtiments, rien que le veld de tous les côtés. Mais le bus suivait de trop près une berline Mercedes noire, peut-être une série E, qui freina tout d'un coup, inexplicablement. Le bus en percuta l'arrière et le coffre s'ouvrit. Dix secondes plus tard, le bus et la Mercedes se mettaient à l'écart de la route, c'était presque la fin de la vidéo.

Il cliqua pour arrêter la vidéo, encore une qui ne servait à rien. Pourtant une alerte s'était déclenchée quelque part au fond de son esprit.

Il lança la vidéo suivante, mais son subconscient lui disait : Reviens en arrière, il y avait quelque chose, il faut la regarder encore.

Il eut un instant d'indécision. Ce n'était qu'un incident mineur entre mille.

Mais non, il s'était passé quelque chose…

Il soupira, arrêta le défilement de la nouvelle vidéo et cliqua pour revenir à la précédente.

Qu'y avait-il dans le coffre ?

Son cerveau se concentra sur ce qu'il venait de voir. Il se demanda s'il n'avait pas rêvé.

Il cliqua encore, les images se mirent à défiler et il les regarda avec toute son attention.

Le coffre s'ouvre, tout d'un coup. Là, à l'intérieur… une main, entraperçue dans un rayon de soleil qui avait percé juste à ce moment-là, quand le coffre s'était ouvert, avant de se refermer. Et après, ç'avait été fini, l'écart entre la Mercedes et le bus s'était agrandi, le coffre s'était refermé. Il ne savait comment arrêter l'image, il regardait anxieusement l'écran, mais la vidéo était déjà terminée.

Il cliqua encore dessus, examina brièvement les icônes, en essaya quelques-unes. Et il trouva celle qui permettait de faire un arrêt sur image, mais il était allé trop loin. Joubert grogna de contrariété. Il recommença, le pointeur de la souris prêt à saisir l'instant exact. Et cette fois-ci il réussit à arrêter la vidéo exactement au bon moment.

Pas de doute : une main, une main inanimée, une délicate main blanche qui reposait sur un torse, à l'arrière, dans le coffre…

On apercevait trois silhouettes dans la Mercedes, deux à l'avant, une à l'arrière, des hommes, celui qui était à l'arrière avait tourné la tête après la secousse de la collision. Il avait des épaules massives, un curieux visage, tordu, comme s'il n'avait pas eu de nez. Mais ce n'était peut-être que l'effet de la résolution de la vidéo.

Joubert regarda attentivement. Il réussit à voir le numéro de série de la voiture : E 350… Le numéro d'immatriculation se lisait beaucoup plus facilement.

Il regarda l'image vidéo montrant l'intérieur du bus : des rangées de sièges vides, et le chauffeur, devant, qui valse sous le coup de l'impact. « Putain ! » s'exclame-t-il – on entendait le mot clairement. Puis il fait un geste de frustration et de rage avec la main. Il braque le volant pour se mettre à l'écart de la route. « Quel connard ! » lâche-t-il.

Joubert revint à l'image qui montrait la vue avant, l'arrêtant de nouveau sur l'instant où le coffre s'ouvrait largement.

C'était bien une main, indubitablement, et il y avait quelqu'un dans le coffre. Immobile.

Il scruta l'image, son cerveau fonctionnant à toute allure.

Danie Flint avait-il vu ça ?

Est-ce que ça avait un lien avec sa disparition ?

Quelqu'un dans le coffre de la voiture. Et quelque chose dans la position de la main, la façon dont elle avait réagi au choc de la collision, lui disait que cette main appartenait à un corps inconscient – ou bien mort.

Fallait-il qu'il cherche encore, jusque vers le 15 octobre ?

Et qu'allait-il en faire ? C'était bien une preuve patente de crime, d'enlèvement au minimum. Il faudrait qu'il appelle la police, après avoir prévenu Eckhardt.

Mais il voulait conserver le contrôle de la situation.

Pas de précipitation. Procéder étape par étape. Il prit son bloc-notes, cliqua sur l'écran et nota le jour et l'heure. Il chercha une référence concernant l'endroit précis où c'était arrivé, mais il ne trouva que le numéro du bus et son itinéraire. Il écrivit le nom du chauffeur : Jerome Apollis. Ensuite, les informations concernant la Mercedes. Il referma son bloc-notes, afin que personne ne puisse voir ses notes. C'était sa police d'assurance.

Il prit son téléphone mobile et appela le directeur des opérations d'ABC :

– Je pense que vous feriez bien de venir regarder quelque chose, lui dit-il.

Eckhardt avait la quarantaine ; grand, svelte, professionnel, il portait des lunettes à la mode, le genre de costume de bon goût, avec chemise et cravate assorties, qui faisaient prendre conscience à Joubert de son propre manque de style. Philander et lui visionnaient la vidéo. Finalement, Eckhardt dit :

– Neville, voyez si vous pouvez contacter Apollis. Immédiatement. S'il est de service, trouvez un remplaçant.

Puis, se tournant vers Joubert :

– Maintenant, on prévient la police !

– Il y a à Milnerton un inspecteur avec qui je travaille…

– Appelez-le.

– Je vais déjà lui donner le numéro d'immatriculation de la Mercedes.

– Faites ce que vous estimez nécessaire. Vous pouvez compter sur notre coopération, pleine et entière.

Joubert appela Fizile Butshingi. Il lui dit :

– Je crois que j'ai trouvé quelque chose…

– Quoi ? demanda Butshingi, aussitôt sur le qui-vive.

– La preuve d'un crime grave. Ça pourrait être un enlèvement, ou pire…

– Oh ! Où êtes-vous ?

Joubert lui donna l'adresse du dépôt ABC.

– Il y a un véhicule dans cette affaire, il va nous falloir le nom et l'adresse du propriétaire. Si vous pouviez vous en occuper dès maintenant…

– Donnez-moi l'immatriculation.

Son euphorie était tempérée par la déception, car il savait ce qui allait se produire.

C'était encore l'une des grandes différences entre un privé et un flic, se disait-il, tout en attendant. Il devait se faire à l'idée qu'à un moment ou à un autre il lui faudrait se dessaisir de l'affaire, passer la main.

À un moment, une minute plus tôt, il avait imaginé une autre façon de procéder. Il aurait fallu ne rien dire, faire une copie électronique de la vidéo, utiliser les contacts de Jack pour trouver à qui appartenait la Mercedes, et puis remonter la piste…

Mais cela aurait été malhonnête : il aurait violé son accord avec ABC et il aurait enfreint la loi, car il y avait là une preuve manifeste de crime. Il ne pouvait pas faire ça.

Et maintenant, Butshingi allait s'emparer de toute l'affaire. Un bon flic, semblait-il. Enfin, du moment que ça permettait de faire la lumière sur le sort de Danie Flint, le reste n'avait pas vraiment d'importance.

Il soupira.

À 16 h 08, son téléphone sonna. C'était Mildred, la réceptionniste de Jack Fischer et Associés :

– M. Fischer aimerait savoir si vous comptez passer au bureau aujourd'hui ?

– Je ne sais pas, répondit Joubert.

– Veuillez patienter, s'il vous plaît.

Elle le mit en attente en compagnie d'une musique genre ascenseur, puis la voix joviale de Jack retentit :

– Mat, on dirait que tu reviens fort ?

Comme s'il ne s'était rien passé entre eux la veille…

– En effet, Jack. Ça a pas mal avancé…

– Excellent, excellent, ça me fait plaisir. J'ai parlé avec Fanus ce matin. On a tout mis à plat, sous tous les angles – humain, financier, tu sais à quel point ça compte pour nous, Mat. C'est très important. Eh bien, nous aimerions faire la moitié du chemin dans la direction de Mme Vlok…

Joubert ravala le désir de rectifier.

– … alors, nous avons pensé lui accorder une journée gratuite, compte tenu des circonstances. C'est la chose à faire, dans un cas comme celui-ci.

– Merci, Jack. Si tout va bien, ce ne sera peut-être pas nécessaire. Mais merci.

– Excellent, excellent. Enfin, je pensais qu'il fallait te le dire.

À son arrivée, l'inspecteur Fizile Butshingi arborait un visage sombre.

– C'est un truc sérieux, Sup, un truc énorme.

– Pourquoi ?

– Montrez-moi ce que vous avez.

Joubert l'invita à s'asseoir, puis fit défiler la vidéo, arrêta sur l'image et montra la main dans le coffre.

– Bon Dieu ! dit l'inspecteur. C'est pas bon du tout, ça.

– À qui appartient la voiture ?

– C'est le gros problème. Je suis allé d'abord sur le système Natis, et ça m'a dit que la Mercedes appartient à Terrence Richard Baadjies, et que le numéro d'immatriculation correspond à une adresse résidentielle de Rosebank. Je me suis donc dit : Allons voir de qui il s'agit, et j'ai entré son nom dans la base de données. Et j'ai trouvé un sale type, Sup : Terrence Richard Baadjies, alias Terry, alias Terror, alias le Terroriste. Délinquant juvénile à quinze ans, condamné pour avoir poignardé et tué un camarade d'école. Relâché au bout de trois ans, puis poursuivi à seize reprises, sept fois accusé de meurtre, mais condamné seulement cinq fois, trois fois dans une affaire de trafic de drogue, une fois pour voies de fait avec préméditation, une fois pour meurtre, quand il était à la prison de Pollsmoor. Il a fait quatorze ans.

– Il appartient à un gang, dit Joubert.

– Et pas n'importe lequel. C'est le numéro deux des Restless Ravens.

– Tonnerre de Dieu !… s'exclama Mat Joubert.

Cela changeait tout.

– Eh oui !

Il lui fallut un moment pour prendre la pleine mesure des possibilités.

– Il va falloir appeler le superintendant Johnny October.

La Plaine du Cap, c'était le terrain d'October. Mais le plus important, c'était que Johnny était son ami, il ne le court-circuiterait pas.

103

Le superintendant Johnny October, grand, sec, cheveux gris et courts, fine moustache taillée de la même façon depuis trente ans, était l'un des rares membres de la police du Cap qui allaient travailler tous les jours en costume, toujours dans les tons bruns. C'était l'homme le plus loyal que connaissait Joubert. Il était bienveillant et parlait avec douceur. Il lui arrivait même de pécher par modestie, et donc de se nuire à lui-même. Sa courtoisie, même vis-à-vis des criminels, était inébranlable.

– Ça par exemple ! s'exclama October (il ne jurait jamais) après avoir vu la vidéo.

– *Umdali !* Mon Dieu ! reprit Butshingi. C'est très mauvais.

– Est-ce que vous reconnaissez Terror ? demanda Joubert.

– Ça pourrait être lui, Sup, devant, à côté du conducteur. Mais c'est sur celui-ci que nous devons nous concentrer, dit October en pointant le doigt sur la silhouette massive à l'arrière de la Mercedes, celui au nez déformé.

– Pourquoi ? demanda Butshingi.

– C'est K.D. Snyders…

Butshingi prenait des notes. Il demanda :

– Comment épelez-vous « Cadé » ?

– K, D, majuscules, c'est une abréviation pour Knuckle Duster. C'est son truc, le coup-de-poing américain. Son vrai nom, c'est Willem, mais on l'appelle K.D. par-devant et « King Kong » par-derrière, à cause de son nez et de sa taille. C'est un cas tragique. Il vient de Sabie Street Courts, à Manenberg, un très mauvais milieu. Il avait onze ans quand il a été attaqué par un chien, un de ces pitbulls qu'on fait combattre le vendredi soir. K.D. s'était faufilé derrière les enclos des chiens, à ce qu'on dit, et cette bête tarée l'aurait chopé au visage ; le temps qu'on arrive à le dégager, il était dans un très sale état. Ensuite, les médecins n'ont pas bien fait leur boulot, la plaie s'est infectée, probablement aussi parce que les parents l'ont mal soigné. La boisson, Sup, le démon de la boisson… À Manenberg, on n'est tendre avec personne, les enfants se moquaient de lui. Et K.D. n'avait qu'une réponse : se battre. On dit qu'une fois, il devait avoir quatorze ans, il a enroulé une chaîne de bicyclette autour de son poing, et c'est là que le coup-de-poing américain a commencé. Puis, quand il s'est fait une réputation et qu'il est devenu énorme, les Ravens l'ont aussitôt repéré. Terror est le premier à avoir initié K.D. Depuis ce moment-là, ils ont toujours été comme ça.

Johnny October croisa son index et son majeur.

– C'est le garde du corps de Terror, et son homme de main.

– *Yoh-yoh*[1], commenta Butshingi.

– Mais la principale raison pour laquelle nous devons nous concentrer sur lui, c'est qu'en ce moment il se trouve à Pollsmoor, en attente de jugement, pour voies de fait avec préméditation et tentative de meurtre. Et cette fois-ci nous avons un témoin. Ça ne va pas fort pour K.D. Il est à l'isolement, car il n'était pas au trou depuis vingt-quatre heures qu'on avait déjà essayé de le poignarder. Il y a une guerre entre les deux factions des

1. Argot de township pour exprimer la consternation.

Ravens, maintenant que Tweety l'Oiseleur a quitté le pays. Une lutte pour le pouvoir…

– Attendez un peu, dit Butshingi, levant les yeux de ses notes, l'air préoccupé. Vous parlez de Tweety, le chef du gang ?

– C'était le caïd, mais il est parti.

– Il est parti où ?

– D'après le téléphone du bush, en Amérique du Sud. Alors, maintenant il y a vacance de pouvoir, et pour prendre la succession, c'est la guerre entre Terror et Moegamat Perkins… et ce, depuis quatre mois déjà. Personne n'a encore gagné, et nous, on a du mal à suivre…

– K.D. est en taule à cause de cette guerre ?

– Oui. On l'a bouclé pour tentative de meurtre. Mais s'il reste à Pollsmoor, les hommes de Moegamat Perkins le tueront. Ça nous donne une petite marge pour négocier.

Mat Joubert réfléchissait : Danie Flint et les gangs de la Plaine du Cap ! Une combinaison insolite.

Comment faire coller tout ça ?

Johnny October demanda :

– Sup, comment en es-tu arrivé là ?

Joubert lui raconta toute l'histoire en détail.

Jerome Apollis, le chauffeur du bus, avait quarante-trois ans, de grosses joues et un ventre de buveur de bière, et il crevait de trouille. La proximité des policiers, avec Joubert au premier plan, sans compter la gravité des circonstances, l'avait rempli d'angoisse et son regard inquiet allait de Bessie Heese à Butshingi, puis à October avant de revenir à Joubert et d'y rester fixé.

Ils étaient tous assis dans le bureau exigu de Neville Philander.

– Ne vous inquiétez pas, lui dit Bessie Heese.

Elle avait l'air tout aussi professionnelle que la veille. Il était presque 18 heures, mais elle était restée parfaitement fraîche.

– La police veut seulement vous demander ce que vous vous rappelez du 29 septembre, dit-elle en indiquant du doigt l'ordinateur de Philander, sur lequel on lui avait montré la vidéo, mais sans faire d'arrêt sur image.

– Je me rappelle bien, dit Apollis.

– Vous pouvez nous raconter ça ? demanda Johnny October, de sa voix respectueuse et attentive. Ça nous aiderait beaucoup.

Apollis passa plusieurs fois la langue sur ses lèvres et leva les mains pour protester de son innocence.

– M. Flint, il m'a dit que ça n'était pas un problème. Quand il a vu la vidéo, il a dit que ça n'était pas ma faute.

– Je comprends, répondit October. Mais nous ne disons pas que c'est votre faute. Tout ce que nous voulons, c'est savoir ce qui est arrivé ce jour-là.

– Et où, exactement, précisa Joubert.

Apollis le fixait, tétanisé.

– Monsieur Apollis… le pressa October.

Apollis fit un effort, détacha son regard de Joubert et le porta sur Bessie Heese – une bouée de secours.

– C'était entre Atlantis et la R 27. Juste après la sortie, dit-il, en essuyant la transpiration sur son front.

– Quelle sortie ?

– La route qui va au stand de tir. Il y avait une pancarte, mais elle a disparu depuis longtemps.

– Dans quelle direction rouliez-vous ? demanda Joubert.

– Vers la mer, vers la R 27.

Apollis s'arrêta.

– Allez, continuez, Jerome.

– La Mercedes. Ils roulaient lentement. J'ai voulu dépasser. J'avais déjà mis le clignotant, c'est pour ça que j'étais tellement près. Il fallait que j'attende à cause des voitures qui arrivaient en face. Puis ils se sont arrêtés tout d'un coup, sans raison, alors je leur suis rentré dedans. Au cul, sur le coffre. On s'est arrêtés. Je suis sorti, et ils…

– Vous n'avez rien remarqué de bizarre ? demanda October.

– Non, monsieur, répondit-il, un peu perplexe.

– Donc, vous êtes sorti.

– On est tous sortis. Alors, celui qui était assis à l'avant… Non, celui avec le nez bousillé qui était à l'arrière, il est venu vers moi. Alors, l'autre a dit : « Non, non, attends, attends, mais attends donc ! » Et puis ils ont regardé les dégâts. Je leur ai bien dit, juste à ce moment-là, qu'ils s'étaient arrêtés comme ça, sans raison. Alors, l'un d'eux m'a dit de pas m'en faire, que ce n'était pas ma faute et que tout allait bien. J'ai dit non, parce qu'il me fallait faire un rapport. Alors, il a regardé le bus et il a dit que non, il n'y avait pas de dégâts sur le bus, laissons tomber, il ne fallait pas s'inquiéter…

– Où étaient-ils ? Où vous teniez-vous, chacun de vous, pendant cette conversation ? demanda Butshingi, la tête penchée, écrivant frénétiquement.

Apollis se tourna vers Mme Heese.

– Madame, il va falloir que je parle en afrikaans.

– Pas de problème, dit Butshingi.

– On était entre la voiture et le bus.

– Est-ce que l'un d'entre eux a touché au coffre ?

– Il y a quatre mois de ça… commença Apollis.

– Jerome, si vous n'arrivez pas à vous rappeler, on ne vous en voudra pas, lui dit Bessie Heese, apaisante.

– Je… Je pense… le costaud au nez bizarre… Peut-être qu'il avait la main sur le coffre, comme ça.

– Et puis ?

– Et puis ils m'ont dit de rouler. Non, j'ai dit, j'avais besoin des noms et des numéros de téléphone, parce que M. Flint voudrait un rapport. Alors l'autre, là, il s'est fâché un peu et il a dit…

– Lequel ?

– Celui assis à l'avant.

– De quel côté ?

– Côté passager.

– Et il a dit ?…

– Il a dit que je ferais mieux de ne pas les emmerder, qu'il arrangerait tout, il fallait que je roule. Mais j'ai dit que non, qu'ils devaient comprendre que ça n'était pas facile à cause du PGRC. Alors, il s'est fâché pour de bon, il m'a menacé, il m'a dit qu'il dirait au costaud de me… de me casser la gueule, il m'a dit de monter dans mon putain de bus, excusez-moi, madame, et puis il a dit : « Fous le camp. Maintenant ! » Bon, je suis monté dans le bus et je suis parti, puis j'ai appelé M. Flint, et je lui ai tout raconté. Il m'a dit : « Jerome, ne vous en faites pas, s'ils ne veulent pas porter plainte et si le bus n'a rien, il n'y a pas de problème, je sais bien que votre dossier est vierge. » Et puis, l'après-midi, quand j'ai fini ma tournée, M. Flint est venu me voir, il m'a dit qu'il avait regardé la vidéo, qu'il avait vu ce qui s'était passé, et que mon dossier resterait vierge. Et là, c'est tout, madame, parole d'honneur !

– Je le sais, Jerome. Vous n'avez pas de souci à vous faire.

– Mais alors, madame, pourquoi est-ce qu'il y a tous ces policiers ici ?

104

Tandis que Johnny October téléphonait à Pollsmoor pour organiser un interrogatoire de K.D. Snyders, Joubert réfléchissait aux conséquences de l'implication des Restless Ravens dans cette affaire. Ça devait être eux qui avaient fait intrusion dans les locaux de l'entreprise de Tanya.

Le danger était nettement plus grand que ce qu'il avait supposé.

Il demanda à l'inspecteur Fizile Butshingi si la police pourrait envoyer un véhicule de patrouille au domicile de Tanya, à Parklands.

– Il suffirait qu'ils stationnent dans le bas de la rue, ajouta-t-il, ne souhaitant pas la perturber davantage.

Butshingi comprenait vite.

– Excellente idée, répondit-il.

Ensuite, Joubert appela Margaret.

– Je vais être en retard.

– Bonne nouvelle ? demanda-t-elle.

– On dirait…

– Je vais t'attendre. Mais sois prudent.

C'était bien une femme de flic ! Il se demanda s'il devait aussi appeler Tanya, puis décida que non. Il y avait encore trop de questions sans réponses, trop d'incertitudes.

Ils se rendirent à la prison, à l'autre bout de Tokai, dans la voiture de Johnny. Joubert était à l'arrière.

– Sup, le chauffeur du bus… commença Johnny. La loi dit clairement que c'est toujours la faute du chauffeur du véhicule qui suit. Il était trop près de la Mercedes.

– Flint a sûrement vu ça sur la vidéo, Johnny.

– Et il a donc fermé les yeux sur l'infraction, parce qu'il a vu la main dans le coffre – et l'opportunité que ça représentait.

– Et à partir de là, ça a été facile. Remonter la piste de Terror, grâce au numéro de la Mercedes. Téléphoner à son domicile avec le nouveau portable pour qu'on ne puisse pas l'identifier.

– Du chantage, dit Butshingi.

– Mais est-ce que Flint savait à qui il avait affaire ?

Joubert secoua la tête.

– J'en doute. Je pense qu'il a vu la voiture de luxe, une Mercedes qui va chercher dans les 700 000 rands…

– … et qu'il leur a dit : « Payez ou je passe la vidéo à la police », ajouta Johnny.

– Quelque chose dans ce goût-là. Les Ravens ont dû tracer Flint et il a fait un faux pas à un moment ou à un autre. Mais ce qui me dérange, c'est que l'effraction de l'atelier de Tanya ait été si… timide. Pourquoi ? Quelques tables retournées, un vague message sur le mur… On s'attendrait à autre chose d'un gang de la Plaine…

– Il faut penser au contexte, Sup, la guerre des factions. Avec K.D. Snyders, le tueur, en prison, Terror a besoin de toutes ses troupes ; alors il a envoyé deux ou trois clampins, sans expérience, et même un peu paniqués.

– Ce que je ne comprends pas, dit Butshingi, c'est que ces mecs… Je veux dire… pourquoi ont-ils payé ?

– Qu'est-ce que vous voulez dire ?

– Cette vidéo ne prouve pas grand-chose, en fin de compte. Tenez, mettons que Flint ait téléphoné à Terror et essayé de le faire chanter. Eh bien, Terror pouvait cramer la Mercedes ou bien faire un nettoyage chimique, à la vapeur, ou autre chose, éliminer toute trace du coffre. Et puis concocter une histoire pour la police, pour le cas où… « Mais non, c'est ma nièce, elle avait trop bu, alors on l'a mise dans le coffre, je ne voulais pas qu'elle vomisse sur mes belles banquettes. » Et il prie sa nièce de confirmer.

Joubert et October ne disaient rien, sachant que l'argument tenait. C'était même gênant.

– Il est assez intelligent pour ça, Terror ? demanda Butshingi.

– Mais oui, répondit October. Aucun doute.

– Alors pourquoi ont-ils payé, et par deux fois ?

Willem « K.D. » Snyders, des fers aux mains et aux pieds, ne lâchait pas un mot. Il restait là, assis devant la table en acier, les yeux rivés au mur.

Johnny October lui parlait poliment. Il lui brossa le tableau de la situation dans le détail. Il ne survivrait pas en prison, parce que la faction des Ravens de Moegamat Perkins le choperait dès sa sortie d'isolement et son retour au régime général. Ce n'était qu'une question de temps.

– Tu es un mort qui marche encore, lui dit Butshingi.

– On peut t'aider, renchérit October.

Pas de réponse. Le visage affreusement mutilé resta impassible. La cicatrice déformait les lèvres en une grimace permanente de mépris pour le monde entier.

– Il y a quelque part quelqu'un qui aiguise déjà une lame pour toi, King Kong, lui dit Butshingi, qui se mettait à jouer le rôle convenu.

– Nous, on peut te cacher. Protection de témoins. Une nouvelle vie, Willem. Tu pourrais tout recommencer, avec un peu d'aide et quelques milliers de rands en poche, n'importe où dans le pays, tu pourrais choisir.

Tout cela n'était qu'une mise en bouche, pour capter l'attention de K.D.

– Réfléchis, imagine : ne plus jamais avoir à regarder par-dessus ton épaule, plus jamais…

K.D. restait de marbre.

– Vous perdez votre temps, Johnny, dit Butshingi.

– Peut-être pas… Peut-être que Willem peut saisir cette chance qu'on lui offre.

– Le juge te mettra à l'ombre pour un bon moment, monsieur Kong, un assassin comme toi…

– Mollo, mon vieux, on pourra l'aider.

– Mais s'il ne veut pas qu'on l'aide ? S'il est non seulement moche, mais con aussi ?

– Je sais que tu n'as peur de rien, Willem. Mais pense un peu aux alternatives, juste un petit peu, imagine donc comment ça pourrait être…

Ils jouaient le jeu, tous les deux : l'un tendant la branche d'olivier en signe de paix et de compréhension, l'autre se présentant en ennemi, maudissant et insultant. Mais K.D. ne disait rien, ne faisait rien. Il était sans réaction, ne les regardait pas, même quand Butshingi se rapprocha en hurlant de rage à tout juste quelques centimètres du masque tordu. Willem « K.D. » Snyders était une statue, et Joubert, assis en silence, se demandait vraiment si leur plan allait fonctionner.

Finalement, Johnny October dit :

– Bon, Fizile, ça va comme ça. Laissez-nous, tous les deux : ni les Blancs ni les Noirs ne savent ce que c'est que d'être métis. Moi, je vais parler à Willem.

Butshingi et Joubert se levèrent, ostensiblement contre leur gré, et sortirent.

Dans la pièce à côté, ils regardèrent à travers le miroir sans tain. Ils virent October s'asseoir à côté de K.D., ils virent son expression de compassion, ses mains jointes sur la table pour exprimer de l'empathie, sa sympathie. Puis il entreprit de jouer son atout.

– Willem, écoute. Moi, je sors de Bishop Lavis. Je sais ce que c'est. Je sais ce qu'est la vie à la dure, je sais ce que c'est que souffrir. Je sais, pour toi ça a été bien pire, à cause de l'accident. Je n'arrive même pas à imaginer ce que ça a pu être pour toi. Et je ne peux rien te reprocher. Je te le dis, moi, maintenant : personne ne peut rien te reprocher. Tu as connu l'enfer. Et ça continue, ça ne fait qu'empirer…

– Il est bon, quand même, remarqua Butshingi.

– Oui, répondit Joubert.

– Willem, je sais bien que quelque part en toi il y a toujours cet enfant, qu'il y a quelqu'un qui se demande pourquoi les choses ne pourraient pas être différentes. « Pourquoi est-ce que je ne pourrais pas avoir une vie normale, moi aussi ? » Eh bien, Willem, je te le dis : c'est possible. Si tu nous aides maintenant, je demanderai à l'État de prendre en charge les frais médicaux. On te mènera chez les meilleurs spécialistes du pays, des médecins qui peuvent tout arranger… On te rendra la vie, Willem, ta vie !

Johnny October laissa le message faire son chemin et ajouta :

– Un nouveau visage, Willem ! Neuf… et beau !

K.D. Snyders ne réagit pas immédiatement. Il mit un moment à tourner la tête, pour la première fois, jusqu'à regarder October en face. Les coins de sa bouche bougèrent, doucement, pour former une grimace.

Puis, de mépris, il cracha sur la main d'October.

105

Ils se réunirent, demandèrent qu'on leur apporte des cafés, s'assirent dans la pièce voisine de celle de l'inter-rogatoire et entreprirent d'analyser leur stratégie. En arrière-fond, on entendait la rumeur d'une prison la nuit, par moments le bruit d'une porte métallique claquée au loin, un ordre abrupt proféré dans le haut-parleur, les voix des détenus, pareilles aux appels que se lancent les animaux dans l'obscurité.

À eux trois, ils collectionnaient plus de huit décennies d'expérience policière et partageaient la conviction que la seule méthode valable était la patience. Leur arme la plus efficace était le temps.

– Une loyauté aveugle, dit Butshingi.

– Ils sont comme ça, dit October. Jusqu'à la mort.

– Et il n'a pas peur de mourir.

– Je me demande quelquefois s'ils ne veulent pas mourir, mon vieux. On dirait qu'ils le cherchent.

Joubert, assis, les coudes appuyés sur la table, la tête penchée, repensait aux informations recueillies.

– Johnny, qu'est-ce qu'ils faisaient donc sur cette route, près d'Atlantis ?

– C'est bien la question, Sup.

– Est-ce que traditionnellement ça fait partie du terri-toire des Ravens ?

– Tu sais bien ce qui s'est passé ces dix dernières années, Sup. Après PAGAD et POCA. Les chefs vivent dans les zones blanches, ils recrutent leurs membres dans les townships métis. Et c'est là qu'ils vendent du *tik*. Tweety vivait à Rondebosch, Terror et Moegamat Perkins vivent à Rosebank, et on ne les a jamais vus dans un endroit comme Atlantis.

– Et pourtant, il y était.

– Avec quelqu'un dans le coffre de sa voiture.

– En revenant d'Atlantis ?

– Pas forcément. Ils cherchaient peut-être simplement un endroit pour se débarrasser du corps. Loin de chez eux. Ou peut-être qu'ils allaient descendre quelqu'un, dans un endroit où des coups de feu n'attireraient pas l'attention.

– Quel stand de tir il y a par là ? demanda Joubert.

– L'armée en a un, répondit October. Énorme. Peut-être qu'ils le cherchaient et qu'ils avaient fait demi-tour. Le chauffeur du bus a dit que la pancarte n'y était plus.

– Et c'est une zone sablonneuse, nota Joubert, facile à creuser, si on n'a pas trop de temps.

– Ça se pourrait, Sup. Mais c'est aussi facile n'importe où sur la Plaine. Il y a du sable partout.

– Alors ils seraient partis à la recherche d'un endroit éloigné de leurs terrains de chasse habituels pour se débarrasser d'un corps : Terror, son homme fort, K.D., et un chauffeur. Ils ne connaissent pas très bien ce secteur, ils ont voulu tourner quelque part à l'écart de la grand-route…

– C'est pour ça qu'ils ne roulaient pas vite. Ils cherchaient un endroit, et ils n'ont pas réalisé que le bus était juste derrière eux. Ils ont loupé le tournant du champ de tir. Il y en a un qui a dit : « C'est là qu'on aurait dû tourner », et le chauffeur a freiné brusquement.

– Et vlan ! Le bus leur rentre dedans.

– Ils se débarrassent du bus, et vont faire ce qu'ils avaient à faire.

Un long silence suivit : ils évaluaient les hypothèses.

Joubert se gratta la tête et dit :

– C'était le 29 septembre, et Flint n'a ouvert son compte bancaire que le 15 octobre. Mettons qu'il lui a fallu une semaine ou deux pour mettre la main sur le numéro de téléphone de Terror et pour arriver à lui parler en personne. « Je vous ai sur une vidéo, là-bas à Atlantis, et je sais ce que vous faisiez. » Il a menti un peu, juste ce qu'il fallait pour que Terror sache qu'il disposait d'une preuve accablante.

– Et ils ont craché.

– Mais pas tout de suite. Ils ont pris leur temps, presque une semaine.

– Pendant qu'ils tentaient de le trouver ?

– Mais enfin, pourquoi ont-ils payé ? demanda Johnny October. Comme l'a dit Fizile, il n'y avait qu'à se débarrasser de la Mercedes, et monter une histoire. Après, ils ne craignaient plus la police.

Nouveau silence, nouvelle réflexion collective.

Butshingi se passa la main sur le visage, puis il l'écarta lentement.

– Peut-être… commença-t-il.

Les deux autres le regardèrent.

– Oui, reprit Butshingi, c'est ça : peut-être qu'ils s'en fichaient, de la police.

– Qu'est-ce que vous voulez dire, mon vieux ? interrogea October.

– Ça a commencé quand, cette guerre des factions ?

October caressa sa moustache.

– D'après nos renseignements, l'année dernière, en août, fin août. C'est à ce moment-là que *Die Burger* a publié le projet de l'Alliance démocratique de nommer un procureur spécial pour tenter de mettre la main sur Tweety, pour fraude fiscale… Parce que c'est à peu près la seule chose qu'on arrive à prouver. Et puis il paraît que Tweety a envoyé chercher le comptable, Moegamat Perkins, et Perkins a dit que ça annonçait du vilain parce que ce Monsieur Fisc était un vrai bulldog : quand il attrapait quelque chose, il ne lâchait jamais. Et peu importait la façon dont ils truquaient la comptabilité, l'administration fiscale ne s'y tromperait pas.

– Alors, c'est là que ça a commencé ?

– D'après ce qu'on raconte, et c'est à ce moment-là qu'ils ont décidé que Tweety devait quitter le pays. Et Terror a tout mis sur le compte de Perkins, parce que c'est Perkins qui tient la comptabilité. Tweety a tenté de maintenir la paix, mais quand les hommes savent que leur chef partira bientôt pour l'Uruguay, il n'a plus beaucoup d'autorité. Mais pourquoi est-ce que vous demandez ça ?

– Terror. S'il ne s'inquiétait pas au sujet de la police, s'il pouvait étouffer l'affaire, pourquoi donc a-t-il payé ? Il craignait peut-être que ses hommes à lui l'apprennent…

– Aah… dit Johnny October.

– Je ne suis pas sûr de bien comprendre, intervint Joubert.

– Sup, il est où, votre historique ? lança October, soudain revigoré, tandis que Butshingi se rapprochait.

Joubert ouvrit son bloc-notes et chercha la bonne page.

– On se concentre sur tout ce qui se passe *après* l'incident avec le bus. On pense que cette histoire a commencé le 29 septembre, dit October. Mais Terror savait déjà fin août que ça commençait à chauffer. L'occasion de devenir le chef des Ravens lui est apparue.

– Oui, répondit Butshingi, c'est à ce moment-là qu'il s'est mis à planifier son coup.

– C'est ça que Fizile veut dire, Sup. Terror, K.D. et la Mercedes. On croit depuis le début que le 29 septembre ils s'occupaient de leurs affaires habituelles. Mais peut-être s'occupaient-ils du coup de force… Peut-être que le macchabée du coffre était un Raven, un type d'une faction rivale.

Un éclair se produisit dans l'esprit de Joubert.

– C'est pour ça qu'ils sont allés jusqu'à Atlantis, pour sortir du territoire des Ravens.

– Exactement, dit Butshingi.

– Et c'est pour ça qu'ils ont payé Flint. Pas parce qu'ils craignaient que la police ne trouve…

– Mais parce qu'ils craignaient que, parmi leurs hommes, certains ne finissent par tomber sur le pot aux roses… Peut-être l'autre lieutenant, le comptable…

– Moegamat Perkins.

– C'est ça.

– Ou bien Tweety lui-même, carrément, remarqua Johnny October. Si Tweety découvrait avant de quitter le pays que Terror comptait s'emparer de son trône, il l'aurait fait flinguer en moins de deux…

– Parce qu'ils attendent de vous une loyauté aveugle.

Joubert, qui venait d'avoir une illumination, tapa du doigt sur la table.

– C'est de ça qu'on doit se servir, Johnny.

– Sup ?…

– La loyauté de K.D. Il faut l'utiliser pour le retourner.

– Là, c'est moi qui ne vous suis pas, dit Butshingi.

– Que se passerait-il si les Ravens découvraient que, un mois à peu près avant le départ de Tweety, Terror a commencé à tuer des membres de son propre gang pour prendre le relais ?

– Sa propre faction se retournerait contre lui.

– Exactement. Et c'est ça le secret que K.D. doit garder. Terror a introduit K.D. chez les Ravens, l'a initié…

– C'est bien ça, Sup. Terror est comme un père pour K.D.

– Exactement, Johnny. K.D. ne parlera pas, il sera loyal à Terror jusqu'à la mort.

– Absolument.

– C'est ça qu'on doit utiliser. La seule chose dont K.D. ait peur, c'est d'être rejeté par son père Raven.

– Aah… fit Johnny October.

– C'est retors, commenta Fizile Butshingi. Mais ça me plaît.

Joubert s'assit à la droite de K.D. Snyders, October et Butshingi en face.

Il s'était penché en avant, tout près, de sorte que son visage n'était qu'à quelques centimètres de K.D.

Il bluffait à bloc.

– On sait tout, K.D., tout ce qui est arrivé là-bas à Atlantis. On sait comment Terror a poignardé les Ravens dans le dos, on sait ce qui est planqué sous le sable.

En même temps, il écoutait attentivement la respiration de K.D., car il savait que le visage défiguré ne révélerait rien.

Il perçut que l'homme avait retenu sa respiration une seconde, comme si son cœur avait raté un battement. Ça lui donna du courage.

– On est au courant, pour Flint et la vidéo. On sait comment vous vous êtes débarrassés de lui. On ne sait pas encore où vous l'avez balancé, mais ça va venir. Et le problème, pour toi, c'est que nous trois sommes les seuls à savoir qui a trahi. Personne d'autre n'est au courant. Je vais te dire ce qu'on va faire : on va sortir d'ici et on va raconter aux gardiens que tu as craché le morceau, que tu t'es couché, que tu nous as donné Terror sur un plateau. Le superintendant Johnny October va répandre la nouvelle partout dans la Plaine du Cap, il va dire que c'est toi qui nous as aidés à mettre la main sur Terror, que tu as trahi ton propre sang et que Terror a trahi les Ravens…

Il s'arrêta et écouta. La respiration était rapide et superficielle.

– Tu as poignardé Terror dans le dos. C'est ce qu'il va croire. Et aussi qu'il peut renoncer à être le nouveau chef...

Les chaînes qui reliaient les fers des mains et des pieds tremblèrent légèrement, cliquetant sur le bord de la table d'acier.

– Alors, tu te retrouveras sans rien, K.D., rien, ni personne.

Enfin, le visage se tordit. Puis K.D. fit un mouvement brusque en direction de Mat Joubert, tandis qu'un hurlement de rage et de désespoir explosait au plus profond de ce grand corps.

Joubert recula vivement, hors de sa portée. Mais il savait qu'ils le tenaient.

Johnny October attendit que K.D. se calme. Puis il dit, avec sa courtoisie inébranlable :

– Il y a une solution, K.D. On peut s'arranger pour que Terror ne sache jamais rien. Mais il faudra que tu nous aides.

106

De sa voix rauque, avec le défaut d'élocution qui empêchait les lèvres déformées de prononcer les occlusives, K.D. répondit à contrecœur à quelques questions, brièvement, le moins possible, les yeux pleins de haine et de fureur, les mains agitées d'un léger tremblement.

Johnny October lui demanda :

– Qui conduisait la Mercedes quand le bus vous est rentré dedans ?

– Mannas Vinck.

– Le chauffeur de Terror ?

K.D. opina.

– Maintenant, tu vas nous dire où il faut aller creuser, K.D.

Il regarda ailleurs.

– Tu n'as qu'une chance, K.D.

– Montagu's Gift, à Philippi.

– Près de Mitchell's Plain ?

Un hochement de tête pour toute réponse.

– Où, à la ferme ?

– À côté de la dune d'Olieboom. Du côté de la route de Morgenster.

October acquiesça, comme s'il savait où ça se trouvait. Il ajouta :

– Et le corps que vous avez enterré près d'Atlantis ?

– À la grille du champ de tir. Dans le coin, derrière les 900 mètres.

– Les 900 mètres ?…

Autre signe de tête.

– Qu'est-ce que ça signifie ?

K.D. indiqua d'un hochement de tête que sa trahison s'arrêtait là. Il ne répondrait plus.

– Qui est enterré là, K.D., au champ de tir ?

Silence.

– Qu'est-ce qui est arrivé ? Comment avez-vous tué Flint ?

Le gangster se tourna et regarda le mur.

– Qui a laissé sa voiture là-bas, à Virgin Active ?

Rien.

Et puis October dit alors :

– Je respecterai ma partie du contrat, K.D. Mais si tu nous mens…

Ils se levèrent. October téléphona à son commissariat, demanda du renfort, car il allait falloir creuser. Mat Joubert appela sa femme et lui dit de ne pas l'attendre.

La nuit serait longue.

Ils se rendirent d'abord à la ferme à Philippi. Ils frappèrent chez le fermier, et se rendirent en convoi jusqu'à l'endroit où October leur montra où creuser.

Il était 2 heures du matin, la scène était éclairée par les phares des voitures de patrouille de la police et du minibus des scientifiques, rendue encore plus sinistre par les ombres des chiens policiers qui aboyaient en frétillant de la queue, flairant et cherchant. Les pelles des agents montaient et descendaient. Les maisons de Westridge et de Woodlands n'étaient qu'à 2 kilomètres, Mitchell's Plain était endormie. Une vache laitière meuglait dans le lointain.

Le cri retentit à 3 h 07. Ils posèrent tous leurs outils et accoururent. À la lumière des torches et des projecteurs, deux hommes dégagèrent un ballot pris dans le sable.

C'était un corps, enveloppé dans ce qui avait dû être un dessus-de-lit noir avec des motifs fanés de fleurs orange.

Le corps était suffisamment préservé pour que Joubert puisse examiner le visage et l'impact de balle entre les yeux.

– C'est lui, c'est Danie Flint.

Sous le ballot, il y avait une arme à feu. Johnny October demanda qu'on la range avec précaution dans un sac à preuves en plastique.

Joubert savait qu'il devait appeler Tanya Flint. Elle avait le droit de savoir. Mais il lui accorda quelques heures de sommeil de plus avant de chambouler sa vie encore une fois.

La fouille près d'Atlantis commença à 5 h 15, alors que l'horizon, à l'est, changeait de couleur et que le vent du sud-est se mettait à souffler, un vent lugubre qui détachait des pelles des panaches de sable.

« La grille », d'après la description minimaliste de K.D., était l'entrée principale du champ de tir du cap de Bonne-Espérance des Forces sud-africaines de défense nationale. Le lieu était ouvert à tous les vents, en permanence, en dépit des pancartes faiblement dissuasives : *Ongemagtige toegang verbode* – « Entrée interdite à toute personne non autorisée ».

Juste de l'autre côté de la grille, sur la gauche, l'endroit où les tireurs d'élite pouvaient s'installer pour viser les cibles très loin sur la droite, à 900 mètres. C'était une plate-forme de blocs de béton, de sable et de gravier, surélevée, à hauteur de la tête de Joubert. Elle s'étendait sur une vingtaine de pas, et derrière, « dans le coin », toujours d'après la description de K.D., deux clôtures et la plate-forme délimitaient un triangle de 150 mètres carrés de sable recouvert d'herbe. C'était un excellent endroit pour enterrer un cadavre car, en l'absence de militaires, il suffisait d'une personne pour surveiller l'unique route d'accès pendant que deux autres creusaient le sable meuble, dissimulées derrière la haute plate-forme.

Sous la direction de Thick et Thin, les Laurel et Hardy de la Brigade médico-légale, les agents en tenue d'Atlantis et de Table View se mirent à creuser sur la limite nord.

Il était déjà 6 heures, on n'avait encore rien trouvé.

À 6 h 30, Joubert ne put plus remettre le moment de téléphoner. Il alla s'asseoir dans sa Honda, à l'abri du vent, et donna son coup de fil.

Elle répondit aussitôt, comme si elle avait été debout depuis déjà longtemps.

– Tanya, dit-il, les nouvelles ne sont pas bonnes.

Le son qu'elle produisit lui indiqua que, en dépit de tout, elle espérait encore.

– Je suis vraiment désolé, dit Joubert, conscient de l'inanité de ses mots.

– Comment est-il mort ? demanda-t-elle.

– Il a été abattu avec une arme à feu.

Il y eut encore un silence au bout du fil, et finalement elle demanda :

– Qui a fait ça ?

Il tâchait de gagner du temps, dit qu'on n'en savait pas encore assez mais qu'avant la fin de la journée il serait en mesure de tout lui expliquer.

– Je veux savoir, dit-elle.

À 6 h 50, ils trouvèrent le premier corps.

La tombe était peu profonde, au milieu du triangle, à tout juste un mètre sous le sable fin.

Joubert s'agenouilla à côté d'October et de Butshingi, observant l'équipe médico-légale, armée de balayettes et de brosses, qui travaillait tout autour du corps, dégageant le sable avec soin. Dans la lumière douce du matin, d'autres hommes étaient occupés à élargir le trou, enlevant des seaux de sable pour le mettre en tas plus loin.

– C'est une femme, dit October, surpris.

Il l'avait déterminé à cause des sandales et de la forme de son corps, auquel adhérait le sable grisâtre. Les techniciens brossèrent son visage précautionneusement, avec respect. Les traits n'étaient pas reconnaissables, à cause des trois blessures par balles. Seule la longue tresse brune n'avait pas été abîmée.

– Ils ne l'ont même pas couverte.

Une minute plus tard, un agent retira un sac jaune du sable. October, enfilant des gants de caoutchouc, l'ouvrit, y trouva un petit sac de femme qui contenait un permis de conduire.

– « Cornelia Johanna Van Jaarsveld », lut October à voix basse.

La vraie surprise, ce fut le second corps. Il était à moins d'un mètre de la femme, à la même profondeur, mais le haut du corps était enfermé dans un sac en plastique noir. Quand les gars de l'équipe légale l'eurent découpé, October reconnut la victime.

– Seigneur ! s'exclama-t-il, stupéfait. C'est Tweety !

Johnny October demanda au groupe d'intervention de la police nationale d'arrêter Terror Baadjies et son chauffeur, Mannas Vinck, au domicile de Baadjies à Wynberg, avec un grand déploiement de forces, et de ramener les deux hommes dans des véhicules différents.

Au commissariat de Wynberg, à 11 h 09, on maintint les deux gangsters séparés. Terror, impérieux, criait de temps à autre dans sa cellule : « J'ai droit à un avocat, putains de cons nazis ! » et grimaçait avec suffisance. Ils avaient bouclé Vinck dans la pièce où on faisait le thé, la seule qui se prêtait à un interrogatoire.

« Je ne suis que le chauffeur », ne cessait-il de répéter.

Il était petit, il parlait vite, ponctuant ses propos de gestes animés. Sous un panama d'un blanc jaunissant, son visage était profondément ridé ; ses bras musclés étaient tatoués.

Butshingi et Joubert s'assirent et écoutèrent. Doucement et poliment, October lui dressa un tableau de la situation.

– Là, vous êtes dans le pétrin, Mannas, et jusqu'au cou.

– Mais je ne suis que le chauffeur, répéta-t-il.

– Vous êtes complice de trois meurtres, Mannas. Nous avons une vidéo qui nous permet de faire le lien avec vous. Vous savez, ce Danie Flint qui a fait chanter Terror ? Vous êtes impliqué, ça ne fait pas un pli.

– Je ne connais pas Flint, tenta-t-il.

– Vous avez aidé à l'enterrer, Mannas, là-bas, à Montagu's Gift. Mais ce n'est pas votre plus gros problème. Vous avez participé au meurtre de Tweety. Vous ne tiendriez pas une heure à Pollsmoor. Or c'est là que je vais vous envoyer maintenant.

– Je ne suis que le chauffeur, répéta-t-il encore.

Mais, désormais, ses yeux dardaient un peu partout.

– Je vous mène à Pollsmoor, et je vais montrer la vidéo à toute la prison, Mannas, et au ralenti.

– Grands dieux !

Les mains s'étaient soudain immobilisées.

– Mais nous pouvons nous entraider, Mannas.

– C'était un deal à prendre ou à laisser, dit Mannas Vinck. Mais ça a merdé depuis le début.

Lui et Terror, K.D. et Tweety avaient roulé au-delà d'Atlantis, à une dizaine de bornes après Mamré. Ç'aurait pu être le 29 septembre, il ne se rappelait pas. Terror et Tweety n'étaient pas d'accord à propos des « partenaires », mais ils avaient délibérément oublié de prononcer des noms, car ce n'était ni les affaires de Vinck ni celles de K.D.

– Quels partenaires ? demanda Johnny October.

Mannas l'ignorait, c'étaient des partenaires dans cette affaire de diamants. Les Ravens étaient intermédiaires, lui n'était que le chauffeur et il ne voulait pas savoir.

Et après ?

Après, ils étaient allés négocier, au-delà de Mamré, au milieu de la brousse d'acacias. Le deal consistait à acheter de la caillasse à une salope de Blanche qui avait un putain de flingue à la main et qui crachait sur tout le monde, parlant à Tweety comme s'il n'avait été que de la merde.

Les mots jaillissaient de la bouche de Vinck comme des bulles de savon. Il dit que Tweety avait un sac avec 4 millions de rands, la salope avait voulu voir, il avait fallu qu'elle les tienne contre le soleil – comme si elle était capable de reconnaître des billets contrefaits, la conne… Et puis elle avait montré les pierres, il y en avait assez pour remplir un chiotte.

C'est là que Terror avait cogné la gonzesse en plein sur la bouche, avec le poing. Il lui avait arraché son flingue et lui avait tiré entre les deux yeux, et Tweety avait dit : « Mais qu'est-ce que tu fous ? » Alors Terror s'était retourné et l'avait flingué en plein cœur avec le pétard de la gonzesse : trois coups. Lui, Mannas, et K.D. étaient restés là sans rien dire, parce que Terror venait de flinguer Tweety, le putain de boss des Ravens ! Puis Terror avait dit : « Mais magnez-vous donc, au lieu de rester là à chier dans vos frocs, mettez-les dans le coffre, merde ! Qu'est-ce que vous pensiez qu'il allait se passer quand *il* aurait été en Bolivie ? Qu'on allait prendre des ordres chez Moegamat Perkins ? C'est ça que vous voulez : obéir à ce connard qui a foutu Tweety dans cette merde ? »

– Alors, on les a chargés et on est partis, et la voiture de la salope est sans doute encore là-bas, si cette putain de caisse n'a pas été volée depuis longtemps. Après ça, le bus nous est rentré dedans, juste de l'autre côté du champ de tir.

Vinck dit que Terror avait d'abord cru que c'était le chauffeur du bus qui voulait les faire chanter.

Ensuite, ils avaient appris qui c'était ; quelqu'un connaissait une *chlora*, une métissse, chez ABC, Santasha quelque chose. Mais quand K.D. était allé trouver le chauffeur avec son coup-de-poing américain, il avait pigé tout de suite que ce n'était pas lui mais le putain de contrôleur à l'Audi rouge. Alors, Terror avait déclaré qu'il fallait s'occuper de ça en douceur, parce que si on apprenait qu'il avait tué Tweety, ça serait la guerre totale. Et Mannas Vinck s'était dit : Putain, qu'est-ce que c'est que cette merde ?, parce que, lui, il n'avait flingué personne, mais qu'est-ce qu'il y pouvait ? Alors

Terror avait dit : « Filez du fric au contrôleur, on n'a pas besoin de se mettre le meurtre d'un Blanc sur le dos. » Alors, Mannas avait dû prendre le sac en plastique rempli de fric et le déposer dans le réservoir d'eau des chiottes de l'Atlantic Sports Pub à Table View, comme le Blanc avait demandé.

Mais tout avait foiré quand le Blanc avait téléphoné pour dire qu'il en voulait encore. Alors, Terror avait raqué. Mais il savait que ce petit Blanc, il n'allait plus s'arrêter. Ils l'avaient donc filé pendant trois semaines, et ils avaient combiné un plan. Et vers la fin d'octobre, K.D. avait braqué le petit Blanc dans son Audi rouge à Woodstock, au croisement de Bramwell et de Railway Street. Ils l'avaient tiré de là et flanqué dans la Mercedes de Terror. Vinck avait conduit l'Audi au Virgin Active à Table View et il l'avait entièrement essuyée. Après quoi il avait pris quatre putains de taxis différents pour revenir à Rosebank.

Et là, ils avaient descendu le Blanc avec le flingue de la gonzesse, et puis ils l'avaient enterré à côté de la dune.

Mat Joubert était assis chez Tanya Flint, devant la table de la salle à manger, écroulé de fatigue. Il avait besoin de se doucher, de manger, de dormir. Il était déjà presque 15 heures.

Elle revint de la cuisine avec des mugs de café sur un plateau qu'elle posa devant lui avec des gestes lents et mécaniques. Elle s'assit en face de lui, les mains sur la table. Elle était silencieuse. Il y avait dans ses yeux une lassitude bien plus grande que celle de Mat.

Et du vide.

Épilogue

UN CORPS DE FEMME À ATLANTIS
Le mystère de la pisteuse s'épaissit

Le Cap. – Les enquêteurs de la police nationale restent perplexes quant à l'implication de Cornelia Johanna Van Jaarsveld (vingt-huit ans), une pisteuse professionnelle de Nelspruit, dans les activités des bandes de la Plaine du Cap et dans une transaction illégale présumée portant sur des diamants.

Le cadavre de Cornelia Van Jaarsveld a été retrouvé la semaine dernière à côté de celui de Willem « Tweety l'Oiseleur » de La Cruz, un chef de gang, dans une tombe peu profonde, au champ de tir des Forces sud-africaines de défense nationale, près d'Atlantis.

Le superintendant Johnny October, qui dirige l'enquête, a déclaré à *Die Burger* : « Il nous manque encore beaucoup de pièces pour que le puzzle soit complètement résolu »…

Die Burger, 19 février 2010

Lundi 1er mars 2010

Il accrocha au mur de son nouveau bureau de Centre Point Building à Milnerton son diplôme de mastère en science policière passé dix ans auparavant. Il se demanda si ce n'était pas un peu trop prétentieux.

Il recula d'un pas. Margaret avait vraiment bien aménagé l'endroit, avec un vieux tapis persan bleu et rouge, le bureau ancien qu'elle avait déniché chez un brocanteur à Plumstead et une élégante paire de fauteuils en acajou et cuir pour les visiteurs.

Sur le bureau, un ordinateur portable côtoyait un bloc-notes acheté chez CNA[1] ; contre le mur, une étagère en pin de l'Oregon avec ses manuels de science policière et une photo de lui en compagnie de Margaret et des enfants.

Sur la porte vitrée, on pouvait lire :

Mat Joubert

Enquêtes

Il rectifia l'alignement du diplôme encadré. On frappa à la porte, c'était sans doute Telkom qui venait installer le téléphone.

– Entrez, dit-il.

Un homme ouvrit la porte. Il était de taille moyenne, et ses cheveux coupés court étaient presque incolores.

– Mat Joubert ?

– Exact.

Il ferma la porte derrière lui, se rapprocha et tendit la main.

– Je suis Lemmer, dit-il.

Poignée de main très ferme.

Ce n'était pas le type de Telkom. Quelque chose dans son attitude, dans ses muscles souples, dans la vigilance de ses yeux froids, faisait penser à un prédateur. Il connaissait ce genre d'individu. Cela signifiait généralement des ennuis. Il avait travaillé avec des gens comme

----

1. Grand magasin où l'on trouve des livres, des CD, des jouets, de la papeterie…

ça, il en avait arrêté quelques-uns aussi, souvent avec difficulté.

L'homme mit la main à sa poche de chemise et en sortit un papier qu'il déplia. C'était une coupure de presse qu'il tendit à Joubert, qui la prit et la regarda.

« Le mystère de la pisteuse s'épaissit », annonçait le titre. Il reconnut ce texte, dans lequel il était nommé, et qui remontait à plus d'une semaine maintenant.

– J'ai des renseignements, dit Lemmer.

Joubert leva les yeux et dit :

– Il faudra les donner à la police.

Lemmer secoua la tête.

– Non, dit-il.

Joubert replia la coupure de presse, la rendit à son interlocuteur et se dirigea vers son fauteuil.

– Dans ce cas, prenons un siège.

De l'autre côté du bureau, l'homme sortit de sa poche un autre papier qu'il poussa vers Joubert.

– C'est elle ? demanda-t-il.

Il y avait sur un papier semi-brillant la photo d'une jeune fille, déchirée dans une publication imprimée en noir et blanc : l'annuaire d'une école, peut-être, car elle portait un uniforme de collégienne. Les longs cheveux noirs étaient retenus par un bandeau ; elle avait un joli visage… Mais son petit sourire laissait entrevoir la rébellion, le défi.

Joubert prit la photo entre ses gros doigts, examina les traits de la jeune fille. Il s'efforçait de les comparer au visage défiguré qu'il avait vu au champ de tir d'Atlantis. La ressemblance était indéniable.

– Peut-être, dit-il.

– Est-ce qu'elle avait une petite tache de naissance rouge, juste derrière l'oreille gauche ?

– Je ne sais pas.

– Vous pourriez vous renseigner ?

Joubert opina.

– Oui, dit-il. Vous la connaissiez ?

– Non, répondit l'homme.

Joubert leva les yeux de la photo, l'air interrogateur.

– Elle s'appelle Helena Delfosse. C'est elle qui a la tache de naissance. Elle a été vue pour la dernière fois le 21 septembre à Nelspruit, dans la boutique de vêtements où elle travaille. Elle était avec sa cousine, Cornelia Johanna Van Jaarsveld, qu'on appelle aussi Flea. Et je soupçonne que Delfosse était à Loxton dans le Haut-Karroo, la nuit du 26 septembre, pour y récupérer Flea.

Joubert observa de nouveau l'homme et lui demanda :

– En quoi êtes-vous concerné ?

Les yeux gris-vert se posèrent sur le diplôme accroché au mur. Puis Lemmer se leva et dit :

– Vous pouvez garder la photo. L'adresse de ses parents figure au verso.

Il fit demi-tour, se dirigea vers la porte et ajouta :

– Le journal ne dit pas quelle arme à feu était en cause…

Joubert ne réagit pas, il se contenta de croiser les bras.

Il vit la lueur d'un sourire réprimé sur le visage de Lemmer, et l'homme qui revenait sans hâte posa les mains sur le dossier du fauteuil en acajou.

– J'ai passé dix-huit heures dans un camion avec Flea Van Jaarsveld. Une coïncidence, le fruit des circonstances. En tout cas, ça a duré assez longtemps pour qu'elle me mente, m'arnaque et me vole. Je me suis donc lancé sur ses traces afin de récupérer mes affaires.

Joubert croisa les bras.

– Vous l'avez trouvée ?

– Non, répondit l'homme.

– Qu'est-ce que son permis de conduire faisait dans le sac de Helena Delfosse ? demanda Joubert.

Lemmer réfléchit avant de répondre :

– À Nelspruit, on dit que Helena Delfosse était une version domestiquée de Flea – un peu sauvage et rebelle, elle aussi, mais jamais au-delà de certaines limites, juste assez pour être la petite-fille préférée de son grand-père, le Grand Frik Redelinghuys. C'est ce même grand-père qui a refusé de reconnaître Flea. Les cousines n'ont eu aucun contact ces dix dernières années, jusqu'en août de l'année dernière quand, un beau jour, Flea est entrée dans la boutique.

– Que voulez-vous dire ?

– Je dis que pour le permis de conduire, ce n'est pas un accident. Avec Flea, rien n'est accidentel.

Joubert assimila l'information, puis il dit :

– L'arme à feu de l'affaire d'Atlantis a été comparée, lors d'une expertise balistique, avec celle qu'on a trouvée sous le cadavre de M. Danie Flint, près de Mitchell's Plain. C'était un Beretta 92 Vertec.

Une ombre traversa le visage indéchiffrable de Lemmer.

– Merci, dit l'homme, qui se dirigea une nouvelle fois vers la porte.

Joubert commençait à comprendre.

– Vous allez rester sur sa piste ? demanda-t-il.

– Si je trouve la piste, répondit-il.

– Vous cherchez les ennuis.

Lemmer ouvrit la porte.

– Non, je ne cherche pas les ennuis, ce sont eux qui me trouvent.

LE SUCCÈS D'UN BEST-SELLER FONDÉ
SUR DES RUMEURS DE VÉRITÉ
Oussama Ben Laden a-t-il été soigné
en Afrique du Sud ?

L'éditeur parle de fiction. L'auteur se refuse à tout commentaire. Mais, pour la partie autorisée de l'opinion, le succès du thriller *Une théorie du chaos* peut être attribué aux rumeurs persistantes selon lesquelles l'auteur, Milla Strachan, l'a fondé sur des faits. Le livre est récemment devenu le best-seller n° 1 en Afrique du Sud.

Une photo de Milla Strachan, femme au foyer à Durbanville, est parue dans la presse dominicale en octobre 2009 en même temps que celle de Lukas Becker, anthropologue et ancien plongeur de la marine nationale, porté disparu. À l'époque, Becker était recherché par la police en relation avec des crimes graves, non spécifiés, perpétrés avec violence, et était décrit comme « armé et dangereux ». Peu après, les autorités ont publié une déclaration admettant que l'implication supposée de Strachan dans les faits résultait d'une « erreur administrative », et lui ont présenté publiquement des excuses.

Le principal personnage masculin du livre, Markus Blom, un ex-militaire, est archéologue. L'intrigue est racontée du point de vue d'une femme au foyer de la banlieue Nord du Cap (Irma Prinsloo), qui accepte un poste à l'Agence présidentielle de renseignement (désormais démantelée), et qui est impliquée dans un complot terroriste international visant à amener clandestinement Oussama Ben Laden en Afrique du Sud pour qu'il y reçoive des soins médicaux.

Un porte-parole de la nouvelle Agence de sécurité d'État s'est refusé à tout commentaire, se bornant à indiquer que « l'ASE ne réagit pas à la fiction ». D'après le site web de la CIA, Ben Laden, le cerveau responsable de l'attaque du World Trade Center le 11 septembre 2001, se cache toujours en Afghanistan ou au Pakistan. Le consulat des États-Unis au Cap n'a répondu à aucune autre question.

L'auteur, Milla Strachan, qui, d'après la rumeur, vivrait désormais sur une exploitation agricole entre Philippolis et Springfontein, n'aurait accepté aucune interview depuis la publication d'*Une théorie du chaos*.

Die Burger, 6 décembre 2010

Remerciements

Mes sincères remerciements et ma reconnaissance à :

Ma femme Anita, pour son soutien, sa patience, ses commentaires et ses conseils,

Mon agent, Isobel Dixon, et mon éditeur, Nick Sayers, pour leur sagesse, leur clairvoyance, leurs réactions et encouragements inestimables.

La très longue liste de ceux qui ont offert leur expertise lors de mes recherches :

Louis Liebenberg, pour la traque – et l'autorisation de citer si largement son magnifique *The Art of Tracking*,

Clifford Lotter, pour le pilotage de petits appareils (dont le RV7), le vocabulaire radio en vol et le survol du Karroo,

Le Dr Douw Grobler, pour sa connaissance des rhinos, de leurs maladies, et particulièrement des soins à leur prodiguer lors des transferts,

Nicola Van der Westhuizen, pour m'avoir montré le Mercedes 1528 et pour les renseignements sur les déplacements du gibier,

Oom Joe Van Wyk et Oom Ben Bruwer, pour toutes les histoires du Karroo,

L'ex-policier Boet Claassen et John Visagie, de George Fivaz & Associates, qui mènent leurs enquêtes d'une manière qu'approuverait Mat Joubert,

Mon frère François Meyer et la Golden Arrow Bus Company, pour tout ce qui concerne le transport par bus, et plus particulièrement la technologie PGRC,

Deon Du Toit, directeur de Corporate and Products Security chez De Beers, Marlene Le Roux, Christo Van der Rheede, Arthur Murray, à Durbanville, Elna Van der Merwe, Peet Van Biljon, Carike Pepler, le capitaine Elmarie Engelbrecht et Irma Prinsloo.

Je suis également redevable aux sources suivantes :

− *Africa Geographic*
− « Organised Crime : A study from the Cape Flats », André Standing, Instituut vir Sekerheidstudies, 2006
− « Is South Africa Really the World's Crime Capital ? », Antony Altbeker, Instituut vir Sekerheidstudies, 2006
− *Crime and Policing in Post-Apartheid South Africa*, Mark Shaw, C. Hurst & Co, Londres, 2002
− « Organized Crime in South Africa », *Stratfor Global Intelligence*, www.stratfor.com, 17 juillet 2008
− « Organised Crime in the SADC Region : Police perceptions », Peter Gastrow, Instituut vir Sekerheidstudies, 2006
− « The Social Contradictions of Organised Crime on the Cape Flats », André Standing, Instituut vir Sekerheidstudies, 2003
− « Organised Crime and Terrorism : Observations from Southern Africa », Charles Goredema, Instituut vir Sekerheidstudies, 2005
− « A Review of the Health Issues of Captive Black Rhinoceroses *(Diceros Bicornis)* », *Journal of Zoo and Wildlife Medicine*, Patricia M. Dennis, D.V.M., Ph.D., Dipl. A.C.Z.M., Julie A. Funk, D.V.M., Ph.D., Paivi J. Rajala-Schultz, D.V.M., Ph.D., Evan S. Blumer, D.V.M., R. Eric Miller, D.V.M., Dipl. A.C.Z.M., Thomas E. Wittum, Ph.D., et William J.A. Saville, D.V.M., Ph.D., Dipl. A.C.V.I.M. 38 (4) : 509-517, 2007
− « The Religion of the Market », David R. Loy, *Journal of the American Academy of Religion* 65/2

– *South African Special Forces*, Robert Pitta, Osprey Publishing, 1993

– « Tracking : Combining an ancient art with modern policing », Kotie Geldenhuys, *Servamus*, 2005

– « Personality characteristics of South African navy divers », Van Wijk, C., Waters, A.H. Department of Psychology, Institute for Maritime Medicine, Simon's Town, South Africa, 2001

– « Zimbabwe : Soldiers Are the New Illegal Diamond Miners », 20 janvier 2009. http://allafrica.com/stories/200901200817.html

– « Diamonds Are a Tyrant's Best Friend », *Business Report,* 8 décembre 2002, http://www.globalpolicy.org/security/issues/diamond/2002/1211dia.html

– *Die Burger*

– *Cape Argus*

– *The New York Times*

– *Rapport*

– http://www.inthenationalinterest.com

– www.iol.co.za

– www.jihadwatch.org

– www.wwf.org.za

– www.traffic.org

– www.americanthinker.com

– www.state.gov

– www.weeklystandard.com

– www.alertnet.org

– http://allafrica.com

– http://ophcrack.sourceforge.net

– www.sisbo.org.uk

– www.fbi.gov

– www.islamonline.net

– http://heritage-key.com

– www.saps.gov.za

– www.truecrimexpo.co.za

– www.thezimbabwean.co.uk

COMPOSITION : NORD COMPO À VILLENEUVE-D'ASCQ
IMPRESSION : CPI BRODARD ET TAUPIN À LA FLÈCHE
DÉPÔT LÉGAL : MAI 2013. N° 110990 (72606)
IMPRIMÉ EN FRANCE

Éditions Points

Le catalogue complet de nos collections est sur
Le Cercle Points, ainsi que des interviews de vos
auteurs préférés, des jeux-concours, des conseils
de lecture, des extraits en avant-première…

www.lecerclepoints.com

Collection Points Policier